Penny Reid

Winston Brother

Das Buch

Sienna Diaz ist Hollywoods Liebling. Sie ist witzig, clever und einfach anders als ihre mageren Schauspielkolleginnen. Ihr Problem ist nur, dass sie partout keine Straßenkarten lesen kann. Als ihr neuester Film sie also in den Great Smoky Mountains National Park in Tennessee verschlägt, kann sie nur froh sein, dass ein charmanter Park Ranger namens Jethro Winston sie aufgabelt und kein launischer Schwarzbär. Sienna ist aus Hollywood einiges an gutem Aussehen gewohnt, aber mit seinem Südstaatencharme, dem Dreitagebart und natürlichem Sexappeal, ist Jethro eine ganz andere Sorte Mann. Und bald schon verliert Sienna nicht nur die Orientierung rund um Green Valley, sondern auch ihr Herz.

Von Penny Reid sind bei Forever erschienen:
In der Winston-Brothers-Reihe:
Wherever you go
Whatever it takes
Whatever you need
Whatever you want

Die Autorin

Penny Reid ist USA Today Bestseller-Autorin der Winston-Brothers-Serie und der Knitting-in-the-city-Serie. Früher hat sie als Biochemikerin hauptsächlich Anträge für Stipendien geschrieben, heute schreibt sie nur noch Bücher. Sie ist Vollzeitmutter von drei Fasterwachsenen, Ehefrau, Strickfan, Bastelqueen und Wortninja.

Penny Reid

Winston Brothers

Whatever it takes

Aus dem Amerikanischen
von Sybille Uplegger

FOREVER

Forever by Ullstein
forever.ullstein.de

19,-€

MIX
Papier
FSC® C083411

Deutsche Erstausgabe bei Forever
Forever ist ein Verlag
der Ullstein Buchverlage GmbH, Berlin
Oktober 2018 (1)

Titel der amerikanischen Originalausgabe:
Grin and Beard it (Penny Reid 2016)
Umschlaggestaltung: zero-media.net, München
Titelabbildung: © FinePic®
Innengestaltung: deblik Berlin
Gesetzt aus der Quadraat Pro powered by pepyrus.com
Druck- und Bindearbeiten: CPI books GmbH, Leck

ISBN 978-3-95818-313-1

Für die überaus fähigen Entwickler von Microsoft Windows 10.
Seid gepriesen.
Seid. Gepriesen.

Kapitel 1

Sienna

Ich hatte mich verfahren.

Ich hatte mich so was von verfahren. Vor lauter Verzweiflung darüber, wie sehr ich mich verfahren hatte, bekam ich fast keine Luft mehr. Ich hatte mich so sehr verfahren, dass ich mich schon fragte, ob ich womöglich in einer anderen Dimension gelandet war und für immer verschollen bleiben würde. Seit über einer Stunde hatte ich kein anderes Auto geschweige denn ein menschliches Wesen zu Gesicht bekommen. Vielleicht war ich der letzte Mensch auf Erden. Vielleicht waren alle anderen von Außerirdischen entführt worden. Nur ich hatte mich so gründlich verfahren, dass mich nicht einmal die Aliens finden konnten.

Egal. Paralleluniversum und kidnappende Aliens hin oder her, meine Frustrationsgrenze war inzwischen weit überschritten. Und wenn ich frustriert bin, fange ich an zu weinen.

In diesem Moment war ich ganz kurz davor. Das hasse ich an mir.

Und genau deshalb lenkte ich, als ich ein Stück vor mir einen Aussichtspunkt entdeckte, meinen winzigen Mietwagen in die dazugehörige Parkbucht und brachte ihn zum Stehen. Weinen beim Autofahren ist wie Weinen während des Essens oder beim Sex: unangenehm, feucht (und nicht die gute Art von feucht) und gefährlich.

Ich versuchte nicht weiter über den Umstand nachzudenken, dass dieser Aussichtspunkt mir verdächtig bekannt vorkam. Ich war mir relativ sicher, dass ich bereits eine Stunde zuvor an exakt derselben Stelle angehalten hatte, bei dem vergeblichen Versuch, aus der Straßenkarte schlau zu werden, die mittlerweile zusammengeknüllt neben mir auf dem Beifahrersitz lag. Jetzt würde ich ebendiese Karte ein weiteres Mal konsultieren müssen, vermutlich mit dem gleichen Ergebnis: weitere zwei Stunden Irrfahrt auf diesen gottverfluchten Bergstraßen.

Die tiefen Atemzüge, die ich nahm, um mich zu beruhigen, klangen eher wie hysterisches Japsen. Ich riss die Straßenkarte an mich und schüttelte sie aus. Das laute Rascheln des Papiers unter meinen Händen verschaffte mir ein Gefühl tiefer Genugtuung. Ich räusperte mich. Ich starrte die Karte an. Ich starrte die Karte noch ein wenig länger an.

Und kam zu dem Schluss, dass sie von sadistischen Ägyptern mit Rechtschreibschwäche verfasst worden sein musste, sie bestand nämlich komplett aus Hieroglyphen sowie irgendwelchen unleserlichen Kritzelbildchen.

Ich verfluchte die Karte. »MOTHRAS NIPPEL, WIE ICH DIESE SCHEISSKARTE HASSE!«

Eine Woge irrationalen Zorns kochte in mir hoch und ich konnte an nichts anderes mehr denken, als daran, die Karte zu vernichten. Ich würde ihr schon zeigen, wer hier der Boss war.

Ich war der Boss. Nicht irgendeine dämonische, vollkommen fehlerhafte Straßenkarte. Mir blieb gar keine andere Wahl, als das Teufelsding mehrmals gegen das Lenkrad zu schlagen. Dabei schnaufte ich und stieß eine Reihe von Flüchen aus, die meinen Vater, einen ehemaligen Seemann, mit Stolz erfüllt – und ihm womöglich die Röte in die Wangen getrieben – hätten.

Als ich damit fertig war, öffnete ich, immer noch schnaufend und tobend, die Fahrertür und stieg aus. Ich schmetterte die Karte gegen die Karosserie meines Mietwagens, schleuderte sie zu Boden und trampelte darauf herum. Ich trat und attackierte sie auf jede nur erdenkliche Art und Weise. Es ist mir ein wenig peinlich, es zuzugeben, aber in meinem blinden Zorn verhöhnte ich die Karte sogar. Ich stellte ihre Männlichkeit infrage, zeigte ihr den Stinkefinger und wünschte ihr sowohl auf Englisch als auch auf Spanisch die Pest an den Hals.

Das hier war mein härtester Cardio-Work-out seit über zwölf Monaten.

Du dreckige Karte, was fällt dir ein, mich zu zwingen, Cardio-Training zu machen? Ich bring' dich um!

Anfangs merkte ich gar nicht, dass ich nicht mehr allein war. Zwar hatte ich vage mitbekommen, dass während meines Straßenkarten-Breakdance-Angriffs ein Pick-up-Truck an mir vorbeigefahren war, allerdings hatte ich ihn nicht weiter beachtet. Noch vor zwanzig Minuten hätte ich ihn angehalten oder mich schleunigst wieder ins Auto geschwungen, um ihm hinterherzufahren. Aber jetzt war ich hochrot im Gesicht, mir liefen der Rotz aus der Nase und der Schweiß über den Rücken. Das Letzte, was ich brauchte, waren Fotos von meinem Ausraster im Internet ... auch wenn es nicht das erste Mal gewesen wäre.

Aber dann kam der Truck zurück. Das Geräusch von Reifen auf Kies ließ mich in meiner blindwütigen Gewaltorgie innehalten.

»So eine Kacke!«

Ich holte tief Luft und versuchte mich zu beruhigen. Gegen die Seite meines Wagens gelehnt schloss ich die Augen. Ich musste mich so schnell wie möglich sammeln, mein Lächeln aufsetzen und meinen berühmten Charme entfesseln.

Inzwischen bereute ich fast, dass ich meiner Schwester – die darüber hinaus auch noch meine überaus kompetente Managerin war – nicht erlaubt hatte, mich zu begleiten. Aber nein, ich hatte ja unbedingt allein sein wollen. Ein bisschen Ruhe und Frieden genießen. Die Welt war mir zu laut geworden, die Studios zu dreist, die Paparazzi zu aufdringlich.

Vergangenen Monat war in meinem Haus in L.A. viermal eingebrochen worden. Dreimal waren es übermütige Fans gewesen, aber ein Einbruch ging auf das Konto einer Reporterin, die auf der Suche nach schmutziger Wäsche meine privaten Sachen durchwühlt hatte. Erfolglos, denn ich *besaß* keine schmutzige Wäsche. Nicht das kleinste Fitzelchen. Mein Leben war ein offenes Buch. Wie auch immer. Jedenfalls hatte ich meine Schwester dieses eine Mal nicht dabeihaben wollen.

Und meine Leibwächter waren noch in Knoxville. Und jetzt hatte ich mich verfahren. Ich hatte eine Auszeit von meinem Leben als Sienna Diaz gewollt. Und wäre ich im Besitz einer anständigen Straßenkarte gewesen, hätte ich die vielleicht auch bekommen. Aber so ...

Ich schielte zur Seite und versuchte durch den Vorhang meiner dunkelbraunen Haare einen Blick auf den Fahrer des Trucks zu erhaschen – in erster Linie, um herauszufinden, ob ich gefilmt wurde. In dem Moment fielen mir die Signalanlage auf dem Wagendach sowie das Emblem an Tür und Motorhaube auf.

Es war also ein offizielles Fahrzeug. Und der Mann darin – der nun ausstieg und die Sonnenbrille abnahm – war ebenfalls in offiziellem Auftrag unterwegs, denn er trug eine Uniform inklusive Hut und Gürtel, an dem allerlei Gerätschaften befestigt waren. Ein Beschäftigter im öffentlichen Dienst.

DANKE, UNIVERSUM.

Ich warf mir die Haare aus dem Gesicht, wischte mir mit dem Handrücken notdürftig über Wangen und Stirn und war heilfroh, meinen Charme wider Erwarten nun doch nicht bemühen zu müssen. Polizisten und andere Staatsdiener machten für gewöhnlich keine Amateurvideos mit dem Handy. Und wenn doch, wurden sie dafür gefeuert. Ich konnte also meine professionelle Maske zusammen mit Satans zerfledderter Straßenkarte getrost im Staub liegen lassen.

Als ich mich aufrichtete und zu dem Mann umdrehte, sah ich, wie dieser automatisch seine Schritte verlangsamte. Er wirkte verblüfft und unverhohlene Neugier erhellte sein Gesicht. Ich war erkannt worden. Ich schenkte ihm ein kleines, schmallippiges Lächeln, damit er Zeit hatte, seinen ersten Schock zu überwinden. Doch diese Zeit brauchte er gar nicht, denn seine Verblüffung machte gleich darauf einer Art wohlmeinender Belustigung Platz. Seine linke Augenbraue wanderte ein kleines Stückchen in die Höhe, während sein Blick über meinen Körper glitt. Seine Lippen waren zusammengekniffen, als müsse er krampfhaft ein Schmunzeln unterdrücken. Irgendwann gab er den Kampf auf und grinste. »Abend, Ma'am«, grüßte er. Er hatte einen aufregenden Akzent und eine wunderschöne tiefe Stimme. Er tippte sich sogar an den Hut.

Und das war der Moment, in dem mir auffiel, dass Officer Grins-a-lot richtig süß war. Annähernd eins neunzig groß, funkelnde, von dichten Wimpern umkränzte Augen und ein markanter Kiefer, an dem ein dunkelbrauner Bart spross. Die meisten Menschen hätten ihn vermutlich nicht als *süß* beschrieben. Ich bin mir sogar relativ sicher, dass die Mehrheit der Frauen ihn als *ultraheiße Schnitte* bezeichnet hätte. Aber nach fünf Jahren in Hollywood hatte ich alle gut aussehenden Männer pauschal auf *süß* heruntergestuft.

In meiner Anfangszeit als Schauspielerin war ich mit vielen heißen Typen ausgegangen. Kleinen heißen Typen, großen heißen Typen, muskulösen heißen Typen, dünnen und kräftigen heißen Typen ... Ich hatte heiße Typen jeder Art und Größe klargemacht. Doch im Lauf der Jahre hatte ich eins feststellen müssen: Je heißer der Typ, desto mehr glich sein Verhalten dem eines verzogenen, unselbstständigen Kindes. Außerdem konnte ich es mir gar nicht leisten, mich mit Männern abzugeben. Meine Karriere ging vor. Wie meine Schwester nicht müde wurde zu betonen: Wenn ich Erfolg haben wollte, durfte ich meine Zeit nicht mit heißen Typen verplempern. Und mit anderen Typen auch nicht.

Ich quittierte seinen höflichen Gruß mit einem Nicken, während ein Windstoß mich zwang, mir meine langen Haare aus dem Gesicht zu halten. »Howdy, Partner.«

Im nächsten Moment zuckte ich innerlich zusammen. Das war wirklich alles andere als charmant. Das war unfreiwillig peinlich. Dabei konnte ich jede Hilfe gebrauchen, die zu gewähren er imstande war, auch wenn meine Erwartungen diesbezüglich eher gering waren, weil er einfach zu heiß aussah. Ich schickte ein stilles Stoßgebet gen Himmel, er möge kein Vertreter der schlimmsten Kategorie heißer Typen sein: das heiße Arschloch.

Zu meiner Verteidigung sei gesagt, dass ich nach meiner unbeholfenen Begrüßung wenigstens nicht mit einer Aussage à la *»Jemand hat das Wasserloch vergiftet«* nachlegte.

Er presste die Lippen aufeinander, als müsse er sich schon wieder ein Lachen verkneifen.

Ich wappnete mich. Man konnte nie vorhersagen, wie die Leute auf mich reagierten. Manchmal baten sie mich, eine Textzeile aus einem meiner bekannteren Filme zu zitieren. Normalerweise tat ich das gern, aber ich war spät dran und hungrig und brauchte dringend eine Dusche, und dieser Kerl war viel zu attraktiv, als dass ich in seiner Gegenwart einen meiner beliebtesten Sätze – wie beispielsweise *»Ich mache dir ein Sandwich, wenn du mir den Hengst machst«* oder *»Dicke Mädels lieben dicke Schwänze«* – hätte zum Besten geben wollen.

Doch statt mich um ein Autogramm zu bitten oder mir zu sagen, wie sehr ich ihm in meiner letzten Rolle als Frankensteins tollpatschige, moppelige kleine Schwester gefallen hätte, räusperte er sich lediglich, schob sich den Cowboyhut in den Nacken und fragte: »Ma'am, benötigen Sie Unterstützung?«

»Ja.« Unwillkürlich stürzte ich auf ihn zu und packte ihn am Arm. Heißer Typ hin oder her, in diesem Meer ewig gleicher Bergstraßen war er meine Rettungsinsel. Sein Blick ging zu meiner Hand, die ihn am Ärmel festhielt. Es machte mir überhaupt nichts aus, dass mir meine Verzweiflung deutlich anzuhören war. »Ja, bitte. Ich habe mich total verfahren. Das Navi hat mich schon vor drei Stunden im Stich gelassen, und jetzt fahre ich zum x-ten Mal diese Straße hier entlang. Mein Handy hat kein Netz. Mein Tank ist so gut wie leer. Ich habe nicht den Schimmer einer beschissenen Ahnung, wo ich bin. Sie sind mein Held.«

Bei diesen Worten stand er gleich ein wenig aufrechter. Als er antwortete, tat er dies in ruhigem, besänftigendem Ton. Er tätschelte sogar meine Hand, die nach wie vor seinen Arm festhielt. Seine Hand war groß und warm und rau und fühlte sich wirklich sehr tröstend an.

Noch nie zuvor hatte ein heißer Typ mich erfolgreich getröstet.

Das war richtig schön.

Und irgendwie seltsam.

»Wo wollen Sie denn hin?«, fragte er sanft.

»Ich will zum Bandit Lake, und wenn Sie mich dort hinlotsen, gebe ich Ihnen alles, was Sie verlangen, und ich lege sogar noch eine in Hieroglyphen verfasste Straßenkarte obendrauf.«

Ich sah, wie er bei der Erwähnung meines Zielortes die Augen zu Schlitzen verengte. »Zum Bandit Lake?«

Ich nickte. »Richtig.«

»Haben Sie ein Haus da oben?«

»Es ist nicht mein Haus. Es gehört einem Freund, Hank Weller. Ich miete es für ein paar Wochen.«

»Hank? Sie sind mit Hank befreundet?«

Wieder nickte ich. »Ja, Officer. Wir waren zusammen auf dem College.«

»Ich bin nicht bei der Polizei, Miss. Ich bin Ranger hier im Nationalpark.«

Ich betrachtete seine Uniform eingehender. Tatsächlich, sie war grün, nicht blau. Ich zuckte mit den Schultern. Was interessierte es mich, wo er arbeitete, solange er mir helfen konnte, aus dieser Folge von *Twilight Zone* zu entkommen – vorzugsweise ehe die Banjomusik einsetzte und eine Meute Karohemden tragender Bluthunde auf mich losgelassen wurde.

»Ach so. Wie soll ich Sie denn dann ansprechen? Mr Ranger?«

Er biss sich auf die Lippe und drückte meine Hand. »Sie können Jethro zu mir sagen, Miss. Sie meinten eben, Sie hätten kein Benzin mehr?«

»Sie heißen Jethro?«

»Ja, genau.«

Ich starrte ihn an. Irgendwie, fand ich, passte der Name nicht richtig zu einem heißen Typen wie ihm. Falls er ins Filmgeschäft einsteigen wollte, würde er sich einen neuen zulegen müssen. Cain oder Dean oder so etwas Ähnliches. Oder Cain Dean. Jeweils vier Buchstaben, nur eine Silbe und leicht zu merken. Meiner Erfahrung nach kannten sich heiße

Typen von seinem Schlag weder mit Orthographie noch mit korrekter Aussprache besonders gut aus.

»Wie viel haben Sie denn noch im Tank?«, wollte er wissen.

»Das rote Licht blinkt schon. Ich glaube, ich fahre auf dem letzten Tropfen.«

»Kein Problem.« In seinen Augen funkelte ein warmes, interessiertes Lächeln. »Ich kann Sie gern zum See bringen, und dann lassen wir Ihren Wagen abschleppen und volltanken.«

»Wie Jethro Tull?«

»Entschuldigung?«

»Ihr Name – Jethro, so wie Jethro Tull?«

Sein freundlicher Blick ging zu meinem Gesicht und er schmunzelte. Schon wieder. Noch breiter als vorhin. »Nein, Jethro wie Moses' Schwiegervater im Alten Testament. Haben Sie Taschen, Miss?« Er drückte noch ein letztes Mal beruhigend meine Hand, ehe er sich von mir losmachte, zur Fahrertür meines Wagens ging – die immer noch offenstand – und den Schlüssel aus der Zündung zog.

»Taschen?«

»Ja. Gepäck.«

Ich schnaubte. »O ja. Ziemlich viel sogar. Aber keine Sorge, ich bin in Therapie«, sagte ich und lachte über meinen eigenen Scherz.

Der süße Jethro richtete sich wieder auf und sah mich erwartungsvoll an. »Wie bitte?«

Als ich erkannte, dass er meine humorige Bemerkung nicht gehört – oder womöglich nicht verstanden – hatte, hörte ich auf zu lachen und räusperte mich.

Wenn ich nervös bin, mich in irgendeiner Weise unwohl fühle oder mit einem Übermaß an Emotionen konfrontiert bin, mache ich Witze. So bin ich nun mal gestrickt. Witze sind mein Ding. Manch einer würde es vielleicht sogar als Zwang bezeichnen. »*Hey! Schaut mal her, wie lustig ich bin! Konzentriert euch lieber darauf statt auf die Schweißflecken unter meinen Achseln oder meine beängstigend weit geblähten Nasenlöcher …*«

Aus meinem Verhalten ließ sich also schlussfolgern, dass Ranger

Jethro mich nervös machte. Was vollkommen bizarr war, denn eigentlich hatte ich geglaubt, seit meinem letzten Freund gegen heiße Typen immun zu sein. *Sehr. Merkwürdig.* Ich machte meinen unfreiwilligen Cardio-Work-out dafür verantwortlich.

Komik ist zu einhundert Prozent eine Frage des Timings. Ich hatte schon früh in meiner Karriere gelernt, nicht auf einer Pointe herumzureiten, sondern gleich weiterzumachen, auch wenn es mir um die ungehört verhallten Witze oft leidtat. Sie waren das komödiantische Pendant zu den biblischen Samen, die auf Felsen fallen. Blöde Felsen.

»Sorry. Ja. Taschen. Im Kofferraum.« Ich deutete mit dem Daumen über meine Schulter und strich mir die Haare hinter die Ohren. Ich nahm mir vor, ab jetzt so wenig wie möglich zu reden.

Sein freundlicher, interessierter Blick ruhte weiterhin auf meinem Gesicht. Wir starrten einander an. Dann starrten wir uns noch ein bisschen länger an. Also wartete ich.

Ein Vogel zwitscherte.

Der Wind raschelte in den Blättern der Bäume.

Und Ranger Jethro starrte immer noch.

Sein Blick war verträumt, sogar ein bisschen sinnlich, und ich fragte mich, ob ich es hier mit einem besonders glühenden Bewunderer zu tun hatte. Oder vielleicht hatte er einfach nur noch nie einen echten Prominenten gesehen. Was auch immer der Grund für diesen Blick war, ich hoffte, dass er sich bald sattgesehen hatte und in die Gänge kam, ich musste nämlich dringend aufs Klo. Mich hinter den großen Baum ganz am Ende des gekiesten Aussichtspunkts zu hocken kam nicht infrage. Das hatte ich nämlich schon vor über einer Stunde getan, als ich zum ersten Mal hier gestrandet war.

Ich war kurz davor, den nächsten Witz vom Stapel zu lassen, als Ranger Jethro blinzelte und damit den Bann brach. Er nickte, beugte sich ins Innere meines Wagens und entriegelte den Kofferraumdeckel. Ich ging nach hinten, um meine Sachen zu holen, doch er war sofort zur Stelle und nahm meinen Koffer sowie die Reisetasche, noch ehe ich die Kofferraumklappe vollständig geöffnet hatte.

»Erlauben Sie«, sagte er und schenkte mir erneut ein breites Lächeln.

»Ranger Jethro, ich kann mein Gepäck wirklich alleine tragen.«

»Das hier ist eine Rundum-sorglos-Rettungsaktion, Miss.« Er richtete sich auf und stellte meinen fünfunddreißig Kilo schweren Koffer auf den Kies. Dann schlang er sich den Riemen meiner Reisetasche über die Schulter, und statt den Koffer hinter sich herzuziehen, packte er ihn am Griff und trug ihn bis zur Ladefläche seines Trucks.

Ich sah ihm stirnrunzelnd nach. »Das Ding hat Rollen, Ranger.«

»Ich will nicht, dass sie kaputtgehen bei dem Kies hier«, erklärte er schnaufend.

Angesichts solcher Geistesgegenwart und Rücksichtnahme konnte ich nur verdattert eine Augenbraue hochziehen. Argwöhnisch ging ich zum Rücksitz, um meinen Rucksack zu holen. Das hier war wirklich eine Folge aus *Twilight Zone*. Ein heißer Typ, der auch noch fähig war? Das überstieg meinen Verstand.

Außer er ist schwul. Ja, mit Sicherheit ist er schwul.

Ich hatte die Erfahrung gemacht, dass die meisten heißen Typen, die sowohl freundlich als auch fähig waren, schwul waren. Sie waren mir die liebsten heißen Typen. Ich hoffte sehr, dass Ranger Jethro schwul war.

Als ich mich wieder aufrichtete, sah ich, dass er an der geöffneten Beifahrertür seines Trucks stand und mich beobachtete. Er hatte immer noch dieses verführerische Lächeln im Gesicht, auch wenn es jetzt nicht mehr ganz so auffällig war. Er taxierte mich. Seine Augen waren unter der Krempe seines Huts gerade noch sichtbar.

Ja … nein. Ranger Jethro ist nicht schwul.

Meine Schritte gerieten ins Stocken, denn ich verspürte ein seltsames Flattern direkt unterhalb meines Brustkorbs, wie ein kurzes Atemholen. Vielleicht war es sexuelle Anziehung … aber wahrscheinlich eher Hunger, kombiniert mit der Angst, ermordet zu werden. *Wenn man irgendwann meine Leiche findet, war es der hübsche, nach Moses' Schwiegervater benannte Ranger.*

Ich gesellte mich zu ihm und der geöffneten Tür. Nach einem Blick ins Innere des Trucks sagte ich: »Moses' Schwiegervater hieß also Jethro, ja?«

»Ganz genau.« Er legte den Kopf schief und nahm mir den Rucksack von der Schulter.

Abermals flatterte es in meinem Magen. Ich schluckte, um das Gefühl einzudämmen. »Wie kommt es, dass ich nichts davon wusste?«

Sein Blick folgte dem Umriss meiner Haare und ging schließlich an meinen Schultern vorbei in die Ferne. »Vielleicht haben Sie das Rundschreiben nicht gekriegt.«

Ich holte tief Luft, nahm all meinen Mut zusammen und stieg in den Truck. »Als Nächstes wollen Sie mir weismachen, dass Moses' Onkel Darnel oder Cletus hießen.«

»Nein. Seine Onkel hießen Jizhar, Hebron und Usiel.« Mit diesen Worten stellte er den Rucksack vor mich in den Fußraum und warf die Tür zu. Ich sah ihm nach, als er um die Motorhabe des Trucks herum zur Fahrerseite ging. Seine Schritte waren gemessen, seine Hände lagen auf dem Gürtel um seine schlanke Taille. Ich mochte diesen Gürtel, damit sah er gleich noch fähiger aus. Außerdem hatte er einen schönen Gang. Definitiv nicht den Gang eines Mörders.

Sobald er die Fahrertür geöffnet hatte, ließ er verlauten: »Aber die Mutter von Moses war zugleich auch die Tante seines Vaters. Sicherheitsgurt.«

Ich starrte sein Profil an, während er die Tür zuzog. »Seine Mutter hieß Sicherheitsgurt?«

»Nein.« Er lachte und seine haselnussbraunen Augen blitzten, als er mich ansah, als fände er *mich* süß. »Legen Sie bitte den Sicherheitsgurt an, Miss.«

Ich tat wie geheißen, während ich, statt mich von seiner Fähigkeit und seiner überaus angenehmen zuvorkommenden Art verwirren zu lassen, über das nachdachte, was er mir soeben mitgeteilt hatte. »Die Mutter von Moses war gleichzeitig die Tante seines Vaters?«

»Ja, das ist richtig.« Er nickte einmal kurz, ließ dann den Motor an und warf einen Blick in Rück- und Seitenspiegel. »Moses' Mutter hieß Jochebed, und ihr Neffe Amram war Moses' Vater.«

Ich öffnete den Mund, machte ihn wieder zu und öffnete ihn noch einmal. Irgendwann gelang es mir zu sagen: »Das heißt, seine Mutter war seine Großtante?«

»Und sein Großvater war sein Onkel, und sein Vater war sein Cousin.«

Der Ranger wendete den Truck und fuhr in die Richtung, aus der ich gekommen war.

»Hm …« Ich ließ mir das eine Weile durch den Kopf gehen, ehe ich ohne nachzudenken herausplatzte: »Tja, Sie wissen ja, was man sagt.«

»Was sagt man denn?«

»Wenn er schon nicht in der Hose bleibt, dann wenigstens in der Familie.«

Daraufhin fielen ihm fast die Augen aus dem Kopf und er röchelte schockiert.

Armer süßer Ranger Jethro. Er sah aus, als wisse er nicht, ob er lachen oder vor Entsetzen schreien sollte. Ich hatte ihn in seiner männlichen Empfindsamkeit verletzt.

Er hustete. »Also, das habe ich noch nie gehört.«

»Wirklich nicht? Ich hätte gedacht – na ja, Sie wissen schon … Wenn man im hinterletzten Winkel der Appalachen lebt so wie Sie …«

Ach. Du. Scheiße.

»Habe ich das gerade laut gesagt?« Ich schloss die Augen und stöhnte.

»Ja. Haben Sie.« Er lachte. Es war ein Lachen, das tief aus dem Bauch kam. Es klang schön.

»Na ja, ich dachte nur … Sie wissen schon. Ich dachte, die Leute hier, also …« Meine Wangen brannten, und diesmal war es nicht die Folge eines Straßenkarten-Vernichtungs-Cardio-Work-outs. Dass er immer noch lachte, linderte meine Verlegenheit allerdings ein wenig. Im Grunde genommen interessiert es mich nicht, ob die Leute mit mir oder über mich lachen. Für mich zählt nur das Lachen an sich. Koste es, was es wolle.

»Was ist mit *den Leuten hier?*«, hakte er nach. Sein Lachen klang tief und satt und wunderbar.

Ich war immer noch verlegen, weil ich durch meine Bemerkung das ganze Ausmaß meiner Vorurteile offenbart hatte. »Mann, das kam wirklich völlig falsch raus. Es war gar nicht so gemeint.«

»Seien Sie nicht zu streng mit sich. Sie sind sehr eloquent, und ich fand die Bedeutung Ihrer Aussage recht klar«, zog er mich auf.

Hat er gerade eloquent gesagt?

Statt etwas zu erwidern wie »*Das ist aber ein ziemlich schwieriges Wort für einen heißen Typen wie Sie*«, sagte ich: »Es tut mir leid. Es tut mir so leid. Ich weiß gar nicht, was ich rede. Bitte nehmen Sie meine Entschuldigung an. Ich kurve schon seit Stunden durch die Gegend und habe nichts gegessen seit ... Keine Ahnung, wann ich zuletzt etwas gegessen habe. Ich kenne nicht mal mehr meinen Namen. Wo bin ich hier überhaupt? Ich habe nicht den blassesten Schimmer eine Ahnung.«

»Ihren Namen haben Sie mir noch nicht verraten, was das angeht, kann ich Ihnen also nicht weiterhelfen. Aber Sie sind hier in Green Valley, Tennessee, und die Straße, auf der wir uns befinden, heißt Moth Run Road.«

Moment mal ... was?

Ich sah Ranger Jethro von der Seite an. »Sie kennen meinen Namen nicht?«

»Wenn er Ihnen gar nicht mehr einfällt, könnten Sie in Ihrer Brieftasche nachschauen.« Er deutete mit dem Kinn auf meinen Rucksack und ein Lächeln huschte über seine Züge. »Ich würde ihn nämlich auch gerne erfahren – falls Sie nichts dagegen haben.«

Ich setzte mich kerzengerade hin, drehte mich halb zu ihm herum und sah ihn mit offenem Mund an. »Sie wissen wirklich nicht, wer ich bin?« Mein Tonfall musste meine Entgeisterung verraten haben, denn das Lächeln wich aus seinen Zügen. Wir hielten an einer roten Ampel, und er setzte den Blinker, obwohl weit und breit kein anderer Verkehrsteilnehmer zu sehen war. Erneut ging sein Blick zu mir. Er wirkte verunsichert.

»Sollte ich denn?«, fragte er argwöhnisch.

Ich war wie vor den Kopf geschlagen. Nur ganz langsam setzten sich die Rädchen in meinem Gehirn in Bewegung, der Schleier vor meinem inneren Auge lüftete sich und ich erkannte die Wahrheit.

Das Lächeln, die anhaltenden Blicke, das zuvorkommende Verhalten – Ranger Jethro stand auf mich.

Auf *mich*. Er hatte mit *mir* geflirtet.

Nicht mit Sienna Diaz, Filmstar, Komikerin, Millionärin, Oscarpreisträgerin und Amerikas Liebling.

Rodans Nasenlöcher! Ich konnte mich gar nicht mehr daran erinnern, wann mich das letzte Mal jemand nicht erkannt hatte. So, wie er mich gerade ansah, glaubte er wahrscheinlich, wir wären uns schon einmal begegnet und er hätte meinen Namen vergessen. Oder vielleicht befürchtete er, dass wir miteinander im Bett gewesen waren und er sich nicht mehr daran erinnern konnte.

Kaum hatte ich das gedacht, wurde mir klar, zu welcher Unterkategorie von heißem Typen er gehörte: Er war ein Mehrfach-Dater. Mehrfach-Dater waren die gefährlichsten heißen Typen von allen, denn sie waren intelligent, sie waren humorvoll, sie waren fähig und charmant und liebenswert. Außerdem machten sie es einem leicht, sich in sie zu verlieben, denn welche Frau wünschte sich nicht einen heißen, intelligenten, humorvollen und fähigen Mann an ihrer Seite? Das Problem war nur, dass sie nicht unbedingt *nett* waren. Sie waren gefährlich, denn sie wollten nur das Eine: heiße Frauen. So viele heiße Frauen wie möglich. Nachschub bitte nicht stoppen.

Schön für Ranger Jethro. Sollte er seine heißen Frauen haben. Noch vor einem Jahr hätte ich nichts dagegen gehabt, eine dieser heißen Frauen zu sein. Doch im Augenblick hatte ich kein Interesse daran, mit Männern auszugehen, und erst recht keine Lust darauf, mein Herz an einen Frauenverschleißer zu verlieren.

Er schluckte. Auf einmal war seine Miene sehr besorgt, als mache er sich auf etwas Unangenehmes gefasst

Und ich konnte nicht anders. Ich konnte einfach nicht anders.

Ich warf den Kopf in den Nacken und lachte.

Kapitel 2

Jethro

Ich hatte nachgelassen.

Statt mir ihre Nummer zu geben – oder auch nur ihren Namen zu nennen –, machte diese hübsche Frau sich lustig über mich. Es fiel mir schwer, das nicht persönlich zu nehmen. Ihr Lachanfall ging eindeutig auf meine Kosten. Nur dass ihr Lachen ebenso echt wie ansteckend war. Also lachte ich mit.

»Ach, Ranger Jethro«, sagte sie und wischte sich die großen braunen Augen. An ihren Wimpern hingen Lachtränen. Ich konnte gar nicht wegschauen. Sie hatte die längsten Wimpern, die ich je gesehen hatte. »Sie sind so süß. Am liebsten würde ich Sie in die Tasche stecken und mit nach Hause nehmen.«

Ich hätte ihren Slip vorgezogen, aber mit ihrer Tasche würde ich mich auch zufriedengeben.

Fürs Erste …

Ich streckte meine Finger am Lenkrad. Dieser letzte Gedanke war wirklich beunruhigend. Ich hatte die letzten fünf Jahre enthaltsam gelebt. Was zum Henker passierte hier gerade? Was machte ich? Wieso jetzt und wieso – abgesehen vom Offensichtlichen – gerade bei dieser Frau?

Außerdem: *süß*? Ich musste mich zusammenreißen, um keine Grimasse zu schneiden.

»Sie haben ein sehr hübsches Lachen«, sagte ich stattdessen, weil es stimmte.

Sie warf mir einen Seitenblick zu, grinste und entblößte dabei eine Menge weißer Zähne. Mir stockte der Atem. Ihr Lächeln war nicht von dieser Welt. Und diese Grübchen. Wow.

Sie sagte gerade etwas, also zwang ich mich, meine Aufmerksamkeit von ihren Grübchen ab- und ihren Worten zuzuwenden. »Danke, Ranger Jethro. Ich glaube, mir hat noch nie jemand ein Kompliment für mein Lachen gemacht.«

Widerstrebend fuhr ich meine Augäpfel wieder ein, ehe ich links auf den Parkway abbog. Ich räusperte mich. »Dann muss jeder, den Sie bisher kennengelernt haben, taub sein.«

Es war nicht nur ihr Lachen, auch ihre Stimme. Sie klang so melodisch. Und da war noch etwas ... etwas schwer Fassbares, aber unheimlich Anziehendes. Natürlich und ungekünstelt.

Sie lachte abermals, wenngleich nicht mehr ganz so laut wie zuvor. »Normalerweise bin ich auch nicht diejenige, die lacht«, murmelte sie. Ich warf ihr einen schnellen Blick zu und stellte fest, dass sie nach vorn auf die Straße starrte. »Wenn ich die nächsten Tage hier unterwegs sein und nicht von Aliens oder Einheimischen oder einheimischen Aliens entführt werden will, sollte ich wohl besser darauf achten, wo wir hinfahren.«

Sie war sich dessen vermutlich nicht bewusst, aber wir waren nicht mehr weit von der Abzweigung zum Bandit Lake entfernt. Ich überlegte hin und her, ob ich noch eine Runde um den Berg drehen sollte, um mich weiter mit ihr unterhalten zu können. Ich hatte seit fünf Jahren keine Frau mehr angerührt, kein Auto mehr geknackt und generell keinem Menschen mehr Schaden zugefügt. Aber diese Frau war in jeder Hinsicht mein Typ.

Lange Haare, dunkle Augen, groß, mehr Kurven als gerade Linien. Und sie hatte Lippen, die sich nur als üppig beschreiben ließen. Ja, ich hatte ein bestimmtes Beuteschema, und diese Frau passte genau hinein. Das machte sie zu einer Gefahr. Zu einer Versuchung. Mir war nicht entgangen, dass sie mir immer noch nicht ihren Namen verraten hatte, aber angesichts meiner Gefühle war ihre Zurückhaltung vielleicht gar nicht das Schlechteste.

Ich räusperte mich, auf einmal seltsam nervös. Ich konnte mich nicht daran erinnern, wann mich das letzte Mal jemand nervös gemacht hatte. Vielleicht die Polizistin im Nachbarort, die mich vor sechs Jahren wegen Autodiebstahls festgenommen hatte. Die war echt hübsch gewesen. Eine starke Frau. Leider bewaffnet.

Obwohl in meinem Kopf sämtliche Alarmglocken schrillten, hatte diese höchst angenehme, kribbelnde Nervosität zur Folge, dass ich fieberhaft überlegte, wie ich es anstellen sollte, Wimpern-und-Grübchen erneut nach ihrem Namen zu fragen, ohne dabei allzu aufdringlich zu erscheinen.

»Haben Sie vielleicht Lust auf eine kleine Tour?«, fragte ich lässig. »Ich bin ein ausgezeichneter Fremdenführer.« Ich trug ziemlich dick auf. Mann, ich war wirklich aus der Übung.

Sie sah mich mit fragend hochgezogenen Augenbrauen an.

»Durch die Berge?«, setzte ich, um einen beiläufigen Tonfall bemüht, hinzu und deutete auf die Straße vor uns. »Ich könnte Ihnen ein bisschen die Gegend zeigen. Ihnen erklären, wo alles ist, damit Sie sich nicht wieder verfahren.« Dann fügte ich mit einem Augenzwinkern hinzu: »Obwohl es mir nichts ausmachen würde, Ihnen noch mal zu Hilfe zu kommen.«

»Was? Jetzt?« Sie sah mich an, als wäre ich geistesgestört. Meine Charmeoffensive schien sie nicht zu beeindrucken. Oder vielleicht bemerkte sie sie auch gar nicht. »Ja, sicher.« Ich zuckte mit den Schultern. »Der Rundweg ist nicht lang.«

»Also …« Sie rutschte auf ihrem Sitz hin und her. »Ich würde schon gern, aber ich muss so dringend pinkeln wie eine Prostituierte mit Blasenentzündung, deshalb wäre es toll, wenn wir direkt zum Haus fahren könnten«, erklärte sie im Plauderton.

Ich gab mir Mühe, nicht schon wieder zu grinsen. Ich glaube, sie legte es gar nicht darauf an, witzig zu sein. Sie sagte manchmal einfach nur witzige Dinge. Witzige, wundervolle Dinge. Wahrscheinlich wären sie nicht halb so wundervoll gewesen, wenn sie nicht so verdammt umwerfend ausgesehen hätte.

»Falls es in Hanks Haus nichts zu essen gibt, steht hinter Ihrem Sitz eine Kühlbox, da ist ein Sandwich drin.« Ich ging vom Gas und setzte erneut den Blinker. Wir waren an der Schotterstraße angelangt, die um den See herumführte.

»Nein. Nein, danke, ich kann Ihnen doch nicht Ihr Mittagessen wegessen.«

»Ich habe schon gegessen, das Sandwich ist nur für Notfälle.«

Sie drehte sich auf ihrem Sitz um und richtete ihre volle Aufmerksamkeit auf mich. »Mann. Ich sollte auch immer ein Notfall-Sandwich bei mir haben. Sehr umsichtig. Wirklich, das ist eine ausgezeichnete Idee.«

Ihr Tonfall stieß mir sauer auf. Sie klang, als könne sie nicht glauben, dass ich in der Lage war, gute Ideen zu entwickeln. Es war derselbe Tonfall, den Städter anschlugen, wenn sie hier bei uns einen großen Kaffee bestellten und dazu *Venti Americano* sagten. Ich ließ mir das sowie ihre Bemerkung über die rückständigen Appalachen durch den Kopf gehen, und kam zu dem Schluss, dass sie mich vermutlich für den letzten Hinterwäldler hielt. Ich gebe zu, dass es hier in Green Valley, Tennessee, durchaus ein paar Hinterwäldler gibt. Wir haben Hinterwäldler, Bauerntrampel, Proleten, Landeier und auch den einen oder anderen Dorftrottel. Aber ich falle in keine dieser Kategorien. Für gewöhnlich lassen mich die Vorurteile anderer kalt. Ich bin nicht der Typ, der sich grundlos über Kleinigkeiten aufregt. Doch aus dem Mund von Miss Grübchen wurmte mich diese wenig schmeichelhafte Behauptung sehr. Ich konnte es nicht leiden, wenn man mich abqualifizierte oder von oben herab behandelte.

»Ja, Ma'am. Eine wirklich geniale Idee. Und sie ist mir von ganz allein gekommen«, sagte ich trocken und senkte den Blick, um sie besser anfunkeln zu können. »Und ich habe mich heute Morgen sogar ohne fremde Hilfe angezogen.« Diese letzte Bemerkung garnierte ich mit einem Grinsen, damit sie nicht glaubte, ich sei verärgert. Obwohl ich verärgert *war*.

Sie musterte mich zögernd, offenbar unsicher, ob ich scherzte oder nicht. Man konnte förmlich sehen, wie sich die Rädchen in ihrem Kopf drehten. Kurz darauf fiel der Groschen. Sie stieß einen tiefen Seufzer aus und ließ ihr Gesicht in ihre Hände sinken. »Ich schwöre, normalerweise bin ich nicht so unausstehlich. Ich bin einfach nur müde und habe Hunger und muss so wahnsinnig dringend aufs Klo.«

Ich lachte leise und rieb mir das Kinn. Kurz darauf bog ich in Hank Wellers Einfahrt ein. »Tja, wie Sie sonst sind, kann ich natürlich nicht beurteilen, da ich Sie nicht kenne. Sie wollen mir ja nicht mal Ihren Namen verraten.«

Sehr geschmeidig. Mach ihr ein schlechtes Gewissen. Wirklich netter Zug. Ich musste über mich selbst den Kopf schütteln. Ich hatte noch nie so große Anlaufschwierigkeiten bei einer Frau gehabt – erst recht nicht, wenn ich mir wirklich Mühe gab. Selbst nach all den Jahren kam es noch vor, dass Frauen mir ungefragt ihre Telefonnummern zusteckten, ehe ich mich ihnen auch nur vorgestellt hatte.

»Sarah«, nuschelte sie undeutlich durch ihre Finger.

»Sarah? Dann freut es mich, deine Bekanntschaft zu machen, Sarah.« Ich stellte den Motor aus.

»Nein, ich heiße ...« Sie hob den Kopf. Ihr Blick fiel auf das Haus vor uns. »Wo sind wir? Warum hast du angehalten?«

»Wir sind da.«

»Wo?«

»Bei Hanks Haus, am See.« Ich deutete mit einem Kopfnicken auf die Ferienhütte – na ja, früher einmal war es eine Ferienhütte gewesen. Im Lauf der Jahre hatten Hanks Eltern viel Geld in den Ausbau gesteckt. Mittlerweile ähnelte es eher einem der protzigen Häuser, die mein Bruder Cletus gerne als »McMansions« bezeichnete.

Sie klappte den Mund auf und wieder zu und stammelte einige Sekunden lang zusammenhanglos vor sich hin. »Du wusstest nur aufgrund eines Namens, wo wir hinmüssen? Du weißt, welches Haus Hank gehört? Kennt hier jeder jeden? Woher kennst du Hank?«

Ich zögerte mit einer Antwort. Ihre Fragenflut verlangte strategisches Denken. Ich musste abwägen, wie ehrlich ich zu ihr sein sollte.

Dass ich Hanks Adresse kannte, schien sie zwar zu wundern, aber nicht sonderlich zu beunruhigen. Wahrscheinlich hatte sie einfach keine Ahnung, wie das Leben in einer Kleinstadt aussah. Jeder hier kannte Hank Weller. Jeder wusste, dass er in Harvard studiert hatte und das schwarze Schaf der Familie sowie ein ewiger Quell der Enttäuschung für seine Eltern war. Genau wie jeder mich, Jethro Winston, kannte, meine fünf jüngeren Brüder, meine bildhübsche Schwester, meinen kriminellen Vater und meine Mutter, die Bibliothekarin mit dem Herz aus Gold. In Green Valley gab es keine Geheimnisse.

Doch zurück zum eigentlichen Thema. Ich kannte Hank, weil er und Beau miteinander befreundet waren und ich manchmal mit den beiden zum Angeln rausfuhr. Außerdem hatte ich mit sechzehn den Mercedes seines Vaters geklaut. Aber vor allem kannte ich Hank, weil wir Geschäftspartner waren. Er hatte vor einigen Jahren das Pink Pony gekauft, den Stripclub bei uns im Ort. Ich war stiller Teilhaber und übernahm dafür sämtliche Tischlerarbeiten und was sonst noch so anfiel. Zum Beispiel hatte ich den Bartresen sowie die Bühne gezimmert und – erst kürzlich – das Hauptgebäude um einen Anbau erweitert. Hank hatte sich eine Champagner-Lounge gewünscht, nur dass er dort statt Champagner seinen selbstgebrauten Alkohol ausschenken wollte. Hank war nämlich auch Hobbybrauer.

Es gab also mehrere Möglichkeiten, wie ich ihre Frage beantworten konnte, ohne die Unwahrheit sagen zu müssen.

Ich drehte mich zu ihr um und legte den Arm auf die Rückenlehne ihres Sitzes. »Tja, das ist so«, begann ich in gemächlichem Ton und kratzte mich am Kinn. »Ja, ich wusste in der Tat allein aufgrund des Namens, wo ich hinmuss. Wir haben zwar mehrere Hanks bei uns im Ort, aber nur einer besitzt ein Haus am Bandit Lake. Hier oben gibt es nur etwa fünfzehn Privatgrundstücke, der Rest ist öffentliches Eigentum. Das Land hier kann nicht verkauft, sondern nur vererbt werden.«

»Wirklich?« Diesmal wandte sie mir den ganzen Oberkörper zu, so dass ihre Schläfe die Kopfstütze ihres Sitzes berührte, während sie mich fasziniert ansah.

Nun, da ich ihre ungeteilte Aufmerksamkeit hatte, musste ich mich wirklich konzentrieren. »Was deine andere Frage betrifft: Wir kennen uns hier fast alle untereinander, es gibt lediglich ein paar Familien in den Bergen, die sehr zurückgezogen leben. Keiner weiß so genau, wie viele es sind oder wie sie alle mit Vornamen heißen, aber man sieht sie hin und wieder im Ort, wenn sie Vorräte einkaufen oder auf dem Markt am Sonntag ihren Stand aufbauen. Wir nennen sie die Hills.«

»Weil sie in den Hügeln leben?«

»Nein. Weil das ihr Nachname ist. Hill.«

Ihr hübscher Mund formte ein stummes *Oh* und ihre Augenbrauen bewegten sich ein kleines Stück nach oben. Sie nickte gedankenvoll.

»Ich kenne Hank, seit er und mein Bruder als kleine Kinder nackt durch den Garten meiner Mutter getobt sind.«

Sie grinste und ihre mahagonifarbenen Augen tanzten. »Das überrascht mich nicht. Im Studentenwohnheim hat er dasselbe gemacht.«

Darüber musste ich lachen. »Tja, er war noch nie ein großer Freund von Kleidung – weder bei sich noch bei anderen.«

»Er führt einen Stripclub, stimmt das?«, fragte sie zwar neugierig, aber gänzlich unvoreingenommen.

Ich staunte über ihre Offenheit. »Ja, das stimmt.« Ich nickte langsam und betrachtete sie mit neu erwachtem Interesse. »Das Pink Pony.«

Nach meinen Erfahrungen gab es drei Arten von Frauen: solche, die sich in Stripclubs auszogen; solche, die gerne in Stripclubs gingen; und solche, die Stripclubs kategorisch ablehnten. Ich konnte alle drei Positionen nachvollziehen und war natürlich gespannt, welcher sie anhing. Verdammt. Ich hoffte irgendwie, der ersten.

Wir sahen einander an und ich merkte, wie sie mich nachdrücklich anschaute. Dann hob sie eine Augenbraue und grinste. »Ranger Jethro, fragst du dich etwa gerade, ob ich eine Stripperin bin?«

Ihre Direktheit überrumpelte mich, doch ich hatte mich rasch wieder gefangen. Das Geplänkel zwischen uns war fast wie Flirten, also ahmte ich ihren Blick und ihr Grinsen nach und zuckte mit den Schultern. »Ich müsste lügen, wenn ich behaupten würde, dass es mir nicht in den Sinn gekommen wäre.«

»Tja, ich bin keine Stripperin. Allerdings habe ich mal Trainingsstunden genommen.« Ihre Stimme war eine halbe Oktave tiefer gerutscht und ihr Lächeln hatte jetzt etwas Verspieltes, Sinnliches.

»Ach ja?« Ich machte eine ernste Miene, obwohl ich irgendwie nicht mehr richtig atmen konnte. Was sie gesagt hatte, klang sehr vielversprechend. »Erzähl mir mehr.«

»Letztes Jahr. Zu Recherchezwecken.«

»Recherchezwecke?« Ich nickte bedächtig, um sie zum Fortfahren zu animieren.

»Ganz genau.« Ihr Blick glitt tiefer, zu meinen Lippen. Eigentlich keine große Sache, trotzdem begann es in meinem Nacken zu kribbeln. Mein Puls beschleunigte sich. Gott, sie war wirklich hübsch. Ich gebe zu, seit sie nicht mehr mit mir redete wie mit einem Dummkopf, hatte ich Mühe, mich auf das Gespräch zu konzentrieren. Was nicht einer gewissen Ironie entbehrte.

»Ernsthaft? Und würdest du mir auch verraten, was du bei deinen Recherchen gelernt hast?«

Sie schüttelte den Kopf, sodass ihre langen Haare auf ihren Schultern wippten, ehe sie ihr nach vorn auf die Brust fielen. »Nein«, sagte sie leise, allerdings mit einer hinreißenden, samtweichen Stimme, die das *Nein* wie ein *Ja* klingen ließ.

Ich blinzelte. *Verdammte Axt.*

Sie war gut. *Richtig* gut.

Ich wusste, wovon ich sprach. Ich hatte es hier mit einer absoluten Flirtexpertin zu tun.

Diese Erkenntnis war ungefähr so schockierend, als hätte ich festgestellt, dass Reverend Seymour sonntags nach dem Gottesdienst heimlich selbstgebrannten Schnaps in die Bowle schüttete. Ihre Ehrlichkeit und die leichte Tollpatschigkeit zu Beginn hatten mich vollkommen entwaffnet, doch jetzt keimte in mir die Frage auf, ob das alles nicht vielleicht nur Show gewesen war.

Ihre unvorstellbar langen Wimpern senkten sich auf Halbmast. Ein verführerisches Lächeln, bei dem ganz kurz ihre Grübchen aufblitzten, umspielte ihre Lippen. O ja, diese Frau hatte es drauf. Und wie. Ihre Augen waren jetzt nicht mehr mahagonifarben, sondern hatten den Ton dunklen peruanischen Walnussholzes angenommen ... Entschuldigung für den etwas unbeholfenen Vergleich, aber ich bin ein Mann, der seine Holzsorten kennt und liebt.

Ich wartete ab, was sie als Nächstes tun würde, und genoss die steigende Spannung. Ich war beeindruckt von ihrer Masche. O ja, diese Frau war gut. Und wie gut sie war.

Irgendwann wurde ihr Lächeln breiter und sie seufzte wohlig. »Ach, das macht Spaß.«

»Was denn?«

»Mit einem Nationalpark-Ranger zu flirten.«

Meine Augen weiteten sich. Ihre unverblümte Art überraschte und entzückte mich gleichermaßen. Vielleicht war es doch nicht gespielt.

Verdammt ... ich *mochte* diese Frau.

»Flirten wir denn miteinander, Miss Sarah?« Ich achtete ganz bewusst darauf, ihren Namen mit tiefer Stimme zu raunen, als wäre er ein schmutziges Wort.

Sie strafte mich mit einem vorwurfsvollen Blick und ließ dann ihren Sicherheitsgurt aufschnappen. »Ach, komm, Ranger. Lassen wir das. Wir sind doch beide erwachsen. Außerdem kann ich nicht den ganzen Tag mit einer vollen Blase hier im Auto sitzen, sonst pinkle ich noch auf deine Polster. Denk nur, was das für Schlagzeilen geben würde.«

Sie umfasste den Türgriff und machte Anstalten, auszusteigen. Ich gab mir einen Ruck, sprang rasch aus dem Auto und lief zur Beifahrerseite, gerade als sie ihre Tür öffnete. Ich hielt sie ihr auf und wollte ihr beim Aussteigen behilflich sein. Fragend schaute sie zwischen meiner ausgestreckten Hand und meinem Gesicht hin und her, ehe sie schließlich mit einem argwöhnischen Blick meine Hilfe annahm.

In dem Moment passierte etwas zwischen uns. Es war seltsam, denn sie hatte mich ja bereits beim Aussichtspunkt angefasst, und da hatte ich nichts Besonderes gespürt. Vielleicht war es lediglich eine Folge unseres Flirts oder der trockenen Bergluft, oder es lag daran, dass ich die letzten fünf Jahre solo geflogen war – jedenfalls wanderte eine Hitzewelle meinen Arm hinauf, als unsere Hände sich berührten. Sie zuckte mit keiner Wimper, doch für mich war es, als würde die Erde aus den Angeln gehoben. Die Zeit verlangsamte sich und im ersten Augenblick wusste ich gar nicht, wie mir geschah.

Als ich sie nicht gleich wieder losließ, blickte sie mit großen Augen zu mir hoch.

»Was? Was ist denn?«

Ich hielt ihren Blick und ihre Finger noch einen Moment lang fest, um diesem sonderbaren Gefühl nachzuspüren. Aber sie schien nichts bemerkt zu haben, also gab ich ihre Hand frei.

»Äh, nichts.« Ich schluckte trocken. »Der Schlüssel liegt unter der Matte. Ich hole dein Gepäck.« Meine Worte klangen ein wenig brüsk. Ich ging an ihr vorbei zur Ladefläche, wobei ich gegen das anhaltende und merkwürdige Gefühl ankämpfen musste, dass soeben etwas zutiefst Bedeutsames passiert war. Ich schüttelte den Kopf, um wieder klar denken zu können, dann hob ich ihren Koffer und die Reisetasche von der Ladefläche. Gerade als ich beides auf dem Boden abgestellt hatte, summte das Handy in meiner hinteren Hosentasche.

Ich las den Namen auf dem Display, bevor ich das Gespräch annahm. »Hallo, Cletus.«

»Jethro«, kam es zurück. Das war seine übliche Begrüßung. Cletus war der Drittälteste von uns Geschwistern und der mit Abstand Klügste und Absonderlichste. »Du musst sofort zu Jeanie's kommen.«

»Muss ich das?« Erneut warf ich einen Blick auf das Handy, diesmal um nach der Uhrzeit zu schauen. Dann hob ich es wieder ans Ohr. Es war erst kurz nach vier – zu früh für Bier und Linedancing in Jeanie's Bar. »Und wieso?«

»Jemand muss Claire retten.«

Als ich diesen Namen hörte, wurde ich schlagartig wieder klar im Kopf und stellte Überlegungen an, was die schnellste Route vom See zu Jeanie's war. Claire McClure war die Witwe meines ehemaligen besten Freundes. In den letzten fünf Jahren war ihr Wohlergehen mein wichtigstes Lebensziel gewesen – und der Grund für jede vernünftige Entscheidung, die ich getroffen hatte.

»Claire braucht keinen Retter«, gab ich zurück.

Das entsprach der Wahrheit. Seit Ben in Afghanistan gefallen war, versuchte ich, so gut es ging, mich um sie zu kümmern, und schaute regelmäßig bei ihr vorbei, um zu fragen, ob sie vielleicht etwas brauchte – was nur selten der Fall war. Claire war eine knallharte und tatkräftige Frau, die hervorragend allein zurechtkam, und in letzter Zeit hatte ich immer häufiger den Eindruck, dass sie meine Fürsorge nur deshalb über sich ergehen ließ, weil sie mich nicht enttäuschen wollte. Oft drückte sie mir, wenn ich kam, einfach nur ein Bier in die Hand und erlaubte mir gnädigerweise, ein Bild aufzuhängen oder ihre Dachrinnen zu säubern, ehe sie mich wieder nach Hause schickte.

»Jetzt braucht sie aber doch einen.«

Ich seufzte und spähte durch Hank Wellers geöffnete Haustür, durch die die liebreizende und geheimnisvolle Sarah soeben verschwunden war. »Was genau ist denn los?«

»Komm zu Jeanie's«, flüsterte Cletus lediglich unheilverkündend und legte auf.

Ich blickte noch einen Moment lang auf mein Handy und fluchte leise. Wenn ich versuchte, ihn zurückzurufen, würde er nicht rangehen, das wusste ich. Normalerweise fand ich seine Angewohnheit, ein großes Geheimnis um alles zu machen, amüsant. Aber manchmal war sie auch ganz schön lästig.

Ich steckte das Telefon wieder in die hintere Tasche meiner Uniformhose, schnappte mir Sarahs Gepäckstücke und trug sie über die teils gekieste, teils gepflasterte Einfahrt zum Haus. Ich stieg die Stufen hoch und rollte den Trolley in die geräumige Eingangshalle.

»Das Foyer ist ja riesig.« Sie drehte sich langsam einmal im Kreis und bestaunte die hohe Decke. Ihre französische Aussprache war lupenrein. Cletus sprach das Wort *Foyer* genauso aus wie sie: *Foa-jeh*. Bei uns anderen hörte es sich immer eher wie *Foier* an, weil wir eben keine prätentiösen Spinner waren. Nicht, dass ich Sarah für eine prätentiöse Spinnerin hielt oder basierend auf der Aussprache eines einzigen Wortes jemals ein solches Urteil über einen anderen Menschen gefällt hätte. Cletus war die Ausnahme. Er sagte *Foa-jeh* und war definitiv ein prätentiöser Spinner.

Sarah kam aus der Großstadt, deshalb musste man über einige ihrer Macken hinwegsehen. Ich hatte das Gefühl, dass ich notfalls sogar bereit wäre, über eine ganze Menge ihrer Macken hinwegzusehen.

»Wo hätten Sie denn gerne das Gepäck, Ma'am?«

Sie richtete ihre Aufmerksamkeit auf mich, und ihre Miene, halb verwundert, halb belustigt, löste ein warmes Gefühl in meiner Brust aus. »Jetzt nennst du mich auf einmal wieder *Ma'am*? Was ist denn aus *Miss* geworden?«

Weil ich nicht wusste, wohin mit meinen Händen, hakte ich die Daumen in meinen Gürtel. Ich grinste. »Wenn wir uns das nächste Mal sprechen, nenne ich dich gerne wieder Miss Sarah. Dafür müsstest du mir allerdings deine Telefonnummer geben.«

Was machst du da? Klar wollte ich ihre Nummer haben. Höchstwahrscheinlich würde ich sie nicht anrufen – die Vernunft verbot es mir –, aber haben wollte ich ihre Nummer trotzdem.

Sarah lachte. Der Klang ihres Lachens war immer noch genauso schön wie zuvor. »Sehr geschmeidig, Ranger. Komm rein; Hank hat die Vorräte in der Küche aufgestockt. Möchtest du vielleicht eine Kleinigkeit essen?«

Ich schüttelte den Kopf und ärgerte mich über Cletus und seinen Anruf, der wirklich zur Unzeit gekommen war. »Geht leider nicht. Ich muss weiter.«

Als sie ein enttäuschtes Gesicht machte, fühlte ich mich gleich ein bisschen besser.

»Vielleicht ein andermal?«, schlug ich vor und legte den Kopf schief, um sie noch ein letztes Mal eingehend zu betrachten. Sie hatte etwas an sich, das es einem schwer machte, den Blick abzuwenden. Oder zu denken. Oder zu reden.

Sie nickte mit dem Anflug eines Lächelns auf den Lippen. »Hört sich gut an.«

Ich tippte mir zum Abschied an den Hut und zwang meine Füße dazu, sich in Bewegung zu setzen. »Also dann, Miss Sarah. Es war mir ein Vergnügen, dir beistehen zu dürfen.«

»Welch exzellente Manieren«, sagte sie staunend.

Ich grinste und entfesselte meinen besten – wenngleich in den letzten Jahren kaum genutzten – Verführerblick, ehe ich mich zum Gehen wandte. Doch sie überraschte mich, indem sie auf mich zutrat, mir eine Hand auf den Arm legte, sich auf die Zehenspitzen stellte und mir einen federleichten Kuss auf die Wange gab. Ihre Brüste berührten meinen Oberkörper – nicht weil sie es darauf anlegte, sie hatte nur einfach ziemlich große Brüste – und ein Schock fuhr mir durch sämtliche Glieder. Augenblicklich machte sich mein Blut auf den Weg in Richtung Süden. Der warme Duft ihres teuren, blumigen Parfüms hüllte mich ein, und ich hatte das Gefühl, als bliebe mir der Puls stehen.

Sie zog sich nicht zurück, jedenfalls nicht sofort. Stattdessen blieb sie ganz dicht vor mir stehen, blickte durch ihre langen Wimpern zu mir auf und flüsterte: »Danke, dass du mein Held warst.«

Ich schluckte. Wärme breitete sich in meinem Bauchraum aus, noch intensiver als zuvor und so berauschend wie das Echo einer alten Sucht.

»Jederzeit wieder«, presste ich hervor, obwohl ich sie am liebsten gepackt und geküsst hätte, um herauszufinden, wie sie schmeckte. Ich war drauf und dran, genau das zu tun, als sie einen Schritt von mir zurücktrat.

Ich hielt ihren Blick fest. Sie hatte mich ganz schön durchgerüttelt.

Damit meine ich, dass ich wirklich sehr, sehr gerne ihren Körper mit dem Mund erkundet hätte.

Sie schenkte mir ein breites Lächeln, das mir sofort zu Kopf stieg, und ich verlor mich ein wenig darin, bis sie mich freundlich mit den Worten »Auf Wiedersehen, Jethro« entließ.

Ich biss die Zähne zusammen, zwang mich zu einem Lächeln und nickte hölzern. Keine Ahnung, ob es mir gelang, die unerklärliche Wirkung, die sie auf mich hatte, zu verbergen. Ich war diese Rolle nicht gewohnt. Normalerweise war ich der Charmeur, nicht der ... Charmierte.

Ich verließ das Haus. Ich gebe zu, ich war ein wenig benommen, als ich zurück zu meinem Truck ging. Ich hörte, wie hinter mir die Haustür ins Schloss fiel und stieß einen leisen Pfiff aus.

Diese Frau ... heiliger Strohsack.

Ich brauchte dringend ein Bier. Oder auch sieben.

Kapitel 3

Jethro

Wie sich herausstellte, brauchte Claire wirklich niemanden, der sie rettete.

Ich schon.

Und zwar vor meiner eigenen Geburtstags-Überraschungsparty.

»Happy Birthday, Jethro!«, schallte es mir aus allen Ecken entgegen. Gleichzeitig gingen in Jeanie's Bar die Lichter an und ungefähr hundert Blitzlichter flammten auf, sodass mir fast das Herz stehenblieb.

»Happy Birthday, du Arschloch!«, brüllten meine Brüder sowie einige meiner Angelfreunde.

Der Schrecken war mir in alle Glieder gefahren und ich ahnte jetzt schon, dass es einige sehr eindrucksvolle Fotos von meinem entsetzten Gesicht geben würde, die mir in den nächsten Monaten an den verschiedensten Stellen immer wieder begegnen würden. Cletus hatte schon häufiger peinliche Bilder von uns Geschwistern an Stockfoto-Websites verscherbelt, und mein jüngster Bruder Roscoe würde aus den schönsten Abzügen vermutlich einen Fotokalender basteln, den er dann zu Weihnachten verschenkte.

Zu meiner Verteidigung muss ich vorbringen, dass mich die Überraschung unter anderem auch deshalb so kalt erwischte, weil mir während der gesamten Rückfahrt eine gewisse dunkelhaarige Schönheit, der ich zuvor aus der Patsche geholfen hatte, nicht aus dem Kopf gegangen war. Ich hatte an alles Mögliche gedacht, aber nicht daran, dass die ganze Stadt mich feierte, als hätte ich gerade die Berge von tollwütigen Waschbären gesäubert. Aber jetzt war es zu spät, um noch etwas an meinem Gesichtsausdruck zu ändern, daher beschloss ich, das Beste aus der Sache zu machen.

Cletus und Claire lösten sich aus der Schar der lachenden Gäste. Es mussten mindestens fünfzig sein, wahrscheinlich sogar mehr. Claire strahlte mich an. Cletus hatte einen Fotoapparat in der Hand und grinste hocherfreut vor sich hin.

Claire nahm mich in die Arme, drückte mich, gab mir einen Kuss auf die Wange und wischte hinterher den Lippenstiftabdruck mit dem Daumen weg. »Herzlichen Glückwunsch zum Geburtstag, Jet.« Sie nannte mich bei meinem Spitznamen. Ihre blauen Augen funkelten. Es war schön, sie so glücklich zu sehen.

»Das wirst du mir büßen.« Ich zeigte anklagend mit dem Finger auf sie und schüttelte den Kopf. »Wart's nur ab, das zahle ich dir heim.«

»Dabei weißt du das Beste ja noch gar nicht«, gab sie unheilverkündend zurück.

Ehe ich nachhaken konnte, landete Cletus' Hand auf meiner Schulter. »Wie ich sehe, haben wir dich ganz schön erwischt.«

Als ich heute früh zufällig mitbekommen hatte, wie er sich die Fingernägel schrubbte, hätte ich gleich misstrauisch werden müssen. Cletus und meine Zwillingsbrüder Beau und Duane besaßen eine Autowerkstatt. Wenn einer der drei saubere Hände hatte, war das ein relativ sicheres Indiz dafür, dass sie etwas im Schilde führten.

»Das habt ihr auf jeden Fall – vor allem wenn man bedenkt, dass ich bereits letzten Monat Geburtstag hatte«, räumte ich ein, als zwei meiner Kollegen zu uns traten, um mir zu gratulieren.

Cletus wartete, bis die beiden wieder abgezogen waren, erst dann ging er auf meine Bemerkung ein. »Letzten Monat hatten aber auch Naomi Winters und Carter McClure Geburtstag. Du weißt, dass ich nichts davon halte, mehr als zweimal im Monat Kuchen zu essen.«

»Wie egoistisch von Jethro, im April geboren worden zu sein.« Claire verkniff sich ein Schmunzeln und knuffte meinen Arm.

Cletus warf ihr einen irritierten Blick zu. »Er kann doch nichts dafür, dass er im Juli gezeugt wurde – auch wenn das meines Erachtens nicht nachvollziehbar ist. Vor 1997 waren Autos und Wohnhäuser noch nicht serienmäßig mit Klimaanlagen ausgestattet, insofern kann es keine angenehme Erfahrung gewesen sein.«

Billy, der zweitälteste meiner Brüder, drückte sich mit einem Bier in der Hand und finsterer Miene in der Nähe unserer Dreiergruppe herum. Wenn ich anwesend war, sah Billy immer finster aus, aber von anderen – größtenteils Frauen – hatte ich gehört, dass er gemeinhin als der attraktivste von uns Winston-Brüdern galt. Objektiv betrachtet, entsprach das sicher der Wahrheit. Er hatte uns beobachtet und unsere Unterhaltung mit angehört, allerdings nichts dazu beigetragen. Auf Cletus' Bemerkung hin verdrehte er seine stahlblauen Augen und knurrte halblaut etwas vor sich hin.

»Hast du etwas zu sagen, Billy?«, fragte Cletus und sah ihn auffordernd an. Billy trug wie üblich einen Anzug, was bedeutete, dass er gerade von der Arbeit kam. Ehrlich gesagt wunderte es mich, dass er überhaupt erschienen war. Erstens arbeitete er über achtzig Wochenstunden in der Fabrik und war ganz auf seine Karriere fokussiert. Und zweitens hasste er mich.

Ich musterte ihn und wünschte mir das, was ich mir immer wünschte, wenn ich ihn sah: dass ich ihm damals ein besserer Bruder gewesen wäre. Dass ich unsere Mutter vor den Misshandlungen unseres Vaters geschützt hätte. Dass Billy nicht die Prügel für uns alle hätte einstecken müssen. Dass ich nicht so ein egoistisches Arschloch gewesen wäre. Aber jetzt gerade – und zumal ich einsehen musste, dass keiner dieser Wünsche jemals in Erfüllung gehen würde – wünschte ich mir vor allem ein Bier.

Ich wandte mich um, damit ich Claires Schwiegervater, den Chef unserer Feuerwehr, begrüßen konnte, bekam aber trotzdem den missmutigen Blick mit, den Billy Cletus zuwarf.

»Ich habe nichts zu sagen«, brummte er abweisend. Gleich darauf ging sein Blick zu Claire, der er ein etwas erzwungenes, schmallippiges

Lächeln schenkte, als wolle er sich bei ihr für seine ungnädigen Worte entschuldigen. »Möchtest du was trinken?«, fragte er sie in deutlich freundlicherem Ton.

Ohne ihn anzusehen, schüttelte Claire den Kopf. »Nein, danke.«

Er nickte ihr zu und betrachtete sie noch eine Zeit lang von der Seite. Dann sah er zu mir und runzelte die Stirn über meine duldsame Miene. Aus dem Stirnrunzeln wurde ein böser Blick, ehe er sich abrupt umdrehte und davonstiefelte.

»Er ist ganz schön unhöflich«, stellte Cletus fest, während er unserem Bruder hinterhersah, wie dieser in der Gästeschar untertauchte. »Was, wenn *ich* was zu trinken haben möchte?«

»So schlimm ist er nun auch wieder nicht.« Claire blickte angestrengt auf ihre Hände, als fände sie diese ungemein interessant. »Er ist einfach nur nicht gut auf Jethro zu sprechen. Aber das wird schon wieder, irgendwann.«

»Jethro ist hier nicht das Problem«, widersprach Cletus und sah Claire vielsagend an, während ich mich von Daisy Payton, der besten Freundin meiner Mutter, drücken ließ und ein paar Worte mit ihr wechselte. Sie war die Betreiberin von Daisy's Nut House, einem Donutladen und Diner hier im Ort.

»Deine Momma war so stolz auf dich, Jethro.« Daisy löste sich aus unserer herzlichen Umarmung und nahm mein Gesicht in beide Hände. »Du darfst niemals vergessen, wie sehr sie dich geliebt hat.«

Ich nickte und verspürte einen Stich der Schuld, wie immer, wenn die Sprache auf meine Mutter kam. Ich war ihr kein guter Sohn gewesen und hatte, mit Ausnahme ihrer letzten drei Lebensjahre, zu viele falsche Entscheidungen getroffen.

»Ja, Ma'am. Vielen Dank, dass Sie gekommen sind.«

»Du hast so gute Manieren, seit du keine Autos mehr knackst.« Sie tätschelte mir die Wange und schenkte mir ein warmherziges Lächeln.

Ich reagierte mit gespielter Verblüffung, wie um zu sagen: *Wer? Ich? Autos geknackt?* »Also wirklich, Mrs Payton, ich habe keine Ahnung, wovon Sie reden.«

»Natürlich nicht.« Sie blickte gen Himmel und seufzte. »Du bist ein Schlawiner. Ich hole mir jetzt was zu trinken. Es war eine anstrengende Woche. Bis später.« Sie winkte Cletus und Claire zum Abschied, ehe sie in Richtung Bar davonging.

Endlich setzte die Musik ein und ich blickte zu der kleinen Bühne, wo bereits einige Gäste zu *Hey, Good Lookin'* von Hank Williams tanzten.

»Das ist unser Stichwort.« Cletus deutete zur Bühne, ehe er Claire seinen Arm bot. »Ich habe heute Abend Banjo-Dienst und Claire singt. Wir müssen dich jetzt also leider dir selbst überlassen.«

»Ich werd's überleben.«

»Vielleicht ...« Etwas Teuflisches blitzte in Cletus' Augen auf. »Aber nur, damit du Bescheid weißt: Ich habe die Tanner-Zwillinge eingeladen.«

Ich erstarrte. Dann sah ich meinen Bruder in abgrundtiefem Entsetzen an. »Du hast *was?*«, krächzte ich.

Ein Glück, dass ich noch kein Bier hatte, sonst hätte ich es jetzt nämlich ausgespuckt.

»Und Suzie Samuels. Und Gretchen LaRoe«, fügte Claire hinzu. Sie gab sich keinerlei Mühe zu verbergen, wie sehr sie sich auf meine Kosten amüsierte.

Meine Gesichtszüge entglitten mir. Ich machte einen Schritt auf die beiden zu und zischte durch zusammengebissene Zähne: »Habt ihr *alle* meine Ex-Freundinnen eingeladen?«

Claire lachte, während Cletus sich rechtfertigte: »Was ist denn? Mir war nicht bewusst, dass du jemals eine Freundin gehabt hättest. Warst du mit einer dieser netten Damen etwa fest zusammen?«

Ich verdrehte die Augen. »Du weißt ganz genau, was ich meine.«

»Nein, nein, nein«, kicherte Claire. »Erklär es uns. Erklär uns, was du meinst.«

Ich funkelte sie böse an und sie versuchte zurückzufunkeln, was ihr allerdings nicht wirklich gelang, weil sie immer noch unkontrolliert lachen musste.

Währenddessen beantwortete Cletus meine Frage, als hätte er sich über die Angelegenheit lange und gründlich Gedanken gemacht. »Jethro, ich habe lediglich einige deiner interessanteren Eroberungen von früher eingeladen.«

»Oh mein Gott.« Ich schloss die Augen.

»Stell dir diesen Abend wie eine Adaption der *Weihnachtsgeschichte* von Charles Dickens vor. Du bist Ebenezer Scrooge und wirst von deinen Eskapaden vergangener Jahre heimgesucht.«

»Du bist unmöglich. Das kriegst du zurück. Ihr beide kriegt das zurück.« Ich öffnete die Augen wieder, damit ich meinen Bruder und Claire giftig anschauen konnte. Sie sollten wissen, dass ich meine Drohung ernst meinte.

»Es braucht einiges, um dich so zu verärgern, von daher freue ich mich jetzt schon auf deine Vergeltungsmaßnahmen. Bin gespannt, was du dir einfallen lässt.« Claire tätschelte mir die Schulter, ehe Cletus mit ihr zur Bühne ging und mich in einem Meer von Menschen allein ließ.

Nein, nicht in einem Meer. In einem Minenfeld.

Ich wagte nicht, den Blick zu heben, und mein Instinkt riet mir, mich sofort in Richtung Ausgang zu bewegen – vorzugsweise im Sprint. Die Gästeschar war bunt gemischt: Freunde aus meiner Kindheit, Bekannte meiner Mutter, Geschwister, Verwandte, Arbeitskollegen … und Bettbekanntschaften aus meinem früheren Leben.

Noch vor sechs Jahren wäre ich bei der kleinsten Unannehmlichkeit einfach auf mein Motorrad gestiegen und abgehauen, ohne Rücksicht auf die Konsequenzen. Aber ich konnte hier nicht weg. Ich war nicht mehr der Mensch von damals. Ich musste bleiben.

»Jethro Winston, mit dir habe ich noch eine Rechnung offen«, erklang im nächsten Moment eine schrille, anklagende Stimme hinter mir.

Unwillkürlich zog ich den Kopf ein. Die Stimme kam mir nicht vertraut vor, aber das musste nicht heißen, dass ich die dazugehörige Frau nicht irgendwann einmal gekannt hatte. Ich setzte ein Lächeln auf und drehte mich um, bereit, mich meinem Schicksal zu stellen.

Im nächsten Moment entfuhr mir ein Seufzer der Erleichterung. »Ashley! Das ist nicht witzig.«

Ashley, meine einzige Schwester, war vor ungefähr acht Jahren aus Green Valley weggezogen, um eine Ausbildung als Krankenschwester zu machen – und weil das Zusammenleben mit sechs unverbesserlichen Männern sie auf Dauer in den Wahnsinn getrieben hatte. Nach der Ausbildung hatte sie lange in Chicago gewohnt und war erst vergangenen August zurückgekommen, um Momma während ihrer letzten Lebenswochen zu pflegen. Während dieser Zeit hatte sie sich in meinen Boss Drew Runous verliebt. Diesen März war sie endgültig in ihre alte Heimat zurückgekehrt, teils wegen Drew, teils – das bilde ich mir zumindest ein – uns Brüdern zuliebe.

Meine einzige Schwester lachte – sie lachte! – über mein Leid, und ihre großen blauen Augen tanzten. Dann zog sie mich in ihre Arme und sagte mit unverstellter Stimme: »Da habe ich dir aber einen ganz schönen Schrecken eingejagt, was?«

Ashley und Billy sahen aus wie Zwillinge, obwohl er ein paar Jahre älter war als sie. Früher war sie das schönste Mädchen im ganzen Ort gewesen. Kann sein, dass ich als ihr Bruder ein wenig voreingenommen war, aber ich fand, dass ihr äußere Schönheit der Schönheit ihres Herzens nicht annähernd das Wasser reichen konnte.

Außer heute. Heute war sie ein gemeines Biest.

Ich klammerte mich an ihr fest wie ein Ertrinkender. Sie war mein Rettungsanker. Solange sie bei mir war, würden mich die Fehler der Vergangenheit hoffentlich nicht einholen – auch wenn sie das im Laufe der Jahre schon des Öfteren getan hatten.

»Jethro?«

»Was?«

»Hast du vor, mich irgendwann wieder loszulassen?«, fragte sie, als unsere Umarmung kein Ende nehmen wollte.

»Nein.«

Sie drückte mich noch einmal und legte den Kopf auf meine Schulter. Ich spürte, wie sie lächelte. »Ich beschütze dich. Bleib einfach bei mir, großer Bruder.«

»Ich nehme dich beim Wort«, erwiderte ich und gab sie frei, nahm dafür aber ihre Hand und verschränkte unsere Finger miteinander. »Du bist heute Abend mein Date.«

Sie warf sich ihre üppige Haarpracht seitlich über die Schulter und schenkte mir ein umwerfendes Lächeln. »Dein Bodyguard, meinst du wohl.«

Ich zuckte mit den Schultern, ehe ich mich, vorsichtshalber jeden weiblichen Blick meidend, unter den Gästen umsah. »Ist doch dasselbe.«

»Was?«

Ich zog fragend eine Augenbraue hoch. »Was *was?*«

Ich hielt Ausschau nach Hank Weller. Nun, da die unmittelbare Gefahr für mich gebannt schien, waren meine Gedanken automatisch zu Sarah zurückgekehrt.

Ja. Ich weiß. Ich bin unverbesserlich.

Es stimmt, dass ich den Frauen, dem rücksichtslosem Egoismus und dem Autoknacken abgeschworen hatte. Aber Sarah war nicht irgendeine Frau. Sie war anders – auf jeden Fall hatte sie etwas an sich, das mich dazu verleitete, in solchen Klischees zu denken. Lag es an ihren Grübchen? An ihrer unverwechselbaren Ehrlichkeit? Daran, wie mühelos sie zwischen freundschaftlich und verführerisch umschalten konnte? Ich hatte nicht das geringste Interesse daran, in alte Verhaltensmuster zurückzufallen und eine Frau wie einen Gebrauchsgegenstand zu behandeln. So war ich nicht mehr, und so wollte ich auch nie wieder sein. Dennoch verspürte ich jetzt, eine knappe Stunde nach unserer ersten Begegnung, das dringende Bedürfnis, mehr über Sarah herauszufinden. Es war nicht nur bloße Neugier. Es war fast schon ein Zwang.

»Was bedeutet dieses Gesicht?« Ashley stach mir mit dem Finger in die Seite.

»Das ist mein Geburtstagsparty-Gesicht.«

»Sieht eher aus wie dein *Ich hoffe, ich werde nicht gleich ermordet*-Gesicht.«

Ich lächelte gepresst und sie kicherte über mein Unbehagen. Endlich entdeckte ich Hank, der hinten an der Bar stand und sich gerade mit dem Sheriff unterhielt. Ohne ihn aus den Augen zu lassen, zog ich Ashley hinter mir her quer durch den Raum. Unterwegs mussten wir mehrmals anhalten, um Glückwünsche entgegenzunehmen.

»Wo wollen wir denn hin?«, fragte meine Schwester, während wir uns einen Weg durch den dichtesten Teil des Getümmels bahnten.

»Ich muss mit Hank reden. Er hat gerade einen Gast in seinem Haus am Bandit Lake, und ich will wissen, wer sie ist«, klärte ich meine Schwester auf. Bei Ashley waren meine Geheimnisse in guten Händen. Sie würde mich nicht damit erpressen oder sie gegen mich verwenden – ganz im Gegensatz zu meinen Brüdern oder Claire.

»Okay, von mir aus. Aber irgendwann will ich auch mal einen Margarita trinken. Wenn du mit Hank geredet hast, sollten wir uns was bestellen.«

»Du kriegst eine ganze Mexiko-Reise von mir, wenn du mir versprichst, den Abend über nicht von meiner Seite zu weichen.«

»Mach eine Reise nach Costa Rica draus, und wir haben einen Deal.«

Ich blieb vor Hank und dem Sheriff stehen, bereit, meinen Freund über seinen Hausgast auszuquetschen. Doch als ich hörte, was der Sheriff gerade sagte, wartete ich und lauschte.

»... eigentlich ist es ja kein Geheimnis mehr, schließlich kommt diese Woche ein Großteil der Crew an, und nächste Woche ist Drehbeginn. Insofern habe ich kein Problem damit, wenn Sie es den Leuten erzählen, sollten Sie danach gefragt werden. Ich habe mich auch schon mit Kip wegen des Motels unterhalten. Er weiß seit Monaten, dass der Stab dort untergebracht wird – Sie wissen schon, die Kameraleute und so weiter.«

Hank nickte gedankenvoll, bis sein umherschweifender Blick auf Ashley fiel und ein leicht schlitzohriges Grinsen auf seinem Gesicht erschien. »Hey, Ashley. Ich wusste gar nicht, dass du heute Abend kommst.«

Er machte Anstalten, sie zu umarmen, deshalb trat ich schnell dazwischen, sodass er statt ihr nur mich abbekam.

»Danke für die nette Begrüßung, Hank. Ich habe dich auch vermisst.«

Hank Weller war vielleicht mein Geschäftspartner und der beste Freund meines jüngeren Bruders Beau – aber das hieß noch lange nicht, dass er meiner Schwester zu nahe kommen durfte.

Sichtlich verärgert, weil ich ihm seinen Annäherungsversuch vermasselt hatte, schob er mich von sich weg. Im Grunde genommen hatte ich ihm einen Gefallen getan. Ich war nur einer von sechs Brüdern mit stark ausgeprägtem Beschützerinstinkt – und wahrscheinlich der umgänglichste. Außerdem war Ashley mit Drew Runous liiert. Und Drew war ein eins fünfundneunzig großer, sehr furchteinflößender Wildpfleger.

»Hank. Wir haben uns ja lange nicht gesehen«, sagte Ashley und bot ihm ihre Rechte für einen harmlosen Händedruck, während sie eine Augenbraue hochzog, um kundzutun, dass sie seine Absichten durchschaut hatte. Er reagierte mit einem gekränkten Blick, der sie jedoch vollkommen kalt ließ. Ihre nächsten Worte richtete sie an den Sheriff. »Guten Abend, Sheriff. Worüber unterhalten Sie sich denn gerade?«

Sheriff James kratzte sich am Kinn und musterte uns unverhohlen. »Na ja, vermutlich macht es keinen Unterschied mehr, wenn ich es Ihnen sage, schließlich wird es sowieso bald jeder wissen. Irgendwelche Leute aus Hollywood drehen in der Nähe von Cades Cove und Umgebung einen Film. Die Genehmigung kam von ganz oben. Drew weiß bestimmt schon seit Langem Bescheid.«

Ashley machte große Augen. »Mir hat er nichts gesagt.«

»Der Kerl behält Dinge eben lieber für sich«, meinte Hank düster.

Ich warf ihm einen tadelnden Blick zu, ehe ich mich wieder an Ash wandte. »Du kennst doch Drew, wahrscheinlich hat er es einfach vergessen. Entweder das, oder der Umstand, dass irgendwelche Leute aus

Hollywood im Nationalpark einen Film drehen, war ihm nicht wichtig genug, um ihn dir gegenüber zu erwähnen.«

Das Lächeln meiner Schwester war zärtlich und ihr Blick bekam etwas Verträumtes. Wahrscheinlich dachte sie gerade an Drew und seine Eigenarten. »Wahrscheinlich hast du recht. Er kann mir eine Stunde lang ausführlichst die Bärenjungen beschreiben, die er draußen in der Prärie gesehen hat, aber wenn jemand auf seinem Territorium einen Film dreht, interessiert ihn das wahrscheinlich gar nicht.«

»Wie faszinierend«, sagte Hank trocken und zog die Brauen zusammen.

Obschon ich Drew als guten Freund betrachtete, ärgerte ich mich nicht wirklich über Hanks Verhalten. Die Hälfte aller Männer von Green Valley war in meine Schwester verliebt, genau wie die Hälfte aller Frauen von Green Valley in meinen Bruder Billy verliebt war. Hanks Neid war sehr lustig anzusehen.

»In drei Monaten ist der ganze Spuk wieder vorbei – so wurde es wenigstens meinem Büro mitgeteilt. Nächsten Freitag findet übrigens ein Casting für Komparsen statt«, fügte der Sheriff in einem Tonfall hinzu, als versuche er vergeblich, einer verwirrenden Situation Sinn abzugewinnen.

»Spielen in dem Film denn auch berühmte Schauspieler mit? Irgendjemand, den wir kennen?«, wollte Ashley wissen. Es war eine Frage, wie sie die meisten Menschen früher oder später gestellt hätten.

»Nicht, dass ich wüsste.« Der Sheriff zuckte die Achseln. »Aber ich schaue heutzutage auch nicht mehr viele Filme. Kino ist einfach nicht mehr das, was es mal war.«

»Tom Low spielt mit.« Hank stierte angestrengt in die Ferne, während er sein Gedächtnis nach weiteren Namen durchforstete. »Jon Will, Ken Hess, Janice Kenner und Sienna Diaz – mehr fallen mir auf Anhieb nicht ein.«

»Wow«, sagte Ashley voller Ehrfurcht. »Sienna Diaz? Und Tom Low? Scheiße in der Lampenschale.«

Hank schenkte Ashley ein kleines Lächeln.

»Scheiße in der Lampenschale?«

»Gibt gedämpftes Licht im Saale«, fuhr Ashley fort. Offenbar war sie noch immer zu beeindruckt, um etwas anderes als Unsinn von sich zu geben – auch wenn es gereimter Unsinn war.

»Muss man diese Leute kennen?«, erkundigte ich mich, während ich zwischen meiner Schwester, Sheriff James und Hank hin- und hersah. Der Sheriff schaute ratlos. Er war schon mal keine Hilfe.

»Sienna Diaz hat dieses Jahr einen Oscar gewonnen – die erste Latina, die je die Auszeichnung als beste Hauptdarstellerin bekommen hat, und erst die vierte, die dafür nominiert wurde. Noch dazu hat sie ihn für die Rolle in einer Komödie gewonnen, was so gut wie nie vorkommt. Ihre letzten Filme waren allesamt Riesenhits.«

»Und wer ist Tom Low?«, fragte ich, weil mir alle diese Namen überhaupt nichts sagten.

»Das ist Siennas Ex. Seit sie getrennt sind, läuft es mit seiner Karriere nicht mehr so gut.«

Ich sah Ash durch zusammengekniffene Augen an. »Woher weißt du das alles?«

Sie zuckte die Achseln. Dann rümpfte sie die Nase, als wäre ich von uns beiden der schräge Vogel. »*Jeder* weiß das, außer irgendwelche Ranger, die nie fernsehen.«

»Sie hat recht.« Hank nickte. »Ich weiß es auch.«

»Also, ich wusste es *nicht*.« Der Sheriff warf mir einen kameradschaftlichen Blick zu. »So oder so werden diese Leute nächste Woche hier einfallen. Ich muss unbedingt Daisy Bescheid geben, die werden doch bestimmt ihre Donuts und ihren Pie essen wollen.«

Ich deutete ans andere Ende der Bar. »Sie ist da drüben. Sie wollte sich was zu trinken holen.«

»Danke, mein Junge.« Weil er ein Mann spärlicher Worte und noch spärlicherer Emotionen war, schenkte Sheriff James Ashley und mir lediglich ein kurzes Lächeln, ehe er in Daisys Richtung davonging.

Als ich ihm nachsah, streifte mein Blick ganz zufällig den einer Frau. Hastig wandte ich mich ab und schaute wieder Ashley an. Ich nahm sie beim Arm und wechselte mit ihr die Position, sodass ich nun der Frau den Rücken zukehrte.

»Du liebe Zeit, Jethro«, seufzte sie halb belustigt, halb genervt. »Ist der Groschen immer noch nicht gefallen? Natürlich hat Cletus deine Ex-Freundinnen *nicht* zur Party eingeladen.«

Voller Entrüstung sah ich meine Schwester an. »Ist das euer Ernst?«

Hank hielt sich die Hand vor den Mund, damit ich nicht sah, wie er lachte. »Du bist viel zu leichtgläubig, Jethro. Cletus hat mir erzählt, dass er so tun will, als hätte er die Tanner-Zwillinge eingeladen. Er hat sich nur einen Spaß erlaubt. Sie sind nicht hier.« Ashley streckte die Hand aus und kniff mir in die Wange. »Mein großer Bruder macht sich wegen ein paar Frauen vor Angst ins Hemd.«

»Es sind ja nicht irgendwelche Frauen«, korrigierte ich sie. »Nur die, die ich früher schlecht behandelt habe.«

»Und hast du auch in jüngster Zeit Frauen schlecht behandelt?«, erkundigte sich Hank, der mein Unbehagen offenbar zum Schreien komisch fand.

»Nein. In den letzten fünf Jahren nicht.«

»Jedenfalls nicht soweit dir bewusst ist«, ergänzte Ashley lachend.

Ich sah meine Schwester und meinen Freund missbilligend an. Langsam wurde ich wirklich sauer. »Ihr tut ja gerade so, als wäre ich ein notorischer Aufreißer. Das bin ich gar nicht.«

»Warst du aber früher.« Hank zuckte mit den Schultern. »Aber du hast recht. Jetzt machst du so was nicht mehr. Jedenfalls nicht absichtlich.«

Bevor ich gegen diese letzte Bemerkung Einspruch erheben konnte, sagte Ash sanft: »Du kannst nichts dafür, du bist einfach zu süß.«

»Ich bin nicht süß, ich bin freundlich. Daran ist nichts Schlimmes.«

»Du flirtest mit jeder. Gib es ruhig zu«, sagte Hank trocken, ehe er einen Schluck von seinem Bier trank. »Du und Beau, ihr habt das Gen von eurem Vater geerbt. Sobald einer von euch in der Nähe ist, kann die Konkurrenz einpacken.«

Früher wäre ich vor Stolz geplatzt, wenn mich jemand mit meinem

Vater verglichen hätte. Inzwischen fühlte ich mich dabei nur noch dumpf und beklommen. Ich hatte den Eindruck, dass Hank auf ein konkretes Erlebnis mit Beau anspielte, denn im Gegensatz zu mir lebte mein jüngerer Bruder definitiv nicht sexuell enthaltsam. Ich beschloss, kein Salz in Hanks Wunde zu streuen, sondern lieber das Thema zu wechseln. Ich wollte nach wie vor mehr über diese Sarah erfahren. »Sag mal, Hank, vorhin bin ich am Aussichtspunkt am Moth Run zufällig deinem Hausgast begegnet.«

Seine Augen wurden erst ganz groß, dann ganz schmal. »Meinem Hausgast?«

»Ja. Sarah.«

»Sarah ...«, wiederholte er gedehnt.

»Sie meinte, sie würde vorübergehend in deinem Haus am See wohnen. Ihr wärt zusammen auf dem College gewesen, hat sie gesagt.«

Ich sah ihm an, dass er genau wusste, von wem ich redete, auch wenn er meinen Blicken auswich. »Du ... bist ihr rein zufällig begegnet?«

»Genau. Sie wusste den Weg nicht, deshalb habe ich sie zu deinem Haus gefahren.«

»Hmm.« Er trank einen Schluck von seinem Bier und musterte mich.

Ich wollte ihn fragen, wer die Frau war, aber so wie er mich anstarrte, bekam ich den Eindruck, dass er mir umso weniger verraten würde, je mehr Interesse ich an ihr zeigte. »Na, wie auch immer, ich ... Ich wollte dir einfach nur sagen, dass ich ihr den Weg zu deinem Haus gezeigt habe. Ich habe von unterwegs aus Duane angerufen, damit er ihren Mietwagen hinbringt.«

Zu meiner großen Verärgerung sagte Hank lediglich »Danke« und bestätigte damit meinen Verdacht, dass er keine Lust hatte, das Thema weiter zu vertiefen. Diese Erkenntnis frustrierte mich, obwohl ich meine Enttäuschung hinter einem unbekümmerten Lächeln verbarg. »Keine Ursache«, sagte ich, ehe ich mich Ashley zuwandte und ihr meinen Ellbogen bot, damit sie sich bei mir unterhaken konnte. Aus Hank würde ich ohnehin nichts mehr herausbekommen. »Willst du immer noch einen Margarita, Ash?«

Sie legte mir die Hand auf den Arm und nickte. »Aber klar doch.«

Mit ausgesuchter Höflichkeit geleitete ich meine Schwester davon und in Richtung Bar, wobei ich mir Mühe gab, allen Partygästen, denen wir auf dem Weg begegneten, freundlich meinen Dank auszudrücken. In Gedanken allerdings war ich ganz woanders. Sarah war an mir interessiert gewesen, wenigstens hatte es den Anschein gehabt. Obwohl: Ich war mittlerweile so eingerostet, dass ich mich auch geirrt haben könnte. Womöglich hatte sie bloß ganz unverbindlich mit mir geflirtet und ich hatte ihren natürlichen Charme fälschlicherweise als Interesse gedeutet. Es wurde höchste Zeit, dass ich mich zurück aufs Spielfeld wagte.

Und wenn Sarah bereits an Hank vergeben war, dann ... nun ja, dann war es vielleicht das Beste so.

Kapitel 4

Sienna

Die Erkenntnis, dass ich nicht in der Lage war, mir etwas vom Chinesen ins Haus zu bestellen, war ein bitterer Moment in meinem Leben. Er würde einen Platz in der Hall of Fame meiner Luxusprobleme bekommen – zusammen mit dem Maniküretermin, bei dem es nicht die von mir gewünschte Nagellackfarbe gegeben hatte, und dem Tag, als unerwartet der Drive-in von Starbucks geschlossen gewesen war. Das nackte Grauen! ICH WÜRDE NIEMALS DARÜBER HINWEGKOMMEN!

... War bloß ein Witz. Alles halb so schlimm.

Hank hatte freundlicherweise Kühlschrank, Speisekammer und Gewürzregal reich bestückt, daher beschloss ich kurzerhand, Tacos zu machen. Ich musste ihn unbedingt später um den Kassenbon bitten, damit ich ihm das Geld für die Lebensmittel zusammen mit der monatlichen Mietzahlung zurückerstatten konnte.

Ich war gerade dabei, das Rinderhack anzubraten, als das Festnetztelefon klingelte. In der Hoffnung, es sei Marta, nahm ich sofort ab. Ich hatte sie vor einiger Zeit angerufen, aber sie war nicht rangegangen, vermutlich weil sie die Nummer nicht erkannt hatte. Also hatte ich ihr eine Nachricht hinterlassen, in der ich ihr mitteilte, dass ich kein Handynetz hätte. Von meiner Irrfahrt hatte ich wohlweislich nichts erwähnt. Sie sollte sich nicht unnötig aufregen.

»Hallo?«

»Sienna?«

»Ja.« Weil ich so erleichtert war, sprach ich etwas zu laut. »Es tut so gut, deine Stimme zu hören.«

»Oh mein Gott, Sienna, wir haben uns solche Sorgen um dich gemacht! Was hast du dir nur dabei gedacht, die Jungs am Flughafen einfach stehen zu lassen und dir selbstständig ein Auto zu mieten? Unter deinem eigenen Namen? Du hättest gekidnappt werden können!«

Marta war von uns Geschwistern zwar diejenige mit dem besten Geschäftssinn, hatte aber zugleich auch einen ausgeprägten Hang zum Dramatischen. Nur mein Bruder Pedro, der als Tanz-Performance-Künstler und Versicherungsfachmann in New York arbeitete, war noch theatralischer als sie. Sie wäre eine fantastische Schauspielerin gewesen, hatte allerdings jedes Interesse an einer eigenen Karriere im Showbiz begraben, nachdem mein erster Film ein Hit geworden war. Seither behauptete sie immer, es sei ihre Berufung, mein Leben zu regeln. Sie war meine Managerin, und normalerweise war ich ihr unglaublich dankbar für alles, was sie tat. Im vergangenen Jahr allerdings hatten die Spannungen zwischen uns zugenommen.

Ich hatte ihr mehrfach gesagt, dass ich eine Pause von der Arbeit brauchte, woraufhin sie mich jedes Mal gebeten hatte, noch bis nach dem nächsten Film zu warten. Das ging jetzt seit nunmehr drei Filmen so.

»Marta, um Himmels willen, ich bin fünfundzwanzig Jahre alt. Ich bin vor gerade mal fünf Stunden in Tennessee gelandet. Ich bin durchaus in der Lage, ein Auto zu steuern.« Ich konnte nur ums Verrecken keine Straßenkarten lesen. »Und was soll das heißen, *wir* haben uns solche Sorgen gemacht?«

»Als ich dich auf dem Handy nicht erreichen konnte, habe ich Mom und Dad angerufen.«

»Oh nein.«

Ich liebte meine Mutter von ganzem Herzen, aber sie gehörte zu der Sorte Eltern, die ihre Kinder zwangen, sonntagabends *America's Most Wanted* im Fernsehen anzuschauen. Als die Sendung abgesetzt wurde, mussten wir die alten Folgen auf Video angucken, und am Ende jeder

Folge sagte sie zu uns: »Deshalb dürft ihr niemals mit Fremden mitgehen, Kinder! Weil Fremde euch nämlich ermorden wollen!«

»Bitte, sag mir nicht, dass Mom die Polizei angerufen hat.«

»Sie hat nicht die Polizei angerufen.«

»Gott sei Dank.«

»Sie hat das FBI angerufen.«

Ich stöhnte und schloss die Augen.

»Beim FBI hat man ihr gesagt, dass sie vierundzwanzig Stunden warten muss, ehe sie eine Vermisstenanzeige aufgeben kann. Also hat sie es als Nächstes bei Jenny versucht.«

Jenny war meine Agentin.

»Was? Wieso denn?« Meine Agentin war großartig, wirklich großartig. Aber wie jeder großartige Agent war auch sie eine Opportunistin. Wenn ich jemals entführt würde, wäre sie zu gleichen Teilen traurig und begeistert. Traurig aus naheliegenden Gründen und begeistert wegen der kostenlosen Publicity.

»Ich habe gerade mit ihr telefoniert.« Ich hörte Marta im Hintergrund mit irgendwelchen Papieren rascheln. »Warte mal, ich schreibe ihr nur schnell eine SMS. Sie war kurz davor, das Studio und die örtliche Polizei zu alarmieren.«

Ich seufzte abermals und ließ den Kopf in meine Handfläche sinken. »Ich habe dich gleich nach meiner Ankunft angerufen. Hast du meine Nachricht nicht bekommen?«

»Aber du bist nicht ans Handy gegangen.«

»Weil ich hier draußen keinen Empfang habe.«

»Das ist völlig inakzeptabel. Ich muss dich jederzeit erreichen können. Ich habe hier ungefähr zehn Drehbücher liegen, die du dir anschauen sollst. Du hast seit Stunden nicht mehr deine Mails gelesen. Jenny muss wissen, ob du zu der Premiere von Kates neuem Film nach London fliegst und wen du mitbringst. Den Flug konnte ich noch nicht buchen, weil du mir erst die entsprechenden Infos durchgeben musst. Ich habe auch noch kein Okay von dir für die Social-Media-Posts für Juni. Der *Esquire* hat uns die finale Bildauswahl und das Editorial zur

Freigabe geschickt, und die Kreativabteilung will dein Input für die Kampagne von –«

»Marta, Stopp. Jetzt ... warte doch einfach mal.« Ich merkte, wie mein Blutdruck immer höher stieg, je länger sie redete. »Nichts davon ist besonders wichtig oder dringend. Ich habe dir gesagt, dass ich hier schreiben will und meine Ruhe haben möchte. Ich habe dir gesagt, dass ich eine Auszeit brauche.«

Sie druckste ein wenig herum, ehe sie schließlich einräumte: »Ich dachte nicht, dass du es ernst meinst.«

»Du dachtest nicht ...«

»Du sagst andauernd, dass du eine Auszeit brauchst, aber du nimmst nie eine.«

Das Fleisch zischte und spritzte in der Pfanne, deshalb drehte ich die Flamme ab. »Ich habe es schon die letzten sechzig Male ernst gemeint, und jetzt nehme ich mir diese Auszeit.«

»Sienna, Schatz.« Marta zögerte kurz, als wisse sie nicht weiter. »Süße, hör mir zu. Du weißt, dass ich immer nur das Beste für dich will. Du weißt, dass ich dich liebe.«

»Ja. Natürlich.« Und ich wusste es wirklich. Marta war fünfzehn Jahre älter als ich. Sie hatte lange versucht, als Schauspielerin Fuß zu fassen, und als Kellnerin geschuftet, während sie gleichzeitig auf ihren großen Durchbruch hoffte. Kurz bevor ich mein erstes Drehbuch verkaufte, hatte sie eine regelmäßige Rolle in einer Fernsehserie ergattert – die sie dann meinetwegen gleich wieder aufgegeben hatte.

»Dann glaub mir bitte auch, wenn ich dir sage, dass jetzt kein günstiger Moment für eine Auszeit ist. Deine Karriere wird an Fahrt verlieren. Du wirst ganz schnell in die Bedeutungslosigkeit abgleiten. All das Gute, das du bisher erreicht hast, wird einfach verpuffen. Du hast in dieser Branche die gläserne Decke für Latinas und Frauen im Allgemeinen durchbrochen. Soll das denn alles umsonst gewesen sein?«

Ich stöhnte. Ich konnte diese Argumente nicht mehr hören. Ich konnte nicht mehr, Punkt. Ich hatte in vier Jahren sage und schreibe zwölf Drehbücher für Filme fertiggestellt, und jedes einzelne dieser

Drehbücher war von einem Studio gekauft worden. Ich war ständig auf irgendeiner Pressereise für einen Film, den ich entweder abgedreht hatte oder gerade drehte oder aber bald drehen würde. Ich hielt Vorträge und unterstützte wohltätige Organisationen, die sich für Diversität in der Filmindustrie einsetzten. Und ich stimmte Marta zu: All diese Dinge waren es absolut wert, dass ich ihnen meine Zeit opferte.

Aber früher hatte ich das Schreiben geliebt. Ich hatte es geliebt, vor der Kamera zu stehen, die Leute zum Lachen zu bringen, die Verbindung mit meinem Publikum zu spüren. All das machte mir immer noch Spaß, aber wenn es so weiterging, würde ich es irgendwann hassen.

»Ich will doch einfach nur mal eine Pause.« Ich fand es schrecklich, wie kläglich ich mich anhörte. »Ich will eine Woche lang ausschlafen und im Pyjama rumlaufen, ohne dass jemand Fotos von mir macht oder irgendwer in mein Haus einbricht oder in meinen Mülltonnen wühlt.«

»Ich weiß, Süße. Und das sollst du ja auch alles haben. Nur eben nicht jetzt.«

Ich lachte hilflos auf. »Bitte, sag mir nicht, dass du jemanden dafür angeheuert hast, in meinen Mülltonnen zu wühlen.«

»Nein. Aber wir brauchen Leute, die Fotos von dir machen. Und du musst ans Telefon gehen, auf Interviewanfragen antworten, dich in den sozialen Netzwerken präsentieren. Du musst sichtbar und zugänglich sein. Und wenn du sichtbar bist, brauchst du deine Sicherheitsleute in der Nähe.«

Ich nickte, weil sie recht hatte, auch wenn es mir gegen den Strich ging. »Okay. Ich versuche irgendwie ins Internet zu kommen, und dann schicke ich Dave meine Adresse. Hier im Haus ist genügend Platz für ihn und die Jungs.«

So viel zu meinen Plänen, ein wenig Ruhe und Frieden zu genießen. Ich mochte meine Bodyguards, aber sie waren typische Kerle. Sie räumten nie ihr dreckiges Geschirr weg und ließen überall ihre Sachen herumliegen.

Als ich mich von meiner Schwester verabschiedete, war ich frustriert, ließ mir aber nichts anmerken. Ich versprach ihr, am nächsten

Morgen noch einmal anzurufen, und wandte mich dann wieder der Bratpfanne zu. Eigentlich bevorzugte ich Shredded Beef für meine Tacos, aber ich war nicht wählerisch. Nur meine Mutter hätte vermutlich beim Anblick des Hackfleischs vor Entsetzen die Hände über dem Kopf zusammengeschlagen.

Ich hatte gerade herausgefunden, wie man die Flamme wieder anstellte, als ich hörte, wie die Haustür geöffnet und gleich darauf geschlossen wurde. Im nächsten Moment rief jemand: »Sienna?«

Der Klang der vertrauten Stimme zauberte mir ein Lächeln ins Gesicht und meine Laune hellte sich schlagartig auf. »Ich bin hier, Hankypanky. Aber komm nicht rein, ich bin gerade nackt. Ich unterziehe mich einer gynäkologischen Untersuchung. Und lasse mir währenddessen ein Muttermal entfernen.«

»Du bist nicht nackt.« Sein tiefes, grollendes Lachen drang an mein Ohr, kurz bevor er in der Küchentür auftauchte.

Ich sah ihn an. Er lehnte im Türrahmen, hatte die Daumen in die Gürtelschlaufen seiner Jeans gehakt und ein freudiges Grinsen im Gesicht, das seine sonst eher harten, unnahbaren Züge attraktiver wirken ließ.

»Na ja, ich *war* nackt. Als ich dich an der Haustür gehört habe, habe ich mich blitzschnell angezogen.«

»Und deinen Gynäkologen hast du weggeschickt?«

»Nein. Ich habe die Untersuchung eigenhändig durchgeführt, mit einem Spiegel und einem eiskalten Spekulum. Ich habe mir auch selbst das Muttermal entfernt. Ich hoffe, es macht dir nichts aus, dass ich eins deiner Steakmesser dafür benutzt habe. Wenn es dir unangenehm ist, kann ich es nachher sterilisieren.«

Er verzog das Gesicht, trat zum Kühlschrank und nahm sich ein Bier heraus. »Du bist echt eklig.«

»Ja. Ja, da hast du recht. Und ich kann es gar nicht erwarten, dir von meiner Darmspiegelung zu erzählen.«

»Hör auf.« Er hob die Hände, wie um meine Worte abzuwehren, obwohl er lachen musste.

Hank und ich hatten ein ganz besonderes Ritual. Es handelte sich um ein Spiel, das ich früher oft mit meinen Geschwistern gespielt hatte. Als Hank während unseres ersten Studienjahrs einmal übers Wochenende bei uns zu Besuch gewesen war, hatten wir ihn in die Feinheiten dieses Spiels eingeweiht. Es ging darum, sich etwas einfallen zu lassen, was beim anderen möglichst heftige Ekelgefühle auslöste. Der höchste Ekelfaktor gewann das Spiel. Zu der Zeit waren er und ich quasi ein Paar gewesen, aber nach dem Wochenende waren wir zu dem Schluss gekommen, dass wir lieber Freunde sein wollten. Das war eine wichtige Lektion für mich gewesen: Manchmal war es nicht gut, zu früh allzu offenherzig zu sein und jemandem mein wahres, schräges, ekelresistentes Ich zu zeigen. Dass ich ihn überhaupt in unsere Familientradition eingeweiht hatte, lag nur daran, dass er großspurig behauptet hatte, er würde sich vor *gar nichts* ekeln. Wir kamen aus völlig verschiedenen Familien und waren so unterschiedlich wie zwei Menschen nur sein konnten. Unsere gemeinsamen Versuche, in neue, bis dahin unbekannte Gefilde der Widerwärtigkeit vorzudringen, hatten uns zusammengeschweißt – aber eben mit dem Nebeneffekt, dass alles Romantische zwischen uns verflog. Stattdessen erzählten wir uns Furzwitze und tranken Bier. Ich wurde sein bester Kumpel und er wurde meiner, und der Rest ist, wie man so schön sagt, Geschichte.

»Okay, ich höre auf. Aber eigentlich hätte ich dir sehr gerne noch die Geschwulst an meiner Schleimhaut gezeigt, die sieht aus wie dieser herzförmige Krater auf dem Pluto –«

Er trat hinter mich und hielt mir den Mund zu. Dann bog er meinen Kopf zurück, bis er an seiner Schulter ruhte. Ich spürte, wie sein Körper vor Lachen bebte. »Keine Schleimhautgeschwulste«, befahl er.

Ich zog die Augenbrauen hoch. Er wusste, was ich hören wollte.

Hank seufzte. Er nahm die Hand von meinem Mund und drückte stattdessen meine Schulter. »Okay. Du hast gewonnen. Zufrieden?«

»Sag es«, verlangte ich.

»Schon gut, schon gut«, grummelte er. »Du widerst mich an.«

Du widerst mich an war der Schlüsselsatz. Er bedeutete, dass diese

Runde an mich ging. Nicht dass ich mitgezählt hätte, aber ich war mir ziemlich sicher, dass ich auf einem guten Weg war, die Meisterschaft nach Hause zu holen.

Ich grinste und führte vor dem Herd einen kleinen Siegestanz auf.

»Pfannenwender, Pfannenwender in der Hand, wer ist die Ekligste im ganzen Land?«

»Komm her, du Blödkopf.« Hank musste schon wieder lachen, als er den hölzernen Spatel mit der Hand beiseiteschob, damit er mich endlich vernünftig umarmen konnte.

Ich seufzte an seiner Brust, bevor ich mich dem wunderbaren Gefühl seiner Arme überließ. Hank konnte gut umarmen. Qualitativ hochwertige Ganzkörperumarmungen. Sie erinnerten mich immer an die Umarmungen in meiner Familie. Wenn meine Stunden ohne Sicherheitsleute in diesem Haus gezählt waren, musste ich meine Chance nutzen.

Ich löste mich von ihm und deutete mit dem Pfannenwender zum Kühlschrank. »Du hast eingekauft. Danke. Vergiss nicht, meiner Schwester den Kassenzettel zu schicken, damit sie dir das Geld zusammen mit der Miete überweisen kann.«

Er nickte. »Schon geschehen. Sie hat es mir gestern überwiesen.«

»Sehr gut.« Ich machte eine ausladende Armbewegung und intonierte mit sonorer Stimme: »Wenn das so ist, bleib doch zum Essen. Iss meine Tacos, trink meinen Wein.«

Er grinste. »Die Einladung nehme ich gerne an. Warum hast du übrigens nicht angerufen? Ich dachte, du kommst erst am Mittwoch.«

»Ich habe einen früheren Flug genommen. Ich musste unbedingt weg aus L.A., meine Mutter wollte schon wieder ein Blind Date für mich arrangieren.« Ich wandte mich dem Herd zu. Das Fleisch, das zu lange sich selbst überlassen gewesen war, brutzelte und fauchte. »Kacke. Ich habe keine Ahnung, wie man einen Gasherd bedient. Ich glaube, ich verbrenne gerade das Fleisch.«

»Macht deine Momma das immer noch?«

»Ja. Sie findet, ich brauche einen Mann, der ›sich um meine Bedürfnisse kümmert‹. Jedes Mal, wenn sie das sagt, verliert ein Engel seine Flügel und das kleine Jesuskind weint.«

Er feixte. »Deine Momma möchte einfach nur, dass du mal wieder Sex hast.«

»Ich weiß langsam echt nicht mehr, was ich machen soll. Es hat gar keinen Sinn, dass sie ständig versucht, mich zu verkuppeln. Sie hat uns von Kindesbeinen an eingebläut, dass jeder Mensch ein potenzieller Axtmörder ist.«

»Hat das mit dieser Layorona-Lady zu tun, von der mir dein Bruder mal erzählt hat? Die als Geist umgeht und nach ihren Kindern sucht?«

»Das wird *La Llorona* ausgesprochen, aber ja. Sie ist der Geist einer Frau in Weiß, die zu Lebzeiten ihre eigenen Kinder ermordet hat, und jetzt streift sie ruhelos umher und sucht nach ihnen. Wenn man in Mexiko aufwächst, kommt die Angst vor Fremden gleich hinter der Angst vor *La Llorona*.«

Hanks Grinsen war ein wenig schmerzverzerrt. »Deine Momma ist komisch.«

»Das ist nicht komisch. Das ist total gruselig. Als wir klein waren, wusste jeder von uns, wer La Llorona ist. Andauernd wurde uns gesagt: *Ihr müsst hören, sonst kommt La Llorona euch holen!* Ich weiß bis heute nicht genau, ob das bedeutet, dass man auf seine Eltern hören soll, weil *La Llorona* einen sonst findet und umbringt, oder dass man auf seine Mutter hören soll, damit die sich kein Beispiel an *La Llorona* nimmt und einem den Garaus macht. Sicher, danach verbringt sie dann die Ewigkeit damit, sich die Augen auszuheulen und nach einem zu suchen – aber erst mal bringt sie einen um.«

»Vielleicht würdest du ja wirklich einen guten Mann finden, wenn du auf deine Mutter hören würdest.«

Ich lachte spöttisch und schüttelte den Kopf. »Nein. Es macht ihr einfach nur Spaß, mir wahllos irgendwelche Männer vorzusetzen.«

»Wenn sie wüsste ...« Hanks Blick fiel auf das Hackfleisch. Er schob mich beiseite und nahm mir den Pfannenwender aus der Hand. »Lass mich mal. Du kannst in der Zeit die Tomaten schneiden.«

Ich überließ ihm die Kontrolle über das Fleisch und begab mich auf die Suche nach Schneidebrett und Messer. »Woher wusstest du, dass ich hier bin?«

Er antwortete nicht gleich. Ich warf einen Blick über die Schulter und sah ihn mehrere Sekunden lang an. Er spielte auf Zeit.

»Hank?«

»Ich habe, äh ... ich bin dem Typen begegnet, der dir geholfen hat. Er hat erwähnt, dass ihr zusammen hergefahren seid.«

»Ah! Ranger Jethro mit den sexy Augen und dem George-Clooney-Kinn.« Ich grinste das hölzerne Schneidebrett an, das ich soeben entdeckt hatte, als ich mich daran erinnerte, wie viel Spaß es gemacht hatte, mit dem Ranger zu flirten. Zu dumm, dass er so heiß war. Hinterher hatte ich überlegt, dass ich ihm, wenn er nicht ganz so heiß gewesen wäre, sogar erlaubt hätte, mich zu küssen. Und wenn er sich als guter Küsser entpuppt hätte, hätte ich ihm eventuell meine Nummer gegeben, damit wir ... was auch immer.

Ja, es war schon eine ganze Weile her, und ja, die Verlockung war in der Tat groß gewesen.

Ich hatte nicht geplant, während meines Aufenthalts in Tennessee Männerbesuch zu empfangen, aber Pläne können sich bekanntlich ändern. Obwohl mein Handy hier oben wirklich kein Netz hatte. Es wäre also vollkommen egal gewesen, ob ich ihm meine Nummer gegeben hätte oder nicht.

»Hat er mit dir geflirtet?«

»Ja, er hat mit mir geflirtet.« Ich stutzte verwundert, als ich Hanks scharfen Tonfall hörte. »Ziemlich gut sogar. Solchen Flirtfähigkeiten begegnet man hier draußen in der Wildnis nicht oft.«

»Ja, also ... er flirtet mit jeder Frau«, murmelte Hank, während er mit abgehackten Bewegungen das Fleisch in der Pfanne umrührte.

Ich betrachtete sein mürrisches Gesicht und ließ mir seine Worte durch den Kopf gehen. »Wenn er mit jeder Frau flirtet, warum wolltest du dann wissen, ob er mit *mir* geflirtet hat?«

»Weil ...« Er schnaubte. »Also gut. Er flirtet nicht mit jeder. Na ja, jedenfalls nicht absichtlich. Er ist einfach ein Schwindler. Alle mögen ihn, weil er so sympathisch ist, aber trotzdem: Wenn du ihn noch mal siehst, mach lieber einen Bogen um ihn.«

»Ein Schwindler?« Ich musste schmunzeln. Ranger Jethro war mir nicht wie ein Schwindler vorgekommen. Er hatte absolut nichts Schleimiges an sich gehabt. Stattdessen war er selbstlos einer rotgesichtigen Frau zu Hilfe gekommen und hatte sogar darauf geachtet, dass die Rollen ihres Koffers nicht beschädigt wurden. Allerdings hatte der intensive Blick, den er mir zum Abschied zugeworfen hatte, bei mir den Eindruck erweckt, dass der heiße Ranger mit seinem Cowboyhut und seinem Gürtel alles andere als ungefährlich war.

»Vielleicht sollte ich lieber sagen: Er *war* ein Schwindler. In den letzten Jahren hat er sein Leben radikal umgekrempelt, aber wenn früher irgendwo in der Gegend ein Auto fehlte, war sofort klar, auf wessen Konto das ging.«

»Ranger Jethro hat Autos geklaut? Wann ist er denn aus dem Gefängnis entlassen worden?« Mir stand vor Staunen der Mund offen.

Hank schien nur ungern über das Thema zu reden. »Er war nicht im Gefängnis, auch wenn er ein paarmal verhaftet wurde. Man konnte ihm nie was nachweisen, aber alle wussten, dass er es getan hatte.«

»Und trotzdem finden ihn die Leute sympathisch.«

Mein Kumpel verdrehte die Augen. Sein Unbehagen schien immer größer zu werden. »Ja. Er hat immer nur die Mietwagen von Touristen geknackt, nie die Autos der Einheimischen. Bis auf das eine Mal – da hat er den Benz von meinem Vater gestohlen.«

Ich zuckte zusammen. »Er hat den Mercedes deines Vaters geklaut?«

Hanks Vater war ein sehr unangenehmer Zeitgenosse ... Und das war noch geschmeichelt. Er war herrisch und kalt und außerdem ein vorurteilsbehaftetes Arschloch. Als wir uns während der Semesterferien kennengelernt hatten, hatte er mich doch tatsächlich gefragt, ob ich aufgrund der Härtefallregelung oder dank eines Stipendiums für Minderheiten in Harvard angenommen worden sei – Sie wissen schon: für *Frauen wie mich*.

Und als ich ihm geantwortet hatte, dass ich meine Aufnahme allein meinen guten Noten und Testergebnissen zu verdanken hätte und meine Eltern die Studiengebühren aus eigener Tasche bezahlten, hatte er sofort wissen wollen, ob sie Drogenhändler seien.

Ich hatte diese Frage bejaht – und angedeutet, dass ein einziger Anruf ausreichen würde, um ihn auf Nimmerwiedersehen verschwinden zu lassen. In Wahrheit waren meine beiden Eltern niedergelassene Ärzte, die einfach nur sehr großen Wert auf Sparpläne und eine gute Ausbildung ihrer Kinder legten.

»Ja. Jethro hat ihn geklaut, als er fünfzehn oder sechzehn war.«

»Ich kann nicht glauben, dass dein Vater ihn nicht angezeigt hat.«

Hanks Lächeln war ein wenig verschlagen. »Na ja, erstens konnte mein Vater es nicht beweisen. Und zweitens hat Jethro das Auto drei Tage später wieder zurückgebracht. Von außen sah es aus wie neu. Der Innenraum stank wie eine Bahnhofstoilette – aber er hat es zurückgegeben.«

Ich schäme mich nicht zuzugeben, dass ich kichern musste. »Ha, ha! Das ist echt zum Totlachen.«

Auch mein Freund lachte und sein Blick wurde glasig. »War es auch. Egal, wie oft die Polster gewaschen und gesaugt wurden, der Geruch ging nie mehr weg.«

Ich ließ ihm eine Minute Zeit, seiner Erinnerung nachzuhängen – eine der wenigen glücklichen aus seiner Kindheit –, ehe ich wieder auf den interessanten Klatsch zu sprechen kam. »Er hat also Autos geklaut und den Erlös aus dem Verkauf an die Armen gespendet, so wie Robin Hood?«

»Äh, nein. Nichts dergleichen. Er hat sie im Auftrag der örtlichen Motorradgang, der Iron Wraiths, geklaut. Die hatten eine Werkstatt, wo sie gestohlene Fahrzeuge ausgeschlachtet haben, und Jethro war ihr bester Zulieferer.«

»Aber wenn er so gut war und nicht eingesehen hat, wieso sein Handeln falsch war, *und* wenn er noch dazu nie geschnappt wurde, wieso hat er dann aufgehört?«

»Natürlich hat er eingesehen, dass es falsch war – irgendwann jedenfalls.« Hank drehte das Gas herunter und rührte mit nachdenklicher Miene das Hackfleisch um, das nicht mehr umgerührt zu werden brauchte. »Die meisten Leute hier glauben, seine Wandlung hatte mit Drew Runous, dem Wildpfleger hier, zu tun. Drew war damals noch relativ neu im Ort und Jethro hat versucht, sein altes BMW-Motorrad zu stehlen. Drew hat ihn auf frischer Tat ertappt und windelweich geprügelt, ist aber nicht zur Polizei gegangen. Wenig später ist Jethro dann bei den Wraiths ausgestiegen. Er hat seinen Schulabschluss nachgeholt, ist aufs College gegangen und hat es schließlich bis zum Ranger hier im Nationalpark geschafft ...«

Wow.

Meine Augen wurden immer größer, je mehr mir Hank von Ranger Jethros Lebensgeschichte erzählte. Was als harmloser Lokalklatsch begonnen hatte, war zu etwas sehr viel Ernsterem geworden. Ich wollte gerade vorschlagen, das Thema zu wechseln, als Hank von sich aus fortfuhr.

»Aber *ich* glaube, es lag an Ben McClure.«

Oh Mann. Jetzt war meine Neugier endgültig nicht mehr zu bremsen. »Wer ist denn Ben McClure?«

»Ben war Jethros bester Freund. Sie sind zusammen aufgewachsen, aber Ben war immer der Anständigere der beiden. Er ist in Afghanistan gefallen, und kurz danach hat Jethro dann sein Leben umgekrempelt. Außerdem« – Hank drehte das Gas ab und legte den hölzernen Spatel auf dem Pfannenrand ab – »kümmert sich Jethro seitdem um Bens Witwe.«

»Was meinst du damit, er *kümmert* sich um sie?«

Hank zuckte die Achseln. »Na ja, du weißt schon: Er kümmert sich um ihr Haus, erledigt Reparaturen, gräbt den Garten um, macht die Dachrinnen sauber ... Männerarbeit eben.«

Ich schnitt eine Grimasse. »Männerarbeit?«

Hank sah mich mit unbewegter Miene an. »Hör bloß auf. Wir sind hier nicht in Los Angeles oder Boston, sondern in Green Valley, Tennessee. Hier machen die Männer noch richtige Männerarbeit.«

»Ach ja, Stripclubs leiten zum Beispiel?« Ich klimperte unschuldig mit den Wimpern.

Er schnaubte. »Nein, das ist einfach nur *Arbeit*. Ich will gar nicht behaupten, dass die Männer hier keine Öfen putzen oder die Frauen keinen Rasen mähen. Ich sage nur, dass hier in der Regel der Mann seinen Bereich hat, und die Frau hat ihren, jeder tut seinen Teil, alle helfen einander, und wir kommen wunderbar zurecht. Also spar dir deine aufgeklärte, weltbürgerliche Vorurteils-Scheiße.«

Wenn es um seine Wurzeln ging, brauchte es nicht viel, um Hank zu provozieren. Wenn ich ihn ärgern wollte, musste ich ihn nur als Bauerntrampel bezeichnen. Natürlich hielt ich Hank *nicht* für einen Bauerntrampel. Ehrlich gesagt, wusste ich nicht einmal genau, was ein Bauerntrampel war.

Wenn er dann mit Beleidigungen über Frauen im Allgemeinen oder Latinas im Besonderen konterte, juckte mich das nie, weil ich wusste, dass er sie nicht ernst meinte, sondern in etwa so, wie wenn dein großer Bruder dich Dumpfbacke nennt. Gutartige Beleidigungen unter Geschwistern oder Freunden waren eine Sache. Gutartige, ignorante Beleidigungen von Fremden jedoch eine ganz andere.

Ich hob die Hände. »Schon gut, alles klar. Ich werde mich nicht mehr über eure mit Stolz gepflegten kulturellen Normen, eure weißen Privilegien oder euer fettgebackenes Hühnchen lustig machen.«

»Gut.« Er nickte. »Dann sage ich auch nichts über Telenovelas oder Tortillas.«

»Darum will ich auch gebeten haben.« Ich drohte ihm mit dem Messer, das ich in der Hand hielt. »Außerdem ist Jethros Geschichte viel spannender als eine Telenovela. Er stiehlt Autos für eine Motorradgang, dann fällt sein bester Freund im Krieg, er wird von einem Wildpfleger zusammengeschlagen –«

»Ein Wildpfleger, der jetzt sein Boss ist und bald seine Schwester heiraten wird.«

»Wow. Okay. Er wird von einem Wildpfleger zusammengeschlagen, der jetzt sein Boss ist und bald seine Schwester heiraten wird, und macht eine wundersame Wandlung zum gesetzestreuen Bürger durch.«

»Und seine Mutter ist letztes Jahr an Krebs gestorben.«

Ich musste tief Luft holen. Mein Kopf und mein Herz waren voller Mitgefühl für Ranger Jethro. Ich wagte gar nicht mir vorzustellen, wie es wäre, wenn ich meine Mutter verlieren würde. Sie war mein Fels in der Brandung.

»Oh mein Gott. Dieser Mann ...«

»Und Jethros Vater ist der letzte Drecksack. Und er hat noch fünf Brüder.«

»Jethros Vater hat fünf Brüder?«

»Nein. Jethro hat fünf Brüder. Billy und Cletus, die Zwillinge Beau und Duane, und dann kommt noch Roscoe. Und eine Schwester, die heißt Ashley. Jethro ist der Älteste.«

Ich schüttelte den Kopf. »Das ist eine Telenovela. Oder man sollte definitiv eine daraus machen. Wieso ist sein Vater ein Drecksack?«

Ich konnte nicht anders, irgendwie nahm ich Anteil am Schicksal von Ranger Jethro. Ich fühlte mich regelrecht mit ihm verbunden.

»Wo soll ich da anfangen? Darrell Winston, so heißt Jethros Vater, hat Bethany Oliver geschwängert, da war sie gerade mal fünfzehn. Mit sechzehn hat sie Jethro zur Welt gebracht. Bethany kam aus einer wohlhabenden Familie und war die einzige Tochter von ...«

Ich wedelte ungeduldig mit der Hand. »Die Kurzversion reicht.«

»Okay. Darrell hat sich seiner Frau gegenüber schrecklich verhalten, hat sie immer wieder betrogen und sie regelmäßig geschlagen. Er ist Mitglied bei den Iron Wraiths ...«

»In dieser Motorradgang?«

»Genau. Darrell war mit Leib und Seele Rocker, er hat sogar versucht, seine Söhne mit in den Club zu holen. Seinetwegen hat Jethro angefangen, Autos zu knacken. Die ersten fünfundzwanzig Jahre seines Lebens war er im Wesentlichen so etwas wie eine Miniaturversion dieses widerlichen Bastards.«

»Wie alt ist Jethro denn?« Ich versuchte mich an sein Gesicht zu erinnern, an die Knitterfältchen um seine Augen, die Männern, die sich viel an der frischen Luft aufhielten, immer so gut standen, aber bei Schauspielern und Schauspielerinnen gefürchtet waren wie Rollen in schlechten Filmen. »Er kann doch nicht älter sein als siebenundzwanzig.«

»Ist er aber. Er ist einunddreißig. Noch ein Grund, weshalb du einen Bogen um ihn machen solltest. Er ist zu alt für dich.«

Ich lachte und schnaubte gleichzeitig. »Das ist lustig, Hank. Du weißt schon, dass Tom achtunddreißig ist, oder?« Ich bezog mich auf meinen letzten Quasi-Freund und gegenwärtigen Co-Star Tom Low. Wenn es nach Tom gegangen wäre, wären wir auf direktem Weg in den Hafen der Ehe gewesen, als ich mich von ihm getrennt hatte. Mir hingegen hatte ein einziges langes Wochenende mit ihm ausgereicht, um festzustellen, wie sehr mir seine Unfähigkeit, ohne andauernde Bestätigung von außen zu funktionieren, zum Hals heraushing.

Er wusste nicht mal, wie man Wäsche wusch – egal, welche Wäsche. Er hatte null Ahnung davon. Manchmal warf er seine getragenen Sachen einfach weg, statt sie zu waschen, und er kaufte sich nahezu im Wochenrhythmus neue Outfits.

»Eben. Tom war auch zu alt für dich.«

Ich zuckte mit den Schultern. Ich wollte mich nicht mit ihm streiten, auch wenn ich anderer Meinung war als er. Mag sein, dass Tom dreizehn Jahre älter war als ich, er benahm sich trotzdem wie ein großes Kind. Ein putziges, hilfloses, aber ultimativ schrecklich anstrengendes Kind im Körper eines metrosexuellen, extrem heißen Mannes. Immerhin war er ziemlich gut im Bett gewesen. Eine solide sechs oder sieben auf einer Skala von eins bis zehn (sprich: sechs oder sieben Orgasmen von zehn Versuchen).

Wohingegen Ranger Jethro, wenn man Hanks Beschreibung zugrunde legte, deutlich reifer zu sein schien als ich, obwohl er nur wenige Jahre älter war. Ich liebte es immer noch, alberne Späße zu machen und *Du widerst mich an* zu spielen.

Ich ging zum Kühlschrank, öffnete ihn und zog die Schubfächer heraus auf der Suche nach Tomaten.

»Jetzt kümmert sich Jethro also um Witwen und Waisen.«

»Nur um Witwen. Umwerfend attraktive, rothaarige Witwen mit hübschen blauen Augen und engelsgleicher Stimme.« Jetzt war Hank derjenige, der mit den Wimpern klimperte.

»Aha.« Ich nickte. »Jethro hat also ein Auge auf die Witwe seines besten Freundes geworfen?«

Während ich das sagte, verspürte ich eine dumpfe Enttäuschung in der Magengrube. Es war in etwa so, als würde man in einem Laden ein unglaublich tolles Kleid sehen, nur leider gibt es besagtes unglaublich tolles Kleid nicht in der richtigen Größe, und vielleicht weiß man auch gar nicht, ob man dieses unglaublich tolle Kleid überhaupt hätte haben wollen, aber allein der Gedanke, dass man es nicht haben *kann*, ist ein riesengroßes Ärgernis. Rasch schob ich das Gefühl beiseite. Ich brauchte keine neuen Kleider.

»Ehrlich gesagt, nein.« Hank kratzte sich im Nacken, lehnte sich gegen den Herd und verschränkte die Arme vor der Brust. »Wenn Jethro ein Auge auf Claire geworfen hätte, wäre er längst aktiv geworden. Ich glaube, er kümmert sich einfach gern um sie. Ich würde sogar sagen, er kümmert sich generell gern um andere Menschen.«

»Dann verrat mir doch mal eins, Hankypanky: Warum ist es dir so wichtig, dass ich dem geläuterten Ranger Jethro aus dem Weg gehe? Er klingt doch wie der perfekte Mann. Ich könnte mich hier in Spleen Valley niederlassen, ich könnte lernen, wie man Frauenarbeit macht, und wir könnten eine Menge Babys zusammen bekommen. Fußnote: Ich hoffe, sie kriegen seinen Bart und meine Unterarme.«

Hank senkte den Kopf, sah mich aus schmalen Augen an und musste gegen ein Lächeln ankämpfen. »Erstens heißt es Green Valley, nicht Spleen Valley, du Klugscheißerin.«

»Ein unbeabsichtigter Versprecher.«

»Und zweitens geht es mir dabei gar nicht um dich. Sondern um ihn.«

Ich schnappte nach Luft und stammelte mehrere Sekunden lang unverständliche Dinge vor mich hin, ehe ich schließlich hervorpresste: »Jetzt bin ich aber beleidigt.«

»Das mag sein. Ich bitte dich trotzdem, dich von ihm fernzuhalten.«

»Du bist ein Bauerntrampel und ein Arsch.« Ich spielte mit dem Gedanken, die Tomate nach ihm zu werfen, die ich in der Zwischenzeit gefunden hatte. Aber am Ende entschied ich mich dagegen. Es schien nur diese eine Tomate zu geben, und die brauchte ich für die Tacos. Tacos ohne Tomaten waren wie Kuchen ohne Glasur. Sinnlos.

»Du warst doch immer dagegen, dich niederzulassen. Oder hat sich das geändert?«

»Absolut nicht. Dafür muss man zu viele Kompromisse eingehen. Und ich habe keine Lust auf Kompromisse.«

»Eben. Du bist eine Männerfresserin und gebrochene Herzen pflastern deinen Weg.« Hank stemmte die Hände in die Hüften und feixte mich an, als würde er mich genau kennen ... was ja auch stimmte. »Du mit deinen Grübchen und deinem Sexappeal.«

»Ich bin keine Männerfresserin. Normalerweise gebe ich nicht mal Blowjobs, ich habe nämlich einen stark ausgeprägten Würgereflex. Und erst die ganzen Haare, ich hasse Haare im Mund. Und so struppige Haare noch dazu ...«

»Du weißt schon, was ich meine, Zuckerpuppe. Lass den armen Kerl in Ruhe. Er hat genug durchgemacht.«

»Hast du mich gerade Zuckerpuppe genannt? Du nennst mich nicht Zuckerpuppe. Wenn schon, dann nenne ich *dich* Zuckerpuppe.«

Ohne sich an meiner Empörung zu stören, nahm Hank mir die Tomate aus der Hand und trat damit zum Schneidebrett. »Kann sein, dass Jethro mal ein Krimineller war, aber er ist geläutert.«

»Mach dir bloß nicht ins Höschen, *Zuckerpuppe*«, brummte ich.

»Ich meine es ernst, Sienna. Er ist tabu.« Hank würfelte die Tomate, ohne den Blick von mir abzuwenden. »Der arme Mann. So was wie du ist ihm sein Lebtag noch nicht begegnet.«

Kapitel 5

Sienna

Bei Banjomusik läuft es mir kalt den Rücken herunter.

Ich muss dann immer an den Film *Deliverance – Beim Sterben ist jeder der Erste* denken. Unweigerlich. Kaum höre ich irgendwo ein Banjo, fasse ich mir schützend ans Gesäß. Es ist wie eine Art Pawlow'scher Reflex, nur dass er nicht von einer bimmelnden Glocke ausgelöst wird, sondern von einer klingenden Banjosaite.

Außerdem: Karohemden.

Und: bärtige Männer mit Jagdhunden und Gewehren.

Vermutlich hatte das damit zu tun, dass meine Eltern – obschon größtenteils langweilig und bürgerlich – es versäumt hatten, als Kind meinen Fernsehkonsum zu kontrollieren. Sie hatten sich in der Navy kennengelernt und gemeinsam den Dienst quittiert, um eine Arztpraxis aufzumachen. Sie arbeiteten viel und verbrachten die meiste Zeit des Tages außer Haus. Wenn wir sie brauchten, waren sie immer zur Stelle, trotzdem leisteten meine älteren Geschwister und alte Filme bei mir den Hauptanteil der Erziehungsarbeit. Schon im zarten Alter von vier Jahren schaute ich so ziemlich alles, was gerade lief. Bei uns zu Hause bedeutete das normalerweise: Telenovelas. Mit acht allerdings guckte ich zum Beispiel auch *Basic Instinct*, und das ist der Grund, weshalb ich bis heute keinen Eispickel besitze. Mit zwölf war es *Freitag der 13.* – seitdem habe ich eine Aversion gegen Hockeytorhüter. Mit dreizehn war mein Lieblingsfilm *Die Marx Brothers im Krieg*, außerdem konnten meine

Schwester Rena und ich den kompletten »Who's on First?«-Sketch von Abbott und Costello auswendig nachspielen.

Aber jetzt stand ich an einer verlassenen Bergstraße im hintersten Winkel von Tennessee, sah weit und breit nichts als Bäume und hätte schwören können, dass von irgendwo eine unheilverkündende Banjomusik erklang.

Duna-nau-nau-nau-nau-nau-niieh-niieh ...

Richtig. Ich hatte mich schon wieder verfahren.

Und diesmal war es wirklich nicht meine Schuld. Nicht dass es beim letzten Mal meine Schuld gewesen wäre, aber diesmal war es *wirklich* nicht meine Schuld. Ich hatte die ganze letzte Woche geübt. Nachdem mein Sicherheitschef Dave widerwillig sein Einverständnis gegeben hatte, war Hank mit mir dreimal die Route zum Drehort abgefahren. Er hatte mir Straßenkarten besorgt. Ich war die Strecke im Kopf durchgegangen. Ich hatte sie sogar aus der Erinnerung aufgezeichnet. Und ich hatte ein neues Handy. Eins, das auch in den Bergen zuverlässigen Empfang hätte haben sollen.

Nachdem ich eine Woche lang von frühmorgens bis nach Mitternacht geschrieben, Mails beantwortet, mich in Knoxville der Öffentlichkeit präsentiert, Interviews gegeben und das Haus mit mehreren starken, lärmenden Männern geteilt hatte, war es der pure Luxus, allein im Auto zu sitzen.

Aber jetzt hatte mein nagelneues Handy doch kein Netz. Es war sechs Uhr siebenundvierzig und ich hatte nicht den leisesten Schimmer, wo ich mich befand. Ich kam mir so unsagbar dumm vor. Ich hätte Dave oder Tim erlauben sollen, mich ans Set zu bringen. Keine Ahnung, weshalb ich so stur gewesen war und darauf bestanden hatte, selbst zu fahren.

Die gute Nachricht – denn es gab eine gute Nachricht – war, dass die Sonne sich endlich dazu bequemt hatte, aufzugehen. Als ich also ein offiziell aussehendes Hinweisschild mit der Aufschrift AD Cooper Road Trail erspähte, beschloss ich, anzuhalten. Wie jede vernünftige Person ging ich davon aus, dass der Wanderweg auf meiner Karte verzeichnet sein würde.

Der Wanderweg war *nicht* auf der Karte verzeichnet.

Diesmal hatte ich nicht die nötige Energie für einen Straßenkarten-Vernichtungs-Breakdance, stattdessen stieg ich aus meinem Mietwagen, schlürfte gefasst meinen lauwarmen Kaffee und nahm mir vor, zu den Zeltplätzen hinüberzugehen, die ich aus der Ferne an einem Bach erspäht hatte. Dort wollte ich warten, bis irgendwer aus seinem Zelt gekrochen kam – solange er kein Gewehr dabeihatte und Karohemd trug –, und ihn oder sie um Hilfe bitten.

Soweit mein Plan.

Nicht Teil dieses Plans war der vertraut aussehende Pick-up-Truck, der den Wanderweg entlang langsam auf mich zukam und schließlich neben meinem Kleinwagen anhielt. Ebenfalls nicht Teil des Plans war das verdutzte Lächeln in Ranger Jethros Gesicht, als er ausstieg und mir beim Schlürfen meines lauwarmen Kaffees zusah.

Nicht Teil des Plans, aber keineswegs unwillkommen.

Den Blick auf mich geheftet, tippte sich der Ranger – den ich nun, da ich mit seiner Vergangenheit vertraut war, nicht länger unter der simplen Kategorie *süß* oder *heiß* verbuchen konnte – an die Hutkrempe, ähnlich wie beim ersten Mal. Und ähnlich wie beim ersten Mal sagte er: »Miss, benötigen Sie Unterstützung?«

Eine unerwartete Wärme breitete sich von meinem Bauch bis in meine Fingerspitzen aus, als ich seine Stimme hörte. Am frühen Morgen klang sie noch leicht rau und ungenutzt. Tiefer als sonst. Männlich. Trotz des aufgeregten Hüpfers, den mein Magen bei seinem Anblick machte, gelang es mir zu scherzen: »Ach, ich wette, das sagst du zu allen Frauen, die sich verfahren haben.«

Sein Lächeln wurde breiter. »Wenn du's genau wissen willst, nein. Ich begegne nicht oft Frauen, die sich verfahren haben, und wenn, dann haben sie jedes Mal diese unwiderstehlichen Grübchen, und sie scheinen jedes Mal du zu sein.«

Ich erwiderte sein Lächeln, weil alles andere schlichtweg undenkbar gewesen wäre. Wow, er flirtete wirklich gern. Sehr, sehr gern. Er konnte einem ein Kompliment machen und es wie eine Tatsache klingen lassen. Außerdem war er kein bisschen unheimlich oder schmierig. In seiner Nähe schlug mein Herz augenblicklich höher. Er hingegen wirkte vollkommen entspannt und unbeeindruckt. Das musste an seinem Selbstbewusstsein liegen. Es war nicht die Art von Selbstbewusstsein, wie Lackaffen es hatten, sondern natürliches, ehrlich verdientes Selbstbewusstsein.

Ich ließ meine Grübchen blitzen und gab dem inneren Drang nach, seine Lippen zu betrachten, weil er wirklich sehr schöne Lippen hatte. Allerdings betrachtete ich sie nicht allzu lange, denn seine Augen waren auch sehr schön. »Du rettest also streng monogam?«

Er verlagerte das Gewicht von einem Fuß auf den anderen, holte tief Luft und verschränkte die Arme vor seiner breiten Brust. »Man könnte sogar fast sagen, dass ich in den letzten Jahren rettungsmäßig vollständig enthaltsam gelebt habe.«

»Gibt es in dieser Gegend nicht viele Jungfern in Nöten?«

Er gab sich redlich Mühe, nicht zu schmunzeln. »Oh, Jungfern gibt es genug. Allerdings keine, die ich auch nur halb so gerne retten würde wie dich.«

Ich lachte und sah, wie sein Blick zu meinem Mund wanderte. Er blinzelte einmal, ehe er das Schmunzeln doch noch zuließ. Bei unserer letzten Begegnung hatte er mir Komplimente für mein Lächeln und mein Lachen gemacht, deshalb war es nur recht und billig, den Gefallen zu erwidern.

»Du hast ein tolles Lächeln, Ranger.«

»Sag Jethro zu mir.«

»Was stimmt denn nicht mit Ranger?«

»Ranger ist nicht mein Name, Sarah.«

Ich stutzte, und gleich darauf regte sich ein kleines, unangenehmes Gefühl in mir – vermutlich das schlechte Gewissen, weil ich gar nicht Sarah hieß und trotzdem nichts unternahm, um den Irrtum aufzuklären. Er wusste nicht, dass er eine berühmte Schauspielerin vor sich hatte, davon war ich überzeugt – aber würde er womöglich meinen Namen wiedererkennen?

Hoffentlich nicht.

Ehe ich ihn korrigieren und ihm verraten konnte, wie ich wirklich hieß, trat er einen Schritt auf mich zu. Er nahm mir sanft aber bestimmt den Thermobecher aus der Hand und stellte ihn auf das Dach meines Wagens. Ich musste den Kopf heben, um ihm weiterhin in die Augen schauen zu können, die mich vollkommen in ihren Bann geschlagen hatten. Sie waren grün-golden, nicht braun, wie ich anfänglich gedacht hatte. Wir standen jetzt sehr nah, aber nicht zu nah. Es war eine gute Distanz – nicht bedrohlich, aber in Reichweite. Wie eine Einladung.

Er schenkte mir ein wahrhaft außergewöhnliches Lächeln, bei dem mir die Knie weich wurden, dann senkte er die Stimme, sodass ich mich näher zu ihm hinbeugen musste, um ihn hören zu können. »Und du hast so eine schöne Stimme. Wäre doch eine Schande, sie auf *Ranger* zu vergeuden, wenn du stattdessen *Jethro* sagen könntest.«

Ich blinzelte überrascht, denn – Ach. Du. Großer. Gott – mein Magen hatte soeben aus dem Stand einen Salto geschlagen. Ging es noch erotischer? Und wieso – abgesehen vom Offensichtlichen – *war* er überhaupt so erotisch?

»Jethro, ich hoffe, du hast nichts dagegen, wenn ich das sage, aber …«

»Sag, was immer du willst, Sarah.« Seine Stimme war ein warmes Brummen. »Solange du dabei meinen Namen benutzt.«

Uah! Jetzt schlug mein Magen Rad. Außerdem wollte ich Ranger Jethro auf einmal unbedingt anfassen. Was war das hier? Voodoo? Ich musste mich sehr konzentrieren, aber es gelang mir, fortzufahren, als hätte er mich nicht unterbrochen. »Und bitte betrachte es als Kompliment, denn ich meine es absolut ernst. Mir ist noch nie ein Mann begegnet, der so gut flirtet wie du.«

Seine Augenbrauen wanderten ein Stück in die Höhe, aber sein Lächeln wurde noch breiter.

»Wirklich. Und ich habe schon sehr viele Männer getroffen, die durchaus geübt sind im Flirten. Ich hoffe, du hast Flirten als besondere Fähigkeit in deinem Lebenslauf aufgeführt, und falls du jemals eine Referenz brauchst, sag einfach Bescheid, denn sofern es überhaupt möglich ist, etwas an einer wildfremden Person zu lieben, liebe ich das an dir.«

Er musterte mich schweigend und mein Drang, ihn zu berühren, wurde immer stärker. Inzwischen juckte es mich regelrecht in den Fingern. Er war mir so nah, und trotzdem war alles, woran ich denken konnte, dass er mir nicht nah genug war. Vermutlich war genau das seine Absicht.

Nicht schlecht, Ranger Jethro. Wirklich nicht schlecht.

Und seine Augen. Fragt mich erst gar nicht nach seinen Augen. Fragt... Nein, tut es nicht. Ich wäre ohnehin nicht in der Lage, sie mit Worten zu beschreiben. Der. Reinste. Wahnsinn. Auch in ihnen lag eine Einladung, eine diebische, sinnliche, unwiderstehliche Einladung. Oh, wie gern hätte ich sie angenommen.

»Aus deinem Mund ist das ein Kompliment«, meinte Jethro endlich, womit er die köstliche, qualvolle Spannung zwischen uns zugleich lockerte und noch verschärfte. Sein Blick glitt über mein Gesicht und blieb schließlich erneut an meinem Mund hängen.

Ach. Seufz.

Zu dumm, dass ich in Zeitnot war. Und zu dumm, dass ich Hank versprochen hatte, mich von Ranger Jethro fernzuhalten. An besagtem Abend hatte ich nicht damit gerechnet, ihn je wiederzusehen, deshalb war mir das Versprechen leicht über die Lippen gekommen. Doch jetzt stellte ich fest, dass Hank überreagiert hatte und völlig ohne Grund so hysterisch gewesen war. Der Ranger war kein zartes Pflänzchen. Er wusste, was er wollte, und stand mit beiden Beinen im Leben.

Und ich war keine Männerfresserin.

Ich war eher eine Männerverkosterin.

Aber dann gewannen die verantwortungsbewussteren Teile meiner Persönlichkeit die Oberhand. Ich atmete einmal tief durch und sah auf meine Armbanduhr. Ja, ich trug eine Uhr. Ich hasste es, extra mein

Handy zücken zu müssen, wenn ich wissen wollte, wie spät es war, hauptsächlich deshalb, weil mein Handy mich immer vom Eigentlichen ablenkte. Ich sah dann all die neuen SMS und Benachrichtigungen und hatte das Gefühl, darauf reagieren zu müssen. Meine Armbanduhr hingegen stellte keine Forderungen an mich. Sie zeigte die Zeit an und sonst nichts. Einfach phänomenal. Ein Traum.

»Ich unterbreche diese epische Szene hier nur höchst ungern.« Ich deutete auf ihn. »Aber wäre es dir unter Umständen möglich ... hättest du vielleicht Zeit, mir heute Morgen noch einmal aus der Patsche zu helfen? Eigentlich sollte ich um halb sechs wo sein, und jetzt ist es schon fast sieben.«

Er grinste über meine Handbewegung. Was auch sonst? Bei diesem Mann gab es kein aufgesetztes Erstaunen, keine Empörung oder Verärgerung angesichts meines unerwarteten Themenwechsels. Er nahm ihn einfach in vollendeter Gelassenheit hin. Er war so unheimlich ... *erwachsen*. Er wippte auf den Fersen und fischte sein Handy aus der hinteren Hosentasche. Dann begann er etwas tippen.

»Sicher, kein Problem. Ich habe Zeit, ich muss nur kurz meinen Boss anrufen.«

Von meinem Tratschfest mit Hank erinnerte ich mich noch daran, dass Jethros Boss Drew hieß, Wildpfleger war, bald Jethros Schwester heiraten würde und Jethro vor ein paar Jahren grün und blau geprügelt hatte.

Allerdings ließ ich nichts davon durchblicken, sondern beobachtete den Ranger lediglich schweigend, während dieser seinen Anruf tätigte.

Also schön: Ich glotzte ihn an.

Ich glotzte Ranger Jethro an!!! *Zufrieden?*

Glaubt mir, ihr hättet ihn auch angeglotzt. Für einen Mann hatte er sehr lange Wimpern. Und sein Bart war der Hammer. Und er umrahmte einen überaus schönen Mund.

Irgendwie schien er mir bereits vertraut – vermutlich weil Hank mir seine komplette Lebensgeschichte erzählt hatte. Jethro hingegen wusste nicht einmal meinen richtigen Namen. Verkehrte Welt. Normalerweise glaubten Wildfremde, mich zu kennen, sie nahmen Anteil an meinem Leben, hatten Fotos von meiner Quinceañera gesehen und sich sogar eine Meinung zu dem Kleid gebildet, das ich damals getragen hatte – eine Meinung, die sie selbstverständlich in diversen Foren überall in unserem herrlichen Internet breittreten mussten.

Das ist mein voller Ernst. Ich sage nur: #SiennaQuinceañera. Der Hashtag schafft es immer noch hin und wieder in die Twitter-Trends. Ihr werdet euch gruseln – und kaputtlachen.

Aber zurück zum verführerischen Jethro.

In unserer Konstellation war ausnahmsweise ich die Unbekannte. Es tat gut, eine Unbekannte zu sein.

Trotzdem war mir bei dem Gedanken, dass ich mit Jethros Biographie vertraut war und er nichts davon wusste, nicht wohl zumute. Es kam mir wie eine noch größere Täuschung vor als die Sache mit meinem Namen. Mein Wissen über seine Lebensgeschichte beeinflusste, was ich über ihn dachte und wie ich auf ihn reagierte. Und er selbst war völlig ahnungslos.

»Drew? Hier ist Jet. Ich komm' ein bisschen später. Bis dann«, sagte er und legte auf. Entweder er hatte die Antwort seines Chefs gar nicht erst abgewartet, oder er hatte ihm eine Nachricht auf die Mailbox gesprochen.

»Wo musst du denn hin?«, erkundigte er sich sodann, ohne von seinem Handy aufzuschauen. Er musste meine Blicke gespürt haben – ich glotzte immer noch –, schien sich jedoch nicht im Geringsten daran zu stören.

»Also ... nach Cades Cove.«

Er hob ruckartig den Kopf. »Cades Cove?«

»Ja. Und ich bin schon viel zu spät dran.«

»Bist du, also ...« Erneut betrachtete er forschend mein Gesicht. Dann schien irgendetwas bei ihm Klick gemacht zu haben, denn seine Augen wurden größer. »Du bist Schauspielerin.«

Aaaggrrrraaahh ... buuuuuh.

Er wusste über den Film Bescheid. Das war nur logisch, schließlich arbeitete er als Ranger im Nationalpark, in dem die Dreharbeiten stattfanden. Aber der Ton seiner Feststellung gefiel mir nicht – als mache der Umstand, dass ich Schauspielerin war, alles, was ich bis zu diesem Zeitpunkt gesagt und getan hatte, irgendwie verdächtig oder weniger authentisch.

Ich war keine Lügnerin. Ich war nur wählerisch, was die Wahrheit anging. Zwei völlig verschiedene Dinge. Weil ich nicht wollte, dass die Magie zwischen uns zu Ende war, wich ich aus. »Ich bin Autorin.« Dann drehte ich mich unter dem Vorwand, meine Handtasche holen zu wollen, zum Wagen um, damit er meine Grimasse nicht sah. Die Ironie der Situation entging mir durchaus nicht: Ich hatte soeben bewiesen, dass sein Misstrauen angebracht war.

Trotzdem entsprach das, was ich gesagt hatte, der Wahrheit. Ich *war* Autorin. Drehbuchautorin.

»Autorin? Wirklich?« Jethro hatte bereits die Beifahrertür des Trucks geöffnet, als ich mich wieder aufrichtete. Er sah mich mit neu erwachtem Interesse, ja beinahe fasziniert an. »Hast du etwa das Drehbuch für diesen Film geschrieben?«

»Äh, ja, das ist von mir.« Wahrheit.

Als ich in seinen Truck kletterte, wurde mir klar, dass er mir nicht wie beim letzten Mal seine Hand angeboten hatte. Keine Ahnung, wieso mir das auffiel, aber es fiel mir auf, und ich fragte mich, weshalb – weshalb er sie mir nicht angeboten hatte und weshalb es mir aufgefallen war.

»Wie bist du zum Drehbuchschreiben gekommen?«, wollte er wissen, nachdem er die Fahrertür geöffnet hatte. Ich sah, dass er den Thermobecher vom Dach meines Wagens geholt hatte und ihn nun in den Halter neben meinem Sitz stellte. Ich selbst hatte den Becher völlig vergessen.

»Ich habe auf dem College einen Wettbewerb gewonnen.« Grundsätzlich wahr.

»Was für einen Wettbewerb? Einen Drehbuchwettbewerb?« Jethro drehte den Schlüssel im Zündschloss herum und stellte sein Smartphone in eine Halterung am Armaturenbrett, wahrscheinlich um eingehende Nachrichten sofort sehen zu können.

»Nein, einen Stand-up-Wettbewerb. Das war im ersten Semester.«

»Du bist Comedian.« Sein Lächeln war wieder da. Es gefiel mir, wie freigebig er damit war. Angesichts seiner Vergangenheit, vor allem der kriminellen Episoden, wunderte es mich, dass er so offenherzig und unbeschwert war.

Ich wappnete mich. Ich wollte ehrlich sein, doch zugleich hoffte ich, dass er nicht zwei und zwei zusammenzählen würde, sobald er die ganze Geschichte kannte. »Na ja, es war ein Wettbewerb für Stand-up-Comedy, Improtheater und so weiter. Im Publikum saß ein Talentscout – eine namhafte Agentin aus Hollywood, ihr Neffe war ebenfalls Teilnehmer bei dem Wettbewerb. Nach der Show ist sie zu mir gekommen. Ich hatte immer schon gerne geschrieben, deshalb habe ich ihr einige meiner Sachen gezeigt, und sie hat dann für mich Kontakte zu den richtigen Leuten hergestellt, die mir geholfen haben, mein erstes Drehbuch so weit zu überarbeiten, dass ich es bei einer Agentur einreichen konnte.« Alles wahr … nur dass ich das kleine Detail über den Bieterkrieg ausließ, den sich mehrere Studios um mein Skript geliefert hatten. Und dass meine Agentin von mir verlangt hatte, ich solle gleich auch noch die Hauptrolle in dem Film übernehmen. Sie hatte ein Nein nicht akzeptiert, allerdings war mein Widerstand auch nicht besonders vehement gewesen, denn ganz ehrlich: Hätte ich jemals die Chance ausgeschlagen, mit zwanzig Jahren Filmstar zu werden? *Natürlich … nicht.*

Jethro lenkte den Truck zurück auf die Hauptstraße, die, so fiel mir jetzt auf, Moth Run Road hieß. Eine alte Bekannte also. Ich sah, dass ihm eine weitere Frage auf der Zunge lag, und weil ich allzu bohrendes Nachhaken verhindern wollte, fügte ich hastig hinzu: »Und sechs Jahre später verfahre ich mich in Tennessee, während ich an einem weiteren Drehbuch schreibe.«

»Es gibt schlimmere Orte, um sich zu verfahren.« Er grinste schief in meine Richtung.

»Sehr wahr. Russland, zum Beispiel. Ich glaube, in Russland würde ich mich nicht gern verfahren wollen. Am Ende hält mich Putin für einen Tiger und versucht auf mir zu reiten.«

»Oder Nordkorea. Der Kerl könnte dich mit einem Donut verwechseln.«

Ich rümpfte die Nase. »Findest du etwa, ich sehe aus wie ein Donut?«

»Nein, aber ich frage mich ständig, wie du wohl schmeckst.«

Ich starrte Jethro mit offenem Mund an – er grinste schon wieder –, ehe ich den Kopf in den Nacken legte und herzhaft lachte. »Du bist wirklich DER BESTE. Mannomann!« Ich gab ihm einen leichten Klaps auf den Arm und drückte dabei unauffällig seinen Bizeps, während er in mein Lachen mit einstimmte. Nur zur Information: Er hatte einen erstklassigen Bizeps. Erst. Klassig.

Doch statt meinem Instinkt zu folgen und ihn noch ein bisschen eingehender zu betasten, während er mich freundlicherweise zur Arbeit chauffierte, griff ich nach meinem Thermobecher und stellte ihn auf meinen Schoß. Ich musste irgendwie meine Hände beschäftigen. »Das war ein sehr raffinierter Flirt-Angriff. Ich glaube, du könntest mir viel beibringen.«

»Über das Flirten?« Er klang skeptisch. »Das glaube ich kaum.«

»Doch, absolut. Du würdest eine großartige Figur in einem Film abgeben. Du bist lässig und geistreich und unglaublich attraktiv. In Büchern muss der Held ja immer düster und grüblerisch sein, aber in Filmen – jedenfalls in Filmen, wie ich sie schreibe, in romantischen Komödien – wird nach einem intelligenten, liebenswerten männlichen Protagonisten verlangt. Das mögen die Frauen. Stell dir Ryan Reynolds mit Bart vor.«

Jethro schüttelte den Kopf. »Ich habe keine Ahnung, wer Ryan Reynolds ist.«

Ich drehte mich in meinem Sitz herum. Schon wieder stand mir vor Staunen der Mund offen. »Was?«, stieß ich hervor. »Wiewaswerwarum? Wie kann man Ryan Reynolds nicht kennen!«

Statt auf diese durchaus berechtigte Frage zu antworten, konterte Jethro mit einem weiteren Überraschungsangriff. »Über diesen Ryan können wir später reden. Unterhalten wir uns lieber darüber, wie geistreich und umwerfend attraktiv ich bin. Zu dem Thema würde ich nämlich sehr gerne mehr erfahren.«

Ich lachte wieder, weil mir nichts anderes einfiel. Mit der Schläfe an der Kopfstütze meines Sitzes lehnend, glotzte ich ihn noch ein bisschen an. »Ach, ich glaube, darüber weißt du schon genug.«

»Nein. Das glaube ich nicht.« Er klang süß und liebenswert wie die Unschuld persönlich, obwohl er grinste wie der Teufel.

»Besitzt du einen Spiegel? Vielleicht fängst du mal damit an.«

Jetzt musste auch er lachen. Er hatte ein tolles Lachen, tief und echt und ansteckend. Ich liebte das hier. Ich. Liebte. Es.

Ich hatte ganz vergessen, wie es war, sich mit einem Mann zu unterhalten, der keinen blassen Schimmer davon hatte, wer ich war. Normalerweise wollten Männer, sofern sie nicht selbst berühmt waren, mich nur benutzen, um ihre Karriere anzuschieben. Das hatte ich mehr als einmal auf die harte Tour lernen müssen. Berühmte Männer wiederum machten aus allem und jedem einen Konkurrenzkampf und waren darüber hinaus ständig auf dem Sprung, weil es ja sein konnte, dass irgendwo da draußen eine noch berühmtere, noch tollere, noch wichtigere Frau auf sie wartete. Selbst vor Beginn meiner Karriere hatte ich mich schwergetan, zu anderen Menschen Vertrauen zu fassen. Ich war noch nie einem Mann begegnet, bei dem ich mich auf Anhieb wohlfühlte und mich einfach fallen lassen konnte – bei dem ich nicht das Gefühl hatte, permanent die Verantwortung für den Fortgang des Gesprächs tragen, das Schweigen mit Witzen füllen und für gute Unterhaltung sorgen zu müssen.

Das hier war anders. Es war locker und machte Spaß.

Er war locker und machte Spaß.

»Ich liebe dich einfach so sehr«, bekannte ich, ohne nachzudenken.

Woraufhin Jethro ohne zu zögern antwortete: »Das Gefühl beruht auf Gegenseitigkeit«, noch ehe ich Gelegenheit hatte, mich wegen meines absurden Geständnisses zu schämen.

Trotzdem fühlte ich mich auf einmal befangen. Wie auch nicht?

Ich drehte mich wieder nach vorn und schaute durch die Windschutzscheibe geradeaus, während ich meinen Thermobecher fest umklammert hielt und der Herzschlag zwischen meinen Ohren immer lauter dröhnte.

Das hier war so merkwürdig. *Ich* war merkwürdig. Ich war es nicht gewohnt, merkwürdig zu sein. Ich war es gewohnt, dafür zu sorgen, dass mein Gegenüber sich gut fühlte, sich wichtig vorkam. Ich hatte ums Verrecken keine Idee, wie ich mich entmerkwürdigen sollte.

Doch wie sich herausstellte, musste ich das auch gar nicht.

»Und, wie hast du dich entschieden?«, fragte Jethro, als er an einer roten Ampel hielt.

»Was? Wie meinst du das?« Mit großen Augen blickte ich zwischen ihm und unserer Umgebung hin und her. Hatte er zuvor etwas gesagt, was ich nicht mitbekommen hatte?

Er sah mich an, als wäre ich kein bisschen sonderbar. Und als wollte er immer noch wissen, wie ich schmeckte. »Du sitzt da und redest mit dir selbst. Ich wollte nur wissen, zu welchem Ergebnis du gekommen bist.«

Ich musterte ihn – soll heißen: ich starrte – und dachte mir dabei: *Das ist ein Mann, der es verdient hat, angestarrt zu werden.*

»Tja, ich ...« Ich überlegte, wie ich antworten sollte. Am Ende entschied ich mich für die Wahrheit. »Ich glaube, ich bin zu dem Ergebnis gekommen, dass ich merkwürdig bin. Ich verbringe gerade mal eine halbe Stunde in deiner Gesellschaft, und schon sage ich dir, dass ich dich liebe. Das ist doch merkwürdig.«

Er zuckte mit den Schultern. Auch diesmal zögerte er nicht mit einer Erwiderung. »Das ist kein bisschen merkwürdig. Ich bin einfach extrem liebenswert. Donut?«

Ich blinzelte. »Donut?«

Er deutete mit einer Bewegung seines Kopfes auf die Straße. »Wenn wir rechts abbiegen, können wir uns bei Daisy's Nut House noch Donuts holen. Die sind ein Gedicht. Der Laden liegt etwa eine halbe Meile die

Straße runter. Nach Cades Cove müssen wir allerdings nach links, es wäre also ein Umweg. Hast du Zeit für einen kleinen Umweg?«

»Oh, ach …« Überrumpelt von dem abrupten Themenwechsel runzelte ich die Stirn. Ein Donut wäre nicht das Schlechteste, aber … »Ich bin schon so spät dran«, grübelte ich laut.

Er blinkte links, obwohl wir das einzige Auto weit und breit waren, und nahm die Straße nach Cades Cove.

»Dann vielleicht ein andermal.«

Ich nickte, in Gedanken irgendwo zwischen dem Donut und meiner Liebeserklärung von vorhin. »Ja. Ein andermal.«

»Wie wäre es mit heute Abend?«, fragte er beiläufig.

»Heute Abend? Du willst heute Abend mit mir Donuts essen gehen?«

»Ja. Ich könnte dich vom Set abholen und zurück ins Seehaus fahren. Für mich liegt beides auf dem Weg.«

»Cades Cove und Hanks Haus liegen auf deinem Heimweg?«

»Ehrlich gesagt, nein. Jedenfalls nicht direkt«, räumte er ein und ein kleines Lächeln umspielte seine Lippen. »Aber es wäre eine große Zeitersparnis für uns beide, wenn du mir erlauben würdest, dich morgens und abends abzuholen. Dann würdest du dich nicht verfahren und auch nicht zu spät kommen. Und ich würde nicht die gesamte Umgebung nach dir durchkämmen müssen.«

Ich schnaubte und stellte dann selbstironisch fest: »Ach, du hast sicher Wichtigeres mit deiner Zeit anzufangen, als mich durch die Gegend zu kutschieren.«

»Ich kann mir nichts Wichtigeres vorstellen, als eine Frau herumzufahren, die mich liebt.«

Ich verbarg das Gesicht in meinen Händen und schüttelte den Kopf. »Oh Gott. Du wirst mich das nie vergessen lassen, stimmt's?«

Er lachte leise. Er schien meine Verlegenheit zu genießen. »Ich schlage dir eine Abmachung vor. Du erlaubst mir, dich abends nach Hause zu fahren und morgens abzuholen. Falls es mir zu viele Umstände bereiten sollte oder du es unangenehm findest, können wir die Sache jederzeit beenden. Aber wenn wir beide mit der Regelung zufrieden sind, dann ...« Er verstummte und überließ es mir, den Rest zu ergänzen.

Ich sah ihn durch meine Finger an. »Aber was hast du davon? Ich meine ...« Ich ließ die Hände sinken. »Für mich ist der Nutzen klar ersichtlich. Aber willst du dir wirklich für die nächsten zwölf Wochen ein orientierungsloses, verfrühte Liebesgeständnisse machendes komisches Huhn ans Bein binden?«

Er warf mir einen Blick zu, und wieder hatte er dieses sanfte Lächeln auf den Lippen. Doch dann wanderte sein Blick an meinem Körper hinab und verdunkelte sich. Mein Mund wurde auf einmal ganz trocken, und die Salti, die mein Magen zuvor gemacht hatte, waren nichts im Vergleich zu dem sehr eindeutigen, nicht jugendfreien Ziehen in meinem Unterleib. Gott, es war so wunderschön, wie er mich ansah.

Irgendwann wandte er seine Aufmerksamkeit wieder der Straße zu und zuckte mit den Schultern. Als er erneut das Wort ergriff, klang seine Stimme ein wenig belegt. »Ich kann mir nichts denken, was ich lieber täte, als mit dir zweimal am Tag im Auto zu sitzen.«

Wieder sah er mich an, um sicherzugehen, dass ich die Bedeutung hinter seinen Worten auch richtig verstanden hatte.

Ich hatte sie richtig verstanden. Das sagte mir zumindest eine gewisse Stelle zwischen meinen Beinen. Ausnahmsweise war ich zu durcheinander und zu glücklich für eine clevere Erwiderung. Im Moment dachte ich nur an all die vielen bevorstehenden Autofahrten mit Ranger Jethro. Eine wundervolle Aussicht, bei der mir ganz heiß wurde.

Ich hielt seinen Blick fest und sagte nichts, denn es gab nichts mehr zu sagen. Den Rest der kurzen Fahrt legten wir schweigend zurück. Aber es war ein gutes Schweigen. Ein prickelndes Schweigen. Ein Schweigen, das sagte: *Ich kann es gar nicht erwarten, dass der Tag endlich vorbei ist, damit ich dich wiedersehen kann.*

Nicht übel, Ranger Jethro.

Wahrlich, nicht übel.

Kapitel 6

Jethro

Gut möglich, dass ich grinste wie ein Honigkuchenpferd.

Und gut möglich, dass ich Sarah beim Wegfahren noch eine Weile durch den Rückspiegel beobachtete. Sie stand ganz still da und sah mir nach, die Lippen zu einem charmanten kleinen Lächeln verzogen.

Bei unserer ersten Begegnung war ich noch nicht richtig in Form gewesen. Mit einer Frau zu flirten ist wie Fahrradfahren – nur, dass ich seit mehr als fünf Jahren kein Fahrrad mehr angeschaut hatte. Natürlich half es, dass sie mir die ganze Woche im Kopf umgegangen war und ich imaginäre Gespräche mit ihr geführt hatte, nur für den Fall, dass das Glück auf meiner Seite wäre und ich ihr noch einmal begegnen würde. Nachdem Hank auf der Party in Bezug auf Sarahs Identität so ausweichend gewesen war, hatte ich beschlossen, nicht auf eigene Faust zum Seehaus rauszufahren. Stattdessen hatte ich mich in Geduld geübt. Dem Himmel sei Dank für ihren miserablen Orientierungssinn. Heute Abend um neunzehn Uhr würde ich sie wiedersehen. Und morgen früh um fünf – mehr als genug Zeit, eine Einladung zum Abendessen einzuflechten.

Ich grinste immer noch, als ich wieder auf den Cooper Road Trail einbog und meinen Truck in der Nähe der Ranger-Hütte parkte. Als ich meine Sachen zusammensuchte, fiel mir auf, dass Sarah ihren Thermobecher im Becherhalter vergessen hatte. Ich steckte ihn in die Mesh-Außentasche meines Rucksacks, damit ich ihn auswaschen konnte, ehe ich sie heute Abend abholte. Dann machte ich mich auf den Weg den Hügel hinauf zur Ranger-Hütte.

Drew war bereits dort und saß auf der rot-gold karierten Couch. Er hatte Feuer gemacht, wie so oft, wenn es morgens noch frisch war, und sah nicht auf, als ich hereinkam. Allerdings fragte er: »Was pfeifst du da?«

Ich blieb stehen und verstummte. Bis jetzt war mir gar nicht bewusst gewesen, dass ich gepfiffen hatte. Ich versuchte mich an die Melodie zu erinnern, aber mir fiel der Titel nicht ein. »Keine Ahnung.«

Dann tauchte Cletus irgendwo zu meiner Linken auf und versetzte: »Klingt wie dieses französische Lied von dieser französischen Sängerin. Pilaf oder so.«

»Nein, Blödmann. Sie heißt Edith *Piaf*, nicht Pilaw. Pilaw ist ein Reisgericht.« Roscoe, mein jüngster Bruder, saß am quadratischen Tisch in der Ecke. Auch ihn hatte ich zuvor nicht bemerkt. Offenbar war ich mit den Gedanken sehr weit weg gewesen. »Und das Lied heißt *La vie en rose*.« Er sprach den Titel in akzentfreiem Französisch aus.

»Seit wann kannst du Französisch?« Cletus sah unseren jüngsten Bruder aus schmalen Augen an, während er etwas, das nach Kaffee und Melasse roch, aus einem blau-weißen Emaille-Becher schlürfte.

»Was zum Teufel trinkst du da, Cletus?« Er stand so dicht neben mir, dass ich mich nach vorne beugen und an dem Dampf schnuppern konnte, der von seinem Becher aufstieg.

»Das ist Kaffee mit schwarzer Melasse und Apfelessig. Solltest du auch mal probieren. Ist gut für die Verdauung.« Cletus hielt mir den Becher hin.

Roscoe schüttelte sich angewidert und drückte seinen eigenen Kaffeebecher fest an die Brust, als müsse er ihn beschützen.

»Cletus, du bist siebenundzwanzig Jahre alt. Ich wage ernsthaft zu bezweifeln, dass du Probleme mit deiner Verdauung hast.« Mit diesen Worten ging ich nach hinten zum Spülbecken und holte Sarahs Thermobecher aus der Seitentasche meines Rucksacks, um ihn abzuwaschen.

»Habe ich auch nicht. Meine Rohrleitungen funktionieren einwandfrei, danke der Nachfrage. Aber eines Tages werden die Probleme kommen, und auf diesen Tag möchte ich vorbereitet sein. Außerdem habe ich so automatisch ein Gesprächsthema, wenn ich mich mit Senioren unterhalte. Bei denen dreht sich alles um die Verdauung.«

»Ich habe noch nie gehört, wie sich Senioren über ihre Verdauung unterhalten haben.« Ich widerstand dem Drang, die Augen zu verdrehen.

»Das liegt daran, dass du sonntags kein Shuffleboard spielst. Würdest du sonntags Shuffleboard spielen, würdest du auch über deine Verdauung reden und ferner über alles Bescheid wissen, was in der Stadt und anderswo vor sich geht.«

»Ich habe nicht das geringste Bedürfnis, über alles Bescheid zu wissen, was in der Stadt und anderswo vor sich geht.«

»Was ich allerdings *nicht* weiß, ist, wieso du Kaffee aus einem Hello-Kitty-Becher trinkst«, meinte Cletus halb neugierig, halb irritiert. »Und wieso hast du mir nicht auch einen besorgt? Du weißt doch, dass ich Hello Kitty mag.«

»Der gehört mir nicht.« Auf seine Bemerkung hin musterte ich den Becher, den ich in Händen hielt. Er war pink und ... pink. Cletus hatte recht, es war tatsächlich ein Hello-Kitty-Becher. Aber weil ich keine große Lust hatte, ihm zu erklären, wem er gehörte, wechselte ich rasch das Thema. »Was machst du überhaupt hier?«

»Dazu kommen wir gleich. Vergiss nicht, dass diese Woche der veränderte Plan in Kraft tritt: Ich koche ab jetzt immer donnerstags und du dafür freitags.« Cletus bezog sich auf unseren Küchenplan. Jeder von uns fünf Brüdern – sechs, seit Roscoe über die Semesterferien nach Hause gekommen war – kochte einmal die Woche das Abendessen für die Familie. Jeder hatte einen festen Tag. Meiner war normalerweise der Donnerstag, aber ich hatte mit Cletus getauscht, weil er im Sommer freitags immer bei den Jamsessions im Gemeindezentrum auftrat und deshalb früher losmusste.

Drew hievte seine baumlange Gestalt vom Sofa und lenkte meine

Aufmerksamkeit auf sich. »Was deine Frage betrifft: Roscoe arbeitet die nächsten drei Monate für mich.«

Ich erinnerte mich vage daran, dass Drew mir letzten Monat davon erzählt hatte. Roscoe war kürzlich für ein Veterinärstudium zugelassen worden, insofern konnte es nicht schaden, wenn er drei Monate lang bei Drew ein Praktikum machte. Drew war staatlich ernannter Wildpfleger im Nationalpark. Sämtliche Kreaturen – menschlicher wie tierischer Art – innerhalb der Parkgrenzen fielen unter seine Zuständigkeit.

»Und Cletus ist hier, um dir ein bisschen unter die Arme zu greifen.« Drew deutete mit seinem Hut auf Cletus. »Er hat sich freiwillig gemeldet.«

»Freiwillig gemeldet? Wofür denn? Mit den Bodenwissenschaftlern kommen Daniels und ich auch alleine klar.« Ich sah zwischen Drew und meinem Bruder hin und her. Daniels war einer meiner Ranger-Kollegen. Wir hatten diese Woche einen Termin mit dem Leiter der hiesigen Landschaftsschutzverwaltung, um gemeinsam topographische Daten durchzugehen.

»Das übernimmt Daniels für dich. Es geht um was anderes.« Drew sah erst mich, dann seinen Hut stirnrunzelnd an. »Wir hatten, äh ... eine Anfrage. Und ich glaube, du bist für den Job am besten geeignet. Aber du brauchst Cletus zur Unterstützung.«

Ich drehte das Wasser ab, stellte den gespülten Becher beiseite und wischte mir die Hände an der Hose trocken. Das Küchenkrepp war alle. »Was für ein Job?«

Drew druckste ein wenig herum, was ihm gar nicht ähnlich sah. Sonst war er immer sehr direkt.

Unterdessen schlürfte Cletus weiter sein widerliches Gebräu. Und das ziemlich laut. Er beobachtete Drew und mich mit aufmerksamem Blick.

Um meinem Boss die Anspannung zu nehmen, setzte ich mein unbekümmertes Lächeln auf und zuckte mit den Achseln. »Was immer es ist, ich mach's. Kein Problem.«

»Es geht um diese Filmfritzen«, sagte Drew gepresst und rümpfte wie in einem Anflug von Ekel die Nase.

»Sie wollen einen Ansprechpartner, und der wirst du sein.« Cletus zeigte mit seinem Becher auf mich, ehe er abermals einen geräuschvollen Schluck Kaffee nahm und mit den Augenbrauen wackelte.

»Einen Ansprechpartner? Aber ich dachte, das macht jemand vom Landwirtschaftsministerium?«

Bei unserer Teambesprechung vergangene Woche, am Tag nach meiner Überraschungsparty, hatte Drew uns Ranger über den bevorstehenden Filmdreh informiert. Wie Sheriff James es bereits in Jeanie's Bar gesagt hatte, würden die Dreharbeiten in Cades Cove stattfinden, also innerhalb der Grenzen des Nationalparks. Uns war mitgeteilt worden, dass das Landwirtschaftsministerium einen Hollywood-Experten herschicken würde, der den Dreh überwachen und sich bei auftretenden Problemen mit den Filmleuten kurzschließen sollte. Man hatte uns auch vorgewarnt, dass sich einige von uns Rangern an Tagen, an denen Szenen mit vielen Komparsen gedreht wurden, eventuell um die Schaulustigen würden kümmern müssen. Abgesehen davon, war uns versichert worden, würden die Dreharbeiten uns nicht in unserer täglichen Arbeit behindern.

»Tja, der Typ, den sie geschickt haben, kennt sich aber nicht mit Schwarzbären aus«, entgegnete Drew hörbar gereizt.

»Warum haben sie jemanden geschickt, der sich nicht mit Schwarzbären auskennt?«, stellte Roscoe die offensichtliche Frage, während er immer noch den Kaffeebecher an seine Brust drückte. »Totaler Anfängerfehler, würde ich mal sagen.«

»Wahrscheinlich hat das Landwirtschaftsministerium eher daran gedacht, die Tiere aus Hollywood zu bändigen als die echten«, merkte Cletus an.

»Ich habe heute vor Sonnenaufgang einen Anruf bekommen, es wurde eine Bärenmutter mit ihren zwei Jungen beim Beerenfressen vor John Olivers Hütte gesichtet, während das Filmteam beim Aufbauen war. Einer von uns beiden muss dafür sorgen, dass diese Leute das Ökosystem der Prärie nicht stören. Und ich mache das auf keinen Fall.« Drew war als Eigenbrötler bekannt, der jederzeit das Alleinsein der Gesellschaft von Unbekannten vorzog.

»Okay.« Ich nickte, während ich in Gedanken bereits dabei war, meinen Tag und meine Woche neu zu planen. Zur selben Zeit wurde mir klar, was diese neue Aufgabe bedeutete: Ich hatte gute Chancen, Sarah schon vor heute Abend wiederzusehen. Mehr noch: Die Wahrscheinlichkeit war hoch, dass ich sie während der kommenden Wochen tagsüber regelmäßig zu Gesicht bekommen würde.

»Warum grinst du so?« Cletus' Tonfall war misstrauisch. Aber Cletus war immer misstrauisch.

Ich ignorierte ihn und fragte Drew: »Und was soll Cletus machen, während ich mich um die Bären kümmere?«

»Am Set gibt es ein paar alte Traktoren, ziemlich primitive Dinger. Sie brauchen jemanden, der sie wieder flottmacht. Offenbar war dem Lieferanten, von dem sie sie bezogen haben, nicht klar, dass die Maschinen auch funktionieren und nicht nur einen schönen Hintergrund abgeben sollen«, antwortete Cletus an Drews Stelle.

»Okay. Alles klar.« Ich hörte nur mit halbem Ohr zu. Cletus und seine Schrauberei interessierten mich herzlich wenig. Wenn man ihn ermunterte, konnte er stundenlang darüber schwadronieren. »Und wann soll es losgehen?«

»Heute.« Drew setzte sich seinen Hut auf. »Nächsten Montag hast du um zwölf Uhr ein Treffen mit der Regisseurin, sie heißt Tabitha Johnson. Bis dahin sollst du die Umgebung des Drehorts im Auge behalten und dafür sorgen, dass die Bären dem Set nicht zu nahe kommen. Du stellst Fallen auf und benutzt unser Biest, um die Tiere zu transportieren und woanders wieder auszusetzen.«

Unsere Bärenfallen waren eigens nach Drews Entwürfen gebaut worden. Darin konnten die Tiere gefangen werden, ohne dass sie zu Schaden kamen. Das »Biest« war ein riesiger Ford F-350 Super Duty Truck.

»Außerdem könnte es hilfreich sein, den Ketamin-Vorrat aufzustocken«, fügte Drew hinzu, ehe er Roscoe bedeutete, zu ihm zu kommen.

»Alles klar. Obwohl die Fallen doch eigentlich ausreichen müssten.« Ich stemmte die Hände in die Hüften. Wenn irgend möglich, wollte ich die Bären nicht betäuben.

»Das Ketamin ist nicht nur für die Bären.« Drew sah mich voller Mitgefühl an, dann machte er kehrt und marschierte aus der Hütte. Roscoe folgte in seinem Kielwasser.

»Ich glaube, er meint, dass ich das Ketamin notfalls gegen die Filmleute einsetzen soll.« Ich lachte leise, weil ich natürlich wusste, dass Drew es nicht ernstgemeint hatte. Immerhin: Das war beinahe so etwas wie ein Witz gewesen. Ich war stolz auf meinen Boss. Er machte nämlich fast nie Witze.

»Oder aber wir nehmen das Zeug.« Cletus stürzte den Rest seiner Spezialmischung hinunter und schmatzte geräuschvoll mit den Lippen, ehe er hinzufügte: »Wenn diese Leute wirklich so verstrahlt sind, wie Drew befürchtet, können wir uns damit abschießen. Es ist immer sinnvoll, einen Plan B zu haben.«

• • •

Ich war froh, Cletus bei mir zu haben.

Allein hätte ich die Fallen gar nicht vom Fleck bewegen können, und mit Cletus ließ es sich gut aushalten, solange er nicht gerade eine seiner Intrigen spann. Das Problem war nur: Cletus spann eigentlich immer irgendeine Intrige. Oft sogar mehrere gleichzeitig. Zum Glück war heute einer dieser seltenen Tage, an denen wir zusammen Zeit verbringen und Hand in Hand arbeiten konnten, ohne dass ich mir Sorgen machen musste, er könne Pläne für mein baldiges Ableben ausbrüten.

»... wir fahren dann also nach Nashville, um dort das Opening Set zu spielen. Jetzt muss ich nur noch Claire dazu überreden, für uns die Leadstimme zu singen. Billy und Drew wollen nämlich garantiert nicht mitkommen.« Cletus erzählte gerade von seinem Bluegrass-Trio. Mein

Bruder spielte jeden Freitagabend auf den Jamsessions im Gemeindezentrum Banjo. Er und zwei weitere Musiker hatten kürzlich eine Band gegründet, allerdings suchten sie noch immer nach einem Sänger.

»Hast du's schon mal mit Erpressung versucht?«

Er nickte. »Bei Billy schon. Aber den lässt so was kalt.«

»Bei Drew noch nicht?«

Cletus sah mich scharf an. »Unter welchen Umständen, glaubst du, könnte ein Erpressungsversuch bei Drew Runous jemals Erfolg haben? Der Mann ist so integer wie das Mesozoikum lang ist.«

»Ja, jetzt, wo ich drüber nachdenke, hast du vermutlich recht«, räumte ich grinsend ein. »Aber was ist mit Ashley?«

Cletus zog eine Augenbraue hoch und hielt die Falle fest, damit ich die Klappe öffnen und den Schließmechanismus mit dem Auslöser verbinden konnte. »Was ist mit Ashley?«

»Na ja, sie ist jetzt seit fast zwei Monaten wieder in der Stadt und sie hat eine großartige Stimme. Wenn es mit Claire nicht klappt, könntest du immer noch sie fragen.«

»Hm.« Cletus nickte bedächtig. »Stimmt, ich könnte Ash fragen. Ich wette, sie wäre sofort dabei. Gute Idee, danke.«

»Gern geschehen.« Mein Grinsen wurde breiter.

Es hatte fünf Jahre gedauert und viel Mühe gekostet, um an diesen Punkt zu kommen – dass Cletus sich in freundschaftlichem Ton mit mir unterhielt, anstatt mir an den Kragen zu wollen. Dass er mir aufrichtig dankte, war ein kleiner Triumph, über den ich mich sehr freute.

Wir arbeiteten eine Zeit lang schweigend weiter und hatten nach etwa einer Dreiviertelstunde die erste Falle aufgestellt. Das Biest konnte maximal vier der Käfige gleichzeitig transportieren, wir würden im Lauf der Woche also insgesamt zehnmal hin- und herfahren müssen. Ich wollte, dass sämtliche Fallen aufgebaut und mindestens einmal kontrolliert worden waren, ehe ich am Montag meinen Termin mit der Regisseurin hatte.

»Du pfeifst schon wieder«, stellte Cletus fest, als wir in den Truck stiegen.

»Ach ja?«

»Ja. Und es ist schon wieder dieser rüschige französische Song, dessen Titel Roscoe aussprechen kann, ohne dass er dabei wie jemand aus Tennessee klingt.«

»Ich weiß nicht mal mehr, woher ich das Lied kenne.« Ich ließ den Motor an und warf einen Blick in den Rückspiegel.

»Momma hat es früher oft gehört. Immer wenn es lief, mussten wir mit ihr tanzen.«

»Stimmt …« Jetzt erinnerte ich mich wieder, und ein Bild meiner Mutter erschien vor meinem geistigen Auge. Sie war viel zu jung gewesen, um eine Horde Söhne zu haben, die in ihrem schönen, alten Haus alles auf den Kopf stellten. Sie und meine Großmutter hatten ihr Bestes getan, um uns zu zivilisieren, einschließlich Anstandsunterricht und Lektürelisten – und offenbar waren wir auch zu französischen Schallplatten durchs Haus getanzt.

»Das ist ein Liebeslied.«

»Ach ja?«, sagte ich, als ich auf die unbefestigte Straße einbog.

»Ja. Warum pfeifst du es die ganze Zeit?«

Ich hob die Schultern. »Weiß nicht.« Aber das stimmte natürlich nicht. Ich wusste es sehr wohl. Es war das Lied, das mir in den Sinn kam, wann immer ich an Sarah dachte, an ihre Mahagoni-Augen und ihre vollen Lippen. Es passte einfach zu ihr.

»Doch, du weißt es«, widersprach Cletus leicht verstimmt. »Du willst es mir bloß nicht sagen.«

Ich warf einen kurzen Blick auf meinen Bruder und wägte ab, ob ich ihn einweihen sollte. Letzten Endes beschloss ich, es zu wagen, auch wenn er die Informationen gegen mich verwenden konnte. Drew, der inzwischen ein guter Freund geworden war, hatte mir schon des Öfteren ans Herz gelegt, dass ich lernen müsse, meinen Brüdern zu vertrauen, wenn ich wolle, dass sie mir irgendwann ihr Vertrauen schenkten. Also schob ich meinen Instinkt, der mir etwas anderes riet, beiseite, räusperte mich und gestand: »Ich habe jemanden kennengelernt.«

Daraufhin war es etwa eine halbe Minute lang still im Auto. »Du hast jemanden kennengelernt?«, wiederholte Cletus, und ich spürte, wie seine klugen Augen mich musterten. »Du meinst, du hast eine *Frau* kennengelernt?«

Ich nickte, ehe ich den Rückspiegel kontrollierte, obwohl das gar nicht nötig war. Wir fuhren mit fünf Meilen pro Stunde durch die menschenleere Prärie. Die Wahrscheinlichkeit, einem anderen Fahrzeug zu begegnen, war gleich null.

»Und wegen dieser Frau pfeifst du ein Liebeslied?«

»Muss wohl«, sagte ich ausweichend, aber dann fügte ich hinzu: »Ja. Wegen dieser Frau pfeife ich ein Liebeslied.«

Als ich Cletus einen Seitenblick zuwarf, stellte ich zu meiner Verblüffung fest, dass er lächelte, was bei ihm absoluten Seltenheitswert hatte.

»Das ist doch großartig.« Er nickte und wiederholte noch einmal leiser: »Das ist wirklich großartig.«

Für Cletus kam das einer überschwänglichen Zustimmung gleich. Ich war so aus der Bahn geworfen, dass ich automatisch ehrlich antwortete, als er eine ganze Salve von Fragen auf mich abzufeuern begann.

»Wie heißt sie?«

»Sarah.«

»Wo habt ihr euch kennengelernt?«

»Sie hatte sich verfahren. Sie war auf dem Weg zu Hank Wellers Haus. Ich habe sie dann das letzte Stück hingebracht.«

»Dann war es ihr Wagen, den Duane während deiner Überraschungsparty vollgetankt und abgeschleppt hat?«

»Ja, genau.«

»Und sie wohnt bei Hank?«

Ich schüttelte den Kopf. »Nein, nicht direkt bei ihm. In seinem Haus am Bandit Lake.«

»Aha. Und was macht sie so? Wer ist sie?«

»Sie ist Autorin. Sie hat das Skript für den Film geschrieben, der hier gerade gedreht wird.«

Cletus verstummte. Als ich ihn erneut ansah, stellte ich fest, dass er nachdenklich durch die Windschutzscheibe starrte. Er schien verwirrt.

»Was? Was ist denn?«, wollte ich wissen.

»Sie hat gesagt, ihr Name sei Sarah?«

»Genau.«

»Bist du dir sicher? Sarah?«

»Ja.«

»Und ihr Nachname?«

»Den weiß ich nicht. Danach habe ich sie noch nicht gefragt.«

»Und du hast sie nur dieses eine Mal gesehen?«

Irgendetwas an Cletus' Fragen veranlasste mich dazu, mich ein wenig aufrechter hinzusetzen.

»Nein. Sie hat sich heute Morgen schon wieder verfahren, also habe ich sie am Set abgesetzt und mit ihr verabredet, dass ich sie später abholen komme und nach Hause bringe, damit sie sich keine Sorgen machen muss, ob sie den Weg findet. Wieso?«

»Wie sieht sie denn aus?«

Ich runzelte die Stirn. »Wieso?«

Er sah mich mit großen Unschuldsaugen an. »Du weißt doch, dass ich mich für die Filmbranche interessiere. Ich versuche nur herauszufinden, ob ich sie kenne oder schon mal von ihren Filmen gehört habe ... Da du ja ihren Nachnamen nicht weißt.«

»Also schön. Sie ist groß, vielleicht eins fünfundsiebzig. Kurvig. Dunkle Haare, dunkle Augen, Grübchen.«

Als ich *Grübchen* sagte, stieß Cletus einen verdrießlichen Seufzer aus.

Ich ignorierte ihn und fuhr fort. »Sie schreibt Komödien. Sie hat auf dem College einen Wettbewerb gewonnen.«

Er zögerte. »Einen Stand-up-Wettbewerb«, sagte er schließlich. Es war eher eine Feststellung als eine Frage.

»Ja. Woher weißt du das?«

Er zuckte mit den Achseln und wich meinen Blicken aus. »Nur so eine Vermutung. Und sie hat dir erzählt, dass sie das Drehbuch zu diesem Film geschrieben hat?«

»Ja«, stieß ich zwischen zusammengebissenen Zähnen hervor. »Was ist denn los, Cletus? Kennst du sie nun oder nicht?«

Wieder ein Achselzucken. »Ich glaube, ich habe schon von ihr gehört. Vor ein paar Jahren hat sie das Drehbuch für einen Film namens *Taco Tuesday* geschrieben; der war ein Riesenhit und hat weltweit rund eine Milliarde Dollar eingespielt. Die Hauptdarstellerin wurde damit quasi über Nacht berühmt. Diaz ist ihr Name. Sie hat dieses Jahr sogar einen Oscar als beste Schauspielerin gewonnen. Seit ein paar Jahren gilt sie als eine der Top-Frauen in Hollywood. Jeder kennt sie.«

Diese Information überraschte mich. »Da schau mal einer an.«

»Da schau mal einer *was* an?«, fragte Cletus und kaute auf seiner Unterlippe herum. Das fiel mir auf, weil er nur dann auf seiner Lippe herumkaute, wenn er aufgewühlt oder nervös war.

»Davon hat Sarah gar nichts gesagt, als ich mich heute Morgen mit ihr unterhalten habe. Sie war überhaupt sehr bescheiden, was ihre Arbeit angeht.« Das machte sie mir nur noch sympathischer. »Faszinierend, dass diese Schauspielerin ihr praktisch ihre Karriere verdankt. Das hat sie mit keinem Wort erwähnt.«

Darauf gab Cletus keine Antwort. Er kaute einfach weiter auf seiner Lippe und starrte aus dem Fenster. Eine gewisse Zeit verstrich in nachdenklichem Schweigen. Währenddessen beschloss ich, bei nächster Gelegenheit Sarahs Filmographie zu recherchieren ... oder vielleicht auch nicht. Vielleicht würde ich der Sache auch ihren natürlichen Lauf lassen und abwarten, bis sie mir aus eigenem Antrieb mehr über sich erzählte.

»Na ja, wie auch immer«, meinte ich – Cletus' anhaltendes Schweigen machte mich unruhig und ich hatte das Gefühl, irgendetwas sagen zu müssen –, »du wirst sie ja heute Abend kennenlernen. Ich hole sie später am Set ab. Und ich wäre dir sehr verbunden, wenn du dir Mühe geben könntest, nett zu ihr zu sein.«

Mein Bruder rutschte auf seinem Sitz hin und her. »Dass du Liebeslieder pfeifst, heißt, dass du diese Frau wirklich magst, oder?«

Ich nickte. »Ja, das stimmt.«

»Normalerweise hast du ein gutes Gespür, was Frauen angeht«, sagte er wie zu sich selbst. An mich gewandt fügte er hinzu: »Ich nehme mal an, sie hat dir Anlass zu der Vermutung gegeben, dass sie auch an dir interessiert ist?«

Ich nickte grinsend. »Das stimmt.«

Sein Blick zuckte ganz kurz zu mir. »Es ist lange her, Jethro. Nicht, dass ich mitgezählt hätte, aber du hast seit über fünf Jahren kein Interesse mehr an einer Frau oder an Frauen im Allgemeinen gezeigt.«

»Das stimmt«, sagte ich zum dritten Mal und fühlte mich genötigt, zu ergänzen: »Aber du weißt auch genau, weshalb.«

»Ja, ich denke schon.« Cletus' Stimme war sanft und tief und ein wenig besorgt. »Es ist nur ... Ich weiß, wir machen es dir manchmal schwer. Aber wir sehen, wie sehr du dich bemühst, deine Fehler von früher wiedergutzumachen ... Wir alle sehen das. Deine Anstrengungen bleiben nicht unbemerkt.«

Ich blinzelte. Mit dieser Wendung in unserem Gespräch hatte ich nicht gerechnet. Ich brachte den Truck zum Stehen und saß da, ohne mich zu rühren. Der Augenblick kam mir kostbar und zerbrechlich vor, und ich wollte, dass Cletus wusste, wie wichtig er mir war.

»Ich finde es gut, dass du mir das sagst, Cletus«, begann ich zaghaft. »Aber ich habe nicht die Absicht, diese Frau zu enttäuschen. Ich bin nicht mehr so wie früher. Es ist noch nichts zwischen uns passiert, aber ich würde nicht ihre Nähe suchen, wenn meine Absichten nicht ehrenhaft wären.«

Cletus seufzte und schüttelte den Kopf. Er wirkte leicht frustriert. »Das weiß ich doch, du Blödmann.«

Ich sah meinen Bruder verdutzt an. »Wo ist dann das Problem?«

Doch er gab keine Antwort. Auch nicht, als ich wieder Gas gab und weiterfuhr, um die nächste Falle aufzustellen. Er saß einfach nur neben mir, blickte gedankenvoll vor sich hin und kaute sich die Unterlippe wund.

Kapitel 7

Sienna

Meine Visagistin hieß Susie Foicht.

Ungelogen. Foicht. Das war ihr Name.

Deswegen konnte ich es mir auch nicht verkneifen, sie meistens wie folgt zu begrüßen: »Susie ... Foicht?«

Worauf sie dann jedes Mal antwortete: »Aber nicht deinetwegen.«

Anders heute. Heute musste ich feststellen, dass sie Tom schminkte, als ich ans Set kam. An sich wäre das kein großes Problem gewesen – nur dass Tom dabei in meinem Wohnwagen und auf meinem Stuhl saß. Ich rekapituliere: Mein Quasi-Ex-Freund hielt sich in meinem Wohnwagen auf, saß auf meinem Stuhl und ließ sich von meiner Visagistin schminken.

»Hallo, Tom. Susie«, sagte ich steif von der Wohnwagentür aus. »Wie läuft's so?«

Susies mürrische Miene verriet, dass sie sich Schöneres vorstellen konnte, als Tom das Make-up zu machen.

Tom hingegen strahlte, als freue er sich unbändig, mich zu sehen. Es war wirklich entzückend. Genau wie der Kosename, den er sich für mich ausgedacht hatte: Sí-sí. Zum Totlachen, oder? Weil ich Latina bin und *sí* das spanische Wort für *ja* ist. Sein Spitzname für mich bedeutete also »Ja-ja«.

... Jetzt aber bitte nicht alle auf einmal in Ohnmacht fallen.

Ich warf einen prüfenden Blick auf die Außenseite der Wohnwagentür, um sicherzugehen, dass tatsächlich mein Name darauf stand – Sienna Diaz, nicht Sí-sí, denn Sí-sí *war* nicht mein Name.

Ja. Mein Wohnwagen.

»Was machst du in meinem Wohnwagen, Tom?« Ich bemühte mich, meinen Ärger hinter einem freundlichen, beiläufigen Ton zu verbergen. Wir würden die nächsten zwölf Wochen oder sogar noch länger zusammenarbeiten, und ich war ein Profi. Hier im Übrigen ein wichtiger Rat, den es sich auf jeden Fall zu beherzigen lohnt: *Fang niemals was mit einem Schauspieler an. Eines Tages musst du vielleicht mit ihm drehen.*

»Mir war langweilig. Mach mir einen Kaffee. Du machst den besten Kaffee.« Er hob das Kinn und schaute Susie tief in die Augen, während sie seinen Lipliner auftrug.

Susie war eine der taffsten und vernünftigsten Frauen, die ich kannte, trotzdem ließ sein glühender Blick sie nicht kalt. Wen wunderte es? Dieser Blick war sein Markenzeichen und aus nächster Nähe wahrlich keine Kleinigkeit. Er hatte die blausten Augen, die man sich nur vorstellen konnte. So. Was. Von. Knallblau. Und pechschwarzes Haar. Und Lippen, die permanent zu einem leicht schurkischen Grinsen verzogen waren. Schon auf der Leinwand sah er umwerfend aus, aber in Fleisch und Blut? Vergiss es. Worte vermochten seine Wirkung nicht ansatzweise zu beschreiben.

Ich ließ meine Tasche neben der Tür auf den Boden fallen und ging zur Kaffeemaschine in der winzigen Küchenecke. Dort hatte ich recht schnell die Kaffeebohnen gefunden und machte mich an die Arbeit. Ich sagte mir, dass ich so oder so Kaffee gekocht hätte.

»Du siehst toll aus, Sí-sí«, sagte Tom zu meinem Rücken und ich wappnete mich schon für den nächsten Kommentar, von dem ich genau wusste, dass er kommen würde.

»Hast du abgenommen?«

Und da war er auch schon. Auf die Sekunde pünktlich.

Ich war froh, dass er mein Gesicht nicht sehen konnte, als ich, an die Kaffeemaschine gewandt, ein lautloses *»Fick dich, Tom«* mit den Lippen formte.

Also gut, reden wir darüber, dann haben wir es hinter uns. Es scheint ja ein Riesenthema zu sein.

Ich bin nicht dünn. Ich bin nicht mal schlank. Im Showgeschäft bin ich das, was man gemeinhin als »dick« bezeichnet. Im wahren Leben hingegen bin ich schlicht und ergreifend eine »Frau«. (Nota bene: Dünne und schlanke Frauen sind selbstverständlich auch Frauen.) Manchmal habe ich Größe vierundvierzig. Manchmal sechsundvierzig. Manchmal vierzig. Das hängt immer davon ab, was für eine Rolle ich gerade spiele. Momentan war ich bei zweiundvierzig. Das war meine Zielgröße, es sei denn, es war Weihnachten. Ich liebte nämlich Plätzchen.

Treibe ich Sport? Ja. Ich mache fünfmal pro Woche Yoga und Krafttraining, weil es mir guttut und ich mich damit einfach großartig fühle.

Mache ich Diäten? Nein. Ich esse alles. Manchmal Salat. Manchmal Steak. Manchmal Plätzchen.

Überfresse ich mich? Nein, außer an Thanksgiving.

Mache ich Cardio-Work-outs? Auf keinen Fall. Ich hasse Cardio – so viel ist bereits bekannt –, außer im Zusammenhang mit Sex und Tanzen. Dann mache ich Cardio, bis Cardio nicht mehr geradeaus gucken kann. Aber joggen? Nein, danke, ohne mich.

Fühle ich mich wohl? Ja. Wie die meisten Frauen mit Größe achtunddreißig oder vierzig oder zweiundvierzig bin ich absolut kerngesund.

Interessiert es mich, wie viel ich wiege? Nicht die Bohne – solange ich gesund bin.

Es ist mir schleierhaft, warum die Leute so einen Riesenwirbel um das Thema Gewicht machen – warum sie nicht einfach akzeptieren können, dass mir meine Kleidergröße egal ist. Ich sehe so aus wie alle Frauen in meiner Familie, nämlich umwerfend.

Aber, hey, wenn Hollywood mich zum Aushängeschild für ein positives Körperbild im Plus-Size-Bereich machen wollte, wer bin ich, mich darüber zu beschweren? Ich liebe mein Aussehen und jeder andere Mensch sollte sein Aussehen auch lieben. Aber weiter im Text.

Tom war einer dieser Menschen, die glaubten, wenn sie einer Frau sagten »Du siehst aus, als hättest du abgenommen«, wäre das das höchste aller möglichen Komplimente. Das ärgerte mich immer maßlos, auch wenn es nicht der Grund für unsere Trennung gewesen war. Den Grund für unsere Trennung konnte man folgendermaßen umreißen: Tom sagte nur deshalb zu mir, ich hätte wohl abgenommen, weil er wollte, dass ich das »Kompliment« an ihn zurückgab.

Ich hatte mich von ihm getrennt, weil er permanent Bestätigung brauchte.

»Du aber auch, Tom. Hast *du* abgenommen?«, fragte ich, weil ich wusste, dass er es hören wollte. »Es sieht wirklich danach aus.«

Er sah *nicht* so aus, als hätte er abgenommen. Er sah aus wie immer. Aber wenn ich ihm das nicht sagte, würde es unweigerlich zum Streit kommen. Ich warf einen Blick über die Schulter und stellte fest, dass er mich in aufrichtiger Zuneigung ansah. »Ja, habe ich. Ein bisschen. Am Wochenende habe ich mit der Zitronensaft-Kur angefangen.«

Ich tauschte einen leidgeprüften Blick mit Susie, die mir ein schmallippiges, mitfühlendes Lächeln schenkte.

Susie war meine Mitarbeiterin der ersten Stunde. Ich hatte sie auf Anraten meiner Schwester hin eingestellt, denn Marta hatte gemeint, eine kompetente und vor allem verschwiegene Visagistin sei so viel wert wie eine gute Fee: Sie verwandelte einen in eine Schönheit und ignorierte geflissentlich die schmutzige Wäsche, die man vielleicht herumliegen hatte. Wir hatten uns recht schnell angefreundet. Ihre leicht brummige, forsche Art harmonierte ausgezeichnet mit meinem Humor. Und was am allerwichtigsten war: Ich vertraute ihr blind.

»Oh. Darfst du dann überhaupt Kaffee trinken?«, fragte ich Tom.

»Nett von dir, dass du nachfragst, aber ja – Flüssigkeiten sind grundsätzlich erlaubt.« Seine außergewöhnlich blauen Augen liebkosten mein Gesicht und sein Blick wurde zärtlich. »Du hast mir gefehlt.«

Ich nickte höflich, gab jedoch keine Antwort. Er hatte mir definitiv nicht gefehlt. Er war anstrengend. Ich zog es vor, ein anderes Thema anzuschneiden. »Hast du die Skriptänderungen bekommen? Tabitha hat mir ihr Okay gegeben, aber von der Produktion kam keine Mail mehr dazu. Vielleicht dachten sie, das wäre nicht nötig, weil die Änderungen ja von mir sind?«

»Ja, ich habe die Änderungen bekommen. Sie sind gut. Gefällt mir, was du gemacht hast. Gefällt mir sehr.« Er nickte ernsthaft, sodass Susie aus Versehen die Schattierung unter seinem Kinn verwischte.

»Danke. Das freut mich.« Ich hatte den Kaffee aufgesetzt und drehte mich um. Gegen die Arbeitsplatte gelehnt und mit vor der Brust verschränkten Armen sah ich mich in meinem Wohnwagen um. Der Morgen war kälter als erwartet. Ich nahm mir vor, jemanden vom Stab nach zusätzlichen Decken zu fragen, für den Fall, dass ich irgendwann mal am Set übernachten musste.

»Was? Woran denkst du gerade?« Tom nahm den Handspiegel und begutachtete sich kritisch darin. »An meine Haare?«

Ich lächelte gepresst. »Nein, Tom. Mir ist nur gerade aufgefallen, wie frisch es morgens hier drinnen ist. Ich muss jemanden von der Produktion bitten, mir ein paar Decken zu besorgen. Möchtest du auch welche?«

»Oh.« Augenblicklich wich die Anspannung aus seinem Körper. »Wie lieb von dir. Stimmt, es ist ganz schön kalt, was? Könntest du bei der Gelegenheit auch gleich Elon bitten, mir ein paar zusätzliche Kaschmirs zu bestellen?«

Er nannte Pullover immer »Kaschmirs«, weil alle seine Pullover aus Kaschmir waren. Ich will ihn deswegen gar nicht verurteilen, es war einfach nur eine Angewohnheit von ihm. Elon war seine Assistentin, die noch drei weitere Assistenten unter sich hatte. Ich kannte keinen von ihnen mit Namen, weil sie praktisch im Monatsrhythmus wechselten. Elon war ein bisschen speziell.

Ich zog die Schublade neben mir auf und kramte nach Notizblock und Bleistift. Als ich beides gefunden hatte, schrieb ich mir eine Notiz, dass ich nach Decken fragen und Elon eine SMS wegen Toms Kaschmirs schreiben musste.

»Gut, du machst eine Liste. Ich brauche auch noch mehr Zitronen.«

Tom richtete seine Aufmerksamkeit wieder auf Susie und reckte den Hals, damit sie die verunglückte Schattierung korrigieren konnte. Mich überließ er meinen Aufzeichnungen.

Die Zusammenarbeit mit Tom würde anstrengend werden. Meine Geduld war schon jetzt auf eine harte Probe gestellt. Susie wusste, dass ich Tom nicht in meinem Wohnwagen haben wollte, folglich musste ihn jemand anders hereingelassen haben. Wahrscheinlich hatte er einen ahnungslosen Regieassistenten bequatscht und sich bereits vor Susies Eintreffen häuslich niedergelassen. Ich würde den Produktionsstab entsprechend instruieren müssen. Und ich konnte Dave oder jemand anderen aus meinem Sicherheitsteam vor der Tür postieren, das würde sicher auch helfen, ihn fernzuhalten. Tom hatte in meinem Wohnwagen nichts zu suchen. Punkt.

Einerseits sehnte ich schon jetzt das Ende der Dreharbeiten herbei.

Andererseits ... *Jethro.*

• • •

Jethro hatte versprochen, mich um neunzehn Uhr an derselben Stelle abzuholen, wo er mich am Morgen abgesetzt hatte.

Er hielt Wort.

Allerdings fuhr er diesmal ein anderes Auto, und er hatte jemanden bei sich – zwei Tatsachen, die mich ein wenig verunsicherten.

Erstens: Der Truck, den er fuhr, war riesig. Und ich meine RIESIG. Er hatte Ähnlichkeiten mit einem Monstertruck, nur dass er in einem freundlichen Blauton lackiert war und normale Reifen hatte. Zweitens: Der Mann, der ihn begleitete, trug eine mit Ölflecken übersäte Latzhose, ein schwarz-rotes Karohemd und einen struppigen, verwilderten Bart. Ehrlich gesagt sah alles an ihm ein bisschen wild aus.

Doch als mein Blick auf Jethro fiel, grinste dieser breit, und sein Grinsen war so freudig und offen – ein Grinsen geradezu epischen Ausmaßes –, dass ich gar keine andere Wahl hatte, als es zu erwidern.

Ich winkte.

Er winkte, immer noch grinsend, zurück.

Bei Godzillas Schienbein, ich fühlte mich wie ein Teenager. Ich war ganz flattrig vor Nervosität und Vorfreude.

Als Nächstes musterte ich seinen Begleiter und kam zu dem Schluss, dass dieser Mann höchstwahrscheinlich erst recht keine Ahnung hatte, wer ich war. Ich atmete einmal tief durch, schwang mir meinen Rucksack über die Schulter und ging zu ihnen.

Als ich mich dem gigantischen Truck näherte, trat Jethro auf mich zu. Dabei klopfte er dem anderen Mann ganz leicht auf die Schulter, um dessen Aufmerksamkeit zu erregen. Doch der Mann sah nicht auf. Im Näherkommen erkannte ich, dass er auf den Bildschirm eines iPads starrte.

»Hallo«, sagte Jethro zu mir. Seine warmen grün-goldenen Augen blickten einladend, auch wenn seine Stimme heiser und müde war, als hätte er im Laufe des Tages viel geredet. »Du hast heute Morgen deinen Kaffeebecher bei mir im Truck vergessen, das wollte ich dir nur sagen, falls du ihn in der Zwischenzeit vermisst hast. Er wurde gereinigt und wartet im Biest auf dich.« Mit dem Daumen deutete er hinter sich auf den Truck, ehe er die Hand nach meinem Rucksack ausstreckte. »Den trage ich für dich.«

»Danke, Jethro.« Ich ließ zu, dass er mir den Rucksack abnahm, und staunte aufs Neue darüber, wie rücksichtsvoll er selbst in kleinen Dingen war. Er hatte meinen Trolley getragen, statt ihn zu ziehen, damit die Räder nicht beschädigt wurden. Er hatte an meinen Thermobecher gedacht und ihn sogar ausgespült. Und jetzt nahm er mir den Rucksack ab. Nachdem ich den ganzen Tag mit Tom Low und den anderen Egomanen am Set verbracht hatte, war das eine höchst willkommene Abwechslung. Er kam mir so echt vor – wie ein richtiger Mensch. Zuvorkommend. Normal. Nett.

»Das ist mein Bruder Cletus.«

Erneut ging mein Blick zu seinem Begleiter und ich streckte ihm zum Gruß die Hand hin. »Schön, dich kennenzulernen, Cletus.«

Cletus schüttelte mir die Hand, ohne von seinem iPad aufzublicken.

»Freut mich, Ihre Bekanntschaft zu machen. Jethro meinte, Sie hätten Probleme mit Ihrem Auto gehabt.«

Ich quittierte Cletus' etwas eigentümliches Verhalten mit einer hochgezogenen Braue. Ich hatte den Eindruck, dass er es bewusst vermied, mich anzusehen – aus welchem Grund auch immer. Jethro fing meinen Blick auf und rollte mit den Augen. Offenbar war sein Bruder eine wahre einzigartige Schneeflocke, und man musste ihn so nehmen, wie er war.

Ich schenkte Jethro ein unbeschwertes Lächeln, während ich auf Cletus' Frage einging. »Ja, dummerweise. Mein Orientierungssinn ist furchtbar. Dein Bruder war so nett, mir den richtigen Weg zu weisen.«

»Er hatte bestimmt nichts dagegen«, murmelte Cletus halblaut. »So. Sie sind also Autorin?«

»Ganz genau.«

»Sie haben das Drehbuch zu diesem Film geschrieben?«

»Ja.« Ich studierte Cletus' Stirn und das, was ich von seinem noch immer gesenkten Gesicht erkennen konnte. Er hatte große, kräftige Hände voller Flecken. Schmutz oder Schmieröl oder auch beides. Seine Haare waren dicht – wirklich extrem dicht – mit einigen widerspenstigen Ringellocken dazwischen, die ihn noch verwilderter aussehen ließen. Doch obwohl seine Haare recht lang waren und ihm nach allen Richtungen vom Kopf abstanden, waren sie gewaschen und gekämmt. Sie waren zwei Nuancen heller als Jethros, mit einigen von der Sonne gebleichten Strähnen dazwischen. Seine Züge, beziehungsweise das, was ich davon sehen konnte, waren zu kantig, um als hübsch durchzugehen, und doch ließ sich die Familienähnlichkeit zwischen den beiden Brüdern nicht verleugnen. Sie waren annähernd gleich groß. Jethro überragte seinen Bruder um wenige Zentimeter und war definitiv schlanker als dieser. Er wirkte geschmeidig, sein Bruder hingegen stämmig und bärenstark.

»Worum geht es in dem Film?«, erkundigte sich Cletus, der sich weiterhin weigerte, den Blick zu heben.

»Cletus …« Jethros Stimme hatte einen warnenden Unterton angenommen, als verlöre er langsam die Geduld.

»Nein, ist schon gut. Es ist eine Komödie. Sie handelt von einer FBI-Agentin, die in eine sektenartige Kommune eingeschleust wird und dort durch Zufall zu deren Anführerin wird. Aber die Macht steigt ihr zu Kopf und sie fängt an, immer mehr Einfluss auf das Leben der anderen Sektenmitglieder auszuüben.«

»Und natürlich kommt es zur Katastrophe«, schloss Cletus mit einem Grinsen.

»Nein, eigentlich nicht. Sie tut sogar viel Gutes. Sie redet den Sektenanhängern den Selbstmordpakt aus, den sie geschlossen haben, und hilft der Kommune, finanziell wieder auf die Beine zu kommen. Aber egal wie viel Positives sie bewirkt, das ist keine Entschuldigung dafür, dass sie anfangs alle belogen hat.«

»Wird ihr am Ende vergeben?«

»Nein. Die Sektenmitglieder versuchen, sie ihrem Gott zu opfern.«

»Also, das nenne ich mal eine unerwartete Wendung.« Cletus lachte leise und hob das Kinn ein paar Zentimeter an, sodass ich sein Gesicht etwas besser sehen konnte. Die Brüder hatten die gleiche Nase, aber ihre Augen waren unterschiedlich. Jethros Augen waren beinahe mandelförmig, während die von Cletus groß und rund und von unfassbar langen, dunklen Wimpern eingerahmt waren. Unwillkürlich musste ich an das Wort *verschwenderisch* denken und leiser Neid regte sich in mir.

Ich fuhr fort, die Einzelheiten des Drehbuchs zu skizzieren. »Aber zum Glück wird sie am Ende von ihrem Partner gerettet.«

»Der schon die ganze Zeit über heimlich in sie verliebt war«, riet Cletus.

»Richtig.« Ich warf Jethro einen Blick zu. Der lächelte mich an, als wäre er stolz. Ich schürzte die Lippen, um mir mein albernes Grinsen zu verkneifen. Ich schwöre, wir grinsten und starrten in einer Tour – nicht mehr lange, und wir würden Händchen halten und miteinander gehen.

»Was für ein Auto fahren Sie?«, erkundigte sich Cletus unerwartet.

»Äh, einen Kia Ultima.«

»Sie meinen, einen Kia Optima.«

»Ja. Entschuldigung.« Ich rieb mir die Stirn. Ich war müde. Der lange Drehtag hatte seine Spuren hinterlassen. »Du hast natürlich recht.«

»Warum haben Sie sich für einen Kia entschieden?«

»Hm, keine Ahnung. Weil die Autovermietung gerade einen dahatte?«

»Gefällt er Ihnen? Kommen Sie gut damit zurecht, meine ich?«

»Ja. Solange es einem nichts ausmacht, sich darin zu verfahren.«

Ich sah auf meine Uhr und fragte mich gerade, wie lange dieses Frage-Antwort-Spiel wohl noch weitergehen würde, als Jethros Bruder endlich den Kopf hob und mich ansah. Nein, er spießte mich förmlich mit seinen Blicken auf. Ich zuckte erschrocken zusammen, denn seine Miene war alles andere als freundlich.

In diesem Moment wusste ich es: Ich wusste, dass er wusste, dass ich wusste, dass er wusste, wer ich war. Und nun schien er zu überlegen, was er mit diesem Wissen anfangen sollte. Sein Blick war hart, misstrauisch und ablehnend. Wahrscheinlich hatten die ersten Worte aus meinem Mund meine Identität verraten. Oder vielleicht hatte er es sogar schon davor gewusst. Und da wir gerade von meinem Mund sprechen: Der wurde auf einmal ziemlich trocken.

»Wie war noch gleich Ihr Name?«, erkundigte sich Cletus in neutralem Ton.

»Das habe ich dir doch schon gesagt, sie heißt Sarah. Können wir jetzt langsam mal los?« Jethro öffnete die Tür und bedeutete Cletus, einzusteigen und sich auf die Rückbank hinter dem Fahrersitz zu setzen.

Cletus sah mich aus schmalen Augen an. Dann klemmte er sich das iPad unter den Arm und kletterte in den Truck. Ich schluckte mühsam und versuchte mich so natürlich wie möglich zu verhalten, während Jethro mich zur Beifahrertür begleitete.

Kaum hatte Jethro sie geöffnet, sagte Cletus: »Ach so, Jet, kannst du noch mal die Gurte auf der Ladefläche überprüfen? Ich glaube, ich habe sie festgezurrt, aber es wäre gut, wenn du dich noch mal vergewissern könntest, nur zur Sicherheit. Schließlich wollen wir nicht, dass uns die Teile auf dem Parkway von der Ladefläche fliegen.«

»Okay.« Jethro nickte, half mir beim Einsteigen und drückte meine Hand, ehe er die Tür schloss.

Jetzt war ich mit seinem scharfsinnigen Bruder allein im Wagen.

»Ich kann –«, setzte ich an, aber er schnitt mir das Wort ab.

»Ich weiß nicht, wieso Sie Jethro anlügen, und Sie sind mir auch keine Erklärung schuldig, zumal ich nicht glaube, dass sie mich sonderlich interessieren würde. Aber ich habe meinen Bruder schon lange nicht mehr so hoffnungsvoll erlebt. Bedenken Sie: Hoffnungsvoll ist nicht dasselbe wie glücklich. Verwechseln Sie die beiden nicht miteinander. Hoffnung ist sehr viel gefährlicher als Glück. Meine einzige Warnung an Sie ist folgende.« Cletus machte eine Pause und wartete, bis ich mich zu ihm umgedreht hatte und ihn ansah. Erst dann fuhr er fort. »Er hat fünf Brüder und eine Schwester. Wir alle lieben ihn von ganzem Herzen, und deshalb wird keiner von uns untätig zusehen, wie jemand mit seinen Gefühlen spielt. Also: Entweder Sie sagen ihm, wer Sie wirklich sind, und zwar bald, oder ich tue es.«

Kapitel 8

Sienna

Während der Fahrt zu Hanks Haus hatte ich keine Gelegenheit, mit Jethro zu sprechen, weil Cletus die ganze Zeit auf der Rückbank saß und zornig meinen Hinterkopf anstarrte. Ich machte ihm keinen Vorwurf daraus, dass er mich nicht mochte. Ich war seinem Bruder gegenüber unaufrichtig gewesen, was meine wahre Identität anging. Und auch wenn es noch so magisch, berauschend, ja, geradezu süchtigmachend gewesen war, einfach nur eine Frau zu sein, die mit einem Mann flirtete, so war ich trotzdem fest entschlossen, Jethro am nächsten Morgen alles zu erklären.

Doch dummerweise saß Cletus, als Jethro mich um fünf Uhr früh abholte, wieder mit im Truck.

Jethro hielt mir mit einem breiten Grinsen die Tür auf und bot mir seine Hand.

»Du hast gestern Abend schon wieder deinen Thermobecher im Auto vergessen, daher war ich so frei, ihn für dich mit Kaffee aufzufüllen. Pass auf, wo du hintrittst.«

Nachdem er mir auf den Sitz geholfen hatte, hielt er meine Hand noch eine Zeit lang fest. Für den Bruchteil einer Sekunde verschränkte er sogar seine Finger mit meinen. Eine Hitzewelle wanderte meinen Arm hinauf und ich sah Sternchen, bis er sich wieder von mir löste. Ich trauerte seiner Berührung nach, als er die Tür zuwarf und um den Truck herum zur Fahrerseite ging.

Erst Cletus' harte Stimme, der anstelle einer Begrüßung lediglich »Sienna« sagte, katapultierte mich aus meiner Ranger-Jethro-Seligkeit zurück in die Realität.

»Cletus«, erwiderte ich unsicher.

»Haben Sie es ihm gesagt?«

»Wann hätte ich es ihm denn sagen sollen?« Meine Antwort war hastig hervorgestoßen, denn Jethro war fast bei der Fahrertür angelangt.

»Sie müssen es ihm sagen.«

»Das werde ich auch.«

»Wann?«

»Sobald wir allein sind – irgendwo, wo es ruhig ist und wir ungestört miteinander reden können.«

»Kümmern Sie sich darum«, zischte er barsch, gerade als sein Bruder die Tür öffnete.

Jethro kletterte auf den Fahrersitz und schenkte mir ein freundliches Lächeln. »Wie ist der Kaffee?«

»Sie hat ihn noch nicht probiert«, antwortete Cletus für mich und schob hinterher: »Aber sie möchte, dass du heute Abend mit ihr ausgehst – irgendwohin, wo ihr unter euch seid und euch in Ruhe unterhalten könnt.«

Jethro machte große Augen. Dann funkelte er seinen Bruder im Rückspiegel strafend an. »Cletus«, blaffte er.

»Jetzt tu doch nicht so unschuldig, großer Bruder. Schau sie dir doch an, verflixt noch mal. Sie ist scharf auf deine hässliche Visage, Gott steh ihr bei. Und ich weiß, dass du oft an sie gedacht hast. Man erinnere sich nur daran, wie lange du heute Morgen im Bad gebraucht hast.«

Ich schlug mir die Hand vor den Mund, um das schockierte Kichern zu unterdrücken, das mir über die Lippen kommen wollte.

»Verdammt noch mal, Cletus«, knurrte Jethro, ließ den Motor an und warf seinem Bruder einen zornigen Blick zu. »Du bist wirklich das Letzte. Sei am besten einfach still. Für den Rest deines Lebens. Sag nie wieder ein Wort.«

Jethros Blick zuckte kurz zu mir und er seufzte zerknirscht. »Es tut mir so leid.«

Ich legte ihm eine Hand auf den Oberschenkel – nur zu Ihrer Information: Er hatte einen *sehr* schönen Oberschenkel –, um ihn zu beruhigen. Und weil ich ihn unbedingt anfassen wollte. »Nein, nein, du musst dich nicht entschuldigen. Dein Bruder hat recht, auch wenn er unrecht hat. Ich bin wirklich scharf auf deine Visage, allerdings ist sie ganz und gar nicht hässlich.«

Bei diesen Worten schnaubte Cletus und grummelte: »Na, hübsch ist sie jedenfalls auch nicht.«

Jethro presste die Lippen aufeinander und ich sah trotz aller Frustration den Anflug eines Lächelns bei ihm. »Ich freue mich, dass du scharf auf meine Visage bist.«

»Dann frag sie doch endlich«, befahl Cletus ihm. »Sie hat heute Abend noch nichts vor. Ihr beide geht zusammen aus.«

Wieder warf Jethro seinem Bruder einen mordlüsternen Blick zu, doch ich nutzte die Gelegenheit, zu bekräftigen: »Das stimmt, ich habe heute Abend noch nichts vor.«

Cletus legte seinem Bruder eine Hand auf die Schulter. »Gut. Dann wäre das ja geklärt. Keine Ursache. Und wenn niemand was dagegen hat, würde ich jetzt gerne ein Schläfchen machen, bis wir in Cades Cove sind.«

• • •

Während des Frühstücks traf ich im Pausenzelt auf Tom.

Obwohl – lasst mich das präzisieren: Toms Assistentin Elon spürte mich während des Frühstücks im Pausenzelt auf und befahl mir, auf der Stelle mitzukommen, damit ich mit Tom zusammen in dessen Wohnwagen frühstücken konnte. Als ich höflich aber bestimmt ablehnte, trollte sie sich wieder. Doch schon fünf Minuten später kam Tom höchstpersönlich ins Zelt gerauscht.

Das war ein seltenes Ereignis. Für gewöhnlich mischte sich Tom nicht gerne unter den Produktionsstab. Ehrlich gesagt konnte ich ihm das nicht verdenken. Kaum tauchte er irgendwo auf, verwandelten sich gestandene Frauen in hilflos kichernde Mädchen. Selbst einige der Männer benahmen sich in seiner Gegenwart wie die letzten Trottel, die noch nie einen Star aus der Nähe gesehen hatten.

In meiner Gegenwart verhielten sich Crew und Komparsen nie so. Es machte mir keinen Spaß, mit Kollegen zusammenzuarbeiten, die nicht mehr der Sprache mächtig waren, sobald ich das Set betrat – und genau das passierte oft, wenn sich die Hauptdarsteller vom Rest der Mannschaft abschotteten. Ich legte Wert darauf, von Anfang an unkompliziert und ansprechbar zu sein, und verhielt mich allen gegenüber freundlich, von der Produktionsassistentin bis hin zum Kameramann (oder zur Kamerafrau).

Aber ich war auch nicht Tom Low. Ich hatte nicht fünfzehn Jahre als Superstar auf dem Buckel. Außerdem war Tom umwerfend attraktiv. Bei unserer ersten Begegnung war ich schier geblendet gewesen von seinem Aussehen und seiner Wichtigkeit. Ja, auch ich hatte einst zur Riege der kichernden Mädchen gehört.

»Sienna«, sagte er und warf Janice Kenner, die neben mir auf der Bank saß, einen finsteren Blick zu. Sie war eine der wichtigeren Nebendarstellerinnen im Film und wir kannten uns gut.

»Warum machst du so ein Gesicht, Tom? Du siehst aus, als hättest du Verstopfung.« Janice blickte von ihrem Salat auf. »Vielleicht brauchst du mehr Ballaststoffe.«

»Ich nehme ausreichend Ballaststoffe zu mir«, sagte Tom hochnäsig, rollte die Schultern und sah sich im Zelt um. »Und ich würde jetzt gerne mit Sienna sprechen.«

»Setz dich doch.« Sie deutete auf den leeren Stuhl gegenüber.

Tom funkelte erst sie, dann mich an. Nach außen hin ließ sie sich nichts anmerken, aber ich wusste, dass Janice sein Unbehagen genoss. Sie war nett zu mir und eine unglaublich talentierte Schauspielerin, allerdings hatte sie den Hang, für Drama zu sorgen, wohingegen ich lieber Harmonie wahrte.

»Hey, Janice«. Ich stieß sie mit dem Ellbogen an. »Ich bin gleich wieder da, hältst du mir so lange den Platz frei?«

Sie zuckte stumm mit den Achseln und verdrehte die Augen. Ich erhob mich hastig, ehe sie auf die Idee kam, unter dem Deckmantel der Anteilnahme und Besorgnis eine Bemerkung über Toms verquollenes Gesicht zu machen. Ich fasste Tom am Ellbogen und lotste ihn an den anderen Tischen vorbei nach draußen, wo wir direkt neben dem Zelt ein ruhiges Plätzchen fanden.

Ich spürte, wie sein Blick sich seitlich in mein Gesicht bohrte, und als ich mich zu ihm umdrehte, stellte ich fest, dass er seine geballte Ausstrahlungskraft auf mich gerichtet hatte. Es hätte mir den Atem verschlagen – wenn ich nicht gewusst hätte, dass dieser Mann nicht einmal in der Lage war, seine eigene Wäsche zu waschen.

»Was gibt's denn?«

»Komm in meinen Wohnwagen«, sagte er verführerisch. »Lass uns reden. Gestern hatte ich keine Gelegenheit, mich mit dir zu unterhalten.«

»Wir haben uns doch unterhalten. Über deine Zitronensaft-Kur und deine Kaschmirs.« Ich stellte mich dumm. In Wahrheit war ich ihm gestern nach der unfreiwilligen Begegnung in meinem Wohnwagen ganz bewusst aus dem Weg gegangen war. Einfach war das nicht gewesen. Zeitweise hatte ich mich sogar auf dem Speicher eines der alten Häuser verstecken müssen, in denen wir drehten, weil er überall nach mir gesucht hatte.

Er verzog den Mund und der Blick seiner göttlichen azurblauen Augen streichelte zärtlich mein Gesicht. »Mich interessiert, was bei dir gerade so los ist. Erzähl mir was über dein nächstes Drehbuch.«

Ich gab mir Mühe, ihn nicht anzufahren. Ich hatte Tom geholfen, die Rolle als mein Co-Star zu bekommen. Seine vorangegangenen Filme – jedenfalls die nach unserem letzten gemeinsamen Projekt – hatten allesamt an den Kinokassen enttäuscht. Sogar Marta, sonst sein größter Fan, hatte zugeben müssen, dass er sich gerade in einem Karrieretief befand.

Ich zuckte mit den Schultern und warf einen Blick auf meine Uhr. »Also, ehrlich gesagt, habe ich jetzt gerade keine –«

Zum Glück musste ich den Satz nicht zu Ende bringen, weil in dem Moment mein Handy klingelte. Marta. Ich hob die Hand, sagte: »Sorry, wir reden ein andermal. Da muss ich rangehen«, und eilte davon.

»Sienna, meine liebreizende, bildhübsche, wunderbare Schwester. Du hast nicht … Ich meine, hat irgendjemand dir gegenüber schon was erwähnt?«

Ich freute mich, dass Marta so gute Laune hatte, und sah mich nach einem Ort um, wo ich in Ruhe telefonieren konnte und Tom mich nicht gleich finden würde. »Was denn erwähnt?«

Sie überging meine Frage und erkundigte sich stattdessen: »Wie geht es dir heute Morgen?«

»Prima. Und selbst?«

Sie seufzte erleichtert. »Auch prima. Und weißt du, wieso?«

»Wieso du prima bist? Ich könnte eine Liste machen, aber die wäre sehr lang.«

»Du bist lustig.« Sie lachte geschmeichelt. »Pass auf, ich sag' dir, was passiert ist. Mir geht es prima, weil ich heute Morgen von Jenny gehört habe, wer für die Hauptrolle in *Smash Girl* im Gespräch ist. Rate mal, wer. Na los, rate schon!«

»Keine Ahnung. Wer?«

»Du.«

Ich blinzelte und runzelte verdattert die Stirn. »Was?«

Smash Girl? Schlafe ich? Ist das hier ein wunderbarer Traum?

»Sie wollen, dass du Smash Girl spielst! Das Studio besteht darauf. Und sie wollen, dass du das Drehbuch schreibst.«

»Sie wollen, dass ich das Drehbuch schreibe?« *Wenn das hier ein Traum ist, will ich nie wieder aufwachen!*

»Na ja, in Zusammenarbeit mit einem anderen Autor.«

»Jetzt bin ich aber verwirrt. Soll es ein Superheldenfilm oder eine Komödie werden?«

»Beides. Nach dem Erfolg von *Smash Boy* will Dimension Comics offenbar die Gunst der Stunde nutzen und die Nachfrage nach subversiven, witzigen Actionfilmen weiter bedienen. Und dabei haben sie an dich gedacht.«

»Das heißt also …« Ich starrte ins Leere. Mein Gehirn hatte den grundlegenden Inhalt dieser Unterhaltung noch immer nicht verarbeitet. »Muss ich dafür nicht … du weißt schon … schlank und muskulös sein und so? Ist Smash Girl nicht ultrastark?«

»Nein, nein, nein. Sie wollen es vor einem Green Screen drehen, mit CGI Motion Capture, so wie in den Dimension-Filmen mit Bryce Boomer. Wenn Smash Girl menschlich ist, spielst du sie. Dann ist sie eine nette, ganz normale junge Frau. Und wenn sie ihre Ausraster hat und sich verwandelt, wäre sie computeranimiert, und du würdest dafür das Motion Capture machen.«

In meinem Kopf donnerte bereits eine ganze Lawine von Ideen zu Tal. Es gab so viele lustige Möglichkeiten, wie und wo Smash Girl die Beherrschung verlieren könnte. »Bevor sie lernt, ihre Kräfte zu kontrollieren, könnte sie in der Frauenarztpraxis rot sehen, weil das Spekulum zu kalt ist. Oder zu Hause, weil sie keinen Rotwein mehr hat. Oder wenn sich in der Schlange auf der Kfz-Zulassungsstelle immer wieder Leute vordrängeln.«

»Ja!«, feuerte Marta mich an. Ihr Stuhl gab ein kleines Quietschen von sich, was mir signalisierte, dass sie vor Begeisterung auf- und abhüpfte.

»Das könnte phänomenal werden.« *Das könnte ein riesengroßes Wahnsinnsding werden.*

»Ja! Das *wird* phänomenal. Und nicht nur für dich, sondern für alle Frauen. Denk nur daran, wie das die Wahrnehmung der Menschen verändern und die ganze Branche revolutionieren könnte. Jahrelang wurden Frauen als Fans von Superhelden- oder Actionfilmen doch gar nicht richtig ernstgenommen. Aber dein Film könnte die Tür für weitere starke Frauenrollen öffnen. Eine ganze Generation von Kindern und Jugendlichen würde zu dir aufschauen. Und weil du selbst am Drehbuch mitschreibst, kannst du verhindern, dass die Botschaft verwässert wird oder der Film sich zu sehr an den Massengeschmack anbiedert. Sienna, das wird der absolute Knaller!«

Ich nickte und gab mich meiner Begeisterung hin. Daran, was das Projekt für meinen Terminplan bedeuten würde, dachte ich nicht.

Doch bevor meine Fantasie mit mir durchgehen konnte, wurde ich von Marta unterbrochen. »Ach, bevor ich's vergesse – willst du jetzt eigentlich zu Kates Premiere nach London fliegen oder nicht? Meiner Meinung nach hast du keine andere Wahl. Und ich finde, du solltest auf jeden Fall eine Begleitung mitnehmen.«

»Ich ... äh, damit habe ich mich in letzter Zeit kaum auseinandergesetzt.« In Gedanken spielte ich immer noch verschiedene *Smash Girl sieht rot*-Szenarien durch.

»Also, hinfliegen solltest du definitiv. Aber eine kleine Warnung: Tate kommt auch, und er bringt seine neue Freundin mit.«

»Na und?«

»Ihr beide wart doch zusammen. Könnte peinlich werden.«

»Wir waren nicht zusammen.«

Ich hörte meine Schwester am anderen Ende schnauben. »Wart ihr wohl.«

»Nein, waren wir nicht. Ich war nie mit Tate zusammen. Wir sind einmal nach dem Yoga in einer Saftbar gewesen. Ein einziges Mal.«

»Er bezeichnet dich jedenfalls immer noch als *die Davongekommene*.«

»Das ist doch lächerlich. Er hat die ganze Zeit nur von seiner Rote-Beete-Saft-Obsession gefaselt. Ich habe kaum ein Wort dazwischen gekriegt. Ich könnte niemals mit jemandem zusammen sein, dessen Urin lila ist.«

»Sienna.«

»Marta.«

Ich hörte, wie sie versuchte, ernst zu bleiben. Aber mir *war* es ernst. Der Mann schüttete so viel Rote-Beete-Saft in sich hinein, dass nicht nur sein Urin davon violett wurde. Spoileralarm: Ich rede von seinem Gesicht.

»Kev wird auch da sein. Gerüchten zufolge bringt er seine Schwester mit. Er erzählt überall herum, dass er noch nicht über dich hinweg ist.«

»Oh mein Gott, ist das dein Ernst?« Ich schüttelte angewidert den Kopf. Unsere Agenten hatten Kev und mich mal für ein Pressedinner zusammengesetzt, und daraus hatte er die letzten anderthalb Jahre lang gnadenlos Kapital geschlagen. Er spielte immer noch die Nummer des verschmähten Lovers, dabei hatten wir uns nicht mal geküsst. »Was für ein Penner!«

»Ich sage es ja nur. Kev und Tate und Tom – das Kino wird voll sein mit deinen Ex-Freunden. Deshalb musst du unbedingt ein Date mitbringen.«

Ich wollte schreien, dass keiner dieser drei Männer jemals mein Freund gewesen war – außer vielleicht Tom, und selbst das hatte nur einen Monat gehalten –, aber ich besann mich eines Besseren.

Stattdessen sagte ich: »Gut. Von mir aus. Ich bringe ein Date mit.« Schlimmstenfalls würde ich meinen Bodyguard Dave fragen, ob er mich begleiten wollte.

»Gut. Dann buche ich alles. Am besten, wir chartern einen privaten Flieger ab Knoxville, sonst müsstest du dreimal umsteigen.«

»Okay.«

»Ach, und Sienna?«

»Ja?«

»Herzlichen Glückwunsch!« Ich hörte den Stolz und das Lächeln in ihrer Stimme. »Du wirst ein episches Drehbuch schreiben und ein absolut fantastisches Smash Girl sein.«

Ich war ziemlich ausgebrannt, aber ich konnte es schaffen. Ich *würde* es schaffen. Das hier war wichtig. Trotz meines anhaltenden Ärgers wegen der London-Premiere gestattete ich mir ein kleines Lächeln. »Danke dir, Marta. Danke, dass du das möglich gemacht hast.«

Wenn *Smash Girl* ein Erfolg wurde und ich damit das erreichte, was ich mir erhoffte … dann würde ich vielleicht endlich meine Auszeit nehmen können.

...

Der Rest des Tages verging in hektischer Betriebsamkeit. Die Nachricht des geplanten *Smash-Girl*-Films und meiner potenziellen Hauptrolle darin mussten nach außen gedrungen sein, auch wenn ich mir nicht erklären konnte, wie sich die Neuigkeit so schnell verbreitet hatte. Jedenfalls strahlten mich alle an und es hagelte Glückwünsche. Ich selbst allerdings hatte ganz andere Dinge im Kopf – Dinge, die mit dem unvergleichlichen Ranger Jethro zusammenhingen.

Als der Sonnenuntergang näher rückte und endlich Drehschluss ausgerufen wurde, schlich ich zurück zu meinem Wohnwagen. Dave, der Chef meines Sicherheitsteams, hielt draußen Wache. Er grüßte mich mit einem Nicken und öffnete mir die Tür.

»War Tom hier?«, fragte ich und gab Dave den Kaffee und den Donut, die ich für ihn mitgenommen hatte.

»Danke.« Er nahm beides entgegen. »Hab' ihn seit dem Mittagessen nicht gesehen.«

»Gut.«

»Sienna?«

»Ja?«

»Bist du sicher, dass wir dich nicht morgens ans Set fahren und abends abholen sollen?« Dave runzelte die Stirn. Ich konnte mein Spiegelbild in seiner dunklen Sonnenbrille sehen. »Wir haben uns den Tag in drei Schichten aufgeteilt und du weißt, dass ich ein Morgenmensch bin. Es würde mir nichts ausmachen, dich früh hinzufahren. Wenn Marta erfährt, dass du ganz alleine unterwegs bist ...«

Ich brachte ihn mit einer Handbewegung zum Schweigen. Dieselbe Rede hatte er mir seit letzter Woche – seit ich ihm erklärt hatte, selbst fahren zu wollen – schon des Öfteren gehalten. Erst gestern Abend, als ich später nach Hause gekommen war als er und Henry, hatte er mir mehr oder weniger dasselbe gesagt.

»Marta lässt du mal meine Sorge sein. Du arbeitest für mich, nicht für sie. Ob ich alleine oder mit jemand anderem fahre, ist meine Entscheidung, okay? Du bist die ganze Nacht mit mir im Haus. Und du bist den ganzen Tag hier am Set.« Ich warf über die Schulter einen Blick zu Henry, der die ganze Zeit wie ein Schatten an mir klebte. »Du bist großartig, und ich bin dir unendlich dankbar für deine Hilfe. Aber ich brauche zwischendurch auch mal Zeit für mich.«

Er nickte feierlich, dann biss er von seinem Donut ab. Ich betrat den Wohnwagen, und bevor die Tür hinter mir ins Schloss fiel, hörte ich ihn gerade noch sagen: »Heilige Scheiße, ist der geil.«

Ich schmunzelte. Alle am Set schwärmten von den Donuts. Ich hatte bisher noch keinen gegessen, weil sie aus dem Café stammten, das Jethro am Morgen zuvor im Auto erwähnt hatte. Es mochte seltsam klingen, aber ich wollte mir meinen ersten Donut für einen Moment aufsparen, an dem ich mit ihm zusammen war.

Ich verriegelte die Tür und sah auf die Uhr. Mir blieb noch ungefähr eine Stunde Zeit, ehe Jethro mich zu unserem Date abholen würde. Da ich gewusst hatte, dass ich keine Gelegenheit haben würde, vorher noch nach Hause zu fahren und mich umzuziehen, hatte ich mir ein Outfit aus der Garderobe geholt.

Darin sah ich absolut hammermäßig aus. Es war ein schwarzes, knielanges Kleid mit roten Einsätzen an den Seiten und einem tiefen V-Ausschnitt, der meinen Busen optimal zur Geltung brachte. Es war extra für den Film maßgeschneidert worden. Ich hatte es erst einmal getragen, für einen Fototermin vor zwei Monaten, und ich liebte es.

Ich duschte, schlüpfte in das Kleid und bediente mich aus Susies Make-up-Koffer. Meine Haare ließ ich in natürlichen Wellen offen trocknen. Meine Schuh-Optionen umfassten rote Ballerinas, schwarze Pumps oder pinkfarbene *chanclas* – Flipflops für alle, die kein Spanisch sprechen.

Die Stelle, wo Jethro mich morgens absetzte und abends wieder auflas, lag in der Nähe der größeren Kulissenbauten und war von der Straße aus nicht einsehbar. Es war ein abgeschiedener Platz, an dem, wenn überhaupt, nur wenige Leute vorbeikamen. Allerdings würde ich, um dort hinzugelangen, ein Stück querfeldein laufen und auf der grünen Wiese warten müssen.

Ich beschloss, die High Heels mitzunehmen und für den kurzen Fußmarsch zum Treffpunkt meine *chanclas* anzuziehen. Ich wollte nicht, dass die Absätze mich beim Gehen behinderten oder im Gras stecken blieben. Als ich fertig war, klopfte ich von innen dreimal an die Wohnwagentür und wartete, bis Dave das Klopfzeichen erwiderte – mein Signal, dass die Luft rein war. Für den Fall, dass Tom oder Elon kamen, während ich mich umzog, hatte ich Dave strikte Anweisung erteilt, ihnen zu sagen, dass ich schon weg sei. Ich öffnete die Tür und ließ mir von ihm die Stufen hinunterhelfen. Als er meine beflipfloppten Füße sah, runzelte er die Stirn.

»Sienna. Was hast du denn da an?«

»Ein Kleid. Was hast du denn an?«

»So fährst du doch bestimmt nicht nach Hause, oder?« Er maß mich mit einem strengen Blick. »Du hast heute Abend noch was vor.«

»Gut erkannt.« Ich rückte mir den Riemen meines Rucksacks, in dem mein Laptop steckte, auf der Schulter zurecht. Im Moment trug ich ihn immer und überall mit mir herum.

»Bitte, sag mir, dass es nicht Mr Low ist«, stöhnte er und schnitt eine Grimasse.

»Es ist nicht Mr Low.« Ich lachte und ging hinter Daves breitem Körper in Deckung, bis ich mich davon überzeugt hatte, dass niemand in der Nähe war, der sehen konnte, wie ich mich davonschlich.

»Ist es Ken Hess?« Ken Hess war einer der anderen männlichen Hauptdarsteller. Er war ein sympathischer Kerl und wir verstanden uns gut, aber er war der typische aufstrebende Star, was bedeutete, dass er seinen noch jungen Ruhm mit einem ganzen Harem von Gelegenheitsfreundinnen feierte. Sein Verhalten war charakteristisch für die meisten männlichen Schauspieler und Prominenten, die noch jung waren oder am Anfang ihrer Karriere standen. Auch Kens Karriere würde dem altbekannten Muster folgen: Er würde an jedem Finger eine andere Frau haben, bis sein Stern irgendwann zu verblassen drohte. Dann würden sein Agent und sein Manager ihn zwingen, eine feste Beziehung mit irgendeinem anderen Promi einzugehen, um seine Sichtbarkeit in den Medien und seine Popularität zu steigern.

»Nein, Doris. Ken ist es auch nicht.« Hin und wieder, wenn Dave seine Nase wieder mal besonders penetrant in meine Angelegenheiten steckte – und weil er mitunter viel zu scharfsichtig war –, nannte ich ihn zum Spaß *Doris*. Ich weiß, es ist nicht fair, solche Verallgemeinerungen über Männer und Frauen zu treffen, aber ich hatte noch nie einen Mann kennengelernt, der über eine so gute Intuition verfügte und so empathisch war wie Dave. Wenn es um die Einschätzung von Menschen oder Situationen ging, besaß er gewissermaßen einen sechsten Sinn – etwas, das ihm bei seiner Arbeit als Bodyguard zugutekam.

»Gott sei Dank. Der Kerl war jetzt schon mit der Hälfte der Produktionsassistentinnen im Bett.«

»Die scheinen sich aber nicht zu beklagen.«

»Der Typ ist dauergeil«, brummte Dave. »Bringt uns alle in Verruf.«

»Wer ist ihr alle?«

»Uns Männer.«

Ich grinste, sagte aber nichts. Dave war ein guter Kerl und unverbesserlicher Romantiker. Er gab mir die Hoffnung, dass es da draußen auch noch andere romantische Männer gab.

Deprimierende Wahrheit: Neunundneunzig Prozent aller Schauspieler, Schauspielerinnen und Promis, die ein Paar sind oder miteinander ausgehen, tun dies nur, weil ihre Manager beziehungsweise Agenten sie dazu überredet haben oder weil sie glauben, es würde ihrer Karriere förderlich sein. Das ist eine Tatsache. Genau aus dem Grund hatte ich von Schauspielern die Nase voll. Was nicht hieß, dass ich jemandem deshalb Vorwürfe gemacht hätte. Ich kannte die Zwänge des Geschäfts nur zu gut. Ich verstand, wie Berühmtheit funktionierte. Aufmerksamkeit zu erregen war eine Sache. Sie zu behalten eine ganz andere.

»Und …« Dave sah mich aus schmalen Augen an. »Kenne ich ihn?«

»Nein. Und jetzt geh ein bisschen in diese Richtung, damit ich von hier wegkomme, ohne dass mich jemand sieht.«

Er rührte sich nicht vom Fleck. »Wenn ich ihn nicht kenne, ist das ein Problem. Wie sollen wir dann für deine Sicherheit sorgen?«

»Mach dir darüber mal keine Gedanken.«

Dave bewegte sich immer noch nicht. »Das ist dumm. Ich werde dafür bezahlt, mir über solche Dinge Gedanken zu machen. Wer ist er?«

»Er ist Ranger hier im Nationalpark, okay?«

»Nicht okay.«

Ich knirschte mit den Zähnen. Wenn wir noch länger vor meinem Wohnwagen herumstanden, würde mich Tom oder einer von der Produktionscrew entdecken. Und dann würde ich nie mehr hier wegkommen.

»Also schön. Du darfst mitkommen und ihn kennenlernen. Aber sag nicht meinen Namen und überlass mir das Reden.«

»Ich muss einen Hintergrundcheck machen.«

Diese letzte Bemerkung ignorierte ich, denn Dave trat endlich zur Seite, sodass ich ungesehen um meinen Wohnwagen herumschleichen konnte. Eine Minute später holte er mich ein und eskortierte mich zu meinem Treffpunkt mit Jethro.

»Wie hast du ihn kennengelernt? Bist du sicher, dass du ihm vertrauen kannst? Woher weißt du, dass er nicht irgendein durchgeknallter Fan ist?«

»Er ist kein durchgeknallter Fan«, brummte ich unwillig.

»Das kannst du nicht wissen.«

Ich sah erst Dave, dann das Gras zu meinen Füßen stirnrunzelnd an. Das war der Grund, weshalb ich Jethro nicht verraten wollte, wer ich war. Es war einfach so angenehm, mit ihm zusammen zu sein, ohne dass er über meine wahre Identität Bescheid wusste.

»Doch, das kann ich, Doris.« Ich war verärgert, dass Dave mir nicht zutraute, meine eigenen Entscheidungen zu treffen. Das war selbstverständlich übertrieben und eine grobe Vereinfachung der Situation, aber so fühlte es sich für mich an.

»Wir werden ja sehen …« Dave neigte den Kopf von einer Seite auf die andere und ließ seine Halswirbel knacken.

Wir umrundeten das letzte Zelt und traten aufs offene Feld hinaus. Ich sah Jethro sofort, und diesmal war er ohne Cletus gekommen. Er stand allein neben dem kleineren grünen Truck, mit dem er die ersten beiden Male unterwegs gewesen war. Er winkte lächelnd und wie üblich konnte ich nicht anders, als sein Lächeln zu erwidern.

Er trug dunkelblaue Jeans, einen schwarzen Pullover und schwarze Stiefel. Er sah ... umwerfend aus. Kennt ihr das? Wenn manche Männer sich rasieren und pflegen und schön anziehen, dann sehen sie so aus, als würden sie unheimlich gut riechen? Nun, Jethro sah so aus, als würde er riechen wie das Paradies. Sein Bart war etwas kürzer als sonst und am Hals, um seine Lippen herum und an den Wangen säuberlich getrimmt. Mein ganzer Körper kribbelte bei dem bloßen Gedanken daran, wie er sich anfühlen würde, wenn er über *meinen* Hals, *meine* Lippen und *meine* Wangen strich.

»Oh nein«, murmelte Dave und lenkte meine Aufmerksamkeit wieder auf sich.

»Was ist denn?«

»Du magst den Kerl.«

Ich warf meinem Leibwächter einen strengen Blick zu. »Sag ja kein Wort.«

Dave sah zwischen Jethros geradezu schmerzlich schöner Gestalt in der Ferne und mir hin und her. »Er hat keine Ahnung, wer du bist, stimmt's?«

»Überlass das Reden einfach mir.« Ich flüsterte, obwohl wir noch zwanzig Meter entfernt waren.

»Oh Mann, der kann sich auf was gefasst machen.«

»Halt den Mund, Doris.«

»Der Arme tut mir jetzt schon leid.«

Als Jethro Dave registrierte, trat etwas Neugieriges in seine Miene, doch sein Lächeln war noch so freundlich und offen wie zuvor. Er richtete seine Aufmerksamkeit zuerst auf mich. Er trat auf mich zu und gab mir einen flüchtigen Kuss auf die Wange, woraufhin eine köstliche Wärme durch meinen Körper schwappte.

»Hallo, meine Schöne.« Ich spürte seine gewisperten Worte bis unter die Haut und auf einmal wurde mir ganz eng in der Brust.

Ein benommenes »Hi« war alles, was ich zustande brachte, denn er roch wirklich wie das Paradies, und seinen Bart an meiner Wange zu spüren war genauso wundervoll, wie ich es mir ausgemalt hatte. Sogar noch ein bisschen wundervoller.

Jethro legte mir besitzergreifend eine Hand in den Rücken und streckte die andere Dave zum Gruß hin.

»Hi, ich bin Jethro.«

Mein Bodyguard sagte nichts, aber ich sah, dass er lächelte. Allerdings sah sein Lächeln ein wenig mitleidig aus ... der Verräter.

»Das hier ist Dave.« Ich deutete mit einer knappen Handbewegung auf meinen Sicherheitschef. »Ein Kollege von mir. Er wollte dich kennenlernen, um sicherzugehen, dass du kein durchgeknallter Fan bist.«

Die reine Wahrheit. Jedes einzelne Wort. Ich würde ihn nicht anlügen. Aber ich würde auch nicht auf der Tatsache herumreiten, dass ich Bodyguards hatte.

Jethros Lächeln wurde breiter. »Schön, dass Sarah jemanden hat, der auf sie achtgibt.«

Als Jethro mich Sarah nannte, erstarrte Dave. Zum Glück trug er immer noch seine Sonnenbrille, so konnte Jethro seine Augen nicht sehen.

»Ja, also ... Damit wäre das wohl erledigt. Wir fahren dann mal.« Diese Bemerkung war – zusammen mit einem auffordernden Blick – an Dave gerichtet.

»Nett, dich kennengelernt zu haben«, sagte Jethro und trat einen Schritt näher an mich heran. Seine Hand in meinem Rücken fühlte sich gut und beschützend an. Er war höflich und galant und einfach unvergleichlich.

Dave nickte und warf Jethro noch ein letztes teilnahmsvolles Lächeln zu. »Sei brav«, sagte er, an mich gewandt.

»Wird gemacht«, erwiderte ich durch zusammengebissene Zähne.

Dave machte kopfschüttelnd kehrt und ging zurück in die Richtung, aus der wir gekommen waren. Ich drehte mich zu Jethro um. Sein fragender, leicht belustigter Blick ließ mich sofort dahinschmelzen.

»Scheint ein netter Kerl zu sein«, meinte er und lenkte mich mit sanftem Druck seiner Hand zur Beifahrertür des Trucks.

»Ja, ist er auch.« Dave war wirklich nett. Er war jetzt seit mittlerweile fast vier Jahren mein Sicherheitschef. Wir waren Freunde geworden. Trotzdem gefiel mir die Vorstellung nicht, dass er meine Dates absegnen musste – oder dass er Jethro einem Hintergrundcheck unterziehen würde. Das war mit ein Grund, weshalb ich bisher nur mit Schauspielern ausgegangen war. Bei denen waren Hintergrundchecks und Wartefristen überflüssig.

Jethro öffnete mir die Tür, doch ich stieg nicht ein. Stattdessen drehte ich mich zu ihm um. Ich zögerte. Da war dieser innere Drang, der immer größer wurde.

In wenigen Augenblicken würde ich ihm gestehen, wer ich war. Darüber, was danach geschah, hatte ich keinerlei Kontrolle. Ich konnte nicht steuern, wie er reagieren, ob er mich danach anders sehen, sich mir gegenüber anders verhalten würde. Vielleicht war ich selbstsüchtig ... also schön, ja, ich war definitiv selbstsüchtig ... Aber ich wollte noch diesen einen Moment mit ihm genießen, ohne dass er Bescheid wusste. Diesen einen Moment lang wollte ich einfach nur eine Frau sein, zu der er sich hingezogen fühlte.

Ich legte eine Hand auf seine Brust und sah zu ihm auf. Ich war nervös, die Situation fühlte sich ungewohnt und neu an. »Ich weiß ... ich weiß, dass man das für gewöhnlich erst am Ende des Abends macht, aber könnten wir ...« Ich befeuchtete mir nervös die Lippen mit der Zunge. Ich benahm mich schon wieder total merkwürdig.

Seine Miene blieb freundlich, aber sein Blick ging unwillkürlich zu meinen Lippen. Seine Augen verdunkelten sich. Mein Herz klopfte schneller. Er dachte daran, mich zu küssen. Ich sah es ihm an. Seine Lippen teilten sich und sein Blick war auf einmal leicht weggetreten. Statt etwas zu sagen und seinen Gedankengang zu unterbrechen, machte ich einen letzten Schritt auf ihn zu, hob den Kopf, stellte mich auf die Zehenspitzen und küsste ihn.

Und Gott segne Ranger Jethro, denn er benötigte nicht mal eine Sekunde, um die Situation zu erfassen. Seine großen, starken Hände legten sich um meine Oberarme und er zog mich an sich. Dann schob er mich zwei Schritte rückwärts, bis mein Rücken den Truck berührte.

Sein Mund bewegte sich auf meinem. Seine warmen, vollen Lippen waren weicher, als ich sie mir vorgestellt hatte. Sein Bart kitzelte mein Kinn und meine Nase auf ganz wundervolle Weise und seine Zunge strich über meine Lippen, als wolle er sie kosten. Stöhnend öffnete ich den Mund, während sich in meinem Bauch eine köstliche Hitze sammelte. Ich drängte mich an ihn und sein Griff um meine Arme wurde fester, während seine geschickte Zunge mich neckte und mit meiner verschmolz.

Mothras Nippel, er war ein bombastisch guter Küsser!

Ich wollte, dass es niemals aufhörte. Aber es hörte auf, und zwar als er mir in die Unterlippe biss, sie noch ein letztes Mal mit seiner unfassbar kunstfertigen Zunge liebkoste und sich dann von mir losmachte. Als er die Augen öffnete, atmete er tief und glücklich ein. Sein Blick loderte, er sah sehr zufrieden aus, und der Anblick sandte einen Schauer der Sehnsucht durch meinen Körper.

Dave hatte recht, ich mochte ihn. Und nicht nur weil er so zuvorkommend und attraktiv war – obwohl das sicher auch eine Rolle spielte. Er war charmant und zugleich vollkommen ungekünstelt. Geradeheraus und doch komplex. Humorvoll und geistreich, aber ernsthaft, nicht sarkastisch oder zynisch. Und er sah mich an, als wäre ich das Wundervollste auf der ganzen Welt.

Blieb nur die entscheidende Frage: Würde er mich am Ende des Abends immer noch so ansehen?

Kapitel 9

Jethro

Zu sagen, dass ich es genoss, Sarah zu küssen, wäre eine himmelschreiende Untertreibung gewesen.

Sie war eine verdammt gute Küsserin, vielleicht die beste, die ich je das immense Vergnügen gehabt hatte, küssen zu dürfen. Ihre Lippen waren weich, und sie schmeckte so süß – aber nicht wie Erdbeeren oder Pfirsiche, sondern süß wie Sonnenschein – einfach unvergleichlich. Außerdem hatte der Kuss etwas Verzweifeltes, eine verhaltene, ursprüngliche Leidenschaft, wie ich sie noch nie zuvor erlebt hatte.

Vielleicht lag es auch an mir. Vielleicht war ich der Leidenschaftliche, der Verzweifelte von uns beiden. Wie auch immer. Sie hatte mir den Atem geraubt – und den Verstand. Sie war eine Meisterdiebin, und ich liebte sie dafür.

Während wir uns küssten, hielt ich mich an ihren Armen fest, damit ich nicht in Versuchung geriet, die Hände unter ihr Kleid zu schieben, denn das wollte ich. Herr im Himmel, das wollte ich wirklich sehr. Aber ich beherrschte mich. Dafür war es noch zu früh. Viel zu früh.

... Aber ich wollte es.

Die Heftigkeit meiner Reaktion kam nicht unbedingt überraschend, aber sie warf in mir die Frage auf, wie es nun weitergehen sollte. War jetzt der richtige Zeitpunkt, um ihr von meinen Jahren selbstgewählter Enthaltsamkeit zu erzählen? Und wenn ja, sollte ich ihr dann auch sagen, dass ich mir aufgrund meiner Vergangenheit geschworen hatte, mit dem Sex bis zur Hochzeit zu warten? Oder war ein erstes Date dafür zu früh?

Ich war gut im Bluffen und Flirten, aber jetzt wurde mir auf einmal bewusst, dass ich nicht den Schimmer einer Ahnung hatte, wie man sich auf Dates verhielt, geschweige denn wie langfristige Beziehungen funktionierten. Wann war es zu früh, um solche Dinge zur Sprache zu bringen? Wann wäre es zu spät?

Trotz meiner inneren Zerrissenheit hatten wir auf der Fahrt zum Front Porch keine Probleme, ein Gespräch am Laufen zu halten. Hätte man mich hinterher allerdings gefragt, worüber wir uns unterhalten hatten, hätte ich keine Auskunft geben können. Ich wusste nur, dass ich unglaublich stolz war, wann immer sie über etwas lachte, das ich gesagt hatte. Und als sie die Hand ausstreckte und meinen Arm streichelte, wäre ich am liebsten rechts rangefahren, um den Rest des Abends einfach nur mit ihr im Auto zu sitzen und sie zu küssen. Der Nebel in meinem Kopf lichtete sich, als wir auf den Parkplatz vor dem Restaurant einbogen. Ich hatte entschieden, meine Vergangenheit und meine daraus resultierenden persönlichen Entscheidungen zu einem späteren Zeitpunkt anzusprechen, sobald es sich für mich richtig anfühlte.

Es gab keinen Grund zur Eile.

Sie redete gerade von etwas, das sie sehr zu begeistern schien, und ich zwang mich, meinen Kopf aus den Wolken zurück auf die Erde zu holen. Ich wollte keines ihrer Worte verpassen.

»Comics«, sagte sie. »Magst du Comics?«

Erst da ging mir auf, dass sie diese Frage bereits zum zweiten Mal stellte. Beim ersten Mal war ich so abgelenkt gewesen, dass ich sie gar nicht gehört hatte.

»Ja. Früher, als ich klein war, habe ich sie immer heimlich abends unter der Bettdecke gelesen. Meine Mutter war Bibliothekarin und mochte fast nur Klassiker.«

»Also, ich habe heute einen Anruf von meiner Managerin bekommen. Man hat mich gebeten, das Drehbuch für den anstehenden *Smash-Girl*-Film zu schreiben. Aahhh!«

»Das ist ja der Wahnsinn.« Ich meinte es ernst. »Ich kenne *Smash Girl*, ich habe damit angefangen, nachdem ich alle *Smash-Boy*-Comics durchgelesen hatte. Viele finden ja, dass sie einfach bloß hübsch ist und sonst nicht viel zu bieten hat, aber das stimmt nicht.« Ich zog den Schlüssel ab und nahm mein Smartphone aus der Halterung am Armaturenbrett.

»Genauso geht es mir auch! Ich finde es toll, dass ihre Superkräfte so ähnlich sind wie die von Smash Boy, aber nicht genau gleich. Und dass sie, selbst wenn sie außer sich ist vor Wut, immer noch die Fähigkeit zum rationalen Denken besitzt. Das ist eine erstklassige Allegorie auf das Verhalten von Frauen und Männern im wirklichen Leben.«

»Das war mir so gar nicht bewusst.« Ich kratzte mich im Nacken, weil ich mir, ehrlich gesagt, bislang nicht allzu viele Gedanken über die allegorische Bedeutung von *Smash Girl* gemacht hatte. »Aber eins kann ich auf jeden Fall sagen: Was Superhelden angeht, steht sie bei mir hoch im Kurs.«

»Ja.« Sarah grinste von einem Ohr zum anderen. Ich versuchte nicht im Anblick ihrer Grübchen zu versinken und war damit größtenteils auch erfolgreich. Als ich den Blick hob und ihr in die Augen schaute, stellte ich fest, dass mein Lächeln auf sie eine ganz ähnliche Wirkung zu haben schien.

Offensichtlich liefen wir beide Gefahr, uns im anderen zu verlieren, und dagegen hatte ich absolut nichts einzuwenden. Es war noch früh, viel zu früh, um sich Gedanken über die Zukunft zu machen, trotzdem ertappte ich mich dabei, dass ich mir vorstellte, wie es wäre, jeden Abend zu ihr nach Hause zu kommen. Jeden Tag ihre weichen Kurven, ihre Grübchen und diese dunklen Augen zu sehen; in den Genuss ihrer unverstellten Sinnlichkeit und entwaffnenden Ehrlichkeit zu kommen.

Das wäre wie ein Sechser in der Lotterie des Lebens.

Aber wie gesagt: Zukunftsmusik. Unser Date hatte noch nicht einmal richtig begonnen und ich dachte schon an ein gemeinsames Leben. Sie wohnte weit weg und ich hatte keine Ahnung, ob sie nach Ende der Dreharbeiten überhaupt noch bleiben wollte. Nach den letzten fünf Jahren war ich mit der Situation heillos überfordert.

Oder vielleicht haben sie dich auch auf sie vorbereitet, damit du ihrer würdig bist …

Ich gab mir einen Ruck, riss den Blick von ihr los und machte Anstalten, auszusteigen. Doch sie hielt mich zurück, indem sie mir leicht eine Hand auf den Oberschenkel legte.

»Ich muss dir noch was sagen.«

»Okay.« Ich nickte. »Schieß los.«

Ich sah ihr an, dass sie nervös war und innerlich mit sich rang. Es musste ein sehr heftiges Ringen sein, denn sie holte tief Luft und ballte die Hände zu Fäusten.

Dann stieß sie hastig hervor: »Ich heiße gar nicht Sarah.«

Ich sah sie verdutzt an. »Nicht?«

»Nein. Als du mich an unserem ersten Tag nach meinem Namen gefragt hast, da hatte ich die Hände vorm Gesicht, deshalb konntest du mich nicht richtig verstehen. Du hast *Sarah* gehört, aber in Wahrheit habe ich …« Ihr schien die Luft auszugehen, denn sie atmete erneut tief ein und dann sehr langsam wieder aus. »In Wahrheit habe ich *Sienna* gesagt.«

Ich sah sie weiterhin an und wartete darauf, dass sie noch mehr sagte. Als nichts mehr kam, fragte ich: »Das ist alles?«

»Ja. Das ist mein Name. Ich heiße Sienna.«

Ich schmunzelte über sie und ihren neuen Namen, der, wie ich fand, ganz ausgezeichnet zu ihr passte. »Nett, dich noch einmal kennenzulernen, Sienna.«

Ihre Augen weiteten sich vor Staunen. Sie schürzte die Lippen, dann runzelte sie die Stirn und schüttelte den Kopf, wie um sich zu besinnen.

»Da ist noch mehr.«

»Ach ja?«, meinte ich unbekümmert.

»Ja. Du hast mich gefragt, ob ich Schauspielerin bin, und ich habe dir gesagt, ich sei Autorin. Das stimmt. Aber ich arbeite auch als Schauspielerin.« Ihr Blick war vorsichtig, als wisse sie nicht, mit welcher Reaktion sie rechnen sollte. »Das wollte ich nur klarstellen.«

Wieder nickte ich. Wieder wartete ich auf mehr. Und wieder fragte ich schließlich: »Das ist alles?«

»Ja. Mein Name ist Sienna, und ich bin sowohl Autorin als auch Schauspielerin. Das ist alles.«

»Okay.« Wir sahen einander an. Als mir klar wurde, dass sie dazu einen Kommentar von mir erwartete, sagte ich: »Ist kein Problem für mich.«

Da stieß Sienna einen abgrundtiefen Seufzer der Erleichterung aus. »Danke. Danke. Ich hatte solche Angst, dass –« Sie brach ab, presste die Lippen aufeinander und schüttelte den Kopf. »Einfach ... danke, dass du nicht sauer bist.«

»Sauer?«, lachte ich und sah sie an, als wäre sie nicht ganz richtig im Kopf. »Wieso sollte ich denn sauer sein? *Du* solltest auf *mich* sauer sein, weil ich dich seit über einer Woche mit dem falschen Namen anspreche.« Ohne eine Erwiderung abzuwarten, stieg ich aus und ging auf die Beifahrerseite des Trucks. Ich öffnete die Tür für sie und wollte ihr beim Aussteigen behilflich sein, doch sie wechselte gerade ihre Schuhe. Wie von selbst glitt mein Blick zu ihren Beinen. Ich war hocherfreut über die Gelegenheit, ihre wohlgeformten Waden betrachten zu können, während sie die Flipflops gegen schwarze High Heels tauschte.

»Schöne Schuhe«, sagte ich. Das Kompliment kam ganz von selbst. Ich hoffte, dass sie irgendwann einmal nur diese Schuhe für mich tragen würde – und sonst nichts. Definitiv ein Gedanke für meine mentale To-do-Liste.

»Danke sehr.« Sie lächelte, sodass man kurz ihre Grübchen sah. »Du darfst sie dir gerne mal ausleihen, wenn du möchtest.«

Ich musste lachen, dann bot ich ihr aufs Neue die Hand und half ihr dabei, vom Beifahrersitz herunterzuklettern. Diesmal allerdings ließ ich sie danach nicht los, sondern verschränkte unsere Finger miteinander, ehe ich die Wagentür zuwarf. Sosehr mich Cletus' Verhalten von heute Morgen geärgert hatte – ich war geneigt, ihm zu vergeben. Ohne seine Einmischung wäre ich jetzt nicht mit ihr hier gewesen.

Ich kam nur zwei Schritte weit, ehe Sienna an meinem Arm zog und mich zum Anhalten zwang. »Also, äh, dieses Restaurant, in das wir gehen …«

»Das Front Porch.«

»Ja. Ist da sehr viel los?«

Ich schüttelte den Kopf. »Vermutlich nicht. Unter der Woche ist es meistens nicht besonders voll. Obwohl – dienstags trifft sich dort immer der Eltern-Lehrer-Ausschuss der Schule, wenn mich nicht alles täuscht.«

»Aber es wird hauptsächlich von Einheimischen besucht? Von Leuten, die du kennst?«

»Hin und wieder verirrt sich auch mal ein Tourist hierher, aber größtenteils sind es Leute aus dem Ort, ja. Wollen wird dann?«, fragte ich und zog sie eng an meine Seite.

Sienna schenkte mir ein breites Lächeln und nickte. »Wir wollen.«

Hand in Hand betraten wir das Restaurant.

Das war der Moment, ab dem alles auf spektakuläre Weise den Bach runterging.

Die Leute warfen uns neugierige Blicke zu.

Deputy Jackson James blinzelte verdutzt, als wir zur Tür hereinkamen, und Hannah Townsen, die vorne am Tresen stand und die Gäste in Empfang nahm, machte große Augen. Ihr Mund stand so weit offen, als wollte sie damit Fliegen fangen. Die Gespräche an den Tischen verebbten wie eine Welle, die sich vom Strand zurückzieht, und Stille senkte sich über den Raum.

Alle starrten uns an.

Anfangs dachte ich noch, dass es an mir läge. Ich hatte mich seit Jahren nicht mehr mit einer Frau in der Öffentlichkeit gezeigt. Die meisten Bewohner von Green Valley gingen stillschweigend davon aus, dass ich eines Tages Claire heiraten würde, daher rechneten sie wohl nicht damit, mich auf einmal mit einer ganz anderen Frau zu sehen. Ich hatte sie nie über ihren Irrtum aufgeklärt, weil ich fand, dass meine Freundschaft mit Claire keinen etwas anging.

Mein Blick fiel auf die zwei Gaffer am nächstgelegenen Tisch: Es waren Kip Sylvester, der Direktor der örtlichen Highschool, und Ben Huntsford, seines Zeichens Inhaber von Big Ben's Dulcimer Shop. Von ihnen hätte ich wirklich bessere Manieren erwartet. Dass sie mich so schamlos anglotzten, war auch Sienna gegenüber sehr unhöflich. Ich beugte mich zu ihr und wollte mich gerade für das sonderbare Verhalten meiner Nachbarn entschuldigen, als ein Aufschrei die Stille zerriss.

»Oh mein Gott!«

Sienna und ich drehten uns um. Naomi Winters kam mit kugelrunden Augen auf uns zugeeilt. Allerdings galt ihr Erstaunen nicht mir, sondern Sienna.

»Oh mein Gott! Sie sind Sienna Diaz!« Sie fummelte hektisch an ihrem Handy herum und versuchte es einzuschalten, während sie aufgeregt weiterplapperte. »Ich liebe Sie! Ich liebe alle Ihre Filme. Sie sind so eine tolle Schauspielerin. Kann ich ein Foto von Ihnen machen? Ach Mensch, dieses blöde Handy.«

Ich warf Naomi, die ich schon mein ganzes Leben lang kannte, einen missbilligenden Blick zu und schob Sienna hinter mich.

»Naomi, ganz ehrlich –«, setzte ich an, doch schon im nächsten Moment waren wir von Kip Sylvester und einem großen Pulk aus Eltern und Lehrern umringt, die mir das Weitersprechen unmöglich machen.

»Es ist mir eine unglaubliche Ehre, Sie kennenzulernen.« Kip nahm Siennas Hand aus meiner und schüttelte sie begeistert. »Dürften wir vielleicht ein Autogramm haben?« Ohne auf Erlaubnis zu warten, drückte er ihr eine Serviette und einen Kugelschreiber in die Hand. »Könnten Sie als Widmung *Für Kip* draufschreiben? K, I, P. Kurz und knackig.« Er grinste über seinen eigenen Scherz, der traurigerweise überhaupt keinen Sinn ergab.

»S-sicher.« Sienna kritzelte ihren Namen auf die Serviette, gab sie Kip zurück und hatte gleich darauf die nächste in der Hand.

Sie hatte fünf Servietten signiert, ehe ich zur Besinnung kam – das war ungefähr sechzig Sekunden zu spät. Inzwischen wurden wir von allen Seiten belagert. Ich kannte diese Menschen. Ich war mit ihnen zusammen aufgewachsen, sie waren letzte Woche auf meiner Überraschungsparty gewesen. Aber jetzt drängelten und schubsten sie und wetteiferten so rücksichtslos um Siennas Aufmerksamkeit, dass sie mir wie Fremde vorkamen. Dass jeder Fotos mit seinem Handy schoss, machte die Situation noch unangenehmer. Alle riefen laut durcheinander, um Sienna dazu zu bewegen, in ihre Richtung zu schauen, und überall flammten Blitzlichter auf.

Was um alles in der Welt geht hier vor?

Die sechste Serviette nahm ich ihr aus der Hand, dann schickte ich ein böses Funkeln in die Runde und zog Sienna schützend an mich. »Mal ehrlich, Leute, wo habt ihr eure Kinderstube gelassen? Setzt euch wieder auf eure Plätze. Wir wollen hier in Ruhe zu Abend essen, und ich komme nicht mal dazu, bei Hannah nach unserem Tisch zu fragen.«

»Ich habe euch schon gesehen, Jethro«, rief Hannah von ihrem Platz aus. »Wir platzieren euch ganz hinten, weit weg von diesen Verrückten.«

Daraufhin regte sich unter selbigen lautstarker Protest, doch ich hob sofort die Hand, um Kip und seine Lehrerkollegen daran zu hindern, uns noch weiter auf die Pelle zu rücken. »Ich sage es nicht noch mal, Kip. Macht uns Platz. Sarah ist nicht hier, um Autogramme zu geben. Sie möchte zu Abend essen.«

»Wer ist Sarah?«

Ich knirschte mit den Zähnen und verstärkte meinen Griff um ihre Schultern. »Sienna. Ich meine Sienna. Ihr müsst euch jetzt wirklich alle wieder hinsetzen. Es werden keine Servietten mehr signiert.«

Die Leute murrten enttäuscht, als hätte man ihnen ein fundamentales Menschenrecht verwehrt, doch dann übertönte Siennas glockenhelle Stimme das Gewirr: »Vielen Dank für den herzlichen Empfang und Ihre Begeisterung für mich und meine Arbeit. Ich fühle mich wirklich geehrt. Aber bevor ich weitere Autogramme gebe oder Fotos mache, muss ich dringend was essen. Ich habe nämlich einen Bärenhunger.«

»Sagen Sie diesen einen Satz aus dem Film!«, unterbrach jemand sie rüde, was meinen Blutdruck noch weiter ansteigen ließ.

Ich sah sie an. Sie lächelte ihren Fans zu und ließ ihre Grübchen blitzen. Mit einigem Unbehagen stellte ich fest, dass es genau dasselbe

Lächeln war, bei dessen Anblick ich mich kurz zuvor wie der König der Welt gefühlt hatte. Sie versprühte ihren Charme und verzauberte die Menge, so wie sie mich verzauberte, wann immer ich in ihrer Nähe war.

»Ich verspreche Ihnen, dass ich mir nach dem Essen Zeit nehmen werde, um alle Ihre Servietten zu signieren«, sagte sie mit einem Augenzwinkern in Richtung Kip, was diesem prompt die Röte ins Gesicht trieb. »Aber jetzt muss ich erst mal eins dieser Steaks probieren, von denen ich schon so viel gehört habe.«

Sie hatte alle in ihren Bann geschlagen und gab weitere Zusicherungen ab, während sie mich hinter sich her zu Hannah und dann weiter in Richtung Küche zog, wo man für uns einen Tisch für zwei eingedeckt hatte. Unser Kellner war Deveron Stokes. Wir waren zusammen zur Schule gegangen und er war regelmäßiger Gast im Pink Pony. Er zog Sienna den Stuhl zurecht, bevor ich Gelegenheit dazu hatte, es selbst zu tun, schüttelte ihr die Serviette aus und legte die Hand auf ihre Stuhllehne, während er uns die Tagesgerichte aufzählte. Genauer: Er hatte die Hand auf ihrer Stuhllehne liegen, bis er meinen Blick sah. Danach nahm er sie ganz schnell wieder weg, vermutlich weil ich ihm mit diesem Blick kommunizierte, dass ich ihm besagte Hand abschneiden würde, sollte sie noch einmal in Siennas Nähe kommen.

Er räusperte sich nervös und schenkte mir ein steifes Lächeln. »Dich hat man ja seit Jahren nicht mehr mit einer Frau gesehen, Jethro. Nicht seit Kitty Carlisle in der Elften.«

Ich schenkte diesem völlig unangemessenen Kommentar keine Beachtung, sondern sagte gepresst: »Wie wäre es, wenn du uns die Weinkarte bringst, Deveron? Und ein bisschen Privatsphäre wäre auch ganz nett.«

»Äh, ja, natürlich. Bin sofort wieder da.«

»Lass dir Zeit.« Als er weg war, sah ich Sienna an. Mir schwirrte der Kopf. Auch sie kam mir auf einmal fremd vor.

Ich sah, wie sie schluckte, mich musterte und sich dabei auf die Innenseite der Wange biss. »Und? Wie kommst du damit klar?«, fragte sie, als wäre ich derjenige, der beinahe von meinen Nachbarn zerquetscht worden wäre.

»Es tut mir wirklich leid.« Ich machte eine Handbewegung in Richtung Gastraum. »Ich hätte niemals gedacht, dass sie so …«

»Keine Bange, ich bin es gewohnt, dass die Leute mich bedrängen. Das passiert mir andauernd.«

»Das passiert dir andauernd?«

Kaum dass ich ihre Worte wiederholt hatte, schien sie sie zu bereuen, denn sie machte ein betroffenes Gesicht und schluckte abermals. »Na ja, nicht andauernd. Nur wenn ich in der Öffentlichkeit unterwegs bin.«

»Oh«, machte ich einfältig.

»Außer bei dir. Du hast mich nie bedrängt.« Sienna schenkte mir ein zartes, hoffnungsvolles Lächeln und streckte die Hand über den Tisch, damit ich sie ergriff.

Doch bevor ich das tun konnte, kam Deveron mit dem Brot, allerdings ohne die Weinkarte zurück.

»Ich hatte mir ja wirklich vorgenommen, mich zusammenzureißen und Sie nicht anzusprechen …«

»Dann solltest du deinen Vorsatz auch einhalten«, knurrte ich.

Er ignorierte mich und fuhr fort: »Aber ich muss Ihnen einfach sagen, wie großartig ich Ihre Filme finde. Und Sie sind auch großartig. Und in echt noch viel schöner als auf der Leinwand.«

Sienna zog ihre Hand weg und ich sah, wie sie eine Maske aufsetzte, ehe sie sich Deveron zuwandte und sich mit einem höflichen Lächeln für die netten Komplimente bedankte.

Währenddessen konnte ich an nichts anderes denken als daran, dass ich ihm später irgendwo auflauern würde, um ihm für sein anmaßendes, unverschämtes Benehmen einen Denkzettel zu verpassen. Ich biss ganz fest die Zähne zusammen. Diese plötzlichen Aggressionen kamen nur daher, dass die Situation so ungewohnt für mich war. Die Ereignisse der letzten Minuten hatten mich kalt erwischt.

Ich hatte mich auf ein schönes, ruhiges Abendessen mit ihr gefreut.

Noch vor zehn Minuten hatte ich Pläne für unsere gemeinsame Zukunft geschmiedet und darüber nachgedacht, wie es wohl wäre, jeden Abend nach der Arbeit zu ihr nach Hause zu kommen.

Und jetzt …

Jetzt wurde mir auf einmal bewusst, dass ich nicht die geringste Ahnung hatte, wer diese Frau war.

Kapitel 10

Jethro

Der Abend wurde nicht besser.

Wir bekamen keine Gelegenheit mehr, uns wirklich miteinander zu unterhalten. Obwohl man uns in die Küche gesetzt hatte – mit anderen Worten: tolle Atmosphäre –, hatten wir keine ruhige Minute. Die Köche kamen zu uns, dann der Restaurantmanager, dann sämtliche Servicekräfte. Jeder wollte ein Selfie mit Sienna machen und ein Autogramm von ihr haben. Am Ende hatten wir drei Stunden am Tisch gesessen und sie hatte nicht mehr als drei Bissen hinuntergebracht.

Ich fühlte mich vollkommen machtlos. Sienna hingegen wirkte wie ein Fisch im Wasser. Sie wechselte mit allen freundliche Worte, als wäre das ihr Job, und gab jedem, der zu ihr kam, das Gefühl, etwas Besonderes zu sein. Na ja, in gewisser Weise *war* das wohl auch ihr Job. Und was soll ich sagen? Sie war ein Naturtalent.

Als wir endlich ins Auto stiegen, waren all meine Fahrkünste gefragt, weil sich einige besonders hartnäckige Fans an unsere Fersen hefteten. Erst auf dem Forstweg, der nur für Ranger zugänglich war, gelang es mir, unsere Verfolger abzuschütteln. Vorsichtshalber schloss ich auch noch die Schranke hinter uns, damit uns niemand bis zu Hanks Haus am Bandit Lake folgen konnte. Bestimmt wollte Sienna nicht, dass jemand wusste, wo sie wohnte.

Erst als wir allein waren, gestattete ich mir einen Seufzer der Erleichterung.

»Es tut mir leid«, sagte sie abermals.

Ich sah sie an. Es waren ihre ersten Worte, seit wir ins Auto gestiegen waren. Wahrscheinlich hatte sie instinktiv begriffen, dass ich mich ganz aufs Fahren konzentrieren musste, und daher bis jetzt geschwiegen. Sie sah sehr betroffen aus. Und besorgt.

»Warum tut es *dir* leid? Du warst ja nicht diejenige, die in den letzten vier Stunden immer wieder dein eigenes Abendessen gestört hat. Bist du überhaupt satt geworden?«

»Es tut mir leid, dass unser Date nicht so gelaufen ist wie geplant. Es tut mir leid, dass ich den Leuten nicht gesagt habe, sie sollen uns in Ruhe lassen. Ich hätte es klar und deutlich sagen müssen. Ich hätte –«

»Nein. Das sind erwachsene Männer und Frauen. Sie hätten es besser wissen müssen. Du warst einfach nur höflich zu ihnen.«

»Ich wusste nicht, was ich tun soll. Sie schienen dich ja alle zu kennen.«

»Ja, ich kenne diese Bekloppten schon fast mein ganzes Leben. Aber ich hätte nie gedacht, dass sie so durchdrehen würden.«

Das brachte sie zum Lachen. Aber mir war es bitterernst.

»Ich wollte deinen Nachbarn und Freunden gegenüber einfach nicht unhöflich erscheinen.«

Ich nickte und warf einen Blick in den Rückspiegel, um mich zu vergewissern, dass uns auch wirklich keiner gefolgt war, ehe ich auf den Schotterweg um den Bandit Lake abbog. »Ich verstehe das, und das war wirklich rücksichtsvoll von dir, aber fürs nächste Mal hast du meine Erlaubnis, sie zum Teufel zu jagen.«

Das schien sie zu beruhigen. »Okay. Mache ich.«

Wir bogen in Hanks Einfahrt ein und ich stellte den Motor aus. Ich nahm mir einen Moment Zeit, die Stille zu genießen. Im Restaurant war es so laut gewesen, dass die Ruhe sich nun wie das reinste Geschenk anfühlte.

»Das nächste Mal gehen wir irgendwohin, wo keine Menschen sind.« Sie rutschte auf ihrem Sitz hin und her und lenkte dadurch meine Aufmerksamkeit auf sich. Sie schenkte mir ein schmeichelndes

Lächeln. Ich versuchte dieses Lächeln zu deuten, konnte mich aber nicht recht entscheiden, ob es echt oder aufgesetzt war.

Und dieser Gedanke bedrückte mich. Ich war gut darin, andere Menschen und ihre Absichten zu durchschauen, aber nur, wenn ich emotional nicht zu stark involviert war. Sobald ich jemanden wirklich mochte, fiel es mir schwer, meine Wunschvorstellungen von der Realität zu unterscheiden.

Ohne etwas zu sagen, stieg ich aus, ging zur Beifahrerseite und öffnete die Tür für sie. Ich bot ihr meine Hand, die sie nahm und mit eisernem Griff festhielt. Noch immer in Gedanken, begleitete ich sie die Stufen zur Veranda hinauf, während ich überlegte, ob ich sie bitten sollte, noch mit reinkommen zu dürfen.

In erster Linie wollte ich mit ihr reden. Ich war von den Ereignissen des Abends völlig überfahren worden und hätte eine nachträgliche Spielanalyse als sehr nützlich empfunden. Außerdem war da nach wie vor dieses Gefühl, sie nicht zu kennen – jedenfalls nicht mehr oder nicht wirklich. Und das wollte ich loswerden, bevor ich mich für den Abend von ihr verabschiedete. Ich drehte mich zu ihr um, fasste sie bei den Armen, weil ich die körperliche Verbindung zu ihr brauchte, und setzte an.

»Sienna, hör zu, ich hatte gehofft –«

Doch weiter kam ich nicht, denn in diesem Moment ging die Haustür auf und eine dunkle Gestalt trat ins Freie. Sie hatte eine Pistole in der Hand.

Also tat ich, was jeder getan hätte, der gerade einen Abend wie ich erlebt hatte. Ich schob Sienna hinter mich und drosch dem Angreifer kurzerhand die Faust ins Gesicht. Während er zu Boden ging, kickte ich mit dem Fuß die Waffe weg. Der Mann landete hart und mit einem hörbaren Ächzen auf der Veranda.

»Nicht aufstehen«, warnte ich ihn, ehe ich hinter meinem Rücken nach Sienna tastete, um mich davon zu überzeugen, dass mit ihr alles in Ordnung war. Ich hatte ein Messer im Stiefel und wollte es gerade ziehen, als der Mann das Wort ergriff.

»Ich bin's, Dave«, nuschelte er. Ich kannte seine Stimme, wusste sie aber nicht gleich einzuordnen. Er stöhnte. »Ich glaube, Sie haben mir die Nase gebrochen.«

»Oh nein!« Sienna lief zu Dave und kniete sich neben ihn. »Solltest du dich nicht lieber aufsetzen? Warte, ich hole Eis.«

»Wer ist Dave?«, fragte ich. Idiotischerweise ärgerte ich mich über den Kerl, weil er einfach aus dem Haus gekommen war und sich von mir hatte niederschlagen lassen. Zugegeben, in erster Linie galt meine Wut dem Umstand, dass sich überhaupt ein anderer Mann in Siennas Haus aufhielt. Dass ich ihn niedergeschlagen hatte, fiel da nicht weiter ins Gewicht.

»Dave. Ihr seid euch doch heute begegnet. Er hat mich zu deinem Wagen begleitet«, erklärte Sienna hastig, ehe sie aufsprang und ins Haus lief, vermutlich um das angekündigte Eis zu holen.

Zwei weitere Kleiderschränke erschienen in der Tür. Beide hatten Pistolen in der Hand und beide zielten damit auf mich.

»Was soll der Scheiß?«, fauchte ich. So langsam war mein Limit erreicht.

»Nehmen Sie die Hände hoch, Sir«, befahl der Größere der beiden.

»Ihr könnt mich mal.«

Meine Antwort schien den Mann nicht zufriedenzustellen. Er machte drohend einen Schritt nach vorn, als wolle er notfalls mit Gewalt dafür sorgen, dass ich seinem Befehl Folge leistete, als Dave – der immer noch am Boden lag – den Mann am Hosenbein zog.

»Warte. Nicht. Das ist Jethro, der Ranger, von dem ich dir eben erzählt habe. Er hat Sienna nur nach Hause gebracht.«

Mein Blick sprang zwischen den drei Männern hin und her. Jetzt begriff ich, was Sienna gemeint hatte, als sie gesagt hatte, Dave sei ein »Kollege«: Er und die anderen beiden waren ihre Bodyguards. Sie war eine Frau, die drei persönliche Leibwächter besaß. Drei.

Alle Gedanken daran, noch mit ins Haus zu kommen, verpufften schlagartig.

»Entschuldige, Jethro«, sagte Dave. »Ich habe draußen was gehört.

Ich hätte vorher Licht machen sollen, mein Fehler. Tut mir leid, dass ich euch gestört habe.«

Ich sah ihn lange an, wie er am Boden lag und sich die Nase hielt. Die Wirkung des Adrenalins in meinem Körper ebbte langsam ab. Jetzt war mir nur noch kalt, ich war müde und fühlte mich mies, weil ich ihn ohne Grund geschlagen hatte.

»Nein, mir tut es leid.« Ich trat vor und bot ihm meine Hand. »Nimm den Kopf in den Nacken, aber setz dich auf. Und du da.« Ich deutete auf den kleineren seiner zwei Kollegen. »Hol ein paar Taschentücher oder eine Serviette – irgendwas, womit wir die Blutung stillen können.«

Sienna erschien wieder auf der Veranda, gerade als der Mann im Haus verschwand, um meine Anweisungen auszuführen.

»Alles in Ordnung, Dave?«, fragte sie voller Sorge.

»Mir geht's gut.«

Ich nahm ihr den Eisbeutel aus der Hand und hielt ihn Dave vorsichtig an die Nase. »Gut so?«

»Ja. Danke, Mann.«

Ich erwiderte nichts. Schließlich war es meine Schuld, dass er sich überhaupt in dieser Lage befand. Stattdessen zückte ich mein Handy, um eine SMS an unseren Hausarzt Luke Thurstan zu tippen. Er würde nächstes Jahr in Rente gehen, machte aber immer noch Hausbesuche.

»Ich habe die Nummer von unserem Doc, ich schreibe ihm schnell eine Nachricht. Das sollte sich auf jeden Fall jemand ansehen.«

Dave lachte leise. »Ich weiß. Ist nicht das erste Mal, dass ich eins auf die Nase bekomme.«

»Ja. Kann ich mir denken.« Wider Willen musste ich schmunzeln.

»Das war Henry.« Dave deutete hinter sich in die Richtung des Kollegen, der im Haus verschwunden war, um die Taschentücher zu holen. Dann zeigte er auf den Mann, der noch neben uns stand. »Und der hier ist Tim.«

Ich gab Tim die Hand.

»Tut mir leid wegen eben«, entschuldigte sich dieser.

»Du hast bloß deinen Job gemacht.«

Ein Moment des Schweigens trat ein und meine Aufmerksamkeit wanderte wieder zu Sienna. Sie stand mit großen Augen in der Tür, knetete ihre Finger und schien sich schon wieder auf die Innenseite ihrer Wange zu beißen.

»Also …« Ich rieb mir den Nacken und versuchte meinen Frust mit einem schiefen Grinsen zu überspielen. Ich fürchte, es sah eher wie eine Grimasse aus.

»Willst du noch mit reinkommen?« Sie stieg über Daves Beine hinweg und trat zu mir auf die Veranda.

»Nein, danke«, sagte ich, und das war eine ehrliche Antwort. Ich wollte nur noch so schnell wie möglich weg von hier.

Es lag nicht daran, dass diese drei Kerle ihre Leibwächter waren oder dass sie so berühmt war, dass meine Nachbarn bei ihrem Anblick Verstand und Manieren vergaßen. Es lag daran, dass die Chance, jetzt noch ungestört Zeit mit ihr zu verbringen, gleich null war. Und nach dem Abend, den ich hinter mir hatte, wollte ich alles, nur kein Publikum.

Meine Momma hatte immer behauptet, dass Männer im Gegensatz zu Frauen sehr viel schlechter damit zurechtkamen, wenn die Dinge nicht nach Plan liefen. Wie recht sie damit gehabt hatte. Ich selbst war keine Ausnahme. Ich hatte mir so viel für den Abend vorgenommen, so viele Hoffnungen in ihn gesetzt. Ich fand diese Frau wirklich sympathisch. Die Begegnung mit ihr war mir wie der Anfang eines neuen Kapitels vorgekommen: eine Belohnung, ein Geschenk für die letzten fünf Jahre, in denen ich anständig geblieben war. Doch am Ende war nichts so gekommen, wie ich es mir ausgemalt hatte. Nicht nur, dass unser Essen im Front Porch eine totale Katastrophe gewesen war; ich hatte mir fest vorgenommen, ihr zum Abschied noch einen Gutenachtkuss zu geben, und nicht einmal daraus würde nun etwas werden, weil wir Zuschauer hatten. Und ein züchtiger kleiner Schmatzer auf die Wange kam für mich nicht infrage.

Unter. Gar. Keinen. Umständen.

Sie sah mich lange an, als wolle sie noch etwas sagen, aber dann ging ihr Blick zu den beiden Männern, einer stehend, der andere am Boden sitzend. Sie schloss die Augen und lachte freudlos auf.

»Es tut mir so leid.«

Ich konnte es kaum ertragen, dass sie sich andauernd entschuldigte.

»Hör auf, dich zu entschuldigen.« Ich wollte sie in die Arme nehmen, hielt jedoch mitten in der Bewegung inne. Wir waren nicht allein.

»Ich weiß nicht, was ich sonst noch sagen soll«, flüsterte sie und beugte sich zu mir; ihre wunderhübschen dunklen Augen verrieten ihr Bedauern.

»Du musst gar nichts sagen.« Ich lächelte und achtete darauf, dass es von Herzen kam. »Geh ins Bett und schlaf dich aus. Und sorgt dafür, dass seine Nase aufhört zu bluten.«

»Hat schon aufgehört«, verkündete Dave und erinnerte uns daran – nur für den Fall, dass wir es vergessen haben sollten –, dass er und Tim immer noch da waren.

Ich presste die Lippen aufeinander, machte kehrt und ging langsam die Verandastufen hinunter. Die Enttäuschung lag mir schwer im Magen.

Ich wünschte ...

In meinem Kopf herrschte ein einziges Durcheinander.

Ich wünschte, ich hätte schon früher gewusst, wie berühmt sie war. Dann wäre ich mit ihr niemals ins Front Porch gefahren, sondern hätte einen Ort ausgesucht, an dem wir wirklich allein hätten sein können – nicht, um die Situation auszunutzen, sondern damit wir ungestört reden und einfach wir selbst sein konnten.

Andererseits: Wenn ich früher gewusst hätte, wie berühmt sie war, hätte ich mir gar nicht erst erlaubt, Gefühle für sie zu entwickeln. Ihr Status als Hollywoodstar machte jede Beziehung zwischen uns auf Dauer unmöglich. Und an allem anderen war ich nicht interessiert. Nicht mehr.

Siennas leises »Jethro?« ließ mich noch einmal innehalten.

Ich wandte mich um und begegnete ihrem suchenden Blick. Sie

stand oben an den Stufen. Hinter ihr half Tim Dave gerade beim Aufstehen.

»Ja?«

»Wir sehen uns doch morgen, oder? Morgen früh? Du holst mich doch ab?«

»Ja. Natürlich«, antwortete ich sofort. Ich war durcheinander, frustriert und vollkommen überfordert, aber ich war nicht so dumm, eine Gelegenheit auszuschlagen, Zeit mit ihr zu verbringen. Mag sein, dass sie nicht Sarah, sondern Sienna hieß und ein großer Name im Filmgeschäft war – für mich war sie immer noch Grübchen-und-Wimpern.

»Gute Nacht, Sienna«, sagte ich und lächelte sanft, auch wenn es mich einige Mühe kostete.

»Gute Nacht, Jethro.« Sie hingegen brachte kein Lächeln zustande, und sie sah mich auch nicht an. Ich hatte den Eindruck, dass sie mit den Tränen kämpfte. Plötzlich schlug mir das Herz bis zum Hals.

Doch ehe ich die Stufen wieder hochgehen und sie, neugierige Bodyguards hin oder her, in die Arme nehmen konnte, drehte sie sich um, verschwand im Haus, schloss die Tür hinter sich und schob den Riegel vor.

Ich blieb zurück und starrte Hank Wellers geschlossene Haustür an.

Tja … »Scheiße.«

Ich vergrub die Hände in den Hosentaschen, damit ich auf dem kurzen Weg zum Truck nicht der Versuchung nachgab, meine Wut an einer Eiche oder einem Brombeerstrauch auszulassen. Sobald ich im Auto saß, Motor an, Sicherheitsgurt eingerastet, Hände am Lenkrad, überlegte ich, was für Möglichkeiten ich hatte.

»Was für ein beschissenes Chaos.«

Ich fuhr los, gab allerdings nur wenig Gas. Ich wollte nicht mit quietschenden Reifen aus der Einfahrt schießen. Weil mir auf einmal viel zu warm war, zerrte ich mir den Pullover über den Kopf und bog dann nach rechts auf den Rundweg um den See ein.

Mir war klar, was ich jetzt tun musste. Ich musste zum Pink Pony fahren und mir von Hank Weller die Fakten geben lassen. Dann musste ich Sienna Diaz googeln und in Erfahrung bringen, worauf zum Geier ich mich da eingelassen hatte.

• • •

»Jethro.«

»Hank.« Ich blickte an ihm vorbei auf die Wand voller Whiskyflaschen. Das Pink Pony mochte ein Striplokal sein, aber Hank hatte weit und breit die beste Auswahl an Tennessee Rye. »Ich nehme einen George Dickel pur.«

»Geht klar.« Hank musterte mich neugierig, vermutlich weil ich seit Langem praktisch keinen Alkohol mehr getrunken hatte.

»Also, Jet, wo brennt's?«, fragte er, als er das Glas mit der bernsteinfarbenen Flüssigkeit vor mich hinstellte. »Warum bist du hier?«

Die Frage war berechtigt. Normalerweise schneite ich nicht unangemeldet im Pony vorbei, und schon gar nicht abends, wenn der Club geöffnet hatte.

»Ich muss mit dir über deinen Hausgast reden.«

Hank hielt inne. Etwas Vorsichtiges, geradezu Argwöhnisches trat in seinen Blick. »Was ist mit ihr?«

Wenn ich wollte, dass Hank mir etwas über sie sagte, würde ich im Gegenzug wohl auch etwas preisgeben müssen. Das entsprach nicht meinem Naturell. Normalerweise redete ich mit niemandem über meine Privatangelegenheiten, jedenfalls nicht über das Allernötigste hinaus. Aber ich mochte Sarah und war noch nicht bereit, sie aufzugeben. *Sienna.*

Also schob ich notgedrungen meine Vorbehalte beiseite und sagte: »Ich weiß, wer sie ist, auch wenn sie bis zu unserem Date heute Abend gewartet hat, um es mir zu sagen.«

Seine Augen wurden groß. »Du? Du und Sienna? Ihr hattet ein Date?«

»Jep.«

»Du? Ein Date? Nicht nur eine schnelle Nummer oder so? Ein richtiges Date mit Abendessen?«

Ich knirschte mit den Zähnen. »Ja.«

»Aber du hattest keine Frau mehr seit –«

»Seit über fünf Jahren, ja, ich weiß.«

»Noch länger, wenn wir von Dates reden. Wann war das letzte Mal? Auf der Highschool? Beim Abschlussball?«

War eigentlich jeder in dieser Stadt auf einmal zu einem gottverdammten Klatschmaul mutiert?

»Ich habe die Schule nach der Elften abgebrochen, aber ja, kann sein, dass du recht hast. Wenn man es genau nimmt, bin ich zum letzten Mal auf der Highschool mit einem Mädchen ausgegangen.« Und nicht zum ersten Mal wünschte ich mir, ich würde nicht in einer Kleinstadt leben.

»Aber Frauen gab es ja seitdem genug«, stellte Hank fest.

»In letzter Zeit keine«, berichtigte ich ihn.

Hank sah mich von der Seite an. »Tut mir leid, falls ich auf ein totes Pferd eindresche, aber bist du dir auch wirklich sicher, dass es ein Date war? Sie hat nämlich die Angewohnheit, mit Männern auf Dates zu gehen, ohne diese Dates als Dates zu bezeichnen.«

Ein Hauch von Bitterkeit in seinem Tonfall ließ mich aufhorchen. Ich musterte meinen Geschäftspartner und sah den höhnischen Zug um seine Lippen. Er war kein Mensch negativer Emotionen. Er hatte bisweilen etwas Durchtriebenes – so ähnlich wie Cletus –, aber für gewöhnlich war er ein umgänglicher, leutseliger Typ.

»Du und Sienna?«, riet ich

Als er nickte, sackte mir der Magen bis in die Kniekehlen.

Ich beschloss, mich zu setzen. »Mach aus dem nächsten einen doppelten.«

Er lächelte dünn. »Wenn du dich damit besser fühlst: Es ist schon lange her, und wir sind nie übers Küssen hinausgekommen – trotz redlicher Bemühungen meinerseits.« Das Letzte fügte er halblaut hinzu.

»Keine Ahnung, ob ich mich damit besser fühle.« Ich schüttelte den

Kopf und starrte auf den Bartresen. »Ich weiß auch gar nicht, ob ich mich besser fühlen *will*.«

Hank goss mir meinen doppelten Whisky ein und stellte ihn neben den ersten. »Hast du sie schon gegoogelt?«

Ich schüttelte den Kopf.

»Tu's lieber nicht. Lass dir nur gesagt sein, dass sie momentan eine von den ganz Großen ist. Sie ist ein echter Star und hat jede Woche einen neuen Freund, allesamt irgendwelche Schönlinge aus Hollywood. Aber davor war sie auch schon keine Kostverächterin – damals auf dem College, ehe sie ihr Studium abgebrochen hat, um Sienna Diaz zu werden. Sie ist blitzgescheit, hat einen tollen Humor, ist wunderschön und wahnsinnig talentiert. Mit ihrem Charme könnte sie selbst einen katholischen Priester schwach machen. Sie ist eine Hammerfrau, aber für sie zählt nur die Karriere. Ich kenne sie seit sechs Jahren und habe noch nie erlebt, dass sie irgendwas oder irgendwen so ernstgenommen hätte wie ihren Beruf. Erst letzte Woche habe ich sie gefragt, ob sich inzwischen etwas für sie geändert hat. Ob sie vorhat, in nächster Zeit sesshaft zu werden.«

»Und was hat sie geantwortet?« Ich konnte meine perverse Neugier nicht unterdrücken.

»Sie sagte, um sesshaft zu werden, müsse man zu viele Kompromisse eingehen, und dazu hätte sie keine Lust.« Er grinste schief.

Ich nahm die Information mit einem Nicken zur Kenntnis und zwang mich, Hank zu glauben, auch wenn ich mir wünschte, er hätte etwas anderes gesagt.

»Ärgerst du dich, weil sie so viele Männer hatte, oder weil ich einer davon war?«, fragte Hank trocken.

»Weder noch«, antwortete ich, nahm den doppelten Whisky und kippte ihn mit einem Schluck hinunter. Er brannte, aber es war ein gutes Brennen.

Ich war nicht verärgert, weil sie was mit Hank gehabt hatte. Und es störte mich auch nicht, dass sie eine ganze Armee von Verehrern zu haben schien. Meine Niedergeschlagenheit rührte daher, dass ich mich bereits emotional mit einer Frau verbunden fühlte, die dafür bekannt war, keine emotionalen Verbindungen einzugehen. Ich hatte Gefühle investiert – vielleicht war mir bis zu diesem Zeitpunkt gar nicht klar gewesen, wie viele. Ich hatte Pläne geschmiedet, auch wenn ich sie als Wünsche bezeichnet hatte. Und sie? Sie hatte keinerlei Interesse an einer ähnlichen Investition – aus Prinzip nicht, wie ich soeben erfahren hatte.

»Gib mir nach dem hier bitte keinen mehr.« Ich zeigte auf den Whisky, der noch auf dem Tresen stand. »Ich muss morgen früh raus.«

»Geht klar.« Hank verschränkte die Arme vor der Brust. In seiner Miene spiegelte sich Unsicherheit. »Sie ist kein schlechter Mensch, Jet. Sie ist wirklich in Ordnung und eine tolle Freundin. Sie flirtet einfach nur gern, sie kann nicht anders.« Er schwieg eine Weile, dann setzte er hinzu: »In der Hinsicht erinnert sie mich ein bisschen an dich.«

Ich hob den Blick. »Wie meinst du das?«

»Nicht daran, wie du jetzt bist, obwohl du immer noch gern flirtest – manchmal ohne es überhaupt zu merken. Inzwischen dosierst du es einfach besser. Früher hast du rechts und links Herzen gebrochen, ohne dich darum zu kümmern, dass du einen Pfad der emotionalen Verwüstung und enttäuschten Hoffnungen hinterlässt. Das hast du mit Sienna gemeinsam, nur dass du aus dieser Phase rausgewachsen bist.«

»Und sie nicht«, beendete ich seinen Gedankengang.

Hank nickte mitfühlend. »Nein. Sie nicht. Wahrscheinlich ist ihr das selbst gar nicht bewusst. Wie gesagt, sie ist ein anständiger Mensch, und sie hat ein großes Herz. Vielleicht ist das sogar Teil ihres Problems. Die Menschen werden von ihrem großen Herzen und ihrer großen Ausstrahlung magisch angezogen.« Er zuckte die Achseln, um dann mit einem Grinsen hinterherzuschieben: »Und von anderen großen Dingen.«

Dafür hätte ich ihm am liebsten die Faust ins Gesicht gerammt.

Aber das stand mir nicht zu.

Letzten Endes war ich genauso schlimm wie er, denn ich hatte an diesem Abend stundenlang besagte große Dinge bewundert. Ich hatte mir ausgemalt, wie es wäre, mit ihr zu schlafen, wie sie schmecken, welche Geräusche sie dabei machen würde. Jetzt würde all das eine Fantasie bleiben, ein *Was wäre wenn ...*, eine enttäuschte Hoffnung.

Ich drehte das Glas auf dem Tresen hin und her, starrte in die goldgelbe Flüssigkeit und überlegte, was ich jetzt tun sollte.

Doch schon bald wurde mir klar, dass ich nichts tun konnte. Ich hatte Luftschlösser gebaut. Sienna betrachtete mich ganz offensichtlich nur als ein Abenteuer. Wie hätte es auch anders sein sollen? Die weltberühmte, einzigartige, verführerische Sienna Diaz konnte jeden haben, den sie wollte. Sie und der Ranger Jethro Winston aus einem Kaff in Tennessee? Nein. Das würde niemals funktionieren.

Ich war nichts weiter als ein Pausenfüller.

»Tut mir leid, Jet. Aber schlag sie dir lieber aus dem Kopf.«

Ich ließ den Whisky stehen, griff nach meiner Brieftasche und legte einen Zwanziger auf den Tresen.

»Danke für die Infos.«

»Willst du deinen Drink nicht mehr?«

»Nein. Nimm du ihn. Ich muss morgen früh im Vollbesitz meiner geistigen Kräfte sein, wenn ich den Tag überleben will, ohne mich wie der letzte Arsch zu benehmen.«

»Deine Tage als Arsch liegen hinter dir.« Hanks Ton war zugleich besorgt und aufmunternd.

»Mach dir um mich mal keine Sorgen.«

Doch ich sah ihm an, dass er sich sehr wohl Sorgen um mich machte, und seine nächsten Worte bestätigten dies. »Jethro, du bist beileibe keine Ausnahme. Sie hat auf alle Menschen diese Wirkung. Du bist nur einer von vielen. Mach dich deswegen nicht fertig, das hattest du ja nicht wissen können.«

Falls er mich aufheitern wollte, hatten seine Worte genau den gegenteiligen Effekt. Danach war meine Stimmung nur noch mieser. Aber das war schon in Ordnung. Vielleicht war dies meine gerechte Strafe für die Sünden der Vergangenheit.

Karma war eine blöde Sau.

Aber es hätte trotz allem schlimmer kommen können. Allzu weit war die Sache mit Sienna noch nicht gediehen. Ich konnte immer noch einen Rückzieher machen. Und genau das würde ich auch tun. Und dann würde sich alles wieder einrenken.

Kapitel 11

Sienna

Nichts war mehr wie zuvor.

Ich spürte es, kaum dass ich ihn am nächsten Morgen wiedersah. Irgendwie hatte sich die Dynamik zwischen Jethro und mir über Nacht vollkommen verändert. Ich zögerte einen kurzen Augenblick, dann trat ich von der Veranda und ging zu seinem Truck, wo er auf mich wartete.

Wie üblich öffnete er die Beifahrertür für mich und sein Lächeln war noch genauso schön wie am Tag zuvor, nur nicht mehr so offen und deutlich distanzierter. Er hatte eine Mauer errichtet. Mir war nach Weinen zumute.

»Morgen, Sienna«, sagte er. Er klang wie immer und bot mir auch wie immer seine Hilfe beim Einsteigen an. Doch statt unsere Finger miteinander zu verschränken, zog er seine Hand zurück und warf die Tür zu, kaum dass ich saß.

Ich sah, wie er mit eiligen Schritten um den Truck herumging. Ich bewunderte seinen Gang und seine Körperhaltung, aus der ein ungekünsteltes Selbstbewusstsein sprach. Ich entschied – nein: ich hoffte verzweifelt –, dass ich überreagierte. Vielleicht ließ ich mich zu sehr von meinen Sorgen und Unsicherheiten beeinflussen.

Ich hatte am Abend zuvor nämlich keine innere Mauer errichtet. Ich war einfach auf mein Bett gefallen, nachdem der Arzt gegangen war, und hatte angefangen zu weinen. Und nein – ich machte nicht aus einer Mücke einen Elefanten. Sicher, die Tränen mochten zum Teil auch meiner geistigen Erschöpfung geschuldet sein; ich hatte die letzten vier Jahre nie mehr als sechs Stunden pro Nacht geschlafen und praktisch jede wache Minute gearbeitet. Da konnte so etwas schon mal passieren. Aber Fakt war: Ich mochte diesen Mann. Sehr sogar. Mehr als ich jemals einen anderen Mann gemocht hatte. Er hatte bereits einen festen Platz in meinem Herzen, denn selbst die kurzen, beiläufigen Begegnungen mit ihm hatten mich mit neuer Kraft und Energie erfüllt. Ich konnte mich gar nicht mehr daran erinnern, wann ich mich in Gegenwart eines Mannes zuletzt so wohlgefühlt hatte. Vielleicht noch nie.

Er war wie ein Akkuladegerät für mein Herz und mein Hirn. Das wollte ich nicht loslassen. *Ihn* wollte ich nicht loslassen.

»Tut mir leid, ich bin ein bisschen spät dran«, sagte er, als er sich mit der selbstverständlichen Eleganz eines Mannes, der täglich körperliche Arbeit verrichtet, auf seinen Sitz schwang. »Ich glaube, zwei der Lehrer von gestern Abend haben sich heute früh an meine Fersen geheftet. Die musste ich erst loswerden.« Er lachte, und es klang kein bisschen gekünstelt.

Und das – diese unverstellte Belustigung, der kleine Scherz über eine frühmorgendliche Verfolgungsjagd – war für mich, als würde der letzte Nagel in einen Sargdeckel geschlagen. Und in diesem Sarg lag das, was aus uns beiden hätte werden können.

Ich starrte auf sein Profil, als er den Motor anließ. Mir war bewusst, dass ich bisher noch kein Wort zu ihm gesagt hatte. Ich benahm mich schon wieder merkwürdig, aber das war mir egal.

Jethro räusperte sich. Sein Blick ging kurz zu mir, dann sah er gleich wieder weg. Er deutete auf den Becherhalter zwischen uns und meinte im Plauderton: »Du vergisst ständig deinen Thermobecher bei mir im Truck. Ich habe einen Abstecher zu Daisy's gemacht und ihn auffüllen lassen. Und, äh ... ich habe dir auch einen Donut mitgebracht.«

Ich betrachtete meinen Hello-Kitty-Becher und die kleine Pappschachtel daneben.

»Danke«, sagte ich, frustriert mit mir selbst und mit ihm und mit der ganzen Situation.

»Keine Ursache«, antwortete er stirnrunzelnd.

Mehrere Minuten vergingen, ohne dass wir etwas sagten. Ich schlürfte meinen Kaffee, rührte den Donut jedoch nicht an. Ich starrte auf den Deckel meines Bechers und beschloss, dass meine Selbstmitleidsorgie von gestern Nacht *mindestens* noch bis heute Abend weitergehen würde. Vielleicht sogar bis Halloween. Dann würde ich mich als I-Ah, den depressiven Esel aus *Pu der Bär*, verkleiden und die Leute könnten versuchen, mir den Schwanz anzuheften.

Ich war wirklich ein Esel. Ich hätte ihm von Anfang an die Wahrheit sagen sollen.

Er hielt an einer roten Ampel und blickte fragend zwischen mir und dem Donut hin und her.

»Magst du keine Donuts?«

»Meinen ersten Daisy-Donut habe ich mir irgendwie anders vorgestellt.«

»Wie denn?« Ich hörte das Lächeln in seiner Stimme.

Ich zuckte niedergeschlagen mit den Schultern. Dann sagte ich ganz ungefiltert das, was mir gerade durch den Kopf ging. »Na ja, wahrscheinlich habe ich mir vorgestellt, dass ich ihn in deiner Gegenwart esse, und dass du auch einen isst. Und vielleicht habe ich dann ein bisschen Creme oder Erdbeermarmelade an der Lippe. Du weist mich darauf hin, und ich versuche es mit der Serviette wegzuwischen, aber ich erwische nicht alles, und dann nimmst du mein Gesicht in beide Hände, die Kamera zoomt näher heran, und man denkt, du würdest die Marmelade gleich mit dem Daumen wegwischen – aber stattdessen beugst du dich zu mir und leckst sie ab.«

Nach diesem Geständnis senkte sich eine bleierne Stille über uns. Das *Klick-klick-klick* des Blinkers war das einzige Geräusch im Wagen.

Das Schweigen war zu drückend, zu bedeutungsschwer, zu sperrig. Also brach ich es.

»Entschuldige. Ich denke manchmal in Filmszenen.«

Er räusperte sich erneut und bog links ab. Ich riskierte einen Blick.

Er starrte mit finsterer Miene auf die Straße, als hätte diese gerade sein bestes Paar Cowboystiefel ruiniert.

»Sienna, ich glaube, wir müssen reden.«

»Sehe ich genauso.«

Er atmete geräuschvoll ein, doch bevor er anfangen konnte, sagte ich: »Es tut mir so leid, dass ich nicht von Anfang an ehrlich zu dir war. Als du mich nicht erkannt hast, da, also ... Es war so schön, einfach nur Sienna – beziehungsweise Sarah – sein zu können, nicht Sienna Diaz. Es kommt so selten vor, dass ich jemanden treffe, der nicht das Gefühl hat, mich zu kennen. Ich mochte das, und ich mochte *dich*, und ich weiß, dass das keine Entschuldigung für mein Verhalten ist. Es tut mir wirklich leid.«

»Ist schon gut.« Er schenkte mir ein aufmunterndes Lächeln. »Ich bin dir nicht böse. Ich meine, der Abend gestern hat mir die Augen geöffnet, das steht mal fest. Aber ich verstehe den Wunsch, jemand anders zu sein – nicht zu wollen, dass andere einen nur aufgrund der eigenen Vergangenheit beurteilen. Ich kann deine Sichtweise sehr gut nachvollziehen.«

Er war so mitfühlend. Sein Grinsen wurde breiter und mein Magen machte einen dieser ganz besonderen Salti, die ausschließlich für Ranger Jethro reserviert waren. »Ich mag dich auch.«

Ich hielt den Atem an und wartete auf das *Aber*, das in seinen Worten mitgeschwungen hatte. Gerade als ich dachte, dass es vielleicht doch nicht kommen würde, fuhr er fort.

»Aber in deinem Leben ist so viel los, da will ich nicht auch noch Ansprüche auf deine Zeit erheben.«

»Verstehe«, hauchte ich. Ich fühlte mich zurückgestoßen, innerlich ausgehöhlt, und hatte meinen Blick eisern auf den Deckel meines Bechers geheftet.

Irgendwo vollzog gerade jemand ein Voodoo-Ritual an meinem Herzen. Es tat so weh, dass ich kaum noch Luft bekam. Bis zu diesem Augenblick war mir gar nicht klar gewesen, wie sehr ich Ranger Jethro mochte. Aber jetzt war es zu spät. Er war zu dem Schluss gekommen, dass ich die Mühe nicht wert war, und jetzt wollte er mich so schonend wie möglich abservieren.

»Aber vielleicht können wir Freunde sein? Oder Bekannte, was immer dir lieber ist.« Wie er das sagte, klang so unaufdringlich, so bescheiden und zugleich so gönnerhaft, dass ich ihm am liebsten eine Ohrfeige verpasst hätte. Ich wollte ihn fragen, wieso ich ihm auf einmal so wenig bedeutete, wenn doch sein bisheriges Verhalten mir gegenüber etwas ganz anderes nahegelegt hatte.

»Freunde. Oder Bekannte«, echote ich und ließ mir die beiden Wörter auf der Zunge zergehen. Sie schmeckten ekelhaft.

»Es macht mir nichts aus, dich weiterhin mitzunehmen. Wir haben ja fast denselben Weg. Aber ich könnte es auch verstehen, wenn du künftig lieber selber fahren möchtest oder einer deiner Sicherheitsleute dich bringen und abholen soll.«

Jetzt wollte er mich nicht einmal mehr im Auto mitnehmen? Aber … die gemeinsamen Autofahrten war doch unser Ding. So hatten wir uns kennengelernt. Das war unsere Gemeinsamkeit. Ich fühlte mich total verloren.

Scheiße. Mir kamen schon wieder die Tränen.

Nein. Nicht vor ihm. Ich wandte mich ab und schaute aus dem Fenster, den Ellbogen gegen die Tür gestützt, die Hand unter dem Kinn. »Sicher. Ja, in Ordnung. Ich frage Dave, ob er mich fährt. Kein Problem.«

Er schwieg eine geschlagene Minute lang, ehe er sagte: »Dann ist es also abgemacht.«

Ich nickte, ohne den Blick vom Fenster abzuwenden.

Und das waren die letzten Worte, die wir miteinander sprachen.

Kapitel 12

Jethro

Die Geschichte von meinem Date mit Sienna verbreitete sich wie ein Lauffeuer im Tal. Ich konnte mich nirgendwo blicken lassen, ohne dass die Leute mich mit Fragen bombardierten. Selbst Reverend Seymour fing mich nach dem Sonntagsgottesdienst ab.

»Und? Wie ist sie so?«, fragte er im Flüsterton. »Ist sie groß? In ihren Filmen sieht sie immer so groß aus.«

»Sie scheint wirklich sehr nett zu sein«, setzte seine Frau hinzu, die unbemerkt zu uns getreten war und mir damit einen kleinen Schrecken versetzt hatte. Die konnte sich wirklich gut anschleichen. »Ich habe mich mit Diane Sylvester unterhalten und sie meinte, Kip hätte gesagt, dass sie von allen Gästen die Servietten signiert hat. Hast du auch eine signierte Serviette von ihr bekommen?«

Reverend Seymour schenkte mir ein sehr freundliches, sehr erwartungsvolles Lächeln.

»Sie ist nett«, bestätigte ich – ohne hinzuzufügen, dass man von Kip Sylvester und den anderen Gästen im Front Porch nicht dasselbe sagen konnte. Sie hatten sich wie die letzten Arschlöcher benommen.

»Und …?«, hakte der Reverend nach.

»Sir?« Ich bemühte mich weiterhin um einen höflichen Ton, auch wenn ich dafür die Zähne zusammenbeißen musste.

»Denken Sie, ich sollte sie mal zu Ihnen nach Hause einladen?«, erkundigte sich Mrs Seymour mit vor Hoffnung schier überquellenden

Augen. »Jetzt, wo Ihre Momma nicht mehr bei uns ist, könnte ich das ja für sie übernehmen. Ich könnte Jennifer Sylvester bitten, einen Bananenkuchen zu backen.«

Oh nein. Nicht der Bananenkuchen.

Der Herr schütze und beschirme uns vor Jennifer Sylvesters magischem Bananenkuchen. Er hatte zahlreiche Preise gewonnen, und wenn man in Green Valley lebte, führte kein Weg an ihm vorbei. Zu besonderen Anlässen kaufte jeder hier einen Bananenkuchen aus der Bäckerei von Bethany Donner-Sylvester, und alle schwärmten in den höchsten Tönen von ihm, als wäre er ein Heilmittel gegen Krebs, Impotenz und langweiligen Smalltalk.

Ich hasste Bananen.

Ich schüttelte steif den Kopf. »Dazu besteht kein Anlass.«

Mrs Seymour machte ein enttäuschtes Gesicht. »Werden Sie sie denn nicht wiedersehen? Deveron Stokes meinte –«

»Wann hast du denn mit Deveron Stokes gesprochen?«, unterbrach der Reverend seine Frau mit einem vorwurfsvollen Stirnrunzeln.

»Entschuldigen Sie mich.« Ich nutzte die Frage des Reverend zur Flucht und beeilte mich, meine Brüder einzuholen, die bereits die Wiese vor der Kirche überquert hatten, auf der die Gottesdienstbesucher ihre Autos parkten.

Ich ignorierte die zwei oder drei Leute, die mir etwas hinterherriefen, und hielt mit gesenktem Kopf auf Beaus Wagen zu, der mit laufendem Motor wartete. Normalerweise fuhren wir sonntags immer mit mehreren Autos zum Frühgottesdienst und danach zurück nach Hause, um zu frühstücken.

Ash und Drew waren schon weg, genau wie Duane und Jess. Billy musste arbeiten. Er arbeitete fast immer, wenn ich freihatte.

»Hast ja ganz schön lange gebraucht«, meckerte Beau, als ich auf den Beifahrersitz schlüpfte.

»Was wollte er denn von dir?«, fragte Roscoe von der Rückbank.

»Dreimal dürft ihr raten«, brummte ich, was mir einen forschenden

Blick von Beau einbrachte. Er lenkte den Wagen auf die Straße und ich ignorierte das selbstzufriedene Grinsen unter seinem roten Bart.

Wir schwiegen, bis Beau in unsere Einfahrt einbog. Dann sah er mich von der Seite an und sagte: »Findest du nicht, dass es langsam mal Zeit wird, uns zu sagen, was los ist?«

»Jess meinte eben, sie und Duane würden auf der Heimfahrt noch einen Abstecher zum Supermarkt machen. Er braucht Blaubeeren für die Pfannkuchen«, antwortete Cletus, als wäre Beaus Frage an ihn gerichtet gewesen. Er saß neben Roscoe auf der Rückbank und unsere akute Blaubeerknappheit schien ihm große Sorgen zu bereiten. »Ich hoffe nur, sie sind nicht ausverkauft.«

»Das meinte ich nicht, Cletus. Ich habe mit Jethro gesprochen.« Beau parkte an seinem angestammten Platz vor dem Haus. Ashleys Truck stand bereits dort, Ash und Drew waren also schneller zu Hause gewesen als wir. Ich beeilte mich mit dem Aussteigen, in der Hoffnung, mein Bruder würde das Thema fallen lassen. Aber Beau musste meine Absicht erkannt haben, denn er stieß die Fahrertür auf, sprang aus dem Wagen und kam auf meine Seite gelaufen. »Jet, wir sterben vor Neugier. Wir wollen unbedingt wissen, was zwischen dir und Sienna Diaz läuft.«

»Hier stirbt niemand.« Roscoe kletterte mühsam von der Rückbank des Pontiacs, nachdem ich meinen Sitz nach vorne geschoben hatte. Während er sich aufrichtete, grinste er mich an. »Wir stehen nur kurz vor dem Hirnschlag.«

»Also, ich mache mir mehr Gedanken wegen der Blaubeeren«, sagte Cletus mit düsterer Miene. »Blaubeeren haben noch gar keine Saison.«

»Könnt ihr bitte mit den Blaubeeren aufhören?«, zischte Beau.

Ich erspähte Jessicas Jaguar, der, eingehüllt in eine Staubwolke, in die Einfahrt einbog. Ich ignorierte Beau, warf die Beifahrertür zu und nahm Kurs auf die Veranda.

»Ich teile Cletus' Sorge in Bezug auf die Blaubeeren«, verkündete ich, nur um Beau zu ärgern.

»Seht ihr? Jethro macht sich auch Sorgen, und er macht sich sonst *nie* Sorgen.« Cletus deutete auf mich, dann auf Beau. »Du solltest dir auch Sorgen machen.«

Jess parkte neben Beaus altem Pontiac. Als Duane ihrem schicken Sportwagen entstieg, hatte er zwei Körbchen Blaubeeren in der Hand.

»Du kannst aufatmen, Cletus. Ich habe die Beeren.«

»Ach, Gott sei Dank.« Cletus presste sich die Hand an die Brust und machte taumelnd einen Schritt nach vorn. »Ihr hättet eure Einkaufstour live auf Twitter kommentieren sollen. Ich wäre fast einem Herzinfarkt erlegen.«

Beau hatte sich an meine Fersen gehängt und holte mich ein, als ich die Stufen zur Veranda hochstieg. »Ist dir eigentlich klar, dass du mit einer Frau zusammen bist, die ich auf meiner Promi-Sex-Liste stehen habe?«

»Promi-Sex-Liste? Wovon redest du?«

»Sagt bloß, ihr habt keine Promi-Sex-Liste?«, wandte sich Beau um Unterstützung heischend an unsere Geschwister und an Jess, während ich die Fliegengittertür aufzog. »Das ist eine Liste berühmter Frauen, mit denen man Sex haben darf, selbst wenn man in einer Beziehung ist.«

»Was?«, blaffte ich. Dass Sienna auf Beaus Sex-Liste stand, gefiel mir ganz und gar nicht.

»Ich habe auch so eine Liste.« Jessica nickte bestätigend. »Aber auf meiner stehen größtenteils Männer.«

»Moment mal – *größtenteils* Männer?« Duane machte einen Schritt zur Seite, damit er seiner Freundin ins Gesicht schauen konnte. Er hatte die Augen weit aufgerissen. »*Größenteils* Männer? Wer sind denn die Frauen?«

»Das wüsstest du wohl gern.« Sie grinste frech und gab ihm einen schnellen Kuss, ehe sie, an mich gewandt, erklärte: »Jeder hat so eine Liste, Jethro. Aber das ist reine Fantasie. In der Theorie mag es erstrebenswert klingen, aber wenn ich einem der Männer von meiner Liste jemals im echten Leben begegnen würde …«

»Oder einer der Frauen?«, warf Duane neckend ein.

Sie ignorierte ihren Freund und fuhr fort: »Also, falls tatsächlich mal einer der Männer von meiner Liste leibhaftig vor mir stünde, würde ich Duane selbstverständlich nicht mit ihm betrügen. Und bei Duane wäre es genauso. Es ist einfach ein lustiges Gesprächsthema. So wie die Frage, welche Superkraft man am liebsten hätte.«

»Ich würde gerne fliegen können«, antwortete Cletus, als wäre die Frage ernst gemeint gewesen.

»Was ist mit unsichtbar sein? Oder Gedanken lesen? Oder Allwissenheit?«, schlug Roscoe vor.

Cletus schüttelte den Kopf. »Nein, das wäre vollkommen überflüssig, denn alle diese Fähigkeiten besitze ich bereits.«

»Aber was, wenn du es Blaubeeren regnen lassen könntest?«, zog Roscoe ihn auf.

»Was ich damit sagen wollte«, lenkte Jessica die Unterhaltung wieder auf das eigentliche Thema zurück, »ist, dass das alles rein theoretisch ist. Ein Gedankenspiel, weiter nichts. Auf der Liste stehen Menschen, die man bewundert und die man – *in der Theorie* – gerne mal kennenlernen würde. Dabei muss es übrigens nicht immer nur ums Aussehen gehen.«

»Stimmt«, pflichtete Beau ihr bei. »Sienna ist wahnsinnig hübsch, ich denke, darin sind wir uns alle einig. Aber dass sie auf Platz drei meiner Liste steht, hängt mit ganz anderen Dingen zusammen.«

Ich merkte, wie mein Blutdruck jäh in die Höhe schoss und ich die Hand zur Faust geballt hatte. Es passte mir nicht, dass er über Sienna redete, als wäre sie öffentliches Eigentum.

Sicher: Alle anderen im Ort hatten sich ganz genauso verhalten. Warum hätte ausgerechnet Beau anders sein sollen?

Jessica musste gemerkt haben, dass meine Laune im Keller war, denn sie legte mir tröstend die Hand auf den Unterarm. »Viele Menschen haben so eine Liste, Jethro. Da ist nichts Schlimmes dran. Das ist vollkommen harmlos.«

»Mit dem Unterschied, dass ich keine Freundin habe. Deswegen würde ich auch niemanden betrügen.« Beau steckte die Hände in die

Gesäßtaschen seiner Hose und wippte auf den Fußballen auf und ab. »Wenn ich daher einer ebenfalls nicht gebundenen Sienna Diaz gegenüberstünde, würde ich definitiv …«

»Vorsicht, Beau. Ich glaube, den Satz bringst du besser nicht zu Ende«, warnte Roscoe, ehe er mir einen mitleidvollen Blick zuwarf.

Beau runzelte die Stirn, verstummte aber. Zum Glück, denn ich hatte keine große Lust, ihm eine Lektion zu erteilen. Ich war müde. Und wenn ich ganz ehrlich war, vermisste ich Sienna, auch wenn aus uns beiden niemals etwas werden konnte. Trotzdem hatte Beau ganz unbewusst etwas Wichtiges angesprochen: Hätten Sienna und ich uns weiterhin getroffen, wäre ich auf kurz oder lang mit vielen Beaus und vielen Sex-Listen konfrontiert worden.

Ich öffnete die Haustür und bedeutete den anderen, einzutreten. Ich ignorierte Cletus' besorgtes Stirnrunzeln ebenso wie Beaus fragenden Blick. Ich selbst blieb auf der Veranda stehen und zögerte, als ich hörte, wie Ashley drinnen meine Brüder und Jess in Empfang nahm.

Die Vorstellung, noch mehr Fragen meiner Familie beantworten zu müssen – und ich wusste, dass sie kommen würden –, löste ein saures, bitteres Gefühl in meinem Magen aus. Und eigentlich hatte ich auch keinen Appetit auf Duanes Blaubeerpfannkuchen.

Zum ersten Mal seit langer Zeit ließ ich meine Familie ohne Erklärung oder Entschuldigung im Stich und floh.

• • •

»Versteckst du dich hier draußen?«

Als ich mich umdrehte, sah ich Claire am Eingang zu ihrem Gartenpavillon stehen. Ich hatte mir schon seit Monaten vorgenommen, einige der morschen Bodenbretter auszuwechseln. Nachdem ich meine Familie ihrem Frühstück überlassen hatte, war ich extra nach Knoxville gefahren, um Holz zu besorgen. Dort gab es keine aufdringlichen Nachbarn, die mich mit Fragen bombardierten.

»Kann schon sein.« Ich lächelte dünn. »Vielleicht habe ich aber auch gehofft, dass du rauskommst und mich findest.«

Sie verdrehte die Augen, trat zu mir und lehnte sich gegen das Geländer. »Schaltest du das eigentlich auch mal ab, Jet? Wird dir das nie zu anstrengend?«

»Was denn?«

»Ich kenne dich seit ... du liebe Zeit, ich glaube, es sind jetzt annähernd fünfundzwanzig Jahre. Und du hast *immer* deinen Charme eingeschaltet. Die paar Male, die du nicht charmant warst, lassen sich an einer Hand abzählen.«

Ich schürzte die Lippen und sah meine alte Freundin an. »Du hast Erinnerungen an mich aus der Zeit, als du drei Jahre alt warst?«

»Ja, habe ich. Du warst damals acht und hast versucht, mir meine Eiswaffel abzuschwatzen.«

»Hatte ich Erfolg damit?«

»Nein«, antwortete sie schlicht, zog ihre roten Brauen hoch und sah mich aus blauen Augen herausfordernd an. »Vielleicht ist das der Grund, weshalb wir immer noch befreundet sind.«

»Weil du deine Eiswaffeln nicht teilen willst?«, neckte ich sie. Ich mochte es, sie aufzuziehen. Es machte Spaß, weil sie immer Kontra gab. Sie ließ sich nichts bieten, weder von mir noch von sonst jemandem.

»Jetzt sei doch nicht blöd.« Sie gab mir einen Klaps auf die Schulter und lachte. »Du weißt genau, was ich meine. Vielleicht sind wir noch Freunde, weil ich dir nicht jedes Mal gleich meine Eiswaffel aushändige, sobald du mich mit deinen hübschen Kulleraugen ansiehst. Also, was ich dich fragen wollte: Wirst du es nie leid, ständig deinen Charme spielen zu lassen? Willst du nicht manchmal einfach nur ...« Sie ließ den Blick durch den Pavillon schweifen, dann hob sie das Gesicht in den Himmel. »Sehnst du dich nicht manchmal nach der Freiheit, einfach nur du selbst zu sein?«

Ich betrachtete ihr Gesicht, das von der Nachmittagssonne beschienen wurde, und wünschte mir – nicht zum ersten Mal –, dass ich mehr als nur freundschaftliche Gefühle für Claire empfände. Ich wünschte, ich könnte auch nur den Bruchteil der Gefühle für sie haben, die ich für Sienna hatte. Wenn Claire und ich heiraten würden, wäre das Leben um vieles leichter. In der ersten Zeit nach Bens Tod, als ich alles getan hatte, um mein Leben umzukrempeln, waren alle davon ausgegangen, dass wir beide früher oder später zusammenfinden würden.

»Weißt du«, seufzte Claire mit einem kleinen Lächeln. »Ich werde nicht für immer hier sein. Irgendwann wirst du dir für sonntags ein neues Versteck suchen müssen.«

»Ich habe jemanden kennengelernt«, sagte ich. Die Worte waren ausgesprochen, ehe ich überhaupt den bewussten Entschluss dazu gefasst hatte.

Sie schmunzelte, sah mich jedoch nicht an, sondern blickte weiterhin in den Himmel. »Ja?«

An ihrem Tonfall merkte ich, dass sie die Gerüchte bereits gehört hatte. Schon wieder machte sich Frust in mir bemerkbar.

»Es ist vorbei.«

Jetzt sah sie mich an. »Ach so?«

Ich nickte steif.

Es war zwar vorbei, aber ich hatte seitdem jede Nacht von Sienna geträumt. Und ich hatte weit mehr als den mir laut Wochenplan zustehenden Zeitanteil in unserem Badezimmer im ersten Stock verbracht. Vielleicht machte mich das zu einem Widerling, aber Sienna war meine einzige Muse.

Manchmal träumte ich davon, wie ich ihr Donut-Glasur von den Lippen leckte, so wie sie es mir geschildert hatte. Aber in einem Traum hatte ich sie sogar meiner Mutter vorgestellt. Danach war ich mit einem dumpfen, hartnäckigen Schmerz in der Brust aufgewacht, gegen den nur ein langer Lauf durch den Wald half.

»Wieso? Was ist denn passiert?«

Ich zuckte die Achseln. Im Grunde war meine schlechte Laune völlig übertrieben. »Sie hat nur nach einem Abenteuer gesucht«, sagte ich.

Claire sah mich mit großen Augen an. »Und wonach suchst du?«

»Nach jemandem für die Ewigkeit«, antwortete ich, ohne nachzudenken, weil es die Wahrheit war.

Sie verzog den Mund und sah mich an, als wäre sie stolz auf mich.

»Keine Angst, Jet. Eines Tages wirst du jemanden für die Ewigkeit finden.«

»Ich habe keine Angst.« Ich ging in die Hocke, zog mir die Handschuhe aus und legte sie auf meine Werkzeugkiste. Dann räumte ich ein: »Ein bisschen vielleicht.«

»Warum denn?« Sie klang, als müsse sie sich das Lachen verkneifen.

»Weil ...«, ich inspizierte meinen linken Handschuh und stellte fest, dass er an der Naht des Zeigefingers ein Loch hatte, »weil ich keine gute Menschenkenntnis besitze.«

Lange Zeit sagte sie gar nichts, doch als sie schließlich antwortete, war ihre Stimme sehr ernst. »Er war dein Vater, Jet. Es ist vollkommen normal, dass man seinen Vater vergöttert.«

Ich zwang mir ein unbekümmertes Lächeln ins Gesicht. »Du hast deinen Vater nicht vergöttert.«

»Das stimmt. Mein Vater ist auch alles andere als ein Charmebolzen. Deiner hingegen ... Im Vergleich zu Darrell seid selbst Beau und du die reinsten Amateure. Ich glaube, du zollst dir selbst nicht genug Anerkennung. Du liest die Menschen wie ein echter Profi.«

»Ich rede ja auch gar nicht von *den Menschen*. Die meisten kann ich schon nach einem Blick einschätzen.« Ich fummelte an dem Loch im Handschuh herum und machte es dadurch nur noch größer. »Aber nicht, wenn ich etwas von ihnen haben möchte, das sich nicht erschwindeln oder erschleichen lässt. Etwas Wahres, Echtes. An Billy komme ich immer noch nicht ran. Und bei Sienna habe ich erst gemerkt, dass alles den Bach runterging, als es schon viel zu spät war. Sobald ich emotional involviert bin, ist es, als wäre ich blind.«

Ein Vogel zwitscherte. Der Wind rauschte in den Bäumen, und beides war laut in der Stille, die sich über uns gesenkt hatte. Claire wusste, dass ich mit meiner Einschätzung richtig lag. Dass sie nichts sagte, sprach Bände.

Claire wählte ihre Worte mit derselben Sorgfalt, als würde sie Obst oder Gemüse auf dem Markt aussuchen. Nach einer ganzen Weile schien sie endlich kurz davor, etwas zu erwidern, doch genau in dem Moment klingelte mein Handy. Ich zog es aus der Tasche und warf einen Blick auf den Bildschirm. Als ich sah, dass es Cletus war, schenkte ich Claire ein entschuldigendes Lächeln und nahm ab.

»Was gibt's?«

»Ich brauche deine Hilfe.«

Cletus bat sonst nie um Hilfe, deshalb dauerte es eine Sekunde, ehe ich mich von meiner Verblüffung erholt hatte. »Klar doch. Was kann ich für dich tun?«

»Ich wurde ans Set gerufen; sie kriegen den alten Colt Mähdrescher nicht zum Laufen, und sie brauchen ihn heute Abend für eine Szene. Du musst kommen und mir helfen.«

Ich stutzte. Zum einen war das eine sehr merkwürdige Bitte – die Zwillinge betrieben zusammen mit Cletus die Autowerkstatt im Ort und waren daher eindeutig die bessere Wahl für den Job. Und zum anderen bestand die Möglichkeit, am Set Sienna über den Weg zu laufen.

»Nicht, dass ich grundsätzlich ein Problem damit hätte, Cletus – aber warum fragst du nicht Beau oder Duane?«

»Duane und Jess sind zum Knutschen in den Wald gegangen und Beau kann ich aus naheliegenden Gründen nicht mit ans Set nehmen.«

Ich ließ mir seine Begründung durch den Kopf gehen. Ganz von der Hand zu weisen war sie nicht. Dennoch: Wollte ich wirklich in Siennas Nähe sein, ohne Gelegenheit zu haben, mit ihr zu sprechen? Ich überlegte, ob ich mir nicht doch eine Ausrede einfallen lassen sollte. Sienna Diaz wurde immer mehr von der Realität zur Fantasie, insofern wäre es vermutlich das Klügste, Abstand zu ihr zu wahren und sie zu vergessen.

Nichtsdestotrotz ...

»Jetzt komm schon, Jet. Falls Sienna da ist, verstecke ich dich unter einer Plane.«

Ich ärgerte mich, weil Cletus im Wesentlichen meine Gedanken erraten hatte. Er war sehr gut darin, die Leute so lange zu provozieren, bis sie taten, was er wollte.

Trotzdem sagte ich zu. »Okay, okay. Soll ich dich abholen kommen?«

»Nein. Mach du nur in Ruhe deine Arbeit bei Claire zu Ende, wir treffen uns dann bei ihr. Ach so – nun, da ich dein bindendes Versprechen habe, solltest du vielleicht wissen, dass ich dich die ganze Woche am Set brauchen werde. Ich habe das schon mit Drew besprochen, er meinte, es dürfte kein Problem sein. Momentan gibt es keine Bären in Cades Cove.«

»Mensch. Danke, Cletus.« Darüber, dass er wusste, wo ich war, wunderte ich mich nicht. Claire und ich trafen uns jeden Sonntag bei ihr zum Essen.

Aus unerfindlichen Gründen hatte er es sich offenbar in den Kopf gesetzt, mich zu zwingen, so oft wie möglich in Siennas Nähe zu sein. Er machte sich einen Spaß daraus, seine Brüder zu foltern, und mich ganz besonders. Aber mochte Cletus noch so hinterlistig sein – ich war mindestens genauso gut darin, mich unsichtbar zu machen. Eine Plane wäre gar nicht nötig. Ich würde mich zu erkennen geben, wann und wie ich es wollte.

»Gern geschehen. Wie gesagt, wenn Sienna in der Nähe ist, werfe ich einfach eine Plastikplane über dich und tue so, als wärst du einer der kaputten Traktoren – ein menschengroßer Schisser von einem Traktor. Ach so, und frag Claire, ob sie mir was vom Abendessen einpacken kann, bevor du losfährst.«

Mein Blick zuckte zu Claire. »Das werde ich bestimmt nicht tun.«

»Will Cletus was vom Abendessen?«, erriet Claire, die sich bereits zum Gehen gewandt hatte. »Sag ihm, das ist kein Problem.«

»Ermutige ihn nicht auch noch«, tadelte ich sie nur halb im Scherz.

»Wirklich, Jethro«, schallte es aus der Leitung. »Inzwischen müsstest du doch wissen, dass ich keiner Ermutigung bedarf.«

Kapitel 13

Jethro

Am Dienstag sah ich Sienna zum ersten Mal wieder.

Sie sah mich jedoch nicht, weil sie gerade drehte.

Cletus und ich arbeiteten ganz in der Nähe. Er reparierte den Mähdrescher und zwang mich, die ganze Zeit neben ihm zu stehen, obwohl er mich gar nicht wirklich brauchte. Aber ich kannte meinen Bruder gut genug, um zu wissen, dass es ihm einfach gefiel, jemanden an seiner Seite zu haben, der ihm auf möglichst dramatische Art und Weise die Werkzeuge reichte.

»Steckschlüssel.« Er hielt die Hand auf, ohne mich anzusehen.

Ich reichte ihm den Steckschlüssel und er gab mir dafür den Seitenschneider zurück. Ich verlagerte mein Gewicht von einem Fuß auf den anderen, während er eine Weile herumschraubte. Der Mähdrescher war eine echte Antiquität. Der gelbe Lack war voller Rostflecken, und soweit ich es beurteilen konnte, war das alte Ding nur noch zwei Hammerschläge davon entfernt, zu einem Haufen nutzlosen Metallschrotts zusammenzufallen.

»Flachschraubendreher.« Wieder würdigte er mich keines Blickes.

Ich gab ihm den Schraubendreher und er gab mir den Steckschlüssel zurück.

»Tausch mal die Nuss aus, ja? Ich brauche sie ein Viertel größer.«

»Wird gemacht«, murmelte ich, froh, eine andere Aufgabe zu haben, als ihm Werkzeuge in die Hand zu drücken, die er sich genauso gut selbst hätte nehmen können. Wenn ich wenigstens einen meiner Lieblings-Podcasts hätte hören können. Ich war ein Fan des Strick-Podcasts *Curious Handmade* und natürlich von *The Renaissance Woodworker*, weil ich gerne mit Holz arbeitete. Aber Cletus neigte dazu, zickig zu werden, wenn man ihm nicht seine ungeteilte Aufmerksamkeit schenkte.

Ich überließ ihn kurzzeitig seinem Schrotthaufen und ging zu der großen Werkzeugkiste, die ein paar Meter entfernt stand. Dort kramte ich in den Stecknüssen herum, bis ich die richtige Größe gefunden hatte.

»Hey, Jethro. Bist du zusammen mit Cletus hier?«

Ich blickte auf. Einer von Siennas Bodyguards – der, den ich niedergeschlagen hatte –, kam aus Richtung des Sets auf mich zu. Früher am Tag hatte ich beobachtet, wie die Crew alles aufbaute. Es herrschte hektisches Treiben, wahrscheinlich machten sich gerade alle drehfertig.

»Hey. Dave, richtig?« Ich richtete mich auf und streckte ihm die Hand zum Gruß hin, während ich an ihm vorbei in Richtung Set spähte. Ohne es zu wollen, hielt ich nach Sienna Ausschau.

Er schüttelte mir flüchtig die Hand, während ich meine Aufmerksamkeit zwischen seiner lädierten Nase und den Filmleuten in der Ferne aufteilte.

»Genau. Dave war der Name.«

»Hey, tut mir leid wegen deiner ... Noch mal Entschuldigung, dass ich ...« Ich deutete auf meine Nase.

»Berufsrisiko. Wie gesagt, mir ist schon Schlimmeres passiert. Also, hm, bist du mit Cletus gekommen?«

Ich nickte argwöhnisch. »Woher kennst du Cletus?«

»Er war letzten Freitag hier und hat sich vorgestellt.«

»Hat er das?« Das war eigenartig. Normalerweise ging Cletus seinen Mitmenschen lieber aus dem Weg.

»Ja, Sir. Er meinte, ihr sucht noch Leute, die mit den Bären helfen?«

»Wirklich?« Ich verschränkte die Arme vor der Brust und fragte mich, was Cletus dazu bewogen haben könnte, so etwas zu sagen.

Dave wiegte den Kopf, als überdenke er seine Worte noch einmal.

»Also, genau genommen hat er erzählt, dass ihr die Bären einfangt und woanders wieder aussetzt, damit wir hier ungestört drehen können, und dann habe ich ihn gefragt, ob ihr dabei vielleicht noch Hilfe braucht.«

Ich kratzte mich am Kinn und musterte Dave. Offenbar wollte er gerne einmal einen Schwarzbären aus nächster Nähe sehen. Und ich war seine Eintrittskarte für die erste Reihe.

»Ich kann immer Hilfe brauchen. Aber das Wohl der Tiere ist meine oberste Priorität.«

Er nickte hastig. »Natürlich, natürlich.«

»Nur, damit wir uns richtig verstehen. Es wäre mir *keine* Hilfe, wenn ich jemanden dabeihätte, der den Bären in irgendeiner Weise reizt. Ich erwarte, dass du respektvoll und behutsam mit den Tieren umgehst.«

»Absolut.«

»Das bedeutet: keine Fotos mit Blitzlicht, die Tiere werden nicht provoziert, es wird nicht mit Gegenständen geworfen, und kein –«

»Ich hab' schon verstanden. Das würde ich auch niemals tun. Ich ...« Daves Augen, die von dem Schlag auf die Nase noch immer verquollen und blutunterlaufen aussahen, wurden kugelrund. »Ich würde einfach nur so gerne mal einen sehen – jetzt, wo ich Gelegenheit dazu habe.«

»Okay.« Ich nickte und streckte ihm noch einmal die Hand hin. Er ergriff sie mit einem breiten Lächeln. Dann zogen die Aktivitäten hinter ihm erneut meine Aufmerksamkeit auf sich. Vor allem die große, umwerfende Frau, die gerade in Richtung Set strebte. Sie trug ein schlichtes, altmodisches Kleid, das ein bisschen an Quaker-Tracht erinnerte.

Mir stockte der Atem, als Sienna sich die kastanienbraunen Haare über die Schulter zurückwarf und ihrer Begleiterin ein sonniges Lächeln schenkte. Die andere Frau lachte und Sienna stimme mit ein. Der melodische Klang ihres Lachens schallte bis zu uns herüber. Ich gaffte sie an wie der letzte Trottel.

»Oh ja. Sie dreht heute.« Dave war meinem Blick gefolgt. Er drehte sich um und stellte sich neben mich. »Hast du sie schon spielen sehen? Sie ist genial. Die Kamera wird ihr nicht gerecht.«

Mühsam riss ich den Blick von Sienna los. Meine Brust und meine Kehle brannten. Es war ein unangenehmes Gefühl. Dann beäugte ich den großen Mann neben mir. Er platzte fast vor Stolz. Ich war froh. Sie hatte es verdient, gute Menschen um sich zu haben. Ich wandte mich zum Gehen. Cletus würde einen Anfall bekommen, wenn ich nicht rechtzeitig zurückkam, um ihm seinen Flachschraubendreher abzunehmen.

»Hey, bleib doch noch und schau ein bisschen zu. Es geht gleich los.«

Wider Willen blieb ich stehen und wartete gespannt.

Der Wind wehte ihr die Haare aus dem Gesicht und sie lachte erneut. Ein Ruf ertönte, jemand solle sich um ihre Frisur kümmern, dann kam die Anweisung »Action!« und es wurde mucksmäuschenstill.

Sienna war die Erste, die sprach. Ich ärgerte mich, weil ich nicht hören konnte, was sie sagte, denn anders als auf der Bühne sprachen die Darsteller beim Film in normaler Lautstärke, weil immer jemand mit einem riesigen Mikrofon zur Stelle war, um den Ton zu angeln. Das war wirklich schade. Ich liebte ihre Stimme. Aber immerhin konnte ich sie sehen – und was ich sah, fesselte mich. Sie war vollkommen verwandelt, als wäre sie in die Haut eines anderen Menschen geschlüpft.

Ich hatte keine Ahnung, worum es in der Szene ging, aber es sah so aus, als versuchten einige Frauen, Sienna das Butterstampfen beizubringen. Allerdings stellte sie sich dabei so ungeschickt an, dass das an sich harmlose Auf und Ab des Stampfers etwas ungewollt Erotisches bekam.

Ihre Bewegungen waren so übertrieben und auf eine tollpatschige Art suggestiv, dass es unfassbar komisch aussah. Es war zum Totlachen. *Sienna* war zum Totlachen. Sie scheute sich nicht, sich zum Narren zu machen. Sie war ein Clown. Ein Genie.

Ich bemerkte, wie sich zwei Leute vom Produktionsteam mit bebenden Schultern, die Hand vor den Mund gepresst, vom Set abwandten.

Ein rascher Blick in die Runde offenbarte, dass sie beileibe nicht die Einzigen waren, die gewaltsam ihr Gelächter unterdrücken mussten.

Jemand rief »Cut!« und im nächsten Moment prusteten alle los. Doch Sienna war noch lange nicht fertig. Sie umtanzte den Butterstampfer, als wäre er die Stange in einem Striplokal und sie die unfähigste Stripperin der Welt. Jetzt konnte auch ich mir das Lachen nicht mehr verkneifen. Es war mir völlig unmöglich, wegzuschauen.

»Siehst du? Sie ist galaktisch gut«, meinte Dave mit einem Lächeln in der Stimme. Ich spürte seine Blicke auf mir, doch ich war immer noch nicht in der Lage, mich von Sienna loszureißen, so sehr nahm mich ihre kleine Showeinlage in Beschlag. Trotz meiner anhaltenden Bitterkeit über das, was vielleicht zwischen uns hätte sein können, hegte ich keinen Groll gegen sie. Ich wünschte ihr nur das Beste.

Irgendwann räusperte sich Dave. Ich sah ihn zwar nicht an, hörte ihm aber zu. »Ich finde es ja kurios, dass eine so außergewöhnlich begabte Schauspielerin wie sie die Schauspielerei nicht mal besonders mag.«

Jetzt hatte er meine Aufmerksamkeit.

Stirnrunzelnd sah ich ihn an. »Sienna mag die Schauspielerei nicht?«

»Doch. Also – nein. Ich glaube schon, dass sie gerne als Schauspielerin arbeitet. Aber ich glaube nicht, dass sie dem Leben als Prominente viel abgewinnen kann.«

Darüber dachte ich eine Weile nach. Dann fragte ich: »Warum macht sie es dann? Wenn sie es eigentlich gar nicht mag?«

»Soweit ich weiß, ist sie quasi durch Zufall da hineingeraten. Sie dachte, sie würde nur ihr Drehbuch verkaufen, aber ihre Agentin und ihre Schwester haben sie überredet, gleich auch noch die Hauptrolle in dem Film zu übernehmen. Niemand hatte damit gerechnet, dass er so ein großer Erfolg wird. Und dann drehte sie plötzlich einen Film nach dem anderen. Sie ist eingeschlagen wie eine Bombe. Sie hat einfach dieses gewisse Etwas, weißt du, was ich meine?«

»Ja. Ich weiß.« Erneut suchte ich nach ihr. Inzwischen hatte sie aufgehört, an der Stange zu tanzen, und unterhielt sich mit Tabitha, der Regisseurin. Ihre Miene war geduldig und aufmerksam.

Automatisch wanderte mein Blick zu ihrem Mund. Sie biss sich gerade auf die Unterlippe.

»Wusstest du, dass sie nicht mal mehr in ihrem eigenen Haus wohnt? Wenn sie in L.A. ist, übernachtet sie immer bei ihren Eltern.«

»Warum das?«, fragte ich zerstreut und biss mir ebenfalls auf die Lippe, während ich daran dachte, wie schön es gewesen war, sie zu küssen. Es war nur das eine Mal gewesen, aber ich konnte mich noch an jede Einzelheit erinnern. Süße und Sonnenschein.

»Bei ihr wurde schon mehrmals eingebrochen.«

Unwillkürlich lief mir ein Schauer über den Rücken. »Was?«, fragte ich laut. »War sie zu Hause?«

»Nein, war sie nicht. Sie hat auch nichts weiter darüber gesagt, aber ich weiß, dass sie sich dort nicht mehr sicher fühlt. Nicht mal mit Bodyguards.«

»Lebt ihr denn die ganze Zeit mit ihr unter einem Dach? Auch wenn sie zu Hause ist?«

Er nickte. »Eigentlich wollte sie die Dreharbeiten hier in Tennessee für eine kleine Auszeit nutzen. Ich weiß, dass sie gerne ihre Ruhe hätte – auch vor uns, und das kann ich sehr gut nachvollziehen. Aber ihre Schwester hat sie davon überzeugt, dass es besser ist, wenn wir bei ihr im Seehaus wohnen. Wir versuchen ihr soweit wie möglich aus dem Weg zu gehen, und sie beklagt sich nie.« Er kratzte sich im Nacken. »In Wahrheit tut sie mir leid.«

»Sienna tut dir leid?« Ich beäugte ihn ungläubig. Ich hatte den Eindruck, dass er mich ganz bewusst auf einen bestimmten Pfad lenkte. Der Mann verfolgte eindeutig einen Plan – warum sonst sollte er mir Details aus Siennas Privatleben anvertrauen?

»Ja. Sie ist ein toller Mensch. Viele Leute versuchen, sie für ihre eigenen Zwecke auszunutzen, und sie hat keinen echten Fürsprecher – niemanden, dem sie wirklich vertrauen kann.«

»Was ist mit ihrer Schwester?«, fragte ich, ehe ich mich bremsen konnte. Eigentlich ging es mich ja gar nichts an. *Sie* ging mich nichts an.

Dave zuckte die Achseln. »Marta hat Siennas berufliche Interessen im Auge, genau wie ihre Agentin. Die beiden ziehen immer an einem Strang, setzen sie manchmal auch ganz schön unter Druck. Alles zum Wohle ihrer Karriere – aber zu welchem Preis? Es gibt schließlich noch mehr im Leben als Arbeit, oder?«

Ich nickte langsam. »Vielleicht sieht sie das ja anders«, rutschte es mir heraus. »Vielleicht liegt ihr Fokus im Moment eben ausschließlich auf der Karriere.«

»Nein.« Dave schnaubte. »Nein, nicht bei Sienna. Was sie sich wünscht, ist jemand, der ihr zur Seite steht – einen echten Partner. Sie braucht jemanden, dem ihre Gesundheit und ihr Glück am Herzen liegen. Nicht nur ihr Erfolg.«

Ich biss mir auf die Zähne und ließ seine Worte unbeantwortet. Ich hatte nichts hinzuzufügen, denn: Es ging mich nichts an. *Sie* ging mich nichts an.

Selbst wenn ich mir wünschte, dass es anders wäre.

Sie geht dich nichts an.

Wie Momma früher immer gesagt hatte: Es hatte keinen Sinn, einen Sattel für ein Pferd zu kaufen, das nicht geritten werden wollte.

• • •

Beau und Hank hatten montags oft frei. Für sie bedeutete das: morgens angeln gehen und danach den Rest des Tages Videospiele zocken. Ich versuchte, jeden ersten Montag im Monat mit ihnen raus zum Sky Lake zu fahren, und sie taten mir dann immer den Gefallen, den Angeltrip möglichst kurz zu halten, damit ich hinterher noch rechtzeitig zur Arbeit kam.

Obwohl heute der erste Montag des Monats war, wäre ich um ein Haar nicht mitgefahren.

Ich musste die ganze Zeit an Sienna denken.

Das allein war nichts Ungewöhnliches. Allerdings sollte es später in der Woche einen Temperatursturz geben, und von Dave wusste ich, dass Sienna keine zusätzlichen Decken in ihrem Wohnwagen hatte.

Seit unserer spontanen Unterhaltung vor über einer Woche suchte er immer wieder meine Gesellschaft und erzählte mir alles Mögliche über Sienna. Sie las gerne den *New Yorker*, aber er konnte die Zeitschriften nicht ans Set liefern lassen, und auf dem Postweg zu Hanks Haus am See gingen sie immer wieder verloren. Also hatte ich die Ausgaben der letzten zwei Monate nachbestellt und dafür gesorgt, dass die neuen Ausgaben künftig an meine Adresse geliefert wurden. Dann übergab ich Dave die Zeitschriften, nachdem ich das Adressfeld herausgeschnitten hatte. Ich sagte ihm, sie müsse ja nicht unbedingt wissen, von wem die Hefte kamen.

Vergangenen Freitag hatte er mir dann erzählt, dass sie sich nach chinesischem Essen sehnte, und weil es außerhalb von Knoxville kein anständiges Chinarestaurant gab, fragte ich einen Kollegen – er und seine Frau kamen aus China –, ob er eventuell bereit wäre, eine Mahlzeit für Sienna zu kochen, die Dave und ich dann in Pappschachteln umfüllten, damit sie nicht merkte, dass sie in Wahrheit hausgemacht war. Auch diesmal schärfte ich ihm ein, ihr nicht zu sagen, wem sie das Essen zu verdanken hatte.

Außerdem sorgte ich dafür, dass sie ein Paket Kaffee von Daisy's Nut House ans Set geliefert bekam. Er schmeckte ihr besser als der, den das Catering ausschenkte – hatte Dave jedenfalls behauptet.

Und tags zuvor hatte er mir mitgeteilt, dass seine Kollegen Hanks Haus nach zusätzlichen Bettdecken durchsucht, jedoch nirgendwo welche gefunden hätten. Sienna wolle nicht, dass sie sich die Mühe machten, ihre eigenen Bettdecken jeden Tag vom Haus ans Set und wieder zurückzutransportieren, und das Produktionsteam habe ihnen zwar Decken besorgt, diese seien aber aus Polyester und kratzten und Tim würde davon Ausschlag bekommen. Also wollte Dave wissen, ob es sich lohne, Tim nach Knoxville zu schicken, damit er dort ein paar zusätzliche Decken einkaufte ... oder ob ich eventuell welche übrighätte.

Deshalb waren meine Gedanken auch jetzt wieder bei Sienna. Ich musste unbedingt nach Hause fahren, ein paar Decken zusammensuchen und sie noch vor dem zu erwartenden Kälteeinbruch ans Set bringen.

»Du bist so still, Jet.«

Ich warf Hank von meinem Platz auf der Rückbank aus einen Blick zu, ehe ich wieder aus dem Fenster schaute. »Ich habe eben nicht viel zu sagen.«

»Hast du Claire in letzter Zeit gesehen?«, erkundigte sich Beau und drehte sich zu mir um. Er saß vorne neben Hank.

»Ja. Wir sehen uns jeden Sonntag, das weißt du doch.«

»Und wird sie in Cletus' Band singen?«

»Weiß ich nicht.« Im Kopf stellte ich bereits eine Liste mit Dingen zusammen, die ich schnellstens erledigen musste, sobald ich nach Hause kam. Cletus würde an die Decke gehen, wenn wir meinetwegen zu spät ans Set kamen.

»Und …«, sagte Hank und räusperte sich, um dann erneut anzusetzen, »Bist du Sienna mal wieder begegnet?«

Ich setzte ein neutrales Gesicht auf und sah ihn im Rückspiegel an. »Nein.«

Beau und Hank tauschten einen Blick. Ich fuhr fort, aus dem Fenster zu starren.

»Ich habe sie angerufen, aber sie scheint momentan ziemlich beschäftigt zu sein«, bohrte Hank weiter. Obwohl wir nicht mehr am Ufer des Sky Lake saßen, hatte er offenbar noch nicht genug vom Fischen.

»Kann schon sein.« Ich zuckte mit den Schultern.

Ich wusste, dass sie sehr beschäftigt war. Dave hatte es mir gesagt. Sie schreibe die ganze Zeit und schlafe nicht viel, hatte er gemeint. Er schien der Ansicht, dass ich ein Recht auf tägliche Updates bezüglich ihrer Aktivitäten hatte. Ich hatte kein Recht darauf, und ich wollte sie auch nicht haben. Sienna ging mich immer noch nichts an. Trotzdem machte es mir Sorgen, dass sie nicht genug Schlaf bekam. Ich setzte eine Packung des speziellen Einschlaftees meiner Mutter auf die Liste mit Dingen, die ich ihr ans Set bringen wollte.

Hank seufzte frustriert, als er in unsere Einfahrt einbog. Kaum dass der Wagen zum Stehen gekommen war und noch ehe er den Zündschlüssel abzog, stieß ich die Tür auf, sprang ins Freie und lief aufs Haus zu. Ich hatte exakt zwanzig Minuten, ehe Cletus unten stehen und brüllen würde, dass es Zeit werde, loszufahren.

Nach zehn Minuten hatte ich geduscht, stand oben vor dem Wäscheschrank und raffte so viele Decken zusammen, wie ich tragen konnte. Ich versetzte der Schranktür einen Tritt und strebte zur Treppe. Über das Deckenbündel hinweg sah ich Cletus beim Tischchen in der Eingangshalle stehen. Er drehte einen Briefumschlag in seinen Händen und warf einen Blick auf die Adresse des Absenders.

»Hey«, sagte ich.

Er fuhr zusammen. Dann nahm er die Hände mitsamt dem Briefumschlag blitzschnell hinter den Rücken. »Selber hey«, erwiderte er brummig. Ich hatte ihn offenbar erschreckt.

»Hilf mir mal mit denen hier. Und was versteckst du da hinter deinem Rücken?«, fragte ich, unten angekommen.

»Ich verstecke gar nichts.« Sein Ton war abwehrend, trotzdem versteckte er weiterhin den Brief.

»Doch, tust du. Was ist das für ein Brief?«

Cletus knirschte mit den Zähnen. Ein Muskel in seinem Kiefer zuckte. Er dachte nach.

Ich hob besorgt eine Augenbraue. Niemand, am allerwenigsten ich, wollte, dass Cletus nachdachte. Das war fast immer ein schlechtes Zeichen.

Dann hielt er mir abrupt den Brief hin. »Also gut. Du hast Post bekommen. Gib mir diese blöden Decken da, ich bringe sie zum Wagen.«

Wir tauschten Brief gegen Bettdecken, und während Cletus, vor sich hinmurmelnd, zur Haustür hinausstapfte, drehte ich den Umschlag um und las, genau wie Cletus es wenige Sekunden zuvor getan hatte, die Adresse, die dort stand.

Schlagartig hatte ich einen harten Klumpen im Magen und wünschte, ich hätte Cletus nicht dazu überredet, mir den Brief auszuhändigen.

Er war vor drei Tagen aufgegeben worden, in der Bundesvollzugsanstalt in Memphis, wo unser Vater gegenwärtig wegen versuchten Menschenraubes und schwerer Körperverletzung in Haft saß. Ich wägte kurz ab, ob ich den Brief ungelesen zerreißen und verbrennen sollte. Doch eine morbide Neugierde zwang mich, ihn zu öffnen.

In dem Umschlag befand sich ein Foto von Sienna und mir, wie wir am Abend unseres Dates im Eingangsbereich des Front Porch standen. Es war ein Handyfoto, ziemlich dunkel und ein bisschen verwackelt, dennoch bestand kein Zweifel daran, dass es sich bei den Personen auf dem Bild um Sienna und mich handelte. Ich drehte das Foto um. Ich wusste, dass auf der Rückseite eine Nachricht stehen würde. Ich wollte sie nicht lesen, tat es aber trotzdem.

> Du warst immer schon der Beste, wenn es um die richtig dicken Fische ging. Ich hoffe, ihr Bankkonto ist genauso prall wie ihre Titten. Sie kann meine Anwaltskosten übernehmen.

Ich hörte seine Stimme in meinem Kopf, als stünde er neben mir. Mein Beschützerinstinkt meldete sich, und in einem Anfall plötzlicher Wut zerriss ich das Foto. Finsterer Hass und bittere Entschlossenheit ließen mein Inneres zu Stein werden, denn Darrell Winston machte nie etwas ohne Grund.

Das Bild war eine Drohung.

Er würde mich niemals in Frieden lassen.

Aber ich konnte wenigstens dafür sorgen, dass Sienna von seinen dreckigen Intrigen verschont blieb.

• • •

Cletus und ich trafen uns mit Drew und Roscoe in der Ranger-Station am Cooper Road Trail.

Sie waren noch nicht aufgebrochen. Ich brachte Donuts und Kaffee und schlechte Neuigkeiten für alle mit.

»Du hast das Bild zerrissen?«, fragte Drew. Er lehnte sich auf seinem kleinen Holzstuhl zurück und linste unter seinen zusammengezogenen blonden Brauen hervor.

»Ist doch egal.« Cletus schüttelte den Kopf. »Wenn er es nicht zerrissen hätte, hätte ich es getan.«

Roscoes aufmerksamer Blick sprang von einem zum anderen. »Na ja, was kann er schon groß tun? Er sitzt im Knast.«

Ich sah meinen jüngsten Bruder an, zugleich froh und beunruhigt, weil er keine Ahnung hatte, wie unser Vater wirklich war.

Wenn ich Roscoe ansah, glaubte ich eine jüngere Version meiner selbst vor mir zu haben – allerdings eine, die vom Einfluss unseres Vaters größtenteils verschont geblieben war. Roscoe war vor fünf Jahren der Erste gewesen, der mir nach Bens Tod, als ich dringend den Halt und die Unterstützung meiner Brüder brauchte, eine Chance gegeben hatte.

Ich liebte Roscoe und hatte stets das Bedürfnis, ihn zu beschützen, so wie ich es früher bei all meinen Geschwistern hätte tun sollen, aber versäumt hatte.

Cletus blickte unseren jüngsten Bruder stirnrunzelnd an. Einen Moment lang sah es so aus, als wolle er ihn über seinen Irrtum aufklären, doch dann sagte er stattdessen: »Roscoe, könntest du Jethros Truck nehmen und schnell zu Daisy fahren, um neuen Kaffee zu besorgen?«

»Ihr wollt mich loswerden.« Roscoe schüttelte den Kopf.

»Ganz genau. Wir wollen dich loswerden.« Ich legte ihm eine Hand auf die Schulter. »Du bist kein Vertreter des Gesetzes, so wie Drew. Und du bist kein gemeiner Intrigant, so wie Cletus.«

»Außerdem brauche ich mehr Kaffee.« Cletus hob seine leere Tasse. »Ohne Kaffee kann ich nicht denken.«

»Ich fahre aber nicht.« Roscoe verschränkte trotzig die Arme und lehnte sich in Nachahmung von Drews Pose auf seinem Stuhl zurück. »Ich bin kein Kind mehr. Ihr müsst mich nicht beschützen.«

Cletus und ich sahen einander stirnrunzelnd an. Keinem von uns beiden behagte die Vorstellung, Roscoe diesem dampfenden Haufen Pferdescheiße auszusetzen, aber dann legte Drew sein Veto ein. »Er sollte bleiben. Wie soll er sich gegen etwas zur Wehr setzen, das er nicht mal kennt? Auf kurz oder lang wird Darrell nämlich versuchen, auch ihn für seine Zwecke einzuspannen.«

Es war nicht weiter ungewöhnlich, dass Drew so offen mit uns redete oder innerhalb der Familie die letzte, entscheidende Stimme hatte. Nachdem ich damals sein Motorrad geklaut hatte – ein ziemlich erbärmlicher Schrei nach Aufmerksamkeit – und er mich verprügelt hatte, war ihm erst bewusst geworden, dass ich Bethany Winstons ältester Sohn war. Seitdem hatte er mir schon oft väterlichen Rat gegeben. Er war ein Mann weniger Worte, aber die Worte, die er sagte, waren es immer wert, gehört zu werden. Er war der erste Mensch in meinem Leben gewesen, für den ich wirklichen Respekt empfunden hatte. Der Erste, der mir je gesagt hatte: »Ich bin stolz auf dich.« Sein Stolz bedeutete mir viel und seine Meinung war mir sehr wichtig, obwohl er über ein Jahr jünger war als ich.

»Gut«, lenkte Cletus ein und schlug einmal auf den Tisch. »Aber mach keine unqualifizierten Bemerkungen mehr, es sei denn, du holst mir vorher Kaffeenachschub. Ich ertrage keine Ignoranz ohne eine zweite Tasse Kaffee.«

Fast hätte Drew sich zu einem Lächeln hinreißen lassen, doch dann wurde er ernst und sah mich an. »Was plant er deiner Meinung nach?«

Ich zuckte mit den Schultern. »Keine Ahnung. Es könnte alles Mögliche sein. Vielleicht plant er auch gar nichts und es ist bloß eins seiner Psychospielchen. Aber wenn Sienna und ich zusammen wären, würde er garantiert versuchen, das irgendwie auszunutzen.«

Cletus schlug erneut auf den Tisch. »So, jetzt hör mir mal gut zu. Wehe, du benutzt Darrell Winston als Ausrede, um diese nette Frau abzuweisen. Ich habe es dir schon im Truck auf der Fahrt hierher gesagt: Ich habe den Kerl zu hundert Prozent unter Kontrolle.«

»Möchtest du uns auch verraten, wie?«, fragte Drew in ruhigem, neutralem Ton. »Oder wollen wir das gar nicht so genau wissen?«

»Das wollt ihr nicht wissen«, gab Cletus ebenso ruhig zurück.

»Wir sollen dir einfach blind vertrauen?«, fragte Roscoe fassungslos.

»Roscoe Orwell Winston, du machst schon wieder unqualifizierte Bemerkungen«, sagte Cletus ausdruckslos. »Jetzt musst du mir zwei Tassen Kaffee kaufen.«

»Das war keine Bemerkung, das war eine Frage.«

»Unqualifizierte Fragen kosten sogar zwei Tassen, somit schuldest du mir jetzt drei.«

»Ich vertraue Cletus«, ließ Drew verlauten und sah mir in die Augen. »Wenn er sagt, er hat ihn unter Kontrolle, dann hat er ihn unter Kontrolle.«

Ich schwieg, denn auch ich vertraute meinem Bruder. Ich hätte ihm mein Leben anvertraut. Ich war mir nur nicht ganz sicher, ob ich ihm – oder sonst jemandem – Siennas Leben anvertrauen würde.

Kapitel 14

Sienna

Immerhin eine Person freute sich darüber, dass meine Nicht-Affäre mit dem tüchtigen und verführerischen Ranger Jethro zu Ende war. Marta. Na ja, sie freute sich nicht direkt über unser grauenhaftes Abendessen oder über Jethros Entscheidung, sich aus meinem Leben zurückzuziehen, denn von alldem wusste sie gar nichts.

Sie freute sich, weil ich seitdem vollends zum Workaholic mutiert war.

»Wow, Sienna, ich bin sprachlos.« Ich hörte, wie sie einige Seiten umblätterte. Sie überflog gerade die erste Fassung meines aktuellen Drehbuchprojekts. »Wie hast du es geschafft, in der kurzen Zeit so viel zu schreiben?«

»Ich konnte nicht so gut schlafen.« Ich hatte in den zwei Wochen seit unserem desaströsen ersten Date wie eine Besessene gearbeitet. Und ich hatte viel Zeit damit verbracht, den Internet-Radiosender mit Trennungs-Songs zu hören und von den Kindern zu träumen, die ich niemals mit Jethro Winston haben würde.

Sie würden seine Augen und meine Grübchen haben.

Gott. Ich erkannte mich kaum noch wieder. Wer war dieses jämmerliche Häufchen Elend? Wir hatten ein Date gehabt. Ein Date.

Ein Date, du Verrückte. Es war nur ein einziges furchtbares Date. Ein einziger epischer Kuss. Also hör auf, Namen für eure Kinder auszusuchen!

»Du kannst es wohl gar nicht erwarten, endlich mit *Smash Girl* anzufangen, was?« Sie lachte gutmütig über das, was sie für meine Ungeduld hielt. Sie glaubte, ich wolle mein gegenwärtiges Skript so schnell wie möglich fertigstellen, damit ich endlich mit dem Superheldinnen-Film beginnen konnte.

Wenn sie wüsste ...

In den letzten Wochen hatte ich jede Stunde, die ich nicht probte oder drehte, mit Schreiben verbracht. Oder damit, Telefon-Interviews zu geben. Oder ich hatte alle möglichen anderen Sachen erledigt. Ich hatte mein nächtliches Schlafpensum von sechs auf vier Stunden heruntergeschraubt. Ich legte mich immer erst dann ins Bett, wenn ich mich vor lauter Müdigkeit schon nicht mehr auf den Beinen halten konnte.

Ich fühlte mich einsam, weigerte mich aber, etwas dagegen zu unternehmen. Hank hatte mehrmals angerufen, doch ich hatte ihn jedes Mal abgewimmelt. Sowohl Janice als auch Jon hatten mich eingeladen, auf Ausflüge mitzukommen, aber ich hatte abgelehnt. Ich zog es vor, zu arbeiten und mich einzuigeln.

Und meine Gedanken um Ranger Jethro kreisen zu lassen.

»Barnaby hat erst nächsten Monat damit gerechnet. Er wird ganz aus dem Häuschen sein vor Freude.«

»Jippie«, sagte ich trocken, doch dann gab ich mir einen Ruck. Meine Schwester konnte nichts für meine schlechte Laune. Die war ganz allein mein Problem. Und was für eins.

»Also, was die London-Premiere angeht ...«, wechselte Marta das Thema. An diesem Morgen war sie ganz geschäftsmäßig.

»Ach ja. Die Premiere.« Diese *ätzende* Premiere.

Erneut musste ich mich am Riemen reißen. Ich war total negativ und warf mit meiner schlechten Laune um mich wie mit Reis auf einer Hochzeit. Keiner wollte meinen übellaunigen Hochzeitsreis haben. Wirklich keiner.

Ich versuchte, etwas fröhlicher zu klingen. »Ja, die London-Premiere. Ich dachte mir, ich könnte vielleicht mit Dad hingehen?«

»Nein, nein, nein. Darüber haben wir doch schon gesprochen. Kev und Tate werden da sein, außerdem möchten wir, dass die Leute über dich reden. Jung, sexy, sorgenfrei – *so* jemanden brauchen wir. Du musst jemanden mitbringen, der die Gerüchteküche zum Brodeln bringt. Wir wollen mehr Aufmerksamkeit für dich, nicht weniger.«

»Okay.« Ich bemühte mich, meine Zustimmung nicht zu knurren.

»Soll ich Jenny anrufen und mal nachfragen, wer von ihren Klienten Publicity braucht?«

»Nein. Das machst du bitte nicht.«

Sie schwieg, anscheinend überlegte sie, welche Optionen uns sonst noch offenstanden. Zu meinem Entsetzen schlug sie schließlich vor: »Wenn du mit Tom hingingst – selbst wenn es auf rein freundschaftlicher Basis wäre –, würdet ihr auf alle Fälle Aufmerksamkeit erregen.«

»Nein. Ausgeschlossen.«

»Na gut.« Sie klang enttäuscht. »Aber uns läuft die Zeit davon.«

Es klopfte an der Tür zum Wohnwagen und ich setzte mich in meiner Koje auf.

»Hör mal, ich muss jetzt Schluss machen. Ich wollte mich nur vergewissern, dass du die neuen Seiten bekommen hast.«

»Alles klar, kein Problem«, sagte meine Schwester, als hätte sie gar nicht mehr richtig zugehört. »Wir sprechen uns dann später. Und denk noch mal über die Fotostrecke im *Playboy* nach.«

Ich biss mir auf die Zunge. Ich wollte keinen Streit mit Marta anfangen. Ich hatte bereits sechsmal die Anfragen des *Playboy* abgelehnt und ich wollte meine Haltung zu der Sache nicht rechtfertigen müssen. Nicht schon wieder.

Ich ging zur Tür, die Dave einen Spaltbreit geöffnet hatte, und verabschiedete meine Schwester mit einem munteren »Also dann, bye!«

Dave wartete, bis ich das Handy weggelegt hatte, ehe er sagte: »Susie ist hier, um dein Make-up zu machen.«

»In Ordnung.« Ich gähnte und streckte mich, und wich dann einen Schritt zurück, damit Susie an mir vorbei in den Wohnwagen treten konnte. Ich deutete zur Kaffeemaschine. »Es gibt Kaffee, wenn du welchen magst, aber das ist der letzte Rest.«

Sie zog die Nase kraus. »Sienna, Baby, es ist fast sechzehn Uhr. Wenn ich jetzt Kaffee trinke, bin ich die ganze Nacht wach.«

Ich nahm auf meinem Stuhl Platz und gähnte erneut, während Susie sich daran machte, mir die Haare aus dem Gesicht zu stecken und die Grundierung aufzutragen. Währenddessen ließ ich meine Gedanken schweifen – natürlich zu Jethro, wohin sonst? – und seufzte angesichts des dumpfen Schmerzes in meiner Brust, der sich dort mittlerweile häuslich niedergelassen zu haben schien.

»Warum schnaufst du so?«, wollte Susie wissen. Ihr Ton und ihre Miene waren besorgt.

»Einfach müde.« Ich versuchte mich an einem beschwichtigenden Lächeln.

Doch Susie machte keinen beschwichtigten Eindruck. Wir waren nicht eng befreundet, hatten aber einen guten Draht zueinander. Es ist schwer, mit jemandem befreundet zu sein, dessen Gehalt man zahlt.

Susie zog ihre perfekt gezupfte und dreifach gepiercte Augenbraue hoch, hielt in ihrer Arbeit inne und sagte: »Was ist los mit dir?«

»Was?«

»Wie lange machen wir das jetzt schon? Vier Jahre?«

»Fast fünf.«

»Du bist deprimiert«, sagte sie mir auf den Kopf zu, in einem Tonfall, der keinen Raum für Widerspruch ließ. »Die letzten zehn Tage hast du mich nicht mal gefragt, ob ich Foicht bin. Nur fürs Protokoll: Ich *war* sogar einmal feucht. Aber du hast nie danach gefragt. Was ist los? Und sag jetzt nicht nichts.«

Ich hielt ihrem Blick stand. Ich wollte ihr nicht den Grund für meine miese Laune nennen oder meinen Schuhkarton voller Traurigkeit aus der Hand legen. Denn wenn ich ihr den Grund für meine miese Laune nannte, würde sich meine miese Laune womöglich bessern. Und ich war noch nicht bereit, mich von meiner miesen Laune zu trennen. Ich wollte mich in meine miese Laune hineinwickeln wie in eine Decke, und das bis in alle Ewigkeit.

»Entweder du sagst mir jetzt, was los ist, oder ich schminke dich so, dass du aussiehst wie Bette Davis.«

Ich hegte nicht den geringsten Zweifel daran, dass sie ihre Drohung wahrmachen würde.

»Okay, okay. Ich sage dir, was los ist.« Ich holte tief Luft und raffte all meinen Mut zusammen. »Ich habe einen –«

»– Mann kennengelernt«, beendete sie den Satz für mich. »Es geht doch immer um Männer. Erzähl mir von ihm.«

Also tat ich es. Die nächsten paar Minuten erzählte ich ihr die ganze Geschichte, die sich als erstaunlich kurz erwies. Während ich die Einzelheiten wiedergab, wurde mir bewusst, dass Jethro und ich gar nicht viel Zeit miteinander verbracht hatten – jedenfalls nicht genug, um die tiefen Gefühle zu rechtfertigen, die ich für ihn hatte.

»Und nachdem er rausgefunden hat, wer du bist, wollte er dich nicht mehr sehen? Denkst du, das könnte damit zu tun haben, dass du anfangs gelogen hast?« Ihre Fragen waren so unverblümt und direkt wie immer.

»Ich habe nicht wirklich gelogen.«

Das ließ sie nicht gelten. »Schatz, er hat über eine Woche lang geglaubt, dein Name wäre Sarah.«

»Wie auch immer«, sagte ich, weil ich genau wusste, dass sie in diesem Punkt recht hatte. Aber daran ließ sich jetzt auch nichts mehr ändern. »Ich glaube nicht, dass es daran lag, jedenfalls nicht wirklich. Ich glaube, ihm ist einfach klar geworden, wie sein Leben aussehen würde, wenn er mit mir zusammen wäre, und das hat ihn abgeschreckt. Und im Grunde kann ich ihm das auch nicht verübeln. Ich glaube, er ist zu dem Schluss gekommen, dass ich die Mühe nicht wert bin. Ende der Geschichte.«

Susie presste die Lippen aufeinander. Sie dachte über alles nach, dann schüttelte sie den Kopf. »Nee. Das glaube ich nicht.«

»Woran soll es denn sonst gelegen haben?«

»Keine Ahnung, aber ich glaube nicht, dass er dachte, du wärst die

Mühe nicht wert. Um so was zu denken, müsste er ja ein totaler Idiot sein, und für mich hört er sich nicht nach einem Idioten an.«

Ich sackte auf meinem Stuhl zusammen und starrte geradeaus. Sie hatte recht. Jethro war kein Idiot.

»Augen zu.« Susie hob mein Kinn an und strich mit ihrem magischen Pinsel über meine Augenlider. »Du solltest der Sache nachgehen.«

»Der Sache nachgehen?«

»Du solltest ihn fragen. Rausfinden, was los ist.«

»Wozu? Er ist nicht mehr an mir interessiert.« Jethro zu fragen, weshalb er mich nicht genug mochte, um die Folgen meines Ruhms in Kauf zu nehmen – die Unterhaltung konnte nur schlecht für mich ausgehen.

»Das weißt du doch gar nicht. *Du* bist jedenfalls noch an ihm interessiert, das sehe ich dir an. Es steht dir ins Gesicht geschrieben, und man merkt es an der Art, wie du über ihn redest. Du klingst wie meine Tochter an dem Abend, als sie ihren Ehemann kennengelernt hat, ganz schwermütig und traurig und glücklich – alles durcheinander.«

Natürlich war ich noch an ihm interessiert. Ich war megainteressiert.

»Ja, das stimmt wohl. Aber es tut mir weh, an ihn zu denken.« Ich presste die Lippen aufeinander, weil ich merkte, dass mein Kinn zitterte. Susie hörte auf, mir die Augen zu schminken. Ich glaube, meine Offenheit hatte uns beide überrascht.

»Ach, Süße. Du warst dabei, dich in ihn zu verlieben.« Ihre Worte waren sanft und mitfühlend.

Ich schüttelte den Kopf und hielt die Augen fest geschlossen. Ich wollte ihr Mitleid nicht sehen.

»Ich bin nicht so dumm zu glauben, dass ich ein gebrochenes Herz habe. Wir kannten uns nicht gut genug, als dass das zwischen uns echte Wurzeln hätte schlagen können. Höchstens imaginäre Wurzeln auf der Basis oberflächlicher Informationen. Oberflächenwurzeln.«

»Was soll das denn sein?«

»Du weißt schon – Wurzeln, die aus Wünschen erwachsen, nicht aus der Realität.«

»Liebeskummer hast du trotzdem, Süße.«

»Aber der ist nicht echt. Das ist nur, weil mir die *Idee* von ihm so gut gefällt – die Vorstellung, einen sicheren Hafen zu haben, eine Person, die zu mir gehört und auf die ich mich immer verlassen kann.« Mir war auch bewusst, dass die Geschichte, die Hank mir über ihn erzählt hatte, die Verlockung nur noch größer machte. »Er war so reif, so fähig und verlässlich. Und so wahnsinnig attraktiv.« Das Letzte fügte ich mit einem kläglichen, sehnsuchtsvollen Seufzer hinzu, ehe ich die Augen wieder aufschlug. Susie beobachtete mich mit vor der Brust verschränkten Armen.

Oh ja. Durch sein umwerfendes Äußeres, das in keinem Widerspruch zu seiner Liebenswürdigkeit stand, hatte ich ihn in meiner Vorstellung zu einem menschlichen Einhorn verklärt. Oder zu einem Meermann. Oder einem Loch-Ness-Monstermann. Mit anderen Worten: zu einem mythischen Geschöpf.

»Fähig und verlässlich, hm?« Susies Lächeln wurde breiter. »Hat er noch ältere Brüder?«

Ich schnaubte leise. »Nein, er ist der Älteste. Allerdings hat er fünf jüngere.«

Ihre Augenbrauen wanderten fast bis zu ihrem Haaransatz. »Glaubst du, einer von denen wäre an einer fünfzigjährigen Oma aus der Bronx interessiert?«

»Alle – wenn sie auch nur einen Funken Verstand haben.«

Sie grinste. Dann fing sie an zu kichern. Dann schüttelte sie den Kopf. »Gut. Dein Kerl ist also ein Ranger. Er ist attraktiv und zuverlässig, und dein Ruhm ist ihm egal.«

»Er ist ihm nicht egal. Deswegen hat er mich ja abserviert.«

»Hör auf, so zu reden.« Sie zeigte mit einem ihrer Pinsel auf mich. »Das weißt du doch gar nicht. Er klingt wie ein fleischgewordener Traum, und er hat Wurzeln in deiner Oberfläche geschlagen. Ich finde nach wie vor, dass du ihn fragen solltest, was Sache ist.«

Ich betrachtete meine Fingernägel, weil ich nicht gleichzeitig Susies wachsamem Blick standhalten und das sagen konnte, was ich sagen wollte. »Ich mochte ihn, Susie. Ich mochte ihn wirklich. Es ist schwer greifbar, aber zwischen uns war alles so selbstverständlich und unkompliziert. Ich bin einfach so da reingerutscht, weil es mir so leichtfiel, ihn zu mögen. Mit ihm zusammen zu sein war schön und entspannt und aufregend.«

»Und jetzt hast du Angst, dass du vielleicht nie mehr eine ähnliche Verbindung zu einem anderem Mann spüren wirst.«

Ich nickte.

»Aber Schatz. Es schwimmen unzählige Fische im Meer, und du hast so viel zu bieten. Du bist eine absolute Granate.«

»Mag schon sein.« Ich zuckte die Achseln, dann hob ich den Blick und sah sie an. »Aber wie soll jemand wie ich einen Mann kennenlernen? Ich kann mich ja wohl schlecht bei OKCupid anmelden. Ich kann nicht auf Tinder surfen oder –«

Jetzt war sie diejenige, die schnaubte. »Glaub mir, auf Tinder sind alle gestört.«

»Und wenn schon. Ich werde es nie wissen, weil mir solche Möglichkeiten von vorneherein verwehrt sind.«

»Ich wusste gar nicht, dass du dir so sehr eine Beziehung wünschst.«

»Ich wusste das auch nicht.« Ich fühlte mich seltsam hilflos, als hätte ich ein klaffendes Loch in der Brust und keine Ahnung, wie ich es füllen oder auch nur flicken sollte.

Susies blaue Augen studierten mich eingehend. »Oder vielleicht wünschst du dir ja auch nicht generell eine Beziehung. Vielleicht wünschst du dir nur eine Beziehung mit diesem Mann. Mit deinem Ranger Jethro.«

Ich wollte das Gesicht in den Händen vergraben, aber das ging nicht, weil ich geschminkt war.

Unsere Unterhaltung war zu ernst und traurig geworden und ich brauchte dringend ein wenig Leichtigkeit, also tadelte ich sie: »Du hilfst mir auch nicht gerade aus meiner Depression, Susie. Im Gegenteil, jetzt fühle ich mich noch mieser. Du wärst eine grauenhafte Therapeutin.«

»Ich bitte dich.« Sie verdrehte die Augen und beugte sich zu mir herunter, um meine Wangenknochen zu konturieren. »Ich bin eine *großartige* Therapeutin. Du bist einfach nur eine schlechte Patientin. Hör auf meinen Rat und du wirst glücklich werden. Ende der Durchsage.«

• • •

Am nächsten Morgen fror ich. Ich hatte die Nacht am Set verbracht, weil wir bis nach Mitternacht gedreht hatten. Die Decken, die mir die Produktion besorgt hatte, hatte ich Henry gegeben. Der hatte sich zwar darüber beklagt, dass sie kratzig seien, sie aber letzten Endes doch angenommen. Er schob gerade vor dem Wohnwagen Wache und brauchte den Schutz vor der Kälte mehr als ich.

Was ich brauchte, war ein heißer Kaffee, aber mein Kaffeepulver war alle. Ich musste in die Gänge kommen.

Ich duschte. Das heiße Wasser vertrieb die Kälte ein wenig, doch kaum war ich aus der Dusche gestiegen und hatte mich abgetrocknet, fröstelte ich schon wieder. Ich zog mir Leggings und ein Oversized-Sweatshirt an. Ich wollte es kuschlig und gemütlich haben, aber auch das half nicht wirklich. Dave schlief noch in der unteren Koje. Ein Glück, dass Jethro ihm nicht die Nase gebrochen hatte. Die anfangs violetten Blutergüsse hatten sich inzwischen grün und gelb verfärbt und verblassten allmählich. Er hatte die halbe Nacht gesägt, weshalb ich ihm irgendwann heimlich etwas Wick VapoRub unter die Nase getupft hatte.

Ich weiß, dass es nicht richtig ist, anderen Menschen ohne deren Zustimmung Medikamente zu verabreichen, aber er hatte einfach nicht auf mich hören wollen. Und ich hatte wegen seines Geschnarches kein Auge zugetan. Früher, als wir noch klein gewesen waren, hatte meine Mutter Wick VapoRub gegen so ziemlich alles verwendet – Erkältungen, Grippe, Allergien, Husten, ja, sogar bei Prellungen und schmerzenden

Gelenken. Und wenn sie ihren Patienten ein Rezept ausstellte, schrieb sie grundsätzlich immer eine kleine Dose Wick VapoRub mit auf.

Dank des Wick VapoRub hatte Dave gleich viel ruhiger geschlafen. Trotzdem wollte ich ihn nicht wecken. Also beschloss ich, mir Henry zu schnappen und ihn zu überreden, uns Donuts und Kaffee zu besorgen. Ich hatte immer noch keinen Daisy-Donut probiert, weil ich so lange an meiner Vorstellung festgehalten hatte, meinen allerersten Daisy-Donut gemeinsam mit Jethro zu essen. Aber jetzt war es an der Zeit, den Schritt allein zu wagen. Ich musste nach vorne schauen.

Bei der Gelegenheit konnte ich Henry gleich bitten, auf dem Rückweg bei Hanks Haus vorbeizufahren und noch ein paar zusätzliche Decken mitzubringen.

Als ich die Tür zum Wohnwagen öffnete und nach draußen spähte, sah ich Henry, in die Decken gehüllt, auf einem Klappstuhl sitzen. Er war wach und hielt einen Becher heißen Kaffee in den Händen. Verwundert sah ich ihn an. Er aß nämlich einen Donut. Und es war ein Donut von Daisy.

»Hey, Henry, mein Hübscher.«

Er drehte nur den Kopf in meine Richtung und nickte, ein zufriedenes Lächeln auf den Lippen.

»Hey, Süße.«

»Wo hast du denn den Kaffee her?«

»Von deinem Freund.«

»Meinem Freund?«

»Ja. Der Ranger.«

Mein Herz schien sich in meiner Brust zusammenzuziehen. Ich ignorierte es. Blödes Herz.

»Meinst du Jethro?« Es fühlte sich merkwürdig an, seinen Namen auszusprechen – als wäre er voller Sand … und Tränen.

»Ja. Genau der. Er und sein Bruder waren da.«

»Cletus?«

»Ja, so heißt der andere. Sympathisch, die beiden.«

»Aha.« Unschlüssig stand ich vor meinem Wohnwagen herum. Jetzt konnte ich Henry ja wohl kaum noch bitten, loszufahren und Kaffee zu besorgen – nicht wenn er bereits einen Kaffee hatte und noch dazu den Großteil der Nacht Dienst vor meinem Wohnwagen geschoben hatte. Das wäre ziemlich egoistisch gewesen. Und Dave wollte ich auch nicht aufwecken. Tim hatte heute seinen freien Tag, deshalb war Dave die andere Hälfte der Nacht im Dienst gewesen.

Also verschränkte ich die Arme vor der Brust und sah mich zwischen den Wohnwagen und Zelten um, halb hoffend, halb bangend, irgendwo einen Blick auf Jethro zu erhaschen.

»Was, äh, was wollten die beiden denn? Jethro und Cletus?«

»Sie waren gestern Abend hier und haben gesehen, wie spät alle noch wach waren, deshalb haben sie heute früh Kaffee mitgebracht.«

Ich stellte mich aufrechter hin. Ein Schock lief mir den Rücken hinab. »Was? Sie waren hier? Wieso?«

»Ja. Cletus kümmert sich um die Traktoren. Er ist jeden Tag hier. Hast du ihn noch gar nicht gesehen?«

»Nein.« Ich schüttelte den Kopf und kam mir seltsam dumm vor. Ich stieg die Stufen hinunter und zog die Tür hinter mir zu. Weil ich unbedingt Salz in die Wunde streuen musste, fragte ich: »Und was ist mit Jethro? Ist der auch jeden Tag hier?«

»Nicht jeden Tag. Manchmal hilft er Cletus, oder er trifft sich mit Tabitha.«

»Er trifft sich mit Tabitha?«

»Montags und mittwochs.«

Ich überlegte kurz. »Heute ist Freitag.«

»Er war gestern Abend hier und hat Cletus geholfen. Tabitha hat sie dann gebeten zu bleiben. Aber auch wenn er nicht am Set ist, treibt er sich meistens irgendwo in der Gegend herum. Er kümmert sich um die Bären.«

»Die Bären?«, kiekste ich.

»Ja. Er fängt sie ein und setzt sie dann woanders wieder aus, damit sie uns beim Drehen nicht in die Quere kommen. Dave und ich sind Anfang der Woche, an unserem freien Tag, mal mitgefahren und haben ihm geholfen, einen großen männlichen Schwarzbären einzufangen. Der war riesig und ganz schön aggressiv.« Henry blickte in die Ferne, während er sich daran erinnerte. Seine Augen funkelten vor Staunen und Ehrfurcht. »Aber Jethro wusste genau, was zu tun ist. Er war ganz ruhig, hatte überhaupt keine Angst. Ich glaube, sogar Dave hatte Angst.« Henry lachte leise, ehe er an seinem Kaffee nippte. Er bekam gar nicht mit, dass ich ihn die ganze Zeit entgeistert anstarrte.

»Er fängt Schwarzbären ein?«, wiederholte ich, diesmal lauter, aber immer noch mit kieksender Stimme.

»Ja. Und noch andere Tiere.« Bei diesen Worten, die jemand hinter mir sagte, versteifte ich mich augenblicklich und bekam schweißfeuchte Hände.

Ich schnappte nach Luft, dann warf ich vorsichtig einen Blick über die Schulter. Einige Meter entfernt standen Jethro und Cletus. Cletus hatte mehrere Decken im Arm und Jethro hielt zwei Becher, in denen sich vermutlich Kaffee befand. Einer davon war ein Styroporbecher, der andere mein Hello-Kitty-Thermobecher.

Ich hatte Jethro seit über zwei Wochen weder gesehen noch mit ihm gesprochen. Daher beschloss ich, mir dafür zu vergeben, dass ich ihn sofort gierig mit Blicken verschlang. Er stand ganz entspannt da, das Gewicht auf dem linken Fuß, die schmale Hüfte leicht ausgestellt. Er trug seine Ranger-Uniform bestehend aus Cargohose, blauem Oberhemd und Stiefeln, allerdings fehlten Gürtel und Hut. Ohne sah er ungewohnt schmucklos aus. Das Schlichte stand ihm gut. Aber Gürtel und Hut standen ihm auch gut.

Als ich den Kopf hob, traf mich der Blick seiner grün-goldenen Augen. Er hatte ein Lächeln im Gesicht, aber es sah anders aus als sonst. Es war nicht freundlich, eher raubtierhaft. Das gefiel mir, weil ich mir gut vorstellen konnte, dass ich ihn auf ganz ähnliche Art und Weise ansah.

»Sienna«, sagte er und nickte abgehackt.

»Hi«, hauchte ich. Die Luft zwischen uns war auf einmal wie elektrisch aufgeladen. Vielleicht war das Gefühl vollkommen einseitig, doch daran glaubte ich nicht. Die knisternde Spannung war aufregend, aber zugleich hatte ich keine Ahnung, wie ich damit umgehen sollte.

»Sienna Diaz, das war eine mächtig gute Schauspielleistung gestern Abend.« Cletus trat auf uns zu und reichte mir den Armvoll Decken. »Hier, die sind für Sie. Jethro dachte, Ihnen ist vielleicht kalt.«

»Wir dachten, dir ist vielleicht kalt«, verbesserte Jethro ihn.

»Er hat sich überlegt, wie er Sie am besten aufwärmen könnte.«

Jethro ignorierte seinen Bruder. »Eigentlich wollten wir sie einfach Henry geben«, sagte Jethro, als müsse er sein unerwartetes Auftauchen rechtfertigen oder sich gar dafür entschuldigen. »Wir wollten dich nicht wecken oder dir in die Quere kommen.«

»Also, ich dachte, du willst ihr sehr wohl in die Quere kommen. Wenigstens wolltest du das vor zwei Wochen noch.« Cletus grinste erst mich an, dann seinen Bruder. Seine Bemerkung brachte Henry zum Lachen und meine Wangen zum Brennen. Jethro machte ein finsteres Gesicht.

Ich sah, wie er Cletus einen mörderischen Blick zuwarf. »Wir gehen«, verkündete er streng. Dann sagte er, an mich gewandt und in wesentlich freundlicherem Ton: »Wo möchtest du deinen Kaffee denn haben?«

»Drinnen«, antwortete ich automatisch.

Er verzog die Lippen nach einer Seite und sein wundervoller Blick glitt erneut über meinen Körper. »Ich stelle ihn einfach neben Henry auf den Tisch«, sagte er, machte jedoch keine Anstalten, es auch zu tun.

Ich war verwirrt, weil er offenbar nicht näherkommen wollte. Ein brennender, schmerzhafter Klumpen formte sich in meiner Brust und machte mir das Atmen schwer. Keiner von uns rührte sich von der Stelle.

Dann legte Cletus die Hände auf Jethros Schultern und gab ihm von hinten einen Schubs. »Du hast die Dame gehört. Sie hat die Hände voll mit Decken. Ihr den Kaffee in den Wohnwagen zu tragen ist ja wohl das Mindeste, was du tun kannst.« An mich gewandt, sagte er: »Warten Sie, ich öffne Ihnen die Tür.«

Cletus trat zum Wohnwagen, öffnete die Tür und schubste mich hinein, so wie er zuvor seinen Bruder geschubst hatte. Jethro mit seinen zwei Kaffeebechern wurde nach mir hineingeschoben. Dann fiel die Tür ins Schloss.

Wir waren allein.

Kapitel 15

Sienna

Schwer zu sagen, wer von uns beiden weniger auf die Situation vorbereitet war, Jethro oder ich.

Wir starrten einander an. Das schien mehrere Sekunden lang alles zu sein, wozu wir in der Lage waren. Dann gaben wir uns beide gleichzeitig einen Ruck.

»Wie geht's dir so?«, fragte ich.

»Deine Szenen gestern Abend waren toll«, sagte er zur selben Zeit.

Wir beide stutzten, schwiegen und warteten, dass der jeweils andere fortfuhr.

Und dann passierte uns genau dasselbe noch einmal.

»Mir geht's gut«, sagte er.

»Hast du zugesehen?«, fragte ich im gleichen Moment.

Daraufhin mussten wir lachen. Na ja, ich lachte jedenfalls. Jethro lächelte ein breites, offenherziges Lächeln. Seine Augen funkelten.

»Das wäre eine großartige Filmszene.« Ich deponierte die Decken auf dem Tisch neben der Tür, dann nahm ich ihm meinen Kaffeebecher ab und legte meine Hände behutsam genau dorthin, wo zuvor seine gewesen waren. »Das gehemmte Starren, die ausnehmend höfliche, aber unbeholfene und belanglose Konversation, das Sprechen zur gleichen Zeit. Wie gemacht für einen Film.«

»Ich war nicht unbeholfen«, wies er meine Beschreibung mit einem spitzbübischen Zucken seiner Lippen von sich. »Du warst unbeholfen.«

Ich trank einen Schluck von meinem Kaffee und sah ihn mit übertriebenem Stirnrunzeln an. »Es ist unbeholfen, jemand anderen als unbeholfen zu bezeichnen. Ergo: Du warst unbeholfen.«

»Aber davor war ich ganz locker und geschmeidig.«

»Oh ja.« Meine Worte signalisierten Zustimmung, allerdings schüttelte ich den Kopf und kommunizierte meinen Widerspruch mit Blicken. »Überaus geschmeidig. Der Gipfel der Geschmeidigkeit. Geschmeidig wie ein Arsch.«

»Ein Arsch? Ernsthaft?«

»Du hast mich nicht ausreden lassen. Geschmeidig wie ein Babyarsch.«

Jetzt lachte er doch. »Auch sehr geschmeidig, Sienna. Kein bisschen unbeholfen. Und nur fürs Protokoll: Ich habe noch nie gehört, wie jemand zum Popo eines Babys *Arsch* gesagt hat.«

Weil das Scherzen mit ihm so leicht und angenehm war, dachte ich nicht näher über meine Worte nach, ehe ich sagte: »Tja, dann musst du ganz offensichtlich mehr Zeit mit mir verbringen.«

Von jetzt auf gleich war die Unbeholfenheit zwischen uns wieder da. Aber sie war nicht wie zuvor. Diese neue Unbeholfenheit war nicht mehr freundlich und unschuldig. Sie war voller Frust und Vorwurf, und man sah Jethro an, dass er genauso verärgert war wie ich.

Und dann taten wir es schon wieder. Allerdings gesellte sich jetzt noch eine dritte Stimme dazu.

»Jethro –«, begann ich.

»Hör zu –«, stieß er hervor.

»Sienna, hast du mir diesen Eukalyptus-Scheiß ins Gesicht geschmiert?«, fragte Dave.

Jethro und ich fuhren zu dem großen, verschlafenen Bodyguard herum, der gerade aus dem Schlafbereich getaumelt kam.

Sauer über seinen jammernden Ton und die Unterbrechung, stemmte ich eine Hand in die Hüfte. Oder vielleicht war ich auch sauer auf Jethro. Was auch immer. Jedenfalls bereute ich nichts. »Ja, Dave.

Dein Schnarchen hat mich vom Schlafen abgehalten, und für Argumente warst du ja nicht zugänglich. Meine Mutter hat immer –«

»Ja, ja, ich weiß. Sie ist Ärztin und betrachtet das Zeug als Allheilmittel. Hab' ich alles schon zigmal gehört.«

»Sei froh, dass ich es nicht auf deine Füße geschmiert habe.« Ich sah ihn herausfordernd an. Sollte er es nur wagen, zu behaupten, mein Wick VapoRub hätte nicht geholfen.

Er brummelte etwas Unverständliches, dann fragte er Jethro, als wäre er kein bisschen erstaunt, ihn in meinem Wohnwagen anzutreffen: »Bist du heute zufällig in der Nähe, Jethro? Ich müsste zwischendurch eigentlich ein paar Stunden freihaben, dann könnte ich dir mit den Fallen zur Hand gehen, falls du Unterstützung brauchst. Wir haben alle hier übernachtet, statt zurück zum Haus zu fahren. Übrigens.« Dave runzelte nachdenklich die Stirn. »Wie spät ist es eigentlich? Ich kann mein Handy nicht finden. Kommt Susie bald? Um wie viel Uhr ist Drehbeginn? Ich hatte den Plan auf meinem Handy, aber jetzt kann ich das Teil nirgends finden ...«

Seine Stimme wurde leiser und verklang schließlich, als er durch die Tür in den hinteren Bereich schlurfte. Jetzt waren wir allein – auch wenn das Risiko bestand, dass er jeden Moment erneut auftauchte. Ich drehte mich zu Jethro um. Der stierte finster vor sich hin. Schon wieder. Er war ganz eindeutig frustriert. Ich öffnete den Mund, um etwas zu sagen, doch er kam mir zuvor.

»Ich sollte dann mal«, nuschelte er und riss den Blick von mir los. »Ich habe ... noch was zu erledigen.«

Ich hielt ihn mit einer Hand am Arm zurück, unsicher, was ich ihm sagen sollte, aber dafür umso sicherer, dass ich mich gleich zum Narren machen würde. Vor allem da mein Herz, kaum dass ich ihn berührte, losgaloppierte wie ein Rennpferd.

Na gut, sei es drum. Denn wisst ihr was? Mich zum Narren zu machen war mein Job. Was das betraf, war ich im wahrsten Sinne des Wortes Profi.

»Warte, warte.« Ich fasste seinen Arm fester, obwohl er gar keine

Anstalten machte, sich mir zu entziehen. Stattdessen funkelte er verärgert meine Hand an. »Warte noch kurz, ich muss mit dir reden.«

»Worüber?« Seine Stimme war rau und er weigerte sich, meinem Blick zu begegnen. Ich kannte diese Version von Jethro nicht und fühlte mich aus dem Gleichgewicht gebracht. Ich war nervös. Und wenn ich nervös war ...

»Über die unrealistische Anatomie von Godzilla, natürlich.«

Jetzt sah er mich doch an. Mit hochgezogener Augenbraue. »Wie bitte?«

Ich verkniff mir einen weiteren Scherz. »Sorry, tut mir leid. Natürlich will ich mit dir *nicht* über Godzillas unmögliche Oberschenkelknochen oder Mothras Brustwarzen reden.«

»Ein Glück.« Jethro schenkte mir ein kleines Lächeln, vermutlich ohne es zu wollen.

»Du fehlst mir«, platzte ich heraus und zuckte gleich darauf mit den Schultern. Danach wagte ich es nicht mehr, ihn anzusehen, deshalb fokussierte ich eine Stelle hinter ihm. »Ich mag dich. Es macht Spaß mit dir. Ich habe sonst nicht viel Spaß. Und erstaunlicherweise gibt es in dieser Welt auch nicht viele Leute, mit denen man Spaß haben kann. Aber mit dir kann ich es. Und ...« Alles oder nichts. Ich holte tief Luft und fügte waghalsig hinzu: »... ich bin einsam, deshalb möchte ich, dass du mich morgens ans Set fährst und abends wieder abholst, aber wenn dir zweimal am Tag zu viel ist, würde ich mich auch mit einmal begnügen.«

Ich erwähnte nicht, dass ich, bevor ich ihn kennengelernt hatte, nie einsam gewesen war. Das wäre dann doch ein Schritt zu nah am Abgrund gewesen. Ich hatte kein Problem damit, mich zum Narren zu machen, aber es bestand kein Grund, eine Närrin *und* eine Idiotin zu sein.

Er sagte nichts, jedenfalls nicht sofort. Also beschloss ich, tapfer zu sein, und ließ seinen Arm los. Doch er machte einen Schritt auf mich zu und überraschte mich, indem er mir seine große Hand an die Wange legte, seine langen Finger in meinen Haaren vergrub und meinen Blick einfing. Seine Hände waren warm, und überall, wo er mich berührte, fing es sofort heftig an zu kribbeln. Ich wollte mehr.

Sein Blick ruhte auf meinem Mund. Er betrachtete ihn im wahrsten Sinne des Wortes. Es war ein echtes Betrachten, kein bloßes Anschauen oder Anstarren. *Betrachten* enthält das Wort *Trachten*, und nach etwas zu trachten bedeutet, etwas haben zu wollen, und sein Wollen war so greifbar und so heiß wie der Kaffeebecher, den ich immer noch in der Hand hielt.

Ich hörte auf zu atmen und betrachtete ihn ebenfalls.

Ich weiß, ich weiß. Ich bin verrückt. Aber mein allererster Gedanke war: *Macht er mir gleich einen Antrag?*

Verrückt. Sag' ich doch.

Jethro senkte den Kopf und streifte meine Lippen sanft mit seinen. Als er sich danach wieder zurückziehen wollte, kam ich ihm instinktiv entgegen. Den Kopf in den Nacken gelegt wartete ich mit angehaltenem Atem. Einmal, zweimal presste er einen neckenden Kuss auf meinen Mund. Beim dritten Mal wurde sein Kuss gierig.

Mit Zähnen und Zunge ermunterte er mich, ihm Einlass zu gewähren, und das tat ich auch, nachdem ich mit zitternden Fingern den Kaffeebecher neben uns auf den Tisch gestellt hatte.

Jetzt hatte ich beide Hände frei, um ihn zu berühren. Ich packte ihn und hielt mich an ihm fest, während er mich küsste, und die rhythmischen Bewegungen seiner Zunge in meinem Mund führten dazu, dass ich mich an ihn drängte, als wolle ich unsere beiden Körper miteinander verschweißen.

Und dann waren seine wundervollen Lippen auf einmal weg. Er nahm mein Gesicht in beide Hände und hielt es fest, obwohl ich gerne wieder seinen Mund gesucht hätte. Meine Lider öffneten sich flatternd und ich stellte fest, dass er mich schon wieder betrachtete. Jethro fuhr mit den Fingern durch meine Haare, dann strich er hinunter bis zu meinem Hals. Sein Blick flackerte, seine Daumen liebkosten die nackte Haut meines Schlüsselbeins.

»Du hast mir auch gefehlt.« Seine Stimme war leise und belegt.

Zusammen mit seinen Berührungen und seinen unvergleichlichen Küssen sandte sie einen herrlichen Wärmeschauer durch meinen Körper bis hinein in meine Finger- und Zehenspitzen.

Ich hatte ihm auch gefehlt! Ein Hoch auf mich. Ein Hoch darauf, dass ich ihm gefehlt hatte. Ein Hoch auf Jethro.

»Es wäre mir ein Vergnügen, dich morgens abzuholen und ans Set zu fahren.« Er ließ die Hände sinken und trat einen Schritt von mir zurück. Obwohl er mich weiterhin betrachtete, hatte sein Blick auf einmal etwas Distanziertes, Vorsichtiges, und er ballte die Hände zu Fäusten.

Ich nickte stumm und konnte nichts anderes tun, als ihn anzusehen, weil ich noch nicht wieder der Sprache mächtig war. Meine Lippen verzogen sich zu einem verwirrten, wenngleich hoffnungsvollen Lächeln.

Er nickte ebenfalls und sagte: »Dann sehen wir dich am Montag.«

Damit machte er kehrt und verließ den Wohnwagen.

Ich starrte geschlagene dreißig Sekunden lang auf die Tür, ehe seine Abschiedsworte zu mir durchsickerten.

Dann sehen wir dich am Montag.

Wir …

Wer zum Teufel ist »wir«?

Kapitel 16

Sienna

»Ich bin enttäuscht von Ihnen, Sienna.«

Ich warf einen Blick über meine Schulter und stellte fest, dass Cletus Winston unmittelbar hinter mir stand. Er hatte in jeder Hand einen Donut. Wir waren im Cateringzelt, das gerade fast leer war.

Tom war nach L.A. geflogen und würde die ganze Woche über weg sein. Ich nutzte seine und Elons Abwesenheit dazu, die Vormittage außerhalb meines Wohnwagens zu verbringen. Bevor ich durch Cletus unterbrochen worden war, hatte ich versucht zu arbeiten. Betonung auf *versucht*.

»Und wieso, Cletus?«

Er nahm den freien Stuhl neben mir in Beschlag und ich streckte die Hand aus, weil ich davon ausging, dass einer der beiden Donuts für mich gedacht war. Irrtum.

»Das sind meine, Sie können keinen abhaben.« Er brachte sie außer Reichweite und biss von dem Donut mit rosafarbenem Guss ab.

Ich ließ die Hand sinken und sah zu, wie er kaute und mich gleichzeitig herausfordernd anfunkelte.

Jethro hatte Wort gehalten und mich am Morgen abgeholt und ans Set gefahren. Das *wir*, von dem er gesprochen hatte, bezog sich auf Cletus. Folglich hatten Jethro, Cletus und ich zusammen in Jethros Truck gesessen.

Cletus war die ganze Fahrt über demonstrativ mürrisch und

schweigsam gewesen. Schlimmer noch: Jethro war wieder ganz höflich und respektvoll, als hätten wir uns nicht tags zuvor leidenschaftlich geküsst. Es war schwer, umzuschalten, wenn man Vertrautheit erwartete und es stattdessen mit einem mürrischen und einem höflichen Winston-Bruder zu tun bekam.

»Also schön. Weshalb bist du enttäuscht von mir, Cletus?«

»Weil ich Ihnen Mittel und Gelegenheit bereitgestellt habe. Alles, was Sie tun mussten, war, selbige für sich zu nutzen.«

»Wovon redest du?«

»Am Freitag? Die Decken und der Kaffee? Glauben Sie etwa, das war Zufall? Ich hatte das alles sorgfältig arrangiert.«

»Arrangiert?« Ich blinzelte ihn an, während er einen weiteren großen Happen von seinem Donut abbiss. Dem Geruch nach war es ein Donut mit Erdbeergeschmack.

»Ja. Arrangiert.«

Ich lehnte mich auf meinem Stuhl zurück und musterte Cletus mit verschränkten Armen. Ich kam zu dem Schluss, dass er ein sehr eigenartiger Mensch war. »Du bist ein eigenartiger Mensch.«

»Ja, da haben Sie recht. Aber das ändert nichts an der Tatsache, dass Sie den Ball, den ich Ihnen zugespielt habe, nicht übers Netz bekommen haben. Wenn das mit Ihnen und Jethro etwas werden soll, brauche ich Sie in absoluter Topform.«

»Es geht um Jethro?« Sofort saß ich wieder aufrechter.

»Natürlich. Was dachten Sie denn, worum es geht?« Anscheinend konnte ich ihm nicht schnell genug folgen, denn er seufzte ungehalten und verdrehte die Augen. »Wollen Sie meine Hilfe oder nicht?«

»Ja. Ja, ja«, sagte ich rasch und lehnte mich vor. Er hatte meine volle Aufmerksamkeit. »Ja, ich will auf jeden Fall deine Hilfe.«

»Also gut. Wir müssen unseren Angriff koordinieren.« Cletus unterstrich diese Aussage, indem er sich das letzte Stück seines ersten Donuts in den Mund warf.

»Gut. Ja. Angriff koordinieren.« Während er kaute, klingelte mein Handy. Ich warf einen Blick auf den Bildschirm, sah, dass es Marta war, und leitete den Anruf auf die Mailbox um. Marta rief gleich darauf noch einmal an, was mir einen strengen Blick von Cletus einbrachte.

»Sie sollten da rangehen.« Er deutete auf mein Handy. »Gehen Sie ran, und ich sinniere solange, während ich meinen zweiten Donut verspeise.«

Ich folgte seinem Vorschlag und nahm ab. »Hey, was gibt's?«

»Wo bist du?«

»Äh, am Set. Wieso?«

»Kannst du in deinen Wohnwagen gehen?«

Ich runzelte die Stirn. Wann immer Marta schlechte Neuigkeiten zu verkünden hatte und ich am Set war, wartete sie, bis ich mich in meinen Wohnwagen zurückgezogen hatte.

»Geht es allen gut? Ich habe erst gestern mit Mom und Dad gesprochen.«

»Ja, alle sind wohlauf, es hat nichts mit der Familie zu tun. Geh einfach in deinen Wohnwagen und ruf mich dann zurück.«

»Okay. Mach' ich.«

»Gut, bis gleich.«

Sie legte auf und ließ mich irritiert und beunruhigt zurück.

»Was ist los?«, fragte Cletus mit vollem Mund.

»Weiß ich noch nicht.« Ich überlegte, ob ich mich googeln sollte, entschied mich dann aber dagegen. »Meine Schwester will es mir nicht sagen, bis ich alleine im Wohnwagen bin.«

»Was?«

»So ist sie eben.« Ich schob die Blätter zusammen, die ich auf dem Tisch ausgebreitet hatte, und klappte meinen Laptop zu, während ich erklärte: »Sie macht das schon seit Jahren so. Sie hat Angst, ich könnte ausflippen, wenn sie mir eine schlechte Nachricht überbringt – dass ich vor Zeugen die Beherrschung verliere und eine Szene mache.«

»Wieso denkt sie das?«

Ich zuckte mit den Schultern. »Wahrscheinlich weil ich das gemacht habe, als ich fünf war.«

»Sie waren fünf. So ticken Fünfjährige nun mal.«

»Ich weiß. Aber in ihren Augen werde ich, glaube ich, ein Leben lang fünf bleiben.«

»Hmm.« Cletus musterte mich, ehe er abrupt aufstand. »Sie gehen also in Ihren Wohnwagen?«

Ich raffte meine Habseligkeiten zusammen und trat zur Seite, während er meinen Stuhl an den Tisch rückte. »Ja. Sonst erfahre ich nie, was los ist.«

»Gut. Das ist gut.« Er nickte, dann rannte er ohne jeden Abschiedsgruß aus dem Zelt. Ich sah ihm verwundert nach. Er war wirklich eigenartig. Auf eine ganz herrliche Art eigenartig.

Ich gab mir einen Ruck. Ich hatte jetzt keine Zeit, über Cletus Winstons Eigenartigkeit nachzudenken. Also machte ich Henry ein Zeichen, mit mir mitzukommen, und nahm Kurs auf meinen Wohnwagen. Dort angekommen öffnete er die Tür und hielt sie mir auf. Drinnen legte ich meine Sachen auf dem Tisch ab und rief Marta zurück.

»Sienna.«

»Marta, ich bin jetzt allein. Was ist passiert?«

Ich hörte zu, wie sie tief Luft holte, ehe sie mit der Sprache herausrückte.

»Barnaby findet, du bist doch nicht die Richtige für die Rolle von Smash Girl. Aber er will trotzdem, dass du das Drehbuch schreibst.«

Das musste ich erst mal sacken lassen. Mir wurde ganz flau und ich sank auf den nächstbesten Stuhl. »Warum?«

»Er meint, du bist zu alt.«

Ich nickte, auch wenn ich seine Auffassung nicht teilte. Ich war fünfundzwanzig, bei Drehbeginn wäre ich also sechsundzwanzig oder siebenundzwanzig. Sofern sie sich an mein Drehbuch hielten, wäre mein Alter absolut perfekt für die Rolle. »Okay.«

Es war nicht okay. Ich war stinksauer. Aber ich war auch erwachsen und sah keinen Nutzen darin, am Telefon mit meiner Schwester zu schreien und zu toben.

»Und er macht sich Sorgen, dass du gewisse Stereotype bedienen könntest.«

»Wieso? Weil ich auch das Drehbuch schreibe?«

»Nein. Weil du eine Latina bist.«

Ich rollte verächtlich mit den Augen. »Willst du mir sagen, er will mich nicht in der Rolle einer Frau haben, die schnell die Beherrschung verliert, weil er denkt, dass alle lateinamerikanischen Frauen schnell die Beherrschung verlieren?«

»Nein. Das denkt er natürlich nicht. Aber es ist nun mal ein Klischee. Er hat bereits Kritik von Antirassismus-Gruppen bekommen – schlechte Presse, weil er eine Latina für die Rolle in Betracht gezogen hat.«

»Das ist das Dümmste, was ich je gehört habe.« Ich lehnte mich auf dem Stuhl zurück und drehte mich hin und her. Ich knirschte mit den Zähnen. Es war mehr als dumm. Es war völlig grotesk. »Barnaby macht sich also Sorgen, dass Antirassismus-Gruppen auf die Barrikaden gehen könnten, wenn eine Latina die Hauptrolle in einer großen Produktion spielt, weil es um eine Figur geht, die bei Wut rot anläuft? Ganz abgesehen davon, dass ich die ideale Besetzung für den Part bin? Dabei haben besagte Antirassismus-Gruppen kein Problem damit, wenn eine Frau aufgrund der Tatsache, dass sie Latina ist, *nicht* für die Rolle in Betracht gezogen wird. Das ist so dämlich, dass es schon wieder brillant ist.«

»Sienna ...«

»Nein. Nein. Es ist absolut logisch. Lassen wir die gläserne Decke lieber heil, statt das Problem konstruktiv anzugehen. Ich meine, vergessen wir die Tatsache, dass die Besetzung einer Latina Türen öffnen und ein Zeichen für Vielfalt im Filmgeschäft setzen würde. Wen interessiert's? Es ist doch viel besser, sich den Kopf darüber zu zerbrechen, ob wir vielleicht ein veraltetes Klischee bedienen könnten. Wahrscheinlich sollte man einfach alle Hautfarben bis auf Weiß komplett aus Filmen verbannen. Und Frauen gleich mit. Shakespeare hat es richtig gemacht. Von jetzt an sollten für sämtliche Rollen nur noch weiße Männer besetzt werden. Außer, es handelt sich um eine Figur, die privilegiert und reich ist – die muss dann selbstverständlich von einer Person of Color gespielt werden. Schließlich wollen wir keine Vorurteile propagieren!«

Ja, ich übertrieb maßlos. Meine Haltung war albern und kleinlich. Aber mir war gerade eben die Rolle meines Lebens durch die Lappen gegangen, da hatte ich das Recht, wütend und verbittert zu sein. Ich glaube, das wäre jedem so gegangen, ungeachtet von Hautfarbe und Herkunft.

Ich war privilegiert und behütet aufgewachsen, in einem bürgerlichen Viertel, umgeben von Menschen, die mich liebten. Meine Eltern waren Ärzte und verdienten gutes Geld. Ich glaubte nicht, dass alle Weißen das große Los gezogen hatten, nur weil sie weiß waren, genauso wenig wie ich der Ansicht war, dass alle lateinamerikanischen Frauen ein aufbrausendes Temperament besaßen. Aber weißen Schauspielern wurden nie Rollen weggenommen, weil sie negative Stereotype über ihre Ethnie verfestigen könnten. Warum durfte ich dann nicht auch die Rolle einer knallharten Superheldin spielen?

Das ist so dumm, dass es schon wieder brillant ist.

»Schatz, ich weiß, dass du dich ärgerst. Aber sieh es doch mal positiv: Sie finden dein letztes Drehbuch großartig – und die Seiten von *Smash Girl*, die du bis jetzt geschickt hast, auch. Sie wollen dich nach wie vor unbedingt bei dem Projekt dabeihaben.«

Ich ließ mein Kinn auf die Brust sinken, sackte auf meinem Stuhl in mich zusammen und ließ den Blick durch den Wohnwagen schweifen, ohne wirklich etwas zu sehen. Ich gab keine Antwort.

»Sienna? Bist du noch da?«

»Ja.«

»Es werden andere Rollen kommen.«

»Ich weiß.«

Sie schwieg kurz, dann fragte sie: »Schickst du mir weiter deine fertigen Seiten? Für *Smash Girl*?«

Ich schwieg.

»Sienna«, sagte sie streng. »Schick weiterhin alles, was du fertig hast, hörst du mich?«

»Ich muss jetzt.«

»Sienna, hör mir zu –«

Ich legte auf und schaltete mein Handy aus. Am liebsten hätte ich es an die Wand geworfen. Ich tat es nicht. Stattdessen köchelte ich in meinem Frust vor mich hin. Das Seltsamste dabei war, dass ich gar nicht wusste, ob ich mich in erster Linie darüber aufregte, die Rolle verloren zu haben, oder darüber, aus welchem *Grund* ich sie verloren hatte. Einerseits war ich stinksauer, weil man mich nur aufgrund meiner Ethnizität vom Casting ausgeschlossen hatte ... Aber dass ich die Rolle los war – und die damit einhergehende mediale Aufmerksamkeit und den Presserummel –, das war in Wahrheit eine riesengroße Erleichterung.

Jemand klopfte an die Tür. Ich reagierte nicht. Es klopfte noch einmal lauter. Auch das ignorierte ich. Die Person draußen klopfte ein drittes Mal, und ich wollte gerade etwas rufen, als ich hörte, wie die Tür aufging.

»Sienna?«

Ich schloss die Augen, weil ich es nicht wahrhaben wollte. Der hartnäckige Klopfer war Jethro. Er wartete nicht auf Antwort, sondern betrat meinen Wohnwagen und schloss die Tür hinter sich. Ich hörte, wie er zu mir kam, wo ich wie ein Häufchen Elend auf meinem Stuhl hockte. Ich spürte seine Blicke auf mir.

»Hey«, sagte er und stupste meinen Fuß mit dem Stiefel an. »Geht es dir gut?«

Ich schluckte die Gefühle herunter, die plötzlich in mir aufwallten. Ich war frustriert. Und wie ich bereits erwähnt hatte: Wenn ich frustriert bin, weine ich.

Sobald ich sicher war, dass ich sprechen konnte, ohne dass mir gleich die Tränen kamen, sagte ich: »Ja, mir geht's gut.«

Jethro schwieg. Ich hatte das Gefühl, dass er mich weiterhin ansah, also öffnete ich die Augen und begegnete seinem Blick. Wieder einmal warf mich seine geballte Attraktivität völlig aus der Bahn. Seine Anwesenheit in meinem engen Wohnwagen war überwältigend.

»Was machst du hier?«, wollte ich von ihm wissen.

»Cletus meinte, du hättest schlechte Nachrichten bekommen.«

»Und?«

»Und …« Sein Blick wurde schärfer. Offensichtlich fand er meine Frage ermüdend. »Ich habe mir Sorgen um dich gemacht.«

Bei dieser Antwort runzelte ich die Stirn. Er hatte es gesagt, als wäre es das Natürlichste von der Welt, dass er sich Sorgen um mich machte. Es *war* aber nicht das Natürlichste von der Welt. Jedenfalls nicht für mich. Nicht wenn er mich in einer Minute küsste, als wäre ich köstlicher als Daisys Donuts, und mich im nächsten Moment einfach stehen ließ. Nicht wenn er seinen Bruder als Anstandswauwau mitbrachte, damit wir uns auf der morgendlichen Fahrt ans Set auch ja nicht zu nahe kamen.

Während ich noch mit mir debattierte, ob ich ihn fragen sollte, weshalb er mich geküsst hatte, und ob er vorhatte, mich noch einmal zu küssen, zücke Jethro sein Handy, sah angestrengt auf das Display und tippte und wischte mit dem Daumen, als suche er etwas. Kurze Zeit später erfüllte Musik den Wohnwagen.

Ich kannte das Lied, konnte mich aber nicht mehr an den Titel erinnern. Es war eine alte Aufnahme von einer Frau, die auf Französisch sang. Ihre Stimme erfüllte die Luft zwischen uns und um uns herum.

»Was ist das für ein Lied?«

Jethros warmer Blick glitt über mich und ein anziehendes Lächeln umspielte seine Lippen. »*La vie en rose*.«

»Es ist wunderschön.« Das war es wirklich. Aber es war nicht gerade stimmungsaufhellend.

Dann hielt Jethro mir die Hand hin. »Tanz mit mir.«

Verdutzt schaute ich erst auf seine dargebotene Hand, dann in sein Gesicht.

»Warum?«, fragte ich.

Er antwortete nicht gleich. Stattdessen nahm er meine Hand, half mir auf die Füße und legte mir einen Arm um die Taille. Ich ließ zu, dass er mich an sich zog, legte meine Hände in seine, und gemeinsam begannen wir uns im Takt der wundervollen Musik zu wiegen. Widerstrebend musste ich eingestehen, dass er ein ausgezeichnetes Rhythmusgefühl hatte. Jemand hatte ihm das Tanzen beigebracht.

Jethro näherte sich mit seinem Mund meinem Ohr und sein Bart kitzelte mich am Hals, als er endlich eine Antwort auf meine Frage wisperte. »Weil du willst, dass ich dich in den Arm nehme, aber nicht weißt, wie du mich darum bitten sollst.«

• • •

Wir gingen Hand in Hand über die Prärie.

Hand in Hand! Mein Gehirn schrie diese Tatsache in unregelmäßigen Abständen immer wieder laut heraus, weil sie einfach so verwirrend und aufregend war.

Wir hatten in meinem Wohnwagen zu *La vie en rose* getanzt, immer wieder, bis ich endlich so gefasst war, dass ich ihm von meinen schlechten Neuigkeiten berichten konnte.

Dabei war ich gleich wieder in Rage geraten. Jethro hatte vorgeschlagen, einen Spaziergang zu machen unter dem Vorwand, die Bärenfallen kontrollieren zu wollen. Der gleichmäßige Rhythmus unserer Schritte und die liebliche Natur des Nationalparks – nicht zu vergessen der Sonnenuntergang, der den Himmel blau und purpur färbte – machten es mir leichter, ihm mein Herz auszuschütten.

Jethro hörte aufmerksam zu und war gleichermaßen besorgt wie entrüstet. Er drückte mir sein Mitgefühl und Verständnis aus, nahm meine Hand und hielt sie fest.

Und jetzt waren wir draußen auf der Prärie und die Stille zwischen uns war so lang wie unsere Schatten.

Irgendwann brach er unser kameradschaftliches Schweigen. »Da gibt es etwas, was meine Momma früher oft gesagt hat und das ich mir immer wieder ins Gedächtnis rufe: *Mit Schnappschildkröten sollte man nicht nackt baden gehen.*«

Ich betrachtete sein attraktives Profil und schmunzelte über den Spruch, denn Hollywood war wirklich ein Becken voller Schnappschildkröten. Doch dann wurde ich vom Anblick seines markanten Kiefers, seines schönen Halses und seiner breiten Schultern abgelenkt. Seine

Hand fühlte sich fest und stark an. Jethro steckte voller Kraft, und es war eine ursprüngliche und wilde Kraft – jedenfalls im Vergleich zu der meiner Schauspielkollegen, die – und ich schloss mich da keineswegs aus – in klimatisierten Fitnessstudios unter Anleitung eines Personal Trainers trainierten. Jethro hingegen gebrauchte seine Kraft tagtäglich bei der Arbeit, mal allein, mal als Teil eines Teams. Sie fühlte sich echt an. Er fühlte sich echt an. Ich liebte ihn dafür, dass er so echt war.

Ein Blick von ihm riss mich aus meinen Gedanken.

»Ach, hat sie das?« Ich lachte und schüttelte den Kopf. »Sie scheint eine kluge Frau zu sein. Hat sie in Hollywood gearbeitet?«

Er grinste, allerdings nur flüchtig. »Nein. Bei ihr waren die Schnappschildkröten eher Motorradrocker.«

Wir gingen weiter. »Sie erinnert mich ein bisschen an meine Mutter«, sagte ich nach einer Weile, ohne nachzudenken. »Die gibt mir auch gern Ratschläge. Aber sie sagt dann Dinge wie: *Aus einem Kieselstein kann man keinen Diamanten schleifen* – der Kieselstein steht dabei für schlechte Menschen.«

Er lächelte schief.

Weil ich nicht länger über die Ungerechtigkeit Hollywoods mit ihm reden wollte und weil ich neugierig war, fragte ich ihn: »Wolltest du immer schon Ranger im Nationalpark werden?«

»Nein.« Jethro schüttelte belustigt, aber mit Nachdruck den Kopf. »Ganz und gar nicht. Als ich jünger war, habe ich die Ranger gehasst. Die haben einem immer den Spaß verdorben.«

Er schwieg einen Moment, aber es war ein Schweigen, das weitere Informationen versprach. »Früher war es mein größter Wunsch, zu den Iron Wraiths zu gehören.«

»Was bedeutet das?«

Er blieb stehen, ließ meine Hand los und verschränkte die Arme vor der Brust. Mit zusammengekniffenen Augen starrte er zum Horizont. »Das bedeutet, dass ich Rocker werden wollte, ein Mitglied im Motorradclub.« Leiser fügte er hinzu: »Das war alles, was ich je wollte.«

»Was hat dich dazu bewogen, deine Meinung zu ändern?«

Jethro musterte mich, ehe er widerstrebend fortfuhr. »Ich hatte damals einen besten Freund. Ben.« Er senkte den Blick auf das kniehohe, schilfartige Präriegras. »Wir hatten unheimlich viel Spaß miteinander, haben praktisch alles zusammen gemacht. Er war ein guter Mensch. Der beste, den ich je gekannt habe. Ich hatte ständig wegen irgendwas Ärger, und er war immer zur Stelle, um mich rauszuboxen.« Jethro lachte bei der Erinnerung und schüttelte den Kopf. »Ich glaube, ich habe mich einfach darauf verlassen, dass er für mich da ist. Dass er das Gute in mir sieht, wo alle anderen nur das Schlechte gesehen haben. Klingt das seltsam?«

»Nein, im Gegenteil. Ich glaube, wir alle brauchen jemanden, der das Beste in uns sieht.« Mir Jethro als einen schlechten Menschen vorzustellen, war schwer, wenn nicht gar unmöglich. »Kanntest du ihn schon immer?«

»Ja. Ich kann mich gar nicht an ein Leben ohne ihn erinnern. Bis er dann gestorben ist.«

Ich bemühte mich, Mitgefühl zu zeigen, mir aber nicht anmerken zu lassen, dass ich wusste, wie Ben ums Leben gekommen war, weil Hank es mir bereits vor Wochen erzählt hatte. Ich hatte den Eindruck, dass es Jethro guttun würde, darüber zu reden, also fragte ich leise: »Wie ist er gestorben?«

»Er war bei den Marines. Er wollte noch etwas Gutes tun, ehe er sesshaft wurde und eine Familie gründete. Aber er ist gleich bei seinem ersten Einsatz in Afghanistan gefallen. Eigentlich war Ben derjenige, der Ranger werden wollte.«

»Ben wollte Ranger werden?«

Sein Blick verschwamm. »Ja, genau.«

»Und dann bist du an seiner Stelle Ranger geworden?«

Er sah mich an, hielt meinen Blick fest. Normalerweise hatte er immer wenigstens den Hauch eines Lächelns im Gesicht. Das war eins der Dinge, die ich am meisten an ihm liebte – dass er so unbeschwert und offenherzig war. Jetzt allerdings war davon nichts zu merken.

»Ja, bin ich.« Er nickte einmal. »Nachdem Ben tot war, musste ich die ganze Zeit daran denken, dass es eigentlich mich hätte erwischen sollen.«

»Oh, Jethro, nein.« Ich wollte wieder seine Hand nehmen, doch er spürte meine Absicht und wich meiner Berührung aus, indem er die Hände an die Hüften legte.

»Ich war so ein Arschloch damals. Respektlos meiner Mutter gegenüber, arrogant, selbstverliebt. Einmal wollte ich sogar meine Schwester dazu zwingen, sich zu prostituieren.« Er schürzte die Lippen und spie die Worte förmlich aus, sichtlich angewidert von sich selbst. »Oder vielmehr: Mein Vater wollte es, und ich habe nichts dagegen unternommen. Sie war damals erst fünfzehn, aber für mich war mein Vater damals ein großer Held, der nichts falsch machen konnte. Zum Glück hat mein Bruder Billy davon erfahren und es gerade noch rechtzeitig verhindert. Ich wollte damals unbedingt in die Fußstapfen meines Vaters treten. Ich dachte, er wäre ein wichtiger und geachteter Mann, weil er Einfluss bei den Wraiths hatte. Aber die traurige Wahrheit war, dass er nur die Achtung der anderen Gangmitglieder, dieser beschissenen Versager, genoss. Er hatte Macht in einer dreckigen kleinen Rockerbande. Mehr nicht.«

Ich wusste nicht, was ich darauf erwidern sollte; außerdem glaubte ich, dass Jethro noch mehr sagen wollte. Also schwieg ich und wünschte, er würde sich von mir in den Arm nehmen lassen.

»Aber als Ben gestorben ist«, seine Stimme wurde tief und heiser, als die Gefühle in ihm hochkamen, »hat mir das die Augen geöffnet, und mir ist klar geworden, dass ich in Wahrheit weder die Iron Wraiths noch meinen Vater wirklich liebte. Ich mochte die Loyalität, den Zusammenhalt, das Gefühl, Teil von etwas Wichtigem zu sein. Dadurch habe ich mich selbst wichtig gefühlt. Das war es, wonach ich mich in Wahrheit gesehnt hatte. Aber das hatte ich ja längst mit meinen Brüdern. Und mit Ben.« Er klang so zerrissen, so reuevoll, dass Tränen in meinen Augen brannten. Trotzdem wandte ich den Blick nicht von ihm ab. »Das hatte ich längst mit meiner Mutter und meiner Schwester. Und ich habe es einfach weggeworfen.« Jethro schüttelte den Kopf. Sein Lächeln war voller Selbsthass.

»Du hast dich geändert«, sagte ich. Es tat mir so weh, sein von Wut und Bitterkeit und Verachtung verzerrtes Gesicht zu sehen. »Du hast dich geändert. Schau dir nur an, wie du jetzt bist.«

»Ich habe mich nicht bloß geändert – jedenfalls nicht so, wie du vielleicht denkst. Ich bin ein vollkommen neuer Mensch geworden. Ich habe beschlossen, das Leben zu leben, das Ben verwehrt geblieben ist. Ich habe versucht, seine Wünsche und Träume zu verwirklichen. Ich will der Mensch sein, der er nie sein durfte.«

Dieser Satz zerriss mir fast das Herz. Ich presste mir beide Hände vor die Brust, um ihn nicht schon wieder anzufassen. »Aber was ist mit dem Leben, das *du* führen möchtest? Was ist mit Jethros Wünschen und Träumen?«

Abermals schüttelte er den Kopf. Sein Lächeln hatte etwas Wehmütiges, Müdes. »Meine Träume sind mit Ben McClure in Afghanistan gestorben. Ein Glück, kann ich da nur sagen.«

Ich atmete schmerzhaft aus. »Ich rede nicht von den Träumen und Wünschen, Mitglied in einem Motorradclub zu sein. Ich meine deine neuen Wünsche, deine neuen Träume. Die guten. Was willst du *jetzt* aus deinem Leben machen? Wenn du machen könntest, was immer du wolltest, was wäre das?«

Jethro vergrub die Hände in den Taschen und zuckte mit den Schultern. »Keinem mehr wehtun.«

»Okay. Axtmörder fällt also schon mal weg.«

Das entlockte ihm ein kleines Lachen und die Enge in meiner Brust ließ etwas nach, als immerhin ein Anflug seiner alten Unbekümmertheit zurückkehrte.

»Ich meine es ernst. Was willst *du*?«

Wieder einmal stellte ich fest, dass Jethro mich betrachtete. Und wieder einmal raubte sein Blick mir fast den Atem.

Wie schon am Freitag machte Jethro einen Schritt auf mich zu und vergrub die Finger in meinem Haar. Ich war so für seine Berührungen sensibilisiert, dass ich am ganzen Körper eine Gänsehaut bekam. Ich hob den Kopf, weil ich seinen Mund auf meinem spüren wollte, denn dieser Mann war wirklich ein begnadeter Küsser.

Und mein Magen und mein Herz machten gerade Synchrongymnastik.

Und ich mochte ihn einfach wahnsinnig gern.

Doch statt mich zu küssen, zog er mich an sich und presste mir die Lippen auf die Stirn. Der Atem entwich in einem erschrockenen Keuchen aus meinen Lungen.

»Jethro –«

»Schhh«, sagte er. Seine Lippen streichelten meinen Haaransatz.

Er senkte den Kopf, legte seine Stirn an meine und atmete tief meinen Duft ein. Ich umfasste seine Handgelenke und schüttelte leicht den Kopf. Ich wollte den Kontakt nicht unterbrechen, aber in mir tobte ein Gefühlschaos. Ich hatte keine Ahnung, was wir hier machten. Ich wollte mehr Berührung, nicht weniger.

»Was machen wir hier?«, fragte ich hilflos und verängstigt.

»Wir finden Trost.«

Das brachte mich zum Lächeln. Ich sah zu ihm auf. »Du findest Trost bei mir?«

»Ja.«

Mein Lächeln wurde breiter. Ich schloss die Augen und überließ mich dem Moment. Ganz allmählich hörte ich die Symphonie von Geräuschen um uns herum. Der Wind strich durch das Gras und raschelte in den vielen kleinen Blättern einer nahen Eiche. Grillen und andere Insekten sirrten und summten. Ich spürte Jethros Herzschlag in seinen Fingerspitzen und an den Stellen, wo ich seine Handgelenke umfasst hielt. Mein eigener Herzschlag verlangsamte sich, bis er sich seinem Rhythmus angepasst hatte.

Meine innere Rastlosigkeit ließ nach und verschwand schließlich ganz. Dann waren da nur noch die Stille und das beruhigende Gefühl, ihm nahe zu sein, auch wenn wir einander kaum berührten. Und ich fand Trost bei ihm.

Kapitel 17

Sienna

Ich hatte gedacht, Jethro und ich würden uns wieder annähern.

Doch nachdem wir einander auf der Prärie Trost gespendet hatten – erst jetzt wird mir bewusst, dass das wie ein Euphemismus für Sex klingt –, ging Jethro mir erneut aus dem Weg. Wir fuhren weiterhin jeden Morgen gemeinsam in seinem Truck zum Set – aber das war es auch schon. Während dieser stets unter Aufsicht des auf der Rückbank sitzenden Cletus stattfindenden Fahrten war er freundlich wie immer, doch kaum am Ziel angekommen, verhielt er sich höflich und distanziert. Das war der Grund, weshalb ich mich zehn Tage später, als ich die beiden aus dem Cateringzelt kommen sah, Jethro in den Weg stellte. Ich wollte ihn bitten, mit mir in den Wohnwagen zu kommen, damit wir die Sache klären konnten.

Und mit »klären« meine ich: rausfinden, was in Godzillas Namen zwischen uns los war.

Doch noch ehe ich etwas sagen konnte, verkündete Cletus laut: »Ah, Ms Diaz, ich frage mich, ob Sie eventuell Lust hätten, morgen zum Abendessen auf das Anwesen der Winstons zu kommen. Jethro ist mit Kochen an der Reihe, und er macht eine ganz ausgezeichnete Truthahnpastete.«

»Sie hat keine Lust«, antwortete Jethro für mich. Er hatte die Hände in den Hosentaschen und den Mund zu einem schiefen – wenngleich kaum wahrnehmbaren – Lächeln verzogen. »Sie muss arbeiten.«

»Nein, muss ich nicht«, widersprach ich, verärgert, dass Jethro behauptete, ich hätte keine Zeit, ohne mich vorher auch nur gefragt zu haben.

Vielleicht wollte er nicht, dass ich zum Essen kam. Ihn jeden Tag zu sehen, ohne ihm wirklich nah sein zu dürfen, war zermürbend, aber zugleich nährte es auch eine Art Sucht in mir. Ich wollte mehr davon, mehr von seiner Zeit, mehr von *ihm*.

Als er mich ansah, war sein Blick so konsterniert wie meiner, als hätte ich ihn mit meiner Antwort überrascht. »Nein? Musst du am Samstag nicht zu einem Termin?«

Ich stellte mich kerzengerade hin und reckte das Kinn vor. Trotz – das Wort beschrieb meinen Gefühlszustand recht gut. Ich trotzte den Ausreden, die er sich einfallen ließ, um mich außerhalb unseres fest geregelten morgendlichen Mitfahr-Arrangements nicht sehen zu müssen.

»Stimmt, am Samstag muss ich weg, aber morgen habe ich den ganzen Tag frei. Ich habe überhaupt keine Pläne. Überhaupt keine. Nicht einen einzigen.« An Cletus gewandt sagte ich: »Ich nehme die Einladung gerne an. Was kann ich mitbringen und um wie viel Uhr soll ich da sein?«

Cletus grinste und in seinen Augenwinkeln bildeten sich kleine Fältchen. »Bringen Sie einfach sich selbst mit. Das ist mehr als genug.«

»Sienna.«

Wir drehten uns um, als jemand meinen Namen rief.

Ich hatte Mühe, mir eine missmutige Grimasse zu verkneifen. Tom war wieder da. Die Zeit ohne ihn war so schön gewesen. Er hielt im lockeren Trab auf mich zu und sah aus wie einem Werbespot für Sportmode oder überteuertes Bodyspray entsprungen. Elon musste Riesenschritte machen, um mit ihm Schritt zu halten.

»Sí-sí«, sagte er im Näherkommen und schenkte mir sein übliches Strahlelächeln. »Da bist du ja.«

»Ja. Hier bin ich. Ich bin hier.« Keine Ahnung, wieso, aber ich stellte mich unwillkürlich zwischen Cletus und Jethro. »Tom – das hier sind Cletus und Jethro Winston. Cletus, Jethro – das ist Tom Low.«

»Mr Low«, grüßte Cletus, ohne ihn anzusehen. »Ich mochte Ihren Film *The Wall Street Connection*.«

»Danke sehr«, entgegnete Tom und schüttelte den Brüdern die Hand. Er musterte die beiden. Cletus hatte den Blick zu Boden geheftet, Jethro allerdings schaute Tom geradewegs in die Augen und schenkte ihm ein entspanntes Lächeln, als würde ihn die Anwesenheit des Filmstars kein bisschen beeindrucken.

Tom entging diese höfliche Indifferenz nicht, und ich musste in wachsender Unruhe zusehen, wie er Jethro durch zusammengekniffene Augen fixierte.

»Möchten Sie ein Autogramm?«, fragte er gönnerhaft. »Ich fürchte, ich habe gerade keinen Stift zur Hand.«

»Nicht nötig, Sir.« Jethro wischte das Angebot mit einer Handbewegung und einem weiteren freundlichen Lächeln beiseite. Es war sonnenklar, dass er überhaupt nicht wusste, wer ihm da gegenüberstand. Und wenn er es gewusst hätte, wäre es ihm egal gewesen.

Tom musterte Jethro noch einen Moment länger mit unverhohlenem Missfallen, dann richtete er seine Aufmerksamkeit auf mich.

»Sí-sí, das mit *Smash Girl* tut mir so leid.« Er schnalzte mit der Zunge. »Hast du eine Ahnung, warum sie auf einmal ihre Meinung geändert haben?«

»Tja ...« Mein Blick zuckte erst zu Jethro, dann zu Tom. »Ich glaube, ich bin ihnen ein bisschen zu groß.«

Toms Blick taxierte mich von oben bis unten und ich merkte, wie Jethro sich versteifte. Er trat einen Schritt näher an mich heran und verlagerte das Gewicht auf den Fuß hinter mir.

»Hast du übrigens daran gedacht, jemanden vom Catering nach der Low-Carb-Option zu fragen? Elon und ich lassen uns die Mahlzeiten jetzt immer direkt in den Wohnwagen liefern. Die sind gar nicht so schlecht. Na ja, jedenfalls wenn man bedenkt, wo wir uns hier befinden.«

Ich übte mich in Geduld und nahm einen tiefen Atemzug. Dabei berührte mein Rücken Jethros Brust. Ich weiß nicht, ob es Absicht war, aber es fühlte sich beruhigend an, als würde er mir ohne Worte sagen: *Ich stehe hinter dir.*

»Nein«, antwortete ich. »Ich habe keine Low-Carb-Mahlzeiten bestellt.«

Toms Blick machte einen kurzen Abstecher zu meinen Brüsten. »Das solltest du aber. Probier's einfach mal aus. Vielleicht hast du dann ja doch noch eine Chance als Smash Girl.«

Ehe ich das Thema wechseln oder mich verabschieden konnte, fragte Jethro mit leicht aggressivem Unterton in der Stimme: »Wie sollen Low-Carb-Mahlzeiten Sienna denn dabei helfen, kleiner zu werden?«

Tom blinzelte. Sein Blick driftete zu Jethro. In seinem Kiefer zuckte ein Muskel. »Ich habe mir überlegt, ob ich diesen Look auch mal ausprobieren soll.« Er deutete mit einer Bewegung seines Kinns auf Jethro. »Haben Sie vielleicht irgendwelche Tipps für mich?«

Der Kontakt zwischen Jethros Brust und meinem Rücken verstärkte sich. »Ich weiß nicht, wovon Sie reden.«

»Da, wo ich herkomme«, Tom legte den Kopf schief, »bezeichnet man Leute wie Sie als Hipster oder Lumbersexuals. Mit Vollbart und Karohemd und so.«

Ohne zu zögern konterte Jethro: »Aha. Verstehe. Da, wo ich herkomme, bezeichnet man Leute wie mich als Männer.« Er legte leicht eine Hand auf meinen Oberarm. »Und das hier ist eine Frau. Das da auch.« Er zeigte auf Elon.

»Ha, ha, Sie sind ja ein richtiger Witzbold«, sagte Tom humorlos. Sein Grinsen war eher ein Zähnefletschen. »Und als was bezeichnet man Leute wie mich? Als Filmstars vermutlich, oder?«

»Nein, Sir.«

»Als was denn dann?«

»Ich würde es Ihnen ja sagen, aber das Wort würde Ihnen nicht gefallen.«

Ich konnte ein Kichern nicht unterdrücken, obwohl ich es versuchte. Aber das spielte ohnehin keine Rolle mehr, denn im nächsten Moment drehte mich Jethro, der mich immer noch am Arm festhielt, zu sich herum, zog mich an sich und gab mir einen sehr aufreizenden Kuss, wobei er meine Lippen kurz mit seiner köstlichen Zunge streifte.

Ich war vollkommen überrumpelt und wurde augenblicklich schlaff in seinen Armen.

»Wir sehen uns morgen«, raunte er mir mit sanfter, tiefer Stimme ins Ohr – eine Stimme, bei der sich eine wohlige Wärme in mir ausbreitete und mir gleichzeitig die Knie weich wurden. Er rieb die Nase an meinem Kiefer, wobei er mich mit seinem Bart kitzelte, und küsste mich noch einmal. Dann ließ er mich los, verabschiedete sich von Elon, indem er sich an den Hut tippte und »Ma'am« sagte, und schlenderte davon.

Tom war genauso in Schockstarre wie ich. Allerdings hatte ich mich als Erste wieder erholt, weil Cletus mir im Gehen die Schulter tätschelte und mir ein kleines, vieldeutiges Lächeln zuwarf. Er formte lautlos einige Worte mit den Lippen, die ich als *»Wie cool war das denn?«* deutete, dann eilte er seinem Bruder nach.

Ich gab mir einen Ruck, entschuldigte mich bei Tom und Elon mit dem Hinweis darauf, dass ich noch eine Besprechung mit der Regisseurin hätte, und verschwand in die entgegengesetzte Richtung. Nach einigen Metern konnte ich mich nicht mehr beherrschen und warf einen Blick zurück – nicht auf Tom, sondern auf Jethro. Nicht zum ersten Mal fiel mir sein unnachahmlicher Gang auf – locker, sexy, unaffektiert. Und doch war mir bis zu diesem Augenblick nicht wirklich bewusst gewesen, mit welch selbstverständlicher Lässigkeit er sich bewegte, so als wäre er der unumstrittene Herrscher des Universums, der Gebieter über das Imperium namens *Ihr könnt mich alle mal.*

Die Liste seiner unwiderstehlichen Eigenschaften hatte soeben einen neuen Eintrag dazubekommen.

Kapitel 18

Jethro

Ich wachte auf und starrte missmutig auf meinen Wecker. Er zeigte kurz nach halb drei Uhr morgens an. Es war eine unruhige Nacht gewesen. Ich war gegen neun eingeschlafen, hatte aber wieder einmal einen sehr unangenehmen Traum gehabt. Die Einzelheiten spielten keine Rolle – es kam ein Fahrstuhl darin vor, der ständig auf der falschen Etage anhielt.

Das Problem war, dass mich seit Wochen solche Träume plagten – seit meinem Date mit Sienna Diaz. Ich war frustriert und reizbar, und es wurde immer schlimmer. Die einzigen anderen Träume, die ich noch hatte, drehten sich darum, dass wir heißen Sex miteinander hatten. Manchmal war er wild und grob, manchmal langsam und zärtlich. Aber heiß war er immer. Das Ergebnis war, dass ich jeden Morgen mit einer geballten Ladung Frust und einer Latte aufwachte.

Ich rieb mir die Augen, wälzte mich aus dem Bett und überlegte hin und her, ob ich mir ein paar Gläser Whisky genehmigen sollte. In der Theorie gefiel mir die Idee, doch in der Praxis bestand die Gefahr eines Dammbruchs. Wenn man eine Sucht durch eine andere ersetzt, kann das nur ein böses Ende nehmen.

Und genau daran erinnerte mich meine derzeitige Problemlage. Während meiner Zeit bei den Wraiths hatte ich miterlebt, wie einige der Brüder auf Entzug gegangen waren, um ihre Abhängigkeit von Drogen oder Sex oder Alkohol zu brechen. Manche waren tatsächlich erfolgreich gewesen, aber die meisten nicht. Sobald sie die nächste Versuchung vor der Nase hatten, fielen sie in alte Verhaltensmuster zurück. Ich war nie von irgendetwas abhängig gewesen. Ich hatte keine Suchtpersönlichkeit.

Jedenfalls hatte ich früher keine gehabt.

Bis vor ein paar Wochen.

Als ich noch nicht die ganze Zeit an eine gewisse Frau gedacht hatte. Eine Frau mit goldener Haut, dunklen Augen, Grübchen, langen Wimpern und einem Körper, der mich zu unbequemen – weil oftmals schmutzigen – Tagträumen inspirierte.

Ich stand auf und bemühte mich, leise zu sein, weil ich Roscoe nicht aufwecken wollte. Er und ich teilten uns momentan ein Zimmer. Ich hatte angefangen, das Haus zu renovieren, nachdem es jahrelang sträflich vernachlässigt worden war. Meine Mutter trug keine Schuld daran. Sie war vollauf damit beschäftigt gewesen, uns Rabauken großzuziehen und halbwegs zivilisierte Menschen aus uns zu formen. Um Termiten, das undichte Dach, die morschen Balken oder den Schimmel hatte sie sich da nicht auch noch kümmern können.

Während ich den Flur hinunterging, begutachtete ich die neue Vertäfelung, die ich letzten Monat angebracht hatte. Der Großteil der Abrissarbeiten war erledigt, aber ich plante, im oberen Stock noch zwei zusätzliche Badezimmer einzubauen. Ein Bad für sechs Männer – das war einfach nicht genug. Außerdem fehlte in der Hälfte der Schlafzimmer der Fußboden, und in einigen war auch noch kein Putz an den Wänden. Deshalb schliefen wir seit November zu zweit.

Es lag auf der Hand, dass Beau sich mit Duane ein Zimmer teilte. Duane und Jess würden bald nach Italien aufbrechen, am Ende des Sommers hätte Beau also wieder ein Zimmer für sich allein. Billy hasste mich, daher hatte er sich entschieden, bei Cletus einzuziehen. Ich schlief normalerweise allein, aber weil Roscoe über den Sommer nach Hause gekommen war, hatte auch ich vorübergehend einen Mitbewohner.

Ashley lebte mit Drew in Sünde in dessen Haus am Bandit Lake. Wir freuten uns riesig für die beiden – allerdings hatte ich den Verdacht, dass Drew ihr bereits mehrere Heiratsanträge gemacht und sie ihm bislang noch keine Antwort gegeben hatte. Sie ließ ihn zappeln. Manchmal war sie genauso merkwürdig wie Cletus.

Ich machte mir nicht die Mühe, die Badezimmertür hinter mir zu schließen. Ich wollte mir nur schnell ein Glas Wasser holen. Aber dann fiel mein Blick auf eine Erotikzeitschrift, die jemand auf der Ablage vergessen hatte – vermutlich Roscoe. Er hatte sich seit seiner Rückkehr … sagen wir … noch nicht wieder ganz bei uns eingelebt.

Dazu muss man wissen, dass wir einen Badezimmer-Plan hatten. Der Plan war heilig. Wenn jemand sich nicht an den Plan hielt, ging die Stimmung in den Keller und alles versank im Chaos.

Eigentlich gab es im rein männlichen Winston-Haushalt nur drei eiserne Regeln.

Erstens: niemandem die Essensreste wegfressen.

Zweitens: immer alle zugewiesenen Aufgaben im Haushalt erledigen.

Drittens: den Badezimmer-Plan einhalten.

Roscoe, der einundzwanzig Jahre alt und single war, hatte seit seiner Rückkehr bereits des Öfteren Regel Nummer drei gebrochen. Duane war das aus naheliegenden Gründen egal, er hatte ja Jessica. Billy hatte noch kein Wort dazu gesagt, wenigstens nicht zu mir. Aber Beau und Cletus taten so, als stünde das Ende der Welt bevor, nur weil Roscoe mitten in der Nacht onanierte – oder wenn nicht das Ende der Welt, so zumindest der Zusammenbruch der zivilisierten Gesellschaft.

»Er hat schon *wieder* alle Taschentücher aufgebraucht«, hatte Beau mir gestern Abend erregt zugeflüstert, als er mir nach dem Essen draußen zur Kühltruhe gefolgt war. »Und ich saß dann da und hatte nichts zum Abwischen. Du musst was tun, Jethro!«

Ich hatte lediglich mit den Augen gerollt und meinen Brüdern nahegelegt, ein wenig Geduld mit Roscoe zu haben. Trotzdem wusste ich, dass ich früher oder später mit unserem jüngsten Bruder ein Gespräch würde führen müssen. Nicht auszudenken, wenn jemand allen Ernstes gezwungen wäre, nachts zum Pinkeln nach unten zu gehen. Wo kämen wir da hin?

Aber zurück zu der Zeitschrift.

Das Cover erregte meine Aufmerksamkeit, oder genauer: die Frau auf dem Cover. Sie war dunkelhaarig, hatte üppige Kurven, und etwas an ihr erinnerte mich an Sienna.

Bei genauerem Hinsehen jedoch wurde mir schnell klar, dass die Ähnlichkeit nur Einbildung gewesen war. Diese Frau hier hatte zwar dicke Brüste, aber sie waren einfach nur aufgeblasen, nicht schön und üppig, so wie Siennas. Auch die Proportion von Taille zu Hüfte stimmte nicht. Ihre Beine waren zu dünn. Ihr Mund sah vollkommen anders aus. Ganz zu schweigen davon, dass ihre Augen die falsche Farbe hatten und nicht mal einen Hauch von Siennas Charme und Lebendigkeit ausstrahlten.

Als mir klar wurde, was ich da tat – dass ich das Model auf einem Pornoheft mit Sienna Diaz verglich –, legte ich das Heft schnell zu den anderen in das Fach unter der Ablage und wusch mir die Hände.

Leider – nicht zum ersten Mal in den letzten Wochen – konnte ich nicht aufhören, an sie zu denken. Ich konnte nicht anders, als die beiden Frauen miteinander zu vergleichen, wobei Sienna natürlich in allen Punkten haushoch gewann.

Ihre Beine waren wunderschön. Ihre Haut hatte einen unvergleichlichen Bronzeschimmer, auch wenn keine Sonne schien – sogar wenn es stockfinster war. Ihr Körper war sexy und anschmiegsam, und ich brauchte ihn bloß anzuschauen, schon lief mir das Wasser im Mund zusammen. Allein der Gedanke an sie ließ meinen Puls höher schlagen.

Mein Körper erinnerte sich noch gut an all die Male, die sie sich an mich gedrängt hatte. Nun holte ich diese Erinnerungen hervor. Eigentlich hatte ich vorgehabt, sie ganz nüchtern wie ein unparteiischer Beobachter zu betrachten, aber das erwies sich als unmöglich. Vielleicht war es die Sehnsucht nach ihrer seidenweichen Haut. Vielleicht war es eine ganz normale nächtliche Erektion, so was kam vor. Vielleicht war es die Art, wie sie mich ansah, wie sie lächelte, wie bemerkenswert sie war.

Oder vielleicht war es auch nur eine Menge angestauter sexueller Frust. Jedenfalls war ich auf einmal steinhart.

Verdammte Scheiße, ich kam mir vor wie ein Teenager. Dabei hielt ich große Stücke auf meine Selbstbeherrschung. Mehr als fünf Jahre hatte ich mich zurückgehalten. Ich überlegte, ob ich kalt duschen sollte.

Ungebeten kamen mir einzelne Bilder aus einem Traum in den Sinn, den ich Anfang der Woche gehabt hatte. In diesem Traum hatte Sienna mich in der Dusche überrascht und mich mit ihren Händen und ihrem Mund von meinen Qualen erlöst. Aber gerade, als ich sie hochhob, an die Kachelwand drückte und mir ihre Beine um die Taille schlingen wollte, platzte Cletus herein, hielt mir eine seiner Würste unter die Nase und rief anklagend: »Die Salami hat keinen Puls!«

In gewisser Hinsicht war ich ihm sogar dankbar gewesen. Mein Körper verhielt sich, als wäre ich wieder sechzehn – feuchte Boxershorts beim Aufwachen und nichts als schmutzige Gedanken.

Doch als ich jetzt im Badezimmer stand, mich im Spiegel betrachtete, die Zähne zusammenbiss und mir vorstellte, wie Sienna mich in den Mund nahm ... da war die Qual absolut wirklich und unentrinnbar.

Halblaut fluchend schloss ich die Tür, schaltete mit einer ungeduldigen Bewegung das Licht aus und lehnte mich gegen den Schrank. Dann griff ich in meine Boxershorts und nahm mich in die Hand. Ich atmete aus. Dann umfasste ich mich und begann mit langen, festen Bewegungen zu reiben.

Durch meine lange Abstinenz war ich ein Profi. Normalerweise brauchte ich nicht mal drei Minuten. Ich ging die Sache geschäftsmäßig und ergebnisorientiert an.

Nicht so heute Nacht. Heute Nacht hatte ich das Bedürfnis, es so lange wie möglich hinauszuzögern. Mich in meiner Fantasie zu verlieren, denn nichts anderes würde mir Erleichterung verschaffen.

Aus dem Durcheinander in meinem Kopf suchte ich all die verschiedenen Stellungen zusammen, in denen ich sie nehmen und befriedigen wollte. Zuerst wollte ich sie von hinten, im Stehen vor einem Spiegel, damit sie sehen konnte, wo ich sie berührte und streichelte und wie ich sie am ganzen Körper liebkoste. Sie würde begierig ihren Hintern an mich drücken, unsere Blicke würden sich im Spiegel treffen und sie würde sich mir entgegendrängen. Sie würde mich anflehen, sie zu nehmen, sie ganz und gar auszufüllen.

Dann wollte ich sie glücklich und aus vollem Halse lachend, denn ihr Lachen war wie Magie. Ich wollte, dass sie mich ritt, ganz auf ihren eigenen Höhepunkt fixiert, während ich unter ihr die Hüften kreisen ließ, ihren Arsch in meinen Händen hielt, in ihr wunderschönes Gesicht blickte und zusah, wie ihre Brüste wippten und hüpften.

Ich fluchte, meine Muskeln spannten sich an und ich kam. Bilder ihres koketten Lächelns und ihrer verführerischen Blicke gingen mir im Kopf um, während ich auf meinen keuchenden Atem lauschte und wartete, bis sich mein Pulsschlag ein wenig beruhigt hatte. Im dunklen Badezimmer waren die Fantasien zu lebendig gewesen. Es war viel zu schnell gegangen. In meinem Kopf herrschte immer noch Chaos. Unbefriedigt und erschöpft knipste ich das Licht wieder an und machte mich sauber. Es ging mir keinen Deut besser als zuvor, und die Frage blieb: *Warum gerade sie?*

Unser erster Kuss war bestimmend gewesen für alles, was danach gekommen war: Frust, Verzweiflung, Leidenschaft.

Es lag mehrere Wochen zurück, dass sie mir gesagt hatte, wie viel Spaß es mache, mit mir zusammen zu sein. Das zu hören hatte wehgetan. Ich war stinksauer gewesen. Und was hatte ich gemacht? Hatte ich mich zurückgezogen? Hatte ich wie ein vernünftiger Mensch gehandelt?

Oh nein. Ich hatte sie geküsst, weil ich sie trotz aller Wut vermisst hatte. Und weil ich es gewollt hatte.

Also hatte ich es einfach getan.

Und als sie mich gefragt hatte, ob ich sie ans Set fahren könne, hatte ich da Nein gesagt? Aber nicht doch. Ich war sofort eingeknickt, obwohl ich die Vorstellung, als guter Freund Zeit mit ihr zu verbringen, kaum ertragen konnte. Es war ein Gefühl, als würde ich in einem Bett aus Glaswolle liegen. Und als Cletus mir gesagt hatte, dass sie schlechte Nachrichten erwartete, hatte ich nicht zweimal überlegt, sondern sofort alles stehen und liegen lassen, um mich zu vergewissern, ob es ihr gutging. Und als ihr Kollege, dieses arrogante Arschloch, vor dem Cateringzelt aufgetaucht war, da hätte ich am liebsten zu ihm gesagt: *Weißt du, was noch Low Carb ist? Schnauze halten.*

Ich konnte überhaupt nicht mehr klar denken. Ich hatte sie erneut geküsst, vor allen Leuten, nur um dann den Rest des Tages Höllenqualen zu leiden und mich zu verfluchen, weil ich sie auf meinen Lippen schmeckte.

Und jetzt hatten wir sie auch noch zum Abendessen eingeladen.

Sie würde in meinem Haus sein – und trotzdem unerreichbar für mich.

Kapitel 19

Sienna

Ich verbrachte viel zu viel Zeit damit, mir zu überlegen, was ich zu dem Abendessen bei Jethro anziehen sollte. Anfangs hatte ich mich für dunkelblaue Jeans und ein karamellfarbenes Off-Shoulder-Top mit einem weißen Spitzenhemdchen darunter entschieden. Dave sagte mir, ich sähe gut aus.

»Aber sehe ich auch sexy aus?«

Er verzog vor Schreck das Gesicht. Mit dieser Frage schien ich sein männliches Feingefühl verletzt zu haben.

»Ich muss unbedingt sexy sein. Ich will nämlich, dass Ranger Jethro mich küsst und sich dabei vorstellt, wie ich nackt aussehe.«

Wenn heute Abend alles gut lief, würden Jethro und ich hoffentlich in den nächsten sex Wochen sehr viel Zeit miteinander verbringen.

Sechs Wochen. Ich meine *sechs* Wochen, nicht sex Wochen.

Sechs. Nicht sex.

Nicht. Sex. Wochen.

Obwohl ... Ich hoffte, dass einige der sechs Wochen auch Sexwochen sein würden, wenn ihr wisst, was ich meine ;-).

Daves entsetzte Grimasse verschwand und er lächelte. »Ah, verstehe. Dann zieh vielleicht einen Rock an?«

»Wieso einen Rock? Warum ist ein Rock sexier als Jeans?«

»Weil man ihn leichter hochheben kann«, erklärte er ganz pragmatisch. »Man sagt ja auch nicht, man würde einer Frau ›unter die Jeans gucken‹. Man guckt ihr unter den Rock. Das hat seine Gründe.«

Weil ich Dave vertraute, zog ich mich um. Jetzt trug ich einen schlichten blauen Rock, ein farblich darauf abgestimmtes Top mit V-Ausschnitt und – auf Daves Anraten hin – hautfarbene halterlose Strümpfe sowie Riemchenschuhe aus dunkelblauem Wildleder.

»Die Schuhe sind praktisch – flach und trotzdem schick«, sagte er mit einem anerkennenden Nicken. »Aber die Strümpfe machen sie sexy. Sobald ihm klar wird, dass sie nur bis zu den Oberschenkeln gehen, wird er sich nicht mehr darauf konzentrieren können, was Anständiges auf den Tisch zu bringen. Vielleicht isst du lieber noch eine Kleinigkeit, bevor wir losfahren.«

Ich inspizierte mein Spiegelbild und hob meinen Rock ein paar Zentimeter an, bis man die Spitzenabschlüsse der Strümpfe sehen konnte. Ich liebte Dave. Ich würde ihm eine Gehaltserhöhung geben.

Dave saß am Steuer und ich lotste ihn. Während wir uns die Berghänge hinabschlängelten, stieg um uns herum dichter Nebel auf. Wie eigenartig. Es hatte nicht geregnet und in den höheren Lagen rund um den Bandit Lake schien die Sonne von einem strahlend blauen Himmel. Weiter unten im Tal jedoch hatte sich ein nachmittäglicher Dunst gebildet, der nun einen silbrigen Schimmer über den smaragdgrünen Wald und die schmalen Straßen zauberte. Auch das Licht war anders. Es war, als würde man durch die Linse einer Kamera auf einen Feenhain schauen.

Die fremde Umgebung und das wundersame Licht lenkten mich ein wenig ab, daher war ich sehr stolz, dass wir uns auf dem Weg zum »Anwesen« der Winstons (wie Cletus es genannt hatte) nur ein einziges Mal verfuhren.

Sobald das Haus in Sicht kam, verstand ich Cletus' Wortwahl. Es war ein prächtiges altes Haus, mit mindestens zwei Stockwerken, möglicherweise auch noch einem Dachboden und Keller, einer umlaufenden Veranda sowie römischen Säulen rechts und links des Eingangs. Die weiße Fassade mit den blauen Schmuckelementen und der roten

Tür schien erst kürzlich frisch gestrichen worden zu sein. Das Haus lag auf einem riesigen Grundstück zusammen mit diversen Nebengebäuden in verschiedenen Stadien der Baufälligkeit. Eins dieser Nebengebäude allerdings, eine alte Garage oder ein ehemaliges Kutschenhaus, machte den Eindruck, als werde es gerade renoviert.

Ich stieg aus dem Auto und sah mich um. Ich hatte zwei Weinflaschen dabei, die Henry früher am Tag im Supermarkt besorgt hatte.

»Wie viel Land wohl zum Haus gehört, was meinst du?« Auch Dave war damit beschäftigt, den Blick über das weitläufige Grundstück schweifen zu lassen.

Ich antwortete nicht, weil ich keine Ahnung hatte. Er deutete auf den Wald, der ein Stück entfernt vom Haus jenseits einer riesigen, saftigen grünen Wiese voller roter und violetter Wildblumen begann. »Der Wald da gehört schon zum Nationalpark. Ihr Grundstück liegt unmittelbar an der Parkgrenze.«

Ich nickte gedankenverloren, versunken in den Anblick der vom silbernen Nebel verhangenen Wildblumenwiese.

Wunderschön.

Ein wenig zaghaft stieg ich die Stufen zur Veranda hoch. Sie hatte den warmen Glanz kürzlich aufgearbeiteten alten Holzes. An einer Seite standen sieben Schaukelstühle in einer Reihe, und der Anblick der Hollywoodschaukeln, die in den beiden Ecken der Veranda hingen, weckten in mir augenblicklich die Vorstellung an warme Nachmittage, die man draußen mit einem Buch verbummelte, oder stille Nächte, in denen man mit seinem Liebsten Hand in Hand die Sterne betrachtete.

Es war ein imposantes und zugleich anheimelndes Haus.

Dave hatte darauf bestanden, mich noch bis zur Tür zu bringen. Er erinnerte mich an meinen Vater, der mich früher oft zu meinen Freunden begleitet hatte. Er hatte sich den Eltern vorgestellt und ihnen prüfend in die Augen geschaut. Manchmal hatte er sogar um einen Rundgang gebeten und sich erkundigt, ob es Schusswaffen oder gefährlichen Tiere im Haus gäbe.

Dave drückte auf die Klingel und wenige Augenblicke später kam Cletus an die Tür.

»Hallo.« Er trug ein Tweedsakko mit einer roten Fliege. Und er hatte ein Weinbrandglas in der Hand.

»Hey, Cletus.« Dave grinste. »Wie geht's dem Traktor?«

»Tot. Noch. Ich habe vom Schrottplatz in Galveston ein Ersatzteil bestellt, das müsste nächste Woche da sein. Ich hege also große Hoffnungen für seine baldige Auferstehung.« Er nickte mir kurz zu und taxierte mich eingehend auf eine Art, die etwas zutiefst Wissenschaftliches an sich hatte.

»Das müsste genügen. Kommen Sie rein.« Cletus trat beiseite und bedeutete uns, einzutreten.

»Ach was, ich kenne dich ja.« Dave winkte ab, als wären die beiden alte Freunde. Dann warf er einen Blick zurück auf die gewundene, von alten Eichen gesäumte Einfahrt. »Aber wenn's dir nichts ausmacht, würde ich gerne einen Rundgang ums Grundstück machen.«

Cletus nickte ernst. »Selbstverständlich.«

»Schön, dich zu sehen, Cletus.« Mein Lächeln war echt; trotz unseres etwas holprigen Starts waren wir mit der Zeit so etwas wie Mitverschwörer geworden. Ich hatte keine Ahnung, warum er mir half, aber ich war froh, ihn auf meiner Seite zu wissen. »Du siehst sehr schmuck aus heute Abend.«

»Das müssen Sie nachher unbedingt wiederholen.« Er nahm meinen Arm und zog mich ins Haus, wobei er Dave über die Schulter zurief: »Schleichen Sie nach Herzenslust herum. Jethro bringt Ms Diaz spätestens um acht nach Hause, weil wir nachher noch zur Jamsession fahren.« Mit diesen Worten schloss er leise die Tür hinter uns.

»Sie haben Wein mitgebracht«, wisperte er, ließ mich los und nahm mir die beiden Flaschen ab. Eine der beiden musste er sich unter den Arm klemmen, weil er ja immer noch das Weinbrandglas in der Hand hatte. »Gut. Das wird Ashley freuen. Sie beschwert sich immer, dass nicht genug Wein im Haus ist, Jess ist nämlich Biertrinkerin, von ihr kann sie keine Unterstützung erwarten.«

»Wer ist Jess?« Weil er flüsterte, flüsterte ich auch.

»Duanes Freundin und meine Analysis-Lehrerin. Duane ist der miesepetrige Zwillingsbruder, Beau ist der freundliche. Aber nehmen Sie sich vor ihm in acht, er wird versuchen, Ihr Bein zu bespringen.« Er garnierte diese Feststellung mit einer entnervt hochgezogenen Augenbraue, wie um zu sagen: »*Fragen Sie nicht.*«

Ich musste mir die Hand vor den Mund halten, um nicht laut loszulachen.

Cletus grinste und seine haselnussbraunen Augen tanzten vor Vergnügen. »Sie sind wirklich bemerkenswert hübsch, wenn Sie lachen.«

»Cletus?«, kam Jethros Stimme von irgendwoher, und prompt lief mir ein nervöses Kribbeln den Rücken hinab. »Hast du die Tür aufgemacht?«

Hastig stellte Cletus die Weinflaschen auf einem Tisch unter einem antiken Spiegel ab. Jethros Frage schenkte er keinerlei Beachtung. »Ach ja«, sagte er, immer noch im Flüsterton, »zur Küche geht's da lang.« Er wies in einen Flur, an dessen Wänden zahlreiche gerahmte Bilder hingen, und schob mich in die richtige Richtung. »Dort steht Ihr Mann barfuß am Herd und bereitet gerade eine köstliche Truthahnpastete zu. Gehen Sie.«

»Aber Moment mal.« Ich sah Cletus an, während dieser mich vorwärtsschob. »Soll ich ihm sagen, dass ich alleine ins Haus gekommen bin?«

»Er wird nicht danach fragen.«

»Aber –«

»Gehen Sie einfach. Ich komme gleich hinterher. Diese ganze Sache mit Tom Low heute hat mich auf eine Idee gebracht. Ich muss mich auf meinen großen Auftritt vorbereiten.«

Mit einem letzten kleinen Schubs schickte Cletus mich den Flur hinunter. Nach drei Schritten wurde mir bewusst, wie unglaublich nervös ich war, und ich blieb stehen. Da stand ich nun, starrte mit großen Augen geradeaus und raunte mir zu: »Mach keine Witze. *Keine* Witze. Am besten, du redest gar nicht. Einfach nicht den Mund aufmachen.«

Kaum war ich mit dieser kleinen Motivationsrede fertig, steckte Jethro den Kopf durch eine Tür. Seine finstere Miene, die sich bei meinem Anblick sogleich aufhellte, ließ mich vermuten, dass er mit Cletus gerechnet hatte.

»Hi«, sagte ich. Meine Stimme klang ganz seltsam, als wäre ich außer Atem. Und das war ich irgendwie auch. Und meine Handflächen waren schweißfeucht. Ich presste die Hände gegen die Oberschenkel und verschlang Jethro mit gierigen Blicken. War es seltsam, dass ich ihn so sehr vermisst hatte? Das war schon seltsam, oder?

»Hi«, erwiderte Jethro nach einer Weile, und auch er klang atemlos. Er trat in den Flur und wischte sich die Hände an einem Geschirrtuch ab, das er sich danach über die Schulter warf. Er war barfuß, und sofort stellte ich mir vor, wie er wohl nackt aussah. Fragt mich nicht, warum – so funktioniert mein Gehirn einfach. Ich sehe nackte Füße und denke automatisch an das volle Paket.

Unfähig, die verlockende Vision eines unbekleideten Jethro auszuhalten, während er direkt vor mir stand und doch so unerreichbar für mich war, platzte ich heraus: »Ich habe Wein mitgebracht. Du hast schöne Füße.«

Er blinzelte, sein leicht weggetretener Blick klarte auf, und ein sanftes Lächeln breitete sich auf seinen Zügen aus. »Das war sehr nett von dir.«

»Der Wein oder das Kompliment über deine Füße?«

»Beides. Ich habe nie viel über Füße nachgedacht. Es gibt so viele andere Körperstellen, auf die man sich konzentrieren kann.« Er hielt meinen Blick gefangen; sein Lächeln bekam etwas Verspieltes, und von meinem Herzen breitete sich eine Hitzewelle bis in sämtliche Gliedmaßen aus.

Ah, da ist es.

Dieses Lächeln hatte ich vermisst. Ich hatte das Gefühl vermisst, das es in mir auslöste. Es war mein Jethro-Lieblingslächeln. Erst als ich diesen Gedanken zu Ende gedacht hatte, ging mir auf, dass ich mir scheinbar wirklich die Zeit genommen hatte, Jethros verschiedene Arten des Lächelns zu katalogisieren.

Weil ich den Moment so lange wie möglich hinauszögern wollte, neckte ich ihn. »Wirklich? Welche denn? Und bitte sei konkret. Ein Schaubild könnte dabei hilfreich sein.«

»Warum etwas aufzeichnen, wenn man es am lebenden Objekt zeigen kann?«

»An dir selbst? Oder brauchst du einen Freiwilligen?«

Jethro lachte – ein freies, leicht unheilvoll klingendes Lachen, tief wie ein Donnergrollen – und ich stimmte mit ein. Ohne Witz: Ich war ganz beschwipst vor Glück, weil es zwischen uns immer noch so wundervoll leicht war wie zuvor.

»Kommt auf den Freiwilligen an«, meinte er und taxierte mich von den Schuhen bis zur Nasenspitze. Als sich unsere Blicke danach wieder trafen, waren seine Augen eine Spur dunkler und seine Belustigung hatte etwas anderem Platz gemacht. Dieses Andere war nicht mehr warm, sondern heiß.

Ich wollte gerade die Hand heben und mich – ganz im Stile von Katniss Everdeen – als Tribut melden, als ein lautes Summen aus der Küche der knisternden Stimmung zwischen uns ein Ende machte.

Jethro zuckte zusammen, blinzelte und legte die Stirn in Falten, als wisse er das Geräusch nicht zu deuten; dann sah er mich an, als wäre er von meiner Anwesenheit in seinem Flur entweder verwirrt oder frustriert.

»Das war der Teig.« Er wies mit dem Daumen hinter sich, ehe er sich umdrehte, in der Küche verschwand und mir zurief: »Also ... komm doch mit rein, dann gebe ich dir was zu trinken.«

Durch seinen plötzlichen Abgang verunsichert, zögerte ich. Genau in dem Augenblick kam mir die Warnung in den Sinn, die Cletus mir vor all den Wochen mit auf den Weg gegeben hatte – dass Hoffnung gefährlicher sei als Glück. Jetzt begriff ich, was er damit gemeint hatte. Während ich unschlüssig im Flur des Winston-Anwesens stand, kamen mir die Gefahren des Hoffens auf einmal sehr real vor.

Das Summen brach ab, und ich hatte mich noch immer nicht von der Stelle bewegt. Denn ich war nicht nur voller Hoffnung, sondern zugleich auch voller Angst. Die Möglichkeit, dass meine Hoffnungen sich zerschlagen könnten, fühlte sich sehr viel bedrohlicher an als erwartet. Zaghaft ging ich den Rest des Wegs in Richtung Küche. Ich machte mich auf eine weitere Zurückweisung gefasst, auch wenn ich mir natürlich wünschte, dass es anders kommen möge.

Als ich um den Türrahmen herumspähte, sah ich Jethro am Küchentisch sitzen, wo er sich gerade Socken und Stiefel anzog. Er sah mich an und hob fragend die Augenbrauen.

»Alles klar bei dir?«

Ich nickte.

Er musterte mich und sein Mund verzog sich zu einem Lächeln, das immer schiefer wurde, je länger er mich ansah. »Du kannst ruhig ganz reinkommen. Ich verspreche dir, ich beiße nicht.«

Aber was, wenn ich möchte, dass du beißt? Die Frage lag mir auf der Zunge, aber genau in dem Moment dröhnte eine laute Männerstimme aus einem anderen Raum zu uns herüber.

»Nein. Auf gar keinen Fall. Kommt nicht infrage.«

»Bitte.«

»Ich habe Nein gesagt, und dabei bleibt es auch.« Gleich darauf kam derjenige, der dies gesagt hatte, mit Gewittermiene durch die Tür auf der anderen Seite der Küche gestapft. Er war groß und schlank, aber nicht dünn. Gebaut wie ein Läufer. Er hatte einen Schopf roter Haare, die in alle Richtungen abstanden, und einen sauber gestutzten roten Bart. Der Blick seiner himmelblauen Augen glitt suchend durch den Raum. Dabei streifte er auch mich. Der Mann stutzte kurz, tat meine Anwesenheit dann aber als nebensächlich ab.

Das muss eine Premiere sein. Ich mochte ihn jetzt schon.

Ihm folgte eine hübsche blonde Frau. »Aber Duane«, sagte sie und rang die Hände, »Ich würde dich ja nicht darum bitten, aber Jackson braucht –«

Der Angesprochene schüttelte stur den Kopf.

Sie schnalzte mit der Zunge. »Duane Faulkner Winston, sei nicht so unhöflich. Du weißt, dass Jackson dir für deine Hilfe wirklich dankbar wäre.«

»Jackson kann seine Dankbarkeit nehmen und sie sich in den –«

»Duane Faulkner!«, fiel Jethro ihm scharf ins Wort und stand vom Tisch auf. »Wir haben Besuch.«

Duanes Gesicht wurde noch finsterer, als er seinen Blick auf Jethro richtete. Dann atmete er einmal tief durch, wie um sich in Geduld zu üben, wandte sich mit stoischem Gleichmut an mich und streckte mir die Hand hin.

»Hi, ich bin Duane. Einer der Zwillinge«, sagte er tonlos, als wäre es eine lästige Pflicht, sich mir vorzustellen. Ich kam aus dem Flur in die Küche und nahm seine Hand, seltsam verzaubert von seiner Unhöflichkeit.

»Hi. Ich bin Sienna. Freut mich sehr.«

»Das hier ist Jessica.« Er legte der blonden Frau, die nach ihm eingetreten war, sanft eine Hand ins Kreuz. Als er sie ansah, wirkte er zum ersten Mal nicht mehr verärgert. Im Gegenteil: Er wirkte stolz oder glücklich oder beides zusammen.

»Freut mich, Sienna.« Jessica schüttelte mir die Hand und grinste schief. »Ich kenne dich aus deinen Filmen und von der Geschichte im Front Porch vor ein paar Wochen. Es tut mir sehr leid, dass die Leute dich und Jethro nicht in Frieden lassen wollten. Manche Menschen haben einfach keine Manieren.«

»Du warst dort? Im Restaurant?« Sie kam mir gar nicht bekannt vor, andererseits war es ein Abend mit ziemlich vielen fremden Gesichtern – und ziemlich vielen Enttäuschungen – gewesen.

»Ja, aber ich bin nicht zu dir gekommen. Ich bin Lehrerin an der Highschool hier im Ort, wir hatten an dem Abend ein Treffen des Lehrer-Eltern-Ausschusses«, klärte sie mich auf.

»Sie unterrichtet Analysis«, verkündete Cletus, der soeben durch die gleiche Tür eingetreten war wie kurz zuvor Duane und Jessica. Er nickte Jessica respektvoll zu. »Guten Abend, Ms James.«

»Cletus«, sagte sie schmunzelnd.

»Sie sehen heute Abend wieder wunderhübsch aus, Ms James«, stellte Cletus fest, woraufhin in Duanes Miene erneut dunkle Wolken aufzogen.

»Danke, Cletus.« Jessica schien sich mühsam das Lachen verkneifen zu müssen. »Darf ich das Kompliment zurückgeben?«

»Okay, das reicht jetzt«, machte Duane den Höflichkeiten ein Ende, stellte sich zwischen die beiden und legte Jessica den Arm um die Taille. »Ich habe dich im Auge, du gerissener Hund. Du wirst heute Abend nicht rein zufällig einen der Mistelzweige vom letzten Weihnachtsfest ›finden‹, hörst du?« Diese Frage war an Cletus gerichtet, der seinen Bruder mit Unschuldsmiene ansah.

»Deine Unterstellung kränkt mich«, sagte er, klang allerdings kein bisschen gekränkt. Dann wandte er sich an mich, nahm meine Hand und zog mich an sich, um mir einen zarten Kuss auf die Wange zu geben.

Also, *damit* hatte ich nun wirklich nicht gerechnet.

»Sie sehen selbstverständlich auch wunderhübsch aus, Ms Diaz«, verkündete er weithin hörbar.

»Dankeschön, Cletus«, erwiderte ich reflexartig, ehe mir der verabredete Text wieder einfiel. »Du bist auch sehr schmuck heute Abend.«

»Ach, dieses alte Teil?«, sagte er so laut, dass ihn keiner überhören konnte. Er gab mir noch einen Kuss auf die andere Wange und raunte mir ins Ohr: »Schaut Jethro her?«

Ich schielte zu Jethro. Er schaute in der Tat her, und sein Gesicht war genauso finster wie das von Duane.

»Ja.«

»Gut.« Cletus löste sich von mir und schenkte mir ein kleines Lächeln. Dann überraschte er mich erneut, indem er mir den Arm um die Taille legte und mich an seine Seite zog. »Ich freue mich so, dass Sie gekommen sind.«

Ich sah ihn aus schmalen Augen an und fragte mich, was er im Schilde führte. Ich musste nicht lange warten, um es herauszufinden.

Jethro trat mit missbilligender Miene zu uns. Er nahm mich behutsam am Arm, befreite mich aus Cletus' Griff und zog mich an sich. »Lass das«, wies er seinen Bruder zurecht. »Duane kann so was schon nicht leiden. Wie kommst du darauf, dass ich es mögen würde?«

»Keine Ahnung, wovon du sprichst.« Cletus klang gereizt. »Ich versuche doch nur, freundlich zu sein.«

»Geh mit deiner Freundlichkeit gefälligst woandershin«, sagte Duane, gerade als hinter ihm und Jessica ein weiterer Mann die Küche betrat. Der stechende Blick des Neuankömmlings glitt über uns hinweg und landete schließlich auf Jethros Hand an meiner Taille, während Jethro und Duane sich weiter gemeinsam über Cletus aufregten.

»Ich dachte, du wolltest ihr nicht in die Quere kommen«, sagte Cletus zu Jethro, die Hände in den Hüften.

Der Neuankömmling war größer und noch kräftiger als Cletus. Seine Haare und sein Bart waren dunkler, fast schwarz. Seine Augen waren von einem außergewöhnlich intensiven Blau und er war sagenhaft attraktiv – so attraktiv, dass ich eine Weile brauchte, um mich von seinem Anblick zu erholen. Eine richtige Schönheit. Während ich ihn betrachtete, fiel mir auf, dass sein Gesicht nahezu perfekt symmetrisch war. Bestimmt wäre er unglaublich telegen. Doch trotz seiner atemberaubenden Erscheinung strahlte er etwas Kühles, beinahe Abweisendes aus. Er besaß nichts von Jethros Freundlichkeit und Wärme – eine Wärme, zu der ich mich vom ersten Augenblick an hingezogen gefühlt hatte und von der ich gar nicht genug bekommen konnte.

Meine einzige bisherige Erfahrung mit einem typischen Grübler war Tom gewesen. Seit Tom hatten Grübler für mich jeden Reiz verloren. Dem ersten Eindruck nach konnte dieser Mann Tom sowohl in Sachen Attraktivität als auch in Sachen Frostigkeit auf alle Fälle das Wasser reichen.

Mr Frostig richtete seinen Blick auf mich. Es war, als würden sich zwei Eiszapfen in mein Hirn bohren. Ich sah die Intelligenz in seinen Augen, aber zugleich war da auch etwas Unangenehmes, das mich dazu veranlasste, mich enger an Jethros Seite zu schmiegen.

»Sei so gut und halt Sienna bitte da raus. Und hör auf, sie anzugrapschen. Behalt gefälligst deine Pfoten bei dir.« In Jethros scharfem Tadel schwang ein Hauch von Belustigung mit. Das liebte ich so an ihm: Selbst wenn er sich über etwas ärgerte, musste er aufpassen, dass seine gute Laune und seine freundliche Gelassenheit nicht die Oberhand gewannen.

»Was ist los?« Ein weiterer Mann kam in die Küche. Dieser sah aus wie eine heitere Kopie von Duane.

»Nichts«, antworteten Duane und Jethro aus einem Mund.

Die Duane-Kopie umrundete den Mann mit den Eiszapfenaugen – der mich nach wie vor im Visier hatte – und trat auf mich zu. »Heiliger Strohsack, ich kenne dich doch. Du bist Sienna Diaz!«

Ich schenkte dem Mann, bei dem es sich zweifellos um Duanes Zwillingsbruder handelte, ein Lächeln und gab ihm die Hand.

»Ja. Und du musst Beau sein.«

Sein Grinsen erinnerte mich an Jethro, genau wie seine offene Art, wenngleich sein Charme eher dem eines aufgedrehten Hündchens glich, während Jethro die ruhige Anziehungskraft eines reifen Mannes ausstrahlte. Trotzdem, er war attraktiv und freundlich, und man konnte gar nicht anders, als sein Lächeln zu erwidern.

»Ich kann nicht glauben, dass ich dich tatsächlich mal persönlich kennenlerne. Wow. Da schau sich doch einer diese Grübchen an. Für die brauchst du ja einen Waffenschein.«

Darüber musste ich lachen. Jethro knurrte und seine Hand wanderte in einer unverhohlen besitzergreifenden Bewegung an meine Hüfte. Ich schlang den Arm um ihn und genoss seine Nähe.

Erlaubt mir, dass ich mir einen Augenblick Zeit nehme, meine Wertschätzung für Cletus Winston und seine großen Auftritte zum Ausdruck zu bringen.

Beaus Blick pendelte zwischen Jethro und mir hin und her und sein Grinsen verflog. »Moment mal. Seid ihr beide etwa ...?« Er verstummte abrupt.

»Ja«, beantwortete Cletus, mein neuer Lieblingsmensch, die unvollständige Frage. »Unser Bruder Jethro hat seiner Familie endlich Ehre gemacht und ist mit dieser wundervollen Frau zusammen.«

Jethro verlagerte das Gewicht unbehaglich von einem Fuß auf den anderen, machte jedoch keine Anstalten, mich loszulassen. »Wir sind Freunde«, sagte er schließlich, wobei sein Blick ganz kurz zu mir ging. »Nur gute Freunde.«

»Freunde?« Beau klang erleichtert. »Dann würde es dir also nichts ausmachen, wenn ich –«

»Es *würde* mir was ausmachen, und du kannst jetzt den Salat zubereiten, während ich Sienna herumführe.« Jethro wandte sich mit mir im Arm von seinen Brüdern ab, murmelte »Sorry« und verließ mit mir erst die Küche, dann das Haus.

»Du musst dich nicht entschuldigen«, wisperte ich, die Lippen ganz dicht an seinem Hals. Ich drückte seine Taille und versuchte das heftige Klopfen meines Herzens zu ignorieren. Ich freute mich über die Gelegenheit, mit ihm auf Tuchfühlung zu gehen.

Verurteilt mich nicht dafür. Ihr würdet genauso handeln.

Seine Bauchmuskeln waren hart wie Stein und sein Arm fühlte sich stark und sicher an. Er hielt mich so eng an sich gedrückt, dass sein Bart meine Schläfe und meine Wange kratzte, und das Gefühl war unvergleichlich schön. Und er roch so gut. Phänomenal. Gut.

»Das hier ist das Kutschenhaus.« Er deutete auf das halb renovierte Gebäude, das mir bereits bei meiner Ankunft aufgefallen war. »In zwei Monaten will ich es fertig haben.«

»Du machst das alles selbst?«

Er gab mir keine Gelegenheit, sein Werk aus der Nähe zu bewundern, sondern ging rasch mit mir weiter, durch den riesengroßen Garten und über die wunderschöne Wildblumenwiese in Richtung Wald. Dort standen die Bäume so dicht, dass sie uns, so hatte ich nach einem kurzen prüfenden Blick festgestellt, optimale Deckung bieten würden.

Ich wollte mit Jethro reden, einfach nur reden. Ich hoffte, dass er mir Gelegenheit geben würde, noch einmal Werbung für eine Neuauflage von *Jethro + Sienna* zu machen.

»Ja. Ich habe erst letzten Monat damit angefangen. Mit dem Haupthaus bin ich größtenteils fertig.«

»Was hast du denn im Haupthaus gemacht?«

»Im April habe ich die Veranda aufgearbeitet. Davor habe ich alle Original-Schnitzereien abgeschliffen und Geländer, Simse sowie sämtliche Fenster ausgetauscht. Die Küche ist auch neu – der Granittresen und die Schränke. Die neuen Elektrogeräte werde ich wohl erst im Sommer einbauen. Die Bäder sind noch nicht renoviert, und gestrichen habe ich auch noch nicht. Ich will meine Fähigkeiten erst mal im Kutschenhaus erproben, ehe ich im Haupthaus anfange, die Fliesen rauszureißen und jede Menge Dreck zu machen, und damit alle gegen mich aufbringe. Außerdem habe ich kein so gutes Händchen in Sachen Inneneinrichtung, dafür brauche ich Ashley – das ist meine Schwester. Sie soll mir helfen, die Farben auszusuchen und allem den letzten Schliff zu geben. Sie und Jess haben auch die Farben für die Fassade gewählt, und Duane und Beau haben das komplette Haus in nur einer Woche gestrichen. Ich habe genug Farbe bestellt, dass ich das Kutschenhaus später in den gleichen Farben streichen kann.«

»Wow. Hört sich nach ziemlich viel Arbeit an.«

Er zuckte mit den Schultern. Er sah mich nicht an, hielt mich aber weiterhin eng an sich gedrückt.

»Ehrlich gesagt macht es mir Spaß, vor allem die Tischlerarbeiten und das Lackieren. Das wurde alles viel zu lange vernachlässigt. Ich mag es, das alte Haus in Schuss zu bringen und alles wieder schön und neu zu machen.«

Wir versanken in nachdenklichem Schweigen, während wir uns mit raschen Schritten dem Wald näherten. Ich glaube, Jethro merkte gar nicht, wie schnell wir gingen. Wir waren fast am Ende der Wiese angelangt, als ich spürte, dass er sich wieder zurück in Richtung Haus wenden wollte. Weil ich noch nicht umkehren wollte, versteifte ich meinen Arm, verlangsamte meine Schritte und steuerte uns unauffällig in Richtung Wald.

Jetzt war es Zeit für meinen Appell. Ich war viel zu ungeduldig, um damit bis nach dem Abendessen zu warten. Besser, ich erfuhr gleich, ob ich für ihn wirklich nur eine gute Freundin war. Enttäuschung ließ sich besser überspielen als Hoffnung. Ich räusperte mich. »Ich wollte mich bei dir bedanken, dass du mich eingeladen hast.«

Er sah mich an und hob eine Braue. »Ich habe dich nicht eingeladen. Cletus hat dich eingeladen.«

Ich legte den Kopf schief und schenkte ihm ein kokettes Lächeln. »Dann sollte ich mich wohl bei Cletus bedanken.«

Seine Augen wurden schmal. »Dazu besteht kein Grund. Schließlich bin ich derjenige, der kocht. Es ist also völlig in Ordnung, wenn du dich bei mir bedankst.«

»Und wie soll ich mich bedanken?« Ich ließ meine Stimme absichtlich ein wenig tiefer rutschen, damit er die unterschwellige Einladung in meinen Worten auch ja verstand.

Als wir den Wald betraten, wurden Jethros Schritte langsamer. Das dichte Unterholz verbarg uns vor neugierigen Blicken aus dem Haus.

»Ein einfaches Dankeschön würde reichen.«

Ich atmete tief ein, um Mut zu schöpfen, dann legte ich los. »Ist das alles, was du von mir willst? Ich wäre nämlich bereit, mehr anzubieten.«

Er hielt an und ich betrachtete ihn vorsichtig von der Seite. Ich versuchte seinen Gesichtsausdruck zu deuten, doch ehe ich Gelegenheit dazu hatte, ließ er mich los, verschränkte die Arme vor der Brust und ging zehn Schritte von mir weg bis zu einer großen Kiefer, wo er mit dem Rücken zu mir stehen blieb.

Ich sah ihn lange an. In erster Linie war ich durcheinander, doch je mehr Zeit verging, desto stärker wurde in mir der Verdacht, dass dieser Abstand seine Antwort war. Das Herz rutschte mir bis in die Kniekehlen. Ein Glück, dass er sich umgedreht hatte, denn ich hatte Mühe, meine Maske der Unbekümmertheit aufrechtzuerhalten. So große Mühe, dass ich daran zweifelte, ob ich die Worte über die Lippen bringen würde, die für einen reibungslosen Übergang in eine Freundschaft nötig wären.

Ehrlich gesagt bezweifelte ich, ob ich überhaupt in der Lage wäre, mit Jethro befreundet zu sein. Er brauchte eine ganz eigene Kategorie nur für sich, wo ich fortan in sehnsüchtigem Elend an ihn denken würde. Oder meinte ich in elender Sehnsucht?

Seine Schultern hoben und senkten sich, als er einen geräuschvollen Seufzer ausstieß. Dann drehte er sich so weit zu mir herum, dass ich sein Profil sehen konnte. Sein Lächeln war freundlich, aber nichtssagend. Er nahm die Arme herunter und steckte die Hände in die Taschen.

»Das hier ist der Nationalpark.« Er deutete mit einer Bewegung seines Kopfes in den Wald, der uns zu allen Seiten umgab. »Das Haus ist seit über einhundert Jahren in Familienbesitz. Wir haben insgesamt sechs Hektar Land. Oder vielmehr: Ich habe sechs Hektar Land. Weil ich der Älteste bin, gehören Haus und Grundstück mir. Ich habe sie letztes Jahr geerbt, zusammen mit ein paar anderen ... Dingen.«

Ich nickte, innerlich noch immer mit meiner Enttäuschung beschäftigt, aber zugleich froh über den Themenwechsel. »Es ist ein wunderschönes Zuhause.«

»Ja, das ist es.« Jetzt wandte er sich vollständig zu mir um. Seine Miene war ernst, sein Blick forschend. »Ich hoffe, in diesem Haus, auf diesem Land irgendwann mal eine ganze Horde Kinder großzuziehen.«

Ich sah ihn an und er sah mich an. Ich hatte das Gefühl, dass er mir etwas Wichtiges mitteilen wollte, ohne es auszusprechen. Doch ich verstand nicht, was es war, das er mir sagte, indem er es mir nicht sagte, und runzelte die Stirn. Er fuhr fort, mich anzusehen, als warte er auf etwas. Also sagte ich: »Das solltest du auch. Das hier ist die ideale Umgebung für Kinder. Als ich klein war, hatte ich jede Menge Platz zum Rumtoben, das fand ich großartig.«

Jetzt runzelte er ebenfalls die Stirn und sein Stirnrunzeln schien immer tiefer zu werden, je länger wir einander ansahen.

Nach einer Weile meinte er: »Ich mag dich ... wirklich sehr.« Die letzten beiden Worte ließen keinen Zweifel daran, *wie* sehr er mich mochte. Doch dann setzte er hinzu: »Aber es tut mir leid, falls ich falsche Erwartungen in dir geweckt habe. Falls du gedacht hast, dass ich während deiner Zeit hier für ein kurzes Abenteuer zu haben bin. Das bin ich nämlich nicht. Ich finde, wir passen nicht zusammen.«

»Du findest, wir passen nicht zusammen?« Mein Herz wusste gar nicht mehr, was es machen sollte. Als er gesagt hatte, er möge mich sehr, hatte es auf dem Weg zu meinen Füßen eine Hundertachtzig-Grad-Drehung hingelegt und war an meinem Magen vorbei nach oben geschossen. Jetzt steckte es mir auf einmal in der Kehle fest.

»Ich wünschte, es wäre anders, aber ja. Ja, ich finde wirklich, dass wir nicht zusammenpassen.«

»Ist es, weil ich keine Straßenkarten lesen kann?«, fragte ich. Meine Stimme klang kieksig. Ich war das reinste Nervenbündel.

Er verzog die Lippen und seine Fassung geriet ein wenig ins Wanken. »Nein. Ich denke, was das angeht, könnte ich dir sogar behilflich sein.«

»Warum dann?« Ich versuchte zu schlucken, doch mein stures Herz wollte sich nicht von der Stelle bewegen. »Ist es, weil du gedacht hast, ich würde Sarah heißen? Weil –«

»Nein. Wie gesagt, ich kann nachvollziehen, warum du das getan hast. Das Hauptproblem ist, dass du jung bist, und du bist wahnsinnig erfolgreich.«

»Ich bin nicht zu jung für dich«, widersprach ich wesentlich lauter, als ich beabsichtigt hatte. Unwillkürlich machte ich einen kleinen Schritt auf ihn zu. »Sechs Jahre sind kein großer Unterschied.«

»Das meinte ich nicht. Es geht nicht um die Anzahl der Jahre. Sondern um unsere völlig unterschiedlichen Lebenssituationen.«

»Wofür hältst du dich denn? Für einen greisen Versager?«

Er grinste über den blanken Frust in meiner Stimme. Sein Blick, der über meine Lippen und meinen Hals wanderte, erinnerte mich an eine Liebkosung.

»Nein. Ich bin kein Greis, und ich bin auch kein Versager. Aber du bist mehr als nur erfolgreich. Du bist weltberühmt.«

»Und du willst nicht mit jemandem zusammen sein, der weltberühmt ist«, sagte ich bitter.

»Nein, Sienna. Das ist auch nicht der Grund. Deine Berühmtheit schreckt mich nicht ab. Obwohl ich, wenn ich ehrlich bin, an dem Abend im Front Porch heillos überfordert war. Das eigentliche Problem ist folgendes: Ich bin vielleicht gut in meinem Job, aber ich werde niemals so unglaublich erfolgreich sein wie du. Und das macht mir nichts aus. Mein Lebensziel ist nicht die Karriere, sondern die Familie. Wenn ich irgendwann mal Erfolg haben werde – und das hoffe ich –, dann als Ehemann und Vater, als Bruder und Onkel. Für dich ergibt das vielleicht nicht viel Sinn, aber ich kann nichts mit einer Frau anfangen, ich kann keine Gefühle in sie investieren, wenn ich von Anfang an weiß, dass es nur eine Sache auf Zeit ist.«

Ich konnte nichts anderes tun, als ihn verdutzt anzublinzeln, während ich seine Worte verarbeitete.

Er trat von einem Fuß auf den anderen. »Und mit dir will ich was für die Ewigkeit ... oder wenigstens die Chance darauf.«

Als er geendet hatte, umspielte ein resigniertes Lächeln seine Lippen und seine Augen hatten einen seltsamen Glanz angenommen. Währenddessen hatte ich nur einen einzigen Gedanken: *Kann jemand noch wunderbarer sein als dieser Mann?*

Das war keine rhetorische Frage, ich wollte es wirklich wissen: War so etwas überhaupt im Bereich des Vorstellbaren?

Mit dir will ich was für die Ewigkeit.

Oh, du grundgütige Mutter aller sehnsüchtigen Seufzer – *das hier!* Das war einfach nur ... Wow.

Statt ihn zu fragen, ob er damit sein Maximum an Wunderbarkeit erreicht hatte, und ohne so gründlich über seine kleine Rede nachzudenken, wie sie es höchstwahrscheinlich verdient gehabt hätte, ließ ich – gegen jede Vernunft – mein melodramatisches verirrtes Herz entscheiden. »Okay.«

Denn ganz ehrlich? Eine Ewigkeit mit Jethro, in diesem wunderschönen Haus, in diesem abgeschiedenen, idyllischen Teil der Welt – das klang wie der Himmel auf Erden. Es klang wie die Erfüllung all meiner Sehnsüchte, von denen ich nie gewusst hatte, dass ich sie überhaupt hegte. In diesem Moment spürte ich mit absoluter Klarheit, dass ich hierher gehörte.

Vielleicht war auch eine kleine Prise Eskapismus mit dabei, doch diesen unangenehmen Gedanken schob ich sofort beiseite.

»Okay.« Er nickte knapp, als wäre die Angelegenheit damit erledigt. Und doch sah er ein wenig traurig aus.

Warum sieht er traurig aus?

»Okay«, sagte auch ich noch einmal und ging, die Hände an den Hüften, auf ihn zu. Bei ihm angekommen, gab ich ihm einen Kuss – nur eine kurze Kostprobe, weil ich einfach nicht anders konnte. Ich berührte ihn nirgendwo sonst. Seine Lippen waren weich und heiß und vollkommen. Er hatte wirklich absolut fantastische Lippen. Mein Herz sprang zurück an seinen Platz in meiner Brust, als ich daran dachte, dass dies der erste von vielen, vielen Küssen sein könnte. »Lass es uns tun.«

Heute waren seine Augen olivgrün mit goldenen Sprenkeln um die Iris. Er sah mich verständnislos an. »Was tun?«

»Das mit uns.« Ich zeigte erst auf ihn, dann auf mich. »Geben wir der Ewigkeit eine Chance.«

Er blinzelte. »Was?«

Ich deutete auf das Haus hinter ihm. »Ich liebe dein Haus. Ich würde mich sehr über einen Rundgang freuen, und falls du ein Sex-Verlies hast, möchte ich vorher gerne die Gelegenheit wahrnehmen, mich auf die Sexschaukel vorzubereiten, aber grundsätzlich kann ich mir gut vorstellen, hier unsere theoretischen Kinder großzuziehen. Falls es dir noch nicht aufgefallen ist: Ich habe gebärfreudige Hüften, das ist auf jeden Fall ein Plus. Aber du brauchst einen Spielplatz da hinten.« Ich zeigte mit einer Bewegung meines Handgelenks in Richtung der Wiese. »Und ich muss dich vorwarnen: Irgendwann wird meine Abuela versuchen, dich zum Katholizismus zu bekehren. Und unsere Töchter werden alle ihre Quinceañera feiern und riesige, ausgestellte Kleider tragen, aber darum kümmern wir uns, wenn es so weit ist.«

Die Falten auf Jethros Stirn verschwanden und etwas Staunendes trat in seinen Blick. »Du meinst es ernst.«

»Ja.« *Natürlich meine ich es ernst.*

Er schien hin- und hergerissen. »Sienna …«

»Jethro.«

»Du kennst mich doch gar nicht.«

»Das stimmt, ich kenne dich nicht. Noch nicht. Und du kennst mich auch nicht. Aber du hast mich ja auch nicht gebeten, dich gleich zu heiraten. Du hast mich gebeten, diese Beziehung mit dir ernst zu nehmen und nicht als eine Sache auf Zeit zu betrachten. Du wünschst dir die Ewigkeit, und dasselbe wünsche ich mir auch von dir.«

Er sah mich an, als wäre dies möglicherweise das letzte Mal, dass wir uns so nah waren. »Du bist ein Hollywoodstar. Eine Prominente mit Millionen von Fans.«

»Und du bist ein Ranger, der von Berufs wegen riesige, gefährliche Schwarzbären einfängt und so tut, als wäre das ein Kinderspiel. Wenn das nicht total abgefahren ist, mit einer Extraportion irrer Soße und einem Löffel Knallzucker obendrauf, dann weiß ich es auch nicht.«

Sein unregelmäßiger Atem und sein unsicherer Blick verrieten mir, dass ich ihn fast überzeugt hatte. Fast.

Etwas hielt ihn noch zurück. Er brauchte nur noch einen kleinen Schubs …

»Die Strümpfe hier sind halterlos«, verkündete ich. »Willst du mal sehen?« Ohne seine Antwort abzuwarten, trat ich einen Schritt von ihm zurück, hob meinen Rock hoch und präsentierte ihm die Spitzenabschlüsse meiner Strümpfe.

Als ich den Kopf hob, sah ich, wie Jethro meine Schenkel anstarrte. Seine Augen flackerten.

Ausgezeichnet.

»Und ich habe ein dazu passendes Höschen an«, gab ich preis, biss mir auf die Unterlippe und fing seinen gierigen Blick ein. Doch ehe ich ihm besagtes Höschen zeigen konnte, hielt er meine Hände fest. Sein Mund verzog sich zu einem widerwilligen diebischen Lächeln. Er sah zwischen meinen Lippen und meinen Augen hin und her. »Du bist wirklich schlimm.«

»Bin ich das?« Schon wieder fiel mir das Atmen schwer. »Da bin ich aber platt. Ich dachte, ich wäre ziemlich gut.«

»Oh, das bist du.« Seine Augenbrauen zuckten einmal kurz in die Höhe und seine Stimme wurde ganz tief. »Aber du bist auch sehr schlimm.«

»Und was gedenkst du dagegen zu tun?« Ich konnte es gar nicht abwarten, es herauszufinden.

Meinen Blick festhaltend, machte er den einen Schritt, den ich vorher zurückgewichen war, und dann noch einige mehr, bis ich mit dem Rücken gegen einen großen Baumstamm stieß. Er legte mir die Hände seitlich an die Beine und schob meinen Rock hoch, wobei seine Fingerspitzen die Haut über meinen Strümpfen streiften. Mit quälend leichten Berührungen malte er kleine Kreise auf meine Schenkel, wobei er den Rock immer weiter und weiter anhob, bis ich es vor lauter Erregung kaum noch aushielt.

»Du bist ab jetzt mein Mädchen«, knurrte er und knabberte an meinem Unterkiefer.

»Nein.« Ich schüttelte den Kopf, wich seinem Mund aus und berichtigte ihn: »Ich bin ab jetzt deine Frau.«

Er grinste und sah mich schon wieder mit diesem flackernden Raubtierblick an. Er wanderte an meinem Körper abwärts bis zu der Stelle, wo sich meine Brüste gegen seinen Oberkörper pressten. »Trägst du auch einen passenden BH?«

Ich nickte. Er stöhnte und eroberte meinen Mund mit einem heißen, fordernden Kuss. Seine Hände glitten an meinen Schenkeln nach oben und sandten elektrische Funken mein Rückgrat hinauf und tief in meinen Bauch hinein. Er bewegte die Finger nach vorne und schob mit dem Knie meine Beine auseinander. Seine Knöchel rieben leicht über den weißen Spitzenstoff meines Slips. Erregt kam ich ihm mit meinem Becken entgegen, während ich gleichzeitig den Kopf nach hinten gegen den Baumstamm sinken ließ und die Hände in sein Oberteil krallte. Ich keuchte.

»Du bist so schön.« Er klang andächtig, atemlos. Ich öffnete die Augen, weil ich ihn sehen wollte. Seine Blicke waren gierig und ehrfurchtsvoll. »Du bist wie eine Fantasie.«

»Ich versichere dir, dass ich zu hundert Prozent real bin.« Ich streichelte seinen Brustkorb und genoss es, wie sein – leider immer noch angezogener – Körper unter meinen Fingerspitzen hart wurde, während meine Hände immer tiefer wanderten. Als ich bei seinem Gürtel ankam, hielt er meine Handgelenke fest und schmiegte sein Gesicht an meinen Hals.

»Nicht«, knurrte er. »Ich will dich.« Seine Worte klangen gequält, waren Geständnis und Warnung zugleich.

Die Vehemenz, mit der er sie hervorstieß, riss mich aus meiner Leidenschaft, die mich zu diesen unbedachten Handlungen verleitet hatte. Denn ich hatte zwar geplant, mit ihm zu flirten und ihn anzumachen, bis er in weitere Treffen einwilligte – aber *das* hier hatte ich nicht geplant: die Heftigkeit meines Verlangens, diese berauschende Anziehungskraft zwischen uns, den Kampf, den ich in diesem Moment im Innern ausfocht – *Sex im Stehen am Baum oder Sex auf dem Waldboden? So schmutzig ist er nicht …*

Ja?

Bitte?

Wer war diese Frau? Ich erkannte mich selbst nicht wieder.

Allerhöchstens, so hatte ich mir ausgerechnet, würden wir uns ausgiebig küssen und ein bisschen fummeln. Ich war nicht darauf vorbereitet gewesen, wie es sein würde, tatsächlich von ihm berührt zu werden. Wie in allen Dingen hatte sich Jethro auch hier als äußerst kompetent, direkt und führungsstark erwiesen … jedenfalls bis unsere Selbstbeherrschung flöten gegangen war und unsere verzweifelte Lust jede Vernunft auszuschalten drohte.

Also schluckte ich, schloss die Augen, zwang mich, ruhig ein- und auszuatmen, und legte die Hände auf seine Schultern. Dabei versuchte ich tapfer, seine Erektion zu ignorieren, die sich gegen meinen Bauch presste.

»Wir sollten es langsam angehen lassen.« Es war ein Appell an uns beide. Wir waren soeben übereingekommen, dass dies hier keine lockere Affäre war, weder für mich noch für ihn. Wir hatten jede Menge Zeit.

Er nickte einmal und küsste die Haut unterhalb meines Ohrs. Ich wand mich vor Vergnügen. Dann nahm er die Finger zwischen meinen Beinen weg und knetete, noch immer unter dem Rock, meine Schenkel, als könne er nicht aufhören, mich zu berühren.

Irgendwann hob er den Kopf. Die Reibung seines Bartes, gepaart mit seinem heißen Atem an meinem nackten Hals, ließ mich erschauern. Er musterte mich durch halb geschlossene Lider, und fast hätte ich meine eigenen mahnenden Worte in den Wind geschlagen. *Fast.* Sein Blick war umwölkt und in ihm spiegelten sich jede Menge schmutziger Gedanken.

Ich war neugierig. So unfassbar neugierig. Also sagte ich: »Schreib es auf.«

»Wie bitte?« Seine Stimme war heiser und schleppend, als hätte er geschlafen.

»Was immer du gerade denkst – schreib es auf. Wenn es soweit ist, müssen wir das unbedingt mal ausprobieren.«

Er sah mich an. Sein verhangener Blick wich der Belustigung. »Wirklich? Auch wenn dabei die Sexschaukel in meinem Verlies zum Einsatz kommt?«

Ich wackelte mit den Augenbrauen und gab ihm einen raschen Kuss auf den Mund, weil ich mich einfach nicht zurückhalten konnte. »*Vor allem*, wenn die Sexschaukel in deinem Verlies zum Einsatz kommt.«

Kapitel 20

Jethro

»Seit ihr von eurem Spaziergang zurück seid, hörst du gar nicht mehr auf zu grinsen«, raunte meine Schwester mir zu und lenkte meine Aufmerksamkeit von Sienna ab, die auf der anderen Seite der Terrasse gerade Duane und Drew um den Finger wickelte – Beau, Cletus und Roscoe hatte sie bereits in der Tasche.

»Ist zwischen dir und der hinreißenden Ms Diaz irgendwas vorgefallen?« Ashley machte große Augen.

Sie, Drew und Roscoe waren während meines überaus befriedigenden Spaziergangs mit Sienna eingetroffen. Weil das Wetter so schön war, hatten wir auf der Terrasse hinter dem Haus gegessen. Natürlich war das auch eine exzellente Gelegenheit, Sienna so viel wie möglich vom Haus und Grundstück zu präsentieren.

Jetzt saßen wir an den zwei Picknicktischen. Nur Billy und Drew hatten sich Plätze ein Stück abseits gesucht, sie waren schlicht zu groß für die engen Tische.

Ashley und ich standen neben der Kühlbox. Eigentlich hatte ich mir nur schnell ein Bier holen wollen, aber sie hatte mich abgefangen, um mich auszuquetschen und aufzuziehen.

Ich versuchte, mir das Grinsen zu verkneifen, aber es war zwecklos. Es ging einfach nicht. »Keine Ahnung, wovon du redest, Ashley.«

Sie schnaubte leise und trat noch näher an mich heran. »Du bist ein verlogener Lügner«, flüsterte sie anklagend. »Ihr fresst euch ja gegenseitig regelrecht mit Blicken auf, und jedes Mal, wenn ihr euch anseht, wird sie rot wie ein Mädchen, das zum ersten Mal an der Stange tanzen soll.«

»Ach ja?« Das war mir natürlich auch aufgefallen. Es gefiel mir, dass sie so heftig auf mich reagierte, dass es auch den anderen nicht verborgen blieb. Außerdem hatte ich jetzt natürlich Bilder von einer an der Stange tanzenden Sienna im Kopf – und es war nicht die unbeholfene, Butter stampfende Art von Stangentanz.

»Gratuliere, Jethro. Sie ist völlig hin und weg von dir. Du hast aus einer internationalen Ikone weiblicher Unabhängigkeit ein kicherndes, hormongesteuertes Wrack gemacht.«

Mein Lächeln drohte mir zu entgleiten. Ich wusste nicht genau, wie ich das finden sollte. Ashley hingegen grinste nur noch breiter. »Ach, sag bloß, das wusstest du gar nicht?«

Ich räusperte mich. Mein Blick ging kurz zu Sienna, dann wandte ich mich wieder meiner Schwester zu. »Kann sein, dass Hank da so was erwähnt hat.«

Jetzt schwand ihr Lächeln und sie verengte argwöhnisch die Augen. »Jethro, tu der Frau ja nicht weh.«

Ich zuckte zusammen. Ashleys Worte hatten einen Nerv getroffen, von dem sie wahrscheinlich gar nicht wusste, dass es ihn bei mir gab. Ich legte ihr sacht eine Hand auf die Schulter und zog sie ein kleines Stückchen näher zu mir heran. »Ash, ich liebe dich. Du warst lange weg und bist erst seit ein paar Monaten wieder da. Du hast nicht aus nächster Nähe mitbekommen, wie sich die Dinge verändert haben. Deshalb wiederhole ich es gern.« Ich vergewisserte mich, dass sie mich ansah – mich *wirklich* ansah –, erst dann fuhr ich fort. »So was mache ich nicht mehr. Schon lange nicht mehr. Ich habe nicht die geringste Absicht, Sienna oder sonst jemandem wehzutun. Nie wieder.«

Ashleys Augen flackerten, wahrscheinlich kam ihr gerade eine Erinnerung, was für ein Arschloch mein jüngeres Ich gewesen war. Dann senkte sie den Blick auf die Bretter der Terrasse und nickte steif. Ihr Ton war schuldbewusst, als sie mich um Verzeihung bat. »Tut mir leid. Du hast recht. Du hast dich geändert. Es tut mir leid.«

Ihre angespannten Züge waren eine schmerzhafte Mahnung, dass ich, so weit ich auch gekommen war und so viele gute Entscheidungen ich in den letzten Jahren getroffen hatte, meine Fehler von früher niemals mehr ungeschehen machen konnte. Mein egoistisches Verhalten hatte viel kaputtgemacht, daran ließ sich nichts ändern. »Nein, Ash, *mir* tut es leid«, sagte ich und schüttelte sie leicht an der Schulter, damit sie mich wieder ansah. »Es tut mir aufrichtig leid, und ich verspreche dir, dass ich alles tun werde, um es wiedergutzumachen.«

Sie schenkte mir ein tapferes Lächeln, das rasch liebevoll wurde, und legte ihre Hand auf meine. »Das brauchst du nicht. Du hast recht. All das liegt in der Vergangenheit.«

Ich hatte Ashleys Vergebung nicht verdient. Jedenfalls noch nicht. Ich wusste nicht, was schlimmer war: dass Ashley mir so bereitwillig vergab, ohne dass ich mir ihre Vergebung erarbeitet hatte, oder dass Billy mich hartnäckig zurückstieß, obwohl ich wieder und wieder versuchte, auf ihn zuzugehen.

Trotzdem: Ashley war während meiner Läuterung fort gewesen. Ich hatte auch bei ihr einiges nachzuholen.

»Ich meine es ernst. Soll ich dir irgendwas bauen? Eine Scheune, vielleicht?«, fragte ich sie scherzhaft.

Sie schüttelte den Kopf und ihr hübsches Gesicht wurde von einem noch hübscheren Lächeln erhellt. »Nein, aber falls ich mal eine brauchen sollte, wende ich mich an dich.«

»Komm schon, Billy, es war ein Witz.« Als ich den angespannten Ton in Duanes Stimme hörte, blickte ich instinktiv an Ashley vorbei zu den anderen.

»Ach, wirklich?«, sagte Billy tonlos. »Und ich dachte immer, Witze müssten komisch sein.«

»Du bist der einzige Mensch diesseits des Mississippi, der das nicht komisch findet.« Beau verdrehte auf übertriebene Weise die Augen.

»Das stimmt nicht«, widersprach Cletus. »Ich kenne mindestens drei andere Leute außer Billy, die keinen Sinn für Humor haben.«

»Ach, ist doch keine große Sache«, wiegelte Sienna ab und zuckte mit den Schultern, scheinbar unbeeindruckt von Billys mieser Laune. »Komisch zu sein ist ein laufender Prozess.«

»Doch. Es *ist* eine große Sache.« Duane sah Billy finster an. »Du hast schon den ganzen Abend einen Stock im Arsch, und der sitzt so tief drin, dass ich mich wundere, dass du ihn nicht schmecken kannst.«

»*Das* war komisch.« Roscoe prostete mit seinem Bier erst Duane zu, dann Sienna. »Aber dein Witz war auch komisch.«

»Nein, nein. Duanes Witz war komischer.« Sienna hob ihr Weinglas, dann nickte sie in Duanes Richtung. »Kann sein, dass ich den klauen muss.«

»Ist Klauen eins deiner Hobbys?«, murmelte Billy in einer erstklassigen Zurschaustellung passiv-aggressiver Feindseligkeit. Oder vielmehr: Er *tat* bloß so, als murmle er. In Wahrheit waren seine Worte so laut, dass ihn jeder in der Runde glasklar verstehen konnte.

Damit war mein Limit erreicht. Ich entschuldigte mich bei Ashley, trat auf Billy zu und bedeutete ihm, aufzustehen. »Okay. Das reicht jetzt. William Shakespeare Winston, steh auf.«

»Was willst du?«, fuhr er mich an und warf mir einen giftigen Blick zu.

»Du hast mich schon gehört. Du hast ein Problem mit mir, aber es ist nicht höflich, das an Sienna auszulassen. Sie kann nichts für deinen Frust. Wir alle wissen, dass du nicht gut auf mich zu sprechen bist, aber das gibt dir noch lange nicht das Recht, dich einem Gast gegenüber so respektlos zu verhalten.«

Billy fuhr von seinem Stuhl in die Höhe. Seine Augen spuckten Feuer. »Respekt? Du weißt einen Scheißdreck über Respekt.«

Ich schob den Unterkiefer vor. Ich hatte gedacht, dass ich mich irgendwann an dieses dumpfen Schmerz in meinem Bauch gewöhnen würde. Doch obwohl Billys sporadische Zornesausbrüche mir gegenüber wahrlich nichts Neues waren, wurde es nie leichter. Wären wir unter uns gewesen, hätte ich gar nichts gesagt. Billy hatte jedes Recht, auf mich wütend zu sein, von mir aus für den Rest unseres Lebens. Aber ich würde nicht zulassen, dass Sienna sich seinetwegen unwohl oder abgewiesen fühlte, weder in meinem Haus noch sonst wo.

Seine Augen, die denen meines Vaters so ähnlich sahen, bohrten sich durch mich hindurch. Sein Blick war schneidend und voller Hass. Er fletschte die Zähne, als wäre er drauf und dran, eine weitere verächtliche Bemerkung vom Stapel zu lassen.

»Billy, bitte nicht.« Als er Ashleys leise Ermahnung vernahm, machte er den Mund wieder zu. Sein Blick ging zu unserer Schwester, dann fuhr er sich mit der Hand durchs Haar und murmelte einen leisen Fluch, der wie *»Verfickter Bastard«* klang. Er schluckte, wandte sich ab und verließ ohne ein weiteres Wort die Terrasse.

Ein bedrücktes Schweigen senkte sich über die zuvor noch so ausgelassene Gruppe. Ich hatte Billy schon eine ganze Weile nicht mehr so aggressiv erlebt. Normalerweise riss er sich in Gegenwart anderer am Riemen – nicht so heute Abend. Ich wollte mich entschuldigen, aber nach dem ersten Jahr hatte Cletus mir mitgeteilt, dass ihm meine ewigen Entschuldigungen schon aus den Ohren herauskämen. Also hatte ich angefangen, meiner Familie mit Taten zu zeigen, wie ernst es mir war. Ich musste ihnen nicht nur beweisen, dass ich mich geändert hatte, sondern auch, dass ich diese Veränderung wirklich wollte.

Beau war derjenige, der schließlich das Schweigen brach. »Tut mir leid, Sienna. Billy ist normalerweise nicht besonders freundlich, aber er ist normalerweise auch kein Arschloch.«

»Ach was, ist schon gut. Ich habe eine große Familie. Bei uns herrscht auch nicht immer eitel Sonnenschein.« Ich spürte ihre Blicke auf mir und wusste, dass ich ihr früher oder später mehr über meine unrühmliche Vergangenheit würde erzählen müssen. Vermutlich eher früher.

»Wie groß ist Ihre Familie denn?«, erkundigte sich Cletus.

Gleich darauf schob Roscoe hinterher: »Und hast du vielleicht Schwestern, die single sind?«

Das brachte uns alle zum Lachen. Wir waren dankbar für Roscoes Scherz. Wir wollten keinen Schwermut und kein Drama. Wir hatten dieses Jahr schon genug Dramen erlebt.

Ashley trat neben mich, während Sienna auf Roscoes Frage antwortete, und knuffte mich in die Seite. »Geh ihm nach.«

Ich verzog das Gesicht. Ein Gefühl der Reue griff nach meinem Herzen wie eine eiserne Faust. Es war mir mittlerweile so vertraut, dass ich es beinahe als guten Freund bezeichnen konnte. »Er will doch sowieso nicht mit mir reden.«

»Mag sein.« Sie zuckte die Achseln und knuffte mich erneut. »Aber Billy hat mir mal gesagt: ›Wenn Familienmitglieder einander gleichgültig sind, wird das Blut, das sie teilen, zu Wasser‹.« Sie machte eine Pause, damit ich über ihre Worte nachdenken konnte, ehe sie mich erneut drängte: »Ich weiß, dass Billy eine ziemlich klare Meinung zu deiner Person hat, Jethro. Aber nichts ist so schlimm wie Apathie.«

Da musste ich grinsen. »Du klingst wie Momma.«

»Danke. Das ist für mich das höchste aller Komplimente. Und jetzt hör auf mit deinen Ablenkungsversuchen und sprich mit deinem Bruder.«

Ein leises Lachen ließ uns aufhorchen. Wir drehten uns um und suchten nach der Quelle. Direkt hinter uns stand Drew. Er blickte auf seine Stiefelspitzen, hatte jedoch ein Schmunzeln im Gesicht – bei ihm ein höchst seltener Anblick.

»Was ist?«, fragte Ashley argwöhnisch.

Er zuckte die Achseln und hob den Blick. »Es ist nur – Jethro hat recht.« Er sah Ashley an und in seinem Blick spiegelten sich eine schier unermessliche Zuneigung und Hingabe. »Du klingst wirklich wie deine Momma, nur nicht so diplomatisch und sehr viel herrischer.«

Sie sah ihn lange an, dann schlang sie dem Wildpfleger unerwartet die Arme um den Hals und gab ihm einen nicht salonfähigen Kuss.

Ich wandte rasch den Blick ab und lief, zwei Stufen auf einmal nehmend, die Terrassenstufen hinunter. »Entschuldigt mich. Ich glaube, ich rede mal mit Billy.«

Ich war kaum sechs Meter weit gekommen, als ich Roscoe aufstöhnen hörte: »Och, jetzt kommt aber. Muss das sein? Nehmt euch gefälligst ein Zimmer. Das Haus hat ungefähr zehn, sucht euch eins aus.«

• • •

Ich ignorierte den gutmütigen Tumult hinter mir und versuchte mich mental auf eine Konfrontation mit meinem Bruder vorzubereiten. Wir stritten nicht oft. Meistens behandelte er mich wie Luft. Nur an Feiertagen tat er unseren Geschwistern zuliebe so, als würde er mich nicht abgrundtief hassen.

Der Holzschuppen war ein beliebter Ort für uns, wenn wir angestaute Aggressionen loswerden wollten. Sagen wir einfach: Wir hatten sehr viel Feuerholz.

Ich beschloss, es dort zuerst zu versuchen.

Billy hatte gerade den Hackklotz aufgebaut, als ich um die Ecke bog. Er hielt die Axt mit weißen Knöcheln umklammert. Angst hatte ich nicht. Mag sein, dass er mich verachtete, aber um Leib und Leben musste ich bei ihm nicht fürchten.

Ich kam sofort zur Sache. Ich wollte es so schnell wie möglich loswerden. »Hör zu. Ich weiß, ich werde es nie wiedergutmachen können, dass ich damals so ein schrecklicher Bruder für dich war. Aber das heißt nicht, dass du auch ein schrecklicher Bruder sein musst.«

»Du bringst Frauen mit nach Hause? Im Ernst, Jethro?« Billy schwang die Axt und spaltete das Scheit mit einem zornigen *Tschack* in einem einzigen Hieb.

Oh ja. Er war richtig geladen.

»Ja, ich habe eine Frau mitgebracht. Na und?«

»Was ist mit Claire?« Er sah mich nicht an, doch etwas in der Art, wie er ihren Namen sagte, ließ mich aufhorchen.

»Was ist mit Claire?«

Er richtete den Blick gen Himmel und fluchte, als wäre ich der letzte

Trottel. »Was glaubst du, wie sie sich damit fühlt?«, zischte er zwischen zusammengebissenen Zähnen.

Ich starrte ihn verständnislos an. »Womit?«

»Damit, dass du dich mit einer anderen rumtreibst, du Vollarsch.«

Ich war so verblüfft, dass ich lachen musste. »Claire interessiert sich doch nicht dafür, mit wem ich ausgehe.«

»Wirklich?«

»Ja. Wirklich.« Völlig perplex starrte ich den Rücken meines Bruders an. Er musste den Verstand verloren haben. Das war die längste Unterhaltung, die er und ich seit zehn Jahren geführt hatten. Er sprach sonst nie mit mir – jedenfalls nicht, wenn es sich vermeiden ließ. Und jetzt konnte er auf einmal gar nicht mehr aufhören, von Claire McClure zu reden.

»Du bist jeden Sonntag bei ihr, Jethro. Du kannst mir nicht erzählen, dass zwischen euch nichts läuft. Ihr zwei klebt doch ständig zusammen.« Er spaltete das nächste Scheit mit einem zornigen Hieb.

»Weil wir Freunde sind, Billy. Solltest du auch mal ausprobieren – Freunde haben. Das ist schön.«

»Ihr beide seid keine Freunde.« Es klang wie ein Vorwurf, und zwar einer, der ihm schwer zu schaffen machte.

»Doch, sind wir. Wir sind beste Freunde, seit Claire Ben geheiratet hat. Nur weil er gestorben ist, heißt das doch nicht, dass wir keine Freunde mehr sind.«

»Aha.« Der nächste zornige Axthieb, das nächste gespaltene Scheit.

»Was, *aha*? Worüber regst du dich so auf? Darüber, dass ich Freunde habe, obwohl ich keine verdient habe? Oder darüber, dass Claire einer dieser Freunde ist?«

Mein Bruder sagte nichts, sondern funkelte mich nur zornig an.

»Was zum Teufel ist los mit dir, Billy?«

Ich war es so leid. Sowohl Ashley als auch er hatten recht, durch Apathie wurde Blut zu Wasser, aber in diesem Augenblick betete ich um ein bisschen Apathie. Sein Groll gegen mich, den er wie ein Abzeichen an der Brust mit sich herumtrug, zermürbte mich. Nicht mehr lange, und ich wäre an einem Punkt angelangt, an dem es mir egal war, was er dachte oder tat.

»Weißt du was?« Ich schüttelte den Kopf. Ich war aufgebracht und müde und hatte seine ewige miese Laune einfach nur noch satt. »Für so was ist mir meine Zeit wirklich zu schade. Ich habe keine Lust, dir zum millionsten Mal zu sagen, wie leid es mir tut, dass ich früher so ein jämmerliches Dreckschwein war. Ich habe einen Gast zum Essen mitgebracht – ja, eine Frau –, und ich bin es verdammt noch mal leid, die ganze Zeit deinen Hass aushalten zu müssen. Wenn du unbedingt ein Arsch sein willst, dann geh gefälligst woandershin.«

Als ich an ihm vorbeigehen wollte, hielt er mich am Arm zurück. Sein Griff war fest, aber nicht grob. Ich begegnete seinem Blick und erwartete, die übliche Ablehnung in seinen Augen zu sehen, doch stattdessen war sein Blick suchend, beinahe hoffnungsvoll.

Ich war wie vom Donner gerührt.

Was zum Teufel ...?

»Du und Claire, ihr habt nie ...?« Seine Stimme klang erstickt, als würde ihm der Gedanke die Luft abschnüren, womöglich schon seit Jahren. Er schien ihm regelrecht Qualen zu bereiten.

Ich drehte mich zu meinem Bruder um. »Nein. Claire und ich haben uns nie auch nur geküsst. Nach Bens Tod haben wir uns oft in den Arm genommen, und ich habe manchmal die Nacht bei ihr verbracht, auf der Couch. Einmal haben wir auch im selben Bett geschlafen – ich habe sie gehalten, während sie geweint hat. Das war in der Nacht, als wir die Nachricht bekommen haben.«

Billys Blick ging in die Ferne, während ich sprach. Er dachte über etwas nach und es schien, als läge eine Last auf seinen Schultern, die für ihn allein viel zu schwer war.

»Aber du hast nie ... Ich meine, es gab sonst keine Frau in deinem Leben. Du hast nie eine hierher eingeladen, und seit Bens Tod habe ich dich immer nur mit Claire gesehen.«

Ich nickte und konnte mir den harten Unterton nicht verkneifen, als ich sagte: »Das stimmt. Weil ich schlechte Angewohnheiten hatte, Billy.

Ich habe Frauen wie Dreck behandelt. Du und Momma und Ashley und alle anderen – ich habe so getan, als wärt ihr mir scheißegal. Das war ein Verhalten, für das ich mich irgendwann gehasst habe. Also habe ich beschlossen, mich zu ändern.«

Billys Hand fiel herab, und mit ihr stürzten auch die Mauern hinter seinen Augen ein. Er blinzelte und sein Blick war erstaunt, als sähe er mich zum ersten Mal seit langer Zeit wieder.

Ich nutzte die Gelegenheit. Wer wusste, ob sie jemals wiederkehren würde.

»Es tut mir leid.«

Er fuhr zusammen und sah auf den Holzstapel, auf den Schuppen, überallhin, nur nicht zu mir.

Aber ich war noch nicht fertig. »Es tut mir leid, dass du die ganze Verantwortung übernehmen musstest. Es tut mir leid, dass unser Vater dich grün und blau geschlagen hat statt mich. Ich war der Älteste, ich hätte dich beschützen müssen – euch alle. Es tut mir leid, dass ich so ein erbärmlicher Bruder war. Und ich will es wiedergutmachen, wenn es irgend geht. Sag mir, wie ich es wiedergutmachen kann, Billy.«

Er schluckte. Seine Augen schimmerten feucht und ich wusste, dass er es kaum ertragen konnte, von mir in diesem Zustand gesehen zu werden.

Ich trat einen Schritt zurück, um uns beiden mehr Raum zu geben, und hielt ihm in einer bittenden Geste meine offenen Handflächen hin. »Sag mir, was ich tun muss.«

Kapitel 21

Jethro

»Ich habe Dave versprochen, dass Sienna vor zwanzig Uhr zu Hause ist, ihr könnt also nicht nach Hawk's Field rausfahren und im Auto rummachen.«

»Cletus«, sagte ich warnend, schlang von hinten die Arme um Sienna und zog sie an meine Brust. Doch ich konnte ihm nicht ernsthaft böse sein. Schließlich hatte ich es ihm zu verdanken, dass Sienna heute zum Abendessen gekommen war – ihm und seiner ständigen Einmischung.

Der Abend hatte nett begonnen, war im Verlauf immer besser geworden, nur um dann jäh eine Wendung zum Schlechten zu nehmen und schließlich mit einem Wunder zu enden.

Billy und ich waren gemeinsam auf die Terrasse zurückgekehrt. Wir hielten nicht Händchen und sangen auch nicht Kumbaya, aber wir warfen einander auch keine wüsten Beschimpfungen an den Kopf.

Billys Abgang wurde mit keinem Wort erwähnt. Beim Dessert hatte er sich ganz bewusst neben Sienna gesetzt und sich bei ihr wie ein echter Gentleman entschuldigt. Und er hatte über alle ihre Witze gelacht. Obwohl er meinen Blicken für den Rest des Abends ausgewichen war, wusste ich, dass sich etwas an unserem Verhältnis verändert hatte, denn er gab sogar eine Anekdote aus unserer Kindheit zum Besten. Er erzählte, wie wir beide einmal auf Mr Tanners Schrottplatz eingebrochen waren, um Klodeckel zu stehlen, die wir dann, mit Frischhaltefolie umwickelt, sodass sie sich nicht mehr öffnen ließen, auf öffentlichen Toiletten angebracht hatten. Unser Streich sorgte für jede Menge Gelächter am Tisch, und ich lachte am lautesten. Ich hatte die Geschichte ganz vergessen. Als Kinder hatten Billy und ich uns sehr nahegestanden – ehe ich in die Pubertät gekommen war und mich weitaus schlimmeren Missetaten zugewandt hatte. Es hatte gutgetan, sich daran zu erinnern. Und es tat gut zu wissen, dass Billy es nicht vergessen hatte.

Nun standen wir alle vor dem Haus auf der Veranda. Cletus, Billy, Beau, Roscoe, Drew und Ashley würden gleich noch zur Jamsession ins Gemeindezentrum aufbrechen – ohne Duane und Jess, die heute etwas anderes vorhatten. Ich würde Sienna zurück zum Seehaus bringen. Green Valley war noch nicht bereit für eine Jamsession mit Sienna Diaz. Aber es lohnte sich, darauf hinzuarbeiten.

»Jetzt lass mich doch mal ausreden, Jethro«, protestierte Cletus. »Es ist nicht höflich, andere zu unterbrechen, wenn sie mitten in einem Gedankengang sind. Wie ich sagte: Fahrt nicht zu Hawk's Field, das ist zu weit weg. Fahrt lieber in Duanes und Jessicas geheimes Liebesnest im Wald, unten bei Wright's Ridge. Die Hütte kennt keiner, und ich wette, Duane sorgt dafür, dass die Betten immer frisch bezogen sind.«

Jess zwinkerte mir zu und sagte: »Dafür sorgen wir beide. Und gern geschehen.«

Während Duane knurrte: »Vielen Dank, Cletus. Jetzt weiß es jeder.«

»Nicht *jeder*.« Cletus tat ahnungslos. »Jessicas Bruder Jackson habe ich noch nichts von der Hütte erzählt.« Er wandte sich an Sienna, nahm ihre Hand und gab ihr einen Kuss auf den Handrücken. »Vielen Dank, dass Sie hier waren, Ms Diaz. Ich hoffe, Sie beehren uns bald wieder.«

»Danke, Cletus. Wenn man mich einlädt, komme ich sehr gern.«

»Du bist immer eingeladen«, raunte ich ihr ins Ohr, was sie dazu veranlasste, den Kopf zur Seite zur neigen. Mein Bart kitzelte ihren Nacken, und sie erschauerte. Es war nur ein kurzes Zittern, aber es erinnerte mich daran, dass vor dem Essen nicht mehr viel gefehlt hätte, und ich hätte sie an einem Baum im Stehen genommen.

Fürs Protokoll: Es hatte *wirklich* nicht mehr viel gefehlt.

Endlich gab Cletus ihre Hand frei und meinte beiläufig: »Wenn Sie nächsten Mittwoch kommen, lasse ich Sie von meiner Wurst kosten.«

Ich atmete einmal tief durch und drückte Siennas Taille.

»Jetzt geht das wieder los«, stöhnte Drew und wechselte einen wissenden Blick mit meiner Schwester.

Beau verdrehte die Augen und schnaubte voller Verachtung. »Nicht schon wieder.«

»Cletus' berühmte Wurst ist berühmt«, fügte Jess hilfsbereit hinzu und wackelte mit den Augenbrauen. Sie kicherte bereits.

Und Sienna fragte, schlagfertig wie immer: »Wie bereitest du deine Wurst denn zu? Im Ofen?«

»Auf keinen Fall. Damit die Wurst gut durchzieht, müssen Art und Verteilung der Hitze genau stimmen. Sie braucht Hitze von allen Seiten, und feuchte Hitze ist am besten.«

»Du bist wirklich das Letzte«, sagte Billy, auch wenn seine Mundwinkel zuckten.

»Der Witz wird nie alt.« Inzwischen lachte Jess so heftig, dass sie sich den Bauch halten musste und ihr die Tränen über das Gesicht kullerten.

»Doch – wenn man ihn zehn Jahre lang jeden Monat hören muss«, beschwerte sich Duane, schaffte es aber nicht, ein böses Gesicht aufzusetzen.

»Meine Wurst ist kein Witz.« Cletus zog die Brauen zusammen und fuchtelte mahnend mit dem Finger, als wären wir anderen diejenigen mit dem pubertären Humor.

»Dann grillst du sie also«, lenkte Sienna die Unterhaltung wieder auf das eigentliche Thema zurück.

»Ganz genau.«

»Gut.« Sie nickte gedankenvoll. »Wenn das so ist, dann bestehe ich darauf, dass du im Gegenzug auch von meinen Schenkeln und Brüsten probierst.« Sie sagte das vollkommen ruhig und sachlich und ohne eine Miene zu verziehen.

Alle anderen waren im ersten Moment sprachlos vor Schreck.

Sogar Cletus.

Wie in einer Art Schockstarre blickten wir Sienna an. Keiner wusste so recht, wie er auf ihre Äußerung reagieren sollte.

Ich merkte, wie ihre Schultern bebten, also machte ich einen Schritt zur Seite, um ihr Gesicht sehen zu können.

Sie ließ ihre unwiderstehlichen Grübchen blitzen und erklärte kichernd: »Ich habe ein hervorragendes Rezept für Mojo Chicken. Wir können das Hühnchen und die Wurst zusammen grillen.« Dann fügte sie, an Cletus gewandt, hinzu: »Das hilft, um die nötige feuchte Hitze zu erzeugen.«

Ich blickte gen Himmel, auch wenn ich ihn aufgrund des Verandadachs gar nicht sehen konnte. »Lieber Gott, danke, dass du mir diese Frau geschickt hast.«

Cletus hingegen machte ein erschrockenes Gesicht, aber dann breitete sich auf seinen normalerweise so ernsten Zügen ein Lächeln aus.

Beau hatte sich die Hand aufs Herz gelegt und konnte nicht widerstehen. »Sienna, es wäre mir eine Ehre, deine Schenkel und deine Brüste kosten zu dürfen.«

Ich warf ihm einen warnenden Blick zu. »Sag so was nicht noch mal zu ihr.« Aber auch ich konnte nicht länger ernst bleiben.

»Wieso? Was habe ich denn Schlimmes gesagt?«, spielte Beau den Empörten. »Ich habe von ihrem Hühnchen geredet, was dachtest du denn?«

Cletus' Grinsen war immer breiter geworden und er sah meine Freundin mit unverhohlener Bewunderung an. »Nicht schlecht, Ms Diaz. Wahrlich nicht schlecht.«

Tatsächlich schmunzelten oder lachten inzwischen alle. Ich sah der Reihe nach jeden meiner Brüder und meine Schwester an und versuchte mich daran zu erinnern, wann wir zuletzt so ausgelassen gewesen waren. Letzte Weihnachten vielleicht, oder an jenem Tag kurz vor dem Tod unserer Mutter, als sie uns gebeten hatte, ihr Witze zu erzählen, und wir uns nach Kräften bemüht hatten, ihr zuliebe heiter und unbeschwert zu sein.

Aber das hier war anders.

Anders, weil sich keiner zusammenreißen musste. Keiner spielte den anderen etwas vor. Wir waren alle nur wir selbst. Wir freuten uns über das Zusammensein und unsere stetig wachsende Familie – über Drew, Jess und hoffentlich bald auch Sienna.

Es war ein perfekter Augenblick.

Aber immer wenn etwas perfekt war, musste ich daran denken, dass ich all das Gute und Schöne eigentlich gar nicht verdient hatte.

• • •

»Ich muss gestehen, ich hatte gehofft, du würdest mit mir wirklich noch zu Hawk's Field oder Jessicas und Duanes Liebesnest rausfahren«, meinte Sienna mit einem Seufzer, kaum dass wir auf die Schotterstraße um den See eingebogen waren.

Ihre Worte zauberten mir ein Lächeln ins Gesicht. »Ich kann immer noch umdrehen.«

Sienna seufzte erneut. »Nein. Mein Flieger geht morgen in aller Herrgottsfrühe. Ich muss um vier Uhr am Flughafen sein.«

»Wo fliegst du denn hin?« Ich wusste, dass sie wegmusste, weil ich zufällig mit angehört hatte, wie sich Leute am Set darüber unterhalten hatten.

»Ich habe ein Meeting in L.A., es geht um ein Drehbuch, das ich vor ein paar Wochen eingereicht habe. Sie haben schon mit dem Casting angefangen. Es ist nur ein kurzer Trip, am Sonntagabend bin ich schon wieder da.«

Als wir in die Einfahrt einbogen, blickte sie stirnrunzelnd auf Hanks Haus. »Rufst du mich an? Während ich weg bin?«

Der Hauch Verletzlichkeit, den ich in ihrer Stimme wahrnahm, weckte in mir den Wunsch, sie in die Arme zu nehmen und mit ein paar zärtlichen Küssen zu beruhigen. Das Problem war nur: Wenn ich sie in die Arme nähme, wären ein paar Küsse nicht genug. Ich würde auch von ihren Brüsten und Schenkeln kosten wollen. Und anders als Beau redete ich nicht von ihrem Mojo Chicken.

»Natürlich.« Ich lächelte unbeschwert, dann gab ich ihr mein entsperrtes Handy. »Speicher deine Nummer.«

Ich stieg aus und ging um den Truck herum zur Beifahrertür, während sie ihre Kontaktdaten eingab. Als ich ihr die Tür öffnete, nahm sie meine Hand und ließ sich wie immer von mir beim Aussteigen helfen. Sie verschränkte ihre Finger mit meinen und behielt mein Handy in der Hand.

»Wir brauchen einen Platz mit gutem Licht«, murmelte sie und blickte stirnrunzelnd in die Dämmerung hinaus. »Komm mit auf die Veranda.«

Sie zog mich hinter sich her die Stufen hinauf. Offenbar hatte sie etwas ganz Bestimmtes vor. Weil ich hinter ihr ging, hatte ich einen hervorragenden Blick auf ihren Hintern und ihre Beine. Jeder Schwung ihres Rocks erinnerte mich daran, dass ihre Strümpfe auf halber Höhe der Oberschenkel endeten. Und das erinnerte mich daran, wie ich sie dort gestreichelt hatte.

Als wir auf der Veranda angekommen waren und sie das Licht einschaltete, hatte ich ganz vergessen, dass sie immer noch mein Handy in der Hand hatte. Sie drehte sich zu mir um und öffnete den Mund, um etwas zu sagen, aber ich hinderte sie daran, indem ich ihre Unterlippe zwischen die Zähne nahm.

Sie schnappte nach Luft.

Ihre Augen wurden groß. Ihr Körper spannte sich an.

Es gefiel mir, dass ich sie überrumpelt hatte. Die Luft zwischen uns knisterte.

Ich fuhr mit der Zungenspitze die Kontur ihrer Lippe nach, schlang einen Arm um ihre Taille und knetete ihren Hintern. Ich brauchte unbedingt ihren Geschmack auf meiner Zunge und ihren weichen Körper unter meinen Händen. Ich würde Sienna nicht hier auf der Veranda unter den Rock fassen – aber ich konnte ihr immerhin zeigen, wie gern ich es getan hätte.

Sie stöhnte. Ihre langen Wimpern senkten sich, als sie die Augen schloss, und sie schmiegte sich an mich, während sie mit ihrer Zunge meine Lippen liebkoste, um mich in ihren Mund einzuladen. Sie bog sich mir entgegen, presste sich an mich, drückte ihre Brüste an meinen Oberkörper und ihren runden Hintern in meine Hände. Überall dort, wo wir einander berührten, breitete sich Hitze aus wie ein Flächenbrand. Ein heißkaltes Prickeln lief mir das Rückgrat hinauf und meine Beine hinunter, sodass ich instinktiv begann, mich rhythmisch an ihr zu reiben.

Sienna löste ihre Lippen von meinen und keuchte: »Jethro, das ist eine ganz schlechte Idee.« Ich wollte sie gerade fragen, ob ich aufhören sollte, als sie die Finger in meine Kopfhaut krallte und meinen Kopf an ihren Hals drückte. »Mach weiter.«

Ihre widersprüchlichen Signale entlockten mir ein Schmunzeln. Ja, vermutlich hatte sie recht: Es war eine schlechte Idee, auf der Veranda von Hank Wellers Haus zu knutschen. Jeder konnte uns sehen – na ja, zumindest jeder, der zufällig vorbeikam, also praktisch niemand. Oder ihre Bodyguards konnten uns überraschen, was deutlich wahrscheinlicher war. Trotzdem wollte ich mich noch nicht von ihr trennen.

»Ich möchte dich zwischen den Beinen berühren.« Ich knabberte an ihrem Unterkiefer, während ich ihr erzählte, was ich gerne getan hätte, aber nicht tun konnte, jedenfalls im Moment nicht. »Ich will mit den Fingern in dich eindringen.«

»Heilige Scheiße, ich liebe deinen Akzent«, stieß sie hervor, was allerdings eher wie *Heiligescheißeichliebedeinenakzent* klang. »Sag noch was.«

»Was denn?«

»Egal! Irgendwas, was dich heiß macht.«

»Sollte es nicht eher dich heiß machen?«

»Ich glaube, alles, was dich heiß macht, macht auch mich heiß.«

»Also gut. Ich will dich beißen. Hier.« Ich nahm ihre Brust in die

Hand, knetete sie und malte mit dem Daumen ganz langsam einen Kreis um ihre Brustwarze. Ich wollte ihre Haut zwischen meine Zähne saugen und dann den Schmerz mit meiner Zunge stillen. »Ich will dich unter mir spüren, wie du keuchst und stöhnst ...«

Mein Gesicht war immer noch an ihrem Hals vergraben. Mit einer Hand zog ich den Ausschnitt ihres Tops beiseite und entblößte ihre nackte Schulter. Im nächsten Moment hörte ich ein leises Klicken.

Instinktiv versteifte ich mich. Adrenalin flutete meine Adern, ein Gemisch aus Wut und Panik. Ruckartig hob ich den Kopf und sah mich nach der Ursache des Geräuschs um, bereit, jede Kamera – und notfalls auch die dazugehörigen Köpfe – zu zertrümmern, sollten sich irgendwelche Spanner in der Nähe aufhalten. Doch ich konnte niemanden entdecken.

Sienna sah mich leicht benommen, aber überglücklich an. Sie hatte den Arm ausgestreckt, und in der Hand hielt sie mein Handy. Mit eingeschalteter Kamera.

Ich brauchte fast eine Minute, ehe ich begriff, dass Sienna ein Selfie von uns beiden geschossen hatte.

»Was hast du –«

»Guck mal. Das speichere ich jetzt als mein Profilbild auf deinem Handy.« Sie biss sich auf die Unterlippe und grinste frech. Dann zeigte sie mir das Display. Darauf war ein Bild von uns beiden, wie wir uns küssten. Sie hatte den Kopf nach hinten geneigt, Hals und Schulter entblößt. Das Ganze sah sehr, sehr heiß aus.

»Und jedes Mal, wenn ich dich dann anrufe ...«, fuhr Sienna in verführerischem Flüsterton fort.

Ich schüttelte den Kopf. Ihre Idee war wundervoll und furchtbar zugleich. »Du bist wirklich schlimm.«

»Wenn ich so schlimm bin, warum lächeln Sie dann, Ranger?«

Ich stahl ihr noch einen letzten Kuss und rieb mein Becken an ihrem, weil ich wusste, wie sehr sie das mochte. Ich wartete, bis sie sich vor Erregung anspannte, dann machte ich mich von ihr los und nahm ihr das Telefon aus der Hand.

Rückwärts ging ich zu meinem Truck. Ich genoss den Anblick ihres Brustkorbs, der sich hektisch hob und senkte, weil sie so außer Atem war, und ihrer lustverhangenen, hungrigen Augen. Grinsend rief ich ihr zu: »Weil du gleichzeitig auch sehr, sehr gut bist.«

• • •

Ich steckte in Schwierigkeiten.

Am späten Sonntagnachmittag bekam ich eine Mitteilung von meinem Mobilfunkanbieter, weil ich fast mein gesamtes Monatskontingent an Textnachrichten ausgeschöpft hatte. Vermutlich lag das daran, dass ich Sienna seit Freitag bereits rund fünfundsiebzigmal geschrieben hatte.

Also wechselte ich kurzerhand zu einem anderen Tarif, in dem mir eine unbegrenzte Anzahl an Frei-SMS zur Verfügung stand.

Aber das war nicht der Grund, weshalb ich in Schwierigkeiten steckte.

Früher hatte ich nie gern SMS geschrieben. Wer mir etwas mitzuteilen hatte, bekam von vorneherein nur dann meine Aufmerksamkeit, wenn es auch wichtig war. Und wenn es wichtig war, konnte man viel besser anrufen oder gleich persönlich vorbeikommen.

Doch alles, was es brauchte, um mich von dieser Haltung abzubringen, waren drei Minuten und ein kurzer SMS-Wechsel mit Sienna am Samstagmorgen.

Was machst du gerade?

Ich säge Stützpfeiler für das Kutschenhaus zu. Und du?

Ich denke an dich.

Ganz genau. Mehr war nicht nötig. Ihre letzte Nachricht las ich immer wieder, mindestens eine volle Minute lang, wahrscheinlich noch länger.

Vier kleine Worte auf meinem Handybildschirm – der Beweis dafür, dass das zwischen uns tatsächlich auf Gegenseitigkeit beruhte.

Zweihundertzwölf Nachrichten und sechsunddreißig Stunden später war ich süchtig und wartete begierig auf den nächsten Schuss. Dass ich jedes Mal, wenn sie mir eine SMS schickte, das Foto von uns beiden sah, das sie als ihr Profilbild gespeichert hatte, tat sein Übriges.

Außerdem war sie am Telefon genauso unwiderstehlich wie in Fleisch und Blut.

Wenn man die Buchstaben von JETHRO umstellt, erhält man HOT JER.

Oder OJ RETH, THOR JE oder JT HERO – alles perfekte Namen für einen DJ.

Aus deinem Namen kann man A SIN machen, und NE bleibt übrig.

FYI, mein Name besteht aus denselben Buchstaben wie INSANE.

Sei also lieber vorsichtig!

Ich lachte hinter vorgehaltener Hand. Den ganzen Tag über hatte sie mir immer wieder Fotos von sich in irgendwelchen ulkigen Situationen geschickt. Auf einem hatte sie am Hollywood Boulevard mit einem Mann im Smash-Boy-Kostüm posiert. Beide machten finstere Gesichter und die Bildunterschrift lautete: *»Schick Oben-ohne-Bilder, sonst wird Smash Boy wüüüüütend!«*

Seit sie abgeflogen war, schickten wir uns fast ununterbrochen dummes Zeug hin und her oder erzählten von unserem Tag.

INSANE und Sienna ... was für ein Zufall.

Ich frag mich oft, ob meine Eltern das vielleicht mit Absicht gemacht haben.

Wann kommst du heute zurück?

Erst nach Mitternacht.

Soll ich dich abholen?

Nein. Sieh du nur zu, dass du genügend Schlaf kriegst.

Und träum von mir.

Nackt.

Ich meine, du sollst nackt schlafen und dabei von mir träumen.

Und du bist nicht nackt?

Also, wenn wir beide nackt sind, will ich Einzelheiten!

Wir tauschten uns auch über unsere Familien aus. Sie hatte drei Schwestern und zwei Brüder, die allesamt sehr lustig zu sein schienen. Meine Fantasie ging schon wieder mit mir durch, aber mir gefiel die Vorstellung, dass unsere Kinder auf beiden Seiten jede Menge Cousins und Cousinen, Tanten und Onkel haben würden, die wir besuchen konnten.

Sienna war das jüngste Kind in der Familie, und ich erfuhr, dass ihre Managerin zugleich auch ihre älteste Schwester war und Marta hieß.

Schick mir ein Bild von dir, damit ich es Marta zeigen kann.

Nein.

Was? WIESO NICHT?

Ich will ihr von uns erzählen, und das kann ich nicht, wenn du kein Bild schickst. Sie will garantiert einen Fotobeweis sehen.

Ich mache keine Selfies.

Deine Brüder haben mir da aber was anderes erzählt ...

VERSTEHSTE?

»Was ist so komisch?«

Ich sah auf. Claire steckte den Kopf aus der Küche. Sie hatte ein neugieriges Lächeln im Gesicht.

Es war Sonntagnachmittag, und wie so oft war ich bei Claire, um nach dem Rechten zu sehen. Wie immer hatte sie mich zum Abendessen eingeladen. Und wie immer hatte ich die Einladung angenommen.

»Nichts.« Ich schüttelte den Kopf, steckte mein Handy in die Tasche und widmete mich wieder ihrer Küchenschublade. Ich war gerade dabei, die Führungsschiene zu reparieren.

»Du lächelst immer noch«, zog sie mich auf, trat in den Türeingang und stemmte die Hände in die Hüften. »Das hängt nicht zufällig mit einem gewissen Filmstar zusammen?«

Ich setzte eine drohende Miene auf, die allerdings nicht viel Wirkung zeigte, weil ich immer noch lächeln musste. »Das geht dich überhaupt nichts an.«

Sie erwiderte meinen bösen Blick und war dabei ebenso wenig überzeugend. »Komm schon, Jet. Ich sterbe vor Neugier. Cletus meinte, sie sei bei euch zum Abendessen gewesen?«

»Redet ihr zwei Klatschweiber auch noch über was anderes außer über mich?«

»Jetzt zier dich doch nicht so. Ich freue mich für dich.« Claire klang ein wenig ungehalten. »Cletus scheint sie zu mögen, und wenn Cletus sie mag, muss sie eine tolle Frau sein.«

»Ist sie auch«, sagte ich ohne zu zögern. Das auszusprechen fiel mir so leicht wie Atmen.

»Dann erzähl mir mehr über sie. Wie habt ihr euch kennengelernt? Wie ernst ist es mit euch beiden? Was macht ihr, wenn der Film abgedreht ist?«

Bis zu ihrer letzten Frage war alles gut – aber dann verging mir das Lächeln. »Wir haben noch nicht darüber gesprochen, was wird, wenn der Dreh vorbei ist, aber wir finden schon eine Lösung. Denke ich.«

»Du denkst? Das heißt, ihr wollt auch danach zusammenbleiben?«

»Das hoffe ich sehr.«

»Ich freue mich für dich.« Ihr Ton war so aufrichtig, dass ich unwillkürlich von der Schublade aufblickte. Ich sah in ihren großen saphirblauen Augen. »Ich freue mich so, dass du dich endlich wieder für die Liebe öffnest. Ich hatte schon angefangen, mir Sorgen zu machen, dass du das große, alte Haus nie mit Kindern füllst.«

»Immer langsam.« Ich richtete mich auf, nahm die reparierte Schublade hoch und schlüpfte an ihr vorbei in die Küche. »Es ist doch alles noch ganz frisch. So weit sind wir noch lange nicht.«

»Ist mir schon klar. Ganz so blöd bin ich nun auch wieder nicht.«

Ich musste Claire gar nicht anschauen; ich *hörte*, wie sie die Augen verdrehte.

»Wir wollen uns Zeit lassen.«

Sie schnaubte. »Na, jetzt weiß ich mit Sicherheit, dass es was Ernstes ist. Du musst mir versprechen, dass du sie mal zum Abendessen mitbringst. Und ich verspreche, dich nicht zu sehr in Verlegenheit zu bringen«, sagte Claire, ehe sie halblaut hinzufügte: »Höchstens mich selbst.«

Ich schmunzelte, hatte ihr aber den Rücken zugekehrt, sodass sie es nicht sehen konnte. »Was ist denn mit dir?«

»Fang jetzt nicht von mir an. Vielleicht habe ich ja Pläne, von denen du noch nichts weißt.«

Ich setzte die Schublade ein und bewegte sie ein paarmal hin und her, um mich zu vergewissern, dass sie sich widerstandlos herausziehen ließ, ehe ich mich zu meiner Freundin umdrehte. »Nein, nein, nein. Wenn ich es sogar wage, mein Herz zu verschenken, dann ist es vielleicht an der Zeit, dass du dasselbe tust.«

Sie faltete die Hände unter dem Kinn und blinzelte mehrmals. »Ach du liebe Zeit. Jethro Winston verschenkt sein Herz. Dass ich das noch erleben darf.«

»Sehr witzig. Warum erzählst du mir nicht, was zwischen dir und Billy läuft?«

Claire versteifte sich. Sie ließ die Hände sinken und ihr Lächeln verflog. »Was hast du gesagt?«

»Du hast mich schon verstanden. Warum behauptest du Billy gegenüber, dass wir beide etwas miteinander hätten?«

Jetzt war bei ihr von Lächeln endgültig keine Spur mehr. Etwas Schuldbewusstes trat in ihre Miene, doch sie überspielte es so schnell, dass ich mich schon fragte, ob es nur Einbildung gewesen war. Das konnte Claire sehr gut – ihre Gefühle unter Verschluss halten. Es war eine Überlebensstrategie, die sie sich im Laufe ihrer bitteren Kindheit angeeignet hatte.

»Das habe ich ihm nie gesagt.« Ihr Ton war gepresst und abwehrend.

»Du hast ihm gegenüber nie angedeutet, dass wir zusammen sind?« Eigentlich hatte ich sie damit aufziehen wollen, doch nach ihrer unerwartet heftigen Reaktion achtete ich darauf, nicht allzu spöttisch zu klingen.

Sie schwieg und blickte mich mit ihren blauen Augen an, in denen so viel Weisheit lag, dass es beinahe wehtat, hineinzusehen. Ich wusste, dass sie als Kind misshandelt worden war. Sie war die einzige Tochter von Razor, dem Präsidenten des Iron Wraiths Motorradclubs. Zu sagen, dass er ein lausiger Vater gewesen war, wäre so, als würde man behaupten, Cletus sei ein bisschen unkonventionell. Als Jugendliche war es ihr gelungen, sich von dem Club zu lösen, und mit achtzehn hatte sie dann Ben geheiratet. Ben war immer gut zu ihr gewesen, aber ich wusste, dass selbst er mit seiner sanften Art niemals den Schaden hatte auslöschen können, den Jahre der psychischen und physischen Gewalt bei ihr angerichtet hatten.

Ich versuchte es mit einem anderen Ansatz. Normalerweise half es immer, wenn ich meinen Charme spielen ließ. »Wenn du es nicht angedeutet hast, hast du dann eventuell etwas gesagt, was er missverstanden haben könnte?«

Sie lächelte reuevoll und wandte sich ab. »Es tut mir leid.«

»Was tut dir leid?«

»Es tut mir leid, falls ich zwischen dir und deinem Bruder für Probleme gesorgt habe.«

Ich betrachtete lange Zeit ihren Rücken und sah zu, wie sich ihre Schultern beim Atmen hoben und senkten. Ich wartete. Doch sie sagte nichts weiter. Ich schwöre, diese Frau war stur wie ein Felsblock.

»Claire, ich weiß nicht, was da läuft oder was zwischen dir und Billy passiert ist, aber –«

»*Nichts* ist passiert zwischen mir und ...« Sie verstummte, rieb sich die Augen mit den Handballen und holte tief Luft. »Zwischen mir und ihm. Das ist alles Ewigkeiten her. Das war vor Ben, als wir Teenager waren.«

Als wir Teenager waren ... Das war mir neu.

Ich verschränkte die Arme vor der Brust. Plötzlich sah ich meine gute Freundin in einem ganz neuen Licht. »Also, jetzt habe ich aber das Gefühl, dass du mir ein paar Antworten schuldig bist. Ich wusste gar nicht, dass du mal was mit Billy hattest.«

Ihre Schultern sackten herab und sie schüttelte den Kopf. »Das ist so lange her, Jethro. Es tut mir leid, falls mein Schweigen dir Ärger eingehandelt hat, ehrlich. Ich schwöre dir, ich habe nichts angedeutet oder gesagt, was ihn irgendwie zu diesem Schluss hätte verleiten können. Ich …« Sie hob die Hand und rieb sich die Rippen dort, wo ihr Herz saß. Dann drehte sie sich ins Profil, als brächte sie es nicht über sich, mich anzusehen. »Ich habe es bloß nicht dementiert, als er mich danach gefragt hat.«

»Und woher nimmt er überhaupt das Recht, dich so was zu fragen?«

»Eben.« Ihre Augen waren hart, als sie zischte: »Er *hat* kein Recht dazu.«

Kapitel 22

Sienna

Jethro schickte mir kein Selfie.

Stattdessen schickte er mir ein Bild von sich zusammen mit einem gigantischen Schwarzbären. Der Bär lag schlafend oder betäubt in einem Käfig und Jethro hockte in sicherem Abstand daneben, schaute jedoch nicht in die Kamera. Mein Herz machte einen glücklichen Satz und ein warmes Kribbeln breitete sich unter meiner Haut aus, als ich das Foto sah. Ich lächelte sehnsüchtig. Oder wenigstens hatte ich den Eindruck, dass es ein sehnsüchtiges Lächeln war.

Er sah so gut aus. Er war der Allerschönste!

Das ist das einzige Bild von mir, das ich auf dem Handy hab. Das muss reichen.

Du hast keine Selfies auf deinem Handy? Ernsthaft? Nicht ein einziges?

Nein.

Du bist der einzige Mensch auf der Welt, der ein Smartphone besitzt, aber keine Selfies hat.

Ich bin mir ziemlich sicher, dass Drew auch keine Selfies auf seinem Handy hat.

Drew zählt nicht. Ashley hat gesagt, er liest ihr Gedichte vor. Er ist kein Maßstab.

Ist das deine Art, mir zu sagen, dass ich dir Gedichte vorlesen soll?

Nein! Wie kommst du darauf?

Ich will, dass du mir Gedichte vorliest. Das war meine Art, dir zu sagen, dass du mir Gedichte vorlesen sollst.

»Wem simst du denn da?«, erklang plötzlich Martas Stimme hinter der Couch, auf der ich gerade saß, und ließ mich vor Schreck zusammenzucken.

Ich fuhr herum. Sie stand direkt hinter mir und linste auf meinen Handybildschirm. Sofort drückte ich das Handy an meine Brust.

»Marta! Du kannst doch nicht einfach meine SMS lesen!«

»Warum darf ich das nicht sehen? Wer ist das denn?«

»Du darfst es nicht sehen, weil es meine Privatangelegenheit ist und du dich total übergriffig verhältst, du Verrückte.«

Sie bedachte mich mit einem herablassenden Blick. »Du weißt doch, dass es in deinem Leben so was wie ›Privatangelegenheiten‹ gar nicht gibt.«

Marta bezog sich darauf, dass vor drei Jahren meine Cloud gehackt worden war und seitdem Hunderte privater Fotos von mir im Netz kursierten. Zum Leidwesen der Klatschpresse war das freizügigste unter ihnen ein Bikinibild, das eine meiner Kommilitoninnen auf dem College von mir gemacht und mir aufs Handy geschickt hatte. Die Medien – und wir reden hier von seriösen Sendern wie CNN, Fox News, MSNBC und so weiter – hatten monatelang darüber debattiert, ob meine Taillenweite nun als »gesund« oder »attraktiv« zu bezeichnen sei.

Und ich hatte unzählige Bilder von irgendwelchen blöden Säcken oder ihren Schwänzen oder Säcken mit Schwänzen bekommen. Ich muss dazu sagen, dass einige der Schwänze auch ohne die dazugehörigen blöden Säcke abgebildet waren, das war sehr angenehm. Ich hatte sogar einige durchaus vielversprechende Dates gehabt, aber die Arbeit hatte mir nicht viel Spielraum gelassen. Dann war der Erfolg mit meinen Filmen gekommen, und seitdem wurde es irgendwie immer schwerer, Männer zu finden, die keine blöden Säcke waren. Ich weiß auch nicht mehr, ob die Medien am Ende zu dem Schluss kamen, dass ich aufgrund meines fehlenden Waschbrettbauchs mit hoher Wahrscheinlichkeit einsam und sexuell frustriert sterben würde. Ich war viel zu sehr damit beschäftigt, meinen Körper toll zu finden und Blockbuster zu drehen. Und mich auf einem riesigen Haufen Geld in den Schlaf zu weinen. Ihr wisst schon.

»Nur weil mir so was einmal passiert ist«, ich hielt weiterhin mein Handy schützend umklammert, »heißt das doch noch lange nicht, dass es okay ist, meine Privatsphäre zu missachten. Würdest du wollen, dass ich deine persönlichen Nachrichten lese?«

»Nein. Aber ich bin auch nicht berühmt. Du kannst für dich nicht dasselbe Maß an Privatsphäre verlangen wie Normalsterbliche. Die Leute interessieren sich nun mal für dich, und wenn du deinen Erfolg halten willst, musst du damit klarkommen. So ist das eben.«

Dieses Gespräch hatten wir bestimmt schon hundertmal geführt, allerdings hatte es bisher noch nie damit angefangen, dass Marta selbst ihre Nase in meine Privatangelegenheiten steckte.

»Das verstehe ich ja auch. Aber du bist mehr als nur meine Managerin. Du bist gleichzeitig auch meine Schwester, und als solche erwarte ich mehr von dir.«

Marta besaß den Anstand, ein reuiges Gesicht zu machen. »Du hast recht, es tut mir leid. Ich hätte nicht spionieren sollen. Also – verrätst du mir jetzt, wem du die ganze Zeit schreibst?«

Ich lächelte. Wenn es um Jethro ging, konnte ich gar nicht anders. Zu glücklich, um einen Gedanken darauf zu verschwenden, wie Marta vielleicht reagieren würde, verkündete ich: »Ich habe jemanden kennengelernt.«

Martas Augenbrauen verschwanden fast in ihrem Haaransatz. »In Tennessee?«

»Ja!«

Sie sah mich lange an und ihr Blick wurde ein wenig trübe, so als durchsuche sie einen Aktenschrank in ihrem Gehirn. »Ist es Tom? Seid ihr wieder zusammen?«

»Nein. Nein, nein, nein.«

»Ken? Das könnte gut funktionieren, vor allem da ja bald die Werbetour für den Film ansteht.«

»Nein, Marta. Der Mann ist kein Schauspieler.«

»Ist es Joe?«

»Wer?«

»Der Junior Executive Producer. Du hast ihn beim Casting kennengelernt.«

»Nein.« Keine Ahnung, wen sie meinte. Ich kannte das gesamte Produktionsteam, weil es vorige Woche am Set gewesen war, und keiner von denen hatte Joe geheißen. »Weiß nicht. Nein. Es ist alles ganz anders. Er ist Ranger.«

»Wer?«

»Mein Freund. Er ist Ranger im Nationalpark.« Ich scrollte durch meine Nachrichten, bis ich das Foto von Jethro neben dem Bärenkäfig gefunden hatte, und hielt es meiner Schwester hin.

Völlig perplex starrte sie darauf. Dann fing sie schallend an zu lachen.

Eine geschlagene Minute lang sah ich ihr einfach nur zu und versuchte herauszufinden, was dieses Lachen zu bedeuten hatte. Ich schaute mir sogar selbst noch einmal das Foto an, um mich zu vergewissern, dass ich nicht versehentlich statt Jethro den Bären vergrößert hatte. Nein. Der Bildschirm zeigte Jethros unvergleichliches Gesicht.

»Ach, Sienna. Ich schmeiß' mich weg.« Sie hielt sich den Bauch vor lauter Lachen und schüttelte den Kopf.

»Was? Was ist denn so komisch?« Es kam nur selten vor, dass es mich störte, wenn jemand lachte. Aber jetzt war so ein Moment.

Marta wischte sich die Tränen aus den Augen und ihr Gelächter ebbte bis auf ein kleines Glucksen ab. »Wie bitte?«

»Ich habe dich gefragt, was so komisch ist?«

Meine Schwester blinzelte mich an, als warte sie auf eine Pointe. Als keine kam, wurde sie schlagartig ganz ernst. »Oh mein Gott, das war gar kein Witz!« Sie riss mir das Telefon aus der Hand und betrachtete erneut das Foto. Ihr Gesicht war zu einer Grimasse des Entsetzens verzerrt.

»Aber das *kann* doch nur ein Witz sein. Oh ... oh mein Gott. Was ist denn *das* da?«

Sie drehte das Telefon um und deutete auf Jethros Profilbild, das ich von uns beiden beim Küssen auf Hanks Veranda aufgenommen hatte. Er hatte es mir geschickt, damit ich es ebenfalls immer bei mir hatte.

»Das sind wir beim Küssen. Weißt du, Marta, es ist so: Wenn ein Junge und ein Mädchen sich lieb haben, dann machen sie etwas mit ihren Lippen ...«

»Der frisst dich ja halb auf. Wer hat das Bild gemacht?«

»Ich.«

»Du?«

»Ja. Ich habe es mit seinem Handy gemacht, und er hat es mir dann geschickt.«

Sie starrte mich entgeistert an. Aus unerfindlichen Gründen erinnerte mich ihr Gesichtsausdruck an eine Bombe, die jeden Moment hochgehen konnte.

Doch als sie dann schließlich sprach, war ihr Tonfall fast gespenstisch ruhig. »Du willst mir sagen, dass der Ranger dieses Foto von euch beiden auf seinem Handy hat? Und dass du es aufgenommen hast?«

»Genau.«

Marta glotzte mich an, als wäre ich geisteskrank. »Versuchst du deine Karriere absichtlich zu ruinieren? Was ist denn los mit dir? Brauchst du so dringend Urlaub, dass du schon anfängst, dich selbst zu sabotieren?«

»Jetzt beruhig dich doch mal.« Ich schluckte. Auf einmal hatte ich einen dicken, schmerzhaften Kloß im Hals. Martas Einschätzung der Lage war größtenteils falsch, aber einige Aussagen kamen der Wahrheit unangenehm nahe. Vielleicht sah ein Teil von mir – ein sehr kleiner Teil – Jethro und das Zusammensein mit ihm als eine Flucht vor allem, was ich an meinem Leben als Star so hasste. Vielleicht …

Und wenn schon. Wenn mir die Beziehung zu einem Mann, den ich liebte, die Motivation gab, mein Leben zum Besseren zu verändern, wenn sie mir die Kraft gab, einen neuen Kurs einzuschlagen – wo war dann das Problem?

»Ich soll mich beruhigen? Wenn er das Foto zusammen mit wer weiß was für schlüpfrigen – unzutreffenden! – Details über eure Affäre an TMZ verkauft, dann komm hinterher nicht zu mir, damit ich alles wieder geradebiege.«

Ich riss ihr das Handy aus der Hand. Eine seltsame Mischung aus Scham und wütender Hitze kroch meinen Hals hinauf. »Was stimmt eigentlich nicht mit dir?«

»Was mit *mir* nicht stimmt? Du bildest dir ein, du wärst mit einem Ranger aus Tennessee zusammen! Was glaubst du, was die Leute dazu sagen werden?«

»Wen interessiert's?«

»*Dich* sollte es interessieren!«

»Nein, sollte es nicht. Es sollte mir vollkommen schnurzegal sein.« Und ich glaubte fest daran. Seit meinem ersten erfolgreichen Film lautete mein Mantra: *Scher dich nicht um die Meinung der Presse. Arbeite hart. Zieh dein Ding durch.*

Aber Marta interessierte es. Und öfter, als ich zugeben wollte, hatte dieser Umstand Einfluss auf meine beruflichen Entscheidungen. Dies war auch der Grund, weshalb ich mir noch keine Auszeit genommen hatte. Letztendlich war es meine Entscheidung, aber die Vorstellung, sie zu enttäuschen, war mir immer unerträglich gewesen.

Bis jetzt. Bis ich etwas anderes gefunden hatte, wofür es sich zu kämpfen lohnte.

Ich war mir nicht sicher, ob ich mir eher um meine ältere Schwester oder um meine Managerin Sorgen machte. Manchmal vergaß ich, wer Marta eigentlich war. Vielleicht vergaß sie es auch.

»Wie kannst du so was sagen?« Sie sah aus, als hätte sie nicht übel Lust, mich zu erwürgen.

»Wenn ich mir wegen allem einen Kopf machen würde, was irgendwer im Fernsehen sagt oder in einer Zeitung schreibt, dann wäre ich todunglücklich und nicht annähernd so erfolgreich, wie ich es heute bin.«

»Das ist doch lächerlich«, stieß sie hervor und stapfte zu ihrem Schreibtisch.

»Das ist nicht lächerlich. Das ist die Wahrheit.« Ich war aufgestanden und folgte ihr durchs Zimmer. »Sie nennen mich *die lustige Dicke*, Marta. Mit Größe zweiundvierzig gelte ich schon als Plus Size, und das – ach, was soll's, das Etikett interessiert mich überhaupt nicht. Ich liebe meine Größe. Aber die Branche kann einfach nicht damit umgehen, dass ich normale Maße habe und trotzdem erfolgreich bin. Sie kann nicht damit umgehen, wenn ich als Frau Komödien schreibe.«

»Für das Filmgeschäft haben wir keine Normalmaße, Sienna. Da sind wir dick. Wir sind fett. So zu tun, als wären wir nicht fett, ändert gar nichts daran.«

Ich überging ihre ätzende Bemerkung. Meine Schwester hatte immer schon ein Problem mit ihren Kurven gehabt, und ich wusste, dass ihre Konfektionsgröße – *unsere* Konfektionsgröße – ein wunder Punkt für sie war. Ich hatte immer gehofft, ihr vorleben zu können, dass sie es nicht nötig hatte, sich an den albernen Diktaten der Gesellschaft messen zu lassen.

»Aber in den USA sind wir Durchschnitt. Zweiundvierzig ist Durchschnitt. Man kann keinen Artikel über mich lesen, ohne dass der Autor entweder erwähnt, wie unglaublich kühn ich bin, weil mein Gewicht mir egal ist, oder mich dafür kritisiert, dass ich mich weigere zu hungern. Und du findest ernsthaft, auf so einen Scheiß sollten wir hören?«

Marta übertönte mich, noch ehe ich den Satz zu Ende gesprochen hatte: »Denkst du, du bist erfolgreich, weil dich das alles nicht kümmert? Dann sage ich dir jetzt mal was: Du bist erfolgreich, weil es *mich sehr wohl kümmert*. Weil ich dich beständig antreibe. Ich bin der einzige Grund, weshalb du überhaupt ernst genommen wirst. Ohne mich wärst du nichts.«

Ich zuckte zusammen und in der plötzlich eintretenden Stille klingelten mir die Ohren. Es war, als hätte sie mir eine Ohrfeige verpasst.

Als sie meine Miene sah – oder vielleicht wurde ihr auch jetzt erst bewusst, was sie da gerade gesagt hatte –, schlug Marta die Hände vors Gesicht und atmete geräuschvoll aus. »Es tut mir leid. Das war nicht so gemeint.«

Ich ignorierte ihre Entschuldigung und legte ihr stattdessen die Fakten dar, so wie ich sie sah. »Du irrst dich. Ich bin erfolgreich, weil mir die Meinung der Medien egal ist. Wenn sie mir nicht egal wäre, würde ich keine Komödien schreiben, weil Frauen nämlich niemals so komisch sein können wie Männer.«

»Sienna –«

»Ich wäre auch keine Schauspielerin geworden, weil Schauspielerinnen grundsätzlich Kleidergröße vierunddreißig haben und nicht größer als eins sechzig sind.«

»Es tut mir leid –«

»Ich hätte auch keinen Oscar als beste Hauptdarstellerin gewonnen, weil nur weiße Frauen – normalerweise mit Namen Meryl Streep – einen Oscar als beste Hauptdarstellerin gewinnen. Und niemals für die Rolle in einer Komödie.«

»Ich habe dich verstanden.«

»Bei jedem Schritt, den ich gegangen bin, wurde ich dafür kritisiert, dass ich mit mir zufrieden bin. Wie kann ich es überhaupt wagen, glücklich zu sein – mit meiner Kleidergröße, meiner Hautfarbe, damit, dass

Männer und Frauen gleichermaßen über mich lachen? Und da glaubst du ernsthaft, ich lasse mich von dir oder irgendjemand anderem wegen Jethro beschämen?«

»Er heißt Jethro?«, fragte sie alarmiert. »Wirklich? Hättest du nicht wenigstens was mit jemandem anfangen können, der Chris heißt oder Carter? Musste es ausgerechnet ein Jethro sein?«

Ich war so aufgebracht, dass ich nur noch in Zeitlupe blinzeln konnte. Ich ließ ganze fünf Sekunden verstreichen, ehe ich meine Wut halbwegs unter Kontrolle hatte. Dann antwortete ich mit erzwungener Ruhe: »Ja. Es musste ein Jethro sein. Und ich liebe seinen Namen. Und ich habe auch nichts mit ihm *angefangen*. Wir sind dabei, uns ineinander zu verlieben. Im Grunde *bin* ich bereits in ihn verliebt.«

Marta sah mich an. Sie sah mich einfach nur an, mit einer Mischung aus Frust, Hilflosigkeit und widerstrebender Akzeptanz. Also erwiderte ich ihren Blick. Sollte sie nur versuchen, mir da reinzureden. Ich wusste, dass sie fest davon überzeugt war, nur das Beste für mich zu wollen. Aber das stimmte nicht.

Das Beste für meine Karriere, meinen Erfolg? Sicher.

Aber das Beste für mein Herz? Ganz offensichtlich nicht.

»Gut. Wir ... dann reden wir später noch mal darüber.« Meine Schwester warf einen Blick auf ihre Uhr, dann sagte sie mit betontem Gleichmut: »Du verpasst deinen Flieger, wenn du nicht bald aufbrichst.«

Erneut starrten wir einander an. Eine jede wollte, dass die andere zuerst den Blick senkte. Es war wie in einem Western. Ich rechnete schon damit, dass jeden Moment ein Steppenläufer durch ihr Büro rollen würde.

Marta brach das Schweigen und den Blickkontakt als Erste. »Sienna, es ist Zeit. Du musst los. Du kannst dich auch später noch über mich ärgern.«

»Okay. Ich gehe.« Ich lenkte ein, jedoch nicht, ohne noch eine Sache klarzustellen: »Aber eins solltest du wissen: Wir reden erst wieder über Jethro, wenn du bereit bist, dich bei mir zu entschuldigen und dich für mich zu freuen. Andernfalls verliere ich kein Wort mehr über ihn.«

Kapitel 23

Sienna

Als Jethro mich am Montagmorgen abholte, war er mit den Gedanken woanders. Und nicht an einem schönen Ort. Irgendetwas bereitete ihm Sorgen, das sah ich an seinem Lächeln, als er mir den Gartenpfad entgegenkam, um mir auf halbem Weg einen schnellen Gutenmorgenkuss zu geben, und ich spürte es daran, wie fest er meine Hand hielt, als wir zu seinem Truck gingen.

Wie immer öffnete er die Tür für mich und ich kletterte auf den Beifahrersitz. Ich fürchtete, dass während meiner Abwesenheit etwas passiert sein könnte, das ihn dazu veranlasst hatte, die Ereignisse vom Freitag mit anderen Augen zu sehen. Im Gegensatz zu sonst war Cletus heute nicht mit von der Partie. Ich erspähte meinen Hello-Kitty-Becher im Becherhalter, doch als ich danach griff, musste ich feststellen, dass er leer war.

Unschlüssig kaute ich auf meiner Lippe herum. Auf einmal war mir ganz mulmig zumute. Als wir das letzte Mal allein im Auto ans Set gefahren waren, hatte er mich gefragt, ob wir Freunde sein wollten.

Kaum war Jethro auf die Hauptstraße eingebogen, platzte ich heraus: »Wenn du schon wieder mit mir Schluss machen willst, dann sag es bitte einfach, wobei ich natürlich hoffe, dass du *nicht* mit mir Schluss machen willst, denn wie ich ja bereits erwähnt habe, mag ich dich wirklich sehr und ich finde, das wäre ein Riesenfehler.«

Jethro sah mich mit großen Augen an. »Was? Wovon redest du?«

»Willst du dich schon wieder von mir trennen?«

»Nein … wieso? Was ist denn passiert?«

Ich zögerte. Der Streit mit meiner Schwester war passiert, aber der berührte meine Beziehung zu Jethro nicht und war auch nicht wirklich von Belang für diese Unterhaltung.

Mit sich selbst im Reinen zu sein und sich bei niemandem anzubiedern war der sicherste Weg, den Leuten Angst zu machen. Und im Moment machte ich Marta Angst. Ich versuchte den unangenehmen Druck abzuschütteln, der auf mir lastete, seit ich mich gestern von meiner Schwester verabschiedet hatte. Sie würde sich schon wieder einkriegen – unter anderem auch deshalb, weil ich ihr gar keine andere Wahl lassen würde.

»Nichts ist passiert«, antwortete ich daher wahrheitsgemäß. »Ist bei dir irgendwas passiert?«

»Nicht, dass ich wüsste.«

»Dann steht unsere Abmachung noch? Wir sind immer noch zusammen, und nicht nur auf Zeit?«

»Das ist richtig.« Er grinste, als bereite es ihm große Freude, das zu sagen.

Mir fiel ein Stein vom Herzen. »Gott sei Dank. Ich stand nämlich kurz vor einem mexikanischen Wutausbruch.«

»Was ist das denn?«

»Dasselbe wie ein normaler Wutausbruch, nur dass ich Spanisch spreche, damit ich dich als Arschloch bezeichnen kann, ohne dass du es mitbekommst. Du würdest es vielleicht vermuten, aber sicher wärst du dir nicht.«

»Aha.« Er nickte, als verarbeite er diese Information. »Und warum nennst du es dann nicht einen spanischen Wutausbruch?«

»Weil mexikanisches Spanisch anders ist als Kastilisch – das Spanisch aus Spanien. So wie das Spanisch in der Dominikanischen Republik anders ist als kubanisches Spanisch oder venezolanisches Spanisch oder costa-ricanisches Spanisch. Das Spanisch, mit dem ich dich verfluchen würde – sollte jemals die Notwendigkeit bestehen – wäre mexikanisches Spanisch.«

»Aha, verstehe. Wir hier in Tennessee haben auch unsere eigene Mundart – Ausdrücke oder Redewendungen, die andere Muttersprachler nicht verstehen würden.«

»Was für welche, zum Beispiel?« Ich spitzte die Ohren. Ich stand voll auf solche Sachen.

»Also, mal sehen ...« Er veränderte seine Sitzposition, als wir an der Ampel hielten, und sein Blick streifte mich kurz. »Wenn meine Momma früher ärgerlich war, dann hat sie immer gerufen: *Also, da salz mir doch einer meine Gurken ein!*«

Ich grinste. »Das hat sie wirklich gesagt?«

»Jep.« Jethro nickte und seine Schultern bebten, als er leise vor sich hin lachte. »Cletus sagt es auch manchmal.«

Jetzt musste ich ebenfalls lachen. »Passt irgendwie zu ihm. Mein neues Lebensziel wird jetzt sein, diesen Satz aus ihm rauszukitzeln.«

»Er spielt Banjo in einer Band und ist sehr ungnädig mit Leuten, die nicht singen können. Einmal hat er über einen Mann, der mit ihnen zusammen musizieren wollte, gesagt: *Der würde nicht mal einen Ton treffen, wenn er ein Zielfernrohr hätte.*«

Ich lachte schnaubend. »Ich glaube, der Spruch könnte in vielen Sprachen gut funktionieren. Als jemand, der nicht singen kann, muss ich sagen, dass es ein echt gemeiner Spruch ist. Aber komisch ist er trotzdem.«

»Er ist gemein.« Jethro richtete seine Aufmerksamkeit wieder auf die Straße und bog rechts ab. »Aber Cletus ist ja auch ein gemeiner Mensch.«

Jethros Profil betrachtend, ließ ich mir sein Urteil über seinen Bruder durch den Kopf gehen. Mir kam Cletus nicht gemein vor. Clever, scharfsichtig, eigenwillig – ja. Aber gemein? Nein.

»Ich finde ihn nicht gemein.«

Jethro sah mich von der Seite an. »Du bist auch nicht mit ihm aufgewachsen. Als Kind war er richtig fies. Seine Mitschüler haben oft seinetwegen geweint.« Er hielt inne, scheinbar in einer Erinnerung versunken. Dann setzte er hinzu: »Seine Lehrer auch.«

»Aber das war früher, als er noch jünger war.«

»Na und?«

»Und ... Glaubst du nicht, dass es ein bisschen unfair ist, deine Geschwister auf der Basis von Zuschreibungen zu verurteilen, die sie bekommen haben, als sie Kinder waren?«

Jethros unbeschwertes Lächeln wurde nachdenklich und er zog eine Augenbraue hoch, als fände er den Gedanken interessant, verstünde ihn aber noch nicht gut genug, um mir entweder zuzustimmen oder zu widersprechen.

Also erklärte ich: »Ich war als Kind immer die Lustige.«

»Was?«

»Ich war der Clown. Mehr nicht. Mein ältester Bruder war der Künstler. Mein anderer Bruder war das schwarze Schaf. Meine Schwester Maya war die Hübsche und Rena war die Kluge. Marta war die Ernste. Und ich war eben der Clown.«

Jetzt machte er ein bestürztes Gesicht. »Was soll das überhaupt bedeuten?«

»Das bedeutet, dass die Leute heutzutage immer noch von mir erwarten, dass ich lustig bin, weil ich als Kind lustig war. Sie haben nie in Betracht gezogen, dass ich auch noch etwas anderes sein könnte – klug, ernst, hübsch, kreativ oder von mir aus auch ein schwarzes Schaf. Ich war einfach nur lustig und sonst nichts. Und wenn ich mal nicht lustig war, tja, dann haben sie sofort gedacht, ich wäre krank oder irgendwas würde mit mir nicht stimmen.« Als ich aufsah, stellte ich fest, dass wir nicht den gewohnten Weg nahmen.

»Wo fahren wir hin?«

Er musste ganz in unser Gespräch oder seine Gedanken dazu vertieft gewesen sein, denn er blinzelte einige Male und schaute dann auf die Straße, als wäre er genauso überrascht wie ich.

»Oh, ach so. Ich wollte uns noch einen Kaffee holen, bevor wir ans Set fahren. Wir haben reichlich Zeit.«

»Guter Plan.« Jetzt begriff ich, wieso mein Becher leer war. »Wo denn?«

»Bei Daisy.« Er grinste spitzbübisch.

Sofort strahlte ich, von prickelnder Vorfreude erfüllt, über das ganze Gesicht und beugte mich in meinem Sitz nach vorn. »Wirklich?«

»Hast du schon einen von Daisys Donuts gegessen?«

Ich schüttelte nachdrücklich den Kopf. »Nein. Nein, ich hatte noch nie einen Daisy-Donut.«

»Dann ist dies eine ganz besondere Gelegenheit.«

Fast wäre ich vor Aufregung in meinem Sitz auf- und abgehüpft. Ich konnte mich gerade noch beherrschen. Seit ich Jethro vor einigen Wochen von meiner Donut-Fantasie erzählt hatte, in der er mir den Zuckerguss von den Lippen leckte, war diese in meinem Kopf stetig immer skandalöser geworden. Nach einer Weile war der Zuckerguss sogar auf unser beider Nippel gelandet, und irgendwann ging es gar nicht mehr um Donuts oder Zuckerguss, sondern nur noch um das Lecken, Schmecken und Genießen. Um die Vorstellung, dass er mich verschlang. Dass er unersättlich war und nicht genug von mir bekommen konnte.

»Was ist mit meiner Familie?«, fragte er plötzlich.

»Hm?«, keuchte ich, aus meinen lüsternen Gedanken gerissen.

Erneut drehte er sich in seinem Sitz herum und streckte einmal kurz die Finger am Lenkrad durch.

»Du hast meine Geschwister kennengelernt. Was denkst du, welche Etiketten hatten sie früher?«

Mein Gehirn brauchte einen Moment, um umzuschalten, doch dann sah ich, dass Jethro die Stirn gerunzelt hatte und seine Heiterkeit einer düsteren Schwermut gewichen war.

Mein erster Impuls war es, der Frage auszuweichen, indem ich Jethro mit einem »Ich weiß nicht« abspeiste. Nach allem, was ich über ihn erfahren hatte – sowohl von ihm selbst als auch von anderen –, war sein Etikett mit Sicherheit kein schmeichelhaftes gewesen. Hart, wenngleich vermutlich nicht unverdient.

Ich überlegte zu lange. Seine Miene wurde regelrecht melancholisch. »Du kannst es ruhig sagen.«

»Ich kannte euch ja früher nicht.

»Aber du kannst Vermutungen anstellen.« Er umfasste das Lenkrad fester und schluckte. Sein Ton war leise, duldete aber keinen Widerspruch, als er sagte: »Rate. Ich bitte dich darum.«

Ich presste die Lippen zu einem dünnen Strich zusammen. Ich wollte nicht noch Öl ins Feuer seiner permanenten Selbstvorwürfe gießen.

Also sagte ich stattdessen: »Jethro, Kindern solche Etiketten zu verpassen ist ungerecht – und dabei spielt es gar keine Rolle, ob es positive oder negative Etiketten sind. Jungen Menschen wird ein Stempel aufgedrückt und irgendwann bekommen sie das Gefühl, gar keine andere Wahl zu haben, als sich tatsächlich so zu verhalten.«

Wir schwiegen. Meine Worte klangen in der Stille nach.

Als Jethro auf den Parkplatz vor Daisy's Nut House einbog, nahm ich mit Erleichterung zur Kenntnis, dass seine Miene sich wieder ein wenig aufgehellt hatte und sogar ein leises Lächeln seine Züge umspielte.

Doch dann sagte er: »Billy war immer der Verantwortungsbewusste. Cletus war ... na ja, er war der Sonderling. Ashley war die Hübsche, Beau der Charmeur. Duane war der Stille. Roscoe galt als der Ehrgeizige. Und ich war die große Enttäuschung.«

Mein Herz krampfte sich zusammen. Seine Worte verursachten mir körperliche Schmerzen. Vielleicht hatte er früher wirklich viel Schlimmes angestellt. Aber es war schwer, wenn nicht gar unmöglich, sich aus einer Schublade zu befreien, in die man schon als Kind gesteckt worden war.

»Du bist keine Enttäuschung.« Ich nahm seine Hand, legte sie in meinen Schoß und hielt sie dort fest. »Deine Familie ist unglaublich stolz auf dich. Die meisten Menschen erfüllen ganz automatisch die Erwartungen, die an sie gestellt werden. Nur sehr wenige schaffen es, sich davon zu lösen.«

»Ich weiß.« Er zuckte leichthin mit den Schultern. Sowohl aus seiner

Miene als auch aus seinen Worten sprach eine gesunde Portion Selbstvertrauen. »Ich habe mein komplettes Leben umgekrempelt.«

Dann grinste er sein charmantes Grinsen.

Ich öffnete den Mund. Man konnte über diesen Mann nur staunen. »Wie machst du das?«

»Was?«

»In einem Atemzug hast du ein total negatives Selbstbild, nur um dich dann im nächsten über den grünen Klee zu loben.« Ein verdutztes Lachen kam mir über die Lippen.

»Ich habe ein negatives Bild von mir, wie ich *früher* war, Sienna, nicht von mir, so wie ich jetzt bin. Aber es stimmt schon – manchmal habe ich das Gefühl, mein Glück nicht verdient zu haben.« Er drehte seine Hand um, verschränkte unsere Finger miteinander und hob meine Knöchel an seine Lippen. Er tupfte zarte Küsse auf meine Finger und fuhr nachdenklich fort: »Wie du eben meintest: Es ist frustrierend, lange in ein und derselben Schublade gesteckt zu haben. Ich merke das daran, wie die Leute mich anschauen, was sie über mich denken. Sie rechnen damit, dass ich unehrlich bin. Dass man über mich nur lachen kann.«

»Das erwarten die Leute bei mir auch«, fühlte ich mich genötigt zu sagen.

Jethro schenkte mir ein mitfühlendes Lächeln. »Du bist mehr als die Witze, die du gemacht hast, als du fünf warst oder acht oder dreizehn.«

»Und du bist mehr als die Fehler deiner Jugend. Du bist mehr als das Etikett, das dir von Menschen verpasst wurde, die dich vielleicht lieben, dich aber nicht mehr wirklich kennen.«

Er sah mir in die Augen. Sein Blick wurde glühend und wanderte dann tiefer bis zu meinen Lippen. »Ich denke mal, das ist mit ein Grund, weshalb wir uns im Leben einen Partner wünschen. Weshalb wir uns danach sehnen, eine eigene Familie zu gründen, neue Freundschaften zu knüpfen. Es gibt einem ein Gefühl von Freiheit, für einen anderen Menschen ein unbeschriebenes Blatt zu sein und wenigstens ein gewisses Maß an Kontrolle darüber zu haben, was auf dieses Blatt geschrieben wird.«

Eine bedeutungsschwere Stille trat ein. Ich musterte ihn. Ich spürte eine Verbindung zwischen uns, die nicht nur auf Zuneigung beruhte, sondern auf dem tiefen Verständnis, das entsteht, wenn zwei Menschen ähnliche Erfahrungen gemacht haben.

Jethro war die Enttäuschung gewesen.

Ich der Clown.

Aber zusammen konnten wir diese alten Etiketten abschütteln.

Zusammen konnten wir einfach nur wir selbst sein.

• • •

Kaffee? Check.

Donuts? Check.

Allein mit Jethro in meinem Wohnwagen bei verriegelter Tür? DOPPELCHECK!

Ich musste erst um zehn Uhr drehfertig sein, aber Jethro wollte schon früher los, um die Fallen zu kontrollieren. Falls im Laufe des Wochenendes Bären in die Käfige getappt waren, musste er sie unbedingt noch vor Mittag aus Cades Cove wegschaffen, weil die Sonne die Prärie dann zu sehr aufheizte.

Trotzdem hatten wir noch mindestens eine Stunde Zeit.

Ich schob die Stühle zur Seite, bis nur noch der kleine runde Beistelltisch in der Mitte des Teppichbodens übrig blieb. Ich stellte zwei Teller auf den Tisch und trat einen Schritt zurück, um mein Werk zu bewundern. Jethro stand daneben, die Donuts und seinen Kaffee in der Hand, und schaute mir mit hochgezogenen Augenbrauen beim Möbelrücken zu.

»Was machst du da?«

»Ich bereite die Bühne.«

»Wofür?«

»Sei leise. Ich muss nachdenken.« Ich begutachtete die Anordnung und beschloss, dass es so gehen würde. Dann nahm ich die Donut-Schachtel – Jethro hatte vier Donuts gekauft, alle mit Guss – und legte je einen Donut auf die beiden Teller. Die Schachtel mit den restlichen Donuts stellte ich auf dem Tisch in der Küchenecke ab.

»Okay.« Ich nahm seine Hand, zog ihn zu dem niedrigen Tisch und bedeutete ihm, sich auf den Teppich zu setzen. »Dann lass uns jetzt Donuts essen.«

Er setzte sich.

Eigentlich legte er sich eher.

Er stellte seinen Kaffee ab und streckte sich, auf einen Arm gestützt und die Beine an den Knöcheln überkreuzt, am Boden aus. In meinem Bauch flatterte es vor Aufregung, als ich mich neben ihn setzte und einen der Donuts in die Hand nahm. Ich würde mir Zuckerguss an den Mundwinkel schmieren.

Und er würde ihn ablecken.

Und dann würden wir uns küssen.

Und dann ... würden andere gute Dinge passieren. Zum Beispiel würden wir uns wie Teenager auf dem Teppichboden wälzen. Unter anderem.

Ich sah das Flackern in Jethros halb geschlossenen Augen und nahm einen kleinen Bissen von dem Donut, wobei ich darauf achtete, dass ein wenig vom Zuckerguss an meiner Lippe haften blieb.

Doch dann geschah etwas, womit ich nicht gerechnet hatte und das mich jäh aus meinen erotischen Gedanken riss.

Der Donut schmeckte unfassbar köstlich.

Unfassbar. Köstlich.

Er war noch warm und zerging auf der Zunge. Er war süß und hatte eine Füllung aus himmlisch cremiger, erstklassiger Bitterschokolade. Ich konnte mir ein Stöhnen nicht verkneifen. »Oh mein Gott.«

Jethro verzog die Lippen nach einer Seite. Sein Blick war auf meinen Mund gerichtet und wie aufs Stichwort beugte er sich zu mir. »Du hast da was.«

Doch ich schob seine Hand beiseite und biss gleich noch einmal von dem Donut ab. »Heilige Scheiße, das ist das Beste, was ich je in meinem Leben gegessen habe«, verkündete ich, den Mund voller Himmel auf Erden.

Jethros Augen funkelten vor Lachen, während er mir dabei zusah, wie ich gierig den Donut verschlang.

Ich stöhnte bei jedem Bissen und schleckte mir geräuschvoll die Finger ab, bis auch der letzte Krümel aufgegessen war. Ich war so mit Genießen beschäftigt, dass ich die Veränderung in seiner Stimmung zunächst gar nicht wahrnahm. Ich wollte mir gerade den allerletzten Rest Schokocreme ablecken, da fing er mein Handgelenk ein und zwang mich, ihn anzusehen.

Der Protest erstarb auf meinen Lippen, als ich die Intensität seines Blickes sah.

Er sah ... hungrig aus. Ich präzisiere: Er sah regelrecht ausgehungert aus.

Jethro hob meinen Finger an seine Lippen, nahm ihn in den Mund und begann daran zu saugen. Mit der Zungenspitze leckte er die Stelle zwischen meinem Zeigefinger und Mittelfinger. Die feuchte, zärtliche Berührung sandte einen unerwarteten Schauer in meinen Unterleib und aus meiner Kehle drang ein leises Wimmern.

»Wie ich sagte.« Sein lodernder Blick wanderte von meinen Augen zu meinen Lippen, und er benutzte meine Hand, um mich an sich zu ziehen. »Du hast da was ...«

Er beendete den Satz nicht. Stattdessen leckte er meinen Mundwinkel ab, um dann seine Zunge gierig in meinen Mund zu schieben, wo sie meine voller Leidenschaft liebkoste. Er legte den Arm um meine Taille und stützte mich, während ich sein Gesicht in meinen Händen hielt.

Mit einer eleganten Bewegung rollte er mich auf den Rücken, sodass er nun über mir war, und nahm meinen Mund in Besitz. Ich spürte seine Finger an meinem Schenkel, die den Saum meines Rocks weiter nach oben schoben und mich zart zwischen den Beiden streichelten. Instinktiv bäumte ich mich auf und reckte mich ihm entgegen. Ich wollte, ich *brauchte* seine Berührung.

»Mach deine Bluse auf«, befahl er mir, ließ von meinen Lippen ab und begann stattdessen meinen Hals zu küssen.

»Warum machst du es nicht selbst?«

»Weil ich sie dir vom Leib reißen würde.«

Wenn das so ist.

Mit fliegenden Fingern öffnete ich die Knöpfe meiner Bluse, während er seinen Schenkel zwischen meine Beine schob und sich an mir zu reiben begann. Die rhythmische Bewegung war sowohl berauschend als auch frustrierend. Es war nicht genug, ich wollte unbedingt seine Haut spüren.

Als ich mit der Bluse fertig war, wollte ich gleich mit seinem Hemd weitermachen, doch er schob meine Hände weg. Sein Mund wanderte abwärts zu meiner Brust und er stöhnte, während er durch den schwarzen Netzstoff meines BHs an meinem Nippel saugte. Instinktiv kam ich ihm mit meinem Becken entgegen, auf der Suche nach mehr Reibung, mehr Kontakt.

Keine Ahnung, ob es der Donut war – die Speise der Götter – oder der unglaublich verführerische Mann über mir, aber ich stand jetzt schon kurz vor dem Orgasmus.

»Bitte«, keuchte ich, packte seine Hand, die gerade federleichte Kreise auf meinen Schenkel malte, und drückte sie vorne gegen meinen Slip.

Sein Blick zeichnete eine brennende Spur von meinen Brüsten über meinen nackten Hals bis zu meinen Lippen. Mit quälender Langsamkeit schob er die Finger unter das Spitzenbündchen meines Slips und begann mich zu streicheln, während er den Kopf senkte und mir über die Lippen leckte.

»Bitte«, flehte ich noch einmal und versuchte seinen Mund wieder einzufangen, während dieser meinen Kiefer, meinen Hals und meine Schulter mit liebevollen Bissen und Küssen übersäte.

»Du bist so wundervoll«, raunte er. »Und die Geräusche, die du machst …« Er hielt inne, als würde er lauschen.

Es war mir gar nicht bewusst gewesen, aber ich machte tatsächlich Geräusche: atemlose, erregte kleine Kiekser.

Unsere Blicke prallten aufeinander. Seine Augen waren dunkler als sonst. »Dieses gierige Stöhnen. Davon werde ich nie genug kriegen. Von *dir* werde ich nie genug kriegen.«

Meine Lust wurde immer größer und größer und ich hielt seine Hand fest, während ich mich seinen geschickten Liebkosungen entgegendrängte. Ich war unfähig, meinen leisen Schrei der Ekstase zurückzuhalten.

Ganz recht: Ekstase. Pure, millionenprozentig lupenreine Ekstase.

Er fühlte sich so gut an, dass ich sogar vergaß, wie Prozentrechnung funktionierte.

Und er wusste, was er tat, denn kaum war die erste Woge meines Höhepunkts abgeklungen, da begann er mich aufs Neue zu streicheln. Er berührte mich genau an den richtigen Stellen, diesmal schneller und energischer als zuvor. Kurz darauf war es endgültig um mich geschehen. Außerdem um meine Selbstbeherrschung sowie die Fähigkeit, auch nur ansatzweise meine Lautstärke zu regeln.

Ich weiß noch, wie ich sein Hemd packte und wieder und wieder seinen Namen hervorstieß. Wie sein Hosenbein an meinen nackten Schenkeln scheuerte. Wie er, gerade als ich auf dem Gipfel war, meinen Mund in Besitz nahm und mir einen wilden, harten, alles verschlingenden Kuss gab.

Und dann fiel ich – nein, ich schwebte auf einer Wolke – langsam zur Erde, eingehüllt in seine starken Arme, eng an seine Brust geschmiegt. Er gab mir einen andächtigen Kuss auf die Stirn, während ich mich an ihm festklammerte. Ich hatte das Gefühl, als hätte er alles von mir bekommen, was ich zu geben hatte, obwohl er noch immer vollständig bekleidet war.

Von Jethro im Arm gehalten zu werden war die reine Ekstase.

Ja. *Ekstase*.

Anders ließ es sich wirklich nicht beschreiben.

Kapitel 24

Jethro

Sienna im Arm zu halten war hart.

Nein. Streicht das.

Ich war hart, während ich Sienna im Arm hielt. Sienna im Arm zu halten war himmlisch.

Ja, das trifft es schon besser.

Ich streichelte ihren Rücken, strich über die seidig weiche Haut ihrer wohlgeformten Schenkel, über ihren herrlich gerundeten Hintern, der leider noch in ein Spitzenhöschen gehüllt war. Das Gefühl ihrer weichen Kurven unter meinen Fingern half nicht gerade dabei, die angespannte Lage südlich meines Gürtels zu verbessern. Aber das machte mir nichts aus. Es befriedigte eine andere Sucht.

Jetzt, da ich sie berührt hatte, da ich gesehen und gespürt hatte, wie sie kam, war ich damit beschäftigt, den Terminplan meines ganzen restlichen Lebens umzustrukturieren. Ich würde das ab jetzt jeden Tag machen. Sie zu streicheln, nachdem sie erfreulich laut und lebhaft zum Höhepunkt gekommen war, beruhigte mich, während es zugleich meine Lust auf sie weiter anfachte. Ich wollte sie überall berühren. Bis in alle Ewigkeit.

»Woran denkst du gerade?«, fragte sie, schmiegte sich noch enger an mich und schob ihr Knie zwischen meine Beine. Das ermöglichte mir noch besseren Zugriff auf ihren Schenkel, vor allem auf die weiche Innenseite.

»Ich glaube, ich werde ein sehr verschmuster Freund sein«, bekannte ich, den Mund an ihrer Stirn, und nutzte ihre veränderte Position zu meinem Vorteil, indem ich mit den Fingerknöcheln die Innenseite ihres Beins entlangstrich.

Ihr stockte der Atem.

»Wie stehst du zu Zärtlichkeiten in der Öffentlichkeit?«, fragte ich.

Sienna antwortete mit einem Wispern. »Redest du vom Händchenhalten oder von Sachen, für die man uns verhaften könnte?«

»Wahrscheinlich von irgendwas dazwischen.«

»Jethro, wenn du so weitermachst, ist es mir völlig egal, ob wir es wie Hunde auf dem roten Teppich treiben.«

Diese Bemerkung beschwor einige sehr angenehme Bilder in meinem Kopf herauf. Ich weiß, dass es nicht unbedingt höflich ist, über den Zustand von Damenslips zu reden, aber Sienna war feucht und weich und geschwollen vor Erregung. Da war es nur logisch, dass meine Gedanken sich der Frage zuwandten, wie befriedigend es wäre, jetzt in diesem Moment in ihr zu sein.

Vor allem in Anbetracht meiner derzeitigen Erektion.

»Fuck«, stöhnte ich.

»Aber gerne doch«, sagte sie.

Ich lachte.

Widerstrebend nahm ich die Finger von ihrem Schenkel und streichelte stattdessen ihren Hintern. »Ich werde den hier küssen.«

Sie kicherte und biss mir in den Hals. »Auf jeden Fall. Wir sollten ab jetzt jeden Tag damit beginnen, dass du mir den Arsch küsst – sowohl im übertragenen als auch im wörtlichen Sinne.«

Ich lachte, gab ihr einen Kuss auf die Stirn und drückte sie kurz.

»Ich meine es ernst«, sagte sie. »Ich stelle hiermit ganz offiziell den Antrag, dass wir ab jetzt zusammen schlafen. Hast du eine Idee, wie sich das verwirklichen ließe?«

Ich versteifte mich, denn zu sagen, dass mir dieser Vorschlag über die Maßen gefiel, wäre eine Untertreibung gewesen. Aber ich wollte mit dem, was sich zwischen uns entwickelte, behutsam umgehen.

Ich räusperte mich und sagte vorsichtig: »Also, ich baue ja Sachen. Ich arbeite mit Holz. Mit Brettern und Latten und so weiter.«

»Ich würde auch gerne mal mit deiner Latte arbeiten«, murmelte sie. Es war als Scherz gedacht, aber ich hörte die Verletzlichkeit in ihrer Stimme, und sie wagte es nicht, mir in die Augen zu sehen. Sie war unsicher und nervös. Vielleicht hatte sie das Gefühl, mit ihrem offiziellen Antrag zu viel von sich preisgegeben zu haben, zu schnell zu weit vorgeprescht zu sein.

Ich lehnte mich zurück, damit sie sehen konnte, dass ich lächelte, aber auch damit ich sie sehen und ihre Reaktion auf meine Worte abschätzen konnte. »Als Tischler weiß ich eins: Wenn man will, dass etwas lange hält, muss man es solide bauen. Wenn wir wollen, dass unsere Beziehung von Dauer ist, dürfen wir sie nicht nur auf der Grundlage von Körperlichkeiten aufbauen.«

»Du meinst Lust.«

Ich schmunzelte über die Enttäuschung in ihrem Ton. »Ja, das meine ich wohl. Selbst wenn wir genug Lust aufeinander haben, um eine ganze Stadt zu errichten.«

Das brachte mir immerhin ein flüchtiges Lächeln ein. Doch gleich darauf drängte sie: »Wir müssen ja nichts machen. Wir können einfach nur schlafen und kuscheln.«

»Was glaubst du, wie hoch die Chancen wären, dass wir nur schlafen? Nicht sehr hoch, würde ich sagen.«

»Ich denke, ich wäre der Herausforderung gewachsen.«

»Ich aber nicht.«

Wieder blitzte ein kurzes, überraschtes Lächeln auf, das ihre Grübchen zum Vorschein brachte und ihre Augen heller strahlen ließ. »So unwiderstehlich findest du mich also?«

Ich antwortete, ohne nachzudenken, und mit unverblümter Ehrlichkeit. »Ja.«

Ihr Grinsen wurde breiter, aber dann setzte sie eine ernste Miene auf. »Ich glaube an dich, Jethro«, sagte sie feierlich. »Ich glaube fest daran, dass du in der Lage bist, mir zu widerstehen. Stell dein Licht nicht unter den Scheffel.« Sie zog mich auf.

»Du irrst dich.« Mir hingegen war es bitterernst, und ich spürte einen wachsenden Druck unter meiner Schädeldecke, weil ich kurz davor war, ihr etwas zu gestehen, das sie möglicherweise in die Flucht schlagen würde.

Sie neckte mich weiter. »Ich schlafe in einem Ganzkörperpyjama mit Füßen. Ich besitze drei Stück von der Sorte. In so einem Teil sieht niemand sexy aus.«

»Sienna –«

»Und ich habe verschiedene grüne Schönheitsmasken, die ich vor dem Schlafengehen auftragen kann. Ich glaube, eine davon riecht sogar nach nassem Hund.«

»Ich war seit fünf Jahren mit keiner Frau mehr zusammen.«

»Und ich – ich ...«, stammelte sie, hielt dann jedoch abrupt inne, rückte ein kleines Stück von mir ab und starrte mich entgeistert an. »Was? Was hast du gerade gesagt?«

»Ich war seit fünf Jahren nicht mehr mit einer Frau zusammen.«

»Du meinst, du hattest in den letzten fünf Jahren keine Beziehung?«

Ich betrachtete sie forschend, um zu ergründen, wie sie die Information aufnehmen würde. »Ja, das auch. Eigentlich hatte ich sogar seit der Highschool keine richtige Freundin mehr. Aber was ich meinte, war – ich, also ... Ich habe seit fünf Jahren mit keiner Frau mehr geschlafen.«

»Wow! Wow ...« Ihr erstes *Wow* war ein Einatmen, ein nach Luft Schnappen. Das zweite war ein Ausatmen, ein Seufzer.

Ich beobachtete sie. Ihre dunklen Augen waren immer so ausdrucksstark, aber jetzt hatte ich Mühe, ihre Gedanken zu lesen.

Dann zog sie plötzlich ihr Bein zwischen meinen weg, schob ihren Rock nach unten und sagte: »Aber warum nicht? Was hat dich dazu bewogen? Warum tust du dir und all den alleinstehenden Frauen da draußen so was an?«

»Weil ich niemandem wehtun wollte.« Ich stützte mich auf den Ellbogen, legte meine Hand an ihre Wange, grub meine Finger in ihr Haar und streichelte die weiche, goldene Haut ihres Halses. »Ich hatte ein Problem. Ich habe Frauen benutzt, sie wie Sachen behandelt. Sie waren austauschbar für mich.«

»Warst du sexsüchtig?«

Ich runzelte verblüfft die Stirn. Die Frage hatte ich mir bisher noch nie gestellt. Aber nach einigem Nachdenken kam ich zu dem Schluss, dass das nicht die Ursache meines Verhaltens gewesen sein konnte. »Nein, ich glaube nicht. Ich war süchtig nach einem bestimmten Lebensstil, nicht nach Sex an sich. Obwohl *süchtig* vielleicht auch nicht das passende Wort ist. Ich kannte einfach nichts anderes. Frauen auszubeuten war im Club ganz normal, es gehörte einfach dazu. Als ich ging, musste ich mit all diesen Verhaltensmustern und Angewohnheiten brechen. Ich hörte auf zu trinken, Autos zu klauen, zu lügen und zu betrügen. Ich ging wieder zur Schule, habe mir Arbeit gesucht und ich bin jeden Abend zu Hause geblieben, bis ich mir neue Angewohnheiten zugelegt hatte. Bessere. Bis ich mir wieder vertrauen konnte.

»Trinkst du denn jetzt?«

»Ja, aber längst nicht mehr so viel wie früher.«

»Und wann hast du angefangen, wieder auszugehen? Abends, meine ich?«

»Vor ein paar Jahren. Aber nicht mehr jeden Abend, und nie irgendwohin, wo es Ärger geben konnte.«

Sie musterte mich nachdenklich. »Du trinkst in Maßen, du feierst in Maßen – warum triffst du dich nicht auch in Maßen mit Frauen?«

»Weil Trinken und Feiern nur für mich selbst Konsequenzen hat. Aber wenn ich mich mit einer Frau einlasse, besteht die Möglichkeit, dass ich dabei auch jemand anderen verletze.«

Sie hatte verstanden. »Du wolltest niemandem falsche Hoffnungen machen.«

Ich nickte. Genau so war es.

»Du willst mir also sagen, dass du in den letzten fünf Jahren keine Frau kennengelernt hast, die du mochtest?«

»Ich habe sogar viele Frauen kennengelernt, die ich mochte, aber ich habe jedes Mal entschieden, noch ein bisschen zu warten. Wenn es hart auf hart kam, fiel es mir leicht zu verzichten.«

Ihre hübschen Augen wurden noch größer, bis sie fast rund waren. »Aber bei mir nicht?«

»Bei dir nicht.«

»Wieso?«

Ich suchte ihren Blick und verlor mich in ihren Augen. Weil ich das Gefühl hatte, viel zu lange für eine Antwort zu brauchen, gestand ich schließlich: »Ehrlich gesagt, ich weiß es nicht. Es ist einfach alles an dir. Alles zusammen macht dich zu einer Frau, die ich unmöglich verlassen, unmöglich vergessen kann.«

Das war die reine Wahrheit.

Ihre Wangen glühten vor Freude. »Jethro«, sagte sie voller Zärtlichkeit und hob den Kopf, als wolle sie mich küssen. Ich wich ihrem Mund aus.

»Da ist noch mehr.«

»Mehr?« Siennas mahagonifarbene Augen weiteten sich erneut, und ihr wunderschöner Mund formte ein erstauntes O. Ich musste mir auf die Lippe beißen, sonst hätte ich in ihre gebissen.

»Ja.« Ich nickte energisch und nahm all meine Entschlossenheit zusammen. »Ich habe vor langer Zeit entschieden, dass ich nicht … dass die nächste Frau, mit der ich schlafe, meine Ehefrau sein soll.«

Sie starrte mich an, und es schien unmöglich, aber ihre Augen wurden noch größer. Als sie begriff, dass ich es ernst meinte, zuckte sie ein klein wenig zusammen. »Aber … aber … was ist mit …«, stammelte sie. Offenbar hatte sie Schwierigkeiten, ihre Gedanken in Worte zu fassen, deshalb deutete sie mit steifen Bewegungen auf ihren Körper, ehe sie hervorstieß: »Wie nennst du denn das, was wir gerade gemacht haben?«

Ich musste mir ein Schmunzeln verkneifen. Sie sah einfach zu süß aus. »Vorspiel.«

Sie knurrte, stemmte sich auf den Ellbogen und stieß mir einen Finger gegen die Brust. »Also, *ich* nenne das Liebe machen, mein Freund.«

»Du hast recht, und es war schön. Aber du weißt, wovon ich rede.«

Ich bemühte mich um einen ruhigen, begütigenden Ton. Sie war kurz davor, richtig wütend zu werden. Ihre Augen sprühten schon Funken. Ich streckte die Hand nach ihr aus. Sie wollte sich mir entziehen, aber ich hielt sie fest. Ich nahm ihre Hand, legte sie auf mein Herz und gestand ihr die Wahrheit. »Ich bin dabei, mich in dich zu verlieben, Sienna. Am ersten Tag, als du dich verfahren hattest und ich dir beim Aussteigen aus dem Truck geholfen habe, da hast du meine Hand berührt, und das war's. Nenn es wie du willst, aber ich war geliefert. Ich *bin* geliefert. Ich kann nicht mehr ohne dich sein. Vielleicht erscheint dir diese Grenze willkürlich, aber ich brauche sie, damit ich anständig bleibe. Dass ich warten möchte, heißt nicht, dass ich dich nicht begehre.«

»Ich weiß«, räumte sie widerstrebend ein, und ich sah, wie sie weich wurde. Ihre Miene war eine Mischung aus Hilflosigkeit und Hoffnung. »Du bist das leibhaftige Böse. Warum sagst du mir das erst jetzt, wo ich bereits süchtig nach dir bin?«

Ein Stich des Bedauerns – und der Sorge, dass ich ihr unbewusst wehgetan haben könnte – ließ mich die Stirn runzeln, und ich rückte ein Stück von ihr ab. »Verstehe –«

Sie packte mein Hemd und zog mich wieder an sich. »Nein, nein, nein. Du haust mir nicht ab. Denk nicht mal dran.«

»Das wollte ich auch gar nicht«, sagte ich rau. Ich strich ihr die weichen, dichten Haare von den Schultern und unterdrückte den Drang, meine Finger darin zu vergraben und daran zu ziehen, ihren Hals freizulegen und in ihre dauerhaft sonnengeküsste Haut zu beißen. »Aber es tut mir leid, falls ich dich getäuscht habe.«

»Nein.« Sie schüttelte den Kopf. »Nein, ich meine – wann hättest du es mir sagen sollen?«

»Ich bin dir dankbar für dein Verständnis.«

Sie machte den Mund auf und dann wieder zu. Irgendwann sagte sie: »Ich verstehe es – aber irgendwie verstehe ich es auch nicht. Ich meine, wenn man in einer festen Beziehung ist – und da wir ja über die Möglichkeit der Ewigkeit diskutiert haben, würde ich das zwischen uns auf jeden Fall als feste Beziehung bezeichnen –, besteht doch keine Notwendigkeit, bis zur Hochzeit zu warten. Das ist der Teil, den ich nicht verstehe. Aber nach allem, was du mir über deine Vergangenheit erzählt hast, kann ich nachvollziehen, dass du dir vielleicht selbst misstraust. Und deshalb hast du, wie du eben so schön sagtest, eine willkürliche Grenze gezogen.«

Meine Hand glitt ihren Körper hinunter, bis meine Finger die nackte Haut ihres Schenkels fanden. »Ich habe diese Entscheidung getroffen, damit ich nie wieder jemandem wehtue.«

»Sicher, okay. Mag sein. Das nehme ich dir auch ab. Wenn du weißt, dass Sex von vorneherein nicht zur Debatte steht, dann kann der Gedanke an Sex nicht dein Verhalten steuern.« Sie sah mich scharf an. »Aber vielleicht versuchst du dadurch auch, dich selbst vor Verletzungen zu schützen. Vielleicht willst du dich so davor bewahren, die Kontrolle zu verlieren und dich jemandem hinzugeben, der dich dann womöglich verlässt.«

Ich sah sie an. Ihre Worte trafen einen Nerv, und zwar einen unangenehmen. Im ersten Moment war ich versucht, ihre Behauptung vehement zurückzuweisen. Natürlich ging es mir *nicht* darum, mich selbst zu schützen. Das war vollkommen albern. Das hätte mein Opfer zu etwas Lächerlichem gemacht.

Doch je länger sie mich mit ihrer heiteren, geduldigen Miene ansah, desto besser war ich in der Lage, meine instinktive Abwehrhaltung zu hinterfragen. Natürlich war es angenehmer zu glauben, dass ich im Laufe der letzten fünf Jahre hunderte Gelegenheiten gehabt hätte, mich fest zu binden. Aber es entsprach nicht der Wahrheit. Ich hatte ein großes Ego und ein gesundes Selbstvertrauen, das manchmal vielleicht schon an Arroganz grenzte. Aber ganz ehrlich: Welche Frau hätte mich schon für mehr als nur eine kurze Affäre haben wollen?

»Was denkst du gerade?«

Ich sah sie an – diese umwerfende, kluge, starke Frau – und traf zwei Entscheidungen. Erstens: Vielleicht hatte ich eine Frau wie sie nicht verdient – aber ich würde mich jeden Tag bemühen, ein Mann zu werden, der sie verdient hatte. Ich würde unermüdlich daran arbeiten, ihres Vertrauens, ihrer Treue und ihrer Liebe würdig zu sein. Ich wollte es nicht geschenkt haben, auch wenn sie noch so freigiebig damit war. Zweitens: Ich würde meine Regel brechen. Ich würde mit ihr schlafen, wenn es sich richtig anfühlte. Es würde mehr sein als nur Sex, und es würde definitiv keine schnelle, unverbindliche Nummer werden. Wenn die Zeit reif war, würde ich das Wagnis eingehen, egal ob wir bereits verheiratet waren oder nicht.

»Jethro?« Ihre Augen waren groß, als wolle sie sich innerlich für etwas wappnen. Mein Schweigen und der Ausdruck in meinen Augen mussten sie beunruhigt haben.

»Ich dachte nur gerade …«, ich gab mir einen Ruck, schenkte ihr ein zärtliches Lächeln und gab ihr einen Kuss auf die Schulter, »dass wir uns jeden Morgen Daisy-Donuts holen sollten.«

Kapitel 25

Sienna

Susie kam gerade als Jethro gehen wollte. Er grüßte sie mit einem gemurmelten »Ma'am« und tippte sich dazu an den Hut. Er musste den Kopf einziehen, um durch die Wohnwagentür ins Freie zu gelangen, weil er so groß war.

Susie erwiderte nichts, sondern drehte sich lediglich mit vor Erstaunen weit aufgerissenen Augen nach ihm um, als er an ihr vorbeiging. Wir beide sahen ihm noch eine Weile durch das nach Süden gehende Fenster hinterher, wie er gemächlich davonschlenderte.

Dann sagte sie: »Whoa.«

Ich nickte, den Blick auf ihn und seinen unnachahmlichen Gang geheftet. »Ja. Whoa.«

Als er um eine Ecke bog und unseren Blicken entschwand, seufzten wir im Chor.

»Gut gemacht.« Susie klopfte mir anerkennend auf die Schulter.

Ich grinste und biss mir auf die Lippe. Auf einmal fühlte ich mich seltsam befangen. »Ich weiß. Und sein Inneres ist noch schöner als sein Äußeres.«

»Wie kann das überhaupt sein?« Susie sah mit gerunzelter Stirn auf die Stelle, wo er soeben verschwunden war.

Ich schüttelte langsam den Kopf. »Keine Ahnung.«

»Er sieht so aus, als wäre er sehr geschickt mit seinen Händen.«

Augenblicklich wurde ich knallrot, denn ich wusste ja jetzt, wie geschickt er mit seinen Händen war. Doch gleich darauf krampfte sich mein Herz zusammen, weil ich vielleicht nie erfahren würde, mit wie viel Geschick er gewisse andere Körperteile zum Einsatz brachte.

In erster Linie seinen Penis. Und ich wollte *wirklich* sehr gern wissen, wozu sein Penis alles fähig war. So wie er die Hüften kreisen ließ, wenn wir uns küssten, war er bestimmt ein Experte im Gurkeneinlegen, wenn ihr wisst, was ich meine.

Susie lächelte verschmitzt. »Aha.«

Ich lachte und verbarg das Gesicht hinter meinen Fingern. »Ahhh, ich hab' ihn so gern!«

Sie knuffte mich. »Gut. Du bist ein wunderhübsches Mädchen, aber deine wahre Schönheit kommt von innen, Puppe. Du hast jemanden in deinem Leben verdient, der dich glücklich macht.«

»Danke, Susie.« Sicher, sie war meine Angestellte und deshalb würde es immer eine unsichtbare Grenze zwischen uns geben, aber bis zu diesem Moment war mir nicht bewusst gewesen, wie sehr ich jemanden brauchte, der sich für mich freute. Apropos: Ich musste so bald wie möglich meine Mutter anrufen. Die würde sich höchstwahrscheinlich auch für mich freuen.

Aber dann musste Susie natürlich hinzufügen: »Und bei dem du feucht wirst.«

»Danke – urgs!« Ich würgte und fing dann aufs Neue an zu lachen.

Susie lachte mit und wackelte mit den Augenbrauen. »Ich meine es ernst. Letztes Jahr habe ich mir wirklich Sorgen um dich gemacht. Tom ist ja hübsch anzusehen, aber mir war gleich klar, dass er nicht der Richtige für dich ist.«

»Tja, was soll ich sagen? Sein Aussehen und seine Berühmtheit haben mich ungefähr fünf Minuten lang meinen gesunden Menschenverstand vergessen lassen.«

Wir wandten uns vom Fenster ab und Susie begann ihre Schminksachen bereitzulegen.

»Aber irgendwie ist es schon interessant« – ich griff nach meinem Kaffee, während ich mich hinsetzte – »dass ich ihn mittlerweile überhaupt nicht mehr anziehend finde. Rein objektiv betrachtet ist er unheimlich attraktiv, das weiß ich, aber mich macht er einfach nicht mehr an. Wenn ich ihn sehe, stellt sich meine Vagina aus Angst vor seiner Impotenz tot.«

Sie grinste. »Sie wird nicht feucht?«

»Nein. Nicht feucht.« Ich kicherte. »Oder allenfalls wie eine alte, nasse Decke.«

»Ja. Das glaube ich dir.« Sie lachte meckernd und begann, mir Foundation auf Gesicht und Hals aufzutragen.

Wir schwiegen eine Zeit lang, aber ich ertappte mich zwischendurch immer wieder dabei, wie ich vor mich hin lächelte, weil ich mich an die Ereignisse des Vormittags erinnerte – an all die Kleinigkeiten, die Jethro getan hatte, oder an Details seines Gesichts.

Irgendwann kippte meine Stimmung und wurde düster. Da war dieses riesige Problem namens sexuelle Enthaltsamkeit zwischen uns. Aber dann musste ich doch wieder lächeln, weil er mich, bevor er gegangen war, noch einmal bis an den Rand der Besinnungslosigkeit geküsst hatte.

Ich war ganz in Gedanken, als Susie, die bis dahin ebenfalls vor sich hin sinniert hatte, das entspannte Schweigen mit folgenden philosophischen Worten brach: »Denk nur, wie viel besser die Welt wäre, wenn die Menschen sich nach Komplimenten über die Schönheit ihres Herzens sehnen würden statt nach Komplimenten über die Schönheit ihres Körpers.«

Diese unerwartete Weisheit riss mich aus meinen Überlegungen. Susie quittierte meinen verwunderten Gesichtsausdruck mit einem milden Lächeln, während ich sie wie verzaubert anstarrte. Vielleicht zum ersten Mal, seit wir uns kannten, fiel mir auf, dass sie tiefe Fältchen um Augen und Mund hatte, die noch tiefer wurden, als sie grinste.

Lachfältchen.

Sie waren atemberaubend.

Genau wie Susie selbst.

• • •

»Warum fühle ich mich so komisch?«

Jethro warf mir einen kurzen Blick zu, ehe er seine Aufmerksamkeit wieder auf die Straße richtete. »Keine Ahnung. Sie beißt nicht.«

Ich starrte auf den Artischockendip, den ich auf dem Schoß hielt. »Du isst jeden Sonntag bei ihr zu Abend.«

Er nickte. »Genau.«

»Ich lerne die Frau kennen, mit der du die letzten fünf Jahre jeden Sonntag zu Abend gegessen hast. Sie ist keine Verwandte. Sie ist eine Freundin. Eine gute Freundin«, zählte ich die Fakten auf.

»Jep.«

»Ich lerne also gewissermaßen die *andere* Frau kennen. Oder bin ich die andere Frau?«

Jethro zog eine Augenbraue hoch. »Keine von euch beiden ist die *andere* Frau. Und es gibt überhaupt keinen Grund, nervös zu sein.«

»Ich bin nicht nervös, ich fühle mich bloß irgendwie komisch, und ich weiß nicht, wie ich das abstellen soll.«

»Also, meinetwegen musst du es gar nicht abstellen. Ich mag dich, wenn du komisch bist. Und Claire wird dich auch mögen.«

Wir fuhren schweigend weiter, ein jeder mit seinen eigenen Gedanken beschäftigt, bis ich irgendwann herausplatzte: »Ich verstehe einfach nicht, wie du jede Woche mit einer Frau, die nicht deine Verwandte ist, zu Abend essen kannst, ohne dass da was zwischen euch läuft.«

Erst recht nicht bei so einer Frau, fügte ich hinzu, allerdings nur im Geiste.

Am Dienstag hatte ich Duanes Freundin Jess gegenüber beiläufig erwähnt, dass Jethro und ich am Sonntag bei Claire zum Essen eingeladen seien, und daraufhin hatte Jess ihr Handy gezückt und mir ein Bild von ihr gezeigt. Offenbar waren die beiden gute Freundinnen und unterrichteten gemeinsam an der Highschool. Im ersten Moment hatte ich sogar vergessen zu blinzeln, so hübsch war diese Claire.

Nein, das stimmt nicht. Sie war ein verdammte Schönheit. Sie war so schön, dass sich ihre Art der Schönheit nur mit Kraftausdrücken beschreiben ließ.

Wie konnte Jethro Woche um Woche so viel Zeit mit ihr verbringen, ohne ihr zu erliegen? Cletus hatte mir gesagt, sie sei eine kluge und taffe Frau. Duane hatte mir erzählt, wie gütig und liebenswürdig sie sei. Beau hatte gesagt, sie sei eine hervorragende Köchin und habe »echt hübsche Augen«. Und Roscoe hatte mir mitgeteilt, dass sie früher seine Lieblingslehrerin gewesen sei, und dazu vielsagend mit den Augenbrauen gewackelt.

Randnotiz: Roscoe war wirklich ein Süßer. Randnotiz Ende.

Nur Billy hatte zum Thema Claire hartnäckig geschwiegen. Aber ich gewöhnte mich allmählich an Billys frostiges Schweigen.

Also: Warum hatte Jethro nicht versucht, bei ihr zu landen?

Ich war jetzt schon ein kleines bisschen in sie verliebt, dabei hatte ich sie noch gar nicht kennengelernt.

»Nicht jede Woche. Manchmal bin ich am Wochenende auch beruflich unterwegs. An solchen Sonntagen hat meine Momma Claire immer zu uns eingeladen. Aber soweit ich weiß, hat sie nie ...«

Jethros unbeschwerte Miene machte einem nachdenklichen Stirnrunzeln Platz und sein Blick verschleierte sich, als wäre ihm soeben etwas Wichtiges aufgegangen.

»Sie hat nie – was?«

Er gab sich einen Ruck. »Sie hat die Einladungen nie angenommen. Sie war nicht mehr bei uns zu Hause, seit sie ein Teenager war.«

»Du hast meine Frage nicht beantwortet. Warum hast du nichts bei ihr versucht? Den Aussagen von Jess und deinen Geschwistern zufolge ist sie eine ätherische Göttin der Vollkommenheit.«

Jethro verdrehte die Augen. »Tja, ich kenne Claire eben besser als sie. Sie ist ein ganz normaler Mensch, hat Schwächen und Fehler wie jeder andere. Außerdem empfinde ich nicht so für sie. Wir kennen uns, seit wir Kinder waren. Sie ist wie eine Schwester für mich. Objektiv gesehen weiß ich auch, dass Ashley schön ist, aber wenn ich sie anschaue, sehe ich ihr gutes Herz – und ihre Makel. Und bei Claire ist es genauso.«

»Okay, das klingt logisch. Aber nur dass du's weißt: Ich habe keine Makel. Ich bin *wirklich* eine ätherische Göttin der Vollkommenheit.«

Jethro grinste und bog in eine lange unbefestigte Einfahrt ein, die zu einem kleinen weißen Farmhaus mit roter Tür und dunkelblauen Verzierungen führte. »Das habe ich nie angezweifelt.« Er taxierte mich flüchtig, aber anerkennend, ehe er die Augen schloss und ausatmete, als ringe er um Selbstbeherrschung.

Ich war das reinste Nervenbündel. Denn trotz all seiner Beschwichtigungsversuche ließen sich die Fakten nicht leugnen. Jethros Schwester Ashley war erst kürzlich nach achtjähriger Abwesenheit zurückgekehrt, und seine Mutter war gestorben, demzufolge war Claire die wichtigste Frau in seinem Leben. Sie standen sich sehr nahe. Mag sein, dass er nie etwas mit ihr gehabt hatte, aber ihre Meinung war wichtig. Außerdem war sie single. Jethro hatte mir gesagt, dass sie ein Einzelkind sei und praktisch keinen Kontakt mehr zu ihrer Familie habe. Außer Jethro hatte sie niemanden mehr, für den sie am Sonntag das Abendessen kochen konnte.

Ich kam mir wie ein Eindringling vor. Und ich war deswegen ein bisschen sauer auf sie, obwohl sie ja nichts anderes getan hatte, als zu existieren. So viel zum Thema geistige Gesundheit.

Claires Haus hatte Blumenkästen unter den Fenstern und entlang der Veranda. Rechts und links der Verandastufen und der Haustür standen prächtige, adrett in Form geschnittene Koniferen. Das Haus wirkte wie aus einer Zeitschrift.

»Wow«, sagte ich, während ich den Vorgarten bewunderte. »Das ist aber ein hübsches Haus.«

Jethro grinste, als sei er stolz. »Ja, oder? Die Veranda habe ich vor zwei Jahren angebaut, und im Frühjahr hatte Claire die Idee mit den Blumen. Ich habe die Blumenkästen farblich passend zum Haus lackiert.«

Ich starrte Jethro an. »*Du* hast die Veranda gebaut?«

Er nickte. Er hatte nicht die geringste Ahnung, wie diese Neuigkeit für mich klingen musste. »Ja, habe ich. Auch den Pavillon hinten im Garten und ihre Terrasse. Ich erledige hin und wieder ein paar kleinere Arbeiten rund ums Haus.«

Ein paar kleinere Arbeiten. Du weißt schon: Terrassen und Gartenpavillons bauen.

Vielleicht hätte mich diese Neuigkeit nicht ganz so kalt erwischt, wenn Jethro und ich schon länger zusammen gewesen wären oder wenn wir seit dem Daisy-Donut-Vorfall letzten Montag weitere Zärtlichkeiten ausgetauscht hätten. Aber dazu war es nicht gekommen. Das zwischen uns war erst eine Woche alt und noch ganz frisch und zerbrechlich. Mit einem Mann zusammen zu sein, der mich nicht alle zehn Minuten flachlegen wollte, war eine völlig neue Erfahrung für mich. Es war ... verstörend.

Gut. Aber dennoch verstörend.

Mir fiel keine Erwiderung ein – jedenfalls keine, die kein Witz gewesen wäre –, also starrte ich schweigend auf das Armaturenbrett.

Jethro parkte den Wagen und angelte den Pie, den er gebacken hatte, vom Rücksitz. Ich nutzte die Zeit, die er brauchte, um auszusteigen und auf meine Seite zu kommen, um einmal tief durchzuatmen und mir Mut zuzusprechen: *Du packst das. Geh einfach da rein und sei charmant und liebenswert. Sei so charmant, dass ihr die Sommersprossen aus dem Gesicht fallen! Na los! Tu es!*

Er öffnete mir die Tür und half mir beim Aussteigen. Auf dem Weg zum Haus verschränkte er seine Finger mit meinen.

»Du brauchst nicht nervös zu sein«, wisperte er und drückte meine Hand.

»Ich bin nicht nervös. Ich bin Sienna. Wie oft muss ich dir noch meinen Namen sagen?«

Er sah mich vielsagend an und verzog ein wenig den Mund, entgegnete aber nichts.

Ich war nervös.

Vielleicht werden Jethro, Claire und ich in vollendeter Harmonie zusammenleben. Vielleicht könnte sie meine Co-Frau werden. Ja. Das war die Lösung. Sie konnte ihr hübsches Farmhaus und das sonntägliche Sorgerecht für Jethro behalten, und ich hatte ihn den Rest der Woche. Und wenn sie ihn anfasste, würde ich ihr die Augen auskratzen.

Perfekte. Lösung.

Jethro klopfte. Sein Blick ging zu mir. »Du machst ein Gesicht, als müsstest du gleich einen Käfer essen.«

Ich hatte keine Gelegenheit mehr zu antworten, denn im selben Moment öffnete Claire die Tür. Fast schien es, als hätte sie auf uns gelauert. Und verdammte Scheiße, in natura war sie sogar noch schöner als auf dem Foto.

»Hi!«, rief sie laut, und ihre wirklich sehr hübschen Augen waren vor Aufregung weit aufgerissen.

»Äh ...« Ich schielte zu Jethro. Doch der war mir keine Hilfe, denn er betrachtete mit neutraler Miene den Türsturz über ihrem Kopf.

»Hi«, erwiderte ich schließlich etwas hölzern.

Sie machte einen Schritt auf mich zu und umarmte mich. »Ich freue mich so, dich kennenzulernen!«, rief sie.

Jethro rettete den Artischockendip, den ich in der Hand hielt, damit Claire mich drücken konnte. Unsere Blicke trafen sich über ihre Schulter hinweg. Er gab sich Mühe, nicht zu lachen. Und scheiterte.

Claire machte sich von mir los und fasste mich bei den Schultern. »Tut mir leid, ich bin komisch. Es ist nur – ich liebe dich so sehr.«

Ich machte große Augen.

Claire schlug sich die Hand vor den Mund.

»Oh mein Gott, das tut mir leid. Ich bin einfach nur so aufgeregt. Schau mich an, ich bin eine grauenhafte Gastgeberin. Bitte, komm doch rein.« Sie trat beiseite und stolperte dabei über ihre eigenen Füße. Sie war ganz schön durch den Wind, daran bestand kein Zweifel, und ihre Wangen glühten. »Ich habe mir geschworen, ganz normal zu sein. Und was mache ich? Ich bin total unnormal.« Die letzten Sätze schienen eher an sie selbst gerichtet zu sein.

Und sie waren das Beste, was sie hätte sagen können, denn jetzt war ich ganz in meinem Element.

Sie war ein Fan.

Claire McClure ist ein Fan von Sienna Diaz.

Der Gedanke war mir zuvor überhaupt nicht gekommen. Wirklich nicht. Vielleicht war ich nach der Erfahrung mit Jethro und seiner Familie verwöhnt. Sie hatten so entspannt, beinahe schon gleichgültig auf mich reagiert. Bei Claire hingegen konnte von Gleichgültigkeit keine Rede sein.

»Ich habe mir so ziemlich dasselbe geschworen.« Ich lächelte sie an und sie blinzelte, als sei sie von mir geblendet.

»Du könntest doch niemals unnormal sein«, sagte sie voller Bewunderung und mit träumerischem Blick.

»Schon gut, schon gut.« Jethro nahm meine Hand, zog mich ins Haus und durchs Wohnzimmer ins Esszimmer. »Jetzt sei nicht so ein hysterisches Huhn, Claire. Reiß dich zusammen. Und mach die Tür zu. Wir haben Dip mitgebracht. Was gibt's zum Abendessen?«

• • •

Claire war wirklich keine ätherische Göttin der Vollkommenheit. Aber sie war ziemlich nah dran.

Und sie war eine exzellente Köchin. Alles, was sie servierte, war traditionelle Hausmannskost, aber raffiniert zubereitet, wie zum Beispiel ihre köstliche Bruschetta-Variante bestehend aus knusprigem, selbst gebackenem italienischem Brot mit Paprika-Kirsch-Marmelade und Ziegenkäse. Oh ja, sie hatte sogar den Ziegenkäse selbst gemacht. Aus echter Ziegenmilch von den nigerianischen Zwergziegen ihres Nachbarn. Die Marmelade war auch von ihr. Sie kochte ihre eigenen Konfitüren und Gelees ein.

Als Hauptgang hatte sie einen Käse-Nudelauflauf gemacht, allerdings mit grünen Spinat-Ziti und einer Sauce Alfredo mit Asiago-Käse und Hummer. Sie stellte ihre eigenen Nudeln her. Der Salat, den sie dazu reichte, war mit Romanasalat, Paprika, Schnittlauch und Tomaten aus ihrem eigenen Garten. Er schmeckte wunderbar frisch.

Gutmütige Zänkereien mit Jethro, Gespräche übers Kochen und meine Komplimente für ihr Essen sorgten dafür, dass sie ihre Befangenheit Schritt für Schritt ablegte. Ich versuchte mich an Jethro zu orientieren, der genau wusste, was er tun musste, wenn sie mich wieder einmal wortlos anstarrte oder zum x-ten Mal sagte, wie sehr sie meine Filme liebe und dass sie mich ja so bewundere und dass ich sehr, sehr gut rieche. Am Ende des Abendessens war sie, Jethro sei Dank, relativ gelöst.

Wir beide waren gelöst.

Und ich stellte fest, dass ich mich ein klein wenig in Claire McClure verknallt hatte.

»Ja, ja! Buster Keaton war genial.« Ich zeigte auf Claire und nickte energisch. Wir unterhielten uns gerade über die großen Stars des Stummfilms, und wie sich herausstellte, hatten wir in allem dieselbe Meinung.

»Nicht, dass wir uns falsch verstehen. Charlie Chaplin war fantastisch in *Goldrausch*, und ich bin immer für einen Gag mit Menschen im Hühnerkostüm zu haben, trotzdem kann man den Film meiner Ansicht nach nicht mit *Der General* auf eine Stufe stellen. Ich meine – der Zug war in Bewegung. Die ganze Zeit! Und er springt auf und ab, als wäre es ein Trampolin.«

»Wem sagst du das! Er hat den Großteil der Komik durch Handlung erzeugt, aber ganz anders als Chaplin. Sein Stil war intelligenter, gewitzter. Und sein Timing – unerreicht. Am Ende, als er versucht, Annabelle zu küssen, aber gleichzeitig weiter den Soldaten salutieren muss ...«

Wir kicherten, als wir uns an die Stelle im Film erinnerten. Claire spielte die Szene nach und schaffte es dabei, Buster Keatons wütende Verzweiflung perfekt einzufangen, was bei uns beiden sofort einen neuerlichen Lachanfall auslöste.

Jethro lenkte meine Aufmerksamkeit auf sich, indem er meine Hand nahm, sie an seine Lippen hob und einen sanften Kuss darauf drückte. Sein Blick nahm mich gefangen und ich fühlte mich warm und aufgehoben. Er sah glücklich aus.

Er drückte meine Hand, dann stand er auf, nahm unsere Teller und verließ das Esszimmer.

»Ich habe immer schon gesagt, der Platz eines Mannes ist in der Küche«, rief Claire laut, damit er sie auch hörte, und zwinkerte mir zu.

»Sei still, Weib, sonst kriegst du keinen Pie.«

»Ihr habt Pie mitgebracht?«, rief sie, schlagartig wieder ernst.

Als Jethro keine Antwort gab, wandte sie sich an mich. »Er hat Pie mitgebracht? Ich habe keinen Pie gesehen, als ihr gekommen seid.«

Ich zuckte mit den Schultern und verbarg mein Schmunzeln, indem ich einen Schluck Wein trank. Sie hatte den Pie nicht gesehen, weil sie die erste halbe Stunde unseres Besuchs damit zugebracht hatte, mich wie ein Mondkalb anzustarren.

»Vielen, vielen Dank, dass ich zu dir zum Essen kommen durfte.«

Sie lächelte strahlend und ihre Wangen röteten sich vor Freude. »Ich verspreche, wenn wir uns das nächste Mal sehen, drehe ich nicht so durch. Das tut mir auch wirklich leid. Ich sehe ja jetzt, dass du ein ganz normaler Mensch bist.« Sie nickte, ehe sie mit genialem Timing hinzufügte: »Nur, dass du witziger und klüger bist und nach Gardenien duftest.«

»Claire –«

»Und dass deine Wimpern ungefähr eine Meile lang sind.«

»Hör auf damit –«

»Ich kann nicht. Tut mir leid.«

Ich schmunzelte über ihre Albernheiten. »Bitte, du musst dich nicht entschuldigen.«

»Doch. Ich habe mir fest vorgenommen, mich nicht wie ein Trottel zu benehmen. Aber als du dann tatsächlich auf meiner Veranda standst, konnte ich nicht mehr klar denken, und das tut mir leid. Kann sein, dass es eine Weile dauert, aber irgendwann werde ich aufhören, in Fettnäpfchen zu treten.« Sie prostete mir mit ihrem Rotweinglas zu. »Wein hilft. Das nächste Mal rufst du mich einfach an, wenn ihr noch eine halbe Stunde entfernt seid, dann kann ich mir schon mal ein Glas genehmigen.«

Wir beide lachten. Ihre Fähigkeit zur Selbstironie machte sie unglaublich liebenswert.

»Macht doch einen kleinen Spaziergang«, schlug Jethro vor, der wieder aufgetaucht war und nun den Tisch abzuräumen begann.

»Ich helfe mit dem Geschirr.« Ich stand auf, um die Gläser einzusammeln, doch Jethro riss mir gleich das erste aus der Hand.

»Nein, geht nur. Ich möchte, dass du dir den Pavillon ansiehst. Ich habe mir überlegt, bei mir im Garten etwas Ähnliches hinzustellen, dazu würde ich gerne deine Meinung hören.«

Ich wusste genau, was er im Schilde führte. Jetzt, da Claire sich beruhigt hatte, wollte er, dass wir Zeit miteinander verbrachten. Er wollte, dass wir Freundinnen wurden. Bisher war alles hervorragend gelaufen, aber jetzt spürte ich auf einmal wieder eine gewisse Unsicherheit.

Der Filmstar Sienna Diaz zu sein war einfach. Ermüdend, aber einfach. Es war eine Rolle – eine Maske, die ich nach Bedarf aufsetzen konnte. Ich selbst zu sein fiel mir dagegen deutlich schwerer. Jethro hatte es mir leicht gemacht, was einer der Gründe war, weshalb ich mich in seiner Nähe so wohlfühlte. Ich blickte von ihm zu Claire, die mich mit hoffnungsvollen Augen ansah.

»Ich nehme den Wein mit«, bot sie an und grinste. »Und ich verspreche, nicht mehr an dir zu riechen, es sei denn, du willst es.«

Zum zweiten Mal verpuffte meine Nervosität von einer auf die andere Sekunde. »Ich komme nur mit, wenn du *versprichst*, an mir zu riechen.«

»Abgemacht.« Sie schlug im Aufstehen mit der flachen Hand auf den Tisch, dann schnappte sie sich ihr Weinglas und die Flasche. »Aber ganz im Ernst, du riechst wirklich gut. Was für ein Parfüm benutzt du?«

Ich folgte ihr durch die Glastüren nach draußen und sah gerade noch Jethros kleines zufriedenes Lächeln, ehe er wieder Kurs in Richtung Küche nahm.

»Ganz ehrlich? Ich weiß es nicht einmal. Ich kriege es immer von meiner Schwester. Sie kauft auch alle meine anderen Kosmetikprodukte ein – Make-up, Feuchtigkeitscreme, Shampoo und so weiter. Ich benutze einfach, was sie mir schickt.«

»Würde es dir was ausmachen, sie danach zu fragen? Ich finde einfach nichts, was mir gefällt.«

»Klar. Mache ich gern.« Ich nahm mir vor, mir von Marta einen Flakon schicken zu lassen, denn allein für ihren Ziegenkäse hätte Claire eine ganze Badewanne voll mit teurem Parfüm verdient gehabt.

Wir überquerten die Terrasse, stiegen die Stufen hinunter und gingen einen mit Platten gepflasterten Weg entlang. Der von Flutlichtern angestrahlte Pavillon stand am Ende des Gartens. Er war mit fuchsiafarben blühender Bougainvillea und weißem Jasmin bewachsen, die in der Abendluft ihren betörenden Duft verströmten.

»Das ist wunderschön.« Ich strich mit den Fingerspitzen über die weißen Blüten.

»Jethro hat ihn vor einigen Jahren gebaut und ich habe die Pflanzen am Spalier hochgezogen. In dieser Jahreszeit bin ich am liebsten draußen. Nichts ist so schön wie der Duft von Jasmin und ein Sommerhimmel voller Sterne. Bald kommen auch die Glühwürmchen raus, das wird ein tolles Schauspiel.«

Ich inspizierte die Handwerkskunst am Pavillon. Dabei fielen mir die geschnitzten Details am Zedernholz-Geländer auf: Ranken und Blüten mit länglichen Blättern. »Hat Jethro die Schnitzarbeiten auch selbst gemacht?«

Sie nickte stolz. »Ja, das hat er. Es gibt so ziemlich nichts, was dieser Junge nicht mit einem Stück Holz anstellen kann.«

Ich zog eine Augenbraue hoch, wusste aber, dass ihre Bemerkung vollkommen harmlos gemeint war. Und die Schnitzereien waren wirklich beeindruckend.

»Das muss ja eine Ewigkeit gedauert haben«, murmelte ich. Wie lange hatte er an diesem Pavillon gearbeitet? Claires Haus war in absolut perfektem Zustand, sein eigenes hingegen eine halbe Baustelle.

Die Stille dehnte sich. Ich spürte Claires Blicke auf mir, also wandte ich mich zu ihr um. Sie hatte den Hauch eines Lächelns im Gesicht, ihre blauen Augen schauten klug und nachdenklich. Ich hatte den Eindruck, dass sie meine Gedanken lesen konnte.

Schließlich holte sie tief Luft und setzte sich auf die Schaukelbank, ohne den Blick von mir abzuwenden. »Ich freue mich wirklich sehr, dass ich Gelegenheit hatte, dich kennenzulernen.«

Ihre Stimme klang jetzt anders. Tiefer. Weiser. Von ihrem anfänglichen kichernden Überschwang war nicht mehr viel zu spüren.

Ich trat zur Bank und ließ mich neben ihr nieder. »Wir sollten uns unbedingt noch mal treffen, bevor ich abfliege. Wenn du magst, kann ich auch nächsten Sonntag kochen. Falls es dir nichts ausmacht, dass Jethro mich mitbringt – nicht jedes Mal, ich will mich nicht zwischen euch drängen. Aber ich bin ja noch ungefähr einen Monat hier und –«

»Aber ich nicht.«

»Du nicht?« Ich sah sie erstaunt an.

»Nein. Meine Tage hier sind gezählt. Letzten Monat hat mich eine Bekannte angerufen, die am Community College in Nashville lehrt. Sie suchen dort nach einem Assistenten für Musiktheorie und Theater, und sie meinte, ich könnte gut auf die Stelle passen. Vor zwei Wochen hatte ich das Vorstellungsgespräch und ...«, sie hob die Schultern und ihr Blick ging an mir vorbei in die Ferne, »... ich habe die Stelle bekommen. Und ich werde sie annehmen.«

»Oh.« Ich blinzelte verdattert, dann wurde ich traurig. »Davon hat Jethro gar nichts gesagt.«

Claire betrachtete mich. Ein leises Lächeln umspielte ihre Mundwinkel. »Jethro weiß es noch nicht.«

Ich riss die Augen auf. »Jethro weiß es noch nicht?«

»Nein.« Sie schüttelte den Kopf und ihr Lächeln verschwand, auch wenn es noch in ihren Augen blitzte. »Ich freue mich für Jet. Ich bin so froh, dass er dich gefunden hat. Sein Herz war verloren, er war so einsam. Aber jetzt nicht mehr. Das hat er dir zu verdanken.«

Vielleicht hatte meine Zeit in Hollywood zwischen lauter Heuchlern, die nur an ihr Image dachten, meine Erwartungen an eine Unterhaltung ein wenig verzerrt, aber die Ernsthaftigkeit und die echten Gefühle hinter Claires Worten überrumpelten mich völlig. Ich machte den Mund auf, um etwas zu erwidern, stellte dann jedoch fest, dass ich nicht wusste, was.

Sie legte ihre Hand auf meine. »Ich hoffe, ich setze dich damit nicht zu sehr unter Druck oder ziehe voreilige Schlüsse.«

»Nein! Nein, ganz und gar nicht. Sowieso, wenn es um Jethro geht, kannst du mich so sehr unter Druck setzen, wie du willst. Immer her mit dem Druck.«

Sie lachte leise. »Gut. Freut mich, das zu hören. Er hat es wirklich verdient, glücklich zu sein, und du auch.«

Wir tauschten ein Lächeln, dann schaukelten wir eine Weile schweigend und blickten in den mit Sternen übersäten Himmel. Ich nutzte die Zeit, um meine Gedanken über Claire zu ordnen und sie zugleich unauffällig zu mustern. Diese Frau war ein wichtiger Teil von Jethros Leben, und sie war drauf und dran, sich daraus zu verabschieden. Bestimmt war sie für ihn immer eine entscheidende Konstante gewesen, so wie er für sie. Warum also wollte sie weg? Warum ausgerechnet jetzt?

»Claire? Wann hast du denn beschlossen, die Stelle anzunehmen?«, fragte ich, noch ehe ich den bewussten Entschluss dazu gefasst hatte.

Sie sah mich an. Ihre Augen funkelten wie Saphire. »Ich glaube, die endgültige Entscheidung fiel am Dienstag.«

»Wann willst du es ihm sagen?«

»Ich weiß nicht. Irgendwann später. Wahrscheinlich erst, wenn ich längst meine Koffer gepackt habe und am anderen Ende des Bundesstaats bin. Ich mag es nicht, Abschied zu nehmen, von daher wird er es schon verstehen. Ich verlasse ja auch nicht das Land, nur den County. Und ich komme ihn regelmäßig besuchen.«

Ich blickte ihr forschend ins Gesicht und kam zu dem Schluss, dass ich genauso freimütig sein konnte wie sie. »Ich hoffe, das ist jetzt eine alberne Frage, aber du gehst nicht meinetwegen, oder?«

»Nein«, antwortete sie hastig. Dann seufzte sie und setzte zu einer Erklärung an. »Nicht wirklich. Jedenfalls nicht so, wie du vielleicht denkst. Es gibt für mich einfach keinen Grund mehr, hierzubleiben. Es gab schon lange keinen Grund mehr.« Sie blickte auf ihre Finger und zupfte an dem Pflaster, das sie um ihren Daumen trug. »Hat Jethro dir von meinem ... Ehemann erzählt? Von Ben?«

»Ja. Er hat mir gesagt, was für ein einzigartiger Mensch er war.«

»Er war wirklich einzigartig.« Sie lächelte traurig und richtete den Blick gen Himmel. »Als die Nachricht kam, da habe ich zu mir gesagt: Ich bleibe, um seinen Eltern und Jethro durch die schwere Zeit zu helfen. Ich wollte da sein, falls sie mich brauchten. Aber das ist jetzt fünf Jahre her. Fünf Jahre lang habe ich mich in diesem hübschen Haus mit dem hübschen Garten verkrochen und zugeschaut, wie sich da draußen die Welt weiterdreht.« Sie senkte den Kopf und sah mich an, ehe sie in heiterem Ton hinzufügte: »Selbst die McClures wollen, dass ich wegziehe. Carter McClure – Bens Vater – war derjenige, der mich für die neue Stelle vorgeschlagen hat.«

Erneut lächelten wir uns an und verfielen in Schweigen. Sekunden wurden zu Minuten. Claire blickte versonnen vor sich hin. Sie hatte den Ansatz eines Stirnrunzelns im Gesicht.

»Am Dienstag bin ich jemandem begegnet. Jemandem, den ich von früher kenne.«

Ich wollte sie fragen, wer dieser Jemand war, aber sie hatte so selbstvergessen geklungen, als spreche sie, ohne sich dessen wirklich bewusst zu sein. Ich beschloss zu warten, bis sie von sich aus fortfuhr.

»Wir haben einige sehr hässliche Dinge zueinander gesagt.« Sie schüttelte den Kopf, wie um die Erinnerung abzuschütteln. »Ich habe ihn stehen lassen, und ... danach war ich ganz aufgewühlt und verloren, und dann rief Jethro an und wollte wissen, ob er dich zum Abendessen mitbringen darf. Er klang so glücklich. Dass diese beiden Dinge an ein und demselben Tag passiert sind, das kam mir wie ein Omen vor. Ich habe mir immer gesagt: Ich gehe, sobald Jethro sesshaft geworden ist, sobald die McClures über Bens Tod hinweg sind.«

»Was glaubst du, wie Jethro die Nachricht aufnehmen wird?« Es interessierte mich wirklich. Ich machte mir Sorgen um ihn.

»Jet? Ach, der kommt schon klar. Er freut sich, wenn ich glücklich bin.« Sie zog die Nase kraus, als wäre meine Besorgnis albern. »Ich finde, ihr zwei solltet hier einziehen, wenn ich weg bin – wenn ich mal so dreist sein darf. Im Männerhaushalt der Winstons werdet ihr praktisch keine Minute für euch allein haben, und Jethro hat hier so viel Zeit und Arbeit investiert, dass ich manchmal denke, es ist viel eher sein Haus als meins.«

Ich blickte über die Schulter zurück auf das hübsche Haus und sah, wie Jethro soeben durch die Glastüren nach draußen trat.

»Wenn du die Wahl hast, ob du dein Leben leben willst – so riskant es auch sein mag – oder ob du weiterhin den Erwartungen anderer gerecht werden möchtest ...« Claire machte eine Pause und wartete, bis ich sie ansah. Ein wissendes Lächeln umspielte ihre Lippen.

Sie hatte eine meiner Lieblingszeilen aus meinem ersten Film, *Taco Tuesday*, zitiert.

Ich erwiderte ihr Grinsen. »... dann musst du den königlichen Zentaur bei der Mähne packen, dich auf seinen Rücken schwingen und mit ihm in vollem Galopp über den Regenbogen der Möglichkeiten reiten.«

Den Schluss zitierten wir gemeinsam: »Sonst läufst du Gefahr, dass er dich für ein Einhorn hält und versucht, dich zu besamen.«

»Ich liebe den Film.« Sie schüttelte grinsend den Kopf. »Ich habe oft rumgesponnen und mir vorgestellt, dass wir zwei eines Tages beste Freundinnen werden.«

»Aha, verstehe. Du hast das alles hier – die ganze Sache mit Jethro und mir – also nur eingefädelt, damit wir uns begegnen und beste Freundinnen werden können.«

Sie zuckte die Achseln, dann kicherte sie: »Ich höre mich ja an wie Cletus.«

Daraufhin mussten wir erneut lachen. Ich sah sie an und war erfüllt von Demut und einer seltsamen Leichtigkeit, weil diese Frau meine Filme liebte und meine Freundin sein wollte. Claire McClure war eindeutig ein Mensch, dem die Schönheit des Herzens wichtiger war als die Schönheit des Körpers. Ich stellte fest, dass ich sie liebte. Es war Freundinnenliebe auf den ersten Blick.

Ich würde traurig sein, wenn sie aus Green Valley wegzog.

Ich beschloss auch, dass ich, falls aus mir und Jethro nichts wurde, um ihre Hand anhalten und sie bitten würde, mir jeden Sonntag Ziegenkäse-Bruschetta zu machen.

Kapitel 26

Sienna

Zehn Tage nach unserem Donut-Intermezzo und vier Tage nach dem Abendessen bei Claire rief ich meine Mutter an.

Direkt nach einem Date mit Jethro.

Wenn man das Desaster im Front Porch vor über einem Monat als unser erstes und meine Begegnung mit Daisys Donuts in meinem Wohnwagen als zweites Date zählte, war es unser insgesamt viertes Date gewesen. Für unser drittes Date hatte Jethro mit mir eine Mitternachtsvorstellung in einem kleinen Kino in Knoxville besucht.

Heute Abend hatten wir auf der Prärie ein Picknick gemacht und zusammen getanzt. Danach hatte Jethro mich vor Hanks Seehaus abgesetzt und mir zum Abschied einen seiner kernerschütternden Küsse gegeben. Und dann ... nichts. Wieder einmal stand mir eine einsame Nacht in meinem Bett bevor, mit nichts als sündigen Gedanken zur Gesellschaft.

Das Essen bei Jethros Familie und das bei Claire waren in meinen Augen keine richtigen Dates gewesen. Ich hatte lange und gründlich nachgedacht, und inzwischen wäre es meiner Ansicht nach wirklich an der Zeit gewesen, dass wir unsere Abende wenigstens mit einer anständigen Fummelei in seinem Truck beendeten.

Aber Fehlanzeige.

In meiner Verzweiflung suchte ich Rat bei meiner Mutter.

»Sienna, *mija*, du rufst an. Was ist denn passiert? Geht es dir gut?«

Sie klang alarmiert. Wenn ich drehte, telefonierten wir in der Regel jeden Sonntagabend, weil unsere Terminpläne immer bis zum Bersten voll waren. Wenn ich drehfrei hatte, flog ich normalerweise nach Hause und verbrachte ein paar Tage mit meinen Eltern. Unter der Woche schrieben wir uns häufig – lustige Gedanken, die uns gerade durch den Kopf gingen, oder einfach kleine Nachrichten wie *Ich hab dich lieb* oder *Ich könnte deinen Vater erwürgen*. Und Sonntag war unser fester Telefontag.

Die letzten beiden Sonntage hatte ich keine Zeit gefunden, sie anzurufen, was hin und wieder vorkam. Daher wusste sie noch nichts von Jethro. Heute war Donnerstag, und es war nach Mitternacht. Insofern konnte ich ihre Besorgnis nachvollziehen.

»Nichts ist passiert, jedenfalls nichts Schlimmes. Ich ... ich wollte einfach mit dir reden.«

»Oh.« Ich hörte ihren erleichterten Seufzer. »Zu einem Anruf von meiner wundervollen Tochter würde ich natürlich nie Nein sagen. Wie geht es dir?«

»Mir geht es gut. Mir geht es gut«, sagte ich und nickte, obwohl sie mich gar nicht sehen konnte. »Obwohl – mir geht es gut, Mamita, aber ich brauche deinen Rat.«

»Wick.«

»Was?«

»Was auch immer es ist, nimm Wick.«

»Ha, ha.« Ich verdrehte die Augen. Wenn ich unerwartet anrief, dann normalerweise weil ich eine Erkältung oder irgendeinen mysteriösen Infekt hatte, für den ich den Trost und die fachliche Meinung meiner Mutter brauchte.

»Ich glaube, diesmal kann Wick mir nicht helfen.«

»Ach so. Na, dann eben Sex.«

Ich musste husten und verschluckte mich fast. »Was?«

»Sex, *mija*. Du klingst gestresst. Du musst mal wieder Druck ablassen.«

Das waren ja ganz neue Töne – sehr viel direkter als sonst. Normalerweise sagte sie immer: »Du brauchst einen Mann. Ich kann dich verkuppeln, ich kenne da einen netten Jungen.«

Als ich noch jünger gewesen war, hatte ich nie verstanden, was sie damit meinte, und war empört gewesen, weil sie glaubte, ich würde einen Mann brauchen. Doch als ich älter wurde und hörte, wie sie dasselbe zu meinen großen Schwestern sagte, ging mir auf, dass *Du brauchst einen Mann* bei ihr in Wirklichkeit *Du musst mal wieder vögeln* bedeutete.

Allerdings hatte sie es noch nie so unverblümt gesagt wie eben.

Ich glühte vor Scham, machte aber trotzdem weiter. »Also, ja ... darüber wollte ich auch mit dir reden.«

»Oh.« Sie klang erstaunt. »Brauchst du Hilfsmittel? Spielzeuge?«

»Nein!«, rief ich und lachte auf. »Nein. Ich ... ich habe jemanden kennengelernt.«

»Ooohhhh ...«, säuselte sie, und ich stellte mir vor, wie sie mit einem breiten Grinsen im Gesicht auf ihrem Stuhl auf und ab hüpfte. »Erzähl mir von ihm. Braucht er vielleicht Hilfsmittel?«

»Mamita«, schimpfte ich, nachdem ich schon wieder laut gelacht hatte. »Jetzt lass mich doch mal ausreden!«

»Entschuldige, entschuldige. Nur zu, ich bin ganz Ohr.«

Ich holte tief Luft. Nach Martas Reaktion hatte ich ein bisschen Angst, mit meiner Familie über Jethro zu sprechen.

»Er heißt Jethro. Er ist Ranger hier im Nationalpark.« Ich hielt inne und machte mich auf ihre Reaktion gefasst – wie auch immer sie ausfallen würde.

Zunächst einmal sagte sie gar nichts. Mein Herz klopfte plötzlich doppelt so schnell.

Ich wollte gerade einen Witz machen, als sie meinte: »Im Alten Testament war Jethro der Schwiegervater von Moses. Da wird sich Abuela aber sehr freuen. Das ist ein guter Name. Und, ist er nett zu dir? Behandelt er dich gut?«

Ich ließ mich aufs Bett fallen und mein Herz wurde ganz weit vor lauter Dankbarkeit. Es war dumm gewesen zu denken, dass meine Mutter ähnliche Vorbehalte haben könnte wie Marta. *Dem Himmel sei Dank, dass ich so eine Mutter habe!* »Ja, er ist nett zu mir. Er ist so unglaublich toll.«

»Erzähl mir von dem jungen Mann. Und lass nichts aus.«

Ich lächelte die Sterne an, die durchs Dachfenster funkelten. Die nächste Stunde verbrachte ich damit, ihr alles ausführlich zu berichten. Na ja, fast alles. Ich sagte ihr nicht, dass wir um ein Haar im Wald hinter seinem Haus Sex gehabt hätten. Oder dass wir in meinem Wohnwagen übereinander hergefallen waren, nachdem ich den besten Donut der Welt gegessen hatte. Ich erzählte ihr auch einiges aus seinem Leben, vor allem von seinem besten Freund Ben. Jethros kriminelle Vergangenheit bei den Iron Wraiths ließ ich unerwähnt – ich deutete nur so viel an, dass sie verstand, dass er früher einige falsche Entscheidungen getroffen, sich aber inzwischen gebessert hatte.

Als Nächstes schilderte ich ihr unsere ersten beiden Dates und wollte dann zu Date Nummer drei kommen. »Also habe ich gestern während der Fahrt ans Set zu ihm gesagt –«

»Er bringt dich immer noch jeden Morgen?«

»Ja. Wir fahren morgens zusammen hin und nach der Arbeit essen wir normalerweise mit seiner Familie zu Abend.«

»Mit seinen Brüdern?«

»Und seiner Schwester und ihrem Verlobten.«

»Und seine Familie, ist die nett?«

»Ja. Supernett. Wirklich. Super. Nett. Sie erinnern mich ein bisschen an die Marx Brothers, weil sie so viel Faxen und Blödsinn machen. Ich liebe sie.«

»Das ist gut. Schließlich werden eure Kinder später mal deinen Geschwistern und den Geschwistern deines Mannes ähnlich sein – sowohl im Aussehen als auch vom Naturell her.«

Ich wollte mich über sie ärgern, weil sie wie selbstverständlich davon ausging, dass wir heiraten und Kinder kriegen würden, aber ich war viel zu aufgewühlt. Immerhin bremste ich ihren Enthusiasmus ein wenig. »Mamita, das mit uns ist noch ganz frisch.« Ich wollte nicht, dass ihre Fantasie mit ihr durchging. Eine von uns musste auf dem Boden der Tatsachen bleiben.

»Ja, aber du erzählst mir von ihm. Du hast mir noch nie von einem deiner Männer erzählt. Er ist der Richtige, das spüre ich in den Knochen, und meine Knochen lügen nicht. Und du verbringst so viel Zeit mit ihm – morgens vor der Arbeit und abends auch. Bist du gern mit ihm zusammen?«

»Ja, und wie. Er gibt mir Kraft und Halt und Energie. Wir können über alles reden, und es ist so wunderschön mit ihm, entspannt und aufregend zugleich. Ich weiß gar nicht, wie ich es beschreiben soll, es ist, als befänden wir uns in unserer eigenen kleinen Blase, wenn wir zusammen sind.«

»Hmm …« Ich spürte, dass sie lächelte. Doch sie sprach ihren Gedanken nicht aus, sondern lenkte das Gespräch wieder auf mein ursprüngliches Thema zurück. »Du wolltest mir gerade von eurem dritten Date erzählen.«

»Ach ja. Ich habe ihm gegenüber erwähnt, wie sehr ich es vermisse, ins Kino zu gehen. Du weißt ja selbst, dass ich seit Jahren keinen Film mehr gesehen habe – und damit meine ich nicht irgendwelche glamourösen Premieren, sondern einfach einen gewöhnlichen Kinobesuch wie ein ganz normaler Mensch. Es stellte sich heraus, dass er den Besitzer eines alten Programmkinos in Knoxville kennt, und der hat für uns eine Mitternachtsvorstellung von *Die Marx Brothers im Krieg* organisiert.«

»Ach, das ist einer deiner Lieblingsfilme.«

»Ja. Keine Ahnung, woher er das wusste, er wollte mir seine Quellen nicht nennen. Aber er wusste es.«

»Der Mann gefällt mir.«

»Mir auch.«

Meine Mutter wartete darauf, dass ich fortfuhr. Als ich es nicht tat, hakte sie nach. »Aber?«

Ich schloss die Augen und atmete aus. »*Aber* nach dem Film hat er mich nach Hause gefahren, mich die Treppe hoch in mein Schlafzimmer getragen, weil ich im Auto eingeschlafen war, hat mir einen Gutenachtkuss gegeben und ist gegangen.«

»Okay …?«

»Wir küssen uns. Ziemlich oft. Aber mehr ist in den letzten zehn Tage nicht passiert.«

Wieder war sie still, aber diesmal wusste ich, dass sie nachdachte. »Was habt ihr heute Abend unternommen?«, wollte sie wissen. »Wart ihr wieder bei seiner Familie zum Abendessen?«

»Nein. Heute hatten wir ein richtiges Date zu zweit. Er hat ein Picknick vorbereitet, und wir sind raus in die Prärie gefahren. Und wir haben miteinander getanzt.«

»Ihr habt getanzt?«

»Ja. Er hat eine Playlist zusammengestellt, zu der haben wir getanzt. Dann hat er mich, wie gesagt, nach Hause gebracht, mir einen Gutenachtkuss gegeben, und hier sitze ich nun.«

»Was war es für Musik?«

Ich runzelte die Stirn, weil ich die Frage nicht verstand. »Wie meinst du das?«

»Was für Musik hat er ausgesucht? Für die Playlist?«

»Na ja, langsame Songs. Balladen. Ein bisschen Frank Sinatra. Solche Sachen eben.«

»Hat er dich im Arm gehalten? Die ganze Zeit?«

Ich überlegte kurz, dann erinnerte ich mich, dass es tatsächlich so gewesen war. »Ja, er hat mich die ganze Zeit im Arm gehalten.«

»Ihr macht also mehr, als euch nur zu küssen. Glaubst du etwa, es war Zufall, dass er ausschließlich langsame Songs für die Playlist ausgesucht hat? Nein. Er wollte die Gelegenheit haben, dich anzufassen. Er ist raffiniert. Jetzt gefällt er mir sogar noch besser.«

Ihre Sicht auf die Ereignisse munterte mich ein wenig auf. Sehr sogar. Und trotzdem war ich allein, voller Sehnsucht und angestautem Frust, und wünschte, er wäre bei mir.

»Er ist ein Gentleman. Und er scheint mir ein sehr tiefgründiger Charakter zu sein. Er hat viele Schichten, wie eine Zwiebel.«

»Genau. Er führt ein simples Leben, aber er selbst ist nicht simpel.«

»Du bringst es auf den Punkt, *mija*. Das Leben eines Mannes ist einfach, aber seine Seele ist komplex. Bei Jungen ist es umgekehrt, sie begreifen noch nicht, was wirklich wichtig ist. Als dein Vater und ich uns kennenlernten, waren wir beide noch sehr jung. Wir sind gemeinsam erwachsen geworden und haben uns gegenseitig immer wieder neu herausgefordert. Jethro ist kein Junge mehr, er ist ein Mann, und deshalb erwartet er von dir, dass du dich wie eine Frau verhältst. Er wird dich herausfordern. Bis du überhaupt bereit, dich auf etwas Ernstes einzulassen?«

»Ja«, antwortete ich sofort. »Das bin ich. Aber ich weiß nicht, wie ich mit dem Küssen umgehen soll.«

»Was meinst du?«

»Er will mit dem Sex warten, bis er verheiratet ist. Und ich habe keine Ahnung, wie ich etwas anbahnen soll, was über das Küssen hinausgeht.«

Wieder schwieg meine Mutter eine Zeit lang. »Ist er noch Jungfrau?«, wollte sie schließlich wissen. Zum Glück stellte sie diese Frage ganz nüchtern und klinisch. Mit meiner Mutter über Sex zu reden war einfacher, wenn sie in ihre Rolle als Ärztin schlüpfte. Wir konnten relativ offen über solche Themen sprechen, aber sie war immer noch meine Mutter.

»Nein. Wie gesagt, als er jünger war, hat er ein ziemlich wildes Leben geführt.« Ich schilderte ihr kurz, wie er eine radikale Wandlung durchgemacht und sich im Zuge dessen fünf Jahre totale sexuelle Enthaltsamkeit auferlegt hatte, um keiner Frau mehr wehzutun. Dann erklärte ich ihr, dass wir in gewisser Hinsicht bereits einmal miteinander intim gewesen waren, er *das Eine* jedoch kategorisch ausschloss.

»Verstehe.«

Ehe sie mir weitere Fragen stellen konnte, fügte ich hinzu: »Ich respektiere seine Entscheidung, und ich will ihn ja auch gar nicht dazu drängen, diese Grenze zu überschreiten. Aber es wäre schön, auch mal was anderes zu machen als nur zu küssen und zu tanzen. Außer im Auto auf der Fahrt ans Set oder nach Hause haben wir nur sehr wenig Zeit füreinander. Ich empfinde so viel für ihn und bin unheimlich gern mit ihm zusammen, aber wenn er dann geht, weiß ich immer gar nicht, wohin mit meiner angestauten sexuellen Energie und meiner Zuneigung.«

Ich hörte meine Mutter mit der Zunge schnalzen, und als sie antwortete, tat sie dies nicht länger im sachlichen Ton einer Ärztin, sondern war auf einmal ganz mütterlich. »Na ja, dann solltest du mit ihm darüber reden. Du musst ihm genau das sagen, was du mir gerade gesagt hast. Wir leben nicht mehr im viktorianischen Zeitalter. Ich finde es gut, dass du ihn und seine Grenzen respektierst, aber du fühlst dich vernachlässigt, und er muss ja nicht gleich seinen Vorsatz brechen, um dich zu befriedigen. Du solltest es ihm sagen, damit er die Chance hat, es künftig besser zu machen.«

Ich nickte. Ihre Worte gaben mir wieder mehr Selbstvertrauen. »Ja. Ja, du hast recht.«

»Ich habe Hilfsmittel, falls er welche braucht.«

Ich schüttelte grinsend den Kopf. »Nein. Nein, er braucht keine Hilfsmittel. Ich ... du hast mit allem recht. Ich weiß, dass er mich begehrt –«

Sie schnaubte. »Natürlich begehrt er dich, daran darfst du niemals zweifeln, *mi hermosa*. Er müsste schon ein geschlechtsloser Idiot sein, um dich nicht zu begehren.«

»Danke.«

»Das ist einfach nur die Wahrheit. Du bist eine heiße Frau. Das hast du von deiner Mutter.«

Ich kicherte. »Ich rede mit ihm.«

»Wenn er so ist, wie du ihn mir beschrieben hast, wenn er wirklich ein fürsorglicher und netter Mann ist, dann werden ihm deine Gefühle nicht egal sein. Er wird wollen, dass es dir gutgeht, auch wenn es für ihn die Sache schwieriger macht.«

Ich runzelte die Stirn. »Wie meinst du das?«

»Zähl doch zwei und zwei zusammen, *mija*. Er hat Gefühle für dich. Er ist ein Gentleman. Einerseits will er seinen Vorsatz nicht brechen, andererseits begehrt er dich. Für mich klingt es so, als würde er ganz bewusst Situationen meiden, die ihn in Versuchung führen könnten: Ihr esst mit seiner Familie zu Abend, ihr geht um Mitternacht ins Kino, weil du danach müde bist, und er bringt dich nach einem gemeinsamen Picknick gleich nach Hause. Das deutet doch darauf hin, dass du eine sehr große Verlockung für ihn darstellst.«

»Also ... sollte ich ihn lieber nicht in Versuchung führen?«

»Natürlich sollst du ihn in Versuchung führen!«, widersprach sie. Dann fügte sie listig hinzu: »Wenn ein Mann auf diese Weise gequält wird, ist das gut für seine Seele.«

Ich runzelte die Stirn, weil ich nicht verstand, inwiefern es für Jethro gut sein sollte, von mir gequält zu werden.

Als hätte meine Mutter meine Gedanken erraten, schnaubte sie ungehalten. »Vertrau mir einfach. Ich bin deine Mutter. Ich weiß, was das Beste für dich ist.«

...

Ausgestattet mit den guten Ratschlägen meiner Mutter ... tat ich nichts.

Ich sagte kein Wort zu Jethro.

Ich wartete einfach ab. Wie ein Feigling.

Ich war noch nie feige gewesen. Es war ein ungewohnter und unangenehmer Zustand. Aber auch ein risikoloser.

Jethro trug keine Schuld daran. Das hatte ich mir selbst zu verdanken, genauer: meinen Gefühlen für ihn. Sie hatten mich zu einem Feigling gemacht. Jeden Tag, jeden Augenblick, den wir zusammen verbrachten, wurden sie größer, und ich wurde stiller. Ich merkte, wie ich mich von ihm zurückzog, wusste aber nicht, was ich dagegen tun sollte. Nichts zu sagen kam mir viel sicherer vor, als die Wahrheit zu gestehen und ihn damit womöglich zu vergraulen.

Und so kam es, dass wir nach unserem mittlerweile dritten Mitternachtsfilm wieder einmal in seinem Truck saßen und schwiegen. Wir hatten es nicht eilig, nach Hause zu kommen. Zu den Mitternachtsvorstellungen fuhren wir immer nur dann, wenn ich am darauffolgenden Tag nicht früh rausmusste und Jethro freihatte.

Außerdem war ich nicht annähernd so müde wie nach den letzten beiden Mitternachtsfilmen, denn auf Daves und Susies Drängen hin hatte ich mich am Nachmittag hingelegt und ein Weilchen geschlafen. Auch Jethro schien noch hellwach zu sein, allerdings wirkte er nervös und angespannt. Schon während des Films hatte er kaum still sitzen können, vor allem als Humphrey Bogart Ingrid Bergman gepackt und ihr die Seele aus dem Leib geküsst hatte.

Jetzt war der Film zu Ende, wir saßen in seinem Truck und blickten unschlüssig durch die Windschutzscheibe in die Nacht hinaus.

Wir waren allein, wir hatten Zeit …

Und ich war heiß auf ihn. Mein Magen wand sich vor lauter Erregung. Ich sehnte mich danach, von ihm berührt zu werden. Doch die Sache mit seiner Enthaltsamkeit und drei Wochen unfreiwilliger Kussdiät hatten zur Folge, dass ich nicht mehr wusste, wie ich ihn darum bitten sollte.

Sollte ich einfach den ersten Schritt machen?

Was zum Geier sollte ich sonst tun?

Diese innere Debatte führte ich nun schon seit dem Daisy-Donut-Intermezzo – bislang ohne Ergebnis.

»Hey«, sagte Jethro so unvermittelt, dass ich zusammenfuhr. Er lachte leise über meine Schreckhaftigkeit und schmunzelte dann noch eine Weile vor sich hin. »Entschuldige, das tut mir leid. Ich wollte dich nicht erschrecken.«

Ich schenkte ihm ein Lächeln und versuchte meine Nervosität in den Griff zu bekommen. Allein mit ihm zu sein – noch dazu wach – und jede Menge Zeit zu haben, das kam mir irgendwie so bedeutungsschwer vor, geradezu unerhört. Ich war versucht, einen Witz zu machen … aber irgendwie war mir nicht nach Scherzen zumute.

»Hey, also …«, begann er noch einmal etwas leiser. »Bist du schon müde?«

»Nein. Kein bisschen. Gar nicht.« Ich schüttelte den Kopf mit mehr

Nachdruck, als vielleicht nötig gewesen wäre – als hätte er mich mit einem Mordvorwurf konfrontiert, nicht mit einer harmlosen Frage nach meiner körperlichen Verfassung.

Sein Grinsen wurde ein wenig breiter. »Hast du dann vielleicht noch Lust, was zu unternehmen?«

Ich nickte energisch. »Ja.« Mehr sagte ich nicht. Ich wollte nicht um seine körperliche Zuneigung betteln.

Sind wir bei dieser Unternehmung allein?

Können wir rummachen?

Was muss ich tun, damit du mir die Hand unter den Rock schiebst?

Wenn du meine Brüste anfasst, backe ich einen Kuchen für dich.

Ich biss mir auf die Lippe, sonst hätte ich ihm am Ende noch wirklich Backwaren im Austausch gegen Zärtlichkeiten angeboten.

Jethro musterte mich mit schmalen Augen. Er hielt das Lenkrad so fest, dass seine Knöchel weiß wurden.

»Wollen wir?«, fragte er mit belegter Stimme.

Ich nickte. Mein Herz flatterte. »Ja«, hauchte ich.

Er sah mich eindringlich an. Dann ging sein Blick zu meinem Mund und verdunkelte sich. Ich beobachtete ihn mit angehaltenem Atem. Die Atmosphäre zwischen uns war aufgeladen, voll mit ungesagten Dingen.

Jethro brach den Bann, indem er geräuschvoll ausatmete und dann plötzlich den Blick von mir abwandte. Er biss einmal kurz die Zähne zusammen, dann ließ er den Motor an.

Wir schwiegen. Wir schwiegen sehr, sehr lange. Totales Schweigen war für uns ein unnatürlicher Zustand, und das ließ die Anspannung zwischen uns immer weiter anwachsen. Ich wollte keinen Witz machen, aber mein Drang, die Spannung durch Heiterkeit zu brechen, wurde größer und größer, bis ich mich irgendwann nicht mehr zurückhalten konnte.

Also sagte ich: »Klopf, klopf.«

Er schaute kurz zu mir, dann richtete er seine Aufmerksamkeit wieder auf die dunkle Straße. »Wer ist da?«

»Anna.«

»Anna wer?«

»Anna Tür hat's geklingelt.«

Jethro zog die Augenbrauen zusammen, dann hatte er verstanden. Im Scheinwerferlicht des Trucks konnte ich ihn schmunzeln sehen.

»Das Tolle an den *Klopf, klopf*-Witzen ist, dass sie auf so viele Namen passen. Man kann sie praktisch in jeder Situation anwenden«, sagte ich mit Oberlehrerinnenstimme. »Klopf, klopf. – Wer ist da? – Theo. – Theo wer? – Tee oder Kakao.«

Jethro nickte zustimmend, doch er lächelte jetzt nicht mehr, sondern blickte konzentriert nach vorn. Gleich darauf drosselte er das Tempo und setzte den Blinker nach rechts.

Ich spähte in die Dunkelheit jenseits der Windschutzscheibe, sah zunächst jedoch nichts als die Bergstraße und den Wald. Dann entdeckte ich vor uns eine Abzweigung zu einer schmalen unbefestigten Piste, die von großen Sträuchern verdeckt wurde. Ich hielt mich an der Tür und an der Armlehne fest, als wir den unebenen Weg entlangholperten.

Wir fuhren noch etwa drei Minuten, nie schneller als zehn Meilen pro Stunde, um uns herum nichts als tintenschwarze Nacht und die Silhouetten hoher Bäume. Irgendwann sagte Jethro: »Das hier ist Hawk's Field. Jedenfalls fast. Noch eine halbe Meile, dann sind wir da.«

»Hawk's Field«, echote ich. Der Name klang vertraut, aber ich konnte ihn nicht einordnen.

»Genau. Ich dachte, wir könnten ein bisschen die Sterne anschauen. Hier oben gibt es kein künstliches Licht und es ist eine wolkenlose Nacht.« Seine Stimme klang gepresst, obwohl es ein scheinbar harmloser Vorschlag war.

Trotzdem löste er in meinem Innern regelrechte Tumulte aus.

Ist es wirklich das, was er will? Mitten in der Nacht auf einem Feld parken und die Sterne anschauen?

Das musste doch ein Code für irgendetwas anderes sein, oder?

Oder?

Bevor ich wusste, wie mir geschah, hatte er den Truck zum Stehen gebracht, war ausgestiegen und hatte die Tür hinter dem Fahrersitz geöffnet. Die Geräusche, wie er hinten auf der Rückbank herumsuchte, weckten mich aus meiner Erstarrung. Ich gab mir einen Ruck und stieg ebenfalls aus.

Ich hatte mich bequem angezogen: Converse All Stars, schwarze Leggings und dazu eine langärmelige rosafarbene Tunika. Noch fror ich nicht, aber die Nachtluft war frisch. Wenn wir vorhatten, länger hier draußen zu bleiben, würde mir auf kurz oder lang kalt werden.

Um nicht untätig herumzustehen, ging ich zu ihm, gerade als er ein großes Bündel auf die Ladefläche des Trucks warf. »Kann ich dir helfen?«

Jethro sah sich nach mir um. Das Licht aus der Fahrerkabine beleuchteten seine Umrisse. »Klar. Halt mal die Taschenlampe.«

Ich nahm ihm die große Taschenlampe ab und schaltete sie ein. Jethro warf noch zwei weitere Bündel auf die Ladefläche, dann schloss er die Türen und bedeutete mir, ihm ans hintere Ende des Trucks zu folgen. Dort angekommen, ließ er die Klappe herunter, ehe er mit einem beeindruckenden Satz auf die Ladefläche sprang.

»Kannst du mir mal leuchten? Nur kurz.«

»Klar.« Ich hob die Taschenlampe hoch und spähte seitlich über den Rand, um zu sehen, was er da machte. Die Bündel, die er auf die Ladefläche geworfen hatte, entpuppten sich als Schlafsäcke, Decken und Kissen. Ich starrte sie an, und dann starrte ich ihn an, während er sich an ihnen zu schaffen machte, und mein innerer Tumult erreichte eine neue Intensität. Er richtete Schlafplätze für uns her. Nebeneinander. Damit wir zusammen daliegen und die Sterne betrachten konnten.

Aha.

»Geht es dir gut?«

Ich blinzelte zu ihm auf. Er musterte mich. Die steile Falte zwischen seinen Augenbrauen signalisierte, dass er sich Sorgen machte.

Ich nickte hastig. »Mir geht es ausgezeichnet.«

Jethro betrachtete erst das improvisierte Bett, dann mich. Die Falte auf seiner Stirn hatte jetzt etwas Entschlossenes. »Komm, ich helfe dir rauf.«

»Kein Problem, das schaffe ich schon.« Ich legte die Taschenlampe auf die Ladeklappe und stemmte mich mit den Armen hoch. Ich war vielleicht kein sexy Ranger, der mit lebendigen Schwarzbären jonglierte, aber ich war eine sexy Hollywood-Schauspielerin, die jeden Tag Yoga machte.

Obwohl es mir keine Probleme bereitete, selbstständig auf die Ladefläche des Trucks zu klettern, war Jethro bei mir, noch ehe ich mich vollständig aufgerichtet hatte. Er legte mir den Arm um die Taille, um mich zu stützen – was gar nicht nötig war –, und nahm meine Hand. Sein Daumen streichelte die Innenseite meines Handgelenks. Er zog mich an sich.

Sobald ich stand, küsste er mich, nur eine flüchtige Berührung der Lippen. Dann küsste er mich noch einmal, und dieser zweite Kuss schien nicht geplant gewesen zu sein. Es war, als könne er sich nicht zurückhalten, obwohl er es wollte. Er nahm sich viel Zeit, unterstrich jede Berührung seines Mundes mit hungrigen kleinen Bissen und strich mir mit der Zunge über die Lippen. Seine Hände glitten tiefer, liebkosten und massierten mich.

»Du hast mir gefehlt«, sagte er leise. Er klang so verzweifelt und heiser; mir schwamm der Kopf. Er hob meine Tunika hoch und seine großen, heißen Hände strichen seitlich über meinen Körper. Seine Daumen malten Kreise auf die Haut direkt unterhalb meines BHs und er senkte die Lippen an meinen Hals, wo er kleine, beißende Küsse auf die Unterseite meines Kiefers tupfte.

Ich atmete scharf ein, als seine Finger wieder tiefer wanderten, er sie in meine Leggings schob und meinen Hintern zu kneten begann. Dann presste er das Becken an meinen Unterleib und ich *fühlte*, wie sehr ich ihm gefehlt hatte. Instinktiv schob ich die Hand zwischen unsere Körper und in seinen Schritt. Er schnappte nach Luft und ich stöhnte, ehe ich mich ein Stück von ihm löste und nach seiner Gürtelschnalle griff. Seine Atmung beschleunigte sich, genau wie meine, und als ich ihn endlich, endlich in der Hand hielt, erschauerten wir beide.

Ich liebte es, wie er sich anfühlte, den Gegensatz von Hart und Weich, seine primitive, mühsam gezügelte Erregung. Man hatte stets die Wahl, ob man seinem Verlangen nachgeben wollte oder nicht. Aber das Vorhandensein dieses Verlangens ließ sich nicht leugnen. Ich hatte den nackten Beweis dafür, wie sehr Jethro mich wollte, wie sehr er mich begehrte.

Ich musste ihn unbedingt spüren, ihn schmecken, ihn verschlingen. Ich hatte mir gewünscht, dass er verrückt nach mir war, dass er nicht genug von mir bekommen konnte. Genauso ging es mir in diesem Moment.

Und dann passierte etwas noch nie Dagewesenes.

Ich wollte tatsächlich einem Mann einen Blowjob geben.

Ich *wollte* es nicht nur, ich hatte sogar das Gefühl, durchzudrehen, wenn ich es nicht tat. Ich spürte das unstillbare Verlangen danach überall in meinem Körper – in meiner Brust und in den Fingerspitzen, auf meiner Zunge und tief im Bauch. Durch sein offensichtliches Begehren ermutigt und mein Ziel fest vor Augen, wollte ich vor ihm auf die Knie gehen und ihm die Jeans mitsamt Boxershorts herunterziehen.

Aber Jethro – der die ganze Zeit, während ich ihn berührte, vollkommen still dagestanden hatte, so als hätte er Angst, der Moment würde sonst vergehen oder sich als Teil seiner Fantasie herausstellen – stoppte mich. Im Licht der Sterne sah ich seine weit aufgerissenen Augen. Er suchte meinen Blick und fasste mich bei den Armen, um mich wieder hochzuziehen.

»Warte, warte. Was machst du da?« Seine Worte waren atemlos hervorgestoßen, und deutlich hörbare Panik schwang darin mit.

»Ich ziehe gen Süden«, antwortete ich ebenso atemlos.

Er blinzelte. Er bewegte sich nicht und sagte auch nichts.

Also schob ich ihm die Jeans über die Hüften und machte erneut Anstalten, mich hinzuknien.

Wieder hielt er mich zurück.

»Nicht –«

Ich nahm seinen glatten, dicken Schaft in die Hand und begann ihn zu reiben. Das ließ ihn verstummen. Er schloss die Augen und legte die Stirn an meine, ließ jedoch meine Arme nicht los.

»Jethro. Ich will es.«

Er stöhnte. Es klang gequält.

Und vielleicht war es ein bisschen merkwürdig, dass ich in diesem Moment an meine Mutter dachte, aber genau das tat ich. Genauer gesagt, dachte ich an ihre Worte: *Wenn ein Mann auf diese Art und Weise gequält wird, ist das gut für seine Seele.*

Ohne nachzudenken sagte ich: »Hast du Angst vor der Versuchung?«

Er schüttelte den Kopf. »Gott, nein. Einfach nur bei dir zu sein, dich zu sehen ... Fuck«, sagte er erstickt und drängte mir in einer instinktiven Bewegung sein Becken entgegen. »Du führst mich schon in Versuchung, wenn du nur atmest.«

Bei diesen Worten machte mein Herz vor lauter Glück ein paar Flickflacks. Sofort fühlte ich mich mutiger. Ich schlug eine tiefere, verführerische Stimmlage an und fragte: »Wovor hast du Angst?«

»Ich habe keine Angst.«

»Was ist es dann?«

»Ich will nicht, dass du es hinterher bereust.«

»Ach, Jethro ...«

Ich löste seine Finger von meinem Arm und legte seine Hände auf meine Schultern. Dann hob ich den Kopf und gab ihm einen zärtlichen Kuss. Zusammen mit den festen, drängenden Bewegungen meiner Hand verriet dieser Kuss ihm hoffentlich das Ausmaß meiner Zuneigung, die Komplexität meiner Gefühle.

»Ich werde dich niemals bereuen«, flüsterte ich feierlich.

Er stieß einen zitternden Seufzer aus und ich spürte, wie ein Teil seiner Anspannung von ihm wich.

Das schien die Zauberformel gewesen zu sein, oder vielleicht war es auch der Zauber dessen, was ich gerade in seinen Boxershorts anstellte. So oder so versuchte er mich diesmal nicht aufzuhalten. Ich kniete mich vor ihn auf den Schlafsack, zog ihm die Shorts vollständig herunter und genoss es, mit den Fingern über seine nackten Schenkel und Kniekehlen zu streichen.

Vollkommene Dunkelheit umgab uns. Ich hätte ihn sehr gern gesehen, aber die mondlose Nacht verhinderte das. Immerhin konnte ich ihn spüren, schwer und hart und glatt. Ohne weitere Verzögerung nahm ich ihn in den Mund und stöhnte. Ich stöhnte, weil es ein unglaublich befriedigendes Gefühl war zu spüren, wie er mich ausfüllte.

Mit jeder Bewegung meiner Lippen, mit jedem seiner keuchenden Atemzüge wurde diese Befriedigung größer und vertrieb die Leere, die Wochen voller unerfüllter Sehnsucht in mir hinterlassen hatten. Jetzt, da ich ihn endlich genießen, ihm endlich ganz nah sein konnte, spürte ich die volle Macht meines Begehrens, und mein angestauter Frust entlud sich.

Ich wollte ihm etwas geben, ohne im Gegenzug etwas von ihm zu verlangen.

Ich wollte ihn mit meiner Zuneigung und meinen Berührungen überschütten.

Ich wollte ihn lieben.

Und genau das tat ich.

Kapitel 27

Jethro

»Sienna –« Ich streckte die Hand nach ihr aus.

»Jethro?« Sie entzog sich mir.

»Du bringst mich noch um.«

»Auf mich wirkst du kerngesund«, sagte sie und leuchtete mich von oben bis unten mit der Taschenlampe ab, während ich versuchte, meinen Gürtel zu schließen.

Ich wollte erneut nach ihr greifen, doch auch diesmal wich sie mir aus. Sie schaltete die Taschenlampe aus und ließ sich dann außerhalb meiner Reichweite mit angezogenen Beinen auf dem Lager aus Schlafsäcken nieder. Ich gesellte mich zu ihr, kniete mich vor sie hin und legte die Hände an ihre Schenkel.

»Du kannst so was nicht einfach machen – «

»Du meinst, meinem Freund einen phänomenalen Blowjob geben?«

Ich runzelte die Stirn, weil es viel mehr gewesen war als das. Es einen *Blowjob* zu nennen, wäre so, als würde man Beethovens Mondscheinsonate als *irgendeine Melodie* bezeichnen.

In meinem Plan für den Abend war es nicht vorgesehen gewesen. Eigentlich hatte ich eine Wiederholung dessen angestrebt, was wir nach Siennas erstem Daisy-Donut gemacht hatten – mindestens, denn erhofft hatte ich mir mehr: mehr von ihren unnachahmlichen Geräuschen, mehr von ihrer nackten Haut. Und ich hatte mir vorgenommen, mir beim Erkunden ihres Körpers viel Zeit zu lassen. Ich wollte mich ganz in Ruhe mit jeder einzelnen ihrer weichen Kurven vertraut machen.

Aber dann hatte sie mich vollkommen überrumpelt; ich hatte noch nie etwas so sehr gewollt wie in ihrem Mund zu sein. Wobei *wollen* vermutlich noch eine vornehme Untertreibung war.

»Du kannst nicht so was mit mir machen und dann denken, dass ich den Gefallen nicht erwidern will.« Auch hier war *wollen* nicht annähernd die passende Wortwahl. Ich zog ihre Beine auseinander und hatte bereits ihren Geschmack auf der Zunge.

»Das war kein Gefallen.«

»Dann eben ein Geschenk.«

»Das war es auch nicht.« Ihr Ton war ernster, als ich erwartet hätte, also hörte ich auf, an ihren Beinen zu ziehen, und versuchte stattdessen ihren Gesichtsausdruck zu deuten.

Es war stockfinster, aber wir Winston-Brüder besaßen die Gabe, im Dunkeln sehen zu können. Ohne Mond am Himmel erhellten ausschließlich die Sterne ihr wunderhübsches Gesicht. Wie gerne hätte ich ihren ganzen Körper im Sternenlicht gesehen. Ihre Brüste, die sich hoben und senkten, weil sie keuchte, während ich mit der Zunge in sie eindrang …

Herrgott noch mal.

Ich begehrte sie so sehr, dass es mir fast die Luft abschnürte.

Sienna wandte sich ab, sodass ich nur noch ihr Profil sehen konnte. Es war, als studiere sie die Nacht um uns herum.

»Sienna.« Aufs Neue umfasste ich ihre Beine. Ich wollte sie dazu bringen, das Becken anzuheben, damit ich ihr die Kleider ausziehen konnte.

Doch sie hielt mich zurück, indem sie ihre Hände auf meine legte, und wartete, bis ich sie ansah. Ihre Augen quollen schier über vor Emotionen.

»Warum kommst du morgens nicht mehr mit in meinen Wohnwagen?«

Die Frage klang wie ein Vorwurf. Ich wusste nicht gleich, wie ich darauf reagieren sollte, und weil sie sofort die nächste Frage hinterherschob, bekam ich auch keine Gelegenheit dazu.

»Und warum willst du nie mit mir allein sein, außer wenn wir ans Set fahren oder zu euch zum Abendessen oder wenn du mich nach Hause bringst? Du setzt mich einfach ab und fährst wieder.«

Sie klang verletzt und ihre Augen glänzten feucht. Mein Herz krampfte sich zusammen.

»Sienna ...« Ich suchte nach den richtigen Worten. Ihre Wut kam unerwartet und verwirrte mich. Ich musste es ihr erklären.

Und ich musste sie halten. Ich sah ihr an, dass sie sich nach meiner Nähe sehnte, also zog ich sie in meine Arme und ließ mich mit ihr auf die Schlafsäcke sinken. Sie wehrte sich nicht, sondern kuschelte sich an mich, barg das Gesicht an meinem Hals und krallte die Finger in mein Hemd. Durch den Körperkontakt bestärkt, setzte ich noch einmal an. »Wir haben nicht viel Zeit alleine verbracht, weil wir nie und nirgends alleine *sind*.«

»Was ist mit meinem Wohnwagen oder meinem Zimmer im Seehaus oder –«

»Sonnenschein, da sind wir doch auch nicht ungestört.«

»Doch.«

»Nicht wirklich. Denn, Sienna ... du bist nicht gerade leise, wenn du kommst – nicht, dass ich mich darüber beklagen würde. Ganz im Gegenteil. Ich liebe es, dich zu befriedigen.«

Sie schnaubte. »Willst du mir etwa sagen, dass du noch nie ... noch nie ... *se avienta el mañanero*, weil du dafür absolut ungestört sein musst?«

»Was bedeutet das?«

»Wortwörtlich übersetzt heißt das so viel wie *den Frühmorgendlichen wagen*. Du weißt schon ... Sex direkt nach dem Aufwachen.«

Ich musste grinsen, weil ich in Zukunft definitiv regelmäßig den Frühmorgendlichen mit ihr wagen wollte – hoffentlich schon bald. Und ich würde mir diesen spanischen Ausdruck genau einprägen, damit ich sie morgens damit wecken konnte.

Ich speicherte den Gedanken ab und antwortete rasch: »Ich muss nicht absolut ungestört sein.« Doch nachdem ich noch einmal eingehender über ihre Frage nachgedacht hatte, sah ich mich gezwungen, meine Aussage zu korrigieren. »Ich *muss* vielleicht nicht, aber ich *will*.«

Sie lachte leise, aber es klang frustriert. »Das musst du mir näher erklären.«

Ich zog sie noch enger an mich und umschlang ihre Beine mit meinen. »Ich möchte einfach, dass das, was sich zwischen uns entwickelt, fürs Erste unter uns bleibt. Mir ist klar, dass sich das schon bald ändern wird. Mir ist klar, dass ich dich bald mit all den Leuten teilen muss, die dich auf irgendeiner Sex-Liste stehen haben. Aber im Moment möchte ich dich noch ganz für mich allein haben. Das zwischen uns geht nur uns beide was an. Das ist mir wichtig. Ich bin nicht bereit, dich zu teilen – jedenfalls noch nicht.«

Sie schwieg, als ließe sie sich meine Worte durch den Kopf gehen. Ich drängte sie nicht zu einer Antwort. Stattdessen rieb ich ihr den Rücken und ließ dabei meine Hand unter ihre Tunika gleiten. Ich wollte ihre Haut spüren. Doch als ich mich in Richtung ihrer Brüste bewegte, gebot sie mir Einhalt. »Du hast mich die ganze Zeit am ausgestreckten Arm verhungern lassen, weil du willst, dass wir vollkommen ungestört sind?«

»Nur fürs Erste.« Ich versuchte meine Hand zu bewegen, aber sie hielt mich fest. Natürlich hätte ich ihren Griff abschütteln können, aber das wollte ich nicht.

»Und ich dachte …«

Als sie nicht weitersprach, rückte ich ein Stück von ihr ab, damit ich ihr Gesicht sehen konnte. Ihre Augen suchten meine und ihre Finger glitten über meine Wange, als wolle sie mich ertasten.

Nun, da sie endlich meine Hand freigegeben hatte, setzte ich meine Reise fort, bis ich durch ihren BH ihre Brust umfassen konnte. Ich genoss es, wie schwer und weich sie war. Ich zog den BH auf einer Seite herunter, weil ich unbedingt ihre Brustwarze in den Mund nehmen wollte. Gleichzeitig bewegte ich mein Knie so, dass es die Stelle zwischen ihren Schenkeln berührte. Vor Erregung und Vorfreude lief mir das Wasser im Mund zusammen.

»Was dachtest du?«, hakte ich nach.

»Ich dachte, weil du mit dem Sex bis zur Hochzeit warten möchtest, willst du lieber gar nicht mit mir intim werden.«

»Was?«, rief ich, schärfer als beabsichtigt, und mir wurde klar, dass wir dringend über einige Dinge reden mussten. »Nein, nein, nein. Um Gottes willen, nein. Ich denke an nichts anderes als an dich und daran, was ich alles gerne mit dir machen würde. Ich suche schon die ganze Zeit nach einer Möglichkeit, wie wir zwei zusammen sein können, ohne dass uns jemand sieht oder hört.«

Sie presste die Lippen aufeinander. Ich schien sie noch nicht überzeugt zu haben.

Ich gab ihr einen Kuss auf ihre wunderschönen Lippen. »Sienna, hat Susie dir heute Nachmittag geraten, dich hinzulegen und ein bisschen auszuruhen?«

Sie zögerte lange, ehe sie einräumte: »Ja.«

»Und Dave auch?«

»Ja.«

»Weil ich sie darum gebeten habe. Ich habe heiße Schokolade und Sekt im Truck. Und Tequila. Die Schlafsäcke, Decken und Kissen habe ich schon am Montag eingepackt. Ich habe mich so auf heute Abend gefreut. Dass wir jetzt hier sind – nur wir beide, ungestört und wach –, das ist seit letzter Woche in Arbeit. Ich sehne mich ganz verzweifelt nach dir.« Erneut küsste ich sie. Dann zog ich endlich das Körbchen ihres BHs herunter und streichelte ihre perfekte Brust.

Gott. Sie fühlte sich so unfassbar gut an. Ich hielt den Himmel in meinen Händen.

Ich wollte sie. Jetzt und hier.

Ich wollte ihre kleinen, keuchenden Atemzüge und ihr lautes, selbstvergessenes Stöhnen hören. Und ihre Schreie. Ich wusste ja inzwischen, dass sie schrie, wenn sie kam.

»Warte.« Sie entzog mir ihren Mund und hielt abermals meine Hand fest. »Warte mal. Stopp.«

Ich gehorchte, stöhnte aber vor Ungeduld. »Was ist denn?«

»Ich möchte nicht, dass du mich leckst.« Ihre Worte waren atemlos hervorgestoßen, dennoch hörte ich die Entschiedenheit darin.

»Wieso nicht?«, fragte ich durch zusammengebissene Zähne. Ich wollte es nämlich sehr. Genauso sehr, wie ich zuvor ihren Mund auf mir hatte spüren wollen. Ich musste sie einfach befriedigen, sie schmecken. Unbedingt.

»Weil ich dir keinen Blowjob gegeben habe, weil ich wollte, dass du dich bei mir revanchierst. Ich habe es getan, weil ich möchte, dass du ... du ... dass du meine Zärtlichkeiten annimmst. Ich habe Gefühle für dich – tiefe, große, überwältigende Gefühle –, und die möchte ich auch ausdrücken.«

»Gut. Okay. Du kannst sie ausdrücken, während ich dich lecke.« Erneut wollte ich sie küssen und schob ein Bein zwischen ihre Schenkel.

»Jethro, lass das. Du hörst mir nicht zu.« Ihr Griff um meine Hände wurde stärker.

Ich knurrte vor Frust. Langsam war ich mit meiner Geduld am Ende.

Weil es mir unmöglich war, ihr so nahe zu sein, ohne etwas zu tun, entzog ich mich ihr. Ich wälzte mich auf den Rücken und presste mir die Handballen auf die Augen.

Mein Herz raste. Der Puls pochte zwischen meinen Ohren und mein Blut floss zielstrebig in Richtung Körpermitte.

»Sag mir Bescheid, wenn du ruhig genug bist, um zu reden«, bat sie in gemessenem Ton. Die Stimme der beschissenen Vernunft.

Aber sie entschuldigte sich nicht, und darüber war ich froh. Es gab nämlich nichts, wofür sie sich hätte entschuldigen müssen. Sie konnte nichts dafür, aber ich zitterte vor lauter Verlangen, sie zu berühren. Großer Gott, mir war regelrecht der Schweiß ausgebrochen.

Zeit. Ich brauchte Zeit.

Und Raum.

Also richtete ich mich auf, rutschte in Richtung Ladeklappe und sprang vom Truck. Aus dem Augenwinkel sah ich, dass Sienna sich ebenfalls aufgesetzt hatte. Bestimmt war ich für sie nicht mehr als ein schwarzer Umriss vor dem Hintergrund aus dunklem Feld und dunklem Himmel, und sie fragte sich, was ich vorhatte.

»Jethro?«, rief sie verunsichert. Ihr Ton versetzte mir einen Stich.

Ich räusperte mich und versuchte genauso ruhig und sachlich zu sprechen wie sie kurz zuvor. »Ich brauche was zu trinken. Möchtest du auch was? Ich habe heiße Schokolade.«

Sie zögerte. »Glaubst du, die ist noch heiß?«

»Müsste eigentlich. Sie ist in meiner Thermosflasche.«

»Dann gerne.«

Ich ging zur Fahrerseite des Trucks und öffnete die Tür. Währenddessen überlegte ich, ob ich das Hemd ausziehen sollte. Mir war immer noch heiß. Ich kannte einen kleinen Weiher ganz in der Nähe, in dem wir uns abkühlen konnten. Das Wasser wäre mit seinen zwanzig Grad nicht gerade erfrischend, aber besser als nichts.

Ich fand die Thermosflasche und den Tequila, warf die Tür zu, ging zurück zur Ladeklappe und schenkte Sienna einen Becher voll Schokolade ein. Sie kam auf allen vieren zu mir gekrochen und ich musste den Blick abwenden. Sie in dieser Position zu sehen rief zu viele Fantasien in mir wach. Ich stellte den Becher vor sie hin, zog dann den Korken aus der Patrón-Flasche und trank einen Schluck – nur einen kleinen, ich wollte mich nicht betrinken. Im Gegenteil: Der Alkohol sollte mir dabei helfen, wieder klar im Kopf zu werden. Das Brennen tat gut. Es ließ mich wieder zur Besinnung kommen und verlangsamte meinen rasenden Puls.

»Du trinkst Tequila?«

Ich nickte. Dann fiel mir ein, dass sie mich nicht sehen konnte. »Ja, ich trinke Tequila.«

Sie war still, als suche sie nach Worten. »Du bist sauer«, konstatierte sie schließlich.

Ich dachte darüber nach. *Sauer* – das Wort wollte nicht so recht passen. »Nein. Ich bin frustriert.«

»Und wieso?«

Mir kam ein freudloses Lachen über die Lippen. »Weil ich diesen Abend seit Tagen plane, und statt mich um dich kümmern zu dürfen, kriege ich die Mondscheinsonate unter den Blowjobs, und dann verbietest du mir, dich anzufassen.«

»Wieso willst du mich denn unbedingt anfassen?«

Ich funkelte sie ungehalten an. Mir war klar, dass sie mir etwas sagen oder mich zu einer bestimmten Schlussfolgerung verleiten wollte. »Versuchst du, mich mit der Nase auf etwas zu stoßen? Warum sagst du nicht einfach, was du sagen willst?«

»Schön, dann sage ich es eben: Du bist frustriert, weil du mir zeigen willst, wie viel ich dir bedeute, und ich es dir nicht erlaube, richtig?«

»So kann man es ausdrücken, ja.« Eine andere Formulierung wäre: *Ich bin besessen von deinem Körper. Ich will dich berühren und schmecken und dir Vergnügen bereiten, aber du scheinst gar kein Interesse daran zu haben.*

»Ich weiß genau, wie du dich fühlst. Mir geht es nämlich schon seit Wochen so.«

Ich starrte sie an und war schon wieder gereizt. Aber dies hier war eine andere Art von Gereiztheit. Ich hatte den Eindruck, dass sie mich dafür bestrafte, weil ich kein Gedankenleser war.

»Du bist seit Wochen frustriert?«

»Ja.«

»Du hast nie etwas gesagt.«

»Ich weiß. Das war falsch. Es tut mir leid.«

»Du hättest was sagen sollen. Wenn du frustriert warst, hättest du es mir sagen müssen.«

»Aber wie kann es sein, dass du es nicht gewusst hast?«, fragte sie laut und hörbar verärgert. »Dachtest du, mir macht es Spaß, auf körperliche Intimitäten zu verzichten?«

»Dann willst du es mir also jetzt heimzahlen, ja? Weil ich nicht allwissend bin? Glaubst du, ich war nicht genauso frustriert wie du?« Ich erhob ebenfalls die Stimme.

»Ich will dir nichts heimzahlen.« Sie griff nach meiner Hand und hielt sie zwischen ihren beiden Händen, wobei mir das vertraute warme Kribbeln den Arm hinaufwanderte. Es war wie eine Art Magie zwischen uns, ein Gefühl von Sehnsucht und Angekommensein zugleich. Nur dass dieses Gefühl jetzt durch Verwirrung und Unmut getrübt war.

»Was denn dann?«, presste ich zwischen zusammengebissenen Zähnen hervor. Ich wollte sie nicht anschreien.

»Ich will mit dir darüber reden, bevor ich den Mut verliere. Das will ich schon seit Wochen, aber ich hatte zu viel Angst.«

Dieses Geständnis erschreckte mich und ein Großteil meines Unmuts verwandelte sich in Besorgnis. Mein Mund wurde trocken. Sie hatte schon wieder etwas gesagt, womit ich absolut nicht gerechnet hatte.

»Du hast Angst vor mir?«, fragte ich erstickt.

»Nein, nein. Wie ich es gesagt habe, klang es völlig falsch.« Sie knurrte ungehalten, als ärgere sie sich über sich selbst, dann fuhr sie rasch fort: »Ich verspreche dir, wenn du nach unserem Gespräch immer noch meine Papaya kosten willst, werde ich nichts lieber tun, als mich nackt auszuziehen und mich auf dein Gesicht zu setzen. Aber zuerst müssen wir reden.«

»Dann rede. Sag mir, was los ist. Und hab bitte keine Angst vor mir.« Der letzte Satz musste wie ein klägliches Flehen geklungen haben. Bei der bloßen Vorstellung, dass Sienna sich vor mir fürchten könnte, fühlte ich mich, als hätte ich eine Handvoll Glasscherben im Bauch.

»Okay.« Sie nickte, holte tief Luft und legte los. »Ich möchte dir zeigen können, wie sehr ich dich will, ohne mir darüber Gedanken machen zu müssen, wer uns vielleicht sehen oder hören könnte. Ich bin keine Exhibitionistin, so ist das nicht gemeint, aber ich kann auch nicht jedes Mal zwei Wochen warten, bis du einen Ort gefunden hast, an dem wir ungestört sind. Ich möchte nicht das Gefühl haben, dass ich dich zu etwas dränge, wozu du nicht bereit bist, bevor wir also weitermachen, wollte ich dir sagen, dass ich dich begehre, und zwar immer und überall. Aber ich möchte dich auch nicht verlieren. Davor habe ich schreckliche Angst.«

»Du –« Ich brauchte einen Moment Zeit, um ihre Worte zu verarbeiten und die wesentlichen Einzelheiten. »Du willst mehr, und du willst es öfter, und die Privatsphäre ist dir dabei egal.«

»Sie ist mir nicht egal, aber sie ist mir auch nicht so wichtig, dass ich es vorziehen würde, gar nichts zu machen, nur weil uns möglicherweise jemand hören könnte. Aber wie gesagt: Vor allem will ich dich nicht verlieren.«

Über den letzten Satz konnte ich nur den Kopf schütteln – ehe mir wieder einfiel, dass sie mich nicht sehen konnte. »Ich wünschte, wir müssten dieses Gespräch nicht im Stockdunkeln führen«, murmelte ich, während ich zurück auf die Ladefläche kletterte. Ich entzog ihr meine Hand, fand ihren Becher mit heißer Schokolade und schüttete den Inhalt ins Gras.

»Ich weiß, dass ich manchmal zu forsch bin«, erklärte sie. »Aber ich habe so viele Gefühle für dich, das macht mich vielleicht etwas ungeschickt, und es war furchtbar, nicht zu wissen, wohin mit ihnen. Was ich für dich empfinde, ist völlig neu für mich. Ich habe keine Ahnung, was ich hier tue. Ich weiß, meine Berühmtheit ist ein lästiges Problem, mit dem du dich erst mal anfreunden musst. Ich wollte und will dich nach wie vor zu nichts drängen –«

»So leicht vergraulst du mich nicht, keine Angst«, wisperte ich und schob sie sanft zurück auf den Schlafsack. Ich nahm ihre Handgelenke und hielt ihre Arme zu beiden Seiten ihres Körpers fest, während ich mich über ihr abstützte. Ich schob das Knie zwischen ihre Beine, übte jedoch keinen Druck aus. »Und dass du berühmt bist, schreckt mich nicht ab. Ich weiß, dass ich dich teilen muss. Ich weiß es, und ich gewöhne mich langsam daran. Ich möchte jemand sein, der dich aufbaut und dir den Rücken stärkt, nicht jemand, um den du dir Sorgen machen musst. Mach dir bitte keine Sorgen.«

»Ich kann aber nicht anders.«

»Du musst mir vertrauen. Ich habe dir vertraut, als du gesagt hast, dass das zwischen uns nicht nur auf Zeit ist. Ich renne nicht vor dir weg, egal, was für Folgen deine Berühmtheit hat oder wie oft du mir auch deine Gefühle offenbarst. Damit kannst du mich nicht in die Flucht schlagen.«

Wie kann sie das auch nur denken?

Sienna atmete tief ein und ihre Brüste streiften ganz kurz meinen Oberkörper. »Ich respektiere deine Grenzen.«

»Das ehrt dich, aber vielleicht wäre es an dieser Stelle wichtig zu erwähnen –«

»Allerdings werde ich – vielleicht unabsichtlich, vielleicht auch mit Absicht – gewisse Dinge tun, die es dir sehr schwer machen könnten, sie einzuhalten.«

Ich lächelte. Trotz ihres immer noch nervösen, leicht besorgten Tons hatte dieser letzte Satz wie eine Drohung geklungen. Eine überaus sinnliche und verlockende Drohung. Ich beugte mich zu ihr herab, um ihr einen Kuss auf die Lippen zu geben. »Ich freue mich schon auf diese Dinge – die absichtlichen und die unabsichtlichen. Aber danke für die Warnung. Und jetzt musst du mir versprechen, dass du keine Angst vor mir hast. Du kannst mir immer sagen, was du denkst. Egal, was kommt.«

»Versprochen.« Es war eher ein Seufzer als ein richtiges Wort, und ich spürte, wie die Anspannung aus ihren Armen wich.

Ich küsste sie erneut und saugte an ihrer Unterlippe. Ich liebte ihren Geschmack: süß und nach Sonnenschein.

»Gut«, sagte ich, ehe ich mich aufrichtete und die Kissen einzusammeln begann, die links neben uns lagen. »Dann lass uns losfahren.«

»Äh ... losfahren?«

»Ja. Die Schlafsäcke brauchen wir nicht erst einzurollen.« Ich stand auf, sprang von der Ladefläche und ging zur Fahrertür. »Wir können sie einfach auf die Rückbank werfen.«

Sie tastete sich bis zum seitlichen Rand der Ladefläche vor und kroch auf mich zu. »Jetzt willst du meine Papaya auf einmal nicht mehr?«, fragte sie verständnislos und voller Enttäuschung.

Ich lachte leise. »Oh doch. Und ob ich deine Papaya noch will. Ich will, dass du wie versprochen auf meinem Gesicht sitzt, während ich genüsslich deine Papaya verspeise.«

»Warum brechen wir dann auf?«

»Weil dein Bett im Seehaus bequemer ist als diese Schlafsäcke hier. Und wenn ich mich sowieso daran gewöhnen muss, dass alle Welt deine ekstatischen Schreie hört …« – ich zuckte mit den Achseln – »… schadet es doch nicht, gleich damit anzufangen.«

• • •

Wir legten die Strecke bis zu Hanks Seehaus in Rekordzeit zurück, und bevor wir ins Bett gingen, durfte ich ausgiebig an Siennas Papaya naschen.

Ich blieb über Nacht und hielt Sienna die ganze Zeit im Arm.

Und dann gab es noch einmal Papaya vor dem Frühstück.

Die. Beste. Papaya. Meines. Lebens.

Aber es war nicht nur das. Sienna bedeutete mir mehr. So viel mehr. Lag es an meiner fünf Jahre dauernden Enthaltsamkeit oder an Sienna selbst? Es musste an ihr liegen. Wie hatte sie je an meinen Gefühlen zweifeln können? Sie gehörte zu mir, und sie zu befriedigen, zu lieben und zu verwöhnen war unvergleichlich schön. Obwohl: Befriedigung, Verlangen, Erfüllung – all diese Worte waren vollkommen unzulänglich. Sie war so leidenschaftlich. So begierig. So einzigartig. Und sie gehörte mir allein.

Es war schon nach zehn, als ich am nächsten Morgen mit einem breiten Grinsen nach unten kam. Sienna lag noch im Bett. Sie war wieder eingeschlafen. Nackt. Sie zu verlassen war mir nicht leicht gefallen, aber ich wusste, dass sie beim Aufwachen Hunger haben würde, daher hatte ich den Plan gefasst, schnell zu Daisy's Nut House zu fahren, um sie mit Donuts und Kaffee zu überraschen. Und dann würde ich dafür sorgen, dass sie den ganzen Tag im Bett blieb. Nackt.

Doch die Geräusche einer Kaffeemaschine und der Duft frischen Kaffees ließen mich an der Küchentür innehalten. Ich warf einen Blick in die Küche. Dave und Tim saßen am Tisch und lasen Zeitung. Auf dem Tresen erspähte ich eine geöffnete Donut-Schachtel. Die Wahrscheinlichkeit, dass die beiden Sienna gestern Nacht – und heute Morgen – gehört hatten, war ziemlich hoch.

Ich betrat die Küche.

»Hey. Sind die Donuts schon vergeben, oder könnte ich mir ein paar stibitzen?«

Dave blickte von seiner Zeitung auf. Er schien kein bisschen erstaunt, mich zu sehen. »Nein, nein. Nimm ruhig so viele, wie du möchtest.«

»Ja. Wir haben extra mehr mitgebracht. Eurem Lärm zufolge habt ihr beide jetzt sicher Kohldampf«, setzte Tim hinzu und schenkte mir ein wissendes Lächeln.

Es war nicht schlüpfrig. Es war einfach nur *wissend*.

Mir machte das nichts aus. Im Gegenteil: Es gefiel mir sogar, dass er Bescheid wusste. Meinetwegen konnte die ganze Welt Bescheid wissen.

Aber Dave gab Tim einen Schlag auf den Hinterkopf. »Was ist los mit dir?«

»Was denn?«

»Das war total unhöflich.«

»Was habe ich denn gesagt?«

»Er will nicht, dass du so über sie redest, und ich will es auch nicht.«

Tim ließ seine Zeitung sinken und machte eine hilflose Geste. »Ich habe doch gar nichts gesagt.«

Ich schmunzelte über ihren freundschaftlichen Streit. Sie erinnerten mich an meine Brüder. »Nein, nein, ist schon gut. Tim hat wirklich nichts Schlimmes gesagt.«

Dave verengte die Augen zu Schlitzen und sah mich an. »Er muss dringend ein bisschen Respekt lernen.«

»Aber sie ist laut bei Jethro. So laut ist eine Frau nur, wenn sie den Spaß ihres Lebens hat. Deshalb muss sie jetzt quasi am Verhungern sein. Mehr wollte ich doch gar nicht ausdrücken«, versuchte Tim sich erneut zu rechtfertigen, woraufhin Dave noch wütender wurde und ich noch lauter lachen musste.

»Verfickt noch mal, Tim, halt endlich deinen Mund.« Dave gab ihm noch einen Schlag gegen den Kopf.

»Achte du mal lieber auf deine Ausdrucksweise, New Jersey.« Tim schlug Daves Hand beiseite.

Daraufhin wollte Dave ihm eine Ohrfeige geben, hielt jedoch mitten in der Bewegung inne, als er hörte, wie die Haustür aufging. Schlagartig war Tims Verhalten vergessen. Ich sah Dave an. Dave sah mich an. Im nächsten Moment bewegten wir uns zu dritt in Richtung Eingangshalle.

Kurz darauf schallte Hank Wellers Stimme zu uns herüber. »Hey! Jemand zu Hause?«

Sofort entspannte ich mich wieder.

»Wir sind hier!«, rief Tim zurück und schnaufte erleichtert, ehe er mir zuraunte: »Ich weiß, ihm gehört das Haus, aber es gefällt mir einfach nicht, dass er unangekündigt vorbeikommt. Wie soll ich für ihre Sicherheit sorgen, wenn die Leute einfach so rein- und rausspazieren können?«

»Kommt er denn häufiger?«

Tim nickte. »Anfangs hat er vorher angerufen, aber sie hat ihn dann immer abgewimmelt – zu viel zu tun und so weiter. Deshalb ist er nach einer Weile dazu übergegangen, unangemeldet aufzutauchen. Letzten Monat war er mindestens einmal pro Woche hier«

»Wieso?«

»Er ist genau wie alle anderen.« Dave zog eine Augenbraue hoch. Sein Tonfall sagte alles.

Ich verschränkte die Arme vor der Brust, unmittelbar bevor Hank im Türrahmen auftauchte. Ich sah, wie das erwartungsvolle Lächeln, das er aufgesetzt hatte, bei meinem Anblick ins Rutschen geriet.

»Jethro.«

»Hank.«

Er stellte sich aufrechter hin und sein Blick wurde misstrauisch, als er meine nackten Füße, die Jeans ohne Gürtel und mein weißes T-Shirt registrierte. »Was machst du hier?«, wollte er wissen.

»Er bringt Sienna zum Schreien«, murmelte Tim so leise, dass nur ich es mitbekam.

»Wie bitte?« Hank sah zwischen uns beiden hin und her.

»Nichts.« Dave warf Tim einen bitterbösen Blick zu. Anscheinend hatte auch er die Bemerkung seines Kollegen gehört. Er deutete zum Küchentresen. »Wollen Sie einen Kaffee? Wir haben gerade welchen aufgesetzt.«

»Äh, sicher.« Hank sah sich demonstrativ in der Küche um, dann trat er einen Schritt zur Seite, um auch noch einen Blick ins Wohnzimmer zu werfen. »Wo ist denn Sienna?«

»Die ist –«, setzte Tim an.

»Die schläft noch.«

Hanks Augen wurden groß. »Sie schläft noch? Es ist doch schon nach zehn.«

»Gut erkannt.« Ich nickte.

Mein Geschäftspartner unterzog mich einer neuerlichen Musterung. »Sie schläft nie länger als bis sieben. Zehn Uhr – so was kommt bei ihr praktisch gar nicht vor.«

Dass er wusste, wann und wie lange Sienna für gewöhnlich schlief, passte mir gar nicht, also fragte ich mit einer Spur Gereiztheit in der Stimme: »Führst du Buch über ihre Schlafgewohnheiten, Hank?«

Hank, der zwischenzeitlich die Küche betreten hatte, verschränkte ebenfalls die Arme. »Was machst du hier, Jethro?«

Dave räusperte sich und tippte Tim auf die Schulter. »Ich glaube, wir frühstücken dann mal im … äh, im Nebenzimmer.«

Tim schnappte sich Kaffeebecher, Zeitung und halb aufgegessenen Donut und folgte Dave hinaus.

Hank und ich waren allein. Wir starrten einander finster an und eine geschlagene Minute lang sagte keiner ein Wort – vermutlich weil wir beide bereits die Antwort auf die jeweilige Frage des anderen kannten.

Irgendwann sagte er: »Du hast also beschlossen, meinen Rat zu ignorieren?«

Die Tatsache, dass Hank als Erster das Schweigen brach, überraschte mich nicht. Er neigte zur Ungeduld – und war neugieriger, als ihm guttat.

»Hast du mir denn einen Rat gegeben?« Ich lehnte mich mit der Hüfte gegen den Küchentresen.

»Du weißt, wovon ich rede.« Er ging zur Kaffeemaschine und goss sich eine Tasse ein, wobei er mir sein Profil zudrehte. »Wenn sie dich abserviert, behaupte nicht, ich hätte dich nicht gewarnt.«

Ich sah den bitteren, enttäuschten Zug um seinen Mund. Er hatte es also nicht im Scherz gesagt. »Warum bist du wirklich hier, Hank?«

»Aus demselben Grund wie du, nehme ich mal an. Sie ist wunderschön, sie bringt mich zum Lachen, und sie erzählt großartige Geschichten. Bei ihr fühle ich mich einfach wohl.« Er sah mich an, pustete den Dampf von seiner Kaffeetasse und trank einen Schluck, ehe er hinzufügte: »Mit dem Unterschied, dass Sienna und ich alte Freunde sind. Wenn sie zurück nach L.A. fliegt, werde ich immer noch ihr Freund sein. Aber du ...« Er zuckte die Achseln und sah mich mitleidig an.

»Hey. Gibt's noch Kaffee?«

Hank und ich wirbelten herum. In der Tür stand Sienna und rieb sich den Schlaf aus den Augen. Sie trug einen schwarzen Morgenmantel aus Seide, der mehr zeigte, als er verbarg. Und nach dem, *was* er zeigte, war ich mir relativ sicher, dass sie darunter nackt war.

Ohne auf eine Antwort zu warten, trat sie in die Küche und kam schnurstracks zu mir. Sie schlang mir die Arme um den Hals, schmiegte sich an mich und gab mir einen Kuss auf den Mund. Ehe sie sich von mir löste, knabberte sie noch ein wenig an meiner Unterlippe. Ich packte sie um die Taille, bevor sie sich allzu weit zurückziehen konnte, und mein Verdacht wurde bestätigt: Sie war tatsächlich nackt unter dem Morgenmantel.

Ich musste mir ein Stöhnen verkneifen. Und den Drang, sie hochzuheben und zurück nach oben ins Bett zu tragen. Ihre Brüste waren wie gemacht für meine Hände. Bei der Vorstellung, ihr die schwarze Seide abzustreifen, pochte mir das Blut in den Adern. Vielleicht hätte sie gar nichts dagegen einzuwenden ... Aber ich wollte Hank und dem Rest der Welt beweisen, dass ich ein solches Höhlenmenschen-Verhalten nicht nötig hatte. Ich musste nicht besitzergreifend sein, weil ich wusste, dass Sienna Diaz zu mir gehörte.

»Ich liebe deinen Mund«, sagte sie mit einem verschlafenen Lächeln, den Blick auf meine Lippen geheftet. Sie tippte mit dem Daumen gegen mein Kinn. »Und ich liebe deinen Bart.« Sie küsste meinen Bart. »Und ich liebe deine Nase.« Sie küsste meine Nase. »Und ich liebe deinen Hals.« Sie küsste meinen Hals, wobei sich ihr Körper ganz automatisch an meinem rieb.

Ich blickte die ganze Zeit geradeaus, verbarg jedoch nicht mein zufriedenes Grinsen. Aus dem Augenwinkel sah ich, wie Hank uns fassungslos beobachtete.

»Ja, es gibt noch Kaffee.« Ich schob ihr die üppigen kastanienbraunen Haare aus dem Gesicht und drehte ihren Kopf so, dass ich ihr noch einen Kuss geben konnte. »Oder aber wir nehmen diese Donuts hier einfach mit nach oben und gehen wieder ins Bett.«

»Schau dich einer an. Du bist der klügste Mann der Welt.« Sie boxte mich spielerisch gegen die Schulter. »Wenn wir in L.A. sind, werden wir jeden Samstag so verbringen. Ich bestehe darauf.«

In dem Moment räusperte sich Hank. Nein, eigentlich verschluckte er sich an seinem Kaffee.

Siennas Kopf schnellte herum. Sie riss die Augen auf, öffnete den Mund und japste erstaunt: »Hank! Ach du Kacke, ich habe dich gar nicht gesehen. Entschuldige.« Sie schmiegte sich noch enger an mich und drehte mich ein wenig herum, sodass mein Körper ihr Deckung gab.

»Nein, nein, mir tut es leid. Ich hätte, äh ... Ich hätte vorher anrufen sollen.« Er tat ihre Entschuldigung mit einer fahrigen Handbewegung ab. Sein Blick zuckte zu mir. Darin lag etwas Nachdenkliches und vielleicht auch ein Anflug von Staunen.

»Ehrlich gesagt hatte ich das auch vor, aber dann habe ich im Club den Abfluss der Dusche saubergemacht, und du glaubst nicht, was ich dabei Ekliges zutage gefördert habe.«

Sienna seufzte müde, schenkte ihm aber ein nachsichtiges Lächeln, ehe sie mich am Hemd nahm und in Richtung Treppe zog. »Ich hab' gerade keine Lust auf Spiele, Hank. Nicht mal auf unser Spiel. Ist sonst noch was? Hast du die Miete für diesen Monat bekommen?«

Hank nickte. Er war wie vor den Kopf geschlagen und sah ein bisschen zerknirscht aus. »Äh, ja, ich habe das Geld schon letzte Woche gekriegt. Und nein, sonst gibt es nichts weiter.«

»Gut«, sagte sie, dann an mich gewandt: »Schnapp dir die Donuts. Wir treffen uns oben.«

Sie gab mir noch einen letzten Kuss, lächelte teuflisch und sah mich durch verheißungsvoll gesenkte Wimpern an. Dann drehte sie sich um und hüpfte leichtfüßig aus der Küche. Der letzte Blick, den ich auf sie erhaschte, war der ihres prallen, in schwarze Seide gehüllten Hinterteils.

Ich stöhnte leise. Diese Frau raubte mir den Verstand.

Ein drückendes Schweigen senkte sich über die Küche. Ich zählte bis zehn, ehe ich mich zu Hank umwandte.

»Tja, was sagt man dazu?« Er schüttelte den Kopf und sah mich voller Staunen an. »Jethro Whitman Winston. Ich ziehe meinen Hut vor dir.«

»Keine Ahnung, wovon du redest, Hank Herman Weller.« Ich grinste geschmeichelt – und vermutlich ziemlich selbstzufrieden.

»Nein, ganz im Ernst. Ich bin beeindruckt. Ich hätte nie gedacht, dass ich erleben würde, wie Sienna ...«

»Was?«

»Keine Ahnung. Ich bin einfach davon ausgegangen, dass sie ihr Leben lang single bleiben würde. Dass sie nie was Ernstes mit einem Mann anfängt.«

»Nicht mal mit dir?«, fragte ich, weil es eine Frage war, die gestellt werden musste. Hank schien im ersten Moment perplex, aber falls er eifersüchtig war, wusste er es gut zu verbergen.

Sein Blick ging ins Leere, während er über meine Frage nachdachte. »Soll ich ganz ehrlich sein? Ja. Nicht mal mit mir. Wir passen einfach nicht zusammen. Wir haben auf dem College schon nicht zusammengepasst, und wir passen jetzt immer noch nicht zusammen.« Er sah mich an. Grinsend setzte er hinzu: »Aber wenn sie sich schon festlegt, bin ich froh, dass ihre Wahl auf dich gefallen ist. Ihr beide seid gute Menschen. Ihr habt euer Glück absolut verdient.«

»Das weiß ich zu schätzen, Hank.« Ich war überrascht, aber vor allem erleichtert, dass mir eine Eifersuchtsszene erspart bleiben würde. Ich wollte ihn nicht verlieren, weder als Geschäftspartner noch als Freund. Ich betrachtete ihn noch eine Weile, dann sagte ich: »Aber in einer Sache muss ich dir widersprechen. Sienna hat sich nicht *festgelegt*, und ich mich auch nicht. So ist das nicht, wenn man den richtigen Menschen gefunden hat.«

»Dann ist sie also wie Red Bull? Sie verleiht dir Flügel, was?« Er hob neckend eine Augenbraue.

Ich schüttelte den Kopf. »Sie ist eher wie die Sonne, und mit ihr ist jede Minute schöner als die vorherige.«

Hanks Grinsen schwand und machte einem skeptischen, leicht verwirrten Ausdruck Platz.

Ich lachte leise. »Keine Sorge, eines Tages wirst du es verstehen.« Ich griff nach der Schachtel auf dem Tresen und machte mich auf, meiner Freundin nach oben zu folgen. »Und jetzt entschuldige mich bitte, ich muss ein paar Donuts ausliefern.«

Kapitel 28

Sienna

Für unser achtes Date fuhr Jethro mit mir zu Daisy's Nut House.

Als wir dort ankamen, hing in der Tür ein Schild mit der Aufschrift *Geschlossene Gesellschaft*. Er hatte das gesamte Lokal für uns gemietet. Außer Jethro, Daisy und mir war niemand da, und so genossen wir in aller Ruhe ein Candlelight-Dinner für zwei, bestehend aus Hamburgern, Home Fries, scharfer Sauce und Milchshakes.

Jethro hatte zunächst eine Sitznische im hinteren Bereich vorgeschlagen, aber ich hatte ihn darum gebeten, am Tresen sitzen zu dürfen. Ich konnte mich gar nicht mehr daran erinnern, wann ich zuletzt in einem Diner am Tresen gesessen hatte. Es hatte geradezu etwas Waghalsiges, so auf dem Präsentierteller zu sitzen, auch wenn ich es dieses eine Mal gefahrlos tun konnte. *Total befreiend* – das waren die Worte, die mir dabei spontan in den Sinn kamen.

Jethro saß auf dem Barhocker neben mir und betrachtete mich belustigt, während ich eine großzügige Portion Sriracha-Sauce auf meinem Burger mit Schweizer Käse und Champignons verteilte.

»Was ist?« Ich malte mit der Sauce einen Smiley auf meinen Burgerpatty.

»Nichts.« Er schüttelte grinsend den Kopf und sah mich auf eine Art und Weise an, bei der mein Magen und mein Herz sofort anfingen, komplizierte gymnastische Übungen zu machen.

»Nein, sag schon. Was ist los?«

Er zögerte ganz kurz, ehe er mit der Sprache herausrückte. »Ich finde es gut, dass du gern scharfe Sauce isst. Das heißt, dein Mund kann mit Überraschungen umgehen.«

Ich sah ihn durch zusammengekniffene Augen an. Er fand diese Bemerkung vermutlich witzig oder anstößig oder drollig oder alles zusammen. Und irgendwie hatte er recht damit. Sie *war* witzig und anstößig und drollig – aber nur, weil er sie gesagt hatte. Wenn Jethro flirtete, dann normalerweise auf eine spielerische, respektvolle Art. Er war nie anzüglich – na ja, außer im Bett. Aber genau deshalb mochte ich seine Anzüglichkeiten so. Sie kamen mir immer wie etwas ganz Besonderes vor, das allein für meine Ohren bestimmt war. Jethro und seine vielen interessanten Schichten ... von denen eine offenbar mit dem Gedanken spielte, meinem Mund Überraschungen zu bereiten.

Ich wartete, bis er von seinem Burger abgebissen hatte, erst dann fragte ich: »Wenn das so ist – wie stehst du zu Brausepulver?«

Jethro hustete, dass ihm fast die Augen aus dem Kopf fielen und er sich die Serviette vor den Mund halten musste. Es fehlte nicht mehr viel, und er würde an einer Mischung aus Ketchup und Gelächter ersticken – für mich ein klares Signal, fortzufahren. »Wenn du nämlich denkst, dass scharfe Sauce eine Überraschung ist, dann solltest du mal Brausepulver mit Cola probieren. Da weißt du gar nicht mehr, wie dir geschieht. Das ist, als würde in deinem Mund eine Bombe explodieren.«

»Hör auf«, flehte er röchelnd, nahm sein Wasserglas und trank in gierigen Schlucken, während er weiterhin abwechselnd lachte und nach Luft schnappte.

Ich grinste triumphierend.

Er wischte sich die Lachtränen aus den Augen. »Ich verspreche, niemals deinen Mund mit irgendwas zu überraschen, wenn du mir versprichst, keine Witze zu erzählen, solange *ich* den Mund voll habe.«

»Einverstanden.«

Wir besiegelten die Abmachung mit einem Handschlag. Statt danach meine Hand loszulassen, legte er sie in seinen Schoß und umschloss meine Finger mit seinen. Ich glaube, ich hatte noch nie zuvor während eines Dates Händchen gehalten. Es war eine schlichte und zugleich zauberhafte Geste – als könne er es nicht ertragen, mir so nah zu sein, ohne mich zu berühren.

Dafür liebte ich ihn.

Ich liebe ihn.

Ich blinzelte. Diese Erkenntnis kam aus heiterem Himmel. Und was sie noch beängstigender machte, war die Tatsache, dass es nicht zu früh dafür war. Seit unserem Ausflug zu Hawk's Field und dem, was danach passiert war, lebten wir unsere Beziehung viel offener aus. Inzwischen verbrachte er fast jede Nacht bei mir, wir fuhren allmorgendlich gemeinsam ans Set und knutschten dann in meinem Wohnwagen oder genossen einfach die Zweisamkeit.

Die Leute am Set redeten natürlich über uns, aber das juckte uns nicht weiter. Wir hatten so ziemlich alles miteinander gemacht außer das Eine, und ich hegte den Verdacht, dass er es sehr genoss, von mir in Versuchung geführt zu werden.

Ich war verrückt nach ihm.

Es war wundervoll.

Wir passten perfekt zusammen.

Das Timing war wie aus einem Drehbuch. Zwei Monate, acht Dates, ein bisschen Auf und Ab – genauer: ziemlich viel Auf und nur ein klein wenig Ab –, aber keine unüberwindlichen Hindernisse.

Ich liebte ihn. Ich vertraute ihm. Ich wollte jede freie Minute mit ihm verbringen. Er gab mir das Gefühl, kostbar zu sein, das Wichtigste in seinem Leben, seine oberste Priorität. Ich hoffte, er wusste, dass ich in Bezug auf ihn genauso empfand. Ich konnte mir ein Leben ohne ihn nicht mehr vorstellen.

»Ist dir bewusst, dass ich eigentlich immer noch nicht richtig weiß, was du eigentlich machst?«

»Was ich mache?«, kiekste ich erschrocken. Ich hatte Mühe, die Frage überhaupt zu verstehen, weil ich ihn so sehr liebte, dass ich kurz davor war, auszuflippen.

Ich war nie auch nur verliebt gewesen.

Aber Jethro *liebte* ich.

Ich liebte ihn.

»Ja – beruflich. Wir haben über die Drehbücher gesprochen, die du schreibst, aber übers Schauspielen redest du nicht oft.«

Was für eine seltsame Bemerkung. Hatten wir wirklich nie über meine Schauspielerei gesprochen? Ich war mir relativ sicher, dass ich ihm lang und breit davon erzählt hatte.

»Du interessierst dich für meinen Job?«

»Ja.«

Ein Lächeln erschien auf meinem Gesicht und mein Herz machte einen kleinen Hüpfer. »Dann hast du mich noch gar nicht gegoogelt?«

»Nein.« Er lächelte, sichtlich erfreut darüber, dass ich mich freute.

Oh ja. Ich liebte ihn.

»Noch gar nicht? Weder Google noch Yahoo noch Bing?«

»Keine Ahnung, was Bing ist, aber es klingt wie etwas, was wir später unbedingt ausprobieren sollten.«

»Nein. Sollten wir nicht. Bing ist ein trauriges Sammelbecken enttäuschter Hoffnungen. Der Ort, an den sich Träume und Suchanfragen zurückziehen, um zu sterben«, scherzte ich, denn jetzt, da mir klar geworden war, dass ich ihn liebte, war ich auf einmal sehr nervös.

»Um traurige Sammelbecken enttäuschter Hoffnungen sollten wir definitiv einen Bogen machen.« Er lächelte mich an, während er mich betrachtete. Seine Stimme war ein tiefer, samtener Bass. Ich liebte sogar seine Stimme. *Vor allem* seine Stimme.

Dann fragte er: »Macht es dich nervös, von deiner Arbeit zu erzählen?«

»Nein. Nein, gar nicht. Ich kann einfach nur nicht glauben, dass wir noch nie darüber geredet haben. Ich meine – normalerweise ist das das Einzige, was die Leute an mir interessiert.«

Dieses Geständnis, wie eine Beiläufigkeit hingeworfen, schien ihm nicht zu gefallen, denn seine Antwort darauf war ein missbilligendes Stirnrunzeln. Aber es war die Wahrheit: In der Regel wollten sich die Leute mit mir immer nur über meine Arbeit unterhalten – über meine

Filme und darüber, wie es war, Schauspielerin zu sein. Ich hatte es nur noch nie laut ausgesprochen. Bis zu diesem Augenblick war es mir noch nicht einmal bewusst gewesen.

Jethro und ich kannten uns nun schon seit mehreren Monaten, und dies war das erste Mal, dass wir auf meine Arbeit zu sprechen kamen. Obwohl, nein, das stimmt nicht. Ganz am Anfang hatte er mich schon einmal danach gefragt, als er mich noch irrtümlicherweise für eine Sarah gehalten und ich ihm gesagt hatte, dass ich Autorin sei. Ansonsten hatte er mir alle möglichen Fragen gestellt – zu meinen Gedanken, meinen Wünschen –, doch er hatte nie etwas über mein Leben als Schauspielerin und Star wissen wollen.

Ich beeilte mich, seine Frage zu beantworten, denn ich wollte nicht länger darüber nachdenken, wie deprimierend mein spontanes Geständnis war. »Also gut, mal sehen. Mein erster Film hieß *Taco Tuesday*, auch wenn er nicht viel mit Tacos zu tun hatte. Darin ging es um eine junge Frau, die es satt hat, dass bestimmte Begriffe ausschließlich auf Frauen angewendet werden, aber nie auf Männer.«

»Welche denn? Gib mir ein Beispiel.«

»Okay, zum Beispiel kess. Oder drall. Oder liebreizend, schnippisch, zimperlich, Hexe, Zicke, Schlampe ...«

Er nickte gedankenvoll. »Ja, verstehe. Das kann ich nachvollziehen. Ich selbst habe auch noch nie einen Mann als kess oder als Schlampe bezeichnet.«

»Und das würdest du auch nie tun. Das macht man einfach nicht. Eine Frau ist eine Schlampe, aber ein Mann ist ... eine männliche Schlampe? Warum ist das natürliche Genus der Schlampe weiblich? Warum können Schlampen nicht einfach Schlampen sein, ohne dass man sie nach Geschlecht unterscheidet?«

»Ja, genau. Lasst sie alle Schlampen sein.«

»Meine Rede. Außerdem achte ich stets darauf, die mit mir befreundeten Sexarbeiter als Escorts zu bezeichnen, nicht als Hurer oder männliche Prostituierte.«

Jethro lachte auf und schmunzelte danach noch eine Weile vor sich hin. Ich liebte den Klang seines Lachens, und ich liebte es, dass er viel und gerne lachte. Es war schön zu erleben, wie empfänglich er für das Gefühl der Freude war. Das war mit ein Grund, weshalb ich seine Gesellschaft so genoss. Ich genoss sie so sehr, dass mir im Vergleich dazu die Interaktion mit jedem anderen Menschen anstrengend und unnötig kompliziert vorkam.

Als mir bewusst wurde, wie schamlos ich sein unvergleichliches Gesicht anglotzte, gab ich mir einen Ruck, richtete meine Aufmerksamkeit wieder auf das Essen und ordnete meine Gedanken. »Also ... Die Protagonistin, Kate heißt sie, hat die Nase voll davon, deshalb geht sie dazu über, Frauen nur noch mit Ausdrücken zu beschimpfen, die im normalen Sprachgebrauch für Männer reserviert sind – etwa Sackgesicht –, und Männer mit Ausdrücken, die sonst ausschließlich für Frauen benutzt werden – Schlampe, zum Beispiel. Aber dann kriegen die Medien Wind davon, die Geschichte ist bald in aller Munde, und sie wird wider Willen zu einem Aushängeschild der Feministinnen. Es ist eine Satire – eine Art Kumpelfilm, der sowohl Männer als auch Frauen auf die Schippe nimmt und sich über die typischen Konflikte unserer Wohlstandsgesellschaft lustig macht – über Feministen und Maskulinisten.«

»Maskulinisten?«

»Ja, klar. Männerrechtsaktivisten.«

Die Art, wie Jethro gleichzeitig die Stirn runzelte und die Brauen hochzog, verriet mir, dass er zum ersten Mal davon diesem Konzept hörte. »Das Wort hast du dir doch ausgedacht.«

»Nein, habe ich nicht, ich schwöre. Maskulinisten gibt es wirklich. Sie haben alle Twitter-Accounts und hassen mich.«

»Was zum Geier sind denn Männerrechtsaktivisten?«

»Na ja, wenn du Kate, die Protagonistin aus *Taco Tuesday*, fragst, sind das lauter kesse kleine Kerlchen, die sehr zickig und schnippisch sind und sich ihre hübschen Köpfchen darüber zerbrechen, auf welche Weisen die heutige Gesellschaft ihre Privilegien untergräbt. Aber wenn du mich fragst, sind es irgendwelche gelangweilten Typen mit geringem

IQ, die chronisch untervögelt sind und deswegen einen Hass auf alle Frauen schieben.«

»Hm.« Er wirkte immer noch ein wenig skeptisch. Schließlich zuckte er mit den Schultern. »Warum hast du gerade so ein Drehbuch geschrieben?«

»Ich schreibe gern. Ich habe schon immer viel lieber geschrieben als geschauspielert. Es macht mir Spaß, den imaginären Leuten in meinem Kopf eine Stimme zu verleihen. Und Filme – ich liebe Filme. Aber dieses ganz spezielle Drehbuch habe ich geschrieben, weil ich finde, dass so viele Aspekte unserer Kultur unfreiwillig komisch sind. Es macht mir einfach Spaß, über heikle Themen Witze zu machen. Mit Humor und Leichtigkeit erreicht man die Herzen und Hirne der Menschen viel besser als mit ernsten, wohlformulierten, sachkundigen Leserbriefen. Und weil ganz viele Begriffe, die exklusiv zur Beschreibung von Frauen verwendet werden, negativ oder herablassend sind. Denk zum Beispiel an den Begriff ›berufstätige Mutter‹. Kein Mensch sagt ›berufstätiger Vater‹. Warum? Haben Mütter es nicht schon schwer genug?«

»Drall ist aber nicht negativ.« Jethros Blick ging ganz kurz zu meinen Brüsten. Er entschuldigte sich nicht dafür, lächelte aber.

Das war natürlich eine hervorragende Gelegenheit, ihn aufzuziehen. »Hast du mir gerade auf den Busen geglotzt, als du *drall* gesagt hast?«

»Ja.« Er nickte und seine Augen blitzten herausfordernd.

»Und wieso?«

»Weil das Wort die betreffende Körperregion bei dir sehr gut beschreibt. Genau wie das Wort *klug* diese Körperregion« – er zeigte auf meinen Kopf – »und das Wort *wunderschön* jede andere Körperregion von dir gut beschreibt.«

Mir wurde ganz warm ums Herz und ich musste schmunzeln. »Oh, du bist wirklich gut.«

»Ja. Aber manchmal …« Erneut senkte er den Blick. Diesmal taxierte er mich langsam und gründlich von den Schuhen bis zu dem Medaillon um meinen Hals. Jeder Quadratzentimeter meines Körpers, den er mit

Blicken streifte, fing augenblicklich Feuer. Irgendwann trafen sich unsere Blicke. » … Manchmal bin ich auch sehr, sehr böse.«

• • •

Nach dem Abendessen saßen wir gerade im Truck auf dem Weg zu ihm und genossen unsere traute Zweisamkeit, als Marta anrief.

Ihr Name auf dem Display hatte auf mich eine ähnliche Wirkung wie ein Eimer voller Eiswasser. Ich starrte mein Handy an und überlegte, was ich tun sollte.

»Was ist los?«

Ich sah Jethro an. Der schien sich wegen meiner plötzlich gekippten Stimmung Sorgen zu machen. »Ach, nur meine Schwester.« Ich lehnte den Anruf ab. »Ich rufe sie später zurück.«

»Welche Schwester denn?«

»Marta.«

»Deine Managerin.«

»Ja, genau die.« Ich schluckte steif und fragte mich, ob jetzt der richtige Zeitpunkt war, um ihm von unserem Streit in L.A. zu erzählen. Seitdem hatten Marta und ich uns viele Mails und SMS geschrieben, allerdings hatte sich der Kontakt ausschließlich auf Geschäftliches beschränkt. Dies war das erste Mal, dass sie mich anrief. Noch bevor ich entschieden hatte, was ich tun sollte, klingelte es erneut.

»Du solltest lieber rangehen.« Jethro deutete mit dem Kinn auf mein Handy. »Könnte wichtig sein.«

»Bei ihr ist es nie wichtig«, grummelte ich, nahm aber trotzdem ab. »Hallo?«

»Sienna«, sagte Marta anstelle einer Begrüßung, was vollkommen in Ordnung gewesen wäre, hätte sie dabei nicht einen Tonfall angeschlagen, als müsse sie mich beschwichtigen oder zur Vernunft bringen. Es klang wie *Komm, komm, Sienna. Jetzt mal ganz ruhig.*

Also ahmte ich ihren Tonfall nach. »Marta.« *Komm, komm, Marta, jetzt sei du mal ganz ruhig.*

Damit hatte sie offenbar nicht gerechnet, denn es vergingen mehrere Sekunden, ehe sie die Sprache wiedergefunden hatte. Sie räusperte sich, und ich hörte ihren Stuhl quietschen. Sie war also noch im Büro. Das war ungewöhnlich. Selbst wenn man die Zeitverschiebung mit einrechnete, war es schon spät in Los Angeles.

»Ich rufe wegen des Drehbuchs zu *Smash Girl* und der London-Premiere an.«

Ich schnitt eine Grimasse. Die London-Premiere hatte ich – nicht zum ersten Mal – völlig verdrängt. Wann war die noch gleich? Im August?

»Wie weit bist du mit dem Drehbuch? Barnaby hat heute Morgen schon wieder angerufen. Er hätte gern ein Update.«

Meine Grimasse wurde noch unglücklicher. Seit ich wusste, dass ich die Rolle nicht bekommen würde, hatte ich mich kaum noch mit dem Drehbuch befasst.

»Sienna?«

»Ja. Ich bin noch dran.«

»Kann ich Barnaby neues Material geben?«

»Noch nicht.«

Sie seufzte. Es klang enttäuscht und verärgert. »Okay, gut«, sagte sie dann.

»Ich mache mir gerade Gedanken über einige Szenen«, meinte ich ausweichend.

Das sah mir nicht ähnlich, und dessen war sich Marta natürlich bewusst. Fakt war, ich hatte das Drehbuch schleifen lassen, und das war sehr unprofessionell. Entweder, ich klemmte mich ab jetzt ernsthaft dahinter, oder aber ich gab das Projekt ab. Ich hätte meinen Mangel an Output auf eine Schreibblockade schieben können, aber dafür kannte Marta mich zu gut.

»Und London? Soll ich mal bei Toms Leuten die Fühler ausstrecken?«

»Bei Toms Leuten?«

Jethro rutschte auf dem Fahrersitz hin und her und lenkte dadurch meinen Blick auf sich. Er sah mich nicht an, weil er auf die Straße achten musste, aber ich spürte deutlich, dass sein plötzliches Unbehagen damit zusammenhing, dass der Name meines Co-Stars gefallen war.

»Du brauchst unbedingt jemanden, der dich begleitet, und er war dein letzter –«

»Nein«, unterbrach ich meine Schwester. »Tom war nicht mein letzter ... was auch immer.« Dann fügte ich, einer spontanen Eingebung folgend, hinzu: »Ich nehme Jethro mit.«

Dieser sah mich mit fragend hochgezogenen Augenbrauen an.

Warte ganz kurz, formte ich lautlos mit den Lippen.

Wieder herrschte Schweigen am anderen Ende, gefolgt von Stuhlquietschen. Ich nahm mir vor, Marta bei nächster Gelegenheit eine Dose WD-40 zu besorgen.

»Hältst du das für eine gute Idee?«

»Ja.«

Sie schnaubte. »Okay, vergiss mal kurz die Unterhaltung, die wir in L.A. hatten. Vergiss, dass ich der Ansicht bin, dass es ein schrecklicher Fehler war, sich auf diesen Typen einzulassen. Vergiss das alles einen Moment lang und bedenke einfach nur Folgendes ... Ich kann nicht glauben, dass ich es tatsächlich ausbuchstabieren muss, aber wenn du den Ranger mit zu der Premiere nimmst –«

»Jethro. Er heißt Jethro.«

Sie ignorierte mich. »– dann weiß sofort jeder über euch Bescheid. Sein Leben wird nie wieder so sein wie vorher. Die Leute werden in seiner Vergangenheit wühlen. Promiblogger und Klatsch-Webseiten werden ihn komplett durchleuchten und auseinandernehmen. Er wird sich plötzlich auf den Titeln von Zeitschriften wiederfinden. Paparazzi werden ihn auf Schritt und Tritt verfolgen. Er wird zum Gegenstand des öffentlichen Interesses werden. Willst du das? Will *er* das?«

Ich hielt den Atem an.

... Kacke.

Das Argument hatte gesessen.

Ich biss mir auf die Lippe und versuchte mir eine Erwiderung einfallen zu lassen. Vergeblich.

»Ich weiß es nicht«, musste ich schließlich einräumen, und mein Mut sank. Ich und Jethro waren so glücklich gewesen in unserer perfekten kleinen Blase, dass ich nicht einen Gedanken daran verschwendet hatte, welche Folgen eine Beziehung mit mir für ihn haben würde.

»Die Premiere ist in einer Woche.«

»Ja.« Mist. Meine Pulsrate verdoppelte sich.

»Ich chartere einen Flieger.«

»Gut. Okay. Gut.«

»Soll ich jetzt mit Toms Leuten Kontakt aufnehmen oder nicht? Er könnte mit dir zusammen hinfliegen und ihr könntet beide sagen, dass ihr nur als gute Freunde hingeht. Dann musst du nicht sofort eine Entscheidung in Bezug auf ... auf diesen Jethro treffen. Du hättest mehr Bedenkzeit.«

»Nein.« Meine Antwort kam ohne Zögern. Ich würde lieber alleine gehen als mit Tom. »Lass mich erst mit Jethro sprechen.«

»Ich brauche bis morgen eine Antwort.«

»In Ordnung.«

»Gute Nacht, Sienna.« Sie klang zaghaft, als wollte sie noch mehr sagen. Dann fügte sie in überraschend sanftem und liebevollem Ton hinzu: »Träum schön.«

Ich lächelte und ein Teil des Ärgers, den ich seit unserem Streit mit mir herumtrug, verpuffte. Leider setzte gleich darauf die Panik ein.

»Gute Nacht, Marta.«

Ich legte auf, starrte aber weiterhin das Display an, unfähig, Jethro in die Augen zu schauen. Das Gewicht dessen, was ich die letzten Monate über konsequent ignoriert hatte, lastete plötzlich schwer auf meinen Schultern. Ich kam mir so dumm vor. Ich kam mir vor wie die letzte Vollidiotin, weil ich mir durch meine eigene Blindheit ein Bein gestellt hatte. Marta hatte große, wichtige Probleme angesprochen, die mir von Anfang an hätten bewusst sein müssen. Probleme, über die Jethro und ich längst hätten reden sollen.

Schon vor unserem ersten Date.

Bevor wir uns auf eine feste Beziehung eingelassen hatten.

Bevor ich mich in ihn verliebt hatte.

Jetzt spürte ich auf einmal die ganze Wucht dieser Probleme wie einen Schlag ins Gesicht oder einen Fausthieb in die Magengrube. Ich war total überfordert.

»Was ist denn los?«, fragte Jethro, legte mir eine Hand aufs Bein und drückte es leicht. »Noch mehr schlechte Neuigkeiten? Müssen wir etwa wieder tanzen gehen?«

Mir gelang ein Lächeln, das sich jedoch nicht lange hielt. Meine Gedanken waren mit anderen, ganz pragmatischen Erwägungen beschäftigt. Und im Zuge dieser Erwägungen stellten sich einige bedrückende Wahrheiten ein.

Ich war egoistisch gewesen, weil ich ihn so gernhatte. Er wollte etwas für die Ewigkeit, dabei hatte er nicht die geringste Ahnung, was das tatsächlich bedeuten würde. Vielleicht hatte er nach unserem ersten Date im Front Porch und den Blicken, die man uns am Set zuwarf, eine grobe Vorstellung davon, aber im Grunde genommen wusste er nichts. Während des Abendessens hatte er selbst zugegeben, mich noch nicht gegoogelt zu haben.

Ich stützte den Ellbogen gegen das Fenster, ließ die Stirn in die Hand sinken und schloss die Augen. Ich atmete langsam aus, um das unangenehme Engegefühl in meiner Brust loszuwerden. Auf einmal war mir ganz beklommen zumute.

»Es ist so: Während ich in L.A. war, hatten Marta und ich einen Streit. Sie hat das Bild von uns beiden auf meinem Handy gesehen und ...« Ich seufzte. Die ganze Sache war einfach nur ärgerlich und unangenehm, daher wollte ich es so schnell wie möglich loswerden. Dann hatte ich es hinter mir. »Es hat ihr nicht gefallen. Sie hat Bedenken, dass das Foto an die Öffentlichkeit gelangen könnte.«

»Ich teile es mit niemandem, falls sie sich deswegen Sorgen macht.«

Ich seufzte noch einmal, aber die Enge in meiner Brust wollte nicht weggehen. »Es ist nicht nur das. Ich muss nächste Woche zu einer Premiere nach London.« Meine Stimme war angespannt.

»Okay. Das klingt ja jetzt nicht so schlimm.«

Ich schluckte, denn mein Mund war trocken und meine Zunge schwer wie Blei. »Es ist kompliziert. Ich brauche unbedingt eine Begleitung.«

»Ein Date.«

»Ja. Ich brauche ein Date. Jemanden, der gut für mein Image ist und der mir die richtige Publicity bringt«, erklärte ich gepresst – Martas Worte aus zahllosen Meetings und Anrufen und langen Vieraugengesprächen, in denen sie mir Vorträge darüber gehalten hatte, dass man dem Erfolg niemals trauen dürfe, weil er innerhalb eines Augenzwinkerns vorbei sein konnte.

»Ich will ganz ehrlich zu dir sein, Sienna. Ich fände es nicht gut, wenn du mit einem anderen Mann hingehen würdest.« Sein Tonfall war bestimmt, als wäre es ihm sehr ernst, aber zugleich auch ruhig und freundlich, als wolle er verhindern, dass ich seine Aussage als Handlungsanweisung auffasste.

»Ich möchte auch mit keinem anderen Mann hingehen. Ich selbst fände das auch nicht gut.«

Er schwieg kurz, dann fragte er: »Wo liegt dann das Problem?«

Ich legte meine Hand auf seine und sofort drehte er seine Handfläche nach oben, damit wir unsere Finger ineinander verschränken konnten.

»Falls du dich entscheiden würdest, mitzukommen, wüssten alle auf einen Schlag über uns Bescheid.«

»Na und?«

»Bist du bereit, deinem Privatleben Auf Wiedersehen zu sagen? Bist du bereit, dass Leute deinen Müll durchwühlen, sich in dein Handy hacken und ständig Fotos von dir knipsen? Bei der Arbeit? Beim Einkaufen?« Ich versuchte, nicht allzu bitter zu klingen, doch es gelang mir nicht.

Er wurde unruhig, sagte jedoch nichts. Sein Schweigen bedeutete vermutlich, dass er zu demselben Schluss gekommen war wie ich.

Plötzlich hatte ich einen Gedanken, bei dem es mir beinahe das Herz zerriss: Das mit Jethro und mir war von Anfang an zum Scheitern verurteilt gewesen. Wir würden niemals eine öffentliche Beziehung führen können.

Ich dachte fieberhaft über eine Lösung nach. Vielleicht wäre er damit einverstanden, unsere Beziehung geheim zu halten, damit seine Privatsphäre gewahrt blieb. Wenn wir uns bemühten, diskret zu sein ... Allerdings waren wir bereits ziemlich indiskret gewesen. Jeder am Set wusste Bescheid über uns. Es grenzte an ein Wunder, dass wir noch nicht in den Klatschspalten gelandet waren. Ließe sich die Sache überhaupt noch kontrollieren?

»Ja.«

Ich runzelte die Stirn, weil ich nicht wusste, worauf er sich bezog. »Was, ja?«

»Ja, ich bin bereit, mein Privatleben aufzugeben, und ich komme damit klar, dass die Leute meinen Müll durchwühlen. Ich muss nur Cletus vorwarnen, der wirft manchmal ziemlich seltsame Dinge weg. Vielleicht sollte ich lieber ausziehen und mir ein Haus in Merryville mieten ...«

Ich war fassungslos. »Was? Wie kannst du auch nur über so was nachdenken?«

Er sah mich stirnrunzelnd an, als wäre nicht er, sondern ich der Wahnsinnige. »Ich werd's schon überleben.«

Wider Willen musste ich schmunzeln, doch diesmal reichte selbst sein Charme nicht aus, um mich die Realität dauerhaft vergessen zu lassen. »Du verstehst das nicht. Wir reden ja nicht nur über das, was jetzt ist, Jethro. Es geht auch um deine Vergangenheit. Alles, was du je getan hast, könnte von der Presse aufgegriffen werden, jedes peinliche Foto von deiner Verhaftung, jedes schmerzhafte Erlebnis. Du würdest dein Privatleben komplett aufgeben – Vergangenheit, Gegenwart und Zukunft –, nur um mit mir zusammen zu sein.«

Der Druck seiner Finger um meine wurde fester. Er hatte die Brauen zusammengezogen. Ich riss den Blick von seinem Profil los, weil es mir wehtat, ihn anzusehen. Eine Weile fuhren wir schweigend weiter. Ich konnte fast hören, wie er meine Worte in seinem Kopf wälzte.

Ich wollte ihm eine heimliche Beziehung vorschlagen, damit wir ihn so lange wie möglich schützen konnten. Und die Worte lagen mir auch schon auf der Zunge, als er sagte: »Du hast Angst, dass meine Vergangenheit deinem Image schaden könnte.«

Bei seinem Tonfall krampfte sich mein Herz zusammen. Ich widersprach sofort und mit Nachdruck: »Nein! Um Gottes willen, nein. Ich schäme mich doch nicht für dich.«

Er entzog mir seine Hand. »Aber es stimmt, oder? Ich wurde mehrmals festgenommen, es gibt reichlich Polizeifotos von mir, und mehr als genug unschöne Geschichten aus meiner Jugend, die deinem Ruf und deiner Karriere schaden könnten.«

Ich sah ihn mit offenem Mund an. Ich begriff gar nicht, wie unser Gespräch plötzlich in diese Richtung abgedriftet war. »Mach dir deswegen bitte keine Sorgen.«

Er sagte nichts, knirschte aber mit den Zähnen. Seine Knöchel waren weiß, wo er das Lenkrad umklammert hielt. Ich wollte gerade noch einmal beteuern, dass es mir nicht um mein Image ging, als er fragte: »Wie schlimm?«

»Was?«

»Wie schlimm wäre es? Könntest du weitere Rollen verlieren?«

Ich öffnete den Mund, um ihm zu antworten, doch mir kam kein Laut über die Lippen. Ich wollte nicht lügen. Fakt war, dass ich diese Frage schlichtweg nicht beantworten konnte, weil ich noch nie darüber nachgedacht hatte.

Er jedoch interpretierte mein Schweigen als Ja und fluchte.

»Jethro –« Ich streckte die Hand nach ihm aus, doch er wich vor mir zurück. Dass er meine Berührungen nicht wollte, war ein Schock. Ein scharfer, reißender Schmerz fuhr mir durch die Brust, und meine Lungen waren wie versteinert, sodass ich nicht mehr richtig Luft bekam. So hatte ich ihn noch nie erlebt.

Auf unserem ersten verunglückten Date war er wütend gewesen, durcheinander und frustriert. Das hier war etwas ganz anders. Er war wütend, aber das war nicht alles. Er hatte etwas schwer Fassbares, beinahe Unheimliches an sich. Er kam mir auf einmal so weit weg vor. Er hatte einen Abgrund zwischen uns aufgetan.

Ich versuchte aufs Neue, in bemüht ruhigem Ton an ihn zu appellieren, auch wenn meine Panik inzwischen so groß war, dass ich jeden Schlag meines Herzens krampfend und schmerzhaft in der Brust spürte. »Jethro, es geht mir nicht um mein Image. Ich habe mich nie um mein Image geschert oder darum, was die Leute über mich sagen.«

»Ist dir deine Karriere wichtig?«

Ich ignorierte seine Frage. »Es geht mir um dein Privatleben.«

Ein Muskel in seinem Kiefer zuckte. »Ich fahre dich zum Seehaus.«

»Bleibst du heute Nacht bei mir?«

Er schüttelte den Kopf, ohne etwas zu sagen.

Ich presste die Lippen zusammen, damit mein Kinn nicht zitterte, doch meine Stimme war wacklig, als ich sagte: »Du hast es mir versprochen. Du hast mir versprochen, dass meine Berühmtheit dich nicht in die Flucht schlägt. Du hast gesagt, dass ich dir vertrauen kann.«

»Sienna, hier geht es nicht um deine Berühmtheit. Hier geht es darum, dass meine Vergangenheit deine Zukunft ruinieren könnte.«

»Mach das nicht.« Erneut wollte ich ihn anfassen. Ich suchte ganz instinktiv seine Nähe. Frustrierte Tränen brannten in meinen Augen. »Bleib bei mir. Bleib heute Nacht bei mir, dann können wir in Ruhe über alles reden.«

»Nicht heute«, sagte Jethro, ohne mich anzusehen. Ich erkannte seine Stimme kaum wieder. Sie war hart und kalt wie Granit. »Ich brauche Zeit.«

Kapitel 29

Jethro

»Zeit«, echote sie.

Ich sagte nichts, als ich nach links in Richtung von Hanks Haus abbog, weil ich nichts sagen konnte. Noch nicht. Ich war zu aufgebracht, zu frustriert. In meinem Kopf wirbelten so viele Flüche und Schimpfwörter umher, dass ich keinen einzigen klaren Gedanken fassen konnte. Es spielte keine Rolle, wie sehr ich mich gewandelt, wie hart ich daran gearbeitet hatte, ein neuer, besserer Mensch zu werden. Noch immer mussten andere unter meiner Vergangenheit leiden – wenigstens potenziell.

Und diesmal würde es Sienna treffen.

»Du brauchst Zeit«, sagte sie.

Ihr Tonfall machte mir Sorgen. Sie klang so dumpf und ängstlich, als sei sie den Tränen nahe. Aber daran ließ sich im Moment nichts ändern. Ich hatte nicht die Kraft, sie zu trösten und zu bestärken oder ihr zu sagen, dass alles gut werden würde. Ich war kein Lügner. Diese Zeiten waren endgültig vorbei.

Ich *wusste* nicht, ob alles gut werden würde.

Wir hatten Hanks Einfahrt erreicht und ich brachte den Wagen zum Stehen. Ich versuchte das Gefühl der Hoffnungslosigkeit zu verdrängen, das von mir Besitz ergriffen hatte. Keiner von uns sagte etwas. Ich war zu sehr damit beschäftigt, mir den Kopf darüber zu zerbrechen, wie ich meine Vergangenheit geheim halten konnte.

Vielleicht … vielleicht sollte ich Cletus um Hilfe bitten. Möglicherweise würde er einen Weg wissen, wie man meine Festnahmeprotokolle aus den Datenbanken der Polizei verschwinden lassen konnte.

Aber was war mit all den Menschen, die mich von früher kannten? Es gab immer noch genug alte Geschichten und Leute, die bereit wären, aller Welt von meinen Missetaten zu erzählen. Ich konnte ihnen nicht mal einen Vorwurf daraus machen. Ich hatte mein Leben selbst vor die Wand gefahren. Ich hatte jede unangenehme, peinliche und skandalöse Einzelheit selbst verschuldet. Ich allein war dafür verantwortlich.

Und dann war da natürlich noch mein Vater. Wenn das Foto ein Indiz war, das er mir vor Wochen geschickt hatte, wäre er sicher der Erste, der versuchen würde, meine Beziehung mit Sienna irgendwie auszuschlachten. Die Nachricht auf der Rückseite des Fotos ging mir durch den Kopf. Ich hörte sie in seiner Stimme, als säße er mit uns im Truck.

Du warst immer schon der Beste, wenn es um die richtig dicken Fische ging. Ich hoffe, ihr Bankkonto ist genauso prall wie ihre Titten. Sie kann meine Anwaltskosten übernehmen.

Ich stieß einen halblauten Fluch aus. Am liebsten hätte ich etwas zerschlagen.

Was um alles in der Welt hatte ich getan?

Er war völlig unkontrollierbar.

Scheiße.

Sienna hatte etwas Besseres verdient. Sie hatte es nicht verdient, unter meinem schlechten Ruf zu leiden. Sie hatte es nicht verdient, mit meinem Vater in Verbindung gebracht zu werden.

Meine Aufgabe als ihr Freund war es, mich um sie zu kümmern, ihre Bedürfnisse zu achten und dafür zu sorgen, dass es ihr gutging. Nicht sie zu beschämen. Ich wollte kein Schandfleck, kein Makel sein. Ich wollte ihr nicht das Leben schwer machen.

Das hatte ich bereits bei meiner Familie getan. Ich könnte es nicht ertragen, wenn meine Vergangenheit ihrer Karriere schaden würde.

Das war vollkommen undenkbar. Ich würde es auf keinen Fall zulassen.

Sie räusperte sich, die Hände im Schoß zu Fäusten geballt. »Wie viel Zeit brauchst du denn?«

Ich schüttelte den Kopf und antwortete nicht. Stattdessen stieg ich aus, ging um den Truck herum auf ihre Seite, öffnete ihr die Tür und streckte ihr die Hand hin.

Sie machte keine Anstalten, sie zu nehmen oder auszusteigen.

»Jethro«, seufzte sie mit brechender Stimme »Rede mit mir.«

Ich ließ meinen Arm sinken und begegnete ihrem flehentlichen Blick. Ich verachtete mich für die Traurigkeit in ihren dunklen Augen.

»Gib mir einfach Zeit«, sagte ich. Plötzlich fühlte ich mich seltsam distanziert.

»Was denkst du gerade?«

Ich versuchte tief einzuatmen, aber der Druck auf meiner Brust ließ es nicht zu. »Du weißt, was ich denke.«

»Du reagierst über.« Sie sprang aus dem Truck, warf die Tür zu, legte mir die Hände auf die Schultern und sah mich eindringlich an. »Wir müssen doch nicht jetzt gleich eine Entscheidung treffen. Wir können …« Sie hielt inne und schluckte mühsam. Als sie fortfuhr, brach ihre Stimme erneut. »Ich weiß, dass die Situation alles andere als ideal ist, aber wir könnten uns ja eine Zeit lang heimlich treffen, nur bis –«

»Scheiße. Nein«, knurrte ich.

Mein Widerwille war heftig und unmittelbar wie eine körperliche Abstoßungsreaktion, und ich hatte das Gefühl, als würde das Innere meines Kopfes explodieren. Ich hasste ihren Vorschlag. Ich hasste es zu lügen. Ich hasste es, anderen was vorzuspielen.

Sie ließ die Hände sinken. Als sie mein Gesicht sah, versuchte sie instinktiv einen Schritt zurückzuweichen, doch hinter ihr war der Truck.

Es war nicht nur der Gedanke, alle anlügen zu müssen. Im Laufe der letzten Wochen hatte ich ernsthaft über Siennas Berühmtheit nachgedacht – aber offensichtlich nicht ernsthaft genug. Jedenfalls nicht über die Dinge, die mir wirklich wichtig waren.

Sie war mir wichtig. Wichtiger als alles andere.

Bisher hatte ich mich in erster Linie mit dem Umstand beschäftigt, dass Sienna aufgrund ihres Ruhm vermutlich für unzählige Menschen das Objekt sexueller Fantasien war – wie unter anderem auch für meinen Bruder Beau, der ihr einen der vorderen Plätze auf seiner Promi-Sex-Liste zugedacht hatte. Damit hatte ich mich inzwischen halbwegs angefreundet. Sie war berühmt und wunderschön, klug, humorvoll und sexy. *Natürlich* tauchte sie auf solchen Listen auf. *Natürlich* hatten Männer – und auch einige Frauen – erotische Fantasien von ihr. Wenn ihre Berühmtheit bedeutete, dass Tausende, wenn nicht gar Millionen von Fans scharf auf sie waren, konnte ich damit leben. Es gab Schlimmeres.

Solange alle Welt wusste, dass sie zu mir gehörte, war ich zufrieden.

Dass ich mich ausgerechnet auf diesen Aspekt ihres Ruhms fixiert hatte, bedeutete vermutlich, dass ich ein blinder Höhlenmensch, ein reaktionärer Neandertaler war. Sei es drum. Ich hatte viele Fehler, dazu zählten auch meine Eifersucht und mein Stolz. Ich hatte nie behauptet, perfekt zu sein.

Und ich hatte auch nie behauptet, besonders klug zu sein.

Denn wäre ich klug gewesen, hätte ich mir über etwas ganz anderes Gedanken gemacht – nämlich darüber, welche Auswirkungen meine Vergangenheit auf Siennas Zukunft haben könnte.

»Scheiße, ich bin so dämlich«, knurrte ich. Ich ließ den Kopf in meine Hände sinken, trat von ihr zurück und kehrte ihr den Rücken zu.

»Mir ist egal, was andere denken.« Ich fand es schrecklich, wie leise und verhuscht ihre Stimme klang. Ich fand es schrecklich, dass ich auch daran schuld war.

»Das sollte dir aber nicht egal sein«, entgegnete ich. »Du hast hart gearbeitet, um so weit zu kommen. Das kannst du nicht alles einfach wegwerfen, weil du scharf auf irgendeinen Proleten aus einem Kaff in den Appalachen bist.«

»Jethro.«

Ich ging zurück zur Fahrertür. Jeder Schritt kostete mich Überwindung, auch wenn ich wusste, dass ich das Richtige tat.

»Was heißt das jetzt für uns?«, rief sie mir nach.

»Ich weiß es nicht«, antwortete ich aufrichtig. Ich war noch nicht bereit, sie aufzugeben, sah jedoch keinen anderen Ausweg aus der Situation. Alle Möglichkeiten waren uns verwehrt. Jetzt rächten sich die Entscheidungen, die ich vor Jahren getroffen hatte.

Es war ganz allein meine Schuld. *Alles* war meine Schuld. Und jetzt zahlte ich den Preis dafür.

• • •

»Du hast das ganze Holz gehackt.«

Ich blickte nicht auf. Ich wusste auch so, wer gesprochen hatte. Billy. Und er hatte recht: Ich hatte tatsächlich sämtliche Scheite, die vor dem Holzschuppen aufgestapelt waren, zu Kleinholz verarbeitet. Und jetzt rückte ich im Wald hinter unserem Haus einer Kiefer mit einer doppelschneidigen Baumfällaxt zu Leibe. Obwohl ich schon seit über einer Stunde arbeitete, hatte ich den Stamm noch nicht einmal zur Hälfte durchgehauen. Aber ich war nicht bereit, aufzuhören. Noch lange nicht.

Als ich keine Antwort gab, sagte er: »Jet. Wir brauchen kein Holz mehr.«

Ich riss mit einem heftigen Ruck die Axtklinge aus dem Stamm und schwang sie erneut.

»Jet?«

»Verpiss dich, Billy, und lass mich in Ruhe.«

Gestern Abend, nachdem ich Sienna nach Hause gebracht hatte, war ich zur Dragon Biker Bar gefahren, wo die Iron Wraiths ihr Hauptquartier hatten.

Ich hatte eine Prügelei anzetteln wollen.

Ich hatte den unstillbaren Drang gehabt, jemanden zu Brei zu schlagen und im Gegenzug ebenfalls zu Brei geschlagen zu werden. Ich suchte Streit, wollte mich betrinken, mich zudröhnen. Das hätte mir weiß Gott nicht geholfen, aber alles war besser als diese schreckliche Leere in meinem Innern.

Am Ende war ich nicht reingegangen. Ich hatte es nicht über mich gebracht. Selbst wenn ich mir aufgrund meiner Vergangenheit meine Chancen bei Sienna verdorben hatte – ich hatte immer noch Geschwister. Sie zählten auf mich, ich durfte sie nicht enttäuschen.

An einem Baum hingegen konnte ich meine Wut gefahrlos auslassen.

Billy machte keine Anstalten, mir zu gehorchen. »Was hast du mit dem Kutschenhaus gemacht?«

Ich antwortete nicht.

»Das sieht ja so aus, als hätte jemand dein nagelneues Gerüst mit dem Vorschlaghammer bearbeitet.«

»Verpiss. Dich.«

Er seufzte. Ich spürte ihn, wie er schweigend hinter mir stand, während ich den Schmerz genoss, der mir bei jedem Axthieb in die Arme fuhr.

Gleich darauf meldete sich eine zweite Stimme. »Jethro, hast du das gesamte Holz gehackt?«

Cletus. Ich stöhnte und schüttelte den Kopf.

»So viel Holz brauchen wir überhaupt nicht«, fuhr er fort. »Was sollen wir damit anfangen? Da kannst du die Termiten ja gleich zum Tee einladen.«

»Ich habe ihn schon dasselbe gefragt«, hörte ich Billy flüstern. »Und er hat das Gerüst oben im Kutschenhaus kurz und klein geschlagen.«

»Ich kann dich hören, du Idiot.« Ich riss die Axtklinge aus dem Baumstamm und warf einen finsteren Blick über meine Schulter. Meine Brüder musterten mich stirnrunzelnd. »Seid ihr taub? Ich habe gesagt –«

»Dass ich mich verpissen soll. Ja, ich habe dich gehört.« Billys Ton war mühsam beherrscht, aber er rührte sich nicht von der Stelle.

Cletus blickte mit nachdenklichem Gesicht zwischen uns hin und her. »Ich nehme an, zwischen dir und Ms Diaz ist etwas vorgefallen?«

Ich sah ihn an, knirschte mit den Zähnen, sagte aber nichts. Wenn ich den Mund aufmachte, würde bloß ein Strom von Kraftausdrücken herauskommen. Ich hatte niemanden zusammengeschlagen, aber der Tag war noch jung und Cletus war ein guter Kämpfer.

Als hätte er meine Gedanken gelesen, versteifte er sich. »Das wirst du schön bleiben lassen. Ich habe noch nicht gefrühstückt, und das hier ist meine beste Hausjacke.«

»Dann verschwinde.«

Er brummte etwas Unverständliches, dann drohte er mir: »Wenn du mir nicht sagst, was passiert ist, gehe ich zu Ms Diaz und …«

»Das wirst du nicht tun!«, sagte ich scharf und machte einen Schritt auf meine Brüder zu.

Cletus hob abwehrend die Hände. »Dann sag mir, was passiert ist.«

»Was hast du ihr angetan?« Billy zog eine Augenbraue hoch. Sein Blick war kalt und abschätzend und ging mir unglaublich auf die Nerven.

»Ich habe ihr gar nichts angetan«, fauchte ich und schleuderte die Axt auf einen Baumstumpf in der Nähe. Ansonsten hätte ich damit nach Billys Kopf geworfen.

Billys Stirnfalten vertieften sich. Er schien mir nicht zu glauben. Ich sah ihm an, dass er mich verurteilte, und in dem Augenblick hasste ich ihn. Ohne nachzudenken, konterte ich: »Sag du lieber, was du Claire angetan hast.«

Billy fuhr zusammen. Er war so überrascht, dass ihm seine eisige Miene entglitt. »Was?«

»Du hast mich schon verstanden.« Ich wischte mir mit dem Handrücken über die Stirn. »Was hast du mit ihr gemacht? Warum hasst sie dich so sehr?«

Billy erbleichte, als hätte ich ihm die Faust in den Magen gerammt, und sofort bereute ich es, ihm die Frage gestellt zu haben.

Das hier, was ich jetzt gerade tat, die Psychospielchen, die sinnlose Aggression – so war ich nicht. Nicht mal in meinen schlimmsten Zeiten hatte ich so einen Scheiß gemacht. Ich benahm mich gerade wie mein Vater; genau so tickte er.

Ich verachtete mich dafür.

Bevor ich mich entschuldigen konnte, trat Cletus zwischen uns. »Hier geht es nicht um Billy, hier geht es darum, dass du den Great Smoky Mountain Nationalpark zerstörst, um Feuerholz zu schneiden, das kein Mensch braucht. Feuerholz, das ungefähr so nützlich ist wie eine Gittertür in einem U-Boot. Ich frage dich jetzt noch einmal: Was ist zwischen dir und Sienna vorgefallen?«

Schlagartig verließen mich meine Kräfte. Auf einmal war ich nur noch müde. Mein Schädel pochte, und meine Brust schmerzte. »Es ist vorbei.«

Die Worte klangen ebenso endgültig wie falsch. Leer und einsam hingen sie in der stickigen Sommerluft.

Ich hatte sie immer wieder vor mich hingesagt, hatte sie im Kopf hin und her gewendet, weil ich keinen Weg sehen konnte, der um den Berg meiner Vergangenheit herumführte. Aber loslassen konnte ich Sienna ebenso wenig. In meiner wachsenden Verzweiflung hatte ich sogar ihren Vorschlag einer heimlichen Beziehung in Erwägung gezogen. Doch genau dieser Vorschlag – mitsamt all seinen Konsequenzen – hatte dazu geführt, dass ich das Gerüst oben im Kutschenhaus zertrümmert hatte. Danach war ich zum Holzschuppen weitergezogen. Und jetzt war die Kiefer dran. Wenn ich mit ihr fertig war, hätte ich mich vielleicht mit Siennas Idee versöhnt.

»Scheiße.« Ich schüttelte den Kopf. »Vielleicht ist es auch nicht vorbei. Keine Ahnung.«

Cletus stemmte die Hände in die Hüften. »Warum ist es vorbei? Ist bei Daisy's irgendwas vorgefallen?«

Ich schüttelte den Kopf. »Nein. Sie hat auf der Rückfahrt einen Anruf von ihrer Schwester gekriegt. Sienna hat ... eine Veranstaltung. Eine Filmpremiere in London, auf der sie diese Woche erscheinen muss, und sie soll unbedingt ein Date mitbringen.«

Cletus musterte mich forschend, als erwarte er, dass ich fortfuhr. Als ich das nicht tat, bohrte er nach: »Und? Wo liegt das Problem?«

»Und ...« Mein Blick zuckte zu Billy. Jetzt mauerte er wieder, die Arme verschränkt, den Mund zu einem dünnen Strich zusammengepresst. »Und ich komme dafür nicht infrage.«

Cletus schnalzte ungehalten mit der Zunge. »Warum denn nicht? Hast du an dem Tag schon was anderes vor? Musst du einen Kuchen backen?«

»Mensch, Cletus! Weil dann jeder über uns Bescheid wissen würde. Weil die Presse anfangen würde, meine ganze Vergangenheit umzugraben. Und was glaubst du, wie Amerikas Liebling dastehen wird, wenn sie jemanden wie mich im Schlepptau hat? Einen Ex-Knacki namens Jethro aus den Appalachen mit einem mittleren Schulabschluss und einem ganzen Album voller Polizeifotos?«

Cletus' Stirnfalten sahen regelrecht bedrohlich aus. »Du bist kein Ex-Knacki«, schäumte er. »Du wurdest nie verurteilt.«

»Das macht doch keinen Unterschied. Ich wurde nicht verurteilt, aber schuldig bin ich trotzdem, das wissen wir alle.«

»Sie hat also Schluss gemacht.«

»Nein.« Ich schüttelte den Kopf. Ein freudloses Lachen kam mir über die Lippen. »Ich mache Schluss. Ich muss Schluss machen, mir bleibt gar nichts anderes übrig.«

»Du?«, fragte Billy verständnislos.

»Ja. Ich.«

»Warum?«, wollte er wissen. Wie gebannt wartete er auf eine Antwort.

»Weil ich ihr das nicht antun kann«, fuhr ich ihn an und fühlte mich dabei schon wieder so elend, so unfassbar zornig und hilflos, dass es mich fast zerriss. »Ich kann ihr doch nicht die Karriere versauen. Ihren Ruf ruinieren. Das kann ich doch nicht machen! Das tut man jemandem, den man lie-«

Beinahe hätte ich es gesagt. *Jemandem, den man liebt.* Ich brach gerade noch rechtzeitig ab, fuhr herum und kehrte meinen Brüdern wieder den Rücken zu.

Verdammte Scheiße noch mal. Ich war in Sienna Diaz verliebt.

Das Gefühl war wie Atmen. Natürlich, selbstverständlich, notwendig. Unentrinnbar. Und der Gedanke, den Rest meines Lebens ohne sie zu verbringen, ließ eine solche Panik in mir hochsteigen, dass ich darin zu ertrinken drohte. Ich fluchte und wollte meine Axt aufheben, doch Cletus stellte sich mir in den Weg.

»Hey. Warte mal kurz.« Wieder hatte er beschwichtigend die Hände erhoben. Er sah mich sorgenvoll an. »Moment mal. Was hat sie denn zu der ganzen Sache gesagt?«

Ich zuckte die Achseln. »Ist doch egal.«

»Was sie will, ist dir egal?«, fragte er herausfordernd.

»Das habe ich nicht gesagt. Natürlich ist es mir *nicht* egal, was sie will.«

»Also. Was will sie denn?«

Ich schüttelte den Kopf und schloss die Augen. »Sie will nicht, dass mein Privatleben unter unserer Beziehung leidet. Sie will, dass wir uns heimlich treffen.«

»Wie bitte? Was bedeutet das?«

»Sie denkt die ganze Zeit nur daran, was eine öffentliche Beziehung für *mich* bedeuten würde. Sie macht sich Sorgen, dass ich dann keine ruhige Minute mehr hätte, dass ich zu viel aufgeben müsste. Also möchte sie, dass wir uns verstecken.«

»Und du machst dir deswegen keine Sorgen? Wegen deiner Privatsphäre, meine ich?«

»Gott, nein.« Ich öffnete die Augen und sagte hitzig: »Das ist mir doch scheißegal. Ich würde jederzeit mein Privatleben aufgeben, wenn ich dafür mit ihr zusammen sein könnte. Aber nicht, wenn meine Vergangenheit ihren –«

»– Ruf ruiniert, ja, ich weiß«, beendete Cletus den Satz für mich und winkte ab. Seine Stirn war in tiefe Falten gelegt.

»Und es geht nicht nur um ihre Karriere und ihr Image. Du hast das

Foto gesehen, das Darrell geschickt hat. Du hast seine Botschaft gelesen. Glaubst du ernsthaft, unser Vater wird uns einfach so in Ruhe lassen?«

»Nein«, antwortete Billy aufrichtig. »Er wird auf jeden Fall versuchen, die Sache für seine Zwecke zu nutzen. Er wird dich erpressen. Er wird vor nichts zurückschrecken.«

»Macht euch um Darrell Winston mal keine Sorgen.« Wieder wischte Cletus meine Bedenken mit einer wegwerfenden Handbewegung beiseite. »Mit dem werde ich schon fertig. Vergiss ihn einfach. Ich habe ihn unter Kontrolle.«

»Wie kannst du dir da so sicher sein?«, wollte ich wissen. »Es geht hier um Sienna. Da kann ich kein Risiko eingehen.«

»Jethro Whitman Winston.« Cletus' Blick war streng und hart. »Du wirst mir schon vertrauen müssen. Vergiss Darrell.«

Wir funkelten einander aufgebracht an. Ich hatte keine Ahnung, ob ich Darrell vergessen konnte.

»Habe ich dich jemals hängen lassen?«, fragte Cletus schroff. »Habe ich jemals ein Versprechen gebrochen? Ich sage es dir zum letzten Mal: Lass. Mich. Nur. Machen.«

Ich biss die Zähne aufeinander. Cletus hatte recht. Er war durchtrieben, manchmal regelrecht bösartig, aber sein Wort war ihm heilig. Und gerade diese Bösartigkeit war es, die mich dazu veranlasste, ihm zu vertrauen. Wenn jemand es mit Darrell aufnehmen konnte, dann er.

»Du musst dich jetzt auf deine Frau konzentrieren. Darauf, wie du den Schlamassel wieder in Ordnung bringst.«

»Vielleicht sollten wir uns wirklich heimlich treffen«, überlegte ich laut, doch noch während ich dies sagte, spürte ich wieder dieselbe instinktive Abneigung wie zuvor. Sie erfasste meinen ganzen Körper, von der Brust bis in meine Fingerspitzen hinein. Meine Haut prickelte unangenehm und der Atem brannte in meiner Lunge.

»Nein, tu das nicht«, sagte Billy und schüttelte nachdrücklich den Kopf. »Führt eure Beziehung öffentlich oder gar nicht. Versteckt euch nicht. Die Lügen werden dich auffressen und sie am Ende auch. Sie werden das Schöne zwischen euch zu etwas Hässlichem machen.«

Ich sah Billy an. Seine Worte hatten mich überrascht. Ich ärgerte mich, weil sie so weise und wahr klangen. Aber ich war verzweifelt, deshalb klammerte ich mich an jeden Strohhalm.

Eine Weile standen wir einfach nur da, um uns herum der stille Wald. Ich hörte nichts, sah nichts, fühlte nichts außer meiner eigenen Hoffnungslosigkeit.

Billy war der Erste, der schließlich den Bann brach. Er zog sich das Hemd aus und warf es über den Ast eines nahen Baumes. Nach einem Blick auf meine dreckigen, verschwitzten Klamotten streifte er sich auch noch das Unterhemd ab.

Dann ging er zu der Axt, hob sie auf und reichte sie mir.

»Hier«, sagte er. »Nimm.«

Ich betrachtete erst den Griff der Axt, dann meinen Bruder. »Was soll das?«

Er zuckte mit den Achseln, doch ich sah das Mitgefühl tief in seinen Augen. »Wir wechseln uns ab. Und wenn der Baum gefällt ist, helfe ich dir, ihn in die Grube zu ziehen und zu zersägen.«

Ich schluckte. Meine Augen brannten und meine Lungen fühlten sich an, als hätte ich giftigen Rauch eingeatmet. Einen Augenblick lang hatte ich Angst zu ersticken.

»Warum?«, fragte ich mit rauer Stimme.

»Weil du mein Bruder bist«, sagte er, als wäre es das Nächstliegende von der Welt. »Und weil du meine Hilfe brauchst.«

Kapitel 30

Sienna

Mein Herz funktionierte nicht mehr richtig.

Erstens tat es weh. Vor allem beim Atmen. Oder beim Sitzen. Oder beim Stehen. Oder beim Gehen.

Und es pochte so komisch, setzte hin und wieder einen Schlag aus, pumpte mein Blut entweder zu schnell oder zu langsam durch meine Adern.

Es war kaputt. Gebrochen.

»Sienna?«, rief Dave und klopfte an die Tür zu meinem Schlafzimmer.

Mein Zimmer war das größte des Hauses und lag im zweiten Stock. Meine Jungs schliefen im Erdgeschoss. Der gesamte erste Stock wurde von einem riesigen Freizeitbereich einschließlich Kino, Spielzimmer, Bar und spektakulärem Seeblick eingenommen. Die Decke meines Zimmers war fast vollständig verglast, sodass ich allabendlich in den Sternenhimmel schauen konnte, und tagsüber verdunkelten sich die selbsttönenden Scheiben, damit die Sonne den Raum nicht zu sehr aufheizte. Ich ignorierte Dave und fuhr fort, den Himmel anzustarren. Das machte ich, seit Jethro mich zu Hause abgesetzt hatte.

Nein, das stimmte nicht ganz. Anfangs hatte ich ihn auf alle möglichen Arten verflucht, sowohl auf Englisch als auch in mexikanischem Spanisch. Ich hatte ein paar Türen geknallt. Ich hatte mir sehr energisch die Zähne geputzt. Und ich hatte mich nach längerer Zeit wieder an mein *Smash-Girl*-Drehbuch gesetzt. Ich hatte beschlossen, dass sie ihren ersten Ausraster haben sollte, weil alle Männer Arschlöcher waren. Ich war gefrustet. Irgendwann musste ich aufhören, weil ich vor lauter Tränen den Monitor meine Laptops nicht mehr sehen konnte. Also legte ich mich aufs Bett und starrte in den Himmel.

Mein Herz funktionierte nicht mehr richtig. Es war gebrochen.

»Sienna?«, rief Dave zum zweiten Mal.

Ich schüttelte den Kopf, aber das tat meinem Herzen weg, also hörte ich damit auf. Ein Moment verging, dann hörte ich, wie Daves Schritte sich entfernten. Die Zeit verging. Wie viel, wusste ich nicht. Wolken verdeckten die Sonne, die Scheiben des Dachfensters hatten sich getönt. Ich gab meinem gebrochenen Herzen die Schuld. Hätte es noch richtig funktioniert, hätte ich vielleicht gewusst, wie viel Uhr es war.

Dann ging meine Tür auf.

Ich drehte den Kopf – was auch diesmal meinem Herzen wehtat. Cletus. Er stand kurz hinter der Schwelle und beobachtete mich mit unergründlicher Miene.

»Cletus«, sagte ich und erkannte meine eigene Stimme nicht wieder.

»Ms Diaz.« Er nickte zum Gruß.

»Mein Herz ist gebrochen«, teilte ich ihm mit.

Er nickte wieder, als wisse er das bereits, aber jetzt leuchtete Mitgefühl aus seinen Augen. Er kam zum Bett, setzte sich neben mich und nahm meine Hand. »Ja. Deswegen bin ich hier.«

»Bitte, sag mir, dass du das wieder hinkriegst.« Alles verschwamm vor meinen Augen, weil ich schon wieder weinen musste.

Er verzog den Mund, als sei er besorgt. »Ich werd's versuchen.«

• • •

Cletus zwang mich, duschen zu gehen. Unter der Dusche weinte ich noch eine Runde. Dann zwang er mich, eine Tasse Tee zu kochen und eine Kopfschmerztablette zu nehmen, und ging mit mir auf die hintere Veranda hinaus, damit wir auf den See schauen konnten.

»Ein schöner Ausblick hilft immer«, sagte er und löffelte Zucker in meinen Tee.

»Ich trinke meinen Tee ohne Zucker.«

Er drückte mir die Tasse in die Hand. »Süßer Tee hilft immer.«

Ich lachte und nippte an dem Tee. Er half wirklich ein bisschen.

»Jetzt sagen Sie mir, was passiert ist«, wies er mich an.

Ich quittierte seine großväterliche Stimme mit einer hochgezogenen Augenbraue. Ich war mir relativ sicher, dass wir etwa gleich alt waren, auch wenn etwas an seiner ernsten Miene und seinen hellen Augen ihn wesentlich älter erscheinen ließ.

»Hast du ... mit ihm geredet?«, fragte ich und schlürfte von meinem Tee, der fast schon dickflüssig war vor lauter Zucker und dessen Süße sich wie ein Belag auf meine Zunge legte.

»Ja.«

Ich holte tief Luft. »Was hat er gesagt?«

»Das sage ich Ihnen gleich. Zuerst möchte ich, dass Sie mir aus Ihrer Perspektive erzählen, was passiert ist.«

Also erzählte ich es ihm. Ich verheimlichte ihm nichts.

Ich fing am Anfang an. Ich erzählte, wie wir uns kennengelernt hatten und dass ich ihn von Anfang an sehr gemocht hatte, und schloss damit, wie zornig ich am vergangenen Abend auf ihn gewesen war.

»Warum will er nicht mal darüber nachdenken, sich heimlich mit mir zu treffen? So was ist in Hollywood nichts Ungewöhnliches. Das machen die Leute andauernd.«

»Sienna, warten Sie kurz. Sie haben gerade einen doppelten Negativ verwendet, das bedeutet, dass Sie sehr aufgewühlt sind. Bedenken Sie doch mal, was Sie ihm da eigentlich vorschlagen. Sie verlangen von Jethro, dass er die Beziehung mit Ihnen leugnet. Sie wollen, dass er lügt, so als wäre es etwas Schlechtes, das man vor aller Welt verbergen muss.«

»Aber so wäre es doch gar nicht.«

»Selbstverständlich wäre es so. Außerdem würden Sie ihn nie in Green Valley besuchen können. Wir leben in einer Kleinstadt. Hier gibt es keine Geheimnisse. Die Leute haben Sie beide schon zusammen gesehen. Im Moment glauben sie vielleicht noch, dass Sie einfach nur befreundet sind. Aber er wurde bereits mehr als einmal auf sein Verhältnis zu Ihnen angesprochen, und wenn er nichts sagt, gießt er nur Öl ins Feuer ihrer Spekulationen. Es geht ja auch nicht allein darum, ein Geheimnis zu bewahren. Es geht darum, fortgesetzt zu lügen. Allen Menschen etwas vorzugaukeln, und zwar permanent.«

Ich brachte es nicht fertig, seinem ernsten Blick standzuhalten, also starrte ich in meinen Tee. Er sah aus wie ganz normaler Tee. Aber er war nicht normal. Er war süß, weil Cletus Zucker hineingetan hatte.

»Jethro hat mir einige Sachen aus seiner Vergangenheit erzählt – was er damals so alles angestellt hat.«

Ich hörte, wie Cletus seine Sitzposition veränderte. Das Holz des Stuhls knarrte unter seinem Gewicht. »Ja. Und?«

»Wenn ich noch besser Bescheid wüsste, könnte ich die negativen Auswirkungen vielleicht kontrollieren.«

»Dann fragen Sie ihn doch.«

»Habe ich ja.« Jetzt sah ich Cletus endlich an. »Er hat gesagt, dass er früher Autos geknackt hat, und er hat mir aus seiner Zeit bei den Iron Wraiths und von eurem Vater erzählt – nicht sehr viel, aber genug, dass ich mir den Rest schon irgendwie zusammenreimen kann. Ich verstehe, dass er sich schämt. Er hat mir auch gesagt, dass er früher Frauen wie Dreck behandelt hat – die Frauen im Motorradclub. Dass er sie ausgenutzt hat.«

Cletus kratzte sich am Kinn. Er musste eine Weile nachdenken. »Und genau da wird es kompliziert«, sagte er schließlich. »Ja, er schämt sich deswegen, weil unsere Momma uns zu besseren Menschen erzogen hat. Aber diese Frauen treiben sich nur aus einem einzigen Grund im Dunstkreis des Clubs herum, nämlich um mit den Wraiths Sex zu haben. Er hat diese Frauen benutzt, sie ihn aber auch. Solange es einvernehmlich geschieht, finde ich, rein rational betrachtet, an seinem Handeln nichts Verwerfliches. Irrational betrachtet finde ich es hingegen eklig.«

»Du findest Männer, die häufig den Geschlechtspartner wechseln, *eklig*? Das habe ich ja noch nie gehört – jedenfalls nicht aus dem Mund eines Erwachsenen.«

»Es ist aber so.« Er nickte mit Nachdruck. »Dieser ständige Austausch von Körperflüssigkeiten? Widerwärtig. Wahlloser, unüberlegter Sex ist so wie das wahllose, unüberlegte Essen von Kuchen. Anfangs schmeckt mir der Kuchen vielleicht, aber dann stelle ich fest, dass er in einer unhygienischen Küche gebacken wurde, dass irgendwelche Idioten auf den Teig geniest oder hineingespuckt haben oder er von einer Verrückten gebacken wurde, die verlangt, dass ich ab jetzt jeden Tag nur noch von ihrem Ekelkuchen esse. Und ehe man sichs versieht, habe ich einen Stalker und Amöbenruhr und Herpes, und das alles nur, weil ich so naiv war, ein Stück Kuchen zu essen, ohne nachzufragen, woher es kommt. Ich persönlich halte meine Küche sauber, und dasselbe verlange ich auch von meiner Partnerin. Ganz abgesehen davon kann ich es nicht leiden, wenn mir jemand Toasterwaffeln als Kuchen verkaufen will. Ich erkenne den Unterschied. An Möchtegern-Bäckerinnen bin ich nicht interessiert.«

Trotz meiner Misere musste ich ein wenig schmunzeln. »Dann bist du also auf der Suche nach einer jungfräulichen Küche, Cletus?«

»Nein, nein, nein. Das habe ich so nicht gesagt. Idealerweise wünsche ich mir eine Bäckerin, die in ihrer Küche auf Sauberkeit achtet, sich aber gut aufs Backhandwerk versteht oder wenigstens redlich Mühe gibt. Wenn sie gar nicht backen oder kochen kann, wäre ich theoretisch natürlich auch bereit, es ihr beizubringen. Aber ...« Er zuckte die Achseln. »Am liebsten hätte ich jemanden, mit dem ich neue, qualitativ hochwertige und anspruchsvolle Rezepte ausprobieren kann.«

»Und jetzt das Ganze bitte noch mal ohne Analogien.«

»Schön. Ich suche nach einer Frau, die Spaß an Sex hat, für die Lust aber nicht wichtiger ist als Intellekt. Von mir aus kann sie schon hundert Sexualpartner gehabt haben, solange sie sie vorher eingehend auf psychopathische Tendenzen hin überprüft hat. Ich habe vier Regeln. Regel Nummer eins: Lade niemanden in deinen Körper ein, den du nicht auch in deine Küche einladen würdest. Regel Nummer zwei: Der Akt muss in einer sauberen Umgebung stattfinden. Regel Nummer drei: Es sind Vorsichtsmaßnahmen zu treffen, die beide Partner vor Krankheiten beziehungsweise ungewollter Schwangerschaft schützen. Und Regel Nummer vier: Geize nie mit deiner Leidenschaft, oder anders ausgedrückt: Vögle immer um die Goldmedaille.«

Ich musste die Lippen zusammenkneifen, denn trotz aller Verzweiflung war der Spruch einfach zum Totlachen. »Kann sein, dass ich den klauen muss, Cletus.«

»Nur zu. Ich brauche ihn nicht.«

Weil ich wieder auf Jethros Schuldgefühle zurückkommen wollte, fragte ich: »Und die Frauen im Club, die haben keine entsprechenden Vorsichtsmaßnahmen getroffen?«

»Es betrifft nicht nur die Frauen – das wollte ich eigentlich damit sagen. Keine der beteiligten Personen macht sich Gedanken über solche Dinge, weder die Frauen noch die Männer. Niemand aus dem Club hat eine saubere Küche, alle servieren einem Toasterwaffeln und nennen es Kuchen, und es wimmelt überall nur so von gefährlichen Soziopathen. Der Club ist die reinste Tripper-Brutstätte. Ergo: eklig.«

»Und Jethro?«

»Na ja, der hat sich auch keine Gedanken gemacht – jedenfalls anfangs nicht. Bis er irgendwann zur Besinnung gekommen ist. Daraufhin hat er umgehend das Gesundheitsamt eingeschaltet, und seitdem hält er seine Küche makellos sauber und backt keinen Kuchen mehr für irgendwen, höchstens für sich selbst.«

»Und das ist der Grund für seine Schuldgefühle? Dass er als Jugendlicher egoistisch war und nur an Sex gedacht hat?«

»Er hat Ihnen doch erzählt, dass er damals auch Autos geknackt hat?«

»Ja. Aber er wurde nie dafür verurteilt, richtig?«

»Das ist richtig. Getan hat er es aber trotzdem. Er hat nur nie dafür gesühnt. Ich glaube, das ist es, was ihm zu schaffen macht: dass er gestohlen hat und nicht dafür bestraft wurde. Er wollte sich stellen, aber unsere Momma hat ihn davon abgehalten. Sie hat ihn gebeten, stattdessen wieder zur Schule zu gehen und ein Mann zu werden, zu dem andere aufschauen können. Sie hat ihm gesagt – und ich war derselben Meinung –, dass er für seine Straftaten bezahlen könne, indem er sich künftig besser um seine Familie kümmert. Im Gefängnis wäre das wohl kaum möglich gewesen.«

»Aber er denkt immer noch, dass er es nicht verdient hat, glücklich zu sein. Er ist nach wie vor der Ansicht, dass er eigentlich bestraft werden müsste.«

»Das glaube ich auch – und zwar ungeachtet dessen, wie schlecht er von unserem Vater und den anderen aus dem Club behandelt wurde. Wenn Sie mich fragen, hat er seine Schulden längst beglichen. Aber, nun ja ...« Cletus zögerte und kratzte sich am Kinn. »Einmal hat unser Vater etwas ziemlich Übles mit Ashley versucht.«

Ich nickte. »Ja, davon hat er mir erzählt«, sagte ich leise.

»Dann hat er Ihnen wohl auch von Roxy und Kim erzählt?«

Ich versteifte mich. »Nein. Wer ist das? Sind das Frauen aus dem Club?«

»Ja und nein. Inzwischen gehören sie zum Club – allerdings nur wegen Jethro. Er hat sie in das Clubleben eingeführt. Jetzt sind beide drogenabhängig und werden von diesen Soziopathen herumgereicht. Jethro gibt sich die Schuld daran.«

»Aha ... verstehe.« Und ich verstand wirklich. Das war eine schlimme Geschichte.

»Kim dachte, Jethro wäre ihr Old Man – also ihr fester Freund innerhalb des Clubs. Ich vermute, er hat ihr was vorgemacht, um sie sich warmzuhalten. Und Roxy war verliebt in ihn, als er sie zum ersten Mal in den Club mitgenommen hat. Sie hat er ebenfalls nach Strich und Faden belogen.«

»Wie ist es weitergegangen? Ich meine, hat er später versucht, ihnen zu helfen?«

»Ja, aber keine der beiden wollte sich von ihm helfen lassen.«

Ich hatte Angst, nachzufragen, tat es aber trotzdem. »Was ist aus ihnen geworden?«

»Tja, Roxy ist immer noch im Club. Kim haben wir seit Ewigkeiten nicht mehr gesehen. Vor ein paar Jahren hat Jethro sogar angeboten, eine von ihnen zu heiraten – Roxy, glaube ich –, einfach nur, um sie da rauszuholen. Aber Drew hat ihm davon abgeraten. Diese Frauen sind nicht die einzigen, die er für den Club geködert hat, aber die einzigen, die dauerhaft hängengeblieben sind. Suzie Samuels zum Beispiel hat sein Motorrad angezündet, sobald sie gemerkt hat, dass Jethro sie hinhält. Sie kann ihn nicht ausstehen und beschimpft ihn jedes Mal wüst, wenn sie sich über den Weg laufen. So ist es mit den meisten Frauen, die er von damals kennt – die Tanner-Zwillinge, Suzie Samuels, Gretchen LaRoe ... um nur einige zu nennen. Es gibt hier in der Gegend eine Menge Frauen, die einen Groll gegen ihn hegen und jederzeit bereit wären, vor der Presse auszupacken und aller Welt zu erzählen, was für ein schrecklicher Mensch er ist.«

»Oh mein Gott. Warum zieht er dann nicht weg?«

»Ich glaube, er sieht das als seine gerechte Strafe dafür an, dass er sie damals so mies behandelt hat – und für alles andere.«

Konkrete Namen im Zusammenhang mit Jethros Missetaten zu hören ließ seine Vergangenheit auf einmal viel realer erscheinen. Die Namen unterstrichen die Schwere seiner Schuld – und damit auch die seiner Sorge, er könne meinem Ruf schaden.

Trotzdem: Er war nicht mehr derselbe Mensch wie früher. Das hatte er gezeigt. Er hatte sich fünf Jahre lang nichts zuschulden kommen lassen, war vernünftig und anständig geblieben – für mich war das Beweis genug.

»Ich habe keine Ahnung, was ich jetzt tun soll«, gestand ich. »Sag mir doch, was ich tun soll, Cletus.«

»Ganz einfach. Zeigen Sie der Welt, dass Sie zusammen sind und stellen Sie sich den Konsequenzen. Ende der Geschichte.«

Ich blickte stirnrunzelnd in meinen Tee. »Soll ich denn Jethro jegliche Privatsphäre rauben? Ihn den Wölfen zum Fraß vorwerfen? Diesen Frauen eine Bühne für ihren Hass bieten?«

»Ja. Wenn das der Preis ist, um mit Ihnen zusammen sein zu können, wird er ihn bereitwillig zahlen, da bin ich mir sicher. Sie tun so, als wäre er ein zartes Pflänzchen. Er bereut all das Unrecht, das er damals getan hat, aber er versteckt sich nicht davor. Ihm geht es vielmehr darum, wie sich all das auf Ihr Image auswirken könnte.«

»Das ist mir doch vollkommen egal. Wirklich. Wenn ich zwischen Jethro und der Schauspielerei wählen müsste, würde ich mich, ohne eine Sekunde zu überlegen, für Jethro entscheiden.«

»Dann liegt Ihnen nichts an der Schauspielerei? Am Ruhm?«

»Nein. Ich meine – ich freue mich, dass ich durch meine Arbeit anderen Frauen wie mir den Weg bereite. Dass ich Frauen, die keine Normschönheiten sind, neue Möglichkeiten in der Filmwelt eröffnen kann. Wenn ich auch nur einem einzigen kleinen Mädchen, das sich zu dick findet oder eine dunkle Hautfarbe hat oder einen etwas merkwürdigen Sinn für Humor, zeigen kann, dass es nicht schlimm ist, anders zu sein, und dass man trotz seiner Andersartigkeit Erfolg haben kann, dann bin ich zufrieden. Anderssein sollte positiv bewertet werden, denn es ist eine Stärke. Ich finde es gut und wichtig, dass ich vielleicht dazu beigetragen habe, die gängige Auffassung zu ändern, dass Frauen nicht witzig sein können. Ich mag die Schauspielerei. Ich mag es, anderen etwas von mir zu geben. Schlimmstenfalls – jetzt mal ganz realistisch betrachtet – stößt mich meine Beziehung zu Jethro von dem albernen Podest, auf dem ich stehe – aber das heißt mitnichten, dass ich gleich auf der Schwarzen Liste lande. Ich werde weiterhin meinen Beruf ausüben können – vielleicht nicht mehr in großen Produktionen, vielleicht ist es dann vorbei mit Amerikas Liebling, aber ehrlich gesagt: Da scheiße ich drauf. Bitte, glaub mir, wenn ich dir eins sage: Mit ihm zusammen zu sein, mein Leben mit ihm zu teilen, das bedeutet mir viel mehr als irgendein Promistatus oder Rummel um meine Person.«

Cletus stellte seinen Tee mit einem *Plonk* auf den Tisch zwischen uns. »Seine Privatsphäre ist ihm gleichgültig. Ihr Image ist Ihnen gleichgültig. Warum vertrauen Sie einander nicht einfach und versuchen es?«

»So einfach ist das nicht.«

»Es ist so einfach wie trockener Toast.«

»Du forderst mich dazu auf, ihm wehzutun – wissentlich.«

Cletus knurrte ungehalten und rang die Hände. »Wir drehen uns im Kreis. Die Realität ist doch folgende: Menschen werden verletzt, und entweder sie kommen darüber hinweg oder eben nicht. Sie können nicht beides haben. Wenn Sie berühmt sind, müssen Sie auch mit den Folgen klarkommen. Oder aber Sie lassen das alles hinter sich. Stehen Sie zu Ihrem Scheiß, Sienna. Geben Sie Jethro die Möglichkeit, zu seinem Scheiß zu stehen. Und dann heiraten Sie und stehen Sie gemeinsam zu Ihrem gemeinsamen Scheiß.«

Cletus erhob sich und stapfte frustriert in Richtung Hintereingang davon. Er verschwand im Haus, nur um drei Sekunden später wieder zurückzukommen. »Und wenn Sie schon mal dabei sind, setzen Sie gleich auch noch ein paar Nichten und Neffen für mich in die Welt.«

• • •

Stehen Sie zu Ihrem Scheiß. Und geben Sie Jethro die Möglichkeit, zu seinem Scheiß zu stehen.

Es war zwei Uhr fünfundzwanzig.

Ich war todmüde.

Schlafen konnte ich trotzdem nicht.

Cletus' Worte schwirrten mir unaufhörlich im Kopf herum und bestimmten all meine Gedanken. Er hatte recht. Er hatte absolut recht. In meinem Beruf war Privatsphäre ein Luxus – na und? Entweder ich blieb ein Leben lang allein, mied Beziehungen und ließ mich von der Angst bestimmen, den Menschen, die mir etwas bedeuteten, möglicherweise wehzutun – oder ich lernte zu meinem Scheiß zu stehen.

Also ... was bedeutete das für Jethro und mich? Ich würde den Schritt nur dann wagen, wenn er dabei an meiner Seite war. Eine solche Entscheidung konnte ich nicht alleine treffen.

Ich warf einen Blick auf das Kussfoto von uns beiden auf meinem Handy. Im selben Moment ging eine SMS ein, und das Herz klopfte mir bis zum Hals.

Bist du noch wach?

Hastig schrieb ich zurück.

Ja.

Ich möchte dich was fragen. Ich hab einen neuen Vorschlag.

Dann frag.

Ich komme vorbei.

Okay.

Ich hab dich vermisst.

Ich hab dich auch unheimlich vermisst. Tut mir leid, dass ich einfach so gegangen bin. Warte auf mich, bin gleich bei dir.

Mein Image interessiert mich nicht. Ich wünschte, du würdest mir das glauben. Vielleicht verliere ich ein paar Rollen. Und wenn schon. Ich liebe meine Arbeit, aber ich fände es genauso schön, in kleineren Produktionen mitzuspielen.

Die nächsten fünf Minuten lang schaute ich ständig auf mein Handy. Als er nicht antwortete, schrieb ich ihm noch eine Nachricht.

Was würdest du tun, wenn ich das Kussbild von uns beiden an jeden Promiblogger und Reporter schicken würde, den ich kenne?

Mach das nicht.

Ich tippte eine neue Antwort.

Ich mach's!

Und ich schicke ihnen deinen vollständigen Namen und deine Sozialversicherungsnummer.

Und ein Foto von mir, wie ich der Welt zwei Stinkefinger zeige.

Nackt.

Jetzt krieg dich wieder ein, Frau. Bin schon unterwegs.

Ich sprang aus dem Bett und huschte aus meinem Schlafzimmer. Auf der Treppe versuchte ich möglichst leise zu sein, ich wollte Dave und Tim nicht wecken.

Henry hatte Nachtschicht. Er saß unten im Wohnzimmer und schaute sich ein Baseballspiel im Fernsehen an. Bei meinem Eintreten drehte er sich nach mir um.

»Kannst du nicht schlafen?« Er wirkte etwas ängstlich, als rechne er damit, dass ich jeden Augenblick einen Weinkrampf bekommen könnte.

Ich schüttelte den Kopf und schlüpfte in die Eingangshalle. »Nein, nein. Jethro kommt gleich. Ich mache ihm auf. Schau nur weiter dein Spiel.«

Ich tigerte vor der Haustür auf und ab und spähte alle fünf Sekunden durch die Scheibe. Nach einer Ewigkeit – sechzehn Minuten! – sah ich die Frontscheinwerfer seines Trucks, die das Glas streiften und mich kurzzeitig blendeten. Ich legte die Hand an die Türklinke, weil ich dachte, dass er vielleicht lieber draußen mit mir reden wollte, aber dann hielt ich inne.

Ich wollte nicht draußen mit ihm reden. Ich wollte dieses Gespräch nicht in seinem Truck führen. Ich wollte es ihm nicht noch leichter machen, mir Lebwohl zu sagen, falls es das war, was er vorhatte.

Ich wich von der Tür zurück, ging ins Wohnzimmer und flüsterte laut zu Henry: »Wenn er klopft, machst du auf und schickst ihn nach oben – alles klar?«

Henry nickte mit großen Augen und erhob sich von der Couch. Ich eilte die Treppe hinauf zurück in mein Schlafzimmer, wo ich mit gespitzten Ohren unruhig hin und her ging. Keine Minute später hörte ich Schritte auf den Stufen. Ich versuchte zu schlucken, aber es ging nicht. Meine Hände zitterten, deshalb legte ich mein Handy, das ich immer noch in der Hand hielt, auf die Kommode und wandte mich der geöffneten Tür zu.

Und dann war er da. Er blieb im Flur vor meinem Zimmer stehen und sah mich an.

Er sah müde aus, aber umwerfend wie immer in einem weißen T-Shirt, dunklen Jeans und Stiefeln. Seine Haare waren ungekämmt. Er musste sich in aller Eile angezogen haben. Sein Anblick erfüllte mein Herz mit Ungeduld und nervöser Freude. Oder anders ausgedrückt: mit Hoffnung.

»Komm doch rein.«

Er sah mich an und seine argwöhnische Miene versetzte mir einen Stich. Er sah aus, als bereite er sich innerlich auf etwas Unangenehmes vor.

»Vielleicht solltest du dir besser einen Morgenmantel überziehen«, sagte er schroff.

Ich schaute an mir herunter. Ich trug meinen ganz normalen Schlafanzug – pinkfarbene Shorts und ein dazu passendes Trägerhemdchen. Als Jethro bei mir übernachtet hatte, war ich selbstverständlich nackt gewesen.

Ich knickte die Hüfte ab und stützte meine Hand darauf. »Sei nicht albern. Ich ziehe mir ganz bestimmt keinen Morgenmantel über.«

»Sienna.«

»Jethro.«

Ich gebe zu, ich sagte das in meiner Verführerinnenstimme.

Seine Augen verdunkelten sich.

»Ich ziehe mir keinen Morgenmantel an.«

Darauf konnte er lange warten. Ich würde keinen Morgenmantel anziehen, denn wenn er gekommen war, um endgültig Schluss zu machen, würde ich ihm nicht auch noch dabei helfen.

Auf. Gar. Keinen. Fall.

»Wenn du dich nicht beherrschen kannst, dann beherrsch dich eben nicht. Du hast meine Erlaubnis, mich nach Belieben anzuglotzen und/oder zu berühren.« Beim letzten Wort ging mir die Luft aus, weil sich seine Augen verengten, sein Blick gefährlich wurde und er endlich den Schritt über die Schwelle in mein Schlafzimmer wagte.

Er wandte den Blick nicht ab, als er die Tür hinter sich schloss und dann mit der ihm eigenen Selbstsicherheit auf mich zukam. Unmittelbar vor mir blieb er stehen. Jetzt trennten uns nur noch wenige Zentimeter. Ich reckte das Kinn vor und ballte die Fäuste. Ich musste mich zwingen, nicht vor ihm zurückzuweichen. Die Intensität seines Blicks war fast nicht auszuhalten.

Aber ich hielt sie aus.

Seine Augen wanderten zu meinem Mund, dann tiefer über meinen Hals und an meinem Schlüsselbein entlang. Überall, wo sein Blick mich streifte, bekam ich eine Gänsehaut. Dann hob er die Hand und berührte mich am Arm. Die Hitze und Kraft, die von ihm ausgingen, ließen mich unwillkürlich nach Luft schnappen. Seine Finger zogen den Träger meines Hemdchens zur Seite, bis meine Schulter entblößt war. Ein Kribbeln lief mir das Rückgrat hinauf, sammelte sich in meiner Brust und wurde stärker. Mein Herzschlag dröhnte mir in den Ohren. Den Blick auf die nackte Haut meiner Schulter geheftet, gestand Jethro: »Ich bin verliebt in dich.«

Ich blinzelte verdattert.

»Du …« Ich machte den Mund auf und blinzelte noch heftiger. »Ich – du …«

Ich war vollkommen sprachlos. Das waren definitiv nicht die Worte, auf die ich mich eingestellt hatte.

Währenddessen starrte Jethro nur wie gebannt meine nackte Haut an. Sein Daumen rieb zärtlich meine Schulter. Er zog den Träger noch weiter herunter, und dann machte er dasselbe mit dem Träger auf der anderen Seite, bis er meine Brüste entblößt hatte. Er senkte den Kopf. Seine starken Hände glitten nach hinten und über meinen Rücken. Er zog mich an sich, und seine Zunge hinterließ eine feuchte Spur auf meiner Brust, ehe er mit einem selbstvergessenen Stöhnen meinen Nippel in den Mund nahm.

Auf einmal bewegten wir uns.

Er schob mich rückwärts zum Bett. Meine Finger waren in seinem Haar, ich grub die Nägel in seine Kopfhaut und hielt ihn eng an mich gepresst. Mein ganzer Körper prickelte. Seine großen, starken Hände hielten mich, während er meine Haut kostete, biss und saugte und die Spuren, die seine Zähne hinterlassen hatten, mit seiner heißen Zunge liebkoste.

Und auch ich blieb nicht untätig. Ich schob die Hand in seine Jeans und genoss das Spiel seiner Muskeln unter dem schlichten weißen T-Shirt. Ich machte erst den Knopf, dann den Reißverschluss seiner Hose auf und umfasste ihn mit gierigen Fingern. Er sog scharf die Luft ein, als ich ihn durch seine Boxershorts zu streicheln begann. Ihn zu spüren, so hart und erregt, erweckte ganz neue, primitive Gefühle in mir.

»Ich bin verliebt in dich«, wiederholte er, allerdings hatte ich den Eindruck, dass er es diesmal eher zu sich selbst sagte. Seine Finger gruben sich in meine Hüften und er hakte die Daumen unter den Gummizug meiner Pyjama-Shorts. »Ich will mit dir schlafen.«

»Jethro«, keuchte ich. Seine Worte rissen mich nur kurzzeitig aus meinem Nebel der Lust. Die Vorfreude war zu süß und zu qualvoll.

Sein Mund fing meinen ein und er küsste mich zärtlich. Ich konnte spüren, wie sehr er sich zurückhielt. Jeder seiner Muskeln war hart wie Stein.

»Dumme Sienna, kluge Sienna«, raunte er leise an meinen Lippen. Er wühlte eine Hand in meine Haare, die andere glitt in meine Shorts und unter das Bündchen meines Slips. »Sexy Sienna.«

»Ich möchte nicht, dass du etwas tust, was du später bereust«, stieß ich hastig hervor.

Er zögerte, allerdings nur den Bruchteil einer Sekunde, dann wickelte er sich meine Haare um die Hand und zog leicht daran, um meinen Hals zu entblößen. Instinktiv bog ich den Rücken durch und reckte ihm meine Brüste entgegen. Er bedeckte meine nackte Haut mit heißen, hungrigen Küssen und schob mir Shorts samt Slip nach unten.

Ich begehrte ihn so sehr. Aber obwohl seine Berührungen wie Feuer auf meiner Haut brannten und mein Blut förmlich kochte – mein ganzer Körper pochte vor Hitze –, wollte ich ihn nicht nur für eine Nacht. Diesen Gedanken wurde ich nicht los. Ich konnte ihn einfach nicht abschütteln.

Er liebte mich.

Er liebte mich und wollte mit mir schlafen. Jetzt.

Aber ich wollte die Ewigkeit, die er mir versprochen hatte, und fürchtete mich davor, etwas zu tun, was diese Ewigkeit gefährden könnte.

»Warte.« Ich nahm die Hand aus einer Hose und fasste ihn bei den Schultern. Die feuchten Spuren seiner Küsse auf meiner Haut ließen mich in der kühlen Luft des Schlafzimmers erschauern. Sein Mund wanderte immer tiefer, während er mich sanft aufs Bett drückte.

»Willst du, dass ich aufhöre?«, fragte er rau und schob, kaum dass ich mich in der Horizontalen befand, mit dem Knie meine Beine auseinander.

»Nein. Ich will nicht, dass du aufhörst, aber –«

»Schhh.« Sein heißer Atem streifte meinen Bauch und seine Hände zogen am Stoff meines Hemdchens, das mir bis auf die Taille gerutscht war. Er schob es wieder nach oben, um mit der Zunge meinen Bauchnabel liebkosen zu können.

Ich stöhnte, dann schluckte ich, nahm die Hände von seinen Schultern und kniff die Augen zu. Ich versuchte zur Besinnung zu kommen, und als ich es halbwegs geschafft hatte, sagte ich das Erste, was mir in den Kopf kam.

»Ich liebe dich auch.«

Bei Mothras Nippeln, ICH LIEBE DIESEN MANN!

Ich liebte alles an ihm – angefangen von seiner außergewöhnlichen Begabung im Flirten bis hin zu seiner Tüchtigkeit. Egal, worum es ging, er packte es an. Und nichts auf der Welt war so sexy wie ein tüchtiger und fähiger Mann.

Jethros Hände, die gerade meine Beine streichelten, hielten in der Bewegung inne. Auf einmal war er ganz still. Ich hörte nur noch seinen Atem und spürte das Pochen seines Herzens an meinem Schenkel.

»Und das mit uns ist nichts auf Zeit«, fuhr ich abrupt fort und presste die Fäuste auf meine geschlossenen Augen. »Und du hast dir geschworen, dass die nächste Frau, mit der du schläfst, deine Ehefrau sein soll. Ich will nicht, dass du dein Versprechen brichst, aber heiliger Godzilla, Jethro – wenn du jetzt weitermachst, reiße ich dich ins Verderben, und ich schwöre, danach wirst du mich nie wieder los.«

Ohne etwas zu sagen, strich er mit den Fingerspitzen ganz sacht die Rückseite meiner Schenkel entlang. Dann hob er meine Knie an und legte sich meine Beine über die Schultern.

»Oh. Gott.« Ich schluckte und krallte reflexartig die Finger ins Bettlaken, denn in der nächsten Sekunde spürte ich seinen heißen, feuchten, ach so geschickten Mund auf mir, und es war, als würde sich mein gesamter Körper zu diesem einen Punkt zusammenziehen. Es war die pure Seligkeit.

Auch er war im Übrigen nicht gerade leise. Er liebkoste mich mit der Zunge, streichelte mich mit seinen Fingern und stöhnte genüsslich, während ich den Atem anhielt. Es fühlte sich so fantastisch an, so sündhaft und so richtig. Ein wenig ärgerte ich mich sogar darüber, dass er so gut war. Vor allem hasste ich den Umstand, dass er mich dermaßen scharf gemacht hatte, dass ich es gar nicht richtig genießen konnte. In meinem Körper herrschte die reinste Anarchie. Ich kam viel zu schnell.

Anders als die vorangegangenen Male machte er diesmal nicht weiter, um mich noch ein zweites Mal zum Höhepunkt zu bringen. Stattdessen ließ er meine Beine los und richtete sich auf.

Als ich die Augen öffnete, sah ich, wie er mehrere Kondome aus seiner Gesäßtasche zog und alle bis auf eins auf den Nachttisch warf.

Er fing meinen Blick ein, während er sich die Hose auszog, das Kondompäckchen aufriss und sich geschickt das Kondom überstreifte.

»Willst du, dass ich aufhöre?«, fragte er mit belegter Stimme, ehe er meine Beine spreizte.

Ich schüttelte stumm den Kopf. Sprechen konnte ich nicht, zu überwältigt war ich von dem, was hier gerade geschah.

Ganz abgesehen davon war ich tief beeindruckt von seinen Kondom-Überzieh-Fähigkeiten. Er war wirklich unglaublich schnell.

Doch dann hielt er inne. »Sienna?«

»Nein. Hör nicht auf«, hauchte ich. Meine Stimme war erstickt vor Verlangen und Staunen.

Er stützte ein Knie auf das Bett und legte mir die Hände an die Hüften. Dann hob er mich an und begann seinen Schaft an meiner empfindsamen Mitte zu reiben. Ich erschauerte und wand mich und streckte verzweifelt die Hände nach ihm aus, weil ich mich so leer fühlte. Im nächsten Moment drang er mit einer geschmeidigen Bewegung in mich ein. Zunächst nur ein kleines Stück. Er ließ sich Zeit und quälte mich, indem er mich ganz langsam immer mehr ausfüllte. Seine Augen glühten, und mein Körper brannte lichterloh.

Ich hatte das Gefühl, ganz ihm zu gehören.

»Jethro«, stöhnte ich, die Hände weiterhin nach ihm ausgestreckt, beinahe panisch in meinem Verlangen, ihn zu berühren.

Endlich, endlich beugte er sich zu mir herab und ließ mich langsam aufs Bett sinken. Sofort begann ich ihn überall zu streicheln. Ich wollte seine Haut, wollte seine warme Brust an meiner spüren. Doch er stützte sich über mir ab und ließ wie ein Tänzer die Hüften kreisen. Es war kein Stoßen, eher ein Wiegen. Seine Bewegungen waren flüssig und geschmeidig, als streichle er mich mit seinem intimsten Körperteil. Es machte mich wahnsinnig und war anders als alles, was ich je zuvor erlebt hatte.

Es war vollkommen.

Ich genoss den Anblick seiner Arme, seiner Brust und seiner angespannten Bauchmuskeln, während er fachmännisch meinen Körper eroberte. Dann keuchte ich und musste erneut die Augen schließen. Ich spürte ihn überall, obwohl unsere Körper sich nur dort berührten, wo meine Hände ihn streichelten und wo er mich liebte.

Gott.

Gott, Gott, Gott.

Er machte so Liebe, wie er ging. Wie er redete. Wie er lebte. Mit absolutem Selbstvertrauen und einer aufreizenden Lässigkeit. Es war frei, ungekünstelt, leidenschaftlich und wunderschön.

Und es brachte etwas in meinem Innern zum Einsturz – etwas, von dem ich gar nicht gewusst hatte, dass es existierte. Eine Mauer, die ich aus Scherzen, spitzen Bemerkungen und achtlosem Schulterzucken errichtet hatte, um mich vor all jenen zu schützen, die mich jemals für meine Unangepasstheit oder meinen Eigensinn kritisiert hatten.

Er hatte diesen Schutzwall zerstört.

Denn was er dachte, war mir wichtig.

Wie er mich berührte, was er in mir sah, was er zu mir sagte, und wie er mit mir umging – all das war mir wichtig.

Ich wollte ihm Lust bereiten.

Ich wollte ihn verrückt machen, mich ihm hingeben, ihm ganz und gar vertrauen.

Ich wollte mich ihm in all meiner Verletzlichkeit zeigen.

Ich wollte, dass er meinen Körper beherrschte und vergötterte und benutzte. Ich wollte, dass er mich begehrte, mich brauchte.

Ich wollte ihn befriedigen, und zugleich wollte ich, dass er nie genug von mir bekam. Ich wollte, dass er unersättlich war. Dass er ununterbrochen an mich denken musste.

Während mir diese Gedanken durch den Kopf gingen, ich Tränen in den Augen und eine verzweifelte Sehnsucht im Herzen hatte, kam ich erneut und rief dabei wieder und wieder flehentlich seinen Namen.

»Ich liebe dich«, raunte er und küsste mein Gesicht, meinen Hals, meine Brust. Als mein Körper sich instinktiv um ihn zusammenzog, wurden seine tiefen, geschmeidigen Bewegungen schneller.

»Ich liebe dich auch«, antwortete ich und wiederholte es gleich noch einmal. »Ich liebe dich.«

Und dann fing er meine Lippen ein und küsste mich, während er kam.

Jethro Winston war mein Mensch für die Ewigkeit. Ich würde es niemals über mich bringen, ihn gehen zu lassen.

Kapitel 31

Jethro

Alles lief nach Plan – nur in der verkehrten Reihenfolge.

Aber das war halb so schlimm. Ich war mit einer konkreten Liste von Anliegen zu Sienna gekommen. Jetzt konnte ich wenigstens den zweiten Punkt auf dieser Liste abhaken.

Wir lagen in ihrem Bett auf der Decke, sahen uns an, küssten und streichelten uns und bekamen schon wieder Lust aufeinander. Ich war nackt, Sienna hatte noch ihr Trägerhemdchen um die Taille. Ich wollte es ihr ausziehen, damit ich alles von ihr sehen und berühren konnte, aber als ich danach greifen wollte, hielt sie meine Hände fest. Ich sah sie an und stutzte. Sie wirkte besorgt.

»Du kannst gerne einen Witz machen, wenn du möchtest«, sagte ich. Meine Stimme war rau, weil mir das Sprechen nicht leicht fiel – nicht nach dem, was wir gerade gemacht hatten. Oder was wir jetzt gerade machten.

Sie zog die Brauen hoch. »Warum sollte ich?«

»Weil du das immer machst, wenn du nervös bist.« Ich streichelte ihre Brust. Ich liebte es, dass ihre Brüste größer waren als meine Hände, dabei hatte ich große Hände. Sehr große Hände.

Sie war noch erhitzt vom Sex, aber jetzt wurden ihre Wangen noch röter und sie zog den Kopf ein.

»Stört dich das?«

Ich hob ihr Kinn an und zwang sie, mir in die Augen zu schauen.

»Im Gegenteil, ich liebe es.« Ich gab ihr einen Kuss auf ihre wundervollen Lippen und wisperte: »Ich liebe alles an dir.«

Sie seufzte, aber es klang, als wäre sie verletzt. Traurig.

Ich rückte ein wenig von ihr ab, um sie besser sehen zu können, und da fiel mir auf, dass sie Tränen in den Augen hatte. Ich strich ihr übers Haar und hielt ihr Gesicht fest, damit sie sich nicht vor mir verstecken konnte.

»Sienna, Süße, was ist los?«

»Deine Meinung ist mir wichtig.«

»Und deshalb musst du weinen?«

Sie nickte und schlang ihr Bein um meine Beine, als wolle sie unsere Körper miteinander verknoten.

Sie zog die Nase hoch. »Ich habe Angst, dass du bereuen könntest, was gerade zwischen uns passiert ist. Es war so schön. Ich glaube, wenn du den besten Sex aller Zeiten bereuen würdest, müsste ich dich umbringen.«

Ich schüttelte den Kopf und schloss die Augen, als mein Körper sich an jeden einzelnen herrlichen Moment erinnerte. Jedes Keuchen von ihr, jede Bewegung. Der Augenblick, in dem sie mir ihre Liebe gestanden hatte, war vermutlich nicht zu übertreffen, aber das Gefühl ihres weichen, geschmeidigen Körpers, ihre Hitze und ihr gieriges Verlangen folgten dicht darauf an zweiter Stelle.

Sehr dicht.

Trotzdem würde ich sie bald noch einmal lieben – nur um ganz sicherzugehen.

Ich versuchte sie zu beruhigen. »Ich werde nie auch nur eine Sekunde unserer gemeinsamen Zeit bereuen. Ich gehöre zu dir.«

Ihr Atem beschleunigte sich. Offenbar war sie immer noch unsicher.

»Was kann ich sagen, um dir die Angst zu nehmen?«, flüsterte ich und küsste sie auf die Nase.

»Ich weiß nicht«, sagte sie ernst und schaute mir in die Augen.

Ich fragte mich, ob jetzt der richtige Zeitpunkt war, sie zu fragen, ob sie meine Frau werden wollte. Sie hatte meinen wohldurchdachten Plan komplett über den Haufen geworfen. Sie hätte angezogen sein müssen, als ich kam. Wir hätten erst miteinander geredet und unsere Probleme aus der Welt geschafft. Ich hätte ihr alles genau auseinandergesetzt und dann einen Antrag gemacht.

Und *dann*, nachdem sie meinen Ring am Finger hatte, hätte ich sie geliebt.

»Ich habe über deinen Vorschlag nachgedacht«, sagte ich vorsichtig. Sie war scheu und verunsichert, und ich wollte sie nicht verschrecken.

»Was? Welchen Vorschlag?«

»Dass wir unsere Beziehung bis auf Weiteres geheim halten.«

Sie schluckte, und ich spürte, wie sich ihr Bein anspannte. »Ach?«

»Du solltest mich heiraten«, platzte ich heraus, als müsse ich ihr eine schlimme Nachricht überbringen. Ich nickte bekräftigend. »Ja, wir sollten definitiv heiraten.«

Sie öffnete den Mund und mir fiel ein Stein vom Herzen, als ich sah, dass die Angst aus ihren Zügen gewichen war. Allerdings hatte sie einem fassungslosen Erstaunen Platz gemacht. Sienna blinzelte und bewegte die Lippen, doch es kam kein Ton heraus.

»Lass mich das kurz erklären.« Ich strich mit der Hand von ihrem Hals hinunter bis zur Hüfte, zog sie an mich und verstärkte meinen Griff um sie. »Du findest, wir sollten uns fürs Erste heimlich treffen –«

»Ich glaube nicht –«

»Hör einfach zu. Ich hasse diese Idee. Ganz ehrlich, ich *hasse* sie. Zum einen, weil ich niemanden belügen will. Aber auch aus rein egoistischen Gründen. Ich bin in dich verliebt, und bei dem bloßen Gedanken daran, das niemandem sagen zu dürfen, würde ich am liebsten irgendwas kurz und klein schlagen.

Oder den Wald im näheren Umkreis roden.

Daraufhin wurde ihr Blick ganz warm und weich und ihr Körper schmiegte sich katzengleich an meinen, was mir das Denken schwer machte.

»Ich habe nie –«

»Nein, lass mich ausreden.« Die Worte klangen unbeabsichtigt schroff, denn inzwischen schlug mein Herz wie rasend.

Ich wollte sie noch einmal. Ich wollte, dass sie noch einmal hemmungslos meinen Namen schrie. Ich wollte, dass sie mich anbettelte, alle möglichen schmutzigen Sachen mit ihr zu machen. Ich wollte ihr leises Stöhnen hören und zusehen, wie ihr Körper sich unter mir bewegte, wie er nachgab und sich aufbäumte.

Ja. Man könnte sagen, dass ich ein bisschen unter Strom stand.

»Also. Mein Vorschlag wäre, dass wir es geheim halten – nur für den Anfang. Wir lassen es langsam angehen, und ich arbeite mit jemandem, der mir hilft, die negativen Folgen auf ein Minimum zu begrenzen.«

Sie verzog das Gesicht. »Du meinst einen Imageberater?«

»Ja, so was in der Art. Jemand, der mir erklärt, wie ich meine Vergangenheit in etwas besserem Licht darstellen kann, damit du nicht die Zeche für meine Fehler zahlen musst. Natürlich würde ich das aus eigener Tasche finanzieren.«

Ich hatte mehr als genug Geld. Meine Mutter kam aus einer wohlhabenden Familie; zusätzlich zu dem Haus und dem Grundstück hatte ich letzten Monat, an meinem einunddreißigsten Geburtstag, zwei Millionen Dollar geerbt. Bisher hatte ich noch nichts davon ausgegeben. Es lag in einer Bank in Knoxville und setzte Staub an.

»Jethro –«

»Und ich unterschreibe einen Ehevertrag oder was auch immer. Ich habe es nicht auf dein Geld abgesehen.«

»Das weiß ich doch.«

»Aber wir heiraten bald, noch bevor der Dreh zu Ende ist.«

»Warte mal –«

»Ich weiß, für dich ergibt das vielleicht keinen Sinn, und mir ist auch klar, dass es ziemlich plötzlich kommt, aber ich bin mir absolut sicher.«

»Jetzt hör mir doch mal kurz –«

»Zusammengefasst: Ich könnte damit umgehen, dass wir unsere Beziehung *kurzfristig* geheim halten – solange wir verlobt sind«, endete ich und machte ein entschlossenes Gesicht, damit sie wusste, dass ich es ernst meinte und zuvor lange und gründlich über die Angelegenheit nachgedacht hatte.

Gleichzeitig schlug mir das Herz bis zum Hals und ich war unfassbar nervös, deshalb dauerte es eine geschlagene Minute, bis ich aus meinem aufgewühlten Zustand aufwachte und ihr bezauberndes Lächeln wahrnahm.

»Ja«, wisperte sie strahlend und streckte sich, damit sie mich küssen konnte.

Trotzdem vergingen noch mehrere Sekunden, bis mir bewusst wurde, dass sie meinen Antrag tatsächlich angenommen hatte. Als der Groschen dann endlich fiel, war mir schwindlig vor Erleichterung.

»Ja?« Ich konnte es nicht glauben.

Sie nickte und grinste bis über beide Ohren. Ihre Augen blitzten.

»Heilige Scheiße!«, rief ich, weil mir vor lauter Euphorie und Seligkeit nichts Intelligenteres einfiel.

Ich schloss sie in meine Arme, zog sie ganz fest an mich und küsste sie. Und dann liebte ich sie ein zweites Mal. Es war mir wichtig, mich gut um meine zukünftige Frau zu kümmern.

Ich hatte soeben in der Lotterie des Lebens den Hauptgewinn gezogen. Sienna Diaz würde mich heiraten. Das Mindeste, was ich tun konnte, war, meiner Frau zu zeigen, wie sehr ich sie liebte.

• • •

Draußen ging bereits die Sonne auf. Während Sienna schlief, fischte ich den Ring aus meiner Hosentasche und steckte ihn ihr an den Finger, denn genau dort gehörte er hin.

Gerade als ich das Werk vollbracht hatte, begann sie sich zu regen.

Ihre Lider zuckten und sie schlug langsam die Augen auf. Kaum hatte sie mich gesehen, streckte sie die Hand nach mir aus. Ich ergriff sie, presste unsere Handflächen gegeneinander und gab ihr einen Kuss aufs Handgelenk. Sie lächelte verschlafen – bis ihr Blick auf ihren Ringfinger fiel.

Ich grinste. Sie sah aus wie eine Cartoonfigur – die kugelrunden Augen, die ihr vor Staunen fast aus dem Kopf fielen, der offen stehende Mund, die steile Falte zwischen den Augenbrauen. Sie hatte ein unglaublich ausdrucksstarkes Gesicht.

»Heilige Scheiße.« Sie sah mich an. »Heilige Scheiße«, wiederholte sie atemlos.

Mein Grinsen wurde noch breiter. »Er ist aus Platin mit einem alten zweikarätigen Diamanten, von Hand geschliffen. Ein Erbstück der Familie Oliver. Der Ring wurde drei Generationen lang vom Vater an den ältesten Sohn weitergegeben, damit dieser ihn seiner Verlobten an den Finger stecken konnte. Meine Momma war ein Einzelkind, sie hatte keine Brüder. Nach dem Tod meiner Großmutter hat sie ihn in einem Bankschließfach aufbewahrt, von dem mein Vater nichts wusste.«

Bevor ich Sienna begegnet war, hatte ich versucht, den Ring Drew zu geben, für Ashley. Er hatte ihn abgelehnt. *»Deine Momma wollte, dass du ihn bekommst, für deine zukünftige Frau. Sie hat sich oft vorgestellt, wie du einmal eine Familie gründest. Sie war davon überzeugt, dass du ein großartiger Vater werden würdest.«*

Mir war vollauf bewusst, welche Bedeutung dieser Ring hatte. Er war ein Erbstück, wunderschön und unersetzlich, dessen Kostbarkeit sich längst nicht nur an seinem materiellen Wert bemaß. Der Stein fing das Licht ein und funkelte wie tausend Sterne. Er sah wichtig aus. Einzigartig. Und das war auch gut so. Er sollte ihr und der ganzen Welt zeigen, wie viel sie mir wert war. Denn auch sie war wunderschön und unersetzlich für mich.

»Das ist mein Ring?«, fragte sie in andächtigem Staunen.

Ich nickte, glücklich, weil sie so glücklich war. Ihr Glück war alles, was für mich zählte.

»Das ist dein Ring.«

Ihre Augen füllten sich mit Tränen. Sie sah mich an. »Das ist mein Ring. Und du wirst mein Ehemann.«

Ich lachte, obwohl meine Kehle wie zugeschnürt war. Gefühle, die ich nicht genau benennen konnte, stiegen in mir hoch. Es war nicht nur

Zufriedenheit. Nicht nur Erleichterung. Nicht nur Freude. Es war all das zusammen und noch viel mehr. Es musste Liebe sein, denn bisher hatte sich nichts in meinem Leben auch nur annähernd so gut angefühlt.

Kapitel 32

Jethro

Wir sagten meiner Familie nichts von unserer Verlobung.

Ich hasste es zu lügen, aber um Siennas willen war ich bereit, es zu tun. Allerdings wollte ich meine Geschwister nicht auch noch mit in die Sache hineinziehen. Ich konnte nicht verlangen, dass sie Unwahrheiten verbreiteten. Daher behielten wir die Verlobung zunächst für uns. Wir bestätigten und wir leugneten nichts. Zum Glück stellte auch niemand Fragen. Alle bestaunten nur den Ring und dachten sich ihren Teil. Auch wenn Cletus seitdem noch ein wenig verschnupfter war als sonst.

Am Set oder bei mir zu Hause trug Sienna den Ring meistens am Ringfinger der rechten Hand. Nur wenn wir alleine waren, steckte sie ihn an die linke Hand und betrachtete ihn ungläubig, als rechne sie jeden Moment damit, dass er sich in Luft auflösen könnte.

So wie jetzt gerade.

Wir lagen in ihrem Wohnwagen. Seit meinem Antrag waren fünf Tage vergangen. Draußen ging gerade die Sonne auf. Wir hatten spontan die Nacht am Set verbracht. Am Abend zuvor war ich zu ihr in den Wohnwagen gekommen. Ich hatte Essen aus dem Front Porch mitgebracht. Eigentlich hatte ich sie nach dem Abendessen heimfahren wollen, aber ein Kuss führte zum nächsten, und das Ende vom Lied war heißer Sex auf dem Küchentisch.

Danach hatte keiner von uns noch Lust, sich von der Stelle zu bewegen. Sienna würde am Morgen zu der Premiere nach London aufbrechen, und dies hier waren unsere vorerst letzten Stunden der Zweisamkeit.

Also hatte sie Kaffee aufgesetzt und wir hatten bis spät in die Nacht geredet, ehe wir gemeinsam in einer der Kojen eingeschlafen waren. Eigentlich hätte es ziemlich unbequem sein müssen, aber das Gegenteil war der Fall gewesen. Die Liegefläche war so schmal, dass ich sie die ganze Nacht fest im Arm halten konnte, und das war mir nur recht.

»Du starrst ihn schon wieder an«, zog ich sie auf.

Sie erschrak und ihr Blick sprang zu mir. »Entschuldige. Ich wusste gar nicht, dass du schon wach bist.«

Meine Hand glitt von ihrem Rücken bis hinunter zu ihrem Schenkel. Ich konnte gar nicht genug bekommen von dem Gefühl ihrer nackten Haut unter meinen Fingern. Gott, am liebsten hätte ich sie überall zugleich gestreichelt.

»Warum entschuldigst du dich?«

»Keine Ahnung.« Sie lachte leise, ehe sie versonnen, als spräche sie mit sich selbst, hinzufügte: »Ich bin nicht daran gewöhnt, dass mir die Meinung eines anderen Menschen so wichtig ist.«

Ich hob den Kopf und betrachtete ihr Profil, während ich über ihre Worte nachdachte.

Sie musste meine Blicke gespürt haben, denn sie schloss die Augen und räusperte sich befangen. »Ich glaube, ich werde eine ziemlich anhängliche Verlobte sein«, gestand sie, nur halb im Scherz. »Du bist verschmust, und ich bin anhänglich, und wir beide werden unfassbar glücklich miteinander sein, solange wir in einem schmalen Bett schlafen und uns gegenseitig siebzehnhundert Mal am Tag anrufen.«

Ich lachte. Sie hatte es im Scherz gesagt, doch ihre Worte enthielten auch ein Körnchen Wahrheit. Ich musste kein Gedankenleser sein, um ihre Unsicherheit zu spüren.

»Es ist gut, wenn man auf andere hört, Sienna. Es ist gut, darauf zu achten, was andere Menschen denken – aber nur wenn es wichtige Menschen sind.«

Sie hob den Kopf und blickte mich an. Als sie blinzelte, berührten ihre langen Wimpern ihre Wangen. »Aber wie sorgt man für das richtige Gleichgewicht? Ich meine, es ist mir wichtig, was meine Eltern denken, weil ich sie liebe und ich weiß, dass sie mich lieben, und weil ich auf ihr Urteil vertraue. Aber im Endeffekt tue ich immer das, was ich selbst für richtig halte.«

»Dann mach weiter so. Ich vertraue deinem Herzen. Du solltest es auch tun.«

Sie blickte mir eine Weile forschend in die Augen, ehe sie herausplatzte: »Aber ich will dich nicht enttäuschen.«

Ich biss mir auf die Unterlippe, dann schmunzelte ich. »Das wirst du auch nicht.«

»Meine Eltern müssen mich lieben und der Rest meiner Verwandtschaft auch. Sie haben gar keine andere Wahl. Wir sind nun mal eine Familie. Wenn ich was Dummes mache, weiß ich, dass sie mir irgendwann vergeben werden. Aber du … du könntest mich einfach verlassen und –«

Ich schnitt ihr mit einem Kuss das Wort ab, weil sie Unsinn redete.

Sobald sie ganz erregt und außer Atem war, unterbrach ich den Kuss und strich ihr die Haare aus dem Gesicht. »Ich mache keine halben Sachen, Sienna. Wenn ich dir sage, dass ich dich liebe, dann meine ich es auch so. Wenn ich dich bitte, mich zu heiraten –«

»Wenn man es genau nimmt, hast du mich gar nicht gebeten, dich zu heiraten.«

Ich ignorierte den Einwurf, auch wenn ich mir ein Schmunzeln nicht verkneifen konnte, denn natürlich hatte sie recht. »Ich werde meine Meinung nicht ändern. Nach dem Anruf deiner Schwester habe ich einfach Zeit zum Nachdenken gebraucht, und die habe ich mir genommen. Sie hat dich auf einige unbequeme Wahrheiten gestoßen. Aber ich konnte dich nicht gehen lassen, auch wenn ich zeitweise gedacht habe, dass es vielleicht das Beste wäre.«

»Das wäre es *nicht*! Es wäre nicht das Beste. So was darfst du niemals denken.«

»Tue ich ja auch nicht. Meine Entscheidung steht fest, wie egoistisch sie auch sein mag. Und deine auch. Gemeinsam schaffen wir das. Wir müssen noch viel übereinander lernen, und man kann sich eines anderen Menschen nie ganz sicher sein. Genau da kommt Vertrauen ins Spiel. Ich habe viele Menschen gebeten, mir zu vertrauen, obwohl ich es nicht verdient hatte, und jetzt bitte ich dich, dasselbe zu tun.«

Ihre Finger umschlossen meinen Oberarm. »Natürlich hast du es verdient.«

Ich nickte. »Also gut. Dann *habe* ich es vielleicht verdient. In jedem Fall solltest du mir dein Vertrauen schenken und versuchen, deine Ängste zu vergessen.«

»Aber verstehst du nicht, Jethro? Es geht gar nicht um dich, sondern um mich selbst. Habe *ich* dein Vertrauen verdient?«

»Willst du es denn?«

»Ja.« Ihre knappe Antwort hallte in dem kleinen Wohnwagen wider, und sie schüttelte mich ein wenig zur Bekräftigung. »Ja, ich will es. Aber ich bin es nicht gewohnt, jemand anderen in meine Entscheidungen mit einzubeziehen. Du musst ein bisschen Geduld mit mir haben.«

»Natürlich.«

»Danke.« Sie seufzte.

Aber ich war noch nicht fertig. »Ich werde Geduld mit dir haben, aber erwarte nicht von mir, dass ich zu allem Ja und Amen sage. Ich bin kein Fußabtreter. Wenn ich mich über dich ärgere, werde ich dir das auch sagen.«

Ihre Augen weiteten sich und sie sah aus, als sei ihr soeben eine ganz bestimmte Erinnerung in den Kopf gekommen. »Du kannst ganz schön furchteinflößend sein, wenn du dich aufregst.«

Ich zog überrascht eine Augenbraue hoch und runzelte gleich darauf beunruhigt die Stirn. »Ich würde dir niemals wehtun, egal, wie sehr ich mich aufrege.«

»Ach, das weiß ich doch.« Sie senkte den Blick auf meinen Hals. »Aber furchteinflößend bist du trotzdem.« Sie biss sich auf die Lippe.

»Sienna? Es kann passieren, dass ich mal kurz verschwinden muss, wenn ich wütend bin – einfach nur, um mich zu beruhigen. Aber ich werde immer wiederkommen. Das ist ein Teil des Versprechens, das ich dir zusammen mit diesem Ring gegeben habe.«

Sie nickte, sah mich jedoch immer noch nicht an. »Dann muss ich dir wohl einfach vertrauen«, meinte sie irgendwann.

»Ja. So wie ich dir vertrauen muss.«

Sie verzog den Mund. »Vertraust du auch darauf, dass ich dich nicht in den Wahnsinn treibe?«

»Oh nein, das nicht.« Ich lachte. »Ich bin sogar felsenfest davon überzeugt, dass du mich in den Wahnsinn treiben wirst. Was das angeht, mache ich mir keine Illusionen. Nicht umsonst lässt sich aus den Buchstaben deines Namens das Wort INSANE zusammensetzen.«

Sie sah mich missbilligend an und wollte mich in die Schulter kneifen. Ich versuchte ihr auszuweichen, musste aber lachen. Schließlich gelang es mir, ihre Hand einzufangen, um ihre Angriffe abzuwehren.

»Was ich damit meinte ...«, ich wartete, bis sie meinen Blick erwiderte, ehe ich fortfuhr, »... ist, dass ich *dir* vertraue. Ich vertraue darauf, dass du, wo du auch hingehst oder was du auch tust, am Ende immer zu mir zurückkehrst.«

• • •

Als ich Siennas Wohnwagen verließ, hatte ich meine Sachen vom Vortag an und ein breites Grinsen im Gesicht. Wer hätte gedacht, dass ein beengter Wohnwagen so viele interessante Möglichkeiten barg? Man konnte sich nur schwer aus dem Weg gehen, und so kam es zu vielen versehentlichen Berührungen, aus denen dann irgendwann absichtliche Berührungen wurden ... Vielleicht hatte es auch mit meiner – und ihrer – Körpergröße zu tun.

Mit anderen Worten: Wir waren wie füreinander geschaffen.

»Sieh mal einer an, der Lumbersexual.«

Als ich den Kopf hob, stellte ich fest, dass Mr Low auf mich zukam. Er machte ein ziemlich unangenehmes Gesicht. Dieser Kerl war ein waschechtes Arschloch. Ich konnte Typen wie ihn nicht leiden, weil sie mich immer daran erinnerten, wie ich früher gewesen war.

Ich nickte zum Gruß, hatte jedoch nicht die Absicht, stehen zu bleiben und mich mit ihm zu unterhalten.

Leider schien er andere Pläne zu haben.

Er vertrat mir den Weg, sodass ich gezwungen war, stehen zu bleiben, sofern ich ihn nicht umrennen wollte. »Ja, willst du mir denn nicht mal Hallo sagen?«, fragte er und hob die Hände. »Oder ist die vielgepriesene Höflichkeit der Südstaatenbewohner am Ende bloß ein Gerücht?«

Ich wich einen Schritt zurück, weil ich es nicht für ratsam hielt, in Faustschlagdistanz zu ihm zu stehen. Vorsichtshalber vergrub ich auch noch die Hände in den Hosentaschen. »Morgen, Mr Low.«

»Du kannst ruhig Tom zu mir sagen. Schließlich –«, er zuckte die Achseln, »– haben wir beide dieselbe Frau gebumst.«

Oh ja. Sehr. Gut. Dass. Er. Sich. Nicht. In. Unmittelbarer. Schlagdistanz. Befand.

Kluge Entscheidung.

Ich blinzelte einmal, ehe ich auf dem Absatz kehrtmachte und davonging. Dann würde ich eben einen kleinen Umweg zu meinem Truck nehmen. Kein Thema.

Er folgte mir.

»Hey, wo willst du denn hin? Musst du noch irgendwo ein paar Bäume pflanzen? Oder was treiben Pfadfinder wie du den lieben langen Tag?«

Um mich nicht aus der Ruhe bringen zu lassen, machte ich im Geiste eine Liste, was ich noch alles fürs Abendessen einkaufen musste. Listen zu machen war in solchen Situationen überaus nützlich. Das hatte ich von Cletus gelernt. Kaum einer wusste es, aber Cletus war ein sehr cholerischer Mensch. Seine Trotzanfälle als Kind waren legendär gewesen, und auch als Jugendlicher hatte er oft völlig die Beherrschung verloren. Inzwischen hatte er sein jähzorniges Temperament gut unter Kontrolle. Wann immer er den übermächtigen Drang verspürte, jemanden blutig zu prügeln, machte er in Gedanken eine Liste.

Und natürlich schmiedete er geheime, teilweise geradezu wahnwitzige Rachepläne gegen jeden, der es wagte, ihn zu verärgern. Beau und ich hatten schon oft überlegt, ob wir ihm eine Nacktkatze schenken sollten. Sie hätte perfekt zu seinem James-Bond-Oberschurken-Image gepasst.

Im nächsten Moment versetzte Tom mir einen Stoß in den Rücken, der mich einige Schritte nach vorn taumeln ließ.

Ich mochte es nicht, wenn man mich schubste.

Sobald ich mein Gleichgewicht wiedererlangt hatte, drehte ich mich ganz langsam um. Offenbar suchte Mr Low Streit.

»Was wollen Sie?« Mein Tonfall war aggressiv, aber das war auch schon alles. Die Hände ließ ich in den Hosentaschen. Noch ein Trick, den ich mir bei Cletus abgeschaut hatte.

»Mann.« Er schüttelte den Kopf und lachte höhnisch. »Sie hat dich ja ganz schön verarscht. Du glaubst allen Ernstes, du wärst was Besonderes, oder? Die Leute reißen schon Witze über dich.«

Ich sah ihn mit unbewegter Miene an, darauf bedacht, ihm keine Angriffsfläche zu bieten. Sorgen, zu spät zur Arbeit zu kommen, machte ich mir nicht. Bestimmt würde ihm auf kurz oder lang die Luft ausgehen.

»Ich weiß ja, dass die Leute hier eher einfach gestrickt sind – aber glaubst du wirklich, dass *Sienna Diaz* an dir interessiert ist? Ihre Schwester würde das niemals erlauben. Du hast doch sicher schon von Marta gehört, oder? Sienna richtet sich immer nach ihrer Meinung. Marta und ich sind gut befreundet, daher weiß ich, dass sie dich nicht ausstehen kann. Du bist schon so gut wie weg vom Fenster.« Wieder lachte er, aber es klang aufgesetzt.

Ich bemühte mich, mir seine Worte nicht zu Herzen zu nehmen, aber er hatte einen Nerv getroffen. Meine Geschwister waren nicht die Einzigen, die keine Ahnung von unserer Verlobung hatten, auch Siennas Familie war noch nicht eingeweiht. Wir wussten allerdings, dass Marta definitiv nicht meine größte Fürsprecherin war.

Jedenfalls noch nicht.

Mr Low wollte erreichen, dass ich Sienna misstraute. Er wollte Zweifel säen. Da konnte er lange warten.

Also. Ich brauchte Grünkohl, Tomaten und Feta. Knoblauch und Zwiebeln hatten wir noch zu Hause.

»Du bist ein Nichts«, spie er. »Spätestens nach Drehschluss bist du Geschichte, dann sucht sie sich den nächsten Fickfreund.«

Mann, ich hätte ihm wirklich zu gern das Maul gestopft. Ich könnte ihm den Kiefer brechen ...

Der Gedanke inspirierte mich zu einer neuen Liste: einer Liste mit Methoden, wie ich ihm seine hübsche Visage verschandeln konnte.

»Hey!« Er baute sich vor mir auf und schnippte mir mit den Fingern vor der Nase herum. »Kannst du mich hören, du Hinterwäldler? Oder bist du zu dämlich –?«

Instinktiv packte ich sein Handgelenk, drehte ihm den Arm auf den Rücken und stieß ihn von mir weg. Er kam ins Straucheln und fiel auf ein Knie.

»Sie sind betrunken, alter Mann. Gehen Sie nach Hause«, sagte ich zu ihm. Gleichzeitig machte ich mich auf einen rechten Haken von ihm gefasst, denn seine geduckte Körperhaltung eignete sich hervorragend für einen überraschenden Faustschlag ins Gesicht. Falls Mr Low überhaupt wusste, wie man seine Fäuste zum Kämpfen benutzte.

Er rappelte sich auf. Sein Gesicht war wutverzerrt. Vielleicht gefiel es ihm nicht, als alter Mann bezeichnet zu werden. Ehrlich gesagt hatte ich das vermutet. Genau deswegen hatte ich es ja getan.

»Fick dich doch ins Knie«, schäumte er. »Ich bin nicht alt!«

Ich zuckte gleichmütig mit den Schultern und konnte mir ein Grinsen nicht verkneifen. *Wie kindisch von dir. Schäm dich, Jethro.*

»Sind Sie dann soweit fertig?«, erkundigte ich mich, zog mein Handy aus der Tasche und warf einen Blick auf das Display. Ich hatte noch ein bisschen Zeit, aber die wollte ich nicht unbedingt in Mr Lows Gesellschaft verbringen.

Sein Blick zuckte zu meinem Handy. »Lass mich raten. Sie hat ein

Bild von euch beiden gemacht, richtig? Während ihr euch geküsst habt?«

Ich versteifte mich und sah ihn argwöhnisch an.

Er feixte. »Sie hat es auf deinem Handy gespeichert, stimmt's? Als ihr Profilbild?«

Zu meinem Ärger gelang es mir nicht ganz, einen Anflug von Unsicherheit zu verbergen.

Er lachte. »Ich weiß – das Gleiche hat sie bei mir auch gemacht. Das macht sie bei jedem. Gehört alles zu ihrem kleinen Spiel.«

Mein Herz krampfte sich ein wenig zusammen. Mit offenem Mund sah ich ihn an. Allerlei widersprüchliche Gedanken wirbelten mir durch den Kopf. Ich schäme mich, es zuzugeben, aber er hätte mich beinahe dazu gebracht, an ihr zu zweifeln. Beinahe. Er war ein guter Schauspieler, und es fehlte ihm nicht an Motivation.

Doch dann sagte er: »Sie will, dass du mit ihr zur Premiere nach London fliegst. Marta wird sie schon noch zur Vernunft bringen.«

Das war sein Fehler. Mit diesen Worten hatte er sich verraten. Ich lachte. »Na klar«, murmelte ich leise.

Lows Augen verengten sich zu Schlitzen. »Was ist so komisch, Dorfdepp?«

Ich musterte ihn, diesen erfolgreichen, viel bewunderten Mann, diese Ikone des Hollywoodkinos. Er war ein Mensch, der zu viel an sein Image dachte und zu wenig an all die Dinge, die im Leben wirklich zählten.

Er tat mir leid. Was für eine traurige Existenz.

»Was?«, blaffte er mich an. Ihm schien nicht zu gefallen, wie ich ihn ansah.

»Dann zeigen Sie doch mal her«, sagte ich betont sanft und freundlich. Er sollte hören, dass ich nicht böse auf ihn war, sondern im Gegenteil, voll des Mitgefühls.

Er versteifte sich. »Was soll ich herzeigen?«

»Das Foto von Ihnen beiden, das Sienna auf Ihrem Handy gespeichert hat.«

Er wich einen halben Schritt zurück. »Ich habe mein Handy gerade nicht dabei.«

»Schwachsinn.«

Seine Bewegungen waren hölzern und abwehrend. Obwohl er ein wirklich guter Schauspieler war, sah ich ihm sofort an, dass er nicht damit gerechnet hatte, ich könnte seinen Bluff durchschauen.

Ich schüttelte den Kopf und schenkte ihm ein mitleidiges Lächeln. »Sienna hat kein Foto von Ihnen auf Ihrem Handy gespeichert. Aber ganz offensichtlich hat ihre Schwester Ihnen von *meinem* Foto erzählt.«

Dass ich ihm dies auf den Kopf zusagte, schmeckte ihm gar nicht. Seine Bitterkeit und sein hilfloser Zorn standen ihm nur allzu deutlich ins Gesicht geschrieben. Seine Augen blitzten förmlich vor Hass. Er wollte mich schlagen. Er wollte mich windelweich prügeln, mich bluten lassen. Es war wirklich zu bedauern. Was für ein Scheißgefühl, so unfähig zu sein.

Erneut warf ich einen Blick auf mein Handy. Jetzt musste ich aber wirklich los. »Wir halten hier nichts von falscher Höflichkeit, aber wir treten auch niemanden, der am Boden liegt. In diesem Sinne wünsche ich Ihnen alles erdenklich Gute für Ihr Leben. Belassen wir es dabei.«

Kapitel 33

Sienna

Auf der Fahrt zum Flughafen versuchte ich meine Mutter anzurufen. Dave saß am Steuer, Henry mit mir auf der Rückbank und Tim neben Dave auf dem Beifahrersitz, ich hatte also beide Hände frei und konnte dem Gespräch meine ganze Aufmerksamkeit widmen. Wir hatten nicht mehr miteinander gesprochen, seit sie mir den Rat bezüglich Jethro gegeben hatte. Sie und mein Vater wollten heute von einer Kreuzfahrt zurückkommen. Ich hatte unsere Telefongespräche vermisst.

Ich rief ihre Nummer auf, tippte auf »Verbinden« und wartete. Die Mailbox sprang an.

»Hi, Mamita, ich bin's. Ich bin gerade auf dem Weg zum Flughafen, es geht nach London zu der Premiere. Ich habe deine Stimme vermisst. Ich weiß, dass ihr heute zurückkommt, also melde dich doch, wenn du das hier abhörst. Kann sein, dass ich dann schon im Flieger sitze, aber ich rufe zurück, sobald wir gelandet sind. Ich hab' euch lieb.«

Bedrückt starrte ich noch eine Weile auf den Handybildschirm. Ich wollte ihr so gerne von Jethro erzählen.

Nein. Das stimmte nicht. Ich *musste* ihr von Jethro erzählen. Ich musste ihr unbedingt sagen, wie wertvoll ihr Ratschlag gewesen war und dass sie recht gehabt hatte: Er war der Eine für mich. Und ich war die Eine für ihn.

Ich wollte ihr von unserer Verlobung erzählen. Ich wollte ihre Freudenschreie hören, und ich wollte, dass sie mich fragte, wann wir denn

Babys bekommen würden. Ich war die erste Tochter, die heiraten würde. Maya und Rena lebten zwar beide in festen Beziehungen, waren aber so sehr auf ihre jeweiligen Karrieren konzentriert, dass sie auf absehbare Zeit keinen Nachwuchs planten. Noch vor wenigen Monaten war ich genauso gewesen. Und meine verheirateten Brüder antworteten auf die Frage nach Kindern immer mit einem ausweichenden »Vielleicht irgendwann mal«.

Meine Mutter hatte sich schon oft lautstark beschwert, dass sie endlich Enkelkinder haben wollte.

»Ich liebe euch alle – ihr seid so klug, so tüchtig und so erfolgreich. Ich bin ungeheuer stolz auf euch. Aber wo bleiben meine Enkel?«, fragte sie dann immer mit vorwurfsvoller Miene. *»Wem soll ich mein Porzellan schenken? Wer soll einmal meinen Schmuck erben?«*

Das waren die Dinge, über die sich unsere Mutter Gedanken machte. Natürlich wussten wir, dass es ihr in Wahrheit nicht um das Porzellan oder den Schmuck ging. Sie liebte einfach Babys und wünschte sich nichts sehnlicher als ein kleines Enkelkind, das sie nach Herzenslust knuddeln und verwöhnen konnte.

Dave ließ Henry, Tim und mich am Terminal für die Charterflüge aussteigen und fuhr dann weiter, um den Wagen zu parken. Nachdem wir eingecheckt hatten und Dave wieder zu uns gestoßen war, wurden wir auf das Rollfeld geleitet, wo der Jet bereits auf uns wartete.

Ich behielt die ganze Zeit mein Handy in der Hand, weil ich hoffte, dass meine Mutter noch vor dem Start zurückrufen würde. Deshalb sah ich, als ich die Stufen zum Flugzeug erklomm, auch sofort die SMS von Jethro.

Ich habe deine PR-Beraterin kontaktiert, wir haben am Montag einen Telefontermin.

Du fehlst mir jetzt schon. Ich wünschte, du wärst bei mir.

Kaum hatte ich die Textnachricht abgeschickt, als eine irrationale Wut in mir hochstieg und mir die Kehle zuschnürte. Ich fand es schrecklich, dass er nicht bei mir war. Ich fand es schrecklich, dass wir unsere Beziehung und unsere Verlobung geheim halten mussten. Ich fand es schrecklich, dass wir es nicht mal seiner Familie gesagt hatten, auch wenn ich seine Gründe dafür nachvollziehen konnte. Schrecklich fand ich es trotzdem. Ich fand es schrecklich, dass meine Mutter und mein Vater beschlossen hatten, ausgerechnet jetzt eine Kreuzfahrt zu machen, und nicht ans Telefon gingen.

Aber am allerschrecklichsten fand ich, dass ich in diesem Moment einfach alles schrecklich fand.

Nächstes Mal komme ich mit; sobald alles in geregelten Bahnen verläuft.

Ich hätte dich heimlich im Koffer an Bord schmuggeln sollen.

Der ist nicht groß genug.

Ich hoffe, du meinst nur den Koffer.

Niemand ist so witzig wie du.

»Mr Low. Sie habe ich hier nicht erwartet.« Daves erstaunter Ausruf ließ mich von meinem Handy aufblicken.

Tatsächlich: In einem der Sitze in der Passagierkabine des Jets fläzte sich Tom, ein Glas Wasser mit einer Limettenscheibe in der Hand.

»Was machst du hier?« Ich bemühte mich gar nicht erst, meinen Unmut zu verbergen.

»Ich habe ihm einen Platz angeboten.«

Als ich mich umdrehte, sah ich Marta seelenruhig an der Tür zum Cockpit stehen. Sie schenkte Tom ein warmherziges Lächeln. »Ich dachte, das wäre vielleicht schön. Der Dreh war ja sicher sehr anstrengend, und du hast nebenbei so viel an dem Drehbuch gearbeitet, dass du praktisch gar keine Freizeit hattest.«

Ich sah meine Schwester mit offenem Mund an. Meine entsetzte Miene sagte sicher alles: *Jetzt auf einmal findet sie, dass ich Freizeit brauche? Jetzt?*

Sie blinzelte mich verdattert an. »Stimmt was nicht?«

Ich beugte mich zu ihr und wisperte: »Ja. Ich würde lieber im Frachtraum in einer Transportbox für Hunde nach London fliegen, als zehn Stunden mit diesem unerträglichen Lackaffen in einer Flugzeugkabine zu verbringen.«

Marta kniff den Mund zu einem missbilligenden Strich zusammen. »Sienna.«

»Schaff ihn aus meinem Flugzeug, sonst fliege ich nicht.«

Sie knirschte mit den Zähnen. »Du bist sehr unhöflich.«

»Nein. *Du* bist unhöflich – und anmaßend.«

Sie schnaubte. »Manchmal kannst du eine richtige Diva sein.«

»Das ist nicht wahr«, gab ich, deutlich lauter, zurück. »Ich bin überhaupt keine Diva. Ich zahle für dieses Flugzeug, deshalb gehört es quasi mir.« Ich wandte mich an Tom und zeigte auf die Tür. »Marta hätte dir keinen Platz anbieten dürfen. Ich möchte, dass du gehst.«

Toms erstaunter Blick ging von mir zu meiner Schwester. Als er sich danach wieder mir zuwandte, troff seine Miene vor Verachtung, sodass ich unwillkürlich einen Schritt zurückwich.

»Ist es wegen deinem bärtigen Freund, den du am Set vögelst?«

Marta stieß ein leises Röcheln aus.

Ich hingegen seufzte abgrundtief. Sein Theater war so unglaublich ermüdend. »Bei allen fliegenden Monstern von Osaka! Kannst du nicht einfach mal gehen, ohne vorher eine große Operette aufzuführen? Wäre das im Rahmen des Möglichen? Es sind keine Mitglieder der Academy hier, die deine Darbietung bewundern könnten, und für dein Demoband kannst du die Szene auch nicht verwenden. Also geh jetzt bitte.«

Seine Miene verdüsterte sich. Er stand auf, strich sich die Hemdbrust glatt und nahm dann die zu seinen Füßen stehende Louis-Vuitton-Reisetasche auf. »Du bist erledigt. Der Kerl wird dich zum Gespött machen.«

»Das will ich doch sehr hoffen. Falls du das Memo nicht bekommen hast: Ich verdiene mein Geld mit Komödien.«

Als er auf dem Weg zum Ausgang an mir vorbeimusste, blieb er noch einmal stehen. Der Blick seiner blauen Augen war arrogant und flehend zugleich.

»Ich hätte dir helfen können, Sienna. Ich kann dir immer noch helfen. Deshalb bin ich hier – um dir und deiner Schwester dabei zu helfen, den Karren aus dem Dreck zu ziehen.«

Meine Wut verrauchte und auf einmal war ich nur noch müde. »Jethro ist kein Karren, der im Dreck steckt, Tom. Er ist der Mann, den ich will. Ich bin verliebt in ihn.«

»Auch wenn das bedeutet, dass du alles andere verlierst?« Er verstand die Welt nicht mehr.

Ich schüttelte seufzend den Kopf. »Wenn man nicht bereit ist, um das zu kämpfen, was man liebt, dann hat man nichts, was man verlieren könnte.«

• • •

Wir waren bereits über dem Atlantik, als Marta endlich das Wort an mich richtete.

»Ich kann nicht fassen, dass du ihn einfach rausgeschmissen hast.« Sie schüttelte zum ungefähr hundertsten Mal den Kopf. Das hatte sie seit dem Start alle drei Minuten getan – und mich ansonsten mit Schweigen gestraft.

»*Ich* kann nicht fassen, dass du ihn eingeladen hast.«

Sie riss ungläubig die Augen auf. »Sienna, wir haben doch denselben Weg. Es ist vollkommen albern, getrennt zu fliegen.«

»Nein, ist es nicht. Wir waren *zusammen*, Marta. Ich und Tom waren ein Paar, wenn auch nur für ein paar Wochen. Dass ich mich von ihm getrennt habe, hatte triftige Gründe, und die hatten allesamt damit zu tun, was für eine unglaubliche Nervensäge er ist.«

»Wenn ich euch zusammen erlebt habe, war er immer ausnehmend nett zu dir.«

Ich schnaubte. »Ist das dein Ernst? Vor ein paar Wochen hat er mir vorgeschlagen, ich solle es doch mal mit einer Low-Carb-Diät versuchen, dann würde ich vielleicht die Rolle des Smash Girl zurückbekommen.«

Sie starrte mich an, biss sich auf die Innenseite der Lippe und schüttelte schließlich den Kopf. »Ja, okay. Das ist wirklich indiskutabel.«

Ich hob die Hände gen Himmel. »Endlich.«

»Endlich, was?«

»Endlich gibst du zu, dass Tom Low nicht auf Götterspeise laufen kann und nach Gardenien duftet.«

Sie verzog den Mund. »Gardenien sind meine Lieblingsblumen.«

»Eben. Manchmal frage ich mich, ob du ihn mehr magst als mich.«

Marta schenkte mir ein seltenes Lächeln. »Na ja, er ist allemal hübscher als du.«

Das brachte mich zum Lachen, obwohl ich ihr gleichzeitig einen vielsagenden Blick zuwarf. »Und dessen ist er sich auch vollauf bewusst.«

Ihr Grinsen verflog, während wir uns ansahen. »Ich mache mir Sorgen um dich.«

»Wieso?«, fragte ich leise. Ich war froh, dass es uns gelungen war, zum Kern der Sache vorzudringen, ohne uns gegenseitig anzuschreien.

»Wegen dieses Typen.«

»Jethro.«

»Ja, Jethro. Was weißt du über ihn?«

Jetzt war ich diejenige, die grinsen musste. »Alles. Früher hat er Autos geklaut.«

»Ach du lieber Gott.« Sie schlug sich die Hände vors Gesicht.

Ich konnte nicht anders, als mich ein bisschen an ihrem Entsetzen zu weiden. Ich wusste, dass sie ihn sofort ins Herz schließen würde, wenn sie ihn endlich persönlich kennenlernte.

»Ruhig Blut. Er wurde nie verurteilt.«

Ihr entschlüpfte ein kleiner hysterischer Laut, sie sagte jedoch nichts.

»Und er hat mir diesen Ring hier gegeben.«

Marta spähte durch ihre Finger. Dann ließ sie die Hände in den Schoß sinken und starrte mit weit aufgerissenen Augen den Ring an.

»Heiliger Strohsack.« Sie packte meine Hand, um ihn eingehend betrachten zu können. »Ist das Ding echt?«

Ich nickte. Ich wusste, dass sie den Ring meinte, beantwortete aber zugleich auch die darin mitschwingende, unausgesprochene Frage. »Ja, das ist es, zu hundert Prozent. Am Montag hat er einen Termin mit Annie – du weißt schon, die Image-Beraterin, mit der ich damals zusammengearbeitet habe, nachdem mein Handy gehackt wurde. Er ist damit einverstanden, unsere Beziehung geheim zu halten, bis sie mit uns zusammen einen Plan entwickelt hat, wie wir mit der Öffentlichkeit umgehen wollen. Wir haben vor zu heiraten.«

Marta sah mir mit einer Mischung aus Besorgnis und Frust in die Augen. »Ich weiß nicht, was ich dazu sagen soll.«

»Sag, dass du dich für mich freust.«

»Das kann ich nicht. Ich kann dich nicht anlügen. Ich liebe dich und will nicht, dass du leidest.«

»Das will er genauso wenig.«

»Aber du *wirst* leiden, Sienna. Eine Beziehung zu ihm kann deinem Ruf nur schaden, das muss dir doch klar sein.«

»Deshalb machen wir es ja auch noch nicht öffentlich.«

»Es spielt doch gar keine Rolle, wann ihr es öffentlich macht. Deine Handlungen haben Konsequenzen. Du benimmst dich wie ein Kind.«

»Ich bin mir vollauf bewusst, dass meine Handlungen Konsequenzen haben. Ich bin kein Kind, und du musst endlich aufhören, mich wie eins zu behandeln. Ich bin einfach nur zu dem Schluss gekommen, dass ich selbst die schlimmsten anzunehmenden Folgen in Kauf nehmen würde, wenn ich dafür ein Leben lang glücklich und frei sein kann.«

»Du wirfst deine Karriere weg.«

Ich zuckte mit den Schultern. »Ganz ehrlich? Das bezweifle ich stark. Ich werde immer eine Karriere haben, auch wenn es nicht die einer Starschauspielerin ist.«

Sie sah mich kopfschüttelnd an. »Wie kannst du das alles einfach aufgeben? Du könntest so viel Gutes bewirken.«

»Aber zu welchem Preis für mein Privatleben? Wenn ich den einzigen Menschen verliere, den ich je geliebt habe, verliere ich zugleich auch die Chance auf Glück, auf Erfüllung, auf Kinder und auf eine zweite Familie – eine tolle, lustige, wundervolle Familie. Und was glaubst du? Werde ich dann später irgendwann mal auf mein Leben zurückblicken und denken: *Ich bin so froh, dass ich so hart gearbeitet und meine ganze Zeit auf Geld, Partys und leere Beziehungen verwendet habe?* Nein. Die Antwort lautet Nein. Gut möglich, dass ich etwas aufgeben muss. Aber ich tue es, weil ich es will. Nach meinen eigenen Regeln.«

Sie runzelte die Stirn, presste die Lippen aufeinander und nickte abgehackt. »Fein. Ich fliege mit dir zurück nach Tennessee und lerne ihn kennen.«

Ohne nachzudenken packte ich meine Schwester und riss sie stürmisch in meine Arme. »Ja!«, rief ich. »Du wirst ihn lieben.«

Anfangs war sie ein wenig starr, doch nach einer Weile erwiderte sie meine Umarmung.

»Das hoffe ich doch. Denn trotz allem, was du vielleicht glaubst, möchte ich nur, dass du glücklich bist.«

»Das weiß ich doch.« Ich nickte und löste mich von ihr, damit wir einander ins Gesicht sehen konnten. »Das weiß ich wirklich. Aber, Marta, er macht mich einfach so glücklich. Er sorgt für mich. Er sorgt so unglaublich gut für mich. Und ich für ihn.«

• • •

Ohne Begleitung auf eine Filmpremiere zu kommen war ein bisschen so, wie wenn man alleine ins Kino ging. Alle starrten einen an und fragten sich, weshalb man alleine war und ob man sich eventuell im Ort geirrt hatte, oder sie erkundigten sich besorgt, ob einem der Begleiter abhandengekommen sei.

Eine Frau, die allein ins Kino ging, wurde behandelt wie eine Krebspatientin. Aber na ja: Ein Mann, der allein ins Kino ging, wurde behandelt wie ein Pädophiler, und wenn ich die Wahl zwischen Anteilnahme und Misstrauen hatte, war mir Ersteres immer noch lieber.

Doch zum Glück – und zu meinem großen Erstaunen – blieben mir die mitleidigen und besorgten Blicke diesmal erspart, als ich über den Roten Teppich lief und für die Fotografen posierte. Das Image, das ich unbewusst kultiviert hatte, bedeutete, dass mein Singlestatus nicht als bemitleidenswert empfunden wurde.

»Sienna!«

»Ist das ein feministisches Statement?«

»Hier drüben!«

»Sehr schön!«

»Fünf Fragen! Wir haben nur fünf kurze Fragen an Sie!«

»Wo ist Tom?«

»Haben Sie abgenommen?«

»Wir lieben Ihr Kleid!«

»Sie sehen heute wieder besonders heiß aus! Darf ich Sie vielleicht zur Premiere begleiten?«, rief ein Fotograf, um mich dazu zu bringen, in seine Richtung zu schauen.

Ein Kollege entgegnete daraufhin: »Das ist Sienna Diaz, die braucht keinen Begleiter. Und deine hässliche Visage taugt dafür sowieso nicht.«

Dieser Wortwechsel brachte mich zum Lachen, und prompt ging ein wahres Blitzlichtgewitter los, sodass ich fast nichts mehr sehen konnte.

Der Tag war in hektischer Geschäftigkeit dahingeflogen. Wir waren vor knapp zehn Stunden in London gelandet und seitdem hatte ich mich mit den Produzenten meines nächsten Films getroffen, sieben Interviews für verschiedene Zeitschriften gegeben, man hatte mir das Kleid angepasst, das ich gegenwärtig trug, ich war gleich zweimal frisiert und geschminkt worden – einmal für ein Fotoshooting und danach für den Premierenabend –, und trotz allem hatte ich noch Zeit gefunden, mehrere SMS an Jethro zu schreiben.

Leider hatte ich den Anruf von meinen Eltern verpasst. Ich würde mich im Kino auf die Toilette schleichen und sie zurückrufen – falls ich jemals bis ins Kino vordrang.

Ich wandte mich von den Fotografen ab und ging weiter zum Pressebereich, wo mehrere Journalisten meine Aufmerksamkeit zu erringen versuchten. Ich erspähte Arval, einen Reporter, den ich kannte und mochte. Er stand ein wenig abseits von den anderen direkt an der Absperrung und brüllte im Gegensatz zu seinen Kollegen keine Fragen in meine Richtung. Ein kleines Lächeln umspielte seine Lippen, und als unsere Blicke sich trafen, zog er die Augenbrauen hoch, wie um zu fragen: *Haben Sie vielleicht eine Minute Zeit?*

Ich antwortete mit einem herzlichen Lächeln, ehe ich Kurs auf ihn nahm. Die Kameras folgten mir und die Reporterschar wurde leiser, damit alle uns hören konnten. Ich mochte Arval, weil er mich nie nach meiner Ernährung, meinen Beautygeheimnissen oder meinem Sportprogramm fragte oder wissen wollte, ob Latinas gute Liebhaberinnen seien – ja, diese Frage war mir während eines meiner sieben Interviews an diesem Tag tatsächlich gestellt worden.

Ich hatte gekontert mit: »Die viel drängendere Frage ist doch, seit wann Perverse zu solchen Presseterminen zugelassen werden?«

»Sienna.« Arval nickte zum Gruß. »Sie sehen fantastisch aus.«

Ich blickte an mir herab. »Ach, dieses alte Teil? Das habe ich selbst genäht.«

Er und alle Umstehenden lachten. Er wusste genau, dass es sich bei dem Kleid um ein sündhaft teures Designerteil handelte.

»Und? Wollen wir es hinter uns bringen?«

»Ich bitte darum.« Ich deutete auf sein Mikrofon.

»Woran arbeiten Sie momentan?«

»An zu vielen Projekten gleichzeitig.« Ich lachte und drehte meinen Charme voll auf. »Bei *The Cultavist*, den wir zurzeit in Tennessee drehen, fällt bald die letzte Klappe, und im September gehen dann die Dreharbeiten zu *Strange Birdfellows* los.«

»Haben Sie auch wieder ein Drehbuch in Arbeit?«

»Tja …« Ich brach ab, weil ich unsicher war, wie ich darauf antworten sollte. »Ja. Ich schreibe gerade an einem Skript für einen Superheldenfilm.«

»Es gab Gerüchte, dass Sie in besagtem Film auch die Hauptrolle übernehmen sollen, ist da was dran?«

»Die Möglichkeit stand tatsächlich eine Zeit lang im Raum, das ist richtig. Aber noch ist keine endgültige Entscheidung gefallen, daher kann ich mich nicht weiter dazu äußern. Fürs Erste möchte ich mich ganz aufs Drehbuchschreiben konzentrieren. Zum Beispiel kann ich es jetzt immer als Recherche bezeichnen, wenn die Pferde mit mir durchgehen.«

Aus dem Augenwinkel sah ich, dass Tom angekommen war und gegenwärtig glühende Blicke in diverse Kameras warf. Er hatte keine Begleitung dabei.

»Die Pferde sind mit Ihnen durchgegangen?«

»Ja. Jemand hat mir die Vorfahrt genommen, also habe ich mir eine rote Maske aufgesetzt, die betreffende Person gestellt und damit gedroht, ihren Prius in seine Einzelteile zu zerlegen. Leider fand die Polizei das nicht ganz so lustig.«

»Das ist aber nicht wirklich passiert, oder?«

»Nein, natürlich nicht. Aber es bewegt sich im Rahmen des Vorstellbaren. Hier also eine kleine Warnung an die Zuschauer zu Hause.« Ich blickte direkt in die Kamera und sagte ernst: »Nehmen Sie mir niemals die Vorfahrt.«

Arval grinste, nickte und schrieb etwas auf einen kleinen Notizblock. »Wie war es, in Tennessee zu drehen?«, wollte er als Nächstes wissen. »Sind die Einheimischen dort freundlich?«

Diese Frage brachte meine Alarmglocken zum Schrillen und ich musterte ihn argwöhnisch. Doch da seine Miene ganz arglos war, kam ich zu dem Schluss, dass es sich höchstwahrscheinlich um eine unschuldige Frage handelte.

»Tennessee ist wunderschön – einer dieser Schätze, die man am liebsten für sich behalten will. Ein perfekter Ort. Und die Einheimischen dort zählen zu meinen absoluten Lieblingsmenschen im ganzen Universum.«

»Ich habe eben das Wort *wunderschön* gehört – ihr könnt also nur über mich gesprochen haben.« Auf einmal stand Tom neben mir. Er legte den Arm um meine Taille und gab mir einen Kuss auf die Wange. Ich verspannte mich unwillkürlich, doch wie durch ein Wunder gelang es mir, keine angewiderte Grimasse zu ziehen.

»Über wen denn sonst?«, konterte ich schlagfertig. »Wir sprachen gerade über dich und deine wunderschönen Zwergspitze. Du weißt schon – die Hunde, die du kürzlich aus dem Tierheim gerettet hast?«

Toms Augen wurden schmal und er warf mir einen giftigen Blick zu. Sein Lächeln sah aus wie festgeklebt. Tom konnte Hunde nicht ausstehen.

»Sie haben einen Zwergspitz aus dem Tierheim geholt?«, fragte Arval ungläubig.

Ehe Tom antworten konnte, sagte ich: »Oh ja. Und nicht nur einen. Einen ganzen Wurf.«

Arval sah mit hochgezogener Augenbraue zwischen uns hin und her. Alle Welt wusste, wie sehr Tom Hunde hasste. Vor ein paar Jahren hatte er Schlagzeilen gemacht, weil er sich geweigert hatte, während der Dreharbeiten für einen Polizeifilm eine Szene mit einem Deutschen Schäferhund zu spielen. Stattdessen hatte er darauf bestanden, dass in allen Szenen, in denen die Hundestaffel vorkam, sein Bodydouble eingesetzt wurde.

Tom fing meinen Blick ein und fragte Arval mit einem zuckersüßen Lächeln: »Haben Sie eigentlich Siennas Ring schon gesehen?«

Ich biss mir auf die Zähne und funkelte ihn zornig an. Das Herz schlug mir bis zum Hals.

Wage es ja nicht!

Sein Lächeln wurde breiter. *Wart's nur ab.*

»Ist er nicht zauberhaft?« Tom hob meine rechte Hand und präsentierte Arval den Ring. »Allerdings steckt er an der falschen Hand, finden Sie nicht auch?«

Unter denen, die das Interview verfolgten, breitete sich eine erwartungsvolle Stille aus. Gleich darauf brach von allen Seiten eine wahre Lawine an Fragen über uns herein.

»Sienna, haben Sie und Tom sich verlobt?«

»Warum sind Sie nicht zusammen gekommen?«

»Wann soll die Hochzeit stattfinden?«

Arval blinzelte sichtlich überrumpelt, doch er hatte sich schnell wieder gefangen und richtete seine nächste Frage an mich. »Haben Sie uns vielleicht etwas mitzuteilen?«

Ich registrierte Toms triumphierenden Blick, und während immer mehr hastig hervorgestoßene Fragen auf mich einprasselten, wurde mir etwas klar.

Ich war wütend. Ich war wütend, seit Jethro gestern meinen Wohnwagen verlassen hatte.

In erster Linie war ich wütend auf Tom, logisch. Er war eine Hohlfrucht erster Güte.

Aber ich war auch wütend auf mich selbst. Wenn ich Jethro mitgebracht hätte, wenn ich Cletus' weisem Ratschlag gefolgt wäre, zu meinem Scheiß zu stehen und aller Welt die Wahrheit zu sagen, wäre ich niemals in diese Lage geraten. Dann hätte ich nicht hier stehen und mir wie eine erbärmliche Lügnerin vorkommen müssen.

Sicher, es würde nicht ohne Folgen bleiben. Vielleicht würde ich künftig weniger Rollenangebote bekommen. Einige Türen mochten sich schließen – aber interessierten mich diese Türen überhaupt?

Wenn Jethro jetzt in diesem Moment an meiner Seite gestanden hätte, wäre es zwar höllisch kompliziert geworden – aber wenigstens wären wir zusammen gewesen. Wenigstens wäre ich mir selbst treu geblieben.

Zum allerersten Mal in meiner Laufbahn kam ich mir wie ein Feigling vor. Wie das letzte Würstchen. Es war ein ätzendes Gefühl.

Im nächsten Moment kamen mir Jethros liebevolle Worte in den Sinn. *»Ich hasse diese Idee. Ganz ehrlich, ich hasse sie. Zum einen, weil ich niemanden belügen will. Aber auch aus rein egoistischen Gründen. Ich bin in dich verliebt, und bei dem bloßen Gedanken daran, das niemandem sagen zu dürfen, würde ich am liebsten irgendwas kurz und klein schlagen.«*

Das wollte ich auch.

Erstens: Toms Nase.

Zweitens: jedes einzelne Vorurteil darüber, wer ich war.

Oh ja, ich war bereit, zum Befreiungsschlag anzusetzen.

Die Würfel waren gefallen. Ich hielt Toms Blick fest und schenkte ihm ein strahlendes Lächeln. »Er ist wirklich an der falschen Hand. Vielen Dank, dass du mich darauf aufmerksam gemacht hast.«

Seine Augen weiteten sich vor Erstaunen. Er schien gespannt, wie es weitergehen würde.

Ganz behutsam nahm ich den Ring von Jethros Großmutter – meinen Verlobungsring! – ab und steckte ihn an den Ringfinger der linken Hand. Dann wandte ich mich den Kameras zu und hielt ihn hoch, als würde ich aller Welt den Stinkefinger zeigen – nur dass es nicht der Mittelfinger, sondern der Ringfinger war.

»Ja, es stimmt, ich bin verlobt. Leider kann mein Verlobter heute nicht hier sein, er ist damit beschäftigt, riesige Schwarzbären auf humane Art und Weise einzufangen und in der Wildnis auszusetzen. Aber ich kann es gar nicht erwarten, ihn endlich offiziell vorzustellen. Er heißt Jethro Winston und ist Ranger im Nationalpark in Tennessee. Wir sind bis über beide Ohren ineinander verliebt und werden im Herbst heiraten, wenn das Laub sich verfärbt.«

Ich grinste, und mein Herz wurde ganz weit, weil sich alles so richtig anfühlte. Ich schielte zu Arval, um zu sehen, ob der noch weitere Fragen an mich hatte, doch er starrte mich einfach nur wie vom Donner gerührt an und sagte kein Wort. Toms Gesichtsausdruck konnte ich nicht sehen, weil ich nicht in seine Richtung blickte. Aber es war mir auch egal, ob er vor Wut platzte oder ob es ihm gelang, die Fassade des Strahlemanns aufrechtzuerhalten. Es spielte keine Rolle. Was Tom dachte, interessierte mich nicht im Geringsten.

Denn wie Jethro gesagt hatte: Es war gut, auf die Meinung anderer Menschen zu hören – aber nur wenn es wichtige Menschen waren.

Kapitel 34

Jethro

»Trinkst du schon wieder dieses abartige Kaffeezeugs?« Ich rümpfte die Nase, als Cletus zu mir in den Truck stieg, und inspizierte missbilligend die Papiertüte und den Becher, die er bei sich hatte. Irgendetwas stank bestialisch.

»Nein. Von meinem Spezialgebräu nehme ich täglich nur eine Tasse zu mir.«

»Was stinkt dann?«

»Abfall.«

Ich sah meinen Bruder durch zusammengekniffene Augen an. »Abfall?«

»Ja. Abfall stinkt. Genau wie Schwefel. Oder Exkremente.«

Ich stöhnte und verdrehte die Augen. »Ich meinte: Was stinkt *hier drinnen*? Was ist in der Tüte da?«

»Du hast mich aber nicht gefragt, was hier drinnen stinkt, du hast ganz allgemein gefragt, *was stinkt*. Woher soll ich wissen, dass du nicht eine Aufzählung von Dingen möchtest, die stinken?«

Ich starrte durch die Windschutzscheibe und musste mir auf die Zunge beißen, um meinen Bruder nicht anzufahren. Er benahm sich absichtlich so bockig.

Wir waren auf dem Nachhauseweg, aber vorher mussten wir noch zum Piggly Wiggly und ein paar Sachen einkaufen. Mir waren heute fünf Bären in die Falle gegangen, mehr als sonst, deshalb war ich jetzt erschöpft bis auf die Knochen. Nachdem ich die Tiere an der dafür vorgesehenen Stelle ausgesetzt hatte, war ich umgedreht, um Cletus vom Set abzuholen.

Er hatte vom ersten Moment an eine Scheißlaune gehabt. Na ja, eigentlich hatte er eine Scheißlaune, seit er zum ersten Mal den Ring an Siennas Finger gesehen hatte. Mir blieb nichts anderes übrig, als ihn zu ignorieren.

Ich kurbelte meine Scheibe herunter. Ich brauchte dringend frische Luft. Was auch immer Cletus in seiner Papiertüte transportierte, stank nach drei Tage altem Fisch und angebranntem Popcorn. Den Rest der Fahrt legten wir schweigend zurück. Na ja, jedenfalls größtenteils schweigend. Cletus redete zwar nicht, seufzte aber in einer Tour.

Ich bog auf den Parkplatz vor dem Piggly Wiggly ein und sprang so schnell wie möglich aus dem Wagen. Ich hörte, wie Cletus ebenfalls ausstieg, strebte aber auf den Eingang zu, ohne ihn weiter zu beachten. Ich beeilte mich, die benötigten Dinge zusammenzusuchen, blieb dann jedoch in der Obst- und Gemüseabteilung stehen, weil ich neben den Bananen einige Rosensträuße entdeckt hatte.

Es gab verschiedene Rosensorten. Morgen Nachmittag kam Sienna zurück und mir gefiel der Gedanke, sie mit Blumen zu überraschen und ihr ein Lächeln ins Gesicht zu zaubern.

»Nehmen Sie die weißen mit den rosafarbenen Blütenrändern.«

Als ich aufblickte, sah ich Jennifer Sylvester neben mir stehen. Wie so oft trug sie ein teuer aussehendes Kleid und schwindelerregend hohe Schuhe. Ihre langen blonden Haare waren zu einem lockeren, aber sehr eleganten Knoten gesteckt. Sie trug sogar eine Perlenkette um den Hals. Und sie hatte eine große, dreckige Kiste voller Bananen in den Händen. Stirnrunzelnd musterte ich die zierliche Frau, die sich herausgeputzt hatte, dass sie aussah, als wäre sie auf dem Weg in die Kirche – wäre die riesige Bananenkiste nicht gewesen.

Ich machte einen Schritt auf sie zu, um ihr die Last abzunehmen, doch ehe ich Gelegenheit dazu hatte, stellte sie die Kiste auf den Boden und griff nach einem Rosenstrauß.

»Die hier wird sie mögen. Die Sorte heißt Moonstone.« Jennifer sah lächelnd mit ihren veilchenblauen Augen zu mir auf und drückte mir den Strauß in die Hand. »Ihr Duft ist auch sehr schön. Er entfaltet sich erst richtig, wenn sich die Blüten öffnen.«

Obwohl: Jennifers Augen waren gar nicht veilchenblau, sie waren richtig violett. Ich hatte noch nie jemanden mit solchen Augen gesehen. Sie hatte von Natur aus rabenschwarze Haare, daran erinnerte ich mich noch aus unserer Kindheit, aber sobald sie in die Pubertät gekommen war, hatte ihre Mutter angefangen, sie blond zu färben. Kip Sylvester, Jennifers Vater und Direktor unserer Highschool, hatte es nicht gutgeheißen, dass seine Tochter mit ihren schwarzen Haaren, der Porzellanhaut und den violetten Augen so viele Blicke auf sich zog, daher war sie extrem behütet aufgewachsen. Sie war ganz nett, allerdings sehr schüchtern und unbeholfen, sodass man sich in ihrer Gegenwart immer befangen fühlte.

Sie tat mir ein bisschen leid.

Ich schenkte ihr ein kleines Lächeln. »Danke.«

»Gern geschehen.« Sie erwiderte mein Lächeln, dann bückte sie sich, um ihre Bananenkiste aufzuheben.

Ich legte die Rosen für Sienna in meinen Einkaufswagen und wollte die Kiste nehmen. »Jennifer Anne Sylvester, die Kiste ist viel zu schwer für Sie.«

Sie murmelte einen Protest, als ich ihr die Kiste aus den Händen nahm. »Das geht schon. Ich mache das einmal die Woche. Mittlerweile bin ich daran gewöhnt.«

»Sie brechen sich noch den Hals in den hohen Schuhen. Wie soll ich das dann Ihrem Daddy erklären? Wo müssen wir hin? Zu Ihrem Wagen?«

»Ich habe gesagt, ich kann meine Bananen sehr gut alleine tragen.« Sie griff nach der Kiste und wollte sie mir wegnehmen, doch ich wich ihr aus. Sie brummte unwillig, verdrehte die Augen wie ein kleines Kind und sagte dann widerstrebend: »Von mir aus. Kommen Sie mit.«

Ich ließ meinen Einkaufswagen stehen und folgte Jennifer an den

Kassen vorbei nach draußen zu ihrem BMW. Sie öffnete den Kofferraum, damit ich die Kiste hineinstellen konnte.

»Das war wirklich nicht nötig. Ich weiß ja, dass Sie keine Bananen mögen.«

Ich trat einen Schritt zurück, damit sie den Kofferraumdeckel wieder schließen konnte, und sah sie überrascht an.

»Woher wissen Sie das?«

»Weil Sie noch nie einen Kuchen bei mir bestellt haben.«

Tja. Erwischt.

»Um ganz ehrlich zu sein mag ich auch nicht so gerne Kuchen«, fügte sie rasch hinzu, als fürchte sie, mich beleidigt zu haben. »Und ich backe auch nicht gern.«

Das war einigermaßen verwunderlich, denn Green Valley war für drei Dinge berühmt: die freitäglichen Jamsessions im Gemeindezentrum, Forellenangeln am Sky Lake und Jennifer Sylvesters Bananenkuchen.

Mit vor der Brust verschränkten Arme musterte ich sie. »Wirklich?«

»Ja.« Sie nickte zur Bekräftigung. »Manchmal denke ich mir: *Wie oft muss ich noch ein und denselben gottverdammten Kuchen backen?* Entschuldigen Sie bitte meine Ausdrucksweise, aber wenn ich über Kuchen rede, kann ich ziemlich leidenschaftlich werden.«

»Verstehe.«

Doch sie schien mich gar nicht zu hören. »Nur weil ich gut backen kann, heißt das nicht automatisch, dass ich es für den Rest meines Lebens machen will, wissen Sie, was ich meine? Wenn man gut in irgendwas ist, bedeutet das noch lange nicht, dass es einen glücklich macht. Ich bin erst zweiundzwanzig, aber manchmal habe ich das Gefühl, dass ich nie jemand anders sein werde als immer nur die Frau mit den Bananenkuchen. Das ist alles, was mich ausmacht. Mein Leben ist vorherbestimmt, es gibt kein Entrinnen, und mit neunundneunzig Jahren werde ich immer noch in der Backstube meiner Mutter stehen und Bananenkuchen backen.«

»Warum machen Sie nicht was anderes?«

Jennifer hob den Blick und sah mir in die Augen. Zwischen ihren Brauen erschien eine Falte. »Wissen Sie, was ich gerne machen würde?«

»Was denn?«

»Ich hätte so gern Kinder und ein eigenes Haus. Hausfrau und Mutter zu sein – das ist mein großer Traum. Ich würde den ganzen Tag mit meinen Kindern verbringen und mich ums Haus und um meinen Ehemann kümmern. Und wenn das nicht geht, würde ich gern in einer Kindertagesstätte arbeiten. Ich liebe es, mich mit Kindern zu beschäftigen, den ganzen Tag zu basteln, ihnen vorzulesen und mit ihnen zu spielen. Ich liebe Babys.«

»Dann sollten Sie das tun.«

Etwas Trauriges trat in ihre Miene. Sie nickte höflich, wandte jedoch den Blick ab. Ich hatte den Eindruck, dass ich etwas Unpassendes gesagt hatte, wusste aber beim besten Willen nicht, was.

»Tja ...« Sie trat einen Schritt von mir zurück. »Danke, dass Sie die Kiste für mich getragen haben. Ich muss jetzt los in die Bäckerei und weiter an dem Teilchenbeschleuniger arbeiten.«

»Was?«

»War nur ein Scherz. Ich bin keine Astrophysikerin. Ich backe bloß Kuchen.« Ihr Lächeln war verkrampft. Sie wandte sich ab, ging zur Fahrertür ihres BMW, öffnete sie und stieg ein.

Ich sah ihr noch eine Zeit lang nach, während sie den Motor anließ und davonfuhr.

Jennifer Sylvester war für drei Dinge bekannt: ihren Bananenkuchen, ihre violetten Augen und ihr etwas sonderbares Verhalten.

Ich schüttelte den Kopf, kehrte ihrem schwarzen BMW den Rücken und machte mich auf den Weg zurück in den Laden. Ich war gerade am Zebrastreifen vor dem Eingang angekommen, als Jennifer neben mir hielt und hupte.

Sie ließ das Fenster herunter und winkte mich zu sich.

»Was ist denn?«

»Das hatte ich ganz vergessen: Als ich eben kam, um die Bananen zu holen, waren Leute von der Presse hier – ein ganzer Schwarm. Sie haben nach dem Weg zu Ihrem Haus gefragt.«

Sobald ihre Worte zu mir durchgesickert waren, richtete ich mich kerzengerade auf. »Zu meinem Haus? Was wollten sie denn?«

Sie zuckte mit den Achseln. »Genau weiß ich das auch nicht, aber wenn ich eine Vermutung anstellen sollte, würde ich sagen, dass es mit Ihrer Verlobung mit Sienna Diaz zu tun hat.«

Mit offenem Mund starrte ich Jennifer Sylvester an. »Woher wissen Sie, dass wir uns verlobt haben?«

»Sie hat es heute Morgen öffentlich gemacht, bei irgendeiner internationalen Filmpremiere. Das Internet ist voll davon.«

• • •

»Ja, es stimmt, ich bin verlobt. Leider kann mein Verlobter heute nicht hier sein, er ist damit beschäftigt, riesige Schwarzbären auf humane Art und Weise einzufangen und in der Wildnis auszusetzen.«

Cletus hielt das YouTube-Video an und musterte mich mit gerunzelter Stirn. »Das klingt, als wärst du irgendein Hippie, der im Wald haust.«

»Halt den Mund, du Blödmann, und spiel den Rest ab.« Ich deutete auf sein Handy. Tatsächlich hatten wir keine Probleme gehabt, das Video von Siennas Auftritt im Internet zu finden. Es handelte sich um eine Amateuraufnahme und der Ton war aufgrund der zahlreichen Hintergrundgeräusche teilweise verzerrt und schwer zu verstehen.

Der Zeitunterschied zwischen Tennessee und London betrug fünf oder sechs Stunden, in London war es also gerade spätabends. Die Aufnahmen waren gegen fünfzehn Uhr gemacht worden.

Cletus brummte etwas vor sich hin, dann tippte er erneut auf *Play*, während ich auf die Tonspur des Videos lauschte und gleichzeitig meine Textnachrichten überflog. Sie hatte mir nicht geschrieben. Ich versuchte sie anzurufen. Mailbox.

»Ich kann es gar nicht erwarten, ihn endlich offiziell vorzustellen. Er heißt Jethro

Winston und ist Ranger im Nationalpark in Tennessee. Wir sind bis über beide Ohren verliebt und werden im Herbst heiraten, wenn das Laub sich verfärbt.«

Als ich wieder auf Cletus' Handybildschirm blickte, strahlte Sienna, als hätte sie soeben einen genialen Coup gelandet. Tom Low stand neben ihr und sah aus, als hätte er eine lebendige Ratte verschluckt.

Es hagelte Fragen, und kurz darauf war das Video zu Ende. Cletus tippte auf den Bildschirm und steckte sein Handy wieder in die Tasche.

»Na, bitte. War das so schwer?« Er grinste von einem Ohr zum anderen.

Ich legte mein eigenes Handy in den Becherhalter und umklammerte das Lenkrad. »Ich kann nicht glauben, dass sie das gemacht hat.«

»Auf mich hatte es den Eindruck, als hätte Low sie in die Ecke gedrängt. Er hat angedeutet, dass er und sie ...«

»Ich habe das Video selbst gesehen, Cletus. Ich brauche nicht noch eine Erklärung dazu.«

Erstaunlicherweise hielt er den Mund, auch wenn er die Brauen hochzog. Ich ahnte, was ihm durch den Kopf ging – höchstwahrscheinlich etwas in der Art von *»Jetzt krieg dich mal wieder ein, du alter Miesepeter.«*

Lange Zeit schwiegen wir. Cletus trommelte mit den Fingern gegen die Beifahrertür. Das Geräusch erinnerte mich an das Ticken einer Uhr.

»Was soll ich denn jetzt machen?«, fragte ich. »Soll ich mit den Reportern reden? Was, wenn ich dadurch ihrer Karriere nur noch mehr schade? Ich habe das Gefühl, dass ich lieber nichts sagen sollte, bis ich die Sache mit Sienna besprochen habe. Was sie übrigens auch vorher hätte tun müssen.«

»Warum willst du denn nicht mit ihnen reden?«

»Was, wenn sie mir Fragen zu meiner Vergangenheit stellen?«

Er zuckte die Achseln. »Dann sagst du ihnen die Wahrheit. Na ja, außer wenn es um deine Straftaten geht. Dass du solche Fragen beantwortest, erwartet sowieso keiner von dir.«

Ohne meinen Bruder anzusehen, sagte ich, eher zu mir selbst: »Ich bin enttäuscht. Nein, eigentlich bin ich sauer. Wir hatten uns auf ein Vorgehen geeinigt, und dann hat sie einfach alles über den Haufen geworfen. Jetzt wird genau das eintreten, was ich die ganze Zeit vermeiden wollte.«

»Du musst sie auf jeden Fall dafür bestrafen, das steht fest.«

Ich blinzelte ihn an. »Ich werde sie ganz sicher nicht bestrafen. Wovon redest du?«

»Na ja, wenn sie dich durch ihr Verhalten enttäuscht hat, musst du ihr eine Lektion erteilen.«

»Sie ist kein Kind mehr, Cletus, das man erziehen muss. Sie trifft ihre eigenen Entscheidungen und macht, was sie für richtig hält. Wenn sie den Reportern die Wahrheit gesagt hat, dann ...«

Während ich sprach, merkte ich, dass Cletus sich ein Grinsen verkneifen musste. Ich musterte ihn und stellte fest, dass er mich die ganze Zeit veralbert hatte. Er hatte mich zur Tränke geführt, wie man so schön sagte, damit ich mich zum Saufen entschloss.

Lachend schüttelte ich den Kopf. »Du bist so ein Arsch.«

»Ja.« Er zuckte mit den Schultern und lachte ebenfalls. »Und was für einer.«

Die nächsten Minuten hing jeder von uns seinen Gedanken nach. Ich überlegte, was ich in Bezug auf die Reporter tun sollte. Ich musste einen Weg finden, mit ihnen umzugehen, ohne Sienna zu schaden. Vielleicht konnte ich ihr sogar irgendwie nutzen. Irgendwann gelangte ich zu dem Schluss, dass es am klügsten wäre, freundlich, aber bestimmt aufzutreten. Ich würde sie zu einem Gespräch einladen – aber nicht ins Haus, für solche Zwecke war die Veranda allemal gut genug. Ich würde mich ihnen vorstellen und versuchen, eine gute Figur zu machen. Dafür sorgen, dass sie mich sympathisch fanden.

»Wenn er versucht, dir oder Sienna wehzutun, bringe ich ihn um.«

Cletus' beiläufige Bemerkung riss mich aus meinen Gedanken. Ich sah meinen Bruder an.

Er hatte einen harten Zug um den Mund. Seine Augen waren schmale Schlitze und in ihnen lag ein gefährlicher Glanz.

»Wie bitte?«

»Darrell. Er wird dir und Sienna nichts tun, verlass dich darauf. Er weiß genau, dass ich ihn kriegen kann, solange er im Gefängnis sitzt.«

Ich starrte meinen Bruder eine geschlagene Minute lang wortlos an. In seinen Augen loderte ein ganzes Inferno an Hass und sein Gesicht war eine Maske eiserner Entschlossenheit. So hatte ich ihn seit sehr, sehr langer Zeit nicht mehr gesehen.

»Cletus, du bist kein Mörder. So was würdest du niemals tun.«

Ich drehte den Zündschlüssel herum, während er mir ein schiefes Lächeln schenkte. Ich erkannte ihn kaum wieder. »Es wäre kein Mord, großer Bruder. Es wäre Selbstverteidigung. Oder wenigstens würde ich dafür sorgen, dass es nach Selbstverteidigung aussieht.«

Was zum …?

Ich war sprachlos, während ich den Truck vom Parkplatz lenkte. Doch bereits kurze Zeit später waren Cletus' eisige Entschlossenheit und sein Hass verschwunden und hatten wieder seiner gewohnten Schrulligkeit Platz gemacht.

»Sollen wir die Straße durchs Tal nehmen, oder ist der Moth Run schneller, was meinst du?«, fragte er im Plauderton, als wäre nie etwas gewesen.

In Wahrheit hatte ich auch gar keine Zeit, mir über Cletus' ominöse Drohung den Kopf zu zerbrechen oder über die Frage, ob er allen Ernstes in der Lage wäre, unserem Vater im Gefängnis etwas anzutun – seinem Leben und damit all seinen Drohungen ein Ende zu machen. Zu Hause wartete eine Horde Reporter auf uns. Ich musste mich darauf konzentrieren, ihnen eine gute Show zu liefern.

Aber eins stand fest: Wenn dieses Medienfiasko mit Sienna erst einmal geklärt war, würde ich mit ihr auch über Darrell sprechen müssen. Meine Familie hatte schon genug unter ihm gelitten. Der Mann war eine Plage, eine Krankheit, ein Schandfleck auf den Erinnerungen unserer Kindheit. Ich wusste, dass Cletus genauso unter ihm gelitten hatte wie wir anderen. Auch er hatte wegen Darrell Winston viel verloren, nur auf andere Weise.

Jetzt allerdings fragte ich mich, ob bei ihm vielleicht noch mehr dahintersteckte. Was immer Darrell ihm genommen hatte, musste etwas Elementares gewesen sein, um einen solch glühenden Hass in ihm zu wecken. Trotzdem spielte es keine Rolle, ob mein Bruder sein Handeln – beziehungsweise sein potenzielles zukünftiges Handeln – für gerechtfertigt hielt. Ich durfte nicht zulassen, dass er seine Seele verlor.

• • •

Als wir in die Einfahrt zum Haus einbogen, versuchte ich es noch einmal auf Siennas Handy. Sie nahm nicht ab.

Selbst aus der Entfernung konnte ich die unbekannten Autos sehen, die vor unserem Haus parkten. Reporter mit Kameras standen herum, rauchten und warteten. Insgesamt zählte ich fünf Fahrzeuge. Vier davon waren Übertragungswagen lokaler Nachrichtensender, das fünfte sah nach einem Mietwagen vom Flughafen aus. Kaum war unser Truck zum Stehen gekommen, umschwärmten sie uns wie die Fliegen, riefen immer wieder meinen Namen und klopften gegen die Fensterscheiben.

»Sind die wahnsinnig geworden?« Mein Bruder verriegelte sicherheitshalber die Türen und sah mich voller Entsetzen an. »Warum klopfen die? Was denken die sich dabei? Glauben die etwa, wir bleiben sonst im Wagen sitzen? Parasiten.«

Ich schmunzelte, als hätte ich sonst keine Sorgen auf der Welt, und zog den Zündschlüssel ab. »Sag nichts. Lass mich reden.«

»Ich sage nichts. Ich lasse dich reden«, wiederholte er gehorsam. Dann drehte er sich zu den Gesichtern um, die sich gegen die Scheibe pressten, und machte eine scheuchende Handbewegung, um die Reporter zum Rückzug zu bewegen. »Schon gut, schon gut. Ich weiß, dass Sie mit meinem Bruder sprechen wollen, aber wenn Sie mir den Weg versperren, kann ich nicht aussteigen. Wirklich genial.«

Unterdessen ließ ich auf meiner Seite die Scheibe herunter. Im nächsten Augenblick wurden mir zwei Mikrofone unter die Nase gehalten.

»Was können Sie uns zu Sienna Diaz' Auftritt von heute sagen?«

»Weiß sie über Ihre kriminelle Vergangenheit Bescheid?«

»Was sagt Ihre Familie dazu?«

»Benutzen Sie Sienna, um selbst berühmt zu werden?«

Ich ließ ihre Fragen über mich ergehen, ohne auf eine von ihnen zu antworten. Dabei machte ich die ganze Zeit ein entspanntes, freundliches Gesicht. Diese Leute lauerten ja nur auf eine unvorteilhafte Grimasse von mir. Wenn ich nicht aufpasste und ein allzu finsteres oder unsympathisches Gesicht machte, würden sie mich am Ende als einen Schurken hinstellen, der Sienna Diaz, einen der Lieblinge Hollywoods, aufs Kreuz gelegt und beruflich ruiniert hatte.

Als sie allmählich müde wurden, richtete ich das Wort an sie. »Wenn Sie sich bitte einen Moment gedulden wollen. Ich beantworte gerne alle Ihre Fragen, aber angesichts der Temperaturen wäre es mir lieber, wenn wir das auf meiner Veranda tun könnten. Dort gibt es Schatten und ausreichend Stühle für alle, und ich habe Limonade im Kühlschrank. Es ist ziemlich heiß hier draußen, und ich für meinen Teil könnte was Kaltes zu trinken vertragen.«

Das Angebot hatte eine merkliche Beruhigung der Lage zur Folge. Nun, da sie nicht länger befürchten mussten, ich könne ins Haus fliehen, die Polizei alarmieren und sie wegen unerlaubten Betretens meines Grundstücks verhaften lassen, tauschten die Reporter untereinander zaghaft hoffnungsvolle Blicke. Und sie wichen einige Schritte vom Truck zurück, damit Cletus und ich endlich aussteigen konnten.

Ich schenkte jedem einzelnen der kritisch dreinblickenden Journalisten ein herzliches Lächeln, ehe ich mich an Cletus wandte, als dieser um den Truck herum in Richtung Haus gehen wollte. »Könntest du diesen netten Herrschaften vielleicht etwas Limonade nach draußen bringen? Und einen Eimer mit Eis? Wir sind auf der Veranda.«

Cletus schaute böse, nickte aber und schickte noch ein paar letzte drohende Blicke in die Runde, als wolle er sich jedes Reportergesicht genau einprägen, für den Fall, dass er später das Bedürfnis verspürte, Rache an ihnen zu üben. Als er, ohne ein Wort zu sagen, im Haus verschwunden war, atmete ich erleichtert auf.

»Sie müssen meinen Bruder entschuldigen. Der Trubel war ein ziemlicher Schock für ihn.«

Bevor jemand etwas erwidern konnte, wandte ich mich dem erstbesten Reporter zu und streckte ihm die Hand hin.

»Ich bin Jethro Winston. Und Sie?«

Kapitel 35

Sienna

»Ich kann nicht glauben, dass wir uns verfahren haben«, schimpfte Dave und blickte ratlos die Bergstraße entlang. »Ich meine, ich bin ja nur das eine Mal vom Flughafen gekommen, aber ich dachte wirklich, ich kenne den Weg. Hier sieht alles gleich aus.«

»Wo habt ihr denn eure neuen Handys?«, klagte Marta ungläubig. »Die habe ich extra bestellt, damit ihr auch in den Bergen Empfang habt.«

Ich wechselte einen beschämten Blick mit Henry. Er und Tim saßen mit mir zusammen auf der Rückbank. Unsere neuen Handys lagen auf dem Küchentisch von Hanks Seehaus. Wir hatten nicht zwei Telefone mit nach London nehmen wollen.

»Leute, ich glaube, wir müssen mal kurz rechts ranfahren«, sagte Tim. Nein, eigentlich stöhnte er es eher.

»Was ist denn?« Dave warf uns im Rückspiegel einen Blick zu.

»Ihm ist schlecht.« Henry rückte vorsichtshalber ein Stück von seinem Kollegen ab. »Er muss gleich reihern.«

»Das liegt an diesen Serpentinen.« Dave nickte zur Bekräftigung seiner eigenen Aussage.

»Danke, wäre ich nie draufgekommen«, stöhnte Tim, nur um sich gleich darauf eine große Hand vor den Mund zu pressen.

»Halte da vorn.« Marta deutete auf einen Aussichtspunkt. Ihre Stimme hatte einen leicht panischen Unterton angenommen.

Dave lenkte den Wagen in die kleine Parkbucht. Kaum waren wir zum Stehen gekommen, rissen Henry und ich die Türen auf und sprangen ins Freie. Tim war deutlich langsamer. Er kroch eher, als dass er ging.

Die Sonne stand noch tief am Himmel, denn es war früh am Morgen. Wir hatten gleich nach der Premiere noch vor Sonnenaufgang den Rückflug angetreten. Weil ich den Großteil des Flugs verschlafen hatte, war ich einigermaßen ausgeruht, allerdings wollte ich so schnell wie möglich nach Hause, damit ich Jethro anrufen und ihm persönlich von der Premiere berichten konnte. Er sollte ein bisschen Zeit haben, um sich vorzubereiten, bevor Arval in den nächsten Tagen seinen Beitrag sendete.

Kies knirschte unter meinen Schuhsohlen, als ich mich zu Marta gesellte und ihr einen Arm um die Schultern legte. Sie lachte müde und ließ den Kopf an meine Schulter sinken.

»Kein Wunder, dass du dich hier oben verfahren hast. Und wir wissen wenigstens, wo Osten ist. Du warst mitten am Tag unterwegs.«

Ich sah mich schmunzelnd um. »Weißt du was? Ich glaube, ich kenne diesen Aussichtspunkt. An meinem allerersten Tag habe ich genau hier angehalten, weil ich nicht weiterwusste. Wir bieten dir wirklich das authentische Bergerlebnis mit allem Drum und Dran.«

Sie hob den Blick und beäugte mich hoffnungsvoll. »Glaubst du, dass du von hier aus den Weg zum Haus findest?«

»Wäre möglich. Ich glaube, wenn man die Straße hier weiterfährt, kommt man irgendwann zu Jethro ...« Ich verstummte, als ich das Motorengeräusch eines sich nähernden Fahrzeugs hörte. Gespannt schauten wir in Richtung Straße.

Kurze Zeit später tauchte ein grüner Truck in der Kurve auf. Es war Jethros Truck. Ich lachte.

Natürlich. Natürlich fuhr er hier vorbei. Der Ort stimmte, und die Zeit stimmte auch.

Marta sah zwischen mir und der Straße hin und her. Ich ließ sie los und lief zum Rand des Aussichtspunktes. Jethro war an uns vorbeigefahren, hatte aber bereits gebremst und war dabei zu wenden.

»Hey, das ist ja Jethros Truck«, hörte ich Dave hinter mir rufen.

»Was haltet ihr eigentlich von diesem Jethro?« Das Bohrende in Martas Ton entlockte mir ein Schmunzeln.

Henry beantwortete ihre Frage bereitwillig. »Jethro? Der ist wirklich ein guter Typ. Wusstest du, dass er Bären fängt?«

Ich warf einen Blick über die Schulter und sah, wie Dave mit Henry einen Blick tauschte, ehe er mit ernster Stimme ergänzte: »Jethro ist durch und durch anständig. Er kümmert sich gut um deine Schwester. Hat Sienna dir schon gesagt, dass er anfangs nicht mal wusste, wer sie ist?«

Marta sah abwechselnd zu Dave, dem sich nähernden Truck und mir. »Nein. Davon hat sie nichts erwähnt.«

»Du wirst ihn lieben«, sagte Henry, schier überquellend vor Begeisterung. Ich hatte den starken Verdacht, dass er heimlich in meinen Verlobten verknallt war.

Als der Motor des Trucks verstummte, drehte ich mich wieder um. Erst jetzt sah ich, dass Roscoe mit von der Partie war. Ich winkte den beiden und eilte mit einem breiten Lächeln auf sie zu.

Jethro erwiderte mein Lächeln und mein Herz geriet ins Taumeln, als ich die Freude in seinen Augen sah. Er war so unglaublich schön. Schon nach wenigen Schritten fing ich an zu rennen wie eine Verrückte, und bei ihm angekommen, warf ich mich überschwänglich in seine Arme. Er zog mich an sich und drückte mich ganz fest.

Ich seufzte glücklich. Ich hatte keine Angst mehr, nur noch Hoffnung.

»Ich habe dich vermisst«, sagte ich. Ich musste ihn noch fester drücken, sonst hätte ich ihn zu Boden geworfen und wäre auf dem Kies über ihn hergefallen.

Er flocht die Finger in mein Haar und sagte mit seiner herrlichen tiefen Stimme und seinem einzigartigen Südstaatenakzent: »Ich habe dich auch vermisst.«

• • •

Ich freute mich, dass Marta höflich war, als ich sie mit Jethro bekannt machte. Das war mehr, als sich die meisten Menschen beim ersten Kennenlernen von ihr erhoffen durften.

Natürlich half es, dass Roscoe, der seinen Charme scheinbar nach Belieben an- und ausknipsen konnte, ihr gleich zu Anfang schmeichelte, indem er mit leicht frivolem Unterton sagte: »Sie müssen Siennas jüngere Schwester sein. Ich bin Jethros jüngerer Bruder.«

Ich bemühte mich, nicht loszuprusten, als ich sah, wie sie rot wurde und lächelte, auch wenn sie gleichzeitig die Augen verdrehte.

Wir stiegen zurück in unsere Autos. Tim fuhr diesmal im Truck mit, während Roscoe sich zu uns in den Fond des Mietwagens quetschte. Jethro lotste uns zu Hanks Haus und dort angekommen halfen er und Roscoe uns mit dem Gepäck. Auch diesmal trugen sie die Trolleys, statt sie zu ziehen und womöglich die Rollen zu beschädigen.

Danach mussten sie weiter zur Arbeit und verabschiedeten sich – allerdings nicht ohne uns vorher zum Abendessen eingeladen zu haben.

Ich begleitete die beiden noch nach draußen und nahm Jethro zur Seite, während Roscoe zum Truck vorausging.

»Ich muss dir noch was sagen.« Ich hielt ihn vorsichtshalber am Oberarm fest, damit er mir nicht entwischen konnte. Und weil ich ihn so gerne anfasste. Ich liebte seine Arme. Sie waren so muskulös und stark. Der bloße Gedanke an sie erregte mich, und wenn ich sie berührte, spielte mein Unterleib verrückt.

Er lächelte mich an, als hätte er mich durchschaut. »Was musst du mir denn sagen?«

Ich seufzte, weil ich mir bei seiner tiefen Stimme immer gleich vorstellte, wie wir beide allein und nackt waren. Ich wünschte, wir hätten *jetzt* allein und nackt sein können.

»Sienna, wenn du willst, dass ich dir zuhöre, musst du aufhören, mich so anzuschauen.«

»Sorry, sorry. Es ist nur … du hast mir echt gefehlt.«

»Und du hast mir genauso sehr gefehlt.«

»Nein, ich meine, du hast mir wirklich sehr, sehr, *sehr* gefehlt. Ich weiß, dass wir uns schon zum Abendessen wiedersehen, aber glaubst du, wir könnten uns vielleicht heute Nachmittag treffen und gemeinsam ein bisschen frische Lust schnappen?«

Seine Lippen zuckten. »Meinst du frische Luft?«

»Ja. Das habe ich doch auch gesagt, oder?«

Er lachte. Seine Augen blitzten, er trat einen Schritt auf mich zu und beugte sich zu mir herunter, um mir einen wundervoll zärtlichen Kuss zu geben. »Was wolltest du mir denn nun sagen?«, wisperte er, während sein Blick über mein Gesicht glitt. Ich fühlte mich immer geliebt, wenn er mich so ansah. Seine Frage allerdings holte mich schnell wieder auf den Boden der Tatsachen zurück.

»Oh!« Vorsichtshalber hielt ich ihn auch noch am anderen Arm fest. »Du darfst aber nicht böse werden.«

Statt etwas zu erwidern, lächelte er geduldig und wartete darauf, dass ich endlich mit der Sprache herausrückte.

Ich holte tief Luft, nahm all meinen Mut zusammen und stieß dann hastig hervor: »Es könnte sein, dass ich gestern auf der Premiere vor laufender Kamera von unserer Verlobung erzählt habe, aber keine Panik, wir haben noch ein paar Tage Zeit, um uns einen Schlachtplan zurechtzulegen, bevor Arval seinen Bei-«

»Ich weiß. Jemand hat ein Video davon ins Internet gestellt.«

Ich erschrak. »Was? Wann?«

»Gestern Nachmittag lokaler Zeit. Ich habe deinen Auftritt gesehen.«

Ich verzog das Gesicht. »Und du bist nicht sauer?«

»Ich *war* sauer«, gestand er beiläufig – und tatsächlich wirkte er jetzt kein bisschen sauer mehr. »Wir hatten gemeinsam eine Entscheidung getroffen und einen Plan gemacht.«

»Ja, ich weiß, aber Tom hat versucht –« Ich verstummte. »Nein. Das ist nicht der wahre Grund, weshalb ich es getan habe. Er hat mir den letzten Schubs gegeben, aber ganz ehrlich? Ich *wollte* es allen sagen. Ich fand es so furchtbar, dass du nicht bei mir warst und dass ich dich gebeten hatte zu lügen.«

Jethro schwieg nachdenklich. Es machte mich betroffen, dass er sich über mich geärgert hatte, und auch wenn er nach außen hin vollkommen ruhig schien, hatte er die Stirn in tiefe Falten gelegt. Das machte er fast nie, jedenfalls nicht bei mir.

Der Druck in meiner Brust wurde größer und ich klammerte mich so fest an seine Arme, dass es ihm wahrscheinlich wehtat. Ich befahl meinen Händen, ihn loszulassen, aber es ging nicht. Stattdessen umklammerte ich ihn nur noch fester.

Er schien mein wachsendes Unbehagen zu spüren, denn er legte eine Hand auf meine, löste meinen Griff und hob meine Hand dann an seine Lippen. »Ich komme heute Nachmittag vorbei und wir reden über alles, einverstanden?«

Ich nickte und presste die Lippen aufeinander, damit ich ihm nicht befahl zu bleiben und *sofort* alles zu klären, jetzt und hier, im Vorgarten von Hanks Haus, während meine Schwester, sein Bruder und meine Bodyguards zusahen.

»Okay. Gut«, rang ich mir mühsam ab.

»Soll ich was zum Mittagessen mitbringen?«

Ich nickte nachdenklich und beschloss, ihm zu vertrauen. Egal, was passierte, unsere Beziehung würde es überstehen.

»Und du kümmerst dich um die Lust?«, fragte er. Ich sah das liebevolle Funkeln, die Vorfreude und tiefe Zuneigung in seinen Augen.

»Okay. Du bringst das Mittagessen, ich bringe die Lust, und dann … essen wir zusammen.«

Als er meinen suggestiven Tonfall hörte, wackelte er mit den Augenbrauen. Dann lächelte er mein Lieblingslächeln. Trotz meiner weichen Knie gelang es mir, mich auf die Zehenspitzen zu stellen und ihm einen federleichten Kuss auf den Mund zu geben. Meine Nervosität legte sich und zurück blieb nichts als tiefes Vertrauen in diesen bemerkenswerten Mann – und erregte Vorfreude angesichts unseres nachmittäglichen Rendezvous.

• • •

Ich bat Dave, mich ans Set zu fahren, nachdem ich den Vormittag mit Marta verbracht hatte. Ich hatte heute keine Szenen, aber der Wohnwagen war ein (mehr oder weniger) guter Ort, um ungestört mit Jethro zu reden. Und ich nahm meinen schwarzen Seidenmorgenmantel mit. Schließlich war ich für die Lust zuständig, und ich nahm diese Aufgabe sehr ernst.

Dave postierte sich pflichtbewusst vor dem Wohnwagen. Ich hatte ihm strengste Anweisungen erteilt, niemanden außer Jethro vorbeizulassen. Währenddessen tauschte ich meine Kleider gegen mein Evakostüm plus Morgenmantel.

Während ich wartete, kam mir eine Idee für das *Smash-Girl*-Drehbuch, also schlug ich meinen Ersatz-Laptop auf und machte mich an die Arbeit. Ich vergaß die Zeit. Als ich irgendwann auf die Uhr unten am Bildschirm schaute, waren zwei Stunden vergangen. Ich rieb mir die Augen, streckte mich und sah mich im Wohnwagen um. Ich zuckte leicht zusammen, als mein Blick auf Jethro fiel, der an meinem Küchentisch saß, aus einem Becher mit Strohhalm trank, in einem Notizbuch blätterte und durch sein Handy scrollte.

»Hallo«, sagte ich.

»Hey, meine Schöne.« Er kopierte einige Zeilen von seinem Handybildschirm ins Notizbuch, klappte das Buch dann zu und sah mich an. »Fertig?«

»Fürs Erste. Wie lange sitzt du schon da?«

Erneut warf er einen Blick auf seinen Handybildschirm. »Seit etwa anderthalb Stunden.«

»Jethro, warum hast du denn nichts gesagt?«

Er zuckte die Achseln. »Du warst so in deine Arbeit vertieft, und ich hatte einen schönen Ausblick. Ein schöner Ausblick hilft immer.«

Mein Mund verzog sich zu einem schiefen Lächeln. »Ist das auch einer der Aussprüche deiner Mutter?«

Er nickte, und sein Lächeln wurde breiter. »Allerdings glaube ich nicht, dass sie dabei *diese* Art von Ausblick im Sinn hatte.« Er deutete mit einer Bewegung seines Kinns auf mich, ehe er aufstand und die Hände in seine Hosentaschen schob. »Ich habe was zum Mittagessen mitgebracht.«

Auch ich stand auf und hob die Arme, um mich ihm zu präsentieren. »Ich habe Lust mitgebracht.«

Seine Augen loderten, als er mich taxierte. »Das hast du in der Tat.«

Einen Moment lang verschlangen wir einander mit gierigen Blicken. Er trug seine Ranger-Uniform, den Gürtel hatte er abgenommen und neben seinen Hut auf den Tisch gelegt. Die obersten Knöpfe an seinem Hemd standen offen und seine Haare waren zerzaust. Er war mein starker, tüchtiger, umwerfender Mann, und ich wollte ihm nah sein. Doch bevor wir zu Mittag aßen oder uns unserer Lust hingaben, mussten wir noch einige Dinge klären.

»Es tut mir so leid«, begann ich.

Er fing meinen Blick ein. »Was tut dir leid?« Mir entging nicht der Hauch von genervter Belustigung in seinem Ton.

»Wir hatten uns auf ein Vorgehen geeinigt, und dann habe ich genau das Gegenteil gemacht. Ich war egoistisch und habe nicht an die Konsequenzen gedacht, und das tut mir leid.«

Jethro zuckte mit den Schultern. Sein Blick glitt an meiner Schulter entlang bis zur Wölbung meiner Brüste. »Das Leben ist ein einziger Lernprozess«, sagte er geistesabwesend.

Ich starrte ihn an, sprachlos und ein bisschen irritiert über seine Laissez-faire-Haltung. »Das Leben ist ein einziger Lernprozess?«, wiederholte ich ungläubig.

Er nickte, und das Gespenst eines Lächelns umspielte seine Lippen. »Ganz genau. Jetzt weißt du Bescheid. Hinterher ist man immer klüger. Das Leben ist ein Lernprozess.«

»Ich weiß, was das bedeuten soll, Jethro«, sagte ich unwirsch. Seine Neckereien beruhigten mich und regten mich gleichzeitig auf – was absolut widersinnig war.

»Gut. Dann sind wir ja auf demselben Stand.« Er fuhr fort, mich zu betrachten, als wolle er sich meinen Anblick möglichst genau einprägen. Doch er fasste mich nicht an.

»Wirklich? Sind wir das?«

»Ja.« Er nickte wie in Zeitlupe.

»Klär mich auf.«

»Mache ich.«

»Ich kann's kaum erwarten.«

»Es geht los.«

»Ich höre.«

»Halt deinen Hut fest.«

»Ich trage keinen Hut.«

»Dann halt dein Unterhöschen fest.«

»Ich trage kein Unterhöschen.«

Jethro hatte bereits den Mund geöffnet, um zu kontern, doch dann klappte er ihn abrupt wieder zu. Er sah mir in die Augen und schenkte mir einen weiteren halb amüsierten, halb leidgeprüften Blick.

»Wenn wir …«, begann er mit Nachdruck und hielt gerade so lange inne, wie es dauerte, meinen Körper mit einem sinnlichen Blick zu streifen, der allerlei Bilder in mir heraufbeschwor. Als er erneut ansetzte, war seine Stimme tiefer als zuvor. »Wenn wir gemeinsam einen Plan machen, dann halten wir uns auch an diesen Plan.«

»Okay. Geht klar.«

»Und wenn du den Plan ändern willst, reden wir vorher darüber.«

»Macht Sinn.«

»Gut«, sagte er fest, als wäre damit alles klar. Dann fügte er unerwartet hinzu: »Ich glaube, ich muss dir auch was sagen.«

»Was denn?«

»Gestern, nachdem das Video online gestellt wurde, habe ich versucht, dich anzurufen, weil einige Reporter mein Haus belagert haben.«

Ich verzog das Gesicht. »Oh nein.«

»Oh doch.«

»Was ist passiert? Was hast du gemacht?«

»Ich habe sie auf eine Limonade auf meine Veranda eingeladen und ein paar ihrer Fragen beantwortet.«

»War es sehr schlimm?«

Er zuckte die Achseln. »Ging so. Sie wussten schon über meine Vergangenheit Bescheid. Sie haben mir die Festnahmeprotokolle gezeigt und mich gefragt, wie die Leute meiner Meinung nach darauf reagieren würden, dass sich Amerikas Liebling mit einem Ex-Knacki einlässt. Ich habe sie darauf hingewiesen, dass ich kein Ex-Knacki bin, und dass ich, sollten sie etwas Derartiges schreiben, gezwungen wäre, sie wegen Verleumdung zu verklagen. Aber abgesehen von diesem kleinen Holperer verlief das Gespräch größtenteils sehr angenehm.«

Ich nickte, während ich all das verdaute. »Okay ... okay. Wir kriegen das hin.«

»Sienna.« Sein Blick suchte meinen, er überbrückte die Distanz zwischen uns und nahm meine Hände in seine. »Es hat gerade erst angefangen. Die Woche könnte heftig werden. Du musst mir erlauben, dir zu helfen. Du musst mir immer sagen, was los ist, damit wir zusammenarbeiten können. Kann sein, dass noch andere Sachen über mich rauskommen, Sachen, von denen ich dir nichts erzählt habe – nicht, weil ich Geheimnisse vor dir habe, sondern weil es so viel gibt und ich noch nicht dazu gekommen bin, dir alles zu sagen, oder weil ich es schlicht und ergreifend vergessen habe. Stell mir Fragen. Du musst keine Angst haben, mich wütend zu machen.«

»Tue ich, und habe ich nicht. Ich werde dich fragen, und ich werde keine Angst haben«, gelobte ich feierlich.

Ich war ziemlich beeindruckt davon, dass er so gelassen mit der Sache umging. Ich hatte mit deutlich mehr Gegenwind gerechnet.

»Wir machen das zusammen«, sagte er, und ich lächelte.

»Ja, das machen wir«, stimmte ich ihm zu und empfand eine seltsame Ehrfurcht dabei. »Du und ich – wir beide gemeinsam, Partner.«

Wir sahen einander in die Augen und lächelten. Ich glaube, wir waren uns beide der Einzigartigkeit des Augenblicks bewusst. Ich spürte, wie unsere Wahrheit uns beide einhüllte, in einer kleinen, perfekten Blase der Glückseligkeit. Irgendwann würde sie vielleicht Löcher bekommen, aber ich vertraute darauf, dass wir immer in der Lage sein würden, sie zu flicken.

Unsere Vergangenheit würde stets ein Teil von uns sein, aber sie würde uns nie vollständig definieren, weder zusammen noch einzeln. Jeder Moment im Leben barg eine Entscheidung. Wir konnten die Erwartungen anderer entweder erfüllen oder enttäuschen oder sie komplett sprengen. Wir hatten keine Kontrolle darüber, was andere über uns dachten, aber wir hatten die Kontrolle über unser eigenes Handeln – darüber, wer wir waren und wie wir unser Leben gestalteten.

Von nun an hieß es: Jethro Winston und Sienna Diaz gegen den Rest der Welt. Wir würden unserer Geschichte und den Schubladen, in die andere uns stecken wollten, den Kampf ansagen. Wenn ich mich verirrte, konnte ich immer darauf bauen, dass er mich finden würde, und umgekehrt. Wir vertrauten einander, und das war das Allerwichtigste.

Na ja ... vielleicht nicht ganz.

Was meine Familie dachte, war natürlich auch wichtig, und ich würde mir ihren Rat immer zu Herzen nehmen.

Und die Meinung von Jethros Familie zählte genauso. Allerdings war ich mir sicher, dass die Winstons glücklich waren, solange Jethro glücklich war. Das war ein beruhigender Gedanke.

Was Jethro dachte, war wichtig, und was ich dachte, war wichtig.

Alle anderen konnten von mir aus gehen und Gurken einsalzen.

»Ich liebe dich, Jethro Whitman Winston.« Ich entzog ihm meine Hände und öffnete den Gürtel, mit dem ich meinen Morgenmantel zugebunden hatte. »Ich kann es gar nicht abwarten, dich in den Wahnsinn zu treiben, dein Haus mit Kindern zu füllen und unser Sex-Verlies einzurichten.«

Er grinste halb belustigt, halb verführerisch. Dann schob er seine großen und unglaublich starken Hände in meinen Morgenmantel, streifte ihn mir von den Schultern und entblößte meinen nackten Körper.

Ich erschauerte, weil es ein unglaubliches Gefühl war, so von ihm berührt zu werden. Es war, als würde er meinem Körper mit seinen Händen huldigen.

»Ich liebe dich, Sienna Diaz.« Seine Stimme war ein tiefes Grollen, und er eroberte meinen Mund mit einem leidenschaftlichen Kuss. »Du bist die Süße meines Lebens. Du bist mein Sonnenschein. Aber du bist auch noch viel mehr als das. Du bist stark und schön und mutig und klug. Und witzig bis du auch noch.«

»Das ist wahr. Ich bin superwitzig«, pflichtete ich ihm bei.

»Ja, das bist du.« Er nickte und sah mich an, als wäre ich der Nabel seiner Welt, ehe er flüsternd hinzufügte: »Aber es ist nicht mein Haus, Liebling. Es ist unser Haus. Und ich kann es nicht erwarten, unseren Kindern all deine Witze zu erzählen.«

Ich lachte, aber dann ging mein Lachen in ein Keuchen über, weil Jethro Winston – mein zukünftiger Ehemann – sehr, sehr böse war.

... einige Wochen später

»Was ist das?« Ich deutete auf das Notizbuch in Jethros Händen, während ich mir ein Stück Pie auftat.

Wir machten gerade ein Picknick. Das Laub an den Bäumen verfärbte sich bereits. In einer Woche würden wir heiraten. Wir hatten die seltene Gelegenheit genutzt und waren vor dem allgemeinen Rummel und unseren Familien geflohen, um ein wenig allein zu sein.

Seit Jethro und ich vom Dreh für *Strange Birdfellows* in Washington State zurückgekehrt waren, machten Cletus und ich jeden Morgen zusammen Yoga. Yoga half mir, innere Ruhe zu finden, und Cletus war ein großartiger Partner. Trotzdem hatte ich mich danach gesehnt, Zeit mit Jethro zu verbringen, irgendwo draußen, weit weg von den Reportern, die uns seit der Öffentlichmachung unserer Beziehung auf Schritt und Tritt verfolgten.

»Gedichte«, sagte er, breitete die Arme aus und klopfte auf seinen Schoß. »Leg deinen Kopf hierher.«

Ich sah ihn fragend an. »Andauernd willst du, dass ich meinen Kopf da hinlege.«

»Ha, ha.« Er verdrehte die Augen, lächelte aber. Er lächelte oft. »Na, komm schon, Süße. Du brauchst mal eine Auszeit von dem ganzen Hochzeitstrubel, und ich arbeite schon seit Monaten an diesem Notizbuch.«

Ich beäugte Jethro neugierig. »Stehen da wirklich Gedichte drin?«

»Ja. Du hast gesagt, ich soll dir Gedichte vorlesen. Also habe ich ein paar in das Buch hier geschrieben.«

»Ernsthaft?«

»Ja.«

»Sind das Gedichte, die du selbst verfasst hast?«

»Nein, ich habe sie nur abgeschrieben. Ich habe Ashley gebeten, mir ein paar Vorschläge zu machen, sie liebt Lyrik. Und einige andere sind Lieblingsgedichte von mir.«

»Du hast Lieblingsgedichte?«

»Ja«, sagte er ungeduldig und klopfte sich erneut auf den Oberschenkel.

»Sagst du mir auch die Wahrheit?«

»Meine Momma hat Gedichte geliebt. So hat sie auch Drew kennengelernt. Sie hat einen Lyrikkreis in der Bücherei geleitet, er war neu in der Stadt und hat Anschluss gesucht. Im Gegensatz zu mir schreibt er sogar selbst. Ich habe eins seiner Gedichte hier drin. Ashley hat es mir gestern gemailt, nachdem ich ihr erzählt hatte, dass ich heute mit dir picknicken will. Ich habe es noch nicht gelesen, nur ausgedruckt.«

»Heiliger Strohsack. Drew schreibt Gedichte?«

Ich wusste nicht viel über Drew, außer dass er ein ziemlich schweigsamer Mensch war. Er sah aus wie ein Wikinger, war aber ein sanfter Riese. Nie im Leben hätte ich damit gerechnet, dass er Gedichte schrieb.

»Ja, Drew schreibt Gedichte. Soll ich dir seins zuerst vorlesen?« Jethro blätterte in seinem Büchlein, zog ein zusammengefaltetes Blatt Papier heraus und machte sich bereit zum Vortrag.

»Warte! Bevor du anfängst …« Ich stellte meinen Teller weg, kroch auf ihn zu, legte mich hin, bettete den Kopf in seinen Schoß und faltete die Hände über dem Bauch. »Okay, es kann losgehen.«

Er grinste leicht spöttisch auf mich herab. »Jetzt stimmst du mir also zu, ja? Das ist die optimale Gedicht-Vorlese-Position.«

»Ja. Ich stimme dir zu.«

»Dann lese ich dir ab jetzt jeden Tag Gedichte vor.«

Ich streckte die Hand aus und zwickte ihn in den Schenkel. »Verkneif dir gefälligst deine schmutzigen Gedanken. Ich will jetzt endlich das gottverdammte Gedicht hören.«

Sein Grinsen wurde noch breiter, aber er hatte ein Einsehen mit mir. Er richtete den Blick auf das Blatt Papier, räusperte sich und begann.

Ich sehe dich.
Eine gefährliche Waffe.
Ein Drahtseil ohne Netz.
Es beginnt.
Du brauchst Wasser. Luft. Vergebung.
Hinnahme ein Umhang, Hoffnungslosigkeit ein Schild.
Entzwei.
Ich sehe dich.
Zurückweisung macht blind.
Alles neu. Alles auf Anfang.
In deinen Gedanken ist Vergebung, in deinem Herzen ist Liebe.
Ich sehe dich.
Sohn eines Mannes.
Bruder vieler Brüder.
Mein Freund.
Ehemann.
Bald Vater.
Ich sehe dich.

Während Jethro las, wurde er immer unsicherer und langsamer. Zwischen den Zeilen, die mit den Worten *Brüder* und *Freund* endeten, schluckte er mühsam, und das letzte *Ich sehe dich* las er mit ergreifend rauer Stimme. Als er geendet hatte, starrte er weiterhin das Blatt Papier an. Den Tränen nahe, geisterte sein Blick über die Zeilen. Ich streichelte sanft seinen Schenkel, um ihm Trost zu spenden.

»Hey«, sagte ich und lenkte seinen Blick auf mich. »Alles in Ordnung mit dir?«

Er nickte, obwohl er auf einmal ganz verloren wirkte.

Ich richtete mich auf und drehte mich zu ihm herum. Ursprünglich hatte ich vorgehabt, seine Hand zu nehmen, aber Jethro legte das Notizbuch beiseite und zog mich an sich. Ich setzte mich rittlings auf seinen Schoß, schlang ihm die Arme um den Nacken und gab ihm einen zärtlichen Kuss.

»Danke«, seufzte er.

»Wofür?«

»Dass du mir eine Chance gibst. Dass du mich besser kennenlernen willst.«

Ich lächelte ungläubig und neigte den Kopf zur Seite, damit ich ihn besser sehen konnte. Ohne nachzudenken, sagte ich: »Natürlich gebe ich dir eine Chance. Hast du eine Ahnung, wie heiß du bist? Du bist heiß wie ein Vulkan.«

Jethro schmunzelte, doch seine Augen blieben ausdruckslos.

Ich hätte mich in den Hintern beißen können. Immer musste ich Witze reißen, wenn es ernst wurde. Manchmal war das einfach nur gedankenlos. Ich schüttelte den Kopf, schob meinen Instinkt beiseite und erlaubte mir, den Moment zu spüren.

»Das ... so war das nicht gemeint. Warte, ich versuche es noch mal.« Ich atmete tief durch und sammelte mich, indem ich all die verschiedenen Farben in seiner Iris zählte. Grün, Gold, Braun und Blau.

Dann setzte ich erneut an. »Natürlich gebe ich dir eine Chance. Du hast nur das Beste verdient, Jethro. Ich weiß, dass du manchmal nicht daran glaubst, und ich bewundere dich für deinen inneren Kampf, weil ich denke, dass viele Menschen in deiner Situation einfach alles verdrängen oder nach Ausreden für ihr Verhalten suchen würden. Du könntest es alles auf deinen Vater schieben – und im Übrigen bin ich der Meinung, dass du das ruhig auch tun solltest, wenigstens bis zu einem gewissen Grad. Du könntest einhundert verschiedene Faktoren aufzählen, die daran schuld sind, was du getan hast. Aber das machst du nicht.«

Sein Lächeln war zwar ein wenig matt, doch ich freute mich, dass es sich diesmal auch in seinen Augen widerspiegelte. Er sah mich voller Wärme und Zuneigung an.

Ich legte ihm eine Hand auf die Brust. »Du hast ein gutes Herz, Jethro. Danke, dass du es mir zeigst. Und danke, dass du mich kennenlernen willst.«

Wir teilten ein kleines Lächeln, genossen die schöne Stimmung zwischen uns, bis Jethro seine Finger in meinen Haaren vergrub und sie anhob, als wolle er ihr Gewicht schätzen.

»Du bist so unglaublich schön«, sagte er, während sein Blick von meinen Haaren meinen Hals entlang bis zu meinem Kinn wanderte. »Ich glaube, bevor ich dich getroffen habe, wusste ich gar nicht, was Schönheit ist.«

»Ohh«, machte ich, halb Grunzen, halb Seufzer. Seine Worte waren wie ein Pfeil, der mich mitten ins Herz traf.

»Was ist?«, fragte er und sah mich scharf an.

»Diese wunderschönen Sachen, die du immer sagst – die machen was mit mir. Du machst was mit mir.«

Jethro lächelte zufrieden. »Freut mich zu hören. Immer wenn ich bei dir bin, habe ich das Gefühl, als würde ich gleichzeitig fliegen und fallen.«

»Ohh!« Abermals stieß ich einen kleinen grunzenden Seufzer aus, ehe ich ihn mit einem raschen Kuss auf die Lippen belohnte. »Ich dachte, du hast gesagt, du schreibst keine Gedichte.«

»Tue ich auch nicht.«

»Hör auf, dich selbst und die Welt zu belügen. Du bist nicht nur athletisch, sondern auch sehr poetisch.«

Er musste sich ein Lachen verkneifen. Ich war schon wieder albern. Albernheit war meine Werkseinstellung, aber diesmal fühlte sich die Werkseinstellung genau richtig an, also legte ich nach.

»Und natürlich ästhetisch, aber fall nicht vom Teetisch, ich hab' einen Fetisch.« Ich zeigte auf meine Achselhöhle. »Da riecht es nach Seefisch.«

Jethro lachte schallend und sah mich an, als wäre ich ein sehr witziges und sonderbares Wesen – was ja auch stimmte. Dann gab er mir, immer noch lächelnd, einen Kuss. »Du bist bald meine Frau.«

Ich nickte. »Und du bist bald mein Mann.«

Er legte seine Stirn an meine, und so saßen wir eine ganze Weile da und atmeten einander ein, ehe ich irgendwann fragte: »Spendest du mir Trost?«

»Ja, Mrs Winston-Diaz.«

»Gut, Mr Winston-Diaz.«

Jethro schloss die Augen, ein verträumtes kleines Lächeln auf den Lippen. »Danke, dass du dich verfahren hast«, flüsterte er, als vertraue er mir ein großes Geheimnis an.

Ich lächelte und wisperte zurück: »Danke, dass du mir den richtigen Weg gezeigt hast.«

Danksagung

Ich bekomme E-Mails aus der ganzen Welt (Indien, Nigeria, Pakistan, Frankreich, Griechenland, Australien ...), in denen meine Leserinnen mir mitteilen, wie sehr sie sich mit den leicht absonderlichen, klugen, ehrgeizigen und tüchtigen Frauen in meinen Romanen identifizieren. Auf die Frage, welche Figur ihnen am nächsten sei, hatten über sechzig Prozent eine klare Meinung: Janie aus *Neanderthal Seeks Human* und *Neanderthal Marries Human*.

Ich finde das ziemlich fantastisch. Tollpatschigkeit fragt nicht danach, wer unsere Eltern sind. Intelligenz interessiert sich nicht für unsere Hautfarbe. Denn Intelligenz, Tollpatschigkeit, eine gewisse Affinität zur Nerd-Kultur und Verliebtsein sind universelle Konzepte.

Letztes Jahr wies mich eine Leserin darauf hin, dass alle meine bisherigen Protagonistinnen Frauen mit nordeuropäischen Wurzeln seien. »Wieso sind all Ihre Figuren weiß?«, wollte sie von mir wissen.

Ich antwortete ihr: »Weil ich mich damit auskenne. Wie soll ich glaubhaft über eine Person of Color schreiben? Ich *war* noch nie eine Person of Color.«

Daraufhin lächelte sie und sagte: »Aber Sie schreiben ja auch über Männer, obwohl Sie eine Frau sind. Sie schreiben über Automechaniker, die in den Hügeln von Tennessee leben, dabei sind Sie selbst eine Wissenschaftlerin aus Kalifornien.«

Damit hatte sie nicht ganz unrecht.

Also verfasste ich einen Blogpost, in dem ich meine nicht-weißen Leserinnen dazu aufrief, mir zu schildern, wie es für sie war, in den USA zu leben und aufzuwachsen. »Sagt mir, was ich noch nicht weiß«, bat ich sie.

Ich erhielt mehr als fünfhundert Zuschriften. Und wie sich herausstellte, gab es viel, was ich noch nicht wusste. (Es gibt immer noch viel!)

Neben interessanten Details (z. B. erzählten mir gleich mehrere afroamerikanische Frauen, dass manche Afroamerikaner bzw. Schwarze es nicht mögen, wenn ihre Haare nass werden, und deshalb nur ungern schwimmen gehen; das war mir zuvor nicht bewusst gewesen) teilten Leserinnen auch viele unterschiedliche persönliche Geschichten und Erlebnisse mit mir, die meine Fantasie anregten. Dadurch eröffneten sich mir ganz neue, aufregende Perspektiven auf die Welt – Perspektiven, die ich nie gehabt hätte, wäre ich ausschließlich auf meine eigenen beschränkten Erfahrungen angewiesen gewesen.

Eine Frau (US-Amerikanerin in dritter Generation) schrieb mir: »Ich habe – kulturell gesehen – mehr mit Ihnen gemeinsam als mit meinen Cousinen in Indien.«

Das ist viel Wahres dran. Wenn ich über einen Mann oder eine ehemalige CIA-Agentin oder einen Arzt schreiben kann, wieso dann nicht auch über jemanden, der nicht dieselben – ja, vielleicht nicht einmal ähnliche – Wurzeln hat wie ich?

Sienna Diaz war ursprünglich als Sienna Foster geplant. Aber die oben beschriebenen Ereignisse ließen mich zu dem Schluss kommen, dass es keinen Grund gab, weshalb Sienna keine Person of Color sein konnte. Im Gegenteil: Dass ich eine Latina aus ihr machte, verlieh ihrem Charakter (meiner Ansicht nach) noch mehr Tiefe, noch mehr verschiedene Facetten. Und alle diese neuen Facetten waren wundervoll und aufregend!

Ich muss mich bei vielen Menschen bedanken. Dieses Buch hier war – in noch größerem Ausmaß als die vorherigen – eine echte Teamleistung.

Zuallererst möchte ich Angela Houle Danke sagen. Sie ist die Leserin (und darüber hinaus auch eine phänomenale Lektorin), von der ursprünglich der Hinweis kam, dass alle meine Figuren weiß seien. Danke, dass Sie die richtige Frage gestellt haben.

Zweitens möchte ich mich bei den mehr als fünfhundert Leserinnen bedanken, die auf meinen Aufruf reagiert und mir ihre Erlebnisse geschildert haben. Ich habe vor, mich schamlos bei ihren Erfahrungen zu bedienen, um meine Bücher künftig noch besser zu machen. (Sienna war erst der Anfang!)

Drittens: Danke an die vier Beta-Leserinnen, die mir am meisten bei der Entwicklung von Siennas Figur geholfen haben: Felicia Valadez, Michelle Linnborn, Elizabeth Lopez und Melissa Breit. Als ich diesen Damen eine erste Version des Manuskripts schickte, hatte ich eine klare Bitte an sie: »Helft mir, dass Sienna möglichst authentisch wird. Ich möchte keine Klischees, kein Whitewashing. Helft mir dabei, sie echt zu machen.« Alle vier machten mir Vorschläge, schrieben Kommentare und Anmerkungen über ihre eigenen Perspektiven und die Erfahrungen, die sie als Frauen mexikanischer oder halb-mexikanischer Abstammung in den USA gemacht hatten. Einen von Siennas Sätzen habe ich sogar wortwörtlich aus Felicia Valadez' Anmerkungen übernommen: »Als wir klein waren, wusste jeder von uns, wer *La Llorona* ist. Andauernd wurde uns gesagt: *Ihr müsst hören, sonst kommt La Llorona euch holen!* Ich weiß bis heute nicht genau, ob das bedeutet, dass man auf seine Eltern hören soll, weil *La Llorona* einen sonst findet und umbringt, oder dass man auf seine Mutter hören soll, damit die sich kein Beispiel an *La Llorona* nimmt und einem den Garaus macht. Sicher, danach verbringt sie dann die Ewigkeit damit, sich die Augen auszuheulen und nach einem zu suchen – aber erst mal bringt sie einen um.« (Kapitel 4).

Über diese Anmerkung musste ich so herzhaft lachen, dass ich sie verwendet habe (mit Felicias Erlaubnis, versteht sich).

Außerdem möchte ich mich bei meinem restlichen Team von Beta-Leserinnen bedanken (Shannon, Tracy, April, Heather, Amber, Angie und Becky); sowie bei meinen Lektorinnen Marion, Karen und Iveta. An dem Tag, als ich eigentlich bei meiner Lektorin im Verlag die zweite Fassung meines Manuskripts hätte abgeben sollte, waren auf einmal alle meine Änderungen weg (18 000 Wörter!), und Marion und Karen haben mir geholfen, mit diesem Super-GAU klarzukommen. Ohne ihre tatkräftige Unterstützung und Ermutigung hätte ich das Projekt höchstwahrscheinlich auf unbestimmte Zeit auf Eis gelegt. Stattdessen schrieb ich 23 000 Wörter in sechsundfünfzig Stunden.

Und zu guter Letzt möchte ich mich bei meiner Familie bedanken. Ich habe dieses Buch unter Extrembedingungen geschrieben (das Baby zahnte, ein neues Haus wurde gekauft, der Verkauf des alten Hauses musste abgewickelt und ein Umzug auf die andere Seite des Landes geplant werden ...), und ich wäre sicher niemals damit fertiggeworden, hätte ich nicht jederzeit auf den Beistand meiner Familie bauen können.

Mit den allerbesten Wünschen,

Penny Reid

Die komplette Erfolgsserie von Penny Reid!

Alle Titel sind als Taschenbuch und E-Book erhältlich.

Winston Brothers – Whereever you go

ISBN 978-3-95818-314-8

Green Valley-Serie Band 1

Winston Brothers – Whatever it takes

ISBN 978-3-95818-313-1

Green Valley-Serie Band 2

Winston Brothers – Whatever you need

ISBN 978-3-95818-312-4

Green Valley-Serie Band 3

Winston Brothers – Whatever you want

ISBN 978-3-95818-311-7

Green Valley-Serie Band 4

FOREVER